Airde Wuthering

ag Emily Brontë

Cóipcheart © 2024 ag Autri Books

Gach ceart ar cosaint. Ní féidir aon chuid den fhoilseachán seo a atáirgeadh, fótachóipeáil, taifeadadh, nó modhanna leictreonacha nó meicniúla eile, gan cead i scríbhinn a fháil roimh ré ón bhfoilsitheoir, ach amháin i gcás athfhriotail ghearra a áirítear in athbhreithnithe criticiúla agus in úsáidí neamhthráchtála áirithe eile a cheadaítear le dlí an chóipchirt.

Tá an t-eagrán seo mar chuid den "Autri Books Classic Literature Collection" agus cuimsíonn sé aistriúcháin, ábhar eagarthóireachta agus eilimintí dearaidh atá bunaidh don fhoilseachán seo agus atá cosanta faoi dhlí an chóipchirt. Tá an buntéacs san fhearann poiblí agus níl sé faoi réir cóipchirt, ach tá cóipcheart ag Autri Books ar gach breisiú agus modhnú.

Is féidir foilseacháin Autri Books a cheannach le haghaidh úsáid oideachais, tráchtála nó bolscaireachta.

Le haghaidh tuilleadh eolais, déan teagmháil le:
autribooks.com | support@autribooks.com

ISBN: 979-8-3306-5631-8
An chéad eagrán a d'fhoilsigh Autri Books in 2024.

CAIBIDIL I

1801—Tá mé díreach tar éis filleadh ó chuairt ar mo thiarna talún—an comharsa solitary go mbeidh mé buartha leis. Is cinnte gur tír álainn í seo! I Sasana ar fad, ní chreidim go bhféadfainn socrú a dhéanamh ar chás a bhain go hiomlán as corraíl na sochaí. A misanthropist foirfe ar Neamh-agus an tUasal Heathcliff agus tá mé den sórt sin péire oiriúnach a roinnt ar an desolation eadrainn. A chomhalta caipitil! Is beag a shamhlaigh sé conas a théigh mo chroí ina threo nuair a choinnigh mé siar a shúile dubha chomh amhrasach faoina mbrabhsáil, agus mé ag dul suas, agus nuair a thug a mhéara dídean dóibh féin, le rún éad, níos faide fós ina waistcoat, mar a d'fhógair mé m'ainm.

"An tUasal Heathcliff?" Dúirt mé.

Nod an freagra.

"An tUasal Lockwood, do thionónta nua, a dhuine uasail. Is mór an onóir dom féin glaoch chomh luath agus is féidir tar éis dom teacht, chun an dóchas a chur in iúl nár chuir mé isteach ort le mo bhuanseasmhacht agus mé ag sireadh slí bheatha Ghráinseach Thrushcross: Chuala mé inné go raibh roinnt smaointe agat—"

"Thrushcross Grange is my own, a dhuine uasail," ar seisean, ag buachan. "Níor cheart dom ligean d'aon duine cur isteach orm, dá bhféadfainn bac a chur air—siúl isteach!"

Bhí uttered an "siúl i" le fiacla dúnta, agus in iúl an sentiment, "Téigh go dtí an Deuce!" fiú an geata thar a léirigh sé leant aon ghluaiseacht comhbhrón leis na focail; agus sílim gur chinn an imthoisc sin orm glacadh leis an gcuireadh: mhothaigh mé suim i bhfear a bhí níos áibhéilí ná mé féin.

Nuair a chonaic sé cíche mo chapaill ag brú go cothrom ar an mbacainn, chuir sé a lámh amach chun é a unchain, agus ansin sullenly roimh dom suas an cabhsa, ag glaoch, mar a tháinig muid isteach sa chúirt, - "Joseph, a chur ar chapall an Uasail Lockwood; agus tabhair suas roinnt fíona."

"Anseo tá bunú iomlán na dtithe againn, is dócha," an machnamh a mhol an t-ordú cumaisc seo. "Ní haon ionadh go bhfásann an féar suas idir na bratacha, agus is iad na beithígh an t-aon ghearrthóir fálta."

Bhí Joseph scothaosta, nay, seanfhear, an-sean, b'fhéidir, cé go hale agus sinewy. "An Tiarna cabhrú linn!" soliloquised sé i undertone de displeasure peevish, agus fhaoiseamh dom de mo chapall: ag féachaint, idir an dá linn, i mo aghaidh chomh géar go bhfuil mé charitably conjectured ní mór dó a bheith de dhíth cúnamh Dhiaga a dhíleá a dinnéar, agus bhí a ejaculation pious aon tagairt do mo teacht gan choinne.

Wuthering Heights is ainm d'áit chónaithe an Uasail Heathcliff. Is aidiacht shuntasach chúige é "Wuthering", tuairisciúil ar an fothram atmaisféarach a nochtar a stáisiún in aimsir stoirmiúil. Aeráil íon, rásaíochta caithfidh siad a bheith suas ann i gcónaí, go deimhin: d'fhéadfadh duine buille faoi thuairim a thabhairt faoi chumhacht na gaoithe ó thuaidh, ag séideadh thar an imeall, ag an iomarca slant de chúpla giúis stunted ag deireadh an tí; agus ag raon dealga gaunt go léir ag síneadh a ngéaga ar bhealach amháin, amhail is dá mba déirce craving na gréine. Go sona sásta, bhí fadbhreathnaitheacht ag an ailtire chun é a thógáil láidir: tá na fuinneoga cúnga leagtha go domhain sa bhalla, agus chosain na coirnéil le clocha móra jutting.

Sula ndeachaigh mé thar an tairseach, shos mé chun meas a bheith agam ar chainníocht snoíodóireachta grotesque lavished thar an tosaigh, agus go háirithe mar gheall ar an bpríomhdhoras; os a chionn, i measc wilderness de griffins crumbling agus buachaillí beag shameless, bhraith mé an dáta "1500," agus an t-ainm "Hareton Earnshaw." Ba mhaith liom cúpla trácht a dhéanamh, agus d'iarr mé stair ghearr ar an áit ón úinéir surly; ach bhí an chuma ar a dhearcadh ag an doras go n-éileofaí mo bhealach isteach gasta, nó imeacht iomlán, agus ní raibh fonn ar bith orm a mhífhoighne a ghéarú roimh iniúchadh a dhéanamh ar an penetralium.

Céim amháin a thug muid isteach sa seomra suí teaghlaigh-, gan aon stocaireacht tosaigh nó sliocht: glaonn siad air anseo "an teach" réamheminently. Cuimsíonn sé cistin agus parlús, go ginearálta; ach creidim ag Wuthering Heights go bhfuil iallach ar an gcistin cúlú ar fad isteach i gceathrú eile: ar a laghad rinne mé idirdhealú idir chatter teanga, agus clatter uirlisí cócaireachta, domhain laistigh; agus níor thug mé faoi deara aon chomharthaí rósta, fiuchta, nó bácála, faoin teallach ollmhór; ná aon glitter de sáspan copair agus cullenders stáin ar na ballaí. Ceann amháin, go deimhin, le feiceáil splendidly araon solas agus teas ó céimeanna miasa pewter ollmhór, interspersed le crúiscíní airgid agus tankards, towering as a chéile, ar dresser darach ollmhór, go dtí an díon an-. Ní raibh an dara ceann riamh tearc-tharraingt: a anatamaíocht ar fad a leagan lom le súil fiosrach, ach amháin i gcás fráma adhmaid ualaithe le oatcakes agus braislí cosa mairteola, caoireoil, agus liamhás, cheilt air. Os cionn an simléar bhí seanghunnaí villainous éagsúla, agus cúpla piostal capall: agus, trí ornáid, trí canisters péinteáilte gaudily dhiúscairt feadh a ledge. Bhí an t-urlár de chloch réidh, bán; na cathaoireacha, struchtúir ard-tacaíocht, primitive, péinteáilte glas: ceann amháin nó dhá cinn dubh trom lurking sa scáth. In áirse faoin ngúnaí athshealbhaíodh pointeoir soith ollmhór, daite ae, timpeallaithe ag swarm de phuipíní fáiscthe; agus madraí eile ciaptha cuasáin eile.

Ní bheadh an t-árasán agus an troscán aon rud neamhghnách mar a bhaineann le feirmeoir baile, ó thuaidh, le countenance stubborn, agus géaga stalwart leagtha amach chun buntáiste a bhaint as glúine-breeches agus gaiters. Tá a leithéid de dhuine ina shuí ina chathaoir láimhe, a muga ale ag friotháil ar an mbord cruinn os a chomhair, le feiscint in aon chuaird cúig nó sé mhíle i measc na gcnoc seo, má théann tú ag an am ceart tar éis dinnéir. Ach cruthaíonn an tUasal Heathcliff codarsnacht uatha lena áit chónaithe agus a stíl mhaireachtála. Tá sé ina gipsy dorcha-skinned i ngné, i gúna agus manners fear uasal: is é sin, an oiread le fear uasal mar squire tír: in áit slovenly, b'fhéidir, fós nach bhfuil ag lorg amiss lena faillí, toisc go bhfuil sé figiúr in airde agus dathúil; agus in áit morose. B'fhéidir go gceapfadh daoine áirithe go raibh sé an-bhródúil as; Tá corda báúil agam laistigh de sin a insíonn dom nach bhfuil aon rud den chineál ann: tá a fhios agam, trí instinct, a spriongaí cúltaca ó aversion chun taispeántais mothúcháin a thaispeáint - go léirithe de chineáltas frithpháirteach. Beidh sé grá agus fuath go cothrom faoi chlúdach, agus meas sé speiceas impertinence a bheith grá nó fuath arís. Ní hea, tá mé ag rith róthapa: bronnann mé mo thréithe féin ró-liobrálach air. D'fhéadfadh an tUasal Heathcliff a bheith go hiomlán cúiseanna dissimilar a choinneáil ar a lámh amach as an mbealach nuair a bhuaileann sé a bheadh-a acquaintance, dóibh siúd a actuate dom. Tá súil agam go bhfuil mo bhunreacht beagnach aisteach: ba ghnách le mo mháthair daor a rá nár chóir dom teach compordach a bheith agam; agus an samhradh seo caite ní raibh mé féin breá ábalta ceann a dhéanamh.

Agus mé ag baint taitnimh as mí d'aimsir bhreá ar chósta na farraige, caitheadh isteach i gcomhluadar créatúr is spéisiúla mé: bandia fíor i mo shúile, fad is nár thug sí aon aird orm. "Níor inis mé mo ghrá riamh" go glórach; fós, má tá cuma na teanga air, b'fhéidir gur mheas an leathcheann amháin go raibh mé os cionn ceann agus cluasa: thuig sí mé faoi dheireadh, agus d'fhéach sí ar ais—an ceann is milse de gach cuma shamhlaíoch. Agus cad a rinne mé? Admhaím é le náire—shrunk icily isteach mé féin, cosúil le seilide; ar gach sracfhéachaint ar scor níos fuaire agus níos faide; go dtí ar deireadh bhí amhras ar an neamhchiontach bocht a céadfaí féin, agus, faoi léigear le mearbhall ar a botún ceaptha, ina luí ar a mamma a decamp.

Leis an seal aisteach seo den diúscairt tá clú agus cáil bainte amach agam d'aon ghnó; cé chomh undeserved, is féidir liom féin a thuiscint.

Ghlac mé suíochán ag deireadh na leac teallaigh os coinne sin a ndeachaigh mo thiarna talún chun cinn, agus líon mé eatramh ciúnais trí iarracht a dhéanamh aire a thabhairt don mháthair chanónach, a d'fhág a plandlann, agus a bhí ag sleamhnú go wolfishly go cúl mo chosa, a liopa cuachta suas, agus a fiacla bána ag uisce le haghaidh snatch. Spreag mo caress gnarl fada, guttural.

"Ba mhaith leat a ligean níos fearr ar an madra ina n-aonar," growled an tUasal Heathcliff i unison, seiceáil taispeántais fiercer le Punch a chos. "Níl sé de nós aici a bheith millte—ní choinnítear do pheata í." Ansin, striding go dtí doras taobh, scairt sé arís, "Joseph!"

Joseph mumbled indistinctly i doimhneacht an cellar, ach thug aon intimation de dul suas; mar sin dived a mháistir síos dó, ag fágáil dom *vis-*

à-vis an bitch ruffianly agus péire de ghruama shaggy caorach-madraí, a roinnt léi caomhnóireacht éad thar gach mo gluaiseachtaí. Gan a bheith ag iarraidh teacht i dteagmháil lena gcuid fangs, shuigh mé fós; ach, ag samhlú go mbeadh siad a thuiscint scarcely maslaí intuigthe, indulged mé ar an drochuair i winking agus aghaidheanna a dhéanamh ag an triúr, agus roinnt cas de mo physiognomy sin irritated madam, gur bhris sí go tobann i Fury agus léim ar mo ghlúine. Flung mé í ar ais, agus hastened a interpose an tábla eadrainn. Chuir an t-imeacht seo an t-iomlán ar siúl: leathdhosaen fiends ceithre chos, de mhéideanna agus d'aoiseanna éagsúla, a eisíodh ó neadacha folaithe go dtí an t-ionad coiteann. D'airigh mé mo shála agus mo chóta-lapaí ábhair ionsaithe; agus parrying as na comhraiceoirí níos mó chomh héifeachtach agus is féidir liom leis an poker, bhí mé srianta a éileamh, os ard, cúnamh ó roinnt de na teaghlaigh i ath-bhunú síochána.

An tUasal Heathcliff agus a fear climbed na céimeanna cellar le phlegm vexatious: Ní dóigh liom gur bhog siad an dara níos tapúla ná mar is gnách, cé go raibh an teallach anfa iomlán de imní agus yelping. Go sona sásta, rinne áitritheoir sa chistin níos mó seolta; a dame lusty, le gúna tucked-suas, airm lom, agus leicne tine-flushed, rushed isteach i measc dúinn flourishing frying-pan: agus d'úsáid an arm, agus a teanga, chun na críche sin, go subsided an stoirm magically, agus d'fhan sí ach, heaving cosúil le farraige tar éis gaoithe ard, nuair a tháinig a máistir ar an láthair.

"Cad é an diabhal an t-ábhar?" D'iarr sé, eyeing dom ar bhealach go raibh mé in ann tinn mairfidh tar éis an chóireáil inhospitable.

"Cad é an diabhal, go deimhin!" Muttered mé. "D'fhéadfadh an tréad muc possessed raibh aon biotáillí níos measa iontu ná na hainmhithe de mise, a dhuine uasail. D'fhéadfá strainséir a fhágáil chomh maith le ál tíogair!

"Ní bheidh siad meddle le daoine a dteagmháil rud ar bith," a dúirt sé, a chur ar an buidéal os mo chomhair, agus athchóiriú ar an tábla easáitithe. "Tá an ceart ag na madraí a bheith ar an airdeall. Tóg gloine fíona?"

"Níl, go raibh maith agat."

"Gan bitten, an bhfuil tú?"

"Dá mbeinn, bheinn tar éis mo chomhartha a chur ar an biter." Ghnúis Heathcliff relaxed isteach i grin.

"Tar, tar," a dúirt sé, "tá tú flurried, an tUasal Lockwood. Anseo, tóg fíon beag. Tá aíonna chomh hannamh sa teach seo go bhfuil mé féin agus mo mhadraí, tá mé sásta úinéireacht a bheith agam orthu, ar éigean go bhfuil a fhios agam conas iad a fháil. Do shláinte, a dhuine uasail?"

Chrom mé agus d'fhill mé an gealltanas; ag tosú a bhrath go mbeadh sé foolish chun suí sulking le haghaidh an misbehaviour de phacáiste de curs; thairis sin, mhothaigh mé loth chun an spraoi breise a thabhairt don chomhluadar ar mo chostas; ó ghlac a ghreann an seal sin. Is dócha gur chuir sé san áireamh baois an chiontaigh tionónta maith—scíth a ligean beagán i stíl laconic a chuid forainmneacha agus briathra cúnta, agus thug sé isteach an rud a cheap sé a bheadh ina ábhar spéise dom,—dioscúrsa ar na buntáistí agus na míbhuntáistí a bhaineann leis an áit scoir atá agam faoi láthair. Fuair mé amach go raibh sé an-chliste ar na hábhair a ndeachaigh muid i dteagmháil leo; agus sula ndeachaigh mé abhaile, spreagadh mé chomh fada le cuairt eile a thabhairt ar an mbrón. Ba léir nár theastaigh uaidh aon athrá a dhéanamh ar mo chur isteach. Rachaidh mé, d'ainneoin. Tá sé iontach cé chomh sociable is dóigh liom féin i gcomparáid leis.

CAIBIDIL II

Tráthnóna inné socraithe i misty agus fuar. Bhí leath-intinn agam é a chaitheamh le mo thine staidéir, in ionad wading trí fraochmhá agus láib go Wuthering Heights. Ar theacht suas ón dinnéar, áfach, (N.B.—Dine mé idir a dó dhéag agus a haon a chlog; ní fhéadfadh, bean an tí, a tógadh mar daingneán in éineacht leis an teach, m'iarratas a thuiscint go mb'fhéidir go seirbheálfaí orm ag a cúig)—ar an staighre a fheistiú leis an rún leisciúil seo, agus ag dul isteach sa seomra, Chonaic mé seirbhíseach-cailín ar a glúine timpeallaithe ag scuaba agus gual-scuttles, agus ardú deannach infernal mar múch sí na lasracha le heaps de cinders. Thiomáin an spectacle seo ar ais mé láithreach; Thóg mé mo hata, agus, tar éis siúlóid ceithre mhíle, tháinig mé ar gheata gairdín Heathcliff díreach in am chun éalú ó na chéad calóga cleiteacha de chith sneachta.

Ar bharr an chnoic gruama sin bhí an domhan crua le sioc dubh, agus rinne an t-aer mé ag glioscarnach trí gach géag. A bheith in ann a bhaint as an slabhra, léim mé thar, agus, ag rith suas an cabhsa flagged bordered le straggling gooseberry-toir, knocked vainly do admittance, till mo knuckles tingled agus na madraí howled.

"Iostaithe wretched!" Ejaculated mé, meabhrach, "tuillte agat aonrú suthain ó do speiceas do do inhospitality churlish. Ar a laghad, ní choinneoinn mo dhoirse faoi urchosc i rith an lae. Is cuma liom—tiocfaidh mé isteach! Mar sin réitithe, thuig mé an latch agus chroith mé go vehemently é. Fínéagar-aghaidh Joseph teilgean a cheann ó fhuinneog bhabhta an scioból.

"Cad chuige a bhfuil sibh?" a bhéic sé. "T' maister's síos i' t' fowld. Go round by ú' end o't' laith, má chuaigh sibh chun cainte leis."

"An bhfuil aon duine istigh chun an doras a oscailt?" Hallooed mé, sofhreagrach.

"Níl nobbut t' missis; & ni roibhi oppen 't an mak sibh' yer flaysome dins till neeght."

"Cén fáth? Nach féidir leat a insint di cé mé, eh, Joseph? "

"Ná-ne dom! I'll hae no hend wi't," arsa an ceann, ag imeacht.

Thosaigh an sneachta ag tiomáint go tiubh. Ghabh mé an láimhseáil chun triail eile a aiste; nuair a bhí fear óg gan chóta, agus gualainn ar ghualainn, le feiceáil sa chlós taobh thiar de. Hailed sé dom a leanúint air, agus, tar éis máirseáil trí teach níocháin, agus limistéar pábháilte ina bhfuil gual-chaillfidh, caidéil, agus pigeon-cot, tháinig muid ar fad san árasán ollmhór, te, cheerful áit a bhfuarthas mé roimhe seo. Glowed sé delightfully i radiance tine ollmhór, cumaiscthe de ghual, móin, agus adhmad; agus in aice leis an tábla, a leagtar le haghaidh béile tráthnóna flúirseach, bhí áthas orm breathnú ar an "missis," duine nach raibh amhras orm roimhe sin. Chrom mé agus d'fhan mé, ag ceapadh go gcuirfeadh sí tairiscint orm suíochán a ghlacadh. D'fhéach sí orm, leaning ar ais ina cathaoir, agus d'fhan motionless agus mute.

"Aimsir gharbh!" Dúirt mé. "Tá eagla orm, Mrs Heathcliff, ní mór don doras a iompróidh an iarmhairt ar fhreastal fóillíochta do sheirbhísigh ': Bhí mé ag obair go crua chun iad a chloisteáil dom."

Níor oscail sí a béal riamh. Stán mé-stán sí freisin: ar aon chuma, choinnigh sí a súile orm ar bhealach fionnuar, beag beann ar, thar a bheith embarrassing agus disagreeable.

"Suigh síos," arsa an fear óg, go gruama. "Beidh sé istigh go luath."

Ghéill mé; agus hemmed, agus ar a dtugtar an villain Juno, a deigned, ag an dara agallamh, chun bogadh an barr mhór a eireaball, i chomhartha úinéireacht mo acquaintance.

"Ainmhí álainn!" Thosaigh mé arís. "An bhfuil sé ar intinn agat scaradh leis na cinn bheaga, a mheabhair?"

"Ní liomsa iad," arsa na hostess amiable, níos repellingly ná mar a d'fhéadfadh Heathcliff féin a fhreagairt.

"Ah, tá do rogha i measc na?" Lean mé ar aghaidh, ag casadh ar mhaolú doiléir lán de rud éigin cosúil le cait.

"Rogha aisteach de rogha!" a thug sí faoi deara go scornúil.

Go mí-ámharach, carn coiníní marbha a bhí ann. Hemmed mé uair amháin níos mó, agus tharraing níos gaire don teallach, athrá mo chuid tuairimí ar an wildness an tráthnóna.

"Níor chóir duit a bheith ag teacht amach," a dúirt sí, ag ardú agus a bhaint amach as an simléar-píosa dhá cheann de na canisters péinteáilte.

Bhí a seasamh roimhe foscadh ón solas; anois, bhí dearcadh ar leith agam ar a figiúr iomlán agus ar a ghnúis. Bhí sí caol, agus is cosúil go raibh sí gann anuas ar an gcailíneacht: foirm admirable, agus an aghaidh beag is fíorálainn go raibh mé riamh an pléisiúr beholding; gnéithe beaga, an-chothrom; fáinní lín, nó sách órga, crochta scaoilte ar a muineál íogair; agus súile, dá mbeadh siad sásta i léiriú, a bheadh dochoiscthe: fortunately do mo chroí so-ghabhálach, an sentiment amháin evinced siad hovered idir scorn agus cineál éadóchais, singularly mínádúrtha a bhrath ann. Bhí na canisters beagnach as a bhaint amach; Rinne mé rún chun cabhrú léi; D'iompaigh sí orm mar a d'fhéadfadh miser dul má rinne aon duine iarracht cabhrú leis a chuid óir a chomhaireamh.

"Níl mé ag iarraidh do chabhair," ar sise; "Is féidir liom iad a fháil dom féin."

"Impím do phardún!" Tá mé tar éis freagra a thabhairt.

"Ar iarradh ort tae?" a d'éiligh sí, ag ceangal naprún thar a frock dubh néata, agus ina seasamh le spúnóg den duilleog poised thar an bpota.

"Beidh mé sásta cupán a bheith agam," a d'fhreagair mé.

"Ar iarradh ort?" a dúirt sí arís agus arís eile.

"Níl," a dúirt mé, leath miongháire. "Is tusa an duine ceart le ceist a chur orm."

Theith sí an tae ar ais, spúnóg agus go léir, agus d'fhill sí ar a cathaoir i bpeataí; a forehead rocach, agus a faoi-liopa dearg bhrú amach, cosúil le leanbh réidh chun caoineadh.

Idir an dá linn, bhí an fear óg tar éis ball éadaigh uachtarach a shabby go cinnte a bhualadh ar a dhuine, agus, é féin a chur in airde roimh an mbláth, d'fhéach sé anuas orm ó choirnéal a shúile, don domhan go léir amhail is dá mbeadh feud marfach éigin eadrainn. Thosaigh mé ag amhras an raibh sé ina sheirbhíseach nó nach raibh: bhí a gúna agus a chuid cainte araon drochbhéasach, go hiomlán devoid an superiority inbhraite i Mr. agus Mrs Heathcliff; bhí a gcuacha tiubha donn garbh agus neamhshaothraithe, a chuid uisce beatha ag cúngú go bearishly thar a leicne, agus bhí a lámha embrowned cosúil leo siúd de sclábhaí coiteann: fós bhí a bhfuil saor, beagnach haughty, agus léirigh sé aon cheann de assiduity tí i láthair ar an bhean an tí. In éagmais cruthúnais shoiléire ar a riocht, mheas mé gurbh fhearr staonadh óna iompar aisteach a thabhairt faoi deara; agus, cúig nóiméad ina dhiaidh sin, thug bealach isteach Heathcliff faoiseamh dom, i mbeart éigin, ó mo staid míchompordach.

"Feiceann tú, a dhuine uasail, táim ag teacht, de réir gealltanais!" Exclaimed mé, ag glacadh leis an cheerful; "agus tá faitíos orm go mbeidh mé ceangailte leis an aimsir ar feadh leathuair an chloig, más féidir leat foscadh a thabhairt dom le linn an spáis sin."

"Leathuair an chloig?" ar seisean, ag croitheadh na calóga bána as a chuid éadaí; "N'fheadar ar chóir duit a roghnú an tiubh de sneachta-stoirm a ramble faoi i. An bhfuil a fhios agat go bhfuil baol ann go gcaillfear thú sna riasca? Is minic a chailleann daoine a bhfuil cur amach acu ar na maoir seo a mbóthar tráthnóna mar sin; agus is féidir liom a rá leat nach bhfuil seans ar bith ann go dtiocfaidh athrú ort faoi láthair."

"B'fhéidir gur féidir liom treoir a fháil i measc do leaids, agus b'fhéidir go bhfanfadh sé ag an nGráinseach go maidin—an bhféadfá ceann a spáráil orm?"

"Níl, ní fhéadfainn."

"Ó, go deimhin! Bhuel, ansin, caithfidh mé muinín a bheith agam as mo shaoghal féin.

"Umph!"

"An bhfuil tú ag dul a mak 'an tae?" D'éiligh sé ar an cóta shabby, aistriú a gaze ferocious uaim go dtí an bhean óg.

"An bhfuil *aon* cheann aige?" a d'fhiafraigh sí, ag achainí ar Heathcliff.

"Get it ready, will you?" an freagra a bhí air, a dúirt sé chomh brónach sin gur thosaigh mé. Léirigh an ton ina ndúradh na focail droch-nádúr dáiríre. Níor mhothaigh mé a thuilleadh go raibh claonadh agam fear caipitil a thabhairt ar Heathcliff. Nuair a bhí na hullmhúcháin críochnaithe, thug sé cuireadh dom le-"Anois, a dhuine uasail, a thabhairt ar aghaidh do chathaoir." Agus tharraing muid go léir, an óige meirgeach san áireamh, thart ar an mbord: ciúnas austere a bhí i réim agus muid ag plé ár mbéile.

Shíl mé, dá mba rud é gur chuir mé an scamall faoi deara, go raibh sé de dhualgas orm iarracht a dhéanamh é a dhíbirt. Ní raibh siad in ann suí gach lá chomh gruama agus taciturn; agus ní raibhe d'fhiachaibh, acht droch-mheas orra, gurab é an scowl uilíoch do chaitheadar a n-aoinfheacht gach lá.

"Tá sé aisteach," thosaigh mé, san eatramh shlogtha cupán tae amháin agus ag fáil ceann eile - "tá sé aisteach conas is féidir saincheaptha múnla ár cách agus smaointe: ní fhéadfadh go leor a shamhlú go bhfuil sonas i saol deoraíocht iomlán den sórt sin ón domhan mar a chaitheann tú, an tUasal Heathcliff; ach, beidh mé fiontair a rá, go, timpeallaithe ag do theaghlach, agus le do bhean amiable mar an genius ceannais thar do theach agus croí-"

"Mo bhean amiable!" isteach sé, le sneer beagnach diabolical ar a aghaidh. "Cá bhfuil sí—mo bhean amiable?"

"Mrs Heathcliff, do bhean chéile, ciallaíonn mé."

"Bhuel, sea-ó, ba mhaith leat a chur in iúl go bhfuil a spiorad tar éis glacadh leis an bpost aingeal ministering, agus gardaí an fortunes de Wuthering Heights, fiú nuair a bhíonn a corp imithe. An é sin é?"

Rinne mé iarracht é a cheartú, I attempted to correct it. B'fhéidir go bhfaca mé go raibh difríocht rómhór idir aoiseanna na bpáirtithe chun gur dóigh gur fear agus bean chéile a bhí iontu. Bhí ceann amháin thart ar daichead: tréimhse fuinneamh meabhrach ag a bhfuil fir annamh cherish an delusion a bheith pósta le haghaidh grá ag cailíní: tá an aisling in áirithe le haghaidh an solace ár mblianta ag meath. Níor fhéach an ceann eile seacht mbliana déag.

Ansin flashed sé orm - "An clown ag mo elbow, atá ag ól a tae as báisín agus ag ithe a chuid aráin le lámha unwashed, d'fhéadfadh a bheith a fear céile: Heathcliff sóisearach, ar ndóigh. Seo an toradh a bhí ar a bheith curtha beo: tá sí tar éis í féin a chaitheamh amach ar an mborradh sin ón aineolas a bhí ann do dhaoine níos fearr! Is mór an trua é—caithfidh mé a bheith airdeallach ar an gcaoi a gcuirim faoi deara di aiféala a chur ar a rogha." Is cosúil go bhfuil an machnamh deireanach conceited; ní raibh. Bhuail mo chomharsa mé agus mé ag críochantacht leis an repulsive; Bhí a fhios agam, trí thaithí, go raibh mé mealltach.

"Is é Mrs Heathcliff mo iníon-i-dlí," a dúirt Heathcliff, ag comhthacú mo surmise. D'iompaigh sé, mar a labhair sé, cuma aisteach ina treo: cuma an fhuatha; mura bhfuil sraith is claonaí de mhatáin aghaidhe aige nach ndéanfaidh, cosúil le matán daoine eile, teanga a anama a léirmhíniú.

"Ah, cinnte—feicim anois: is tusa sealbhóir fabhrach na sióg beneficent," a dúirt mé, ag casadh ar mo chomharsa.

Bhí sé seo níos measa ná riamh: d'fhás an óige crimson, agus clenched a dhorn, le gach cuma ar ionsaí meditated. Ach ba chuma leis é féin a aithris faoi láthair, agus smothered an stoirm i mallacht brúidiúil, muttered ar mo shon: a, áfach, ghlac mé cúram gan a thabhairt faoi deara.

"Míshásta i do conjectures, a dhuine uasail," breathnaíodh mo óstach; "Níl sé de phribhléid ag ceachtar againn do shióg mhaith a bheith againn; tá a maité marbh. Dúirt mé go raibh sí mo iníon-i-dlí: dá bhrí sin, ní mór di a bheith pósta mo mhac. "

"Agus tá an fear óg seo—"

"Ní mo mhac, cinnte."

Rinne Heathcliff aoibh arís, amhail is go raibh sé sách dána jest chun atharthacht an bhéar sin a chur ina leith.

"Hareton Earnshaw is ainm dom," a d'fhás an ceann eile; "Agus mholfainn duit meas a bheith agat air!"

"I've shown no disrespect," an freagra a bhí agam, ag gáire go hinmheánach faoin dínit a d'fhógair sé féin.

Shocraigh sé a shúil orm níos faide ná mar a thug mé ar ais ar an stare, ar eagla go mb'fhéidir go mbeadh cathú orm a chluasa a bhosca nó mo hilarity a dhéanamh inchloiste. Thosaigh mé ag mothú go neamhbhalbh as áit sa chiorcal taitneamhach teaghlaigh sin. An t-atmaisféar spioradálta dismal overcame, agus níos mó ná neodraithe, na comforts fisiciúil glowing bhabhta dom; agus bheartaigh mé a bheith aireach conas a chuaigh mé faoi na rachtaí sin an tríú huair.

An gnó ithe á thabhairt chun críche, agus gan aon duine ag rá focal comhrá sociable, chuaigh mé fuinneog chun scrúdú a dhéanamh ar an aimsir. Radharc brónach a chonaic mé: oíche dhorcha ag teacht anuas roimh am, agus spéir agus cnoic ag mingled in aon ghuairne searbh amháin gaoithe agus sneachta ag plúchadh.

"Ní dóigh liom gur féidir liom dul abhaile anois gan treoir," ní raibh mé in ann cabhrú le exclaiming. "Beidh na bóithre curtha cheana féin; agus, dá mbeadh siad lom, d'fhéadfainn cos a idirdhealú roimh ré."

"Hareton, tiomáint na dosaen caorach isteach sa phóirse scioból. Beidh siad clúdaithe má fhágtar sa bhfilleadh iad ar feadh na hoíche: agus cuirfidh siad planc os a gcomhair," a dúirt Heathcliff.

"Conas is gá dom a dhéanamh?" Lean mé ar aghaidh, le greannú ag ardú.

Ní raibh aon fhreagra ar mo cheist; agus ar lorg bhabhta chonaic mé ach Joseph thabhairt i pail de leite do na madraí, agus Mrs Heathcliff leaning thar an tine, atreorú í féin le dó bundle de cluichí a bhí tar éis titim as an simléar-píosa mar a athchóiriú sí an tae-canister go dtí a áit. An iar-, nuair a bhí i dtaisce aige a ualach, ghlac suirbhé criticiúil ar an seomra, agus i toin scáinte grátáilte amach -"Aw Wonder conas is féidir yah faishion chun seasamh thear i' díomhaointeas un cogadh, nuair go léir ar 'ems goan amach! Bud yah're a nowt, and it's no use talking-yah'll niver mend o'yer ill ways, but goa raight to t' divil, like yer mother afore ye!

Shamhlaigh mé, ar feadh nóiméid, go raibh an píosa eloquence seo dírithe orm; agus, enraged go leor, sheas i dtreo an rascal aois le hintinn kicking dó amach as an doras. Mrs Heathcliff, áfach, sheiceáil mé ag a freagra.

"Sean-hypocrite scannalach tú!" a d'fhreagair sí. "Nach bhfuil eagla ort go n-iompraítear ar shiúl go coirp thú, aon uair a luann tú ainm an diabhail? Tugaim rabhadh duit staonadh ó spreagadh a thabhairt dom, nó iarrfaidh mé ar d'fhuadach mar fhabhar speisialta! Stop! féach anseo, a Iósaef," ar sise, ag tógáil leabhar fada dorcha ó sheilf; "Taispeánfaidh mé duit cé chomh fada agus atá dul chun cinn déanta agam san Ealaín Dhubh: is gearr go mbeidh mé inniúil ar theach soiléir a dhéanamh de. Ní bhfuair an bhó dhearg bás de sheans; agus is ar éigean is féidir do scoilteacha a áireamh i measc cuairteanna solabhartha!

"Ó, ghránna, ghránna!" Gasped an elder; "Go dtuga an Tiarna sinn ó olc!"

"Níl, reprobate! tá tú castaway-a bheith as, nó beidh mé Gortaítear tú dáiríre! Beidh tú go léir múnlaithe i céir agus cré! agus an chéad duine a théann thar na teorainneacha a shocróidh mé—ní déarfaidh mé cad a dhéanfar leis—ach, feicfidh tú! Imigh, táim ag féachaint ort!"

Chuir an chailleach bheag urchóid bréige isteach ina súile áille, agus Joseph, ag crith le huafás ó chroí, hurried amach, guí, agus ejaculating "wicked" mar a chuaigh sé. Shíl mé go gcaithfeadh speiceas spraoi dreary a bheith mar thoradh ar a hiompar; agus, anois go raibh muid inár n-aonar, rinne mé iarracht suim a chur inti i mo anacair.

"Mrs Heathcliff," a dúirt mé earnestly, "ní mór duit leithscéal dom as troubling tú. Glacaim leis, mar, leis an aghaidh sin, tá mé cinnte nach féidir leat cabhrú le bheith dea-chroíoch. Cuir in iúl roinnt sainchomharthaí tíre trína mb'fhéidir go mbeadh a fhios agam mo bhealach abhaile: níl aon smaoineamh níos mó agam conas dul ann ná mar a bheadh agat conas dul go Londain!

"Tóg an bóthar a tháinig tú," fhreagair sí, ensconcing í féin i gcathaoir, le coinneal, agus an leabhar fada ar oscailt os a comhair. "Is comhairle ghearr í, ach chomh fónta agus is féidir liom a thabhairt."

"Ansin, má chloiseann tú mé á fháil marbh i bportach nó poll lán sneachta, ní chuirfidh do choinsias cogar gur ortsa atá an locht?"

"Conas mar sin? Ní féidir liom tú a thionlacan. Ní ligfeadh siad dom dul go dtí deireadh bhalla an ghairdín."

"*Tusa*! Ba cheart go mbeadh brón orm iarraidh ort an tairseach a thrasnú, mar áis dom, ar a leithéid d'oíche," adeir mé. "Ba mhaith liom tú a *insint* dom mo bhealach, gan é a *thaispeáint*: nó eile a chur ina luí ar an Uasal Heathcliff treoir a thabhairt dom."

"Cé? Tá é féin, Earnshaw, Zillah, Joseph agus mé. Cé acu a bheadh agat?

"An bhfuil aon bhuachaillí ag an bhfeirm?"

"Níl; tá siad sin go léir."

"Ansin, leanann sé go bhfuil iallach orm fanacht."

"Gur féidir leat socrú le d'óstach. Níl aon bhaint agam leis.

"Tá súil agam go mbeidh sé ina cheacht duit gan níos mó turas gríos a dhéanamh ar na cnoic seo," adeir guth stern Heathcliff ó bhealach isteach na cistine. "Maidir le fanacht anseo, ní choinním lóistín do chuairteoirí: caithfidh tú leaba a roinnt le Hareton nó Joseph, má dhéanann tú."

"Is féidir liom codladh ar chathaoir sa seomra seo," a d'fhreagair mé.

"Níl, níl! Is strainséir é strainséir, bíodh sé saibhir nó bocht: ní fheilfidh sé dom cead a thabhairt d'aon duine raon na háite agus mé as garda!" arsa an dreoilín gan foireann.

Leis an masla seo bhí deireadh le m'fhoighne. Uttered mé léiriú de disgust, agus bhrúigh anuas air isteach sa chlós, ag rith i gcoinne Earnshaw i mo haste. Bhí sé chomh dorcha sin nach raibh mé in ann an bealach éalaithe a fheiceáil; agus, agus mé ag fánaíocht thart, chuala mé sampla eile dá n-iompar sibhialta i measc a chéile. Ar dtús bhí an fear óg ar tí cairdeas a dhéanamh liom.

"Rachaidh mé leis chomh fada leis an bpáirc," a dúirt sé.

"Beidh tú ag dul leis go hIfreann!" Exclaimed a mháistir, nó cibé gaol rug sé. "Agus cé atá chun aire a thabhairt do na capaill, eh?"

"Tá saol fear ar iarmhairt níos mó ná tráthnóna amháin faillí na capaill: ní mór duine éigin dul," murmured Mrs Heathcliff, níos cineálta ná mar a bhí súil agam.

"Níl ar do ordú!" retorted Hareton. "Dá leagfá siopa air, b'fhearr duit a bheith ciúin."

"Ansin tá súil agam go gcuirfidh a thaibhse alltacht ort; agus tá súil agam nach bhfaighidh an tUasal Heathcliff tionónta eile go dtí go mbeidh an Ghráinseach ina fothrach," a d'fhreagair sí, go géar.

"Hearken, hearken, cursing Shoo ar 'em!" muttered Joseph, i dtreo a raibh mé ag stiúradh.

Shuigh sé laistigh de earshot, milking na ba ag an solas de lantern, a ghabh mé unceremoniously, agus, ag glaoch amach go mbeadh mé é a sheoladh ar ais ar an morrow, rushed go dtí an postern gaire.

"Maister, maister, tá sé staling t 'lanthern!" a scairt an ársa, ag leanúint mo retreat. "Hey, Gnasher! Hey, madra! Hey Wolf, hollan air, hollan air!

Nuair a d'oscail mé an doras beag, d'eitil dhá arrachtaigh gruagacha ag mo scornach, agus mé ag iompar síos, agus ag múchadh an tsolais; agus chuir guffaw mingled ó Heathcliff agus Hareton an copestone ar mo buile agus náiriú. Ar ámharaí an tsaoil, bhí an chuma ar na beithígh go raibh siad níos lúbtha ar a lapaí a shíneadh, agus ag yawning, agus ag bláthú a n-eireabaill, ná mé a chaitheamh beo; ach bheadh siad ag fulaingt aon aiséirí, agus bhí orm a bheidh go dtí a máistrí urchóideacha sásta a sheachadadh dom: ansin, hatless agus trembling le wrath, d'ordaigh mé na miscreants a ligean dom amach-ar a peril a choinneáil dom nóiméad amháin níos faide-le bagairtí incoherent roinnt de retaliation go, ina doimhneacht éiginnte de virulency, smacked rí Lear.

An vehemence de mo agitation thug ar bleeding copious ag an srón, agus fós Heathcliff gáire, agus fós scolded mé. Níl a fhios agam cad a bheadh i gcrích ar an ardán, dá mba rud é nach raibh duine amháin ar láimh in áit níos réasúnaí ná mé féin, agus níos benevolent ná mo siamsóir. Ba é seo Zillah, bean tí an stout; a d'eisigh amach ar fad chun fiosrú a dhéanamh faoi nádúr an uproar. Shíl sí go raibh cuid acu ag leagan lámh fhoréigneach orm; agus, gan a bheith ag iarraidh ionsaí a dhéanamh ar a máistir, chas sí a airtléire gutha i gcoinne an scoundrel níos óige.

"Bhuel, an tUasal Earnshaw," adeir sí, "N'fheadar cad a bheidh agat agat seo chugainn? An bhfuilimid chun daoine a dhúnmharú ar ár gclocha dorais? Feicim nach ndéanfaidh an teach seo go deo dom—féach ar an leaid bhocht, tá sé ag tachtadh cothrom! Wisht, mianta; ní théann tú ar aghaidh mar sin. Tar isteach, agus leigheasfaidh mé é sin: tá anois, coinnigh sibh fós.

Leis na focail seo splashed sí go tobann pionta uisce oighreata síos mo mhuineál, agus tharraing mé isteach sa chistin. Lean an tUasal Heathcliff ina dhiaidh sin, agus chuaigh a mheanma trí thimpiste in éag go tapa ina ghnáth-mhaorlathas.

Bhí mé tinn exceedingly, agus dizzy, agus faint; agus dá bhrí sin d'fhiacha ar Perforce glacadh le lóistín faoina dhíon. Dúirt sé le Zillah gloine brandy a thabhairt dom, agus ansin chuaigh sé ar aghaidh go dtí an seomra istigh; agus condoled sí liom ar mo predicament leithscéal, agus tar éis obeyed a orduithe, trína raibh mé beagán athbheochan, ushered dom a chodladh.

CAIBIDIL III

Agus í i gceannas ar an mbealach thuas staighre, mhol sí gur chóir dom an choinneal a cheilt, agus gan torann a dhéanamh; óir bhí nóisean corr ag a máistir faoin seomra a chuirfeadh sí isteach orm, agus níor lig sí d'aon duine lóisteáil ann go toilteanach. D'iarr mé an chúis. Ní raibh a fhios aici, d'fhreagair sí: ní raibh cónaí uirthi ann ach bliain nó dhó; agus bhí an oiread sin Queer ag dul ar aghaidh, ní fhéadfadh sí tús a chur le bheith fiosrach.

Ró-stupefied a bheith fiosrach mé féin, fastened mé mo dhoras agus spléach bhabhta don leaba. An troscán ar fad comhdhéanta de chathaoir, éadaí-preas, agus cás darach mór, le cearnóga gearrtha amach in aice leis an barr cosúil le fuinneoga cóiste. Tar éis dom dul i ngleic leis an struchtúr seo, d'fhéach mé taobh istigh, agus bhraith mé gur saghas uatha tolg sean-aimseartha é, a bhí deartha go han-áisiúil chun an gá atá le gach ball den teaghlach a bhfuil seomra aige dó féin a sheachaint. Go deimhin, bhí sé ina closet beag, agus an ledge na fuinneoige, a iniata sé, sheirbheáil mar tábla.

Slid mé ar ais na taobhanna panelled, fuair isteach le mo solas, tharraing siad le chéile arís, agus bhraith slán i gcoinne an airdeall Heathcliff, agus gach ceann eile.

An ledge, nuair a chuir mé mo choinneal, bhí cúpla leabhar mildewed piled suas i gcúinne amháin; agus bhí sé clúdaithe le scríbhneoireacht scríobtha ar an bpéint. Ní raibh sa scríbhneoireacht seo, áfach, ach ainm a athrá i ngach cineál carachtar, mór agus beag—*Catherine Earnshaw*, anseo is ansiúd le *Catherine Heathcliff*, agus ansin arís le *Catherine Linton*.

I vapid listlessness leant mé mo cheann i gcoinne an fhuinneog, agus lean litriú thar Catherine Earnshaw-Heathcliff-Linton, till mo shúile dúnta; ach ní raibh siad quieuit cúig nóiméad nuair a thosaigh glare de litreacha bána as an dorchadas, chomh beoga le speictreach-an t-aer swarmed le Catherines; agus rousing mé féin a dispel an t-ainm obtrusive, fuair mé mo candle-wick reclining ar cheann de na méideanna antique, agus perfuming an áit le boladh de lao-craiceann rósta.

Snuffed mé amach é, agus, an-tinn ar a suaimhneas faoi thionchar nausea fuar agus lingering, shuigh suas agus scaipeadh oscailte an tome gortaithe ar mo ghlúin. Tiomna a bhí ann, i gcló truamhéalach, agus boladh dreadfully musty: rug duilleog cuileoige an inscríbhinn —"Catherine Earnshaw, a leabhar," agus dáta éigin ceathrú céad bliain ar ais.

Dhún mé é, agus thóg mé ceann eile agus ceann eile, go dtí go raibh scrúdú déanta agam go léir. Roghnaíodh leabharlann Chaitríona, agus ba léir gur baineadh úsáid mhaith as a staid dilapidation, cé nach raibh sé ar fad chun críche dlisteanacha: ar éigean gur éalaigh caibidil amháin le tráchtaireacht peann agus dúch—ar a laghad an chuma a bhí ar cheann amháin—ag clúdach gach morsel bán a d'fhág an printéir. Abairtí scoite a bhí i gcuid acu; bhí codanna eile i bhfoirm dialann rialta, scrawled i lámh neamhfhoirmithe, childish. Ag barr leathanach breise (stór go leor, is dócha, nuair a lasadh ar dtús é) bhí mé an-sásta caricature den scoth a fheiceáil de mo chara Joseph, - rudely, ach sceitse cumhachtach. Chuir mé suim láithreach ionam don Catherine anaithnid, agus thosaigh mé láithreach ag caitheamh a hieroglyphics faded.

"Domhnach uafásach," a thosaigh an mhír faoi bhun. "Is mian liom go raibh m'athair ar ais arís. Is ionadaí díthiomnach é Hindley - tá a iompar go Heathcliff atrocious-H. agus tá mé ag dul chun reibiliúnach-ghlac muid ár gcéim tionscantach tráthnóna.

"Bhí an lá ar fad tuilte le báisteach; ní raibh muid in ann dul go dtí séipéal, mar sin ní mór Joseph riachtanais a fháil suas pobal sa garret; agus, cé gur chuir Hindley agus a bhean chéile ceist thíos staighre roimh thine chompordach—ag déanamh rud ar bith ach ag léamh a mBíobla, freagróidh mé dó—Heathcliff, mé féin, agus ordaíodh don treabhdóir míshásta ár leabhair urnaí a thógáil, agus mount: bhí muid raonta i ndiaidh a chéile, ar sac arbhair, groaning agus shivering, agus ag súil go mbeadh Joseph shiver freisin, ionas go bhféadfadh sé aitheasc gearr a thabhairt dúinn ar mhaithe leis féin. Smaoineamh vain! Mhair an tseirbhís go beacht trí huaire an chloig; agus fós bhí an aghaidh ag mo dhearthár le exclaim, nuair a chonaic sé muid ag teacht anuas, 'Cad é, déanta cheana féin?' Tráthnóna Dé

Domhnaigh bhíodh cead againn imirt, mura ndéanfaimis mórán torainn; anois is leor titter amháin chun muid a shcoladh isteach i gcúinní.

"'Déanann tú dearmad go bhfuil máistir agat anseo,' a deir an tíoránach. ' Leagfaidh mé an chéad duine a chuireann as meon mé! Seasann mé ar sobriety foirfe agus tost. Ó, a mhac! An tusa a bhí ann? Frances darling, tarraingt a chuid gruaige mar a théann tú ag: Chuala mé é snap a mhéara. ' Tharraing Frances a chuid gruaige go croíúil, agus ansin chuaigh sí agus shuigh sí féin ar ghlúin a fir chéile, agus ansin bhí siad, cosúil le dhá leanbh, ag pógadh agus ag caint nonsense ag an uair an chloig-palaver foolish gur chóir dúinn a bheith náire. Rinne muid muid féin chomh snug agus a cheadaítear ár n-acmhainn in áirse an drisiúr. Bhí mé díreach tar éis fastened ár pinafores le chéile, agus crochadh iad suas le haghaidh cuirtín, nuair a thagann i Joseph, ar errand ó na stáblaí. Deora sé síos mo handiwork, boscaí mo chluasa, agus croaks:

"'T' maister nobbut díreach curtha, agus Sabbath ní o'ered, und t' fuaime o 't' soiscéal fós i' lugs yer, agus darr ye a laiking! Náire oraibh! Suigh sibh síos, a leanbh tinn! tá leabhair mhaithe ann má léifidh sibh 'em: suigh sibh síos, agus smaoinigh o' yer sowls!'

"Ag rá seo, chuir sé d'fhiacha orainn mar sin ár bpoist a d'fhéadfaimis a fháil ón tine i bhfad amach a gha dull chun téacs an lumber a thrust sé orainn a thaispeáint dúinn. Ní fhéadfainn an fhostaíocht a iompar. Thóg mé mo thoirt dingy ag an scroop, agus hurled sé isteach sa madra-kennel, vowing fuath mé leabhar maith. Chiceáil Heathcliff é go dtí an áit chéanna. Ansin bhí hubbub ann!

"'Maister Hindley!' a bhéic ár séiplíneach. ' Maister, coom hither! Riven Miss Cathy ar ú 'ar ais amach "Ú 'Clogad o' Salvation," un 'Heathcliff's pawsed a oiriúnach i t 'chéad chuid o' "T' Brooad Bealach a Scrios!" Tá sé flaysome cothrom go lig sibh 'em dul ar an gait. Ech! ú 'owd man wad ha' laced 'em i gceart-ach tá sé goan!'

"D'éirigh Hindley as a pharthas ar an teallach, agus chuir sé duine againn ag an gcoiléar, agus an ceann eile ag an lámh, ag iomáint isteach sa chúlchistin; áit, Joseph asseverated, bheadh 'owd Nick' beir dúinn chomh cinnte agus a bhí muid ag maireachtáil: agus, mar sin comforted, d'iarr muid gach nook ar leith chun fanacht ar a teacht. Shroich mé an leabhar seo, agus pota dúigh ó sheilf, agus bhrúigh mé ajar doras an tí chun solas a thabhairt dom, agus fuair mé an t-am leis an scríbhneoireacht ar feadh fiche nóiméad; ach tá mo chompánach mífhoighneach, agus molann sé gur chóir dúinn clóca na mná déiríochta a leithreasú, agus scamper a bheith againn ar na moors, faoina foscadh. Moladh taitneamhach-agus ansin, má thagann an seanfhear surly isteach, d'fhéadfadh sé a chreidiúint a tuar fíoraithe-ní féidir linn a bheith damper, nó níos fuaire, sa bháisteach ná mar atá muid anseo. "

* * * * * *

Is dócha gur chomhlíon Catherine a tionscadal, don chéad abairt eile ghlac sí ábhar eile: céir sí lachrymose.

"Cé chomh beag is a shamhlaigh mé go ndéanfadh Hindley caoin orm riamh mar sin!" a scríobh sí. "Pianta mo chinn, till ní féidir liom é a choinneáil ar an bpiliúr; agus fós ní féidir liom a thabhairt os a chionn. Heathcliff bocht! Tugann Hindley vagabond air, agus ní ligfidh sé dó suí linn, ná ithe linn níos mó; agus, a deir sé, ní mór dó agus dom imirt le chéile, agus bagairt chun dul air amach as an teach má bhriseann muid a chuid orduithe. Bhí sé ag cur an mhilleáin ar ár n-athair (cé chomh dána is a bhí sé?) as caitheamh le H. ró-liobrálach; agus mionnaíonn sé go laghdóidh sé é go dtí a áit cheart—"

* * * * * *

Thosaigh mé ag nod go codlatach thar an leathanach dim: mo shúil wandered ó lámhscríbhinn a phriontáil. Chonaic mé teideal dearg ornáideach —"Seachtó Uair a Seacht, agus an Chéad cheann den Seachtó-Chéad. Dioscúrsa Pious a thug an tUrramach Jabez Branderham, i Séipéal Gimmerden Sough. Agus cé go raibh mé, leath-chomhfhiosach, ag cur imní ar m'inchinn buille faoi thuairim a thabhairt faoi cad a dhéanfadh Jabez Branderham dá ábhar, chuaigh mé ar ais sa leaba, agus thit mé i mo chodladh. Faraoir, le haghaidh éifeachtaí tae dona agus droch-temper! Cad eile a d'fhéadfadh sé a bheith ann a chuir orm oíche chomh uafásach sin a rith? Ní cuimhin liom ceann eile gur féidir liom a chur i gcomparáid leis ar chor ar bith ós rud é go raibh mé in ann fulaingt.

Thosaigh mé ag brionglóideach, beagnach sular scoir mé de bheith ciallmhar i mo cheantar féin. Shíl mé gur maidin a bhí ann; agus bhí leagtha amach agam ar mo bhealach abhaile, le Joseph le haghaidh treoir. Leag an sneachta clóis go domhain sa bhóthar; agus, do réir mar do chuamar ar aghaidh, do chaith mo chompánach mé le síor-iomrádh nár thug mé foireann oilithrigh: ag innisin dom nach fhéadfainn dul isteach sa tigh gan duine, agus cudgel trom-chinn do bhláthughadh, do thuig mé do bheith ainmnithe amhlaidh. Ar feadh nóiméad mheas mé go raibh sé áiféiseach gur cheart go mbeadh arm den sórt sin de dhíth orm chun ligean isteach i m'áit chónaithe féin. Ansin tháinig smaoineamh nua trasna orm. Ní raibh mé ag dul ann: bhí muid ag taisteal chun éisteacht leis an seanmóir cáiliúil Jabez Branderham, ón téacs -"Seachtó Uair a Seacht;" agus ceachtar Joseph, an preacher, nó bhí mé tiomanta an "Chéad cheann de na Seachtó-Chéad," agus bhí a bheith nochta go poiblí agus excommunicated.

Tháinig muid go dtí an séipéal. Rith sé go mór liom i mo chuid siúlóidí, faoi dhó nó thrice; tá sé suite i log, idir dhá chnoc: log ardaithe, in aice le swamp, a ndeirtear go bhfreagraíonn a thaise móna gach cuspóir a bhaineann le hionchollú ar an mbeagán corpán atá i dtaisce ann. Coinníodh an díon ar fad go dtí seo; ach ós rud é nach bhfuil stipinn an chléir ach fiche punt sa bhliain, agus teach le dhá sheomra, ag bagairt go tapa chun cinneadh a dhéanamh i gceann amháin, ní thabharfaidh aon chléir faoi dhualgais sagart: go háirithe mar a thuairiscítear faoi láthair gurbh fhearr lena thréad ligean dó stánadh ná cur leis an mbeo le pingin as a bpócaí féin. Mar sin féin, i mo bhrionglóid, bhí pobal iomlán agus aireach ag Jabez; agus preached sé-Dia maith! cad is seanmóir ann; roinnte ina *cheithre chéad nócha* cuid, gach ceann acu cothrom go hiomlán le gnáthsheoladh ón pulpit, agus gach ceann ag plé peaca ar leith! Nuair a chuardaigh sé iad, ní féidir liom a rá. Bhí a bhealach príobháideach aige chun an abairt a léirmhíniú, agus ba chosúil gur ghá don deartháir peacaí éagsúla a pheaca gach uair. Bhí siad ar an gcarachtar is aisteach: transgressions corr nár shamhlaigh mé riamh roimhe seo.

Ó, cé chomh traochta a d'fhás mé. Conas writhed mé, agus yawned, agus chlaon, agus athbheochan! Conas pinched mé féin agus pricked mé féin, agus chuimil mo shúile, agus sheas suas, agus shuigh síos arís, agus nudged Joseph a chur in iúl dom más rud é go mbeadh sé *déanta riamh*. Bhí mé dhaoradh a chloisteáil go léir amach: ar deireadh, shroich sé an "*An Chéad cheann de na Seachtó-Chéad.*" Ag an ngéarchéim sin, tháinig inspioráid thobann anuas orm; Bogadh mé chun ardú agus a shéanadh Jabez Branderham mar pheacach an pheaca nach gá aon Chríostaí maithiúnas.

"A dhuine uasail," exclaimed mé, "ina suí anseo laistigh de na ceithre ballaí, ag stráice amháin, tá mé endured agus maite na ceithre chéad nócha ceann de do dioscúrsa. Seachtó uair seacht n-uaire a phlucked mé suas mo hata agus bhí sé ar tí imeacht-Seachtó uair seacht n-uaire a bhfuil tú iachall preposterously dom a atosú mo shuíochán. Tá an iomarca i gceist leis an gceithre chéad nócha a haon. A chomh-mhairtírigh, bíodh air! Tarraing anuas é, agus brúigh é chuig adaimh, go mb'fhéidir nach mbeadh aithne níos mó ag an áit a bhfuil aithne aige air!

"*Ealaín tusa an Fear!*" adeir Jabez, tar éis sos sollúnta, leaning thar a mhaolú. " Seachtó uair seacht n-uaire didst thou gapingly contort thy visage-seachtó uair a seacht raibh mé abhcóide a ghlacadh le m'anam-Lo, is é seo laige an duine: d'fhéadfadh sé seo a réiteach freisin! Tá an Chéad cheann de na Seachtó-Chéad teacht. A bhráithre, forghníomhaigh air an breithiúnas a scríobhadh. Tá a naoimh go léir ag an onóir sin!

Leis an bhfocal deiridh sin, rith an tionól ar fad, ag móradh staves a n-oilithrigh, thart orm i gcorp; agus mé, gan aon arm a ardú i bhféinchosaint, thosaigh grappling le Joseph, mo assailant gaire agus is ferocious, as a chuid. I cumar an iliomad, thrasnaigh roinnt clubanna; He fell on other sconces, thit sé ar bhuille eile. Faoi láthair d'éirigh an séipéal ar fad le rappings agus le rapálacha cuntair: bhí lámh gach fir in aghaidh a chomharsan; agus Branderham, toilteanach fanacht díomhaoin, dhoirt sé amach a zeal i gcith de sconnaí ard ar bhoird na pulpit, a d'fhreagair chomh cliste sin, ar deireadh, le mo fhaoiseamh unspeakable, dhúisigh siad dom. Agus cad é a mhol an fothram ollmhór? Cad a d'imir páirt Jabez sa tsraith? Ní raibh ann ach an brainse de chrann giúise a bhain le mo laitís mar a d'imigh an soinneáin, agus a chóin thirime i gcoinne na bpánaí! D'éist mé go amhrasach ar an toirt; braitheadh an suaiteoir, ansin chas agus dozed, agus dreamt arís: más féidir, fós níos disagreeably ná riamh.

An uair seo, chuimhnigh mé go raibh mé i mo luí sa closet darach, agus chuala mé go soiléir an ghaoth gusty, agus tiomáint an sneachta; Chuala mé, chomh maith, an bough fir athrá a fuaime teasing, agus ascribed sé ar an gcúis cheart: ach chuir sé an oiread sin orm, go raibh rún agam é a chur ina thost, más féidir; agus, shíl mé, d'ardaigh mé agus rinne mé iarracht an tuiseal a bhaint amach. Sádráladh an crúca isteach sa stáplacha: imthoisc a thug mé faoi deara nuair a dhúisigh mé, ach ligeadh i ndearmad é. "Caithfidh mé é a stopadh, mar sin féin!" Muttered mé, knocking mo knuckles tríd an ghloine, agus síneadh lámh amach a urghabháil an brainse importunate; ina ionad sin, dhún mo mhéara ar mhéara lámh bheag fhuar oighir!

Tháinig uafás dian na tromluí orm: rinne mé iarracht mo lámh a tharraingt ar ais, ach bhuail an lámh leis, agus sobbed guth is lionn dubh,

"Lig dom isteach - lig dom isteach!"

"Cé tusa?" D'iarr mé, ag streachailt, idir an dá linn, mé féin a dhícheangal.

"Catherine Linton," a d'fhreagair sé, go seafóideach (cén fáth ar smaoinigh mé ar *Linton*? Bhí *Earnshaw léite agam* fiche uair do Linton)—"Tá mé ag teacht abhaile: chaill mé mo bhealach ar an móinteán!"

Mar a labhair sé, discerned mé, obscurely, aghaidh linbh ag féachaint tríd an fhuinneog. Chuir sceimhle cruálach orm; agus, a aimsiú useless chun iarracht a chroitheadh an créatúr amach, tharraing mé a wrist ar aghaidh go dtí an phána briste, agus chuimil sé go dtí agus fro till rith an fhuil síos agus soaked an bedclothes: fós wailed sé, "Lig dom i!" agus chothabháil a gripe tenacious, beagnach maddening dom le eagla.

"Conas is féidir liom!" Dúirt mé ar fad. "Lig *dom* dul, más mian leat dom a ligean isteach tú!"

Na méara relaxed, snatched mé mianach tríd an poll, piled hurriedly na leabhair suas i pirimid ina choinne, agus stop mo chluasa a eisiamh an paidir lamentable.

Ba chuma liom iad a choinneáil dúnta os cionn ceathrú uaire; ach, an toirt a d'éist mé arís, bhí an caoineadh doleful moaning ar!

"Begone!" A scairt mé. "Ní ligfidh mé isteach thú, ní má impíonn tú ar feadh fiche bliain."

"Tá sé fiche bliain," arsa an guth: "fiche bliain. Tá mé i mo waif le fiche bliain!

Thosaigh sé ag scríobadh fann taobh amuigh, agus bhog carn na leabhar amhail is dá mba sá ar aghaidh.

Rinne mé iarracht léim suas; ach ní fhéadfadh sé géag a chorraí; agus mar sin yelled os ard, i frenzy de fright.

Le mo mhearbhall, fuair mé amach nach raibh an yell idéalach: chuaigh coiscéim hasty i dtreo dhoras mo sheomra; bhrúigh duine éigin é ar oscailt, le lámh bríomhar, agus solas glimmered trí na cearnóga ag barr na leapa. Shuigh mé shuddering, fós, agus wiping an perspiration ó mo forehead: an chuma ar an ionróir leisce ort, agus muttered dó féin.

Ar deireadh, a dúirt sé, i leath-cogar, plainly gan a bheith ag súil le freagra,

"An bhfuil aon duine anseo?"

Mheas mé gurbh fhearr dom mo láithreacht a admháil; óir bhí a fhios agam canúintí Heathcliff, agus bhí eagla orm go bhféadfadh sé cuardach breise a dhéanamh, má choinnigh mé ciúin.

Leis an rún seo, chas mé agus d'oscail mé na painéil. Ní dhéanfaidh mé dearmad go luath ar an éifeacht a bhí ag mo ghníomh.

Sheas Heathcliff in aice leis an mbealach isteach, ina léine agus ina bhríste; le coinneal ag sileadh thar a mhéara, agus a aghaidh chomh bán leis an mballa taobh thiar de. An chéad creak an darach geit air cosúil le turraing leictreach: léim an solas as a shealbhú go dtí achar de roinnt cosa, agus bhí a corraíl chomh mór, go bhféadfadh sé a phiocadh suas ar éigean.

"Níl ann ach d'aoi, a dhuine uasail," a ghlaoigh mé amach, agus fonn orm an náiriú a bhaineann lena choimircí a nochtadh a thuilleadh. "Bhí an mí-ádh orm scread i mo chodladh, mar gheall ar tromluí scanrúil. Tá brón orm gur chuir mé isteach ort.

"Ó, Dia confound tú, an tUasal Lockwood! Is mian liom go raibh tú ag an-" thosaigh mo óstach, ag leagan an coinneal ar chathaoir, toisc go bhfuair sé dodhéanta é a shealbhú seasta. "Agus cé a léirigh tú suas sa seomra seo?" ar seisean, ag brú a chuid tairní isteach ina bhosa, agus ag meilt a chuid fiacla chun na trithí uasta a cheansú. "Cérbh é? Tá intinn mhaith agam iad a chur amach as an teach an nóiméad seo!

"Bhí sé do sheirbhíseach Zillah," d'fhreagair mé, flinging mé féin ar an urlár, agus go tapa resuming mo baill éadaigh. "Níor chóir dom cúram má rinne tú, an tUasal Heathcliff; tá sé tuillte go mór aici. Is dócha go raibh sí ag iarraidh cruthúnas eile a fháil go raibh an áit ciaptha, ar mo chostas. Bhuel, tá sé-swarming le taibhsí agus goblins! You have reason in shutting it up, geallaim duit. Ní bheidh aon duine buíochas a ghabháil leat as doze i den sórt sin a nead! "

"Cad atá i gceist agat?" A d'fhiafraigh Heathcliff, "agus cad atá á dhéanamh agat? Luigh síos agus críochnaigh amach an oíche, ós rud é *go bhfuil tú* anseo; ach, ar mhaithe le Neamh! Ná déan an torann uafásach sin arís: ní fhéadfadh aon rud leithscéal a ghabháil leis, mura raibh do scornach gearrtha agat!

"Dá dtiocfadh an fiend beag isteach ag an bhfuinneog, is dócha go mbeadh sí tar éis mé a strangled!" D'fhill mé. "Níl mé chun géarleanúintí do shinsir hospitable a fhulaingt arís. Nach raibh an tUrramach Jabez Branderham cosúil leat ar thaobh na máthar? Agus an minx sin, Catherine Linton, nó Earnshaw, nó cibé ar a dtugtar í-caithfidh go raibh sí ina hanam beag athraithe-ghránna! Dúirt sí liom go raibh sí ag siúl an domhain na fiche bliain seo: pionós cóir as a transgressions marfach, níl aon amhras orm!

Ar éigean a ritheadh na focail seo nuair a chuimhnigh mé ar an mbaint a bhí ag Heathcliff le hainm Catherine sa leabhar, a shleamhnaigh go hiomlán ó mo chuimhne, go dtí gur dhúisigh mé dá bharr. Blushed mé ag mo inconsideration: ach, gan a thaispeáint chonaic tuilleadh ar an gcion, hastened mé a chur leis-"Is í an fhírinne, a dhuine uasail, rith mé an chéad chuid den oíche i-" Anseo stop mé as an nua-bhí mé ar tí a rá "perusing na méideanna d'aois," ansin bheadh sé le fios mo chuid eolais ar a gcuid scríofa, chomh maith lena clóite, ábhar ábhair; mar sin, ag ceartú mé féin, chuaigh mé ar aghaidh—"i litriú thar an ainm scríobtha ar an bhfuinneog-ledge sin. Slí bheatha aontonach, a ríomhtar chun mé a chur i mo chodladh, cosúil le comhaireamh, nó—"

"Cad *is féidir* leat a chiallaíonn trí labhairt ar an mbealach seo dom!" Heathcliff thundered le vehemence savage. " Conas-conas *leomh* tú, faoi mo dhíon?-Dia! tá sé ar buile labhairt mar sin! Agus bhuail sé a mhullach le buile.

Ní raibh a fhios agam ar cheart dom an teanga seo a athbheochan nó mo mhíniú a shaothrú; ach ba chosúil go ndeachaigh sé i bhfeidhm chomh cumhachtach sin gur ghlac mé trua agus go ndeachaigh mé ar aghaidh le mo bhrionglóidí; ag dearbhú nár chuala mé an t-uafás "Catherine Linton" riamh roimhe seo, ach nuair a léigh mé é go minic, tháinig tuiscint a léirigh é féin nuair nach raibh mo shamhlaíocht faoi smacht agam a thuilleadh. De réir a chéile thit Heathcliff ar ais i bhfoscadh na leapa, mar a labhair mé; agus é ina shuí síos beagnach folaithe taobh thiar de. Buille faoi thuairim mé, áfach, ag a análú neamhrialta agus intercepted, go raibh sé ag streachailt a vanquish farasbarr de emotion foréigneach. Gan a bheith ag iarraidh a thaispeáint dó gur chuala mé an choimhlint, lean mé ar aghaidh le mo leithris in áit noisily, d'fhéach mé ar mo uaireadóir, agus soliloquised ar fhad na hoíche: "Níl a trí a chlog fós! D'fhéadfainn mionn a ghlacadh go raibh sé sé bliana d'aois. Stagnates am anseo: ní mór dúinn a bheith cinnte ar scor chun sosa ag a hocht! "

"I gcónaí ag a naoi sa gheimhreadh, agus ardú ag a ceathair," a dúirt mo óstach, faoi chois groan: agus, mar fancied mé, ag an tairiscint scáth a lámh, dashing cuimilt as a shúile. "An tUasal Lockwood," a dúirt sé, "is féidir leat dul isteach i mo sheomra: ní bheidh tú ach ar an mbealach, ag teacht thíos staighre chomh luath sin: agus tá do outcry childish sheoladh codlata chuig an diabhal dom."

"Agus domsa, freisin," a d'fhreagair mé. "Siúlfaidh mé sa chlós go dtí solas an lae, agus ansin beidh mé as; agus ní gá duit dread athrá ar mo intrusion. Tá leigheas maith agam anois ar phléisiúr a lorg sa tsochaí, bíodh sé ina thír nó ina bhaile. Ba chóir go bhfaigheadh fear ciallmhar a dhóthain cuideachta ann féin."

"Cuideachta aoibhinn!" muttered Heathcliff. "Tóg an choinneal, agus téigh san áit le do thoil. Beidh mé in éineacht leat go díreach. Coinnigh amach as an gclós, áfach, tá na madraí unchained; agus an teach-Juno mounts sentinel ann, agus-nay, is féidir leat ramble ach faoi na céimeanna agus pasáistí. Ach, ar shiúl leat! Tiocfaidh mé i gceann dhá nóiméad!

Obeyed mé, chomh fada agus a scor an seomra; nuair, aineolach i gcás ina raibh na lobbies caol stiúir, sheas mé fós, agus bhí finné, neamhdheonach, le píosa piseog ar thaobh mo thiarna talún a belied, oddly, a chiall dealraitheach. D'éirigh sé ar an leaba, agus d'oscail sé an laitís, ag pléascadh, agus é ag tarraingt air, isteach i bpaisean neamhrialaithe na ndeor. "Tar isteach! Tar isteach!" sobbed sé. "Cathy, a dhéanamh. Ó, déan— *uair amháin* eile! Ó! darling mo chroí! éist liom *an uair seo*, a Chaitríona, faoi dheireadh! Léirigh an speictreach gnáth-caprice speictreach: níor thug sé aon chomhartha go raibh; ach bhuail an sneachta agus an ghaoth go fiáin tríd, fiú ag sroicheadh mo stáisiúin, agus ag séideadh amach an solas.

Bhí anguish den sórt sin i gush de grief a ghabhann leis an raving, go ndearna mo trua dom overlook a baois, agus tharraing mé amach, leath feargach a bheith ag éisteacht ar chor ar bith, agus vexed ag a bhfuil gaol mo nightmare ridiculous, ós rud é a tháirgtear sé go agony; cé go *raibh an fáth* thar mo thuiscint. Shliocht mé go cúramach go dtí na réigiúin níos ísle, agus i dtír sa chúl-chistin, i gcás ina gleam na tine, raked dlúth le chéile, ar chumas dom a rekindle mo choinneal. Ní raibh aon rud corraitheach ach amháin cat brindled, liath, a crept as an luaithreach, agus saluted dom le mew querulous.

Dhá bhinse, múnlaithe i gcodanna de chiorcal, beagnach iata an teallaigh; ar cheann acu sin shín mé féin, agus chuir Grimalkin an ceann eile. Bhí muid beirt againn nodding ere aon duine invaded ár retreat, agus ansin bhí sé Joseph, shuffling síos dréimire adhmaid a vanished sa díon, trí gaiste: an ascent a garret, is dócha. Chaith sé súil sinister ar an lasair bheag a mheall mé a imirt idir na easnacha, scuab sé an cat óna ingearchló, agus bhronn sé é féin san fholúntas, thosaigh sé ag oibriú píopa trí orlach le tobac. Ba léir go raibh meas rómhór agam ar mo láithreacht ina sanctum mar gheall ar ráiteas: chuir sé an feadán i bhfeidhm go ciúin ar a liopaí, d'fhill sé a ghéaga, agus puffed away. Lig mé dó taitneamh a bhaint as an só unannoyed; agus tar éis dó a bláthfhleasc deireanach a shú amach, agus osna as cuimse a bhaint amach, d'éirigh sé, agus d'imigh sé chomh sollúnta agus a tháinig sé.

A footstep níos leaisteacha isteach chugainn; agus anois d'oscail mé mo bhéal le haghaidh "dea-maidin," ach dhún sé arís, an salutation unachieved; óir do bhí Hareton Earnshaw ag déanamh a *sotto sotto orison*, i sraith mallachtaí dírithe i gcoinne gach ruda a theagmhaigh sé, agus rummaged sé cúinne do spád nó sluasaid a tochailt trí na sruthanna. Spléach sé thar chúl an bhinse, dilating a nostrils, agus shíl sé chomh beag de sibhialtachtaí a mhalartú liom mar le mo chompánach an cat. Buille faoi thuairim mé, ag a chuid ullmhúcháin, go raibh cead egress, agus, ag fágáil mo tolg crua, rinne gluaiseacht a leanúint air. Thug sé é seo faoi deara, agus sá ag doras istigh le deireadh a spád, ag cur in iúl go raibh an áit ina gcaithfidh mé dul, má d'athraigh mé mo cheantar.

D'oscail sé isteach sa teach, áit a raibh na mná astir cheana féin; Zillah ag gríosú calóga lasair suas an simléar le bellows colossal; agus Mrs Heathcliff, glúine ar an teallach, ag léamh leabhar le cabhair an blaze. Choinnigh sí a lámh interposed idir an foirnéise-teas agus a súile, agus an chuma absorbed ina slí bheatha; desisting as é ach a chide an seirbhíseach chun clúdach di le Sparks, nó a bhrú ar shiúl madra, anois agus ansin, go snoozled a srón overforwardly isteach ina aghaidh. Bhí iontas orm Heathcliff a fheiceáil ansin freisin. Sheas sé cois na tine, a dhroim i mo threo, díreach ag críochnú radharc stoirmiúil le Zillah bocht; a chuir isteach riamh agus Anon ar a saothar chun cúinne a naprún a phlúchadh, agus groan indignant a chaitheamh.

"Agus tú, tú worthless-" bhris sé amach mar a tháinig mé, ag casadh ar a iníon-i-dlí, agus ag fostú epithet chomh neamhdhíobhálach le lacha, nó caoirigh, ach go ginearálta ionadaíocht ag Fleasc-. "Tá tú, ar do chleasanna díomhaoin arís! Tuilleann an chuid eile acu a n-arán—maireann tú ar mo charthanas! Cuir do bhruscar ar shiúl, agus faigh rud éigin le déanamh. Íocfaidh tú mé as an bplá a bhfuil tú go síoraí i mo radharc-an gcloiseann tú, jade damanta?"

"Cuirfidh mé mo bhruscar ar shiúl, mar is féidir leat mé a dhéanamh má dhiúltaím," a d'fhreagair an bhean óg, ag dúnadh a leabhair, agus á chaitheamh ar chathaoir. "Ach ní dhéanfaidh mé aon rud, cé gur chóir duit do theanga a mhionnú amach, ach amháin an rud is toil liom!"

Thóg Heathcliff a lámh, agus sprang an cainteoir go dtí achar níos sábháilte, ar ndóigh acquainted lena meáchan. Tar éis aon mhian a bheith siamsaíocht ag cat-agus-madra chomhrac, sheas mé ar aghaidh briskly, amhail is dá mba fonn a partake an teas an teallaigh, agus neamhchiontach ar aon eolas ar an díospóid isteach. Bhí go leor decorum ag gach duine acu chun tuilleadh cogaíochta a chur ar fionraí: chuir Heathcliff a dhorn, as cathú, ina phócaí; Chuimil Bean Heathcliff a liopa, agus shiúil sí go dtí suíochán i bhfad amach, áit ar choinnigh sí a focal ag imirt an chuid de dhealbh le linn an chuid eile de mo chuairt. Ní raibh sé sin i bhfad. Dhiúltaigh mé dul isteach ina mbricfeasta, agus, ar an gcéad gleam breacadh an lae, thapaigh mé deis éalú isteach san aer saor, anois soiléir, agus fós, agus fuar mar oighear impalpable.

Mo thiarna talún halloed dom a stopadh ere shroich mé an bun an ghairdín, agus thairg a bheith in éineacht liom ar fud an moor. Bhí sé go maith a rinne sé, do bhí an cnoc-ais ar fad ar cheann billowy, aigéan bán; na swells agus titim nach léiríonn arduithe comhfhreagracha agus dúlagar sa talamh: líonadh go leor claiseanna, ar a laghad, go leibhéal; agus raonta iomlána dumhaí, diúltú na gcairéal, blotted as an gcairt a d'fhág mo shiúlóid inné sa phictiúr i m'intinn. Bhí sé ráite agam ar thaobh amháin den bhóthar, ag eatraimh sé nó seacht slat, líne de chlocha ina seasamh, ar aghaidh trí fhad iomlán an bheairic: tógadh iad seo agus daubed le haol ar chuspóir chun fónamh mar threoracha sa dorchadas, agus freisin nuair a titim, cosúil leis an láthair, confounded na swamps domhain ar cheachtar lámh leis an cosán níos daingne: ach, cé is moite de phonc salach ag díriú suas anseo is ansiúd, bhí gach rian dá raibh ann imithe: agus fuair mo chompánach go raibh sé riachtanach rabhadh a thabhairt dom go minic stiúradh ar dheis nó ar chlé, nuair a shamhlaigh mé go raibh mé ag leanúint, i gceart, foirceannadh an bhóthair.

Mhalartaíomar comhrá beag, agus stop sé ag bealach isteach Pháirc Thrushcross, ag rá, ní fhéadfainn aon earráid a dhéanamh ansin. Bhí ár n-adieux teoranta do bhogha hasty, agus ansin bhrúigh mé ar aghaidh, ag muinín mo chuid acmhainní féin; Maidir le lóiste an phortóra, tá sé neamhthionóntaithe go fóill. Tá an fad ón ngeata go dtí an Ghráinseach dhá mhíle; Creidim gur éirigh liom é a dhéanamh ceithre cinn, cad é le mé féin a chailleadh i measc na gcrann, agus dul go tóin poill suas go dtí an muineál sa sneachta: predicament nach féidir ach iad siúd a bhfuil taithí acu air a thuiscint. Ar aon chuma, cibé rud a bhí ar mo wanderings, chimed an clog a dó dhéag agus mé ag dul isteach sa teach; agus thug sé sin uair an chloig go díreach do gach míle den ghnáthbhealach ó Wuthering Heights.

Rith mo daingneán daonna agus a satailítí chun fáilte a chur romham; exclaiming, tumultuously, thug siad suas go hiomlán dom: gach duine conjectured gur cailleadh mé aréir; agus bhí siad ag smaoineamh ar an gcaoi a gcaithfidh siad dul sa tóir ar mo thaisí. Bid mé iad a bheith ciúin, anois go bhfaca siad ar ais dom, agus, benumbed le mo chroí an-, dragged mé thuas staighre; nuair, tar éis a chur ar éadaí tirim, agus pacing go dtí agus fro tríocha nó daichead nóiméad, a chur ar ais ar an teas ainmhithe, atráth mé go dtí mo staidéar, feeble mar kitten: beagnach i bhfad ró-sin chun taitneamh a bhaint as an tine cheerful agus caife caitheamh tobac a bhí ullmhaithe ag an seirbhíseach do mo refreshment.

CAIBIDIL IV

Cad vain aimsir-coiligh go bhfuil muid! Bhí mé féin, a bhí meáite ar mé féin a choinneáil neamhspleách ar gach caidreamh sóisialta, agus ghabh mé buíochas le mo réaltaí go raibh solas agam, ar fad, ar an láthair ina raibh sé in aice le neamhphraiticiúil—mé, lagmhisneach, tar éis streachailt le biotáillí ísle agus uaigneas a choinneáil, bhí d'fhiacha orm mo dhathanna a bhualadh; agus faoi bhrón eolas a fháil maidir le riachtanais mo bhunaithe, theastaigh uaim Mrs Dean, nuair a thug sí suipéar isteach, suí síos agus mé á ith; ag súil ó chroí go mbeadh sí a chruthú gossip rialta, agus ceachtar rouse dom beochan nó lull dom a chodladh ag a cuid cainte.

"Tá tú i do chónaí anseo le tamall maith," a thosaigh mé; "Nach ndúirt tú sé bliana déag?"

"Ocht mbliana déag, a dhuine uasail: tháinig mé nuair a bhí an máistreás pósta, chun fanacht uirthi; tar éis di bás a fháil, choinnigh an máistir mé dá bhean tí."

"Go deimhin."

Bhí sos ann. Ní gossip a bhí inti, bhí eagla orm; ach amháin mar gheall ar a gnóthaí féin, agus is ar éigean a d'fhéadfadh siad siúd suim a chur ionam. Mar sin féin, tar éis staidéar a dhéanamh ar feadh eatramh, le dorn ar cheachtar glúine, agus scamall machnaimh thar a ghnúis ruddy, ejaculated sí - "Ah, tá amanna athraithe go mór ó shin!"

"Sea," a dúirt mé, "tá go leor athruithe feicthe agat, is dócha?"

"Tá: agus trioblóidí agam freisin," a dúirt sí.

"Ó, casfaidh mé an chaint ar theaghlach mo thiarna talún!" Shíl mé liom féin. "Ábhar maith le tosú! Agus an cailín-bhaintreach deas sin, ba mhaith liom a stair a bheith ar eolas agam: cibé acu is de bhunadh na tíre í, nó, mar is dóichí, coimhthíoch nach *n-aithneoidh an indigenae* surly do ghaol." Leis an rún seo d'iarr mé ar Mrs Dean cén fáth a lig Heathcliff Thrushcross

Grange, agus b'fhearr liom maireachtáil i staid agus cónaí i bhfad níos lú. "Nach bhfuil sé saibhir go leor chun an t-eastát a choinneáil in ord maith?" D'fhiosraigh mé.

"Saibhir, a dhuine uasail!" ar ais sí. "Níl a fhios aige cén t-airgead, agus gach bliain méadaíonn sé. Sea, sea, tá sé saibhir go leor chun cónaí i dteach níos míne ná seo: ach tá sé an-ghar-láimh; agus, dá mbeadh sé i gceist aige dul go Gráinseach Thrushcross, chomh luath agus a chuala sé faoi thionónta maith ní fhéadfadh sé an seans a chailleadh go bhfaigheadh sé cúpla céad eile. Tá sé aisteach ba chóir do dhaoine a bheith chomh greedy, nuair a bhíonn siad ina n-aonar ar fud an domhain!

"Bhí mac aige, is cosúil?"

"Sea, bhí ceann aige—tá sé marbh."

"Agus is í an bhean óg sin, Mrs Heathcliff, a bhaintreach?"

"Tá."

"Cad as ar tháinig sí ar dtús?"

"Cén fáth, a dhuine uasail, is iníon mo mháistir nach maireann í: Catherine Linton an t-ainm a bhí uirthi roimh a pósadh. Bhaist mé í, rud bocht! Ba mhaith liom go mbainfeadh an tUasal Heathcliff anseo, agus ansin b'fhéidir go raibh muid le chéile arís.

"Cad é! Catherine Linton?" Exclaimed mé, astonished. Ach chuir machnamh nóiméad ina luí orm nárbh í Catherine taibhsiúil a bhí agam. "Ansin," arsa mise, "Linton an t-ainm a bhí ar mo réamhtheachtaí?"

"Bhí sé."

"Agus cé hé sin Earnshaw: Hareton Earnshaw, atá ina chónaí leis an Uasal Heathcliff? An bhfuil caidreamh eatarthu?

"Níl; is nia Mrs Linton é nach maireann.

"Col ceathrair na mná óige, ansin?"

"Tá; agus ba é a fear céile a col ceathrar freisin: ceann amháin ar thaobh na máthar, an ceann eile ar thaobh an athar: Phós Heathcliff deirfiúr an Uasail Linton.

"Feicim go bhfuil 'Earnshaw' snoite os cionn an dorais tosaigh sa teach ag Wuthering Heights. An seanteaghlach iad?

"An-sean, a dhuine uasail; agus is é Hareton an ceann deireanach acu, mar is é ár Miss Cathy againn-ciallaíonn mé, de na Lintons. An raibh tú go Wuthering Heights? Impím pardún as a iarraidh; ach ba mhaith liom a chloisteáil conas atá sí!

"Bean Heathcliff? d'fhéach sí go han-mhaith, agus an-dathúil; ach, sílim, níl sé an-sásta.

"Ó a stór, ní fheadar! Agus cén chaoi ar thaitin an máistir leat?

"Fear garbh, in áit, Mrs Dean. Nach é sin a charachtar?"

"Garbh mar chonaic-imeall, agus crua mar whinstone! Dá laghad a meddle tú leis an níos fearr. "

"Caithfidh sé go raibh roinnt ups agus downs sa saol a dhéanamh dó den sórt sin a churl. An bhfuil aon rud dá stair ar eolas agat?

"Tá sé ina cuach ar, a dhuine uasail-Tá a fhios agam go léir faoi: ach amháin nuair a rugadh é, agus a bhí a thuismitheoirí, agus conas a fuair sé a chuid airgid ar dtús. Agus tá Hareton caite amach cosúil le dunnock unfledged! Is é an leaid trua an t-aon duine sa pharóiste seo ar fad nach dtugann buille faoi thuairim faoin gcaoi ar caimiléireacht é."

"Bhuel, a Bhean Dhéin, is gníomhas carthanachta a bheidh ann rud éigin de mo chomharsana a insint dom: is dóigh liom nach ligfidh mé mo scíth má théim a luí; mar sin bí maith go leor chun suí agus comhrá a dhéanamh uair an chloig."

"Ó, cinnte, a dhuine uasail! Ní bhfaighidh mé ach fuáil bheag, agus ansin suífidh mé chomh fada agus is mian leat. Ach tá tú gafa fuar: Chonaic mé tú shivering, agus ní mór duit a bheith roinnt gruel chun é a thiomáint amach. "

D'imigh an bhean fhiúntach as, agus chrom mé níos gaire don tine; bhraith mo cheann te, agus fuaraigh an chuid eile díom: thairis sin, bhí sceitimíní orm, beagnach go páirc baoise, trí mo néaróga agus m'inchinn. Chuir sé seo ar mo shúile dom, ní míchompordach, ach eagla (mar atá mé fós) ar éifeachtaí tromchúiseacha ó eachtraí an lae agus an lae inné. D'fhill sí faoi láthair, ag tabhairt báisín tobac agus ciseán oibre; agus, tar éis an t-iar-cheann a chur ar an hob, tharraing sí ina suíochán, agus ba léir go raibh sí sásta go raibh mé chomh compánach sin.

* * * * *

Sular tháinig mé chun cónaithe anseo, thosaigh sí-ag fanacht gan aon chuireadh níos faide chun a scéal-Bhí mé beagnach i gcónaí ag Wuthering Heights; toisc go raibh altra mo mháthair an tUasal Hindley Earnshaw, go raibh athair Hareton, agus fuair mé a úsáidtear chun imirt leis na páistí: Rith mé errands freisin, agus chabhraigh a dhéanamh féar, agus crochadh mar gheall ar an bhfeirm réidh le haghaidh aon rud a bheadh aon duine a leagtar dom. Maidin bhreá samhraidh amháin—tús an fhómhair a bhí ann, is cuimhin liom—tháinig an tUasal Earnshaw, an seanmháistir, thíos staighre, gléasta le haghaidh turais; agus, tar éis dó a rá le Joseph cad a bhí le déanamh i rith an lae, chas sé ar Hindley, agus Cathy, agus ormsa-do shuigh mé ag ithe mo leite leo-agus dúirt sé, ag labhairt lena mhac, "Anois, mo fhear bonny, tá mé ag dul go Learpholl go lá, cad a thabharfaidh mé duit? Is féidir leat a roghnú cad is maith leat: ach lig sé a bheith beag, do beidh mé ag siúl ann agus ar ais: seasca míle gach bealach, is é sin seal fada! " D'ainmnigh Hindley fidil, agus ansin d'fhiafraigh sé de Miss Cathy; Ar éigean a bhí sí sé bliana d'aois, ach d'fhéadfadh sí marcaíocht ar aon chapall sa stábla, agus roghnaigh sí fuip. Ní dhearna sé dearmad orm; óir bhí croí cineálta aige, cé go raibh sé sách dian uaireanta. Gheall sé go dtabharfadh sé póca úlla agus piorraí dom, agus ansin phóg sé a pháistí, dúirt sé slán, agus d'imigh sé as.

Bhí an chuma air tamall fada dúinn ar fad—na trí lá a bhí sé as láthair—agus ba mhinic a d'fhiafraigh Cathy beag de cén uair a bheadh sé sa bhaile. Mrs Earnshaw ag súil leis ag suipéar-am ar an tríú tráthnóna, agus chuir sí an béile amach uair an chloig tar éis uair an chloig; Ní raibh aon chomharthaí ann go raibh sé ag teacht, áfach, agus faoi dheireadh d'éirigh na páistí tuirseach de bheith ag rith síos go dtí an geata le breathnú air. Ansin d'fhás sé dorcha; bheadh sí acu a chodladh, ach begged siad faraor a bheith cead chun fanacht suas; agus, thart ar a haon déag a chlog, ardaíodh an doras-latch go ciúin, agus i sheas an máistir. Chaith sé é féin isteach i gcathaoir, ag gáire agus ag groanáil, agus ag tairiscint dóibh go léir seasamh amach, mar go raibh sé beagnach maraíodh-ní bheadh sé den sórt sin siúlóid eile do na trí ríochtaí.

"Agus ag deireadh sé a eitilt chun báis!" A dúirt sé, oscailt a mhór-cóta, a bhí sé cuachta suas ina airm. "Féach anseo, a bhean chéile! Ní raibh mé chomh buailte sin le rud ar bith i mo shaol: ach caithfidh tú é a ghlacadh mar bhronntanas Dé; cé go bhfuil sé chomh dorcha beagnach amhail is dá mba ón diabhal a tháinig sé."

Bhí muid plódaithe thart, agus os cionn cheann Miss Cathy bhí peep agam ag leanbh salach, ragged, dubh-haired; mór go leor chun siúl agus labhairt: go deimhin, d'fhéach a aghaidh níos sine ná Catherine's; ach nuair a bhí sé leagtha ar a chosa, Stán sé ach bhabhta, agus arís agus arís eile arís agus arís eile roinnt gibberish go bhféadfadh aon duine a thuiscint. Bhí eagla orm, agus bhí Mrs Earnshaw réidh chun é a theith amach as doirse: rinne sí eitilt suas, ag fiafraí conas a d'fhéadfadh sé faisean a thabhairt go brat gipsy isteach sa teach, nuair a bhí siad a gcuid bairní féin chun beatha agus fend do? Cad a bhí i gceist aige a dhéanamh leis, agus an raibh sé as a mheabhair? Rinne an máistir iarracht an scéal a mhíniú; ach bhí sé leath marbh le tuirse, agus gach a raibh mé in ann a dhéanamh amach, i measc a scolding, bhí scéal ar a fheiceáil starving, agus houseless, agus chomh maith le balbh, ar shráideanna Learphoill, áit ar phioc sé suas é agus d'fhiosraigh sé a úinéir. Ní raibh a fhios ag anam cé leis é, a dúirt sé; agus a chuid airgid agus a chuid ama araon teoranta, shíl sé gurbh fhearr é a thabhairt abhaile leis ag an am céanna, ná rith isteach i gcostais vain ann: toisc go raibh sé meáite nach bhfágfadh sé é mar a fuair sé é. Bhuel, ba é an chonclúid, go grumbled mo mháistreás í féin socair; agus dúirt an tUasal Earnshaw liom é a ní, agus rudaí glana a thabhairt dó, agus lig dó codladh leis na páistí.

Bhí Hindley agus Cathy sásta le breathnú agus éisteacht go dtí go raibh an tsíocháin ar ais: ansin, thosaigh an bheirt acu ag cuardach pócaí a n-athar do na bronntanais a bhí geallta aige dóibh. Buachaill ceithre bliana déag a bhí ann roimhe sin, ach nuair a tharraing sé amach cad a bhí ina fhidil, brúite le morsels sa chóta mór, blubbered sé os ard; agus nuair a d'fhoghlaim sí go raibh a fuip caillte ag an máistir agus í ag freastal ar an strainséir, léirigh sí a greann trí ghreann agus spitting ag an rud beag dúr; buille fuaime a thuilleamh dá pianta óna hathair, chun béasa níos glaine a mhúineadh di. Dhiúltaigh siad go hiomlán é a bheith sa leaba leo, nó fiú ina seomra; agus ní raibh ciall ar bith eile agam, mar sin chuir mé ar thuirlingt an staighre é, ag súil go bhféadfadh sé a bheith imithe ar an mbrón. De sheans, nó mheall eile ag éisteacht a ghuth, crept sé go doras an Uasail Earnshaw, agus ansin fuair sé é ar scor a sheomra. Rinneadh fiosrúcháin maidir le conas a fuair sé ann; Bhí dualgas orm a admháil, agus mar chúiteamh ar mo choimhthíos agus ar mo mhídhaonnacht cuireadh amach as an teach mé.

Ba é seo an chéad réamhrá a bhí ag Heathcliff leis an teaghlach. Nuair a tháinig mé ar ais cúpla lá ina dhiaidh sin (mar níor mheas mé mo dhíbir suthain), fuair mé amach go raibh "Heathcliff" curtha díobh acu: ba é ainm mic a fuair bás ina óige, agus tá sé ag freastal air ó shin i leith, do Chríostaí agus do shloinne araon. Iníon Cathy agus bhí sé an-tiubh anois; ach bhí fuath ag Hindley dó: agus chun an fhírinne a rá rinne mé an rud céanna; agus phláigh muid agus chuaigh muid ar aghaidh leis go náireach: óir ní raibh mé réasúnta go leor chun m'éagóir a mhothú, agus níor chuir an máistreás focal isteach ar a shon nuair a chonaic sí éagóir air.

Dhealraigh sé sullen, leanbh othar; cruaite, b'fhéidir, le drochíde: sheasfadh sé buillí Hindley gan cuimilt a bhualadh ná a shedding, agus bhog mo phionnaí é gan ach anáil a tharraingt isteach agus a shúile a oscailt, amhail is gur ghortaigh sé é féin trí thimpiste, agus ní raibh aon duine le milleán. Chuir an endurance seo sean-Earnshaw ar buile, nuair a fuair sé amach go raibh a mhac ag géarleanúint ar an leanbh bocht gan athair, mar a thug sé air. Thóg sé go Heathcliff aisteach, ag creidiúint go léir a dúirt sé (ar an ábhar sin, dúirt sé beag luachmhar, agus go ginearálta an fhírinne), agus petting air suas i bhfad os cionn Cathy, a bhí ró-mischievous agus wayward do is fearr leat.

Mar sin, ó thús deireadh, phóraigh sé droch-mhothú sa teach; agus ag bás Mrs Earnshaw, a tharla i níos lú ná dhá bhliain ina dhiaidh sin, d'fhoghlaim an máistir óg chun féachaint ar a athair mar oppressor seachas cara, agus Heathcliff mar usurper de affections a thuismitheoirí agus a pribhléidí; agus d'fhás sé searbh le brooding thar na gortuithe. Rinne mé comhbhrón ar feadh tamaill; ach nuair a thit na páistí tinn den bhruitíneach, agus b'éigean dom iad a chlaonadh, agus cúram mná a ghlacadh orm ag an am céanna, d'athraigh mé mo smaoineamh. Bhí Heathcliff tinn go contúirteach; agus cé go luigh sé ar an gceann ba mheasa a bheadh aige orm i gcónaí ag a philiúr: is dócha gur mhothaigh sé go ndearna mé beart maith dó, agus ní raibh sé de mhisneach aige buille faoi thuairim a thabhairt go raibh d'fhiacha orm é a dhéanamh. Mar sin féin, déarfaidh mé é seo, ba é an leanbh ba chiúine a d'fhéach an t-altra riamh air. Chuir an difríocht idir é féin agus na daoine eile iachall orm a bheith níos lú páirteach. Cathy agus a deartháir ciapadh dom uafásach: *bhí sé* chomh uncomplaining mar uan; cé cruas, ní uaisleacht, rinne sé a thabhairt trioblóide beag.

Fuair sé tríd, agus dhearbhaigh an dochtúir go raibh sé i mbeart mór mar gheall orm, agus mhol sé mé as mo chúram. Bhí mé vain a mholadh, agus softened i dtreo an bheith ag a bhfuil a acmhainn thuill mé iad, agus dá bhrí sin chaill Hindley a chomhghuaillí deireanach: fós ní raibh mé in ann a dhéanamh ar Heathcliff, agus wondered mé go minic cad a chonaic mo mháistir a admire an oiread sin sa bhuachaill sullen; nár aisíoc riamh, le mo chuimhne, a indulgence le haon chomhartha buíochais. He was not insolent to his benefactor, ní raibh sé ach do-ghlactha; cé go raibh a fhios aige go foirfe an greim a bhí aige ar a chroí, agus go raibh a fhios aige nach raibh aige ach labhairt agus go mbeadh dualgas ar an teach go léir lúbadh ar a mhianta. Mar shampla, is cuimhin liom gur cheannaigh an tUasal Earnshaw cúpla colts ag aonach an pharóiste uair amháin, agus thug sé na leaids gach ceann acu. Thóg Heathcliff an dathúil, ach ba ghearr gur thit sé bacach, agus nuair a d'aimsigh sé é, dúirt sé le Hindley—

"Caithfidh tú capaill a mhalartú liom: ní maith liom mé; agus muna n-inseoidh tú d'athair faoi na trí thrashings a thug tú dom an tseachtain seo, agus taispeánfaidh mé mo lámh dó, atá dubh don ghualainn." Chuir Hindley a theanga amach, agus chuimil sé thar na cluasa é. "B'fhearr duit é a dhéanamh ag an am céanna," ar seisean, ag éalú go dtí an póirse (bhí siad sa stábla): "beidh ort: agus má labhraím ar na buillí seo, gheobhaidh tú arís iad le spéis." "As, madra!" Adeir Hindley, ag bagairt air le meáchan iarainn a úsáidtear chun prátaí agus féar a mheá. "Caith é," a d'fhreagair sé, ina sheasamh go fóill, "agus ansin inseoidh mé conas a mhaígh tú go gcasfá amach as doirse mé chomh luath agus a fuair sé bás, agus féach an gcuirfidh sé amach go díreach thú." Chaith Hindley é, ag bualadh air ar an gcíoch, agus síos thit sé, ach staggered suas láithreach, breathless agus bán; agus, murach gur choisc mé é, bheadh sé imithe díreach mar sin chuig an máistir, agus fuair sé díoltas iomlán trí ligean dá riocht pléadáil dó, ag cur in iúl cé ba chúis leis. "Tóg mo colt, Gipsy, ansin!" A dúirt Earnshaw óg. "Agus guím go bhféadfadh sé do mhuineál a bhriseadh: é a ghlacadh, agus a bheith damanta, impíonn tú interloper! agus wheedle m'athair as gach a bhfuil sé: ach ina dhiaidh sin a thaispeáint dó cad tá tú, imp de Satan.—Agus a chur go, Tá súil agam go mbainfidh sé ciceáil amach do brains! "

 Bhí Heathcliff imithe chun an beithíoch a scaoileadh, agus é a aistriú go dtí a stalla féin; bhí sé ag dul thar bráid, nuair a chríochnaigh Hindley a chuid cainte trí é a bhualadh faoina chosa, agus gan stopadh chun scrúdú a dhéanamh an raibh a dhóchas comhlíonta, rith sé ar shiúl chomh tapa agus a d'fhéadfadh sé. Bhí ionadh orm a fheiceáil cé chomh coolly a bhailigh an leanbh é féin suas, agus chuaigh sé ar aghaidh lena intinn; diallait a mhalartú agus go léir, agus ansin suí síos ar bheart féir a shárú ar an qualm a tharla an buille foréigneach, sula ndeachaigh sé isteach sa teach. Chuir mé ina luí air go héasca an milleán a leagan ar a chuid bruises ar an gcapall: is beag a d'inis sé cén scéal a dúradh ó bhí an méid a bhí uaidh. Rinne sé gearán chomh annamh, go deimhin, de chorraí mar seo, gur shíl mé i ndáiríre nach raibh sé vindictive: Bhí mé deceived go hiomlán, mar a chloisfidh tú.

CAIBIDIL V

Le linn an ama thosaigh an tUasal Earnshaw ag teip. Bhí sé gníomhach agus sláintiúil, ach d'fhág a neart go tobann é; agus nuair a bhí sé teoranta don chúinne simléar d'fhás sé go mór irritable. Níor chuir rud ar bith croitheadh air; agus ba bheag nár chaith sé mórán dá údarás ina aclaí. Bhí sé seo le rá go háirithe má rinne aon duine iarracht a fhorchur ar, nó forlámhas os a chionn, a rogha: bhí sé painfully éad lest ba chóir focal a labhairt amiss dó; is cosúil go bhfuair sé isteach ina cheann an nóisean sin, toisc gur thaitin sé Heathcliff, go léir fuath, agus longed a dhéanamh dó droch-cas. Míbhuntáiste don leaid a bhí ann; óir níor mhian leis an gcineáltas inár measc an máistir a fhreaslú, agus mar sin rinne muid greann dá pháirtiúlacht; agus ba shaibhre an greann sin do mhórtas agus do mheon dubh an pháiste. Fós bhí sé ar bhealach riachtanach; faoi dhó, nó thrice, léiriú Hindley ar scorn, nuair a bhí a athair in aice, roused an sean-fhear le Fury: ghabh sé a bata a bhuail air, agus chroith sé le buile nach bhféadfadh sé é a dhéanamh.

Faoi dheireadh, mhol ár gcoimeádaí (bhí curate againn ansin a rinne an freagra beo trí na Lintons agus Earnshaws beag a mhúineadh, agus feirmeoireacht a dhéanamh ar a chuid talún féin) gur cheart an fear óg a chur chuig an gcoláiste; agus d'aontaigh an tUasal Earnshaw, cé go raibh spiorad trom aige, mar a dúirt sé - "Hindley was nought, and would never thrive as where he wandered."

Bhí súil agam gur cheart go mbeadh síocháin againn anois. Ghoill sé orm a cheapadh gur chóir an máistir a dhéanamh míchompordach lena ghníomhas maith féin. D'fhan mé an t-easaontas idir aois agus galar a d'eascair as easaontais a theaghlaigh; Mar a bheadh sé go raibh sé: i ndáiríre, tá a fhios agat, a dhuine uasail, bhí sé ina fhráma sinking. D'fhéadfadh muid a fuair ar tolerably, d'ainneoin, ach do bheirt-Iníon Cathy, agus Joseph, an seirbhíseach: chonaic tú air, daresay mé, suas yonder. Bhí sé, agus is dóichí fós, an Fairisíneach féin-righteous wearisomest a ransacked riamh Bíobla a rake na gealltanais dó féin agus fling na mallachtaí a chomharsana. De réir a knack de sermonising agus discoursing pious, contrived sé a dhéanamh le tuiscint mhór ar an Uasal Earnshaw; agus dá mhéad fann a tháinig an máistir, is ea is mó an tionchar a fuair sé. Bhí sé gan staonadh ag déanamh imní dó faoi imní a anama, agus faoi rialú a pháistí go docht. Spreag sé é chun féachaint ar Hindley mar reprobate; agus, oíche i ndiaidh oíche, chuir sé sraith fhada scéalta amach go rialta i gcoinne Heathcliff agus Catherine: ag cuimhneamh i gcónaí ar laige Earnshaw a mhaolú tríd an milleán is troime ar an dara ceann a ghearradh.

Is cinnte go raibh bealaí aici léi ar nós nach bhfaca mé leanbh ag éirí aníos roimhe seo; agus chuir sí gach duine againn anuas ar ár bhfoighne caoga uair agus níos minice in aghaidh an lae: ón uair a tháinig sí thíos staighre go dtí an uair a chuaigh sí a chodladh, ní raibh nóiméad slándála againn nach mbeadh sí i mischief. Bhí a spioraid i gcónaí ag marc arduisce, a teanga i gcónaí ag dul—ag canadh, ag gáire, agus ag plaguing gach duine nach ndéanfadh an rud céanna. Duillín fiáin, gránna a bhí inti—ach bhí an tsúil bhoinbeach aici, an meangadh gáire ba bhinne, agus an chos ba éadroime sa pharóiste: agus, tar éis an tsaoil, creidim nach ndearna sí aon dochar; óir an tan do-rinne sí caoin i n-aoinfheacht go maith, is annamh do tharla nach gcoinneodh sí cuideachta ionat, agus go gcuirfeá d'fhiachaibh orra bheith ciúin go bhféadfá sólás do thabhairt di. Bhí sí i bhfad ró-cheanúil ar Heathcliff. Ba é an pionós is mó a d'fhéadfaimis a chumadh di ná í a choinneáil scartha uaidh: ach fuair sí chided níos mó ná aon duine againn ar a chuntas. I súgradh, thaitin sí exceedingly chun gníomhú ar an máistreás beag; ag baint úsáide as a lámha faoi shaoirse, agus ag ordú a compánaigh: rinne sí amhlaidh dom, ach ní ba mhaith liom a iompróidh slapping agus ordú; agus mar sin cuirim in iúl di.

Anois, níor thuig an tUasal Earnshaw scéalta grinn óna pháistí: bhí sé dian agus tromchúiseach leo i gcónaí; agus ní raibh tuairim ar bith ag Catherine, dar léi, cén fáth ar chóir go mbeadh a hathair níos crosaí agus níos lú othar ina riocht ailing ná mar a bhí sé ina phríomhfheidhmeannach. Mhúscail a chuid reproofs peevish ina aoibhneas dána chun é a spreagadh: ní raibh sí chomh sásta riamh is a bhí nuair a bhí muid ar fad ag scolding uirthi ag an am céanna, agus í ag caitheamh anuas orainn lena cuma throm, shalach, agus a focail réidh; ag casadh mallachtaí creidimh Joseph i magadh, baiting dom, agus ag déanamh díreach cad fuath a hathair an chuid is mó-léiríonn conas a insolence pretended, a shíl sé fíor, bhí níos mó cumhachta thar Heathcliff ná a cineáltas: conas a bheadh an buachaill *a dhéanamh di* bidding i rud ar bith, agus *a* ach amháin nuair a oireann sé a claonadh féin. Tar éis di a bheith ag iompar chomh dona agus is féidir an lá ar fad, tháinig sí fondling uaireanta chun é a dhéanamh suas san oíche. "Nay, Cathy," a déarfadh an seanfhear, "ní féidir liom grá dhuit, is measa thú ná do dheartháir. Téigh, abair do chuid paidreacha, a leanbh, agus iarr pardún Dé. Tá amhras orm faoi do mháthair agus caithfidh mé a rá gur thógamar thú riamh! Chuir sin caoin uirthi, ar dtús; agus ansin á repulsed cruaite go leanúnach di, agus gáire sí má dúirt mé léi a rá go raibh brón uirthi as a cuid lochtanna, agus impigh a bheith maite.

Ach tháinig an uair an chloig, ar deireadh, a chríochnaigh trioblóidí an Uasail Earnshaw ar domhan. Fuair sé bás go ciúin ina chathaoir tráthnóna Deireadh Fómhair amháin, ina shuí cois na tine. A gaoth ard blustered thart ar an teach, agus roared sa simléar: sounded sé fiáin agus stormy, ach ní raibh sé fuar, agus bhí muid go léir le chéile-mé, beagán a bhaint as an teallach, gnóthach ag mo cniotála, agus Joseph léamh a Bíobla in aice leis an tábla (do na seirbhísigh shuigh go ginearálta sa teach ansin, tar éis a gcuid oibre a rinneadh). Bhí Iníon Cathy tinn, agus rinne sé sin fós í; leant sí i gcoinne ghlúin a hathar, agus bhí Heathcliff ina luí ar an urlár lena cheann ina lap. Is cuimhin liom an máistir, sular thit sé i doze, stroking a cuid gruaige bonny-áthas air annamh a fheiceáil di milis-agus ag rá, "Cén fáth nach féidir leat a bheith i gcónaí lass maith, Cathy?" Agus chas sí a aghaidh suas go dtí a, agus gáire, agus d'fhreagair, "Cén fáth nach féidir leat a bheith i gcónaí fear maith, athair?" Ach chomh luath agus a chonaic sí é vexed arís, phóg sí a lámh, agus dúirt sí go mbeadh sí ag canadh air a chodladh. Thosaigh sí ag canadh an-íseal, go dtí gur thit a mhéara uaithi, agus chuaigh a cheann go tóin poill ar a bhrollach. Ansin dúirt mé léi a hush, agus ní corraigh, ar eagla ba chóir di a osclaíonn dó. Choinnigh muid go léir mar mute mar lucha leath-uair an chloig iomlán, agus ba chóir a bheith déanta amhlaidh níos faide, ach Joseph, tar éis críochnaithe a chaibidil, fuair suas agus dúirt go gcaithfidh sé rouse an máistir le haghaidh paidreacha agus leaba. Sheas sé ar aghaidh, agus d'iarr sé air de réir ainm, agus i dteagmháil léi a ghualainn; ach ní bhogfadh sé: mar sin thóg sé an choinneal agus d'fhéach sé air. Shíl mé go raibh rud éigin cearr agus é ag leagan síos an tsolais; agus seizing na páistí gach ceann ag lámh, whispered iad a "fráma thuas staighre, agus a dhéanamh gleo beag-d'fhéadfadh siad guí ina n-aonar an tráthnóna sin-bhí sé summut a dhéanamh."

"Cuirfidh mé dea-oíche ar fáil d'athair ar dtús," arsa Catherine, ag cur a cuid arm thart ar a mhuineál, sula bhféadfaimis bac a chur uirthi. Fuair an rud bocht amach go raibh sí caillte go díreach - scread sí amach - "Ó, tá sé marbh, Heathcliff! tá sé marbh! Agus chuir siad beirt caoin croíbhriste ar bun.

Chuaigh mé isteach i mo bhaigín leo, glórach agus searbh; ach d'iarr Joseph cad a d'fhéadfadh muid a bheith ag smaoineamh ar a roar ar an mbealach sin thar naomh ar neamh. Dúirt sé liom mo chlóca a chur orm agus rith go Gimmerton don dochtúir agus don pharson. Ní fhéadfainn buille faoi thuairim a thabhairt faoin úsáid a bheadh ag ceachtar acu, ansin. Mar sin féin, chuaigh mé, tríd an ngaoth agus an bháisteach, agus thug mé ceann, an dochtúir, ar ais liom; dúirt an duine eile go dtiocfadh sé ar maidin. Ag fágáil Iósaef chun cúrsaí a mhíniú, rith mé go dtí seomra na bpáistí: bhí a ndoras ajar, chonaic mé nár mharbh siad riamh, cé go raibh sé thart ar mheán oíche; ach bhí siad níos ciúine, agus ní raibh orm iad a chonsól. Bhí na hanamacha beaga ar a gcompord lena chéile le smaointe níos fearr ná mar a d'fhéadfainn a bhualadh: ní raibh parson ar domhan riamh chomh hálainn agus a rinne siad, ina gcaint neamhurchóideach; agus, cé gur sháigh mé agus gur éist mé, ní raibh mé in ann cabhrú le mianta go raibh muid ar fad slán sábháilte le chéile.

CAIBIDIL VI

Tháinig an tUasal Hindley abhaile go dtí an tsochraid; agus—rud a chuir iontas orainn, agus a chuir na comharsana ag dul ar dheis agus ar chlé—thug sé bean leis. Cad a bhí sí, agus nuair a rugadh í, níor chuir sé in iúl dúinn riamh: is dócha, ní raibh airgead ná ainm aici chun í a mholadh, nó is ar éigean a choinnigh sé an t-aontas óna athair.

Ní duine í a chuirfeadh isteach go mór ar an teach as a stuaim féin. Gach rud a chonaic sí, an nóiméad a thrasnaigh sí an tairseach, ba chosúil go raibh gliondar uirthi; agus gach imthoisc do bhí ar siúl fúithi: acht amháin an t-ullmhughadh don adhlacadh, agus láithreacht na mbrón. Shíl mé go raibh sí leath amaideach, óna hiompar agus í ag dul ar aghaidh: rith sí isteach ina seomra, agus rinne mé teacht léi, cé gur chóir dom a bheith ag cóiriú na bpáistí: agus ansin shuigh sí ag glioscarnach agus ag bualadh a lámha, agus ag fiafraí arís agus arís eile - "An bhfuil siad imithe fós?" Ansin thosaigh sí ag cur síos le mothúchán hysterical an éifeacht a tháirg sé uirthi dubh a fheiceáil; agus thosaigh, agus trembled, agus, ar deireadh, thit a-gol- agus nuair a d'iarr mé cad a bhí an t-ábhar, fhreagair, ní raibh a fhios aici; ach mhothaigh sí an oiread sin eagla uirthi go bhfuair sí bás! Shamhlaigh mé í chomh beag is dócha go bhfaigheadh sí bás mar mé féin. Bhí sí sách tanaí, ach óg, agus úrchasta, agus a súile súilíneach chomh geal le diamaint. Dúirt mé, le bheith cinnte, go ndearna gléasta an staighre a hanáil an-tapa; gur leag an torann is lú tobann í go léir i quiver, agus go ndearna sí casacht trioblóideach uaireanta: ach ní raibh a fhios agam rud ar bith de na hairíonna seo portended, agus ní raibh aon impulse chun comhbhrón a dhéanamh léi. Ní chuirimid i gcoitinne a ghlacadh chun eachtrannaigh anseo, an tUasal Lockwood, ach amháin má ghlacann siad chugainn ar dtús.

Athraíodh Earnshaw Óg go mór sna trí bliana a bhí sé as láthair. D'fhás sé sparer, agus chaill sé a dhath, agus labhair agus cóirithe go leor difriúil;

agus, an lá a d'fhill sé, dúirt sé le Iósaef agus liomsa go gcaithfimid as sin amach muid féin a chur sa chúlchistin, agus an teach a fhágáil dó. Go deimhin, bheadh seomra beag spártha aige le haghaidh parlús; ach léirigh a bhean chéile pléisiúr den sórt sin ag an urlár bán agus teallach glowing ollmhór, ag na miasa pewter agus delf-cás, agus madra-kennel, agus an spás leathan a bhí ann chun bogadh faoi i gcás ina shuigh siad de ghnáth, gur shíl sé gan ghá di chompord, agus mar sin thit an intinn.

Léirigh sí pléisiúr, freisin, deirfiúr a aimsiú i measc a lucht aitheantais nua; agus prattled sí go Catherine, agus phóg sí, agus rith thart léi, agus thug sí a cainníochtaí de láthair, ag an tús. Bhí a gean tuirseach go han-luath, áfach, agus nuair a d'fhás sí peevish, d'éirigh Hindley tíoránta. Ba leor cúpla focal uaithi, rud nach dtaitníonn le Heathcliff, chun a shean-fhuath ar fad ar an mbuachaill a ruaigeadh ann. Thiomáin sé as a gcomhluadar é go dtí na seirbhísigh, bhain sé treoracha an choimeádaí de, agus d'áitigh sé gur chóir dó oibriú amach as doirse ina ionad; iallach a chur air é sin a dhéanamh chomh crua le haon leaid eile ar an bhfeirm.

Rug Heathcliff a dhíghrádú go maith ar dtús, toisc gur mhúin Cathy dó an méid a d'fhoghlaim sí, agus d'oibrigh sé nó d'imir sé leis sna páirceanna. Gheall an bheirt acu go bhfásfadh siad suas chomh drochbhéasach le savages; an máistir óg a bheith go hiomlán faillíoch conas iad féin a iompar, agus cad a rinne siad, mar sin choinnigh siad soiléir air. Ní fheicfeadh sé fiú tar éis dóibh dul go dtí an séipéal ar an Domhnach, ach Iósaef agus an curate iomardú a mhíchúram nuair a bhí siad as láthair iad féin; agus mheabhraigh sé sin dó flogging a ordú do Heathcliff, agus Catherine go tapa ón dinnéar nó ón suipéar. Ach bhí sé ar cheann de na n-amusements príomhfheidhmeannach a reáchtáil ar shiúl go dtí na moors ar maidin agus fanacht ann ar feadh an lae, agus d'fhás an pionós tar éis rud ach ní bhíonn ach gáire ag. D'fhéadfadh an curate a leagtar oiread caibidlí agus áthas air do Catherine a fháil ag croí, agus d'fhéadfadh Joseph thrash Heathcliff till a lámh ached; Rinne siad dearmad ar gach rud an nóiméad a bhí siad le chéile arís: ar a laghad an nóiméad a bhí siad contrived roinnt plean dána díoltais; agus go leor ama tá mé cried dom féin chun féachaint orthu ag fás níos meargánta laethúil, agus ní daring mé a labhairt siolla, ar eagla a chailliúint ar an chumhacht bheag choinnigh mé fós thar na créatúir unfriended. Tráthnóna Domhnaigh amháin, seans maith gur díbríodh as an seomra suí iad, as torann a dhéanamh, nó cion éadrom den chineál; agus nuair a chuaigh mé chun glaoch orthu chun suipéar, raibh mé in ann iad a fháil amach áit ar bith. Chuardaigh muid an teach, thuas agus thíos, agus an clós agus na stáblaí; bhí siad dofheicthe: agus, ar deireadh, dúirt Hindley i bpaisean linn na doirse a boltáil, agus mhionnaigh sé nár cheart d'aon duine iad a ligean isteach an oíche sin. Chuaigh an teaghlach a luí; agus mé, ró-imníoch a luí síos, d'oscail mo laitís agus chuir mo cheann amach a hearken, cé go rained sé: chinneadh a ligean isteach iad in ainneoin an toirmeasc, ba chóir dóibh ar ais. I gceann tamaill, rinne mé idirdhealú idir céimeanna ag teacht suas an bóthar, agus solas laindéir ag glioscarnach tríd an ngeata. Chaith mé seálta thar mo cheann agus rith mé chun cosc a chur orthu dúiseacht an tUasal Earnshaw ag cnagadh. Bhí Heathcliff ann, leis féin: thug sé tús dom é a fheiceáil ina aonar.

"Cá bhfuil Iníon Catherine?" Chaoin mé go tapa. "Gan timpiste, tá súil agam?" "Ag Gráinseach na Croise," a d'fhreagair sé; "Agus bheinn ann freisin, ach ní raibh na béasa acu le hiarraidh orm fanacht." "Bhuel, gabhfaidh tú é!" Dúirt mé: "ní bheidh tú sásta go dtí go seolfar tú faoi do ghnó. Cad a thug ar fud an domhain tú ag fánaíocht go Gráinseach Thrushcross? "Lig dom éirí as mo chuid éadaí fliucha, agus inseoidh mé duit faoi, Nelly," a d'fhreagair sé. D'iarr mé air beware rousing an máistir, agus cé go undressed sé agus d'fhan mé a chur amach ar an coinneal, lean sé-"Cathy agus d'éalaigh mé as an teach níocháin-a bheith acu ramble ag saoirse, agus ag fáil léargas ar na soilse Ghráinseach, shíl muid go mbeadh muid ag dul díreach agus a fheiceáil cé acu a rith na Lintons a tráthnóna Dé Domhnaigh seasamh shivering i coirnéil, agus shuigh a n-athair agus a máthair ag ithe agus ag ól, agus ag canadh agus ag gáire, agus ag lasadh a súile amach roimh an tine. An gceapann tú go ndéanann siad? Nó seanmóirí a léamh, agus a bheith catechised ag a n-fear-seirbhíseach, agus a leagtar a fhoghlaim colún ainmneacha Scripture, más rud é nach bhfuil siad freagra i gceart? " "Is dócha nach bhfuil," d'fhreagair mé. "Is páistí maithe iad, gan amhras, agus níl an chóireáil a fhaigheann tú tuillte agat, as do dhrochiompar." "Ná cant, Nelly," a dúirt sé: "nonsense! Rith muid ó bharr na hArda go dtí an pháirc, gan stopadh—bhuail Catherine go hiomlán sa rás, toisc go raibh sí cosnochta. Beidh ort a bróga a lorg sa phortach go moch. Crept muid trí fál briste, groped ár mbealach suas an cosán, agus curtha féin ar bláth-plota faoi fhuinneog líníocht-seomra. As sin a tháinig an solas; ní raibh na comhlaí curtha suas acu, agus ní raibh na cuirtíní ach leath dúnta. Bhí an bheirt againn in ann breathnú isteach trí sheasamh ar an íoslach, agus clinging leis an ledge, agus chonaic muid-ah! Bhí sé go hálainn—áit splendid cairpéad le crimson, agus cathaoireacha agus táblaí crimson-clúdaithe, agus síleáil bán íon bordered ag ór, cith de gloine-titeann crochta i slabhraí airgid ón lár, agus glioscarnach le tapers beag bog. Ní raibh Sean-Uasal agus Bean Linton ann; Bhí Edgar agus a dheirfiúr go hiomlán leo féin. Nár cheart go raibh siad sásta? Ba chóir dúinn a bheith shíl féin ar neamh! Agus anois, buille faoi thuairim cad a bhí á dhéanamh ag do pháistí maithe? Isabella-Creidim go bhfuil sí aon bhliain déag, bliain níos óige ná Cathy-leagan screaming ag an deireadh níos faide ar an seomra, shrieking amhail is dá mbeadh witches ag rith snáthaidí dearg-te isteach inti. Sheas Edgar ar an teallach ag gol go ciúin, agus i lár an bhoird shuigh madra beag, ag croitheadh a lapa agus a yelping; agus, óna líomhaintí frithpháirteacha, thuigeamar go raibh siad beagnach tarraingthe isteach dhá cheann eatarthu. Na leathcheann! Ba é sin an pléisiúr a bhí acu! a quarrel ba chóir a shealbhú carn gruaige te, agus gach tús a caoin mar gheall ar an dá, tar éis streachailt chun é a fháil, dhiúltaigh a ghlacadh. Gáire muid thar barr ag na rudaí petted; bhí an-mheas againn orthu! Cathain a ghabhfá orm ag iarraidh an rud a theastaigh ó Catherine a bheith agat? nó teacht orainn féin, ag lorg siamsaíochta i yelling, agus sobbing, agus rollta ar an talamh, roinnte ag an seomra ar fad? Ní mhalartóinn, ar feadh míle saol, mo ríocht anseo, do Edgar Linton's i nGráinseach Thrushcross - ní dá mbeadh sé de phribhléid agam Joseph a theitheadh as an bhinn is airde, agus an teach a phéinteáil le fuil Hindley!

"Hush, hush!" Chuir mé isteach air. "Fós níor inis tú dom, Heathcliff, conas a fhágtar Catherine ina dhiaidh?"

"Dúirt mé leat go ndearna muid gáire," a d'fhreagair sé. "Chuala na Lintons muid, agus le ceann amháin lámhaigh siad cosúil le saigheada go dtí an doras; bhí tost ann, agus ansin caoin, 'Ó, mamaí, mamaí! Ó, papa! Ó, mamaí, tar anseo. Ó, a phápa, ó!' Rinne siad i ndáiríre howl amach rud éigin ar an mbealach sin. Rinne muid torann scanrúil chun iad a scanrú níos mó fós, agus ansin thit muid as an ledge, toisc go raibh duine éigin ag tarraingt na barraí, agus mhothaigh muid go raibh teitheadh níos fearr againn. Bhí Cathy agam leis an láimh, agus bhí mé ag impí uirthi, nuair a thit sí síos ar chor ar bith. 'Rith, Heathcliff, rith!' a dúirt sí. 'Lig siad an tarbh-mhadra scaoilte, agus coinníonn sé mé!' Ghabh an diabhal a rúitín, Nelly: Chuala mé a snorting abominable. Ní raibh sí yell amach-aon! bheadh scorned aici é a dhéanamh, dá mbeadh sí spitted ar adharca bó buile. Rinne mé, áfach: vociferated mé curses go leor chun annihilate aon fiend i Christendom; agus fuair mé cloch agus thrust sé idir a jaws, agus iarracht le gach mo d'fhéadfadh a cram sé síos a scornach. Tháinig beithíoch de sheirbhíseach suas le lóchrann, ar deireadh, ag béicíl — 'Keep fast, Skulker, keep fast!' D'athraigh sé a nóta, áfach, nuair a chonaic sé cluiche Skulker. Bhí an madra throttled as; a theanga ollmhór corcra crochta leath chos amach as a bhéal, agus a liopaí pendent sruthú le sclábhaí fuilteach. Thóg an fear Cathy suas; bhí sí tinn: ní ó eagla, tá mé cinnte, ach ó phian. D'iompair sé isteach í; Lean mé, ag grumbling execrations agus vengeance. 'Cén chreiche, Robert?' hallooed Linton ón mbealach isteach. 'Tá cailín beag gafa ag Skulker, a dhuine uasail,' a d'fhreagair sé; 'Agus tá leaid anseo,' a dúirt sé, ag déanamh clutch orm, 'a bhreathnaíonn amuigh is amach! An-chosúil leis na robálaithe a bhí chun iad a chur tríd an bhfuinneog chun na doirse a oscailt don drong tar éis an tsaoil a bheith ina gcodladh, go bhféadfaidís muid a dhúnmharú ar a suaimhneas. Coinnigh do theanga, tú salach-mouthed thief, tú! beidh tú ag dul go dtí an gallows le haghaidh seo. An tUasal Linton, a dhuine uasail, ná leag do ghunna.' 'No, no, Robert,' arsa an sean-amadán. 'Bhí a fhios ag na rascals gurbh é inné mo chíos-lá: cheap siad go raibh mé cliste. Tar isteach; Cuirfidh mé fáiltiú ar fáil dóibh. Tá, John, fasten an slabhra. Tabhair roinnt uisce do Skulker, Jenny. Chun féasóg giúistís ina daingean, agus ar an Sabbath, freisin! Cá stopfaidh a n-insolence? Ó, mo Mháire daor, féach anseo! Ná bíodh eagla ort, tá sé ach buachaill-fós na scowls villain chomh soiléir ina aghaidh; nach cineáltas don tír é a chrochadh ag an am céanna, sula dtaispeánann sé a nádúr i ngníomhartha chomh maith le gnéithe?' Tharraing sé mé faoin chandelier, agus chuir Mrs Linton a spéaclaí ar a srón agus d'ardaigh sí a lámha in uafás.

Crept na páistí cowardly níos gaire freisin, Isabella lisping-'Rud scanrúil! Cuir sa siléar é, papa. Tá sé díreach cosúil leis an mac an fortune-teller a ghoid mo pheasant tame. Nach bhfuil sé, Edgar?'

"Nuair a scrúdaigh siad mé, tháinig Cathy thart; Chuala sí an chaint dheireanach, agus rinne sí gáire. Bhailigh Edgar Linton, tar éis stare fiosrach, dóthain grinn chun í a aithint. Feiceann siad muid ag séipéal, tá a fhios agat, cé gur annamh a bhuailimid leo in áiteanna eile. 'Sin Iníon Earnshaw!' a dúirt sé lena mháthair, 'agus féach ar an gcaoi a bhfuil Skulker tar éis greim a fháil uirthi—an chaoi a bleeds a chos!'

"'Iníon Earnshaw? Nonsense!' Adeir an dame; 'Miss Earnshaw ag sciúradh na tíre le gipsy! Agus fós, mo stór, tá an leanbh faoi bhrón—is cinnte go bhfuil sé—agus d'fhéadfadh sí a bheith lamed don saol!'

"'What culpable carelessness in her brother!' exclaimed an tUasal Linton, ag casadh uaim go Catherine. ' Thuig mé ó Shielders '" (ba é sin an curate, a dhuine uasail) "'that he lets her grow up in absolute heathenism. Ach cé hé seo? Cár phioc sí an compánach seo? Oho! Dearbhaím gurb é an éadáil aisteach sin a rinne mo chomharsa nach maireann, agus é ar a thuras go Learpholl—Lascar beag, nó castaway Meiriceánach nó Spáinneach.'

"'A bhuachaill ghránna, ag gach ócáid,' arsa an tseanbhean, 'agus mí-oiriúnach go leor do theach réasúnta! Ar thug tú faoi deara a theanga, Linton? Tá ionadh orm gur cheart go mbeadh sé cloiste ag mo pháistí.'

"Chuir mé tús arís le mallacht — ná bíodh fearg ort, Nelly - agus mar sin ordaíodh do Robert mé a thógáil amach. Dhiúltaigh mé dul gan Cathy; dragged sé dom isteach sa ghairdín, bhrúigh an lantern isteach i mo lámh, cinnte dom gur chóir an tUasal Earnshaw a chur ar an eolas faoi mo iompar, agus, bidding dom máirseáil go díreach, dhaingnigh an doras arís. Bhí na cuirtíní lúbtha suas fós ag cúinne amháin, agus d'fhill mé ar mo stáisiún mar spiaire; mar, dá mba mhian le Catherine filleadh, bhí sé i gceist agam a gcuid pána móra gloine a scriosadh go milliún blúirí, mura ligfidís amach í. Shuigh sí ar an tolg go ciúin. Mrs Linton thóg amach an clóca liath an déiríochta-maid a bhí faighte ar iasacht againn le haghaidh ár turas, chroitheadh a ceann agus expostulating léi, is dócha: bhí sí ina bean óg, agus rinne siad idirdhealú idir a chóireáil agus mianach. Ansin thug an bheansheirbhíseach báisín uisce te, agus nigh sí a cosa; agus mheasc an tUasal Linton tumbler de negus, agus lholmhú Isabella platelul de cácaí isteach ina lap, agus sheas Edgar gaping ar fad. Ina dhiaidh sin, thriomaigh siad agus rinne siad cíoradh ar a cuid gruaige álainn, agus thug siad péire slipéir ollmhóra di, agus rothaigh siad í go dtí an tine; agus d'fhág mé í, chomh merry agus a d'fhéadfadh sí a bheith, ag roinnt a cuid bia idir an madra beag agus Skulker, a bhfuil a srón pinched sí mar ith sé; agus spréach spioraid a chur i súile gorma folmha na Lintons—machnamh dim óna héadan draíochtúil féin. Chonaic mé go raibh siad lán le meas dúr; tá sí chomh mór sin níos fearr ná iad—do gach duine ar domhan, nach bhfuil sí, Nelly?"

"Beidh níos mó teacht ar an ngnó seo ná mar a mheasann tú," a d'fhreagair mé, ag clúdach air suas agus ag múchadh an tsolais. "Tá tú incurable, Heathcliff; agus beidh ar an Uasal Hindley dul ar aghaidh go dtí antoiscigh, féachaint an mbeidh sé." Tháinig mo chuid focal níos dílse ná mar ba mhian liom. Chuir an eachtra gan ádh Earnshaw ar buile. Agus ansin an tUasal Linton, le cúrsaí mend, d'íoc dúinn cuairt é féin ar an morrow, agus léigh an máistir óg den sórt sin léacht ar an mbóthar threoraigh sé a theaghlach, go raibh sé stirred chun breathnú mar gheall air, i earnest. Ní bhfuair Heathcliff aon cheo, ach dúradh leis gur cheart go gcinnteodh an chéad fhocal a labhair sé le Miss Catherine go mbrisfí as a phost é; agus gheall Bean Earnshaw go gcoinneodh sí a deirfiúr céile faoi shrian cuí nuair a d'fhill sí abhaile; ag fostú ealaíne, ní fórsa: le fórsa bheadh sí dodhéanta.

CAIBIDIL VII

D'fhan Cathy i nGráinseach Thrushcross cúig seachtaine: go dtí an Nollaig. Faoin am sin bhí leigheas maith ar a rúitín, agus tháinig feabhas mór ar a béasa. Thug an máistreás cuairt uirthi go minic san eatramh, agus chuir sí tús lena plean athchóirithe trí iarracht a dhéanamh a féinmheas a ardú le héadaí breátha agus flattery, a ghlac sí go héasca; ionas go mbeidh, in ionad fiáin, hatless beag savage léim isteach sa teach, agus rushing a squeeze dúinn go léir breathless, tá solas ó chapaillíní dubh dathúil duine an-dínit, le ringlets donn ag titim as an chlúdach beaver feathered, agus nós éadach fada, a raibh sé d'oibleagáid uirthi a shealbhú suas leis an dá lámh go bhféadfadh sí seol isteach. Thóg Hindley í óna capall, ag maíomh go ríméadach, "Cén fáth, Cathy, tá tú go leor áilleacht! Ba chóir dom a bheith ar éigean ar eolas agat: tá tú cosúil le bean anois. Níl Isabella Linton le cur i gcomparáid léi, an bhfuil sí, Frances? "Níl a buntáistí nádúrtha ag Isabella," a d'fhreagair a bhean chéile: "ach caithfidh sí cuimhneamh agus gan fás fiáin arís anseo. Ellen, cabhrú Iníon Catherine amach lena rudaí-Fan, a stór, beidh tú disarrange do gcuacha-lig dom untie do hata. "

Bhain mé an nós, agus ansin scairt amach faoi bhun frock síoda plaid mhór, bríste bán, agus bróga dóite; agus, cé go raibh a súile súilíneach go lúcháireach nuair a tháinig na madraí ag ceangal suas chun fáilte a chur roimpi, is ar éigean a bhí fonn uirthi teagmháil a dhéanamh leo lest ba chóir dóibh fawn ar a baill éadaigh splendid. Phóg sí go réidh mé: bhí mé ar fad ag déanamh an cháca Nollag, agus ní dhéanfadh sé barróg a thabhairt dom; agus ansin d'fhéach sí thart do Heathcliff. D'fhéach an tUasal agus Bean Earnshaw go himníoch ar a gcruinniú; ag smaoineamh go gcuirfeadh sé ar a gcumas breithiúnas a thabhairt, i mbeart éigin, ar na forais a bhí acu le súil go n-éireodh leo an bheirt chairde a scaradh óna chéile.

Ba dheacair Heathcliff a fháil amach, ar dtús. Má bhí sé míchúramach, agus gan chúram, sula raibh Catherine as láthair, bhí sé deich n-uaire níos mó ná sin ó shin. Aon duine ach rinne mé fiú dó an cineáltas a ghlaoch air buachaill salach, agus tairiscint dó nigh é féin, uair sa tseachtain; agus is annamh a bhíonn pléisiúr nádúrtha ag páistí dá aois i gallúnach agus in uisce. Dá bhrí sin, gan trácht ar a chuid éadaí, a bhí le feiceáil trí mhí seirbhíse i mire agus deannach, agus a chuid gruaige tiubh uncombed, bhí an dromchla a aghaidh agus lámha beclouded dismally. D'fhéadfadh sé go maith skulk taobh thiar den réiteach, ar beholding den sórt sin geal, damsel graceful isteach sa teach, in ionad a mhacasamhail garbh-i gceannas de féin, mar a bhí súil aige. "Nach bhfuil Heathcliff anseo?" a d'éilig sí, ag tarraingt as a lámhainní, agus ag taispeáint méara iontach whitened le rud ar bith a dhéanamh agus fanacht taobh istigh.

"Heathcliff, is féidir leat teacht ar aghaidh," adeir an tUasal Hindley, ag baint taitnimh as a discomfiture, agus gratified a fheiceáil cad a forbidding garda dubh óg a bheadh sé iallach a chur i láthair é féin. "B'fhéidir go dtiocfaidh tú agus guímís fáilte roimh Iníon Catherine, cosúil leis na seirbhísigh eile."

D'eitil Cathy, ag breith spléachadh ar a cara ina cheilt, chun glacadh leis; bhronn sí seacht nó ocht bpóg ar a leiceann laistigh den dara ceann, agus ansin stop sí, agus ag tarraingt siar, phléasc sí isteach i gáire, ag exclaiming, "Cén fáth, cé chomh dubh agus tras a fhéachann tú! agus conas-cé chomh greannmhar agus gruama! Ach sin mar tá mé cleachtaithe le Edgar agus Isabella Linton. Bhuel, Heathcliff, an bhfuil dearmad déanta agat orm?

Bhí cúis éigin aici an cheist a chur, mar gheall ar náire agus bród chaith gruaim dhúbailte thar a ghnúis, agus choinnigh sé dochorraithe é.

"Croith lámha, Heathcliff," a dúirt an tUasal Earnshaw, condescendingly; "Uair amháin ar bhealach, tá sé sin ceadaithe."

"Ní bheidh mé," a d'fhreagair an buachaill, ag aimsiú a theanga ar deireadh; "Ní bheidh mé ag seasamh a bheith ag gáire. Ní iompróidh mé é!

Agus bheadh sé briste ón gciorcal, ach ghabh Iníon Cathy arís é.

"Ní raibh sé i gceist agam gáire a dhéanamh leat," a dúirt sí; "Ní fhéadfainn bac a chur orm féin: Heathcliff, lámha a chroitheadh ar a laghad! Cad chuige a bhfuil tú sulky? Ní raibh ann ach gur fhéach tú corr. Má níonn tú d'aghaidh agus má scuabann tú do chuid gruaige, beidh sé ceart go leor: ach tá tú chomh salach!

Gazed sí buartha ag na méara dusky choinnigh sí ina cuid féin, agus freisin ar a gúna; bhí faitíos uirthi nach bhfuair sí aon chlú ón teagmháil a bhí aige leis.

"Ní gá duit a bheith i dteagmháil léi dom!" fhreagair sé, tar éis a súl agus sciobadh ar shiúl a lámh. "Beidh mé chomh salach le do thoil: agus is maith liom a bheith salach, agus beidh mé salach."

Leis sin d'imigh sé go ceann feadhna amach as an seomra, i measc an mháistir agus na máistreása, agus le suaitheadh tromchúiseach Catherine; nach bhféadfadh a thuiscint conas ba chóir go mbeadh taispeántas den sórt sin de mheon dona léirithe ag a cuid cainte.

Tar éis imirt bhean-maid leis an nua-comer, agus a chur ar mo cístí san oigheann, agus a dhéanamh ar an teach agus cistin cheerful le tinte mór, befitting Nollag-oíche, d'ullmhaigh mé chun suí síos agus amuse mé féin ag canadh carúil, go léir ina n-aonar; beag beann ar dhearbhas Iósaef gur mheas sé na foinn merry a roghnaigh mé mar bhéal dorais d'amhráin. D'éirigh sé as paidir phríobháideach ina sheomra, agus bhí an tUasal agus Mrs Earnshaw ag gabháil aird Missy ag trifles aeracha éagsúla a ceannaíodh di a chur i láthair na Lintons beag, mar admháil ar a gcineáltas. Thug siad cuireadh dóibh an morrow a chaitheamh ag Wuthering Heights, agus glacadh leis an gcuireadh, ar choinníoll amháin: d'impigh Mrs Linton go bhféadfaí a cuid darlings a choinneáil go cúramach seachas an "buachaill mionnaithe dána."

Faoi na cúinsí seo d'fhan mé solitary. Smelt mé an boladh saibhir de na spíosraí teasa; agus meas na n-uirlisí cistine lonrach, an clog snasta, deic sa chuileann, bhí na mugaí airgid ar thráidire réidh le líonadh le leann mulled le haghaidh suipéar; agus thar aon rud eile, an íonacht speckless de mo chúram ar leith-an urlár scoured agus dea-scuabtha. Thug mé bualadh bos isteach do gach rud, agus ansin chuimhnigh mé ar an sean-Earnshaw a bhíodh ag teacht isteach nuair a bhí gach rud slachtaithe, agus ghlaoigh mé lass cant orm, agus shleamhnaigh scilling isteach i mo lámh mar bhosca Nollag; agus as sin do chuadar ag smaoiniughadh ar a fhoghnamh do

Heathcliff, agus as eadh do-ghní sé faillí tar éis an bháis do bhaint de: agus do bhríogh go raibhe d'fhiachaibh oram machnamh do dhéanamh ar staid an leaid bhocht anois, agus ó bheith ag canadh d'athraigh mé m'intinn go caoineadh. Bhuail sé go luath mé, áfach, go mbeadh níos mó céille ag iarraidh cuid dá éagóir a dheisiú ná deora a chaitheamh os a gcionn: d'éirigh mé agus shiúil mé isteach sa chúirt chun é a lorg. Ní raibh sé i bhfad; Fuair mé é ag smúdú cóta snasta an chapaillín nua sa stábla, agus ag beathú na mbeithíoch eile, de réir nós.

"Déan haste, Heathcliff!" Dúirt mé, "tá an chistin chomh compordach; agus tá Joseph thuas staighre: déan haste, agus lig dom tú a ghléasadh cliste sula dtagann Iníon Cathy amach, agus ansin is féidir leat suí le chéile, leis an teallach ar fad duit féin, agus comhrá fada a bheith agat go dtí am codlata.

Lean sé ar aghaidh lena chúram, agus níor chas sé a cheann i mo threo riamh.

"Tar—an bhfuil tú ag teacht?" Lean mé ar aghaidh. "Tá císte beag ann do gach duine agaibh, beagnach go leor; agus beidh leathuair an chloig de dhíth ort."

D'fhan mé cúig nóiméad, ach níor fhág aon fhreagra é. Catherine supped lena dheartháir agus deirfiúr-i-dlí: Joseph agus chuaigh mé ag béile unsociable, seasoned le reproofs ar thaobh amháin agus sauciness ar an taobh eile. D'fhan a cháca agus a cháis ar an mbord ar feadh na hoíche do na sióga. D'éirigh leis leanúint ar aghaidh leis an obair go dtí a naoi a chlog, agus ansin mháirseáil sé balbh agus dour go dtí a sheomra. Shuigh Cathy suas go déanach, agus saol rudaí le hordú aici chun a cairde nua a fháil: tháinig sí isteach sa chistin uair amháin chun labhairt lena seanduine; ach bhí sé imithe, agus d'fhan sí ach a iarraidh cad a bhí an t-ábhar leis, agus ansin chuaigh sé ar ais. Ar maidin d'éirigh sé go luath; agus, mar do bhí sé ina shaoire, do rinne sé a dhroch-ghreann ar na maoir; ní raibh sé le feiceáil arís go dtí gur imigh an teaghlach chun an tséipéil. Ba chosúil gur thug troscadh agus machnamh spiorad níos fearr dó. Chroch sé fúm ar feadh tamaill, agus tar éis dó a mhisneach a scriosadh, exclaimed go tobann - "Nelly, déan réasúnta mé, tá mé ag dul a bheith go maith."

"Ard-am, Heathcliff," a dúirt mé; "*tá tú* ag casaoid ar Catherine: tá brón uirthi gur tháinig sí abhaile riamh, daresay mé! Breathnaíonn sé amhail is dá mba envied tú í, toisc go bhfuil sí níos mó smaoinimh de ná tú."

Bhí an coincheap *éad* Catherine dothuigthe dó, ach an coincheap a bhí ag casaoid uirthi thuig sé go soiléir go leor.

"An ndúirt sí go raibh sí grieved?" D'fhiafraigh sé, ag breathnú antromchúiseach.

"Chaoin sí nuair a dúirt mé léi go raibh tú amach arís ar maidin."

"Bhuel, chaoin mé aréir," ar seisean, "agus bhí níos mó cúise agam caoineadh ná í."

"Sea: bhí an chúis agat dul a chodladh le croí bródúil agus boilg folamh," a dúirt mé. "Daoine bródúil ag pórú brón brónach dóibh féin. Ach, má tá náire ort faoi do touchiness, ní mór duit pardún, aigne, a iarraidh nuair a thagann sí isteach. Ní mór duit dul suas agus a thairiscint a póg di, agus a rá-tá a fhios agat is fearr cad atá le rá; ach é a dhéanamh heartily, agus ní amhail is dá mba shíl tú í a thiontú ina strainséir ag a gúna mhór. Agus anois, cé go bhfuil dinnéar agam le bheith réidh, goidfidh mé am chun tú a shocrú ionas go mbeidh Edgar Linton ag breathnú go leor doll in aice leat: agus go ndéanann sé. Tá tú níos óige, agus fós, beidh mé faoi cheangal, tá tú níos airde agus dhá uair chomh leathan ar fud na nguaillí; d'fhéadfá é a bhualadh síos i gcúpla; nach mbraitheann tú go bhféadfá?"

Gheal aghaidh Heathcliff nóiméad; ansin bhí sé overcast as an nua, agus sighed sé.

"Ach, Nelly, dá leagfainn síos é fiche uair, ní dhéanfadh sé sin níos lú dathúla ná mise níos mó ná sin. Is mian liom go raibh gruaig éadrom agus craiceann cothrom orm, agus bhí mé gléasta agus iompartha chomh maith, agus go raibh seans agam a bheith chomh saibhir agus a bheidh sé!"

"Agus cried do mamma ag gach cas," a dúirt mé, "agus trembled má lad tír heaved a dhorn i do choinne, agus shuigh sa bhaile ar feadh an lae le haghaidh cith báistí. Ó, Heathcliff, tá spiorad bocht á thaispeáint agat! Tar go dtí an ghloine, agus ligfidh mé duit a fheiceáil cad ba mhaith leat. An marcálann tú an dá líne sin idir do shúile; agus an bhrabhsáil thiubh sin, go ndoirteal sa lár, in ionad éirí in airde; agus an cúpla fiends dubh, chomh domhain faoi thalamh, nach n-osclaíonn a gcuid fuinneoga go dána, ach lurk glinting fúthu, cosúil le spiairí diabhal? Mian agus foghlaim a réidh ar shiúl na wrinkles surly, a ardú do lids frankly, agus athrú ar an fiends a muiníneach, aingeal neamhchiontach, drochamhras agus amhras rud ar bith, agus i gcónaí a fheiceáil cairde nuair nach bhfuil siad cinnte de foes. Ná faigh an léiriú ar leigheas fí a bhfuil an chuma air go bhfuil a fhios ag na ciceanna a fhaigheann sé a fhásach, agus fós fuath ar fud an domhain, chomh maith leis an kicker, as an méid a fhulaingíonn sé. "

"I bhfocail eile, caithfidh mé a bheith ag iarraidh súile gorma móra Edgar Linton agus fiú forehead," a d'fhreagair sé. "Is féidir liom-agus ní chabhróidh sé sin liom iad."

"Cabhróidh croí maith leat aghaidh bonny, mo leaids," arsa mise, "dá mbeifeá dubh rialta; agus beidh droch-cheann dul ar an bonniest i rud éigin níos measa ná gránna. Agus anois go bhfuil muid ag déanamh níocháin, agus combing, agus sulking-inis dom an bhfuil tú ag smaoineamh tú féin sách dathúil? Inseoidh mé duit, is féidir liom. Tá tú oiriúnach do phrionsa faoi cheilt. Cé a fhios ach bhí d'athair Impire na Síne, agus do mháthair banríon Indiach, gach ceann acu in ann a cheannach suas, le hioncam seachtaine, Wuthering Heights agus Thrushcross Grange le chéile? Agus d'fhuadaigh mairnéalaigh ghránna thú agus tugadh go Sasana thú. Dá mbeinn i d'áit, ba mhaith liom nóisean arda de mo bhreith a chumadh; agus ba cheart go dtabharfadh na smaointe a bhí ionam misneach agus dínit dom chun tacú le cos ar bolg feirmeora bhig!

Mar sin, labhair mé ar; agus chaill Heathcliff a frown de réir a chéile agus thosaigh sé ag breathnú taitneamhach go leor, nuair a chuir fuaim rumbling isteach ar ár gcomhrá ag gluaiseacht suas an bóthar agus ag dul isteach sa chúirt. Rith sé go dtí an fhuinneog agus mé go dtí an doras, díreach in am a behold an dá Lintons shliocht as an iompar teaghlaigh, smothered i clóca agus fionnaidh, agus na Earnshaws dismount as a gcapaill: rode siad go minic chun séipéal sa gheimhreadh. Thóg Catherine lámh ar gach duine de na páistí, agus thug sí isteach sa teach iad agus chuir sí os comhair na tine iad, rud a chuir dath ar a n-aghaidheanna bána go tapa.

D'áitigh mé ar mo chompánach dul i ngleic anois agus a ghreann amiable a thaispeáint, agus ghéill sé go toilteanach; ach bheadh an t-ádh dearg air, nuair a d'oscail sé an doras ag dul ón gcistin ar thaobh amháin, d'oscail Hindley é ar an taobh eile. Bhuail siad, agus an máistir, irritated ag féachaint air glan agus cheerful, nó, b'fhéidir, fonn a choinneáil ar a gealltanas do Mrs Linton, shoved sé ar ais le sá tobann, agus angrily bade Joseph "a choinneáil ar an fear amach as an seomra-sheoladh dó isteach sa garret till dinnéar os a chionn. Beidh sé ag cramming a mhéara sna toirtíní agus stealing na torthaí, má fhágtar ina n-aonar leo nóiméad. "

"Nay, a dhuine uasail," Ní raibh mé in ann a sheachaint freagra, "beidh sé teagmháil rud ar bith, ní sé: agus is dócha go gcaithfidh sé a bheith ar a sciar de na dainties chomh maith le linn."

"Beidh a sciar de mo lámh aige, má rugaim air thíos staighre go dtí go mbeidh sé dorcha," adeir Hindley. "Begone, vagabond tú! Cad é! tá tú ag iarraidh an coxcomb, an bhfuil tú? Fan go bhfaighidh mé greim ar na glais ghalánta sin—féach an dtarraingeoidh mé beagán níos faide iad!

"Tá siad fada go leor cheana féin," a thug Máistir Linton faoi deara, ag peeping ón doras; "N'fheadar nach ndéanann siad pian a chinn. Tá sé cosúil le mane colt thar a shúile!

Chuaigh sé i bhfiontar an ráitis seo gan aon rún masla a thabhairt; ach ní raibh nádúr foréigneach Heathcliff sásta an chuma a bhí ar impertinence a fhulaingt ó dhuine a raibh an chuma air go raibh fuath aige, fiú ansin, mar iomaitheoir. Ghabh sé tureen d'anlann úll te, an chéad rud a tháinig faoina ghreim, agus dashed sé go hiomlán i gcoinne aghaidh agus muineál an chainteora; a chuir tús láithreach le caoineadh a thug Isabella agus Catherine faoi dheifir go dtí an áit. Sciob an tUasal Earnshaw an culprit go díreach agus thug sé chuig a sheomra é; áit, gan amhras, riar sé leigheas garbh chun aclaí na páise a fhuarú, mar bhí sé dearg agus gan anáil. Fuair mé an mhias-éadach, agus in áit spitefully scrubbed srón agus béal Edgar, ag dearbhú sheirbheáil sé ceart dó le haghaidh meddling. Thosaigh a dheirfiúr ag gol chun dul abhaile, agus sheas Cathy le confounded, blushing do gach duine.

"Níor chóir duit labhairt leis!" expostulated sí leis an Máistir Linton. "Bhí sé i meon dona, agus anois tá tú spoilt do chuairt; agus beidh sé flogged: Is fuath liom é a flogged! Ní féidir liom mo dhinnéar a ithe. Cén fáth ar labhair tú leis, a Edgar?

"Ní raibh mé," sobbed an óige, éalú ó mo lámha, agus ag críochnú an chuid eile den íonú lena póca-ciarsúr cambric. "Gheall mé do Mhama nach ndéarfainn focal amháin leis, agus ní raibh."

"Bhuel, ná bí ag caoineadh," a d'fhreagair Catherine, go díspeagúil; "Níl tú maraithe. Ná déan níos mó mischief; Tá mo dheartháir ag teacht: bí ciúin! Hush, Isabella! Ar ghortaigh aon duine *thú?*"

"Tá, tá, leanaí-le do suíocháin!" Adeir Hindley, fuadar isteach. "Tá an bruit sin de leaid tar éis téamh go deas orm. An chéad uair eile, a Mháistir Edgar, tóg an dlí isteach i do dhorn féin - tabharfaidh sé goile duit!

D'éirigh leis an bpáirtí beag a chothromaíocht a ghnóthú nuair a chonaic siad an féasta cumhra. Bhí ocras orthu tar éis a dturas, agus go héasca consoled, ós rud é nach raibh aon dochar fíor befallen iad. An tUasal Earnshaw snoite platefuls bountiful, agus rinne an máistreás iad merry le caint bríomhar. D'fhan mé taobh thiar dá cathaoir, agus bhí pian orm Catherine a fheiceáil, le súile tirime agus aer neamhshuimiúil, ag gearradh suas sciathán gé os a comhair. "Leanbh gan srian," a shíl mé liom féin; "Cé chomh héadrom is a bhriseann sí trioblóidí a seanmháthar. Ní fhéadfainn a shamhlú go mbeadh sí chomh santach sin." Thóg sí béal ar a liopaí: ansin leag sí síos arís é: a leicne lasta, agus na deora gushed os a gcionn. Shleamhnaigh sí a forc go dtí an t-urlár, agus thum sí go hastily faoin éadach chun a mothúchán a cheilt. Níor ghlaoigh mé uirthi i bhfad; óir do bhraitheas go raibh sí i bpurgadóir i rith an lae, agus go raibh sí traochta chun deis a fháil di féin, nó cuairt a thabhairt ar Heathcliff, a bhí faoi ghlas ag an máistir: mar a fuair mé amach, ar iarracht a dhéanamh praiseach phríobháideach bia a thabhairt isteach dó.

Um thráthnóna bhí damhsa againn. D'impigh Cathy go bhféadfaí é a shaoradh ansin, mar nach raibh aon pháirtí ag Isabella Linton: bhí a cuid entreaties vain, agus ceapadh mé chun an t-easnamh a sholáthar. Fuair muid réidh le gach gruaim i sceitimíní an chleachtaidh, agus méadaíodh ár pléisiúr nuair a tháinig an banna Gimmerton, mustering cúig déag láidir: trumpa, trombón, clarionets, bassoons, adharca na Fraince, agus viol Bass, seachas amhránaithe. Téann siad thart ar na tithe measúla go léir, agus faigheann siad ranníocaíochtaí gach Nollaig, agus bhí meas againn air mar chóireáil den chéad scoth chun iad a chloisteáil. Tar éis na gnáthcharúil a chanadh, chuireamar amhráin agus glees orthu. Mrs Earnshaw grá an ceol, agus mar sin thug siad dúinn neart.

Bhí grá ag Catherine dó freisin: ach dúirt sí go raibh sé níos binne ag barr na gcéimeanna, agus chuaigh sí suas sa dorchadas: lean mé. Dhún siad doras an tí thíos, gan a thabhairt faoi deara go raibh muid as láthair, bhí sé chomh lán le daoine. Ní dhearna sí aon fhanacht ag ceann an staighre, ach suite níos faide, go dtí an garret ina raibh Heathcliff teoranta, agus d'iarr sé air. Dhiúltaigh sé go stuama freagra a thabhairt ar feadh tamaill: d'éirigh sí buan, agus ar deireadh chuir sé ina luí air comaoineach a choinneáil léi trí na boird. Lig mé na rudaí bochta converse unmolested, till cheap mé go raibh na hamhráin ag dul a scor, agus na hamhránaithe a fháil ar roinnt refreshment: ansin clambered mé suas an dréimire chun rabhadh a thabhairt di. In ionad í a aimsiú taobh amuigh, chuala mé a guth laistigh. Bhí an moncaí beag crept ag an skylight de garret amháin, ar feadh an díon, isteach sa skylight an ceann eile, agus bhí sé leis an deacracht is mó a raibh mé in ann coax di amach arís. Nuair a tháinig sí, tháinig Heathcliff léi, agus d'áitigh sí gur cheart dom é a thabhairt isteach sa chistin, mar go raibh mo chomh-sheirbhíseach imithe chuig comharsa, le baint as fuaim "salmody an diabhail," mar go raibh sé sásta é a ghlaoch. Dúirt mé leo nach raibh sé i gceist agam a gcuid cleasanna a spreagadh: ach ós rud é nár bhris an príosúnach a ghasta ó dhinnéar an lae inné, ba mhaith liom wink ag a cheating An tUasal Hindley an uair sin. Chuaigh sé síos: leag mé stól air cois na tine, agus thairg mé roinnt rudaí maithe dó: ach bhí sé tinn agus d'fhéadfadh sé beagán a ithe, agus caitheadh amach mo chuid iarrachtaí siamsaíocht a chur air. Leant sé a dhá uillinn ar a ghlúine, agus a smig ar a lámha, agus d'fhan rapt i meditation balbh. Nuair a d'fhiosraigh mé ábhar a chuid smaointe, d'fhreagair sé go huafásach — "Tá mé ag iarraidh a réiteach conas a íocfaidh mé Hindley ar ais. I don't care how long I wait, más féidir liom é a dhéanamh faoi dheireadh. Tá súil agam nach bhfaighidh sé bás sula ndéanfaidh mé!

"Do náire, Heathcliff!" A dúirt mé. "Tá sé do Dhia chun pionós a ghearradh ar dhaoine wicked; ba chóir dúinn a fhoghlaim a logh."

"Níl, ní bheidh Dia an sásamh go mbeidh mé," d'fhill sé. "Is mian liom ach bhí a fhios agam an bealach is fearr! Lig dom féin, agus déanfaidh mé é a phleanáil amach: cé go bhfuil mé ag smaoineamh air sin ní mhothaím pian.

Ach, an tUasal Lockwood, déanaim dearmad nach féidir leis na scéalta seo tú a atreorú. Tá mé cráite conas ba chóir dom aisling comhrá a dhéanamh ar a leithéid de ráta; agus do fuar gruel, agus nodding tú do leaba! D'fhéadfainn stair Heathcliff a insint, gach rud a theastaíonn uait a chloisteáil, i leathdhosaen focal.

* * * * *

Mar sin, ag cur isteach uirthi féin, d'ardaigh bean an tí, agus lean sí ar aghaidh ag leagan ar leataobh a fuála; ach mhothaigh mé nach raibh mé in ann bogadh ón teallach, agus bhí mé i bhfad ó nodding. "Suigh go fóill, a Bhean Déan," adeir mé; "Ná suigh leathuair an chloig eile fós. Tá an ceart déanta agat an scéal a insint go suaimhneach. Is é sin an modh is maith liom; agus caithfidh tú é a chríochnú sa stíl chéanna. Tá suim agam i ngach carachtar atá luaite agat, níos mó nó níos lú.

"Is é an clog ar an stróc de aon cheann déag, a dhuine uasail."

"Is cuma—níl sé de nós agam dul a luí sna huaireanta fada. Tá duine nó beirt luath go leor do dhuine atá go dtí a deich."

"Níor chóir duit luí go dtí a deich. Tá príomh-mhaidin imithe i bhfad roimhe sin. Duine nach bhfuil leath obair a lae déanta aige faoina deich a chlog, tá seans aige an leath eile a fhágáil gan déanamh."

"Mar sin féin, Mrs Dean, atosú do chathaoirleach; mar gheall ar a-morrow tá sé ar intinn agam fadú na hoíche go tráthnóna. Prognosticate mé dom féin fuar obstinate, ar a laghad."

"Tá súil agam nach bhfuil, a dhuine uasail. Bhuel, caithfidh tú ligean dom léim thar roinnt trí bliana; le linn an spáis sin Mrs Earnshaw-"

"Níl, níl, ní cheadóidh mé aon rud den saghas! An bhfuil tú eolach ar an giúmar intinne ina, dá mbeifeá i do shuí i d'aonar, agus an cat ag lonrú a kitten ar an ruga romhat, bheifeá ag faire ar an oibríocht chomh géar sin go gcuirfeadh faillí puss ar chluas amháin tú go mór as meon?

"Giúmar uafásach leisciúil, ba cheart dom a rá."

"A mhalairt ar fad, ceann atá gníomhach go diongbháilte. Is liomsa é, faoi láthair; agus, dá bhrí sin, leanúint ar aghaidh nóiméad. Feictear dom go bhfaigheann daoine sna réigiúin seo níos mó ná daoine i mbailte an luach a dhéanann damhán alla i ndúnghaois thar damhán alla i dteachín, dá n-áitritheoirí éagsúla; agus fós nach bhfuil an mhealladh dhoimhniú go hiomlán mar gheall ar an staid an looker-on. Tá siad ina gcónaí níos mó i earnest, níos mó iontu féin, agus níos lú i dromchla, athrú, agus rudaí seachtracha suaibhreosacha. D'fhéadfainn grá don saol a mhaisiú anseo beagnach indéanta; agus bhí mé seasta unbeliever in aon ghrá na bliana seasamh. Tá stát amháin cosúil le fear ocrach a leagan síos go dtí mias amháin, ar a bhféadfadh sé a ghoile ar fad a dhíriú agus é a dhéanamh ceart; an ceann eile, ag cur in aithne dó tábla atá leagtha amach ag cócairí na Fraince: b'fhéidir gur féidir leis an oiread taitnimh a bhaint as an iomlán; ach níl i ngach cuid ach adamh ina mheas agus ina chuimhne."

"Ó! anseo tá muid mar an gcéanna le áit ar bith eile, nuair a fhaigheann tú a fhios dúinn," breathnaíodh Mrs Dean, beagán puzzled ag mo chuid cainte.

"Gabh mo leithscéal," a d'fhreagair mé; "Is fianaise shuntasach thú, mo chara maith, i gcoinne an dearbhaithe sin. Cé is moite de chúpla cúigeachas a bhfuil iarmhairt bheag ag baint leo, níl aon mharcanna agat ar na béasa a bhfuil sé de nós agam a mheas go bhfuil siad aisteach le do rang. Tá mé cinnte gur shíl tú go leor níos mó ná mar a cheapann ginearáltacht na seirbhíseach. Tá tú tar éis iallach a chothú do dhámha machnamhach ar mian leo ócáidí do frittering do shaol ar shiúl i trifles amaideach. "

Mrs Dean gáire.

"Is cinnte go bhfuil meas agam orm féin ar chineál seasta, réasúnta coirp," a dúirt sí; "Ní go díreach ó bheith i do chónaí i measc na gcnoc agus sraith amháin aghaidheanna a fheiceáil, agus sraith amháin gníomhartha, ó dheireadh na bliana go deireadh na bliana; ach tá smacht géar déanta agam, rud a mhúin eagna dom; agus ansin, léigh mé níos mó ná mar a bheadh tú mhaisiúil, an tUasal Lockwood. Ní fhéadfá leabhar a oscailt sa leabharlann seo nár fhéach mé air, agus fuair mé rud éigin as freisin: mura mbeadh an réimse sin Gréigise agus Laidine ann, agus réimse na Fraincise; agus iad siúd a bhfuil aithne agam ar a chéile ó chéile: tá sé chomh mór agus is féidir leat a bheith ag súil le hiníon an fhir bhocht. Mar sin féin, má tá mé chun mo scéal a leanúint ar bhealach fíor gossip, bhí mé níos fearr dul ar aghaidh; agus in ionad trí bliana a léim, beidh mé sásta dul ar aghaidh go dtí an chéad samhradh eile—samhradh na bliana 1778, sin beagnach trí bliana fichead ó shin."

CAIBIDIL VIII

Maidin lá breá i mí an Mheithimh a rugadh mo chéad altranas beag bonny, agus an ceann deireanach de stoc ársa Earnshaw. Bhí muid gnóthach leis an bhféar i bpáirc i bhfad i gcéin, nuair a tháinig an cailín a thug ár mbricfeasta de ghnáth ag rith uair an chloig ró-luath trasna an mhóinéir agus suas an lána, ag glaoch orm agus í ag rith.

"Ó, a leithéid de bairn mhór!" panted sí amach. "An leaid is fearr a d'anáil riamh! Ach deir an dochtúir go gcaithfidh missis dul: deir sé go bhfuil sí i dtomhaltas na míonna fada seo. Chuala mé é a rá leis an Uasal Hindley: agus anois níl aon rud aici chun í a choinneáil, agus beidh sí marbh roimh an ngeimhreadh. Caithfidh tú teacht abhaile go díreach. Tá tú a altra é, Nelly: chun beatha sé le siúcra agus bainne, agus aire a thabhairt dó lá agus oíche. Is mian liom go raibh mé tú, mar beidh sé go léir mise nuair nach bhfuil aon missis! "

"Ach an bhfuil sí an-tinn?" D'iarr mé, flinging síos mo rake agus tying mo bhoinéad.

"Is dóigh liom go bhfuil sí; ach breathnaíonn sí go cróga," a d'fhreagair an cailín, "agus labhraíonn sí amhail is gur smaoinigh sí ar chónaí chun é a fheiceáil ag fás fear. Tá sí as a ceann le háthas, tá sé den sórt sin a áilleacht! Dá mba mise í tá mé cinnte nár cheart dom bás a fháil: ba chóir dom a bheith níos fearr ag an radharc lom air, in ainneoin Kenneth. Bhí mé as mo mheabhair go cothrom air. Thug Dame Archer an cherub síos chun máistir, sa teach, agus thosaigh a aghaidh díreach ag solas suas, nuair a théann an sean-chróca ar aghaidh, agus deir sé - 'Earnshaw, is beannacht é do bhean chéile a fhágáil leat an mac seo. Nuair a tháinig sí, mhothaigh mé cinnte nár cheart dúinn í a choinneáil fada; agus anois, caithfidh mé a rá leat, is dócha go gcríochnóidh an geimhreadh í. Ná glac leis, agus fret faoi i bhfad ró-: ní féidir cabhrú leis. Agus thairis sin, ba chóir duit a bheith ar eolas níos fearr ná a roghnú den sórt sin Rush de lass!'"

"Agus cad a d'fhreagair an máistir?" D'fhiosraigh mé.

"Sílim gur mhionnaigh sé: ach níor mhiste liom é, bhí brú orm an bairn a fheiceáil," agus thosaigh sí arís ag cur síos air go rapturously. I, as zealous as herself, hurried eagerly home to admire, ar mo thaobhsa; cé go raibh mé an-bhrónach ar mhaithe le Hindley. Ní raibh seomra ina chroí ach ar feadh dhá idols-a bhean chéile agus é féin: doted sé ar an dá, agus adored amháin, agus ní raibh mé in ann a cheapadh conas a bheadh sé iompróidh an caillteanas.

Nuair a shroicheamar Wuthering Heights, sheas sé ag an doras tosaigh; agus, mar a rith liom isteach, d'fhiafraigh mé, "cén chaoi a raibh an leanbh?"

"Beagnach réidh le rith faoi, Nell!" D'fhreagair sé, ag cur aoibh gháire cheerful.

"Agus an máistreás?" Chuaigh mé chun fiosrú a dhéanamh; "Deir an dochtúir go bhfuil sí—"

"Damnaigh an dochtúir!" a chuir sé isteach, ag deargadh. "Tá Frances ceart go leor: beidh sí breá maith faoin am seo an tseachtain seo chugainn. An bhfuil tú ag dul suas an staighre? will you tell her that I'll come, má gheallfaidh sí gan labhairt. D'fhág mé í mar ní bheadh a teanga aici; agus caithfidh sí-insint di an tUasal Kenneth deir caithfidh sí a bheith ciúin. "

Thug mé an teachtaireacht seo do Mrs Earnshaw; dhealraigh sí i biotáillí flighty, agus d'fhreagair merrily, "Labhair mé ar éigean focal, Ellen, agus tá sé imithe amach faoi dhó, ag caoineadh. Bhuel, abair geallaim nach labhróidh mé: ach ní chuireann sé sin ceangal orm gan gáire a dhéanamh air!

Anam bocht! Go dtí taobh istigh de sheachtain tar éis a báis níor loic an croí aerach riamh uirthi; agus d'fhan a fear céile go doggedly, nay, furiously, i ndearbhú a sláinte feabhsaithe gach lá. Nuair a thug Kenneth rabhadh dó go raibh a chuid cógas gan úsáid ag an gcéim sin den malady, agus ní gá dó é a chur chun costais bhreise trí fhreastal uirthi, retorted sé, "Tá a fhios agam nach gá duit-tá sí go maith-níl sí ag iarraidh aon freastal níos mó uait! Ní raibh sí riamh i dtomhailt. Fiabhras a bhí ann; agus tá sé imithe: tá a cuisle chomh mall liomsa anois, agus a leiceann chomh fionnuar."

D'inis sé an scéal céanna dá bhean chéile, agus ba chosúil go gcreidfeadh sí é; ach oíche amháin, agus é ag claonadh ar a ghualainn, sa ghníomh ag rá gur shíl sí gur chóir go mbeadh sí in ann dul suas go dtí an amárach, thóg aclaí casachta í—ceann an-bheag—d'ardaigh sé í ina ghéaga; Chuir sí a dhá lámh faoina mhuineál, d'athraigh a aghaidh, agus bhí sí marbh.

Mar a bhí súil ag an gcailín, thit an leanbh Hareton go hiomlán isteach i mo lámha. An tUasal Earnshaw, ar choinníoll go bhfaca sé sláintiúil é agus níor chuala sé caoin riamh, bhí sé sásta, chomh fada agus a mheas sé. Dó féin, d'fhás sé éadóchasach: bhí a bhrón den chineál sin nach mbeidh caoineadh. Ní wept sé ná prayed; cursed sé agus defied: execrated Dia agus fear, agus thug sé é féin suas go dtí dissipation meargánta. Ní fhéadfadh na seirbhísigh iompróidh a iompar tyrannical agus olc fada: Joseph agus bhí mé an dá amháin a bheadh fanacht. Ní raibh an croí agam mo chúiseamh a fhágáil; agus thairis sin, tá a fhios agat, bhí mé a dheirfiúr altrama, agus leithscéal a iompar níos éasca ná mar a bheadh strainséir. D'fhan Joseph le hector thar thionóntaí agus saothraithe; agus do bhrígh gurab é a ghairm do bheith san áit 'n-a raibhe neart droch-ghránna aige ré haithbheódhadh.

Bhí drochbhealaí an mháistir agus droch-chompánaigh mar shampla go leor do Catherine agus Heathcliff. Ba leor an chaoi ar caitheadh leis an dara ceann chun fiend de naomh a dhéanamh. Agus, go fírinneach, bhí an chuma air amhail is dá mbeadh rud éigin diabolical ag an leaid ag an tréimhse sin. Bhí áthas an domhain air Hindley a fheiceáil ag díghrádú na fuascailte roimhe seo; & do-rónadh lais-siumh for sullenness savage & ferocity. Ní fhéadfainn leath a rá cén teach neamhthorthúil a bhí againn. Thit an curate ag glaoch, agus níor tháinig aon duine réasúnta in aice linn, ar deireadh; mura bhféadfadh cuairteanna Edgar Linton ar Miss Cathy a bheith ina eisceacht. Nuair a bhí sí cúig bliana déag d'aois bhí sí ina banríon ar thaobh na tíre; ní raibh aon phiaraí aici; agus rinne sí dul amach créatúr haughty, headstrong! I own I did not like her, tar éis na naíonachta a bheith caite; agus vexed mé í go minic ag iarraidh a thabhairt síos a arrogance: riamh ghlac sí aversion dom, áfach. Bhí seasmhacht bhuacach aici ar shean-cheangaltáin: choinnigh Heathcliff a greim ar a gean go neamhbhalbh; agus fuair Linton óg, lena superiority go léir, deacair tuiscint chomh domhain a dhéanamh. Ba é mo mháistir déanach é: sin é a phortráid os cionn an teallaigh. Bhíodh sé ag crochadh ar thaobh amháin, agus a bhean chéile ar an taobh eile; ach baineadh í, nó b'fhéidir go bhfeicfeá rud éigin dá raibh inti. An féidir leat é sin a dhéanamh amach?

Mrs Dean ardaigh an coinneal, agus discerned mé aghaidh bog-feiceáil, exceedingly cosúil leis an bhean óg ag an Heights, ach níos pensive agus amiable i léiriú. Pictiúr milis a bhí ann. Chuimil an ghruaig fhada éadrom beagán ar na temples; bhí na súile mór agus tromchúiseach; an figiúr beagnach ró-graceful. Ní raibh iontas orm conas a d'fhéadfadh Catherine Earnshaw dearmad a dhéanamh ar a céad chara do dhuine den sórt sin. Chuir sé iontas orm go mór conas a d'fhéadfadh sé, le hintinn comhfhreagras a dhéanamh lena dhuine, mo smaoineamh ar Catherine Earnshaw a mhaisiú.

"Portráid an-sásta," a thug mé faoi deara do choimeádaí an tí. "An bhfuil sé cosúil?"

"Tá," a d'fhreagair sí; "Ach d'fhéach sé níos fearr nuair a bhí sé beoite; is é sin a ghnúis laethúil: theastaigh spiorad i gcoitinne uaidh."

Choinnigh Catherine suas a aithne ar na Lintons ó bhí sí ina cónaí cúig seachtaine ina measc; agus ós rud é nach raibh aon chathú uirthi a taobh garbh a thaispeáint ina gcuideachta, agus go raibh sé de chiall aici náire a bheith drochbhéasach san áit a raibh an chúirtéis dhochreidte sin aici, chuir sí i bhfeidhm go neamhbhalbh ar an tseanbhean agus ar an uasal í ag a coirdiúlacht ingenious; fuair sí meas Isabella, agus croí agus anam a deartháir: éadálacha a mhaolaigh í ón gcéad cheann—óir bhí sí lán d'uaillmhian—agus thug sí uirthi carachtar dúbailte a ghlacadh gan é a bheith ar intinn aici go díreach dallamullóg a chur ar aon duine. San áit inar chuala sí Heathcliff termed a "vulgar óg ruffian," agus "níos measa ná brute," ghlac sí cúram gan gníomhú cosúil leis; ach sa bhaile bhí claonadh beag aici béasaíocht a chleachtadh nach mbeadh ach ag gáire, agus srian a chur ar nádúr místuama nuair nach dtabharfadh sé creidiúint ná moladh di.

Is annamh a chaith an tUasal Edgar misneach chun cuairt a thabhairt ar Wuthering Heights go hoscailte. Bhí sceimhle aige ar cháil Earnshaw, agus d'éirigh sé as teacht air; agus fós fuair sé i gcónaí lenár n-iarrachtaí is fearr ar shibhialtacht: sheachain an máistir féin cion air, agus a fhios aige cén fáth ar tháinig sé; agus más rud é nach bhféadfadh sé a bheith gracious, choinneáil amach as an mbealach. Is dóigh liom go raibh drochmheas ag Catherine ar an gcuma a bhí air; ní raibh sí artful, níor imir sí an coquette riamh, agus ba léir go raibh agóid aici i gcoinne a beirt chairde ag cruinniú ar chor ar bith; óir an tan do léirigh Heathcliff drochmheas ar Linton ina láthair, ní fhéadfadh sí leath-chomhtharlú, mar do rinne sí i n-éagmais; agus nuair a d'éirigh Linton míshásta agus frithbhách le Heathcliff, ní raibh fonn uirthi caitheamh lena meon le neamhshuim, amhail is dá mbeadh dímheas ar a comhghleacaí imeartha gann ar aon iarmhairt uirthi. Is iomaí gáire a rinne mé ar a cuid perplexities agus trioblóidí gan insint, a strove sí vainly a cheilt ó mo magadh. Fuaimeanna sin droch-natured: ach bhí sí chomh bródúil, bhí sé i ndáiríre dodhéanta a trua a distresses, till ba chóir í a chastened isteach humility níos mó. Thug sí í féin, ar deireadh, chun admháil a dhéanamh, agus chun mearbhall a chur orm: ní raibh anam eile ann go bhféadfadh sí faisean a dhéanamh i gcomhairleoir.

Bhí an tUasal Hindley imithe ón mbaile tráthnóna amháin, agus ghlac Heathcliff leis saoire a thabhairt dó féin ar a neart. Bhí sé bliana déag d'aois slánaithe aige ansin, sílim, agus gan drochthréithe a bheith aige, nó gan a bheith easnamhach ó thaobh intleachta de, d'éirigh leis tuiscint a thabhairt ar an athshealbhú isteach agus amach nach gcoinníonn a ghné reatha aon rian de. Ar an gcéad dul síos, bhí buntáiste a luathoideachais caillte aige faoin am sin: obair chrua leanúnach, a thosaigh go luath agus a chríochnaigh go déanach, bhí aon fhiosracht a bhí aige tráth ar thóir eolais, agus aon ghrá do leabhair nó d'fhoghlaim múchta. Bhí tuiscint a óige ar superiority, instilled isteach air ag an bhfabhar an tUasal Earnshaw d'aois, faded ar shiúl. Bhí sé ag streachailt ar feadh i bhfad chun comhionannas a choinneáil le Catherine ina cuid staidéir, agus ghéill sé le brón mór cé go raibh aiféala ciúin air: ach ghéill sé go hiomlán; agus ní raibh aon réim air céim a ghlacadh ar an mbealach chun bogadh suas, nuair a fuair sé go gcaithfidh sé, de riachtanas, doirteal faoi bhun a iar-leibhéal. Ansin rinne cuma phearsanta comhbhrón le meath intinne: fuair sé cuma ghait agus aineolach slouching; bhí a dhiúscairt in áirithe go nádúrtha áibhéalach i farasbarr beagnach idiotic de moroseness unsociable; agus ghlac sé pléisiúr ghruama, de réir dealraimh, i spreagúil an aversion seachas an meas ar a lucht aitheantais beag.

Bhí Catherine agus a chomrádaithe seasta fós ag a séasúir faoisimh ón lucht oibre; & ro eirigh a fondness for a h-aithle, & do-rónadh le h-amhras feargach as a h-aithle a h-aithle, amhail do-chonnairc nach féadadh a n-ionnsaicchidh na marcanna gean sin do chur air. Ar an ócáid roimh-ainmnithe tháinig sé isteach sa teach a fhógairt go raibh sé ar intinn aige rud ar bith a dhéanamh, agus mé ag cabhrú le Miss Cathy a gúna a shocrú: ní raibh sí san áireamh ar a ghlacadh isteach ina cheann a bheith díomhaoin; agus ag samhlú go mbeadh an áit ar fad aici di féin, d'éirigh léi, ar bhealach éigin, an tUasal Edgar a chur ar an eolas faoi neamhláithreacht a dearthár, agus bhí sí ag ullmhú ansin chun é a fháil.

"Cathy, an bhfuil tú gnóthach tráthnóna?" a d'fhiafraigh Heathcliff. "An bhfuil tú ag dul áit ar bith?"

"Níl, tá sé ag cur báistí," a d'fhreagair sí.

"Cén fáth a bhfuil tú go frock síoda ar, ansin?" A dúirt sé. "Níl aon duine ag teacht anseo, tá súil agam?"

"Níl a fhios agam de," stammered Iníon: "ach ba chóir duit a bheith sa réimse anois, Heathcliff. Tá sé uair an chloig tar éis am dinnéir; Shíl mé go raibh tú imithe.

"Ní minic a shaorann Hindley sinn óna láithreacht accursed," a thug an buachaill faoi deara. "Ní oibreoidh mé níos mó go lá: fanfaidh mé leat."

"Ó, ach inseoidh Iósaef," a mhol sí; "B'fhearr duit dul!"

"Tá Joseph ag luchtú aoil ar an taobh eile de Penistone Crags; tógfaidh sé go dorcha é, agus ní bheidh a fhios aige go deo."

Mar sin, ag rá, lounged sé go dtí an tine, agus shuigh síos. Léirigh Catherine ar an toirt, le brabhsáil cniotáilte-fuair sí go raibh sé riachtanach an bealach a réiteach le haghaidh cur isteach. "Labhair Isabella agus Edgar Linton faoi ghlaoch tráthnóna," a dúirt sí, ag deireadh nóiméad ciúnais. "De réir mar a bhíonn sé ag báisteach, is ar éigean a bhím ag súil leo; ach d'fhéadfadh siad teacht, agus má dhéanann siad, ritheann tú an baol a bheith scolded gan aon mhaith."

"Ordaigh Ellen a rá go bhfuil tú ag gabháil, Cathy," ar seisean; "Ná cuir amach mé do na cairde truamhéalacha, amaideach sin agaibh! Tá mé ar an bpointe, uaireanta, ag gearán go bhfuil siad-ach ní bheidh mé-"

"Go bhfuil siad cad?" Adeir Catherine, gazing air le countenance trioblóideacha. "Ó, Nelly!" A dúirt sí petulantly, jerking a ceann ar shiúl ó mo lámha, "tá tú cíortha mo chuid gruaige go leor as curl! Is leor sin; lig dom féin. Cad atá tú ar an bpointe gearán a dhéanamh faoi, Heathcliff?

"Ní dhéanfaidh aon ní-ach breathnú ar an almanack ar an mballa sin;" dhírigh sé ar bhileog frámaithe crochta in aice leis an fhuinneog, agus lean sé, "Is iad na crosa do na tráthnónta a chaith tú leis na Lintons, na poncanna dóibh siúd a chaitear liom. An bhfeiceann tú? Tá mé marcáilte gach lá.

"Sea—an-amaideach: amhail is gur thug mé faoi deara!" a d'fhreagair Catherine, i ton peevish. "Agus cá bhfuil an chiall sin?"

"Chun a thaispeáint go *bhfuil mé* a chur faoi deara," a dúirt Heathcliff.

"Agus ar chóir dom a bheith i gcónaí i mo shuí leat?" a d'éiligh sí, ag fás níos greannmhaire. "Cén mhaith a gheobhaidh mé? Cad faoi a labhraíonn tú? D'fhéadfá a bheith balbh, nó leanbh, le haghaidh aon rud a deir tú a amuse dom, nó le haghaidh aon rud a dhéanann tú, ceachtar! "

"Níor inis tú dom riamh roimhe sin gur labhair mé ró-bheag, nó nár thaitin tú le mo chuideachta, Cathy!" exclaimed Heathcliff, i bhfad corraíl.

"Níl aon chuideachta ann ar chor ar bith, nuair nach bhfuil a fhios ag daoine rud ar bith agus gan faic a rá," a dúirt sí.

D'éirigh a compánach suas, ach ní raibh sé in am aige a chuid mothúchán a chur in iúl a thuilleadh, mar chualathas cosa capaill ar na brataiche, agus tar éis dó Linton óg a bhualadh go réidh, tháinig a aghaidh thar cionn le gliondar ar an toghairm gan choinne a fuair sé. Gan amhras mharcáil Catherine an difríocht idir a cairde, mar a tháinig duine amháin isteach agus chuaigh an duine eile amach. Bhí an chodarsnacht cosúil leis an méid a fheiceann tú i dtír gruama, cnocach, guail a mhalartú le haghaidh gleann álainn torthúil; agus bhí a ghuth agus a bheannacht chomh contrártha lena ghné. Bhí modh milis, íseal cainte aige, agus d'fhuaimnigh sé a chuid focal mar a dhéanann tú: tá sé sin níos lú gruff ná mar a labhraímid anseo, agus níos boige.

"Níl mé ag teacht ró-luath, an bhfuil mé?" a dúirt sé, ag caitheamh súil orm: bhí tús curtha agam leis an bplata a ghlanadh, agus slacht a chur ar roinnt tarraiceán ag an deireadh thall sa drisiúr.

"Níl," a d'fhreagair Catherine. "Cad atá á dhéanamh agat ansin, a Nelly?"

"Mo chuid oibre, a Iníon," a d'fhreagair mé. (Thug an tUasal Hindley treoracha dom tríú páirtí a dhéanamh in aon chuairteanna príobháideacha a roghnaigh Linton a íoc.)

Sheas sí i mo dhiaidh agus dúirt sí go crosach, "Tóg tú féin agus do chuid dusters as; Nuair a bhíonn cuideachta sa teach, ní thosaíonn seirbhísigh ag sciúradh agus ag glanadh sa seomra ina bhfuil siad!

"Is deis mhaith é, anois tá an máistir sin ar shiúl," a d'fhreagair mé os ard: "is fuath leis mé a bheith ag fidgeting thar na rudaí seo ina láthair. Táim cinnte go dtabharfaidh an tUasal Edgar mo leithscéal.

"Is fuath liom tú a bheith fidgeting i *mo* láthair," exclaimed an bhean óg imperiously, gan ligean di am aoi a labhairt: theip uirthi a chothromas a ghnóthú ó tharla an t-aighneas beag le Heathcliff.

"Tá brón orm as, a Iníon Catherine," an freagra a bhí agam; agus lean mé ar aghaidh go dícheallach le mo shlí bheatha.

Sí, ag ceapadh nach bhféadfadh Edgar í a fheiceáil, sciob sí an t-éadach ó mo lámh, agus phionnaigh sí mé, le dreoilín fada, an-spíonta ar an lámh. Dúirt mé nach raibh grá agam di, agus in áit relished mortifying a vanity anois agus ansin: seachas, Ghortaigh sí dom thar a bheith; mar sin thosaigh mé suas ó mo ghlúine, agus scread mé amach, "Ó, a Iníon, is cleas olc é sin! Tá tú aon cheart a nip dom, agus níl mé ag dul a iompróidh sé. "

"Ní raibh mé teagmháil leat, tú ina luí créatúr!" Adeir sí, a mhéara tingling a dhéanamh arís ar an gníomh, agus a cluasa dearg le buile. Ní raibh sé de chumhacht aici riamh a paisean a cheilt, chuir sé a coimpléasc iomlán i mbláth i gcónaí.

"Cad é sin, ansin?" Retorted mé, ag taispeáint finné corcra cinneadh a bhréagnú di.

Stampáilte sí a chos, wavered nóiméad, agus ansin, irresistibly impelled ag an spiorad dána laistigh di, slapped dom ar an leiceann: buille stinging a líonadh an dá shúil le huisce.

"A Chaitríona, a Chaitríona! Catherine!" interposed Linton, shocked go mór ar an locht dúbailte de bhréag agus foréigean a bhí déanta a idol.

"Fág an seomra, Ellen!" arís agus arís eile sí, crith ar fud.

Little Hareton, a lean mé i ngach áit, agus a bhí ina suí in aice liom ar an urlár, ag féachaint ar mo deora thosaigh ag caoineadh é féin, agus sobbed amach gearáin i gcoinne "aintín ghránna Cathy," a tharraing a Fury ar a cheann unlucky: ghabh sí a ghualainn, agus chroith sé go dtí an leanbh bocht waxed livid, agus Edgar thoughtlessly leagtha shealbhú a lámha a sheachadadh dó. Ar an toirt bhí wrung amháin saor in aisce, agus bhraith an fear óg astonished chuir sé i bhfeidhm thar a chluas féin ar bhealach nach bhféadfaí a dhearmad le haghaidh jest. Tharraing sé ar ais i consternation. Thóg mé Hareton i mo ghéaga, agus shiúil mé amach go dtí an chistin leis, ag fágáil doras na cumarsáide ar oscailt, mar bhí mé fiosrach féachaint ar conas a réiteodh siad a n-easaontas. Bhog an cuairteoir maslach go dtí an láthair inar leag sé a hata, pale agus le liopa quivering.

"Tá sé sin ceart!" Dúirt mé liom féin. "Tabhair rabhadh agus begone! Is cineáltas é ligean duit léargas a fháil ar a meon dáiríre."

"Cá bhfuil tú ag dul?" a d'éiligh Catherine, ag dul ar aghaidh go dtí an doras.

Swerved sé leataobh, agus iarracht chun pas a fháil.

"Ní mór duit dul!" Exclaimed sí, energetically.

"Caithfidh mé agus beidh!" D'fhreagair sé i guth subdued.

"Níl," ar sise, ag breith ar an hanla; "Níl go fóill, Edgar Linton: suí síos; ní fhágfaidh tú sa meon sin mé. Ba chóir dom a bheith olc ar feadh na hoíche, agus ní bheidh mé olc ar do shon!

"An féidir liom fanacht tar éis duit mé a bhualadh?" a d'fhiafraigh Linton.

Bhí Catherine mute.

"Chuir tú eagla agus náire orm ort," ar seisean; "Ní thiocfaidh mé anseo arís!"

Thosaigh a súile ag glioscarnach agus a claibíní le twinkle.

"Agus dúirt tú untruth d'aon ghnó!" A dúirt sé.

"Ní raibh mé!" Adeir sí, ag teacht ar ais a cuid cainte; "Ní dhearna mé aon rud d'aon ghnó. Bhuel, téigh, más é do thoil é—éirigh as! Agus anois beidh mé ag caoineadh—caoinfidh mé mé féin tinn!

Thit sí síos ar a glúine ag cathaoir, agus shocraigh sí ag gol go tromchúiseach. D'áitigh Edgar ina rún chomh fada leis an gcúirt; lingered sé ann. Bheartaigh mé é a spreagadh.

"Miss is dreadfully wayward, a dhuine uasail," a ghlaoigh mé amach. "Chomh dona le haon leanbh marred: b'fhearr duit a bheith ag marcaíocht abhaile, nó eile beidh sí tinn, ach amháin chun grieve dúinn."

D'fhéach an rud bog fiafraí tríd an bhfuinneog: bhí an chumhacht aige imeacht an oiread agus a bhí an chumhacht ag cat luch a fhágáil leath maraithe, nó éan leath ithe. Ah, shíl mé, ní bheidh aon shábháil air: tá sé doomed, agus cuileoga chun a chinniúint! Agus mar sin a bhí sé: d'iompaigh sé go tobann, chuaigh sé isteach sa teach arís, dhún sé an doras taobh thiar dó; agus nuair a chuaigh mé i gceann tamaill ina dhiaidh sin chun a chur in iúl dóibh go raibh Earnshaw tagtha abhaile rabid ólta, réidh chun an áit ar fad a tharraingt faoinár gcluasa (a ghnáthfhráma intinne sa riocht sin), chonaic mé nach raibh ach dlúthchaidreamh níos dlúithe déanta ag an gcairéal — gur bhris sé an t-uafás timidity óige, agus chuir sé ar a gcumas bréagriocht an chairdis a chothú, agus admhaím iad féin lovers.

Thiomáin faisnéis faoi theacht an Uasail Hindley Linton go gasta chuig a chapall, agus Catherine chuig a seomra. Chuaigh mé a cheilt Hareton beag, agus a chur ar an lámhaigh amach as an máistir fowling-píosa, a bhí sé fond ag imirt leis ina excitement dÚsachtach, leis an mbaol an saol aon duine a spreag, nó fiú mheall a fógra i bhfad ró-; agus bhuail mé ar an bplean é a bhaint, go bhféadfadh sé a dhéanamh níos lú mischief má rinne sé dul ar an fad lámhaigh an gunna.

CAIBIDIL IX

Tháinig sé isteach, vociferating mionnaí dreadful a chloisteáil; agus rug sé orm i ngníomh a mhic a chur ar shiúl i gcófra na cistine. Bhí Hareton an-tógtha le sceimhle folláin ag teacht ar cheanúlacht a bheithígh fhiáin nó ar buile a mhná buile; óir i gceann amháin rith sé seans go mbrúfaí agus gur phóg sé chun báis é, agus sa cheann eile bhí sé ag teitheadh isteach sa tine, nó ag bualadh in aghaidh an bhalla; agus d'fhan an rud bocht breá ciúin cibé áit ar roghnaigh mé é a chur.

"Tá, fuair mé amach é ar deireadh!" Adeir Hindley, ag tarraingt siar mé ag craiceann mo mhuiníl, cosúil le madra. "Ar neamh agus ar ifreann, mhionnaigh tú idir tú an leanbh sin a dhúnmharú! Tá a fhios agam conas atá sé, anois, go bhfuil sé i gcónaí as mo bhealach. Ach, le cabhair ó Satan, beidh mé a dhéanamh leat swallow an snoíodóireacht-scian, Nelly! Ní gá duit gáire a dhéanamh; óir tá mé díreach tar éis Kenneth a chrapadh, ceann-downmost, i riasc an chapaill Dhuibh; agus tá dhá cheann mar an gcéanna le ceann amháin-agus ba mhaith liom a mharú roinnt de tú: Beidh mé aon chuid eile till is féidir liom!"

"Ach ní maith liom an scian snoíodóireachta, an tUasal Hindley," a d'fhreagair mé; "Tá sé ag gearradh scadáin dhearga. B'fhearr liom a bheith lámhaigh, más é do thoil é.

"B'fhearr leat a bheith damanta!" ar seisean; "Agus mar sin beidh tú. Ní féidir le dlí ar bith i Sasana bac a chur ar fhear a theach a choinneáil réasúnta, agus abominable mianach! Oscail do bhéal."

Choinnigh sé an scian ina láimh, agus bhrúigh sé a phointe idir mo chuid fiacla: ach, do mo chuid, ní raibh mórán eagla orm roimh a chuid vagaries. Spat mé amach, agus dhearbhaigh sé tasted detestably-Ní ba mhaith liom é a chur ar aon chuntas.

"Ó!" ar seisean, ag scaoileadh liom, "feicim nach Hareton é an villain beag folach sin: impím ar do phardún, a Nell. Más ea, tá sé tuillte aige a bheith beo as gan a bheith ag rith chun fáilte a chur romham, agus as screadaíl amhail is dá mba goblin mé. Cub mínádúrtha, tar liidici! Beidh mé ag múineadh dhuit a fhorchur ar athair dea-hearted, deluded. Anois, nach gceapann tú go mbeadh an leaid dathúil? Déanann sé madra fíochmhar, agus is breá liom rud éigin fíochmhar-faigh siosúr dom-rud éigin fíochmhar agus Baile Átha Troim! Thairis sin, tá sé affectation infernal-devilish conceit go bhfuil sé, a cherish ár gcluasa-táimid asal go leor gan iad. Hush, leanbh, hush! Bhuel ansin, is é mo dhraíocht é! mian, triomaigh do shúile—tá áthas ann; Tabhair póg dom. Cad é! ní bheidh? Póg dom, Hareton! Diabhal dhuit, póg dom! Ag Dia, amhail is dá mba mhaith liom a thógáil den sórt sin a ollphéist! Chomh cinnte agus atá mé i mo chónaí, brisfidh mé muineál an bhrait."

Bhí Hareton bocht ag squalling agus ag ciceáil in airm a athar le gach a d'fhéadfadh, agus redoubled a yells nuair a rinne sé é thuas staighre agus thóg sé thar an banister. Chaoin mé amach go gcuirfeadh sé eagla ar an leanbh ina aclaí, agus rith sé chun é a tharrtháil. De réir mar a shroich mé iad, leant Hindley ar aghaidh ar na ráillí chun éisteacht le torann thíos; beagnach dearmad a dhéanamh ar a raibh ina lámha aige. "Cé hé sin?" a d'fhiafraigh sé, ag éisteacht le duine éigin ag druidim le cos an staighre. Leant mé ar aghaidh freisin, chun críche síniú go Heathcliff, a bhfuil a chéim a d'aithin mé, gan teacht níos faide; agus, ar an toirt nuair a d'éirigh mo shúil as Hareton, thug sé earrach tobann, thug sé é féin ón tuiscint mhíchúramach a choinnigh é, agus thit sé.

Bhí am gann le sult uafáis a fháil sula bhfaca muid go raibh an dreoilín beag sábháilte. Tháinig Heathcliff thíos díreach ag an nóiméad cinniúnach; De réir impulse nádúrtha ghabh sé a shliocht, agus a leagan air ar a chosa, d'fhéach sé suas chun a fháil amach an t-údar na timpiste. A miser a bhfuil parted le ticéad crannchuir t-ádh ar feadh cúig scilling, agus faigheann lá dár gcionn chaill sé sa mhargadh cúig mhíle punt, ní fhéadfadh a thaispeáint countenance blanker ná mar a rinne sé ar beholding an figiúr an tUasal Earnshaw thuas. Chuir sé in iúl, níos soiléire ná mar a d'fhéadfadh focail a dhéanamh, an anguish intensest ag a rinne é féin an uirlis a thwarting a díoltas féin. Dá mbeadh sé dorcha, daresay mé go ndéanfadh sé iarracht an botún a leigheas trí chloigeann Hareton a bhriseadh ar na céimeanna; ach, chonaiceamar a shlánú; agus bhí mé thíos faoi láthair le mo mhuirear luachmhar brúite ar mo chroí. Shíolraigh Hindley níos suaimhní, sobered agus abashed.

"Is ortsa atá an locht, a Ellen," ar seisean; "Ba chóir duit é a choinneáil as radharc: ba chóir duit é a thógáil uaim! An bhfuil sé gortaithe in áit ar bith?

"Gortaithe!" Chaoin mé go feargach; "Mura maraítear é, beidh sé ina leathcheann! Ó! N'fheadar nach n-éiríonn a mháthair as a uaigh le feiceáil cén chaoi a n-úsáideann tú é. Tá tú níos measa ná heathen-chóireáil do flesh féin agus fola ar an mbealach sin!"

Rinne sé iarracht teagmháil a dhéanamh leis an leanbh, a sháigh a sceimhle go díreach nuair a d'aimsigh sé é féin liom. Ar an gcéad mhéar leag a athair air, áfach, shrieked sé arís níos airde ná riamh, agus struggled amhail is dá mbeadh sé ag dul i trithí.

"Ní bheidh tú meddle leis!" Lean mé ar aghaidh. "Is fuath leis tú—is fuath leo go léir thú—sin í an fhírinne! Teaghlach sona atá agat; agus stát deas a bhfuil tú ag teacht air!

"Beidh mé ag teacht chun prettier, fós, Nelly," gáire an fear misguided, aisghabháil a cruas. "Faoi láthair, cuir tú féin agus é ar shiúl. Agus hark tú, Heathcliff! soiléir tú ró-mhaith ó mo bhaint amach agus éisteacht. Ní dhúnmharódh mé thú go dtí an oíche; mura rud é, b'fhéidir, chuir mé an teach trí thine: ach sin mar a théann mo mhaisiúil."

Agus é seo á rá thóg sé buidéal pionta brandy ón ngúnaí, agus dhoirt sé cuid acu isteach i tumbler.

"Nay, ná!" D'éirigh liom. "An tUasal Hindley, déan rabhadh. Déan trócaire ar an mbuachaill trua seo, mura dtugann tú aire ar bith duit féin!

"Déanfaidh aon duine níos fearr dó ná mar a dhéanfaidh mé," a d'fhreagair sé.

"Déan trócaire ar d'anam féin!" Dúirt mé, ag iarraidh an ghloine a sciobadh óna láimh.

"Ní mise! A mhalairt ar fad, beidh an-áthas orm é a sheoladh chun perdition chun pionós a ghearradh ar a Déantóir," exclaimed an blasphemer. "Seo a damnú croíúil!"

D'ól sé an bhiotáille agus bhaist sé go mífhoighneach orainn; ag críochnú a ordú le seicheamh de imprecations horrid ró-olc a athdhéanamh nó cuimhneamh.

"Is mór an trua nach féidir leis é féin a mharú le deoch," a thug Heathcliff faoi deara, ag magadh macalla mallachtaí ar ais nuair a dúnadh an doras. "Tá sé ag déanamh a sheacht ndícheall; ach cuireann a bhunreacht olc air. Deir an tUasal Kenneth go mbeadh sé wager a mare go mbainfidh sé outlive aon fhear ar an taobh Gimmerton, agus dul go dtí an uaigh peacach hoary; muna bhfuil seans sona éigin as an ngnáthchúrsa ag cur as dó."

Chuaigh mé isteach sa chistin, agus shuigh mé síos chun mo uan beag a mhealladh a chodladh. Shiúil Heathcliff, mar a shíl mé, go dtí an scioból. Tharla sé ina dhiaidh sin nach bhfuair sé ach chomh fada leis an taobh eile an réiteach, nuair a theith sé é féin ar bhinse ag an mballa, a bhaint as an tine, agus d'fhan sé ina thost.

Bhí mé ag luascadh Hareton ar mo ghlúin, agus ag cromadh amhrán a thosaigh,—

> Bhí sé i bhfad san oíche, agus na bairnies grat,An mither faoi bhun na mools chuala go,

nuair a chuir Iníon Cathy, a d'éist leis an hubbub óna seomra, a ceann isteach, agus dúirt sí, - "An bhfuil tú i d'aonar, Nelly?"

"Sea, a Iníon," a d'fhreagair mé.

Tháinig sí isteach agus chuaigh sí i dteagmháil leis an teallach. I, supposing she was going to say something, d'fhéach mé suas. Ba chosúil go raibh léiriú a héadain suaite agus imníoch. Bhí a liopaí leath asunder, amhail is dá mbeadh i gceist aici a labhairt, agus tharraing sí anáil; ach d'éalaigh sé i osna in ionad abairte. D'fhill mé ar m'amhrán arís; gan dearmad a dhéanamh ar a hiompar le déanaí.

"Cá bhfuil Heathcliff?" a dúirt sí, ag cur isteach orm.

"Maidir lena chuid oibre sa stábla," an freagra a bhí agam.

Níor bhréagnaigh sé mé; b'fhéidir gur thit sé i ndorchadas. Lean sos fada eile, inar bhraith mé braon nó dhó ó leiceann Catherine go dtí na bratacha.

An bhfuil brón uirthi as a hiompar náireach?—a d'fhiafraigh mé díom féin. Beidh sé sin ina nuachta: ach b'fhéidir go dtiocfaidh sí go dtí an pointe mar a dhéanfaidh sí-ní chabhróidh mé léi! Ní hea, mhothaigh sí trioblóid bheag maidir le hábhar ar bith, ach amháin a cuid imní féin.

"Ó, a stór!" Adeir sí ar deireadh. "Tá mé an-mhíshásta!"

"Is trua," arsa mise. "Tá sé deacair tú a shásamh; an oiread sin cairde agus an oiread sin cúraim, agus ní féidir leat ábhar a dhéanamh duit féin!

"Nelly, an gcoinneoidh tú rún dom?" a shaothraigh sí, ag glúine síos liom, agus ag ardú a súile winsome le m'aghaidh leis an saghas cuma sin a chasann as droch-temper, fiú nuair a bhíonn an ceart ar fad ag duine ar fud an domhain é a indulge.

"An fiú é a choinneáil?" D'fhiosraigh mé, níos lú sulkily.

"Sea, agus cuireann sé imní orm, agus caithfidh mé é a ligean amach! Ba mhaith liom a fháil amach cad ba chóir dom a dhéanamh. Go lá, d'iarr Edgar Linton orm é a phósadh, agus thug mé freagra dó. Anois, sula n-insím duit cé acu toiliú nó séanadh a bhí ann, deir tú liom cé acu ba chóir a bheith ann."

"I ndáiríre, Iníon Catherine, conas is féidir liom a fhios?" D'fhreagair mé. "Le bheith cinnte, ag smaoineamh ar an taispeántas a rinne tú ina láthair tráthnóna, d'fhéadfainn a rá go mbeadh sé ciallmhar diúltú dó: ó d'iarr sé ort ina dhiaidh sin, caithfidh sé a bheith dúr gan dóchas nó amadán fiontarach."

"Má labhraíonn tú mar sin, ní inseoidh mé níos mó duit," a d'fhill sí, ag ardú go peevishly ar a cosa. "Ghlac mé leis, Nelly. Bí gasta, agus abair an raibh mé mícheart!

"Ghlac tú leis! Ansin, cén mhaith é an scéal a phlé? Tá d'fhocal geallta agat, agus ní féidir leat dul siar."

"Ach a rá ar chóir dom a bheith déanta amhlaidh-a dhéanamh!" exclaimed sí i ton irritated; Chafing a lámha le chéile, agus frowning.

"Tá go leor rudaí le breithniú sular féidir an cheist sin a fhreagairt i gceart," a dúirt mé, go ciallmhar. "Ar an gcéad dul síos, an bhfuil grá agat don Uasal Edgar?"

"Cé atá in ann cabhrú leis? Ar ndóigh, is féidir liom," fhreagair sí.

Ansin chuir mé í tríd an caiticeasma seo a leanas: do chailín fiche a dó ní raibh sé injudicious.

"Cén fáth a bhfuil grá agat dó, a Iníon Cathy?"

"Nonsense, is féidir liom - is leor sin."

"Ar aon bhealach; caithfidh tú a rá cén fáth?

"Bhuel, toisc go bhfuil sé dathúil, agus taitneamhach a bheith leis."

"Go dona!" a bhí mo chuid tráchtaireachta.

"Agus toisc go bhfuil sé óg agus cheerful."

"Go dona, fós."

"Agus toisc go bhfuil grá aige dom."

"Indifferent, ag teacht ann."

"Agus beidh sé saibhir, agus beidh mé buíochas a bheith ar an bhean is mó de na comharsanachta, agus beidh mé bródúil as a bhfuil a leithéid d'fhear céile."

"An rud is measa ar fad. Agus anois, a rá conas grá agat dó? "

"Mar is breá le gach duine - Tá tú amaideach, Nelly."

"Níl ar chor ar bith - Freagra."

"Is breá liom an talamh faoina chosa, agus an t-aer thar a cheann, agus gach rud a bhaineann leis, agus gach focal a deir sé. Is breá liom go léir a Breathnaíonn, agus go léir a chuid gníomhartha, agus dó go hiomlán agus ar fad. Tá anois!

"Agus cén fáth?"

"Nay; tá tú ag déanamh jest de: tá sé thar a bheith droch-natured! Níl sé aon jest dom!" A dúirt an bhean óg, scowling, agus ag casadh a aghaidh ar an tine.

"Tá mé i bhfad ó jesting, Iníon Catherine," a d'fhreagair mé. "Is breá leat an tUasal Edgar toisc go bhfuil sé dathúil, agus óg, agus cheerful, agus saibhir, agus is breá leat. Ní théann an ceann deireanach, áfach, ar rud ar bith: ba bhreá leat é gan sin, is dócha; agus leis sin ní bheifeá, mura mbeadh na ceithre mhealladh roimhe sin aige."

"Níl, a bheith cinnte nach: Ba chóir dom ach trua dó-fuath dó, b'fhéidir, má bhí sé gránna, agus clown."

"Ach tá roinnt fear óg dathúil, saibhir eile ar domhan: dathúil, b'fhéidir, agus níos saibhre ná mar atá sé. Cad ba cheart bac a chur ort grá a thabhairt dóibh?

"Má tá aon cheann ann, tá siad as mo bhealach: ní fhaca mé aon cheann cosúil le Edgar."

"B'fhéidir go bhfeicfidh tú cuid acu; agus ní bheidh sé dathúil i gcónaí, agus óg, agus b'fhéidir nach mbeidh sé saibhir i gcónaí."

"Tá sé anois; agus níl le déanamh agam ach leis an am i láthair. Ba mhaith liom go labhródh tú go réasúnach.

"Bhuel, socraíonn sé sin: mura bhfuil le déanamh agat ach leis an am i láthair, pósadh an tUasal Linton."

"Níl mé ag iarraidh do chead chuige sin—*pósfaidh* mé é: agus fós níor inis tú dom an bhfuil an ceart agam."

"Ceart go leor; má tá sé de cheart ag daoine pósadh ach amháin don am i láthair. Agus anois, lig dúinn a chloisteáil cad tá tú míshásta faoi. Beidh áthas ar do dhearthair; ní dhéanfaidh an tseanbhean ná an fear uasal agóid, dar liom; éalóidh tú ó theach mí-ordúil, gan chompord isteach i dteach saibhir, measúil; agus is breá leat Edgar, agus is breá le Edgar tú. Is cosúil go bhfuil gach rud réidh agus éasca: cá bhfuil an constaic?

"*Anseo*! agus *anseo*!" a d'fhreagair Catherine, ag bualadh lámh amháin ar a forehead, agus an ceann eile ar a brollach: "i cibé áit a maireann an t-anam. I m'anam agus i mo chroí, táim cinnte go bhfuil mé mícheart!

"Tá sé sin an-aisteach! Ní féidir liom é a dhéanamh amach.

"Is é mo rún é. Ach mura ndéanfaidh tú magadh fúm, míneoidh mé é: ní féidir liom é a dhéanamh go soiléir; ach tabharfaidh mé mothú duit ar an gcaoi a mothaím.

Shuigh sí í féin liom arís: d'fhás a ghnúis faraor agus gairbhéal, agus tháinig crith ar a lámha fáiscthe.

"Nelly, an bhfuil tú riamh aisling Queer?" A dúirt sí, go tobann, tar éis roinnt nóiméad 'machnamh.

"Sea, anois is arís," a d'fhreagair mé.

"Agus mar sin is féidir liom. Shamhlaigh mé i mo shaol aislingí a d'fhan liom riamh ina dhiaidh sin, agus d'athraigh siad mo chuid smaointe: chuaigh siad tríd agus tríom, cosúil le fíon trí uisce, agus d'athraigh siad dath m'intinne. Agus seo ceann: Tá mé ag dul a insint dó-ach cúram a ghlacadh gan aoibh gháire ar aon chuid de."

"Ó! ná, Iníon Catherine! Chaoin mé. "Tá muid dismal go leor gan conjuring suas taibhsí agus físeanna a perplex dúinn. Tar, tar, bí merry agus cosúil leat féin! Féach ar Hareton beag! *tá sé* ag brionglóideach rud ar bith dreary. Cé chomh binn is a dhéanann sé aoibh gháire ina chodladh!

"Tá; agus cé chomh binn is a mhallaíonn a athair ina uaigneas! Is cuimhin leat é, daresay mé, nuair a bhí sé díreach den sórt sin eile mar an rud chubby: beagnach chomh hóg agus neamhchiontach. Mar sin féin, Nelly, cuirfidh mé iallach ort éisteacht: níl sé fada; agus níl aon chumhacht agam a bheith merry go-oíche.

"Ní chloisfidh mé é, ní chloisfidh mé é!" Arís agus arís eile, hastily.

Bhí mé superstitious faoi aisling ansin, agus tá mé fós; agus bhí gruaim neamhghnách ag Catherine ina gné, rud a d'fhág go raibh rud éigin as a bhféadfainn tuar a mhúnlú, agus tubaiste eaglach a thuar. Bhí sí cráite, ach níor lean sí ar aghaidh. De réir dealraimh, chuaigh sí i mbun ábhair eile, thosaigh sí arís i mbeagán ama.

"Má bhí mé ar neamh, Nelly, ba chóir dom a bheith thar a bheith olc."

"Toisc nach bhfuil tú oiriúnach chun dul ann," fhreagair mé. "Bheadh gach peacaigh olc ar neamh."

"Ach ní chuige sin atá sé. Shamhlaigh mé uair amháin go raibh mé ann.

"Deirim libh nach gcloisfidh mé do bhrionglóidí, a Iníon Catherine! Rachaidh mé a luí," a chuir mé isteach arís.

Rinne sí gáire, agus choinnigh sí síos mé; óir rinne mé rún mo chathaoir a fhágáil.

"Ní haon rud é seo," adeir sí: "Ní raibh mé ach ag dul a rá nach raibh neamh cosúil le mo theach; agus bhris mé mo chroí le gol le teacht ar ais go talamh; agus bhí na haingil chomh feargach sin gur theith siad amach mé i lár an fraochmhá ar bharr Wuthering Heights; áit ar dhúisigh mé sobbing le háthas. Déanfaidh sé sin mo rún a mhíniú, chomh maith leis an gceann eile. Níl aon ghnó níos mó agam Edgar Linton a phósadh ná mar a chaithfidh mé a bheith ar neamh; agus murar thug an fear gránna ann Heathcliff chomh híseal sin, níor cheart dom smaoineamh air. Chuirfeadh sé dighrádú orm Heathcliff a phósadh anois; mar sin ní bheidh a fhios aige conas is breá liom é: agus sin, ní toisc go bhfuil sé dathúil, Nelly, ach toisc go bhfuil sé níos mó mé féin ná mar atá mé. Cibé rud a dhéantar as ár n-anamacha, tá a chuid agus mianach mar an gcéanna; agus tá Linton chomh difriúil le gealach ó thintreach, nó sioc ón tine."

Ere tháinig deireadh leis an óráid seo bhí mé ciallmhar faoi láithreacht Heathcliff. Tar éis gluaiseacht bheag a thabhairt faoi deara, chas mé mo cheann, agus chonaic mé é ag ardú ón mbinse, agus ghoid mé amach gan torann. D'éist sé go dtí gur chuala sé Catherine ag rá go gcuirfeadh sé as di é a phósadh, agus ansin d'fhan sé gan a thuilleadh a chloisteáil. Chuir cúl an tsocraithe cosc ar mo chompánach, a bhí ina shuí ar an talamh, a bheith i láthair nó imeacht; ach thosaigh mé, agus bade a hush!

"Cén fáth?" a d'fhiafraigh sí, ag gazing go neirbhíseach cruinn.

"Tá Iósaef anseo," a d'fhreagair mé, ag breith go tráthúil ar rolla a chairte suas an bóthar; "agus tiocfaidh Heathcliff isteach leis. Níl mé cinnte an raibh sé ag an doras an nóiméad seo.

"Ó, ní raibh sé in ann mé a shárú ag an doras!" ar sise. "Tabhair dom Hareton, agus tú a fháil ar an suipéar, agus nuair a bhíonn sé réidh iarr orm a sup le leat. Ba mhaith liom mo choinsias míchompordach a cheat, agus a bheith cinnte nach bhfuil aon nóisean de na rudaí seo ag Heathcliff. Níl sé, an bhfuil? Níl a fhios aige cad é a bheith i ngrá!

"Ní fheicim cúis ar bith nár cheart go mbeadh a fhios aige, chomh maith leatsa," a d'fhill mé; "Agus más tusa a rogha, beidh sé ar an chréatúr is trua a rugadh riamh! Chomh luath agus a bheidh tú Mrs Linton, cailleann sé cara, agus grá, agus go léir! Ar smaoinigh tú ar conas a iompróidh tú an scaradh, agus conas a iompróidh sé a bheith tréigthe go leor ar fud an domhain? Mar gheall ar, Iníon Catherine-"

"Thréig sé go leor! scaramar!" exclaimed sí, le blas de fearg. "Cé atá chun sinn a scaradh, guí? Buailfidh siad le cinniúint Milo! Ní fada go bhfuil cónaí orm, Ellen: gan aon chréatúr marfach. D'fhéadfadh gach Linton ar aghaidh an domhain leá i rud ar bith sula raibh mé in ann toiliú a forsake Heathcliff. Ó, ní hé sin atá ar intinn agam—ní hé sin atá i gceist agam! Níor chóir dom a bheith Mrs Linton bhí éileamh den sórt sin ar phraghas! Beidh sé chomh mór liomsa agus a bhí sé ar feadh a shaoil. Ní mór Edgar shake as a antipathy, agus fhulaingt air, ar a laghad. Beidh sé, nuair a fhoghlaimíonn sé mo mothúcháin fíor i dtreo dó. Nelly, feicim anois go gceapann tú gur wretch santach mé; ach ar bhuail sé riamh tú go má phós Heathcliff agus mé, ba chóir dúinn a bheith beggars? de bhrí, má phósann mé Linton is féidir liom cabhrú le Heathcliff ardú, agus é a chur as cumhacht mo dhearthár."

"Le hairgead d'fhear céile, Iníon Catherine?" D'iarr mé. "Gheobhaidh tú nach bhfuil sé chomh pliable agus a ríomhann tú ar: agus, cé go bhfuil mé ar éigean breitheamh, I mo thuairimse, go bhfuil an motive is measa atá tugtha agat go fóill as a bheith ar an bhean chéile Linton óg."

"Níl sé," retorted sí; "Tá sé an chuid is fearr! Ba iad na daoine eile sásamh mo chuid whims: agus ar mhaithe le Edgar, freisin, chun é a shásamh. Tá sé seo ar mhaithe le duine a thuiscint ina dhuine mo mhothúcháin do Edgar agus mé féin. Ní féidir liom é a chur in iúl; ach is cinnte go bhfuil nóisean agat féin agus ag gach duine go bhfuil nó gur chóir go mbeadh mise ann níos faide ná tú. Cén úsáid a baineadh as mo chruthú, dá mbeinn go hiomlán anseo? Is é an t-ainnise mór a bhí agam sa saol seo ná ainnise Heathcliff, agus bhreathnaigh mé agus mhothaigh mé gach ceann acu ón tús: is é an smaoineamh mór atá agam sa saol ná é féin. Má cailleadh gach duine eile, agus d'fhan sé, ba chóir dom leanúint ar aghaidh go fóill; agus má d'fhan gach rud eile, agus bhí sé annihilated, bheadh na cruinne dul chuig strainséir mighty: Níor chóir dom cosúil le cuid de. Tá mo ghrá do Linton cosúil leis an duilliúr sa choill: athróidh an t-am é, tá a fhios agam go maith, de réir mar a athraíonn an geimhreadh na crainn. Tá mo ghrá do Heathcliff cosúil leis na carraigeacha síoraí faoi bhun: foinse aoibhnis beag infheicthe, ach is gá. Nelly, *is mise* Heathcliff! Tá sé i gcónaí, i gcónaí i m'intinn: ní mar phléisiúr, níos mó ná mar a thaitníonn liom féin i gcónaí, ach mar mo neach féin. Mar sin, ná labhair ar ár scaradh arís: tá sé dodhéanta; agus—"

Shos sí, agus chuir sí a héadan i bhfolach i bhfillteacha mo ghúna; ach jerked mé é forcibly ar shiúl. Bhí mé as foighne lena baois!

"Más féidir liom ciall ar bith a bhaint as do nonsense, a Iníon," a dúirt mé, "ní théann sé ach chun a chur ina luí orm go bhfuil tú aineolach ar na dualgais a dhéanann tú agus tú ag pósadh; nó eile go bhfuil tú cailín wicked, unprincipled. Ach trioblóid dom gan aon rúin níos mó: Ní bheidh mé gealltanas a choinneáil orthu."

"Coinneoidh tú é sin?" a d'fhiafraigh sí, go fonnmhar.

"Níl, ní gheallfaidh mé," a dúirt mé arís agus arís eile.

Bhí sí ar tí seasamh, nuair a chríochnaigh bealach isteach Iósaef ár gcomhrá; agus bhain Catherine a suíochán go cúinne, agus bhaist sí Hareton, agus rinne mé an suipéar. Tar éis é a chócaráil, thosaigh mo chomh-sheirbhíseach agus mé ag quarrel ar chóir dóibh roinnt a iompar chuig an Uasal Hindley; agus níor réitigh muid é go dtí go raibh gach rud beagnach fuar. Ansin tháinig muid go dtí an comhaontú go mbeadh muid in iúl dó a iarraidh, más rud é go raibh sé ag iarraidh ar bith; óir bhí eagla orainn go háirithe dul isteach ina láthair nuair a bhí sé tamall ina aonar.

"Agus nach bhfuil go nowt comed i réimse fro 'ú', a bheith an uair seo? Cad atá i gceist aige? girt idle seeght!" a d'éiligh an seanfhear, ag lorg babhta do Heathcliff.

"Glaofaidh mé air," a d'fhreagair mé. "Tá sé sa scioból, níl aon amhras orm."

Chuaigh mé agus ghlaoigh mé, ach ní bhfuair mé aon fhreagra. Nuair a d'fhill mé, dúirt mé le Catherine gur chuala sé cuid mhaith den mhéid a dúirt sí, bhí mé cinnte; agus d'inis sé conas a chonaic mé é ag éirí as an gcistin díreach mar a rinne sí gearán faoi iompar a dearthár ina leith. Léim sí suas i fright fínéail, flung Hareton ar aghaidh go dtí an réiteach, agus rith a lorg a cara í féin; gan a bheith ag caitheamh aimsire le machnamh a dhéanamh ar cén fáth a raibh sí chomh líofa sin, nó cén tionchar a bheadh ag a cuid cainte air. Bhí sí as láthair ar feadh tamaill gur mhol Joseph gur chóir dúinn fanacht a thuilleadh. Dúirt sé go raibh siad ag fanacht amach d'fhonn nach gcloisfeadh sé a bheannacht fhada. Bhí siad "ill eneugh for ony fahl manners," dhearbhaigh sé. Agus ar a son dúirt sé an oíche sin paidir speisialta leis an ceathrú-de-uair an chloig is gnách supplication roimh fheoil, agus go mbeadh tacked eile go dtí deireadh an ghrásta, ní raibh a máistreás óg briste i air le ordú hurried go gcaithfidh sé a reáchtáil síos an bóthar, agus, cibé áit a raibh rambled Heathcliff, a aimsiú agus a dhéanamh dó ath-dul isteach go díreach!

"Ba mhaith liom labhairt leis, agus *caithfidh mé*, sula dtéann mé thuas staighre," a dúirt sí. "Agus tá an geata ar oscailt: tá sé áit éigin as éisteacht; óir ní thabharfadh sé freagra, cé gur scairt mé ar bharr na huaire chomh hard agus a thiocfadh liom."

Joseph agóid ar dtús; bhí sí i bhfad ró-earnest, áfach, ag fulaingt contrártha; agus ar deireadh chuir sé a hata ar a cheann, agus shiúil grumbling amach. Idir an dá linn, luas Catherine suas agus síos an t-urlár, exclaiming-"N'fheadar cá bhfuil sé-N'fheadar cá bhfuil sé! Cad a dúirt mé, Nelly? Tá dearmad déanta agam. An raibh sé cráite ag mo dhroch-ghreann tráthnóna? A chara! inis dom cad a dúirt mé a grieve dó? Is mian liom go dtiocfadh sé. Ba mhaith liom go mbeadh sé!

"Cad torann do rud ar bith!" Chaoin mé, cé go raibh mé sách míshuaimhneach féin. "Cad a scanraíonn trifle tú! Is cinnte nach bhfuil aon chúis mhór aláraim ann gur chóir do Heathcliff saunter solas na gealaí a ghlacadh ar na moors, nó fiú luí ró-sulky chun labhairt linn sa lochta féar. Beidh mé ag gabháil go bhfuil sé lurking ann. Féach an bhfuil mé ferret dó amach!"

D'imigh mé chun mo chuardach a athnuachan; bhí díomá ar a thoradh, agus tháinig deireadh le tóraíocht Iósaef mar an gcéanna.

"Faigheann Yon lad cogadh und war!" a thug sé faoi deara ar dhul isteach arís. "Tá sé fágtha ú 'geata ag t' swing iomlán, agus tá chapaillíní Miss trodden dahn dhá rigs o 'arbhar, agus breactha tríd, raight o'er isteach t' móinéar! Hahsomdiver, t' maister 'ull play t' diabhal go-morn, agus beidh sé a dhéanamh weel. Tá sé foighneach itsseln wi' sich careless, cráitéir offald-foighne itsseln tá sé! Bud ní bheidh sé soa allus-yah ar a fheiceáil, go léir ar sibh! Yah mun'n tiomáint air as a heead do nowt!"

"An bhfuair tú Heathcliff, asal tú?" arsa Catherine. "An raibh tú á lorg, mar a d'ordaigh mé?"

"Sud mé níos likker lorg ú 'capall," d'fhreagair sé. "Tá sé 'ud a bheith níos ciallmhaire. Bud Is féidir liom a lorg fear nur capall norther de loike neeght seo-chomh dubh le t' chimbley! und Heathcliff's noan t' chap to coom at *my* whistle-happen he'll be less hard o' hearing wi' *ye*!

Tráthnóna an-dorcha a bhí ann don samhradh: bhí an chuma ar na scamaill go raibh toirneach ann, agus dúirt mé go raibh muid níos fearr ar fad suí síos; bheadh an bháisteach ag druidim cinnte é a thabhairt abhaile gan a thuilleadh trioblóide. Ní chuirfí ina luí ar Catherine suaimhneas, áfach. Choinnigh sí ag fánaíocht go dtí agus fro, ón ngeata go dtí an doras, i riocht corraithe a cheadaigh aon repose; agus ar fad ghlac staid bhuan ar thaobh amháin den bhalla, in aice leis an mbóthar: i gcás, heedless de mo expostulations agus an toirneach ag fás, agus na titeann mór a thosaigh a plash timpeall uirthi, d'fhan sí, ag glaoch ag eatraimh, agus ansin ag éisteacht, agus ansin ag caoineadh thar barr amach. Bhuail sí Hareton, nó aon pháiste, ag aclaí maith paiseanta ag caoineadh.

Thart ar mheán oíche, agus muid fós inár suí, tháinig an stoirm ag creathadh thar na hArda go hiomlán. Bhí gaoth fhoréigneach ann, chomh maith le toirneach, agus scoilt ceann amháin nó an ceann eile crann amach ag cúinne an fhoirgnimh: thit bough ollmhór trasna an dín, agus leag sé síos cuid den chairn simléir thoir, ag seoladh clatter clocha agus súiche isteach sa chistin-tine. Shíl muid go raibh bolta tite inár lár; agus Joseph swung ar a ghlúine, beseeching an Tiarna chun cuimhneamh ar na patriarchs Noah agus Lot, agus, mar a bhí i amanna iar, spártha an righteous, cé smote sé an ungodly. Bhraith mé meon éigin go gcaithfidh sé a bheith ina bhreithiúnas orainn freisin. Ba é an Jonah, i m'intinn, an tUasal Earnshaw; agus chroith mé láimhseáil a nead go bhféadfainn a fháil amach an raibh sé fós ina chónaí. D'fhreagair sé go hinchloiste go leor, ar bhealach a rinne mo chompánach vociferate, níos clamorously ná riamh, go bhféadfaí idirdhealú leathan a tharraingt idir naoimh cosúil leis féin agus peacaigh cosúil lena mháistir. Ach d'imigh an t-éirí amach i gceann fiche nóiméad, rud a d'fhág muid ar fad gan airm; ach amháin Cathy, a fuair drenched go maith as a obstinacy i diúltú foscadh a ghlacadh, agus seasamh bonnetless agus shawlless a ghabháil oiread uisce agus a d'fhéadfadh sí lena gruaig agus eadaí. Tháinig sí isteach agus luigh sí síos ar an socrú, iad go léir sáithithe mar a bhí sí, ag casadh a aghaidh ar chúl, agus ag cur a lámha os a chomhair.

"Bhuel, a Iníon!" Exclaimed mé, touching a ghualainn; "Níl tú lúbtha ar do bhás a fháil, an bhfuil tú? An bhfuil a fhios agat cad é a chlog é? Leathuair tar éis a dó dhéag. Tar, tar a chodladh! níl aon úsáid ag fanacht a thuilleadh ar an mbuachaill amaideach sin: beidh sé imithe go Gimmerton, agus fanfaidh sé ann anois. Buille faoi thuairim sé nár chóir dúinn fanacht leis go dtí an uair dhéanach seo: ar a laghad, buille faoi thuairim sé nach mbeadh ach an tUasal Hindley suas; agus b'fhearr leis gan an doras a bheith oscailte ag an máistir."

"Nay, nay, tá sé noan ag Gimmerton," a dúirt Joseph. "Tá mé niver Wonder ach tá sé ag t' bothom de bog-hoile. Ní chaitheann an chuairt seo le haghaidh nowt, agus wod mé hev 'ye chun breathnú amach, Iníon-yah muh a bheith t' seo chugainn. Go raibh maith agat Hivin do chách! Gach warks togither do gooid dóibh mar atá chozzen, agus piked amach fro 'ú' rubbidge! Yah knaw whet t 'Scripture ses." Agus thosaigh sé ag lua roinnt téacsanna, ag tagairt dúinn do chaibidlí agus véarsaí ina bhféadfaimis iad a fháil.

D'impigh mé ar an gcailín toiliúil éirí agus a cuid rudaí fliucha a bhaint di, d'fhág mé ag seanmóireacht agus ag glioscarnach é, agus gheall mé féin a chodladh le Hareton beag, a chodail chomh tapa agus dá mbeadh gach duine ina chodladh thart air. Chuala mé Joseph á léamh ar feadh tamaill ina dhiaidh sin; ansin rinne mé idirdhealú ar a chéim mall ar an dréimire, agus ansin thit mé i mo chodladh.

Ag teacht anuas beagán níos déanaí ná mar is gnách, chonaic mé, ag na sunbeams piercing na chinks na comhlaí, Iníon Catherine fós ina suí in aice leis an teallach. Bhí doras an tí ajar, freisin; solas a tháinig isteach óna fhuinneoga neamhiata; Bhí Hindley tagtha amach, agus sheas sé ar teallach na cistine, cailleach agus codlatach.

"Cad ails tú, Cathy?" Bhí sé ag rá nuair a tháinig mé: "fhéachann tú chomh dismal mar whelp báite. Cén fáth a bhfuil tú chomh taise agus pale, leanbh?

"Bhí mé fliuch," a d'fhreagair sí go drogallach, "agus tá mé fuar, sin uile."

"Ó, tá sí dána!" Chaoin mé, ag perceiving an máistir a bheith tolerably sober. "D'éirigh sí sáite sa chith tráthnóna inné, agus ansin shuigh sí an oíche tríd, agus ní raibh mé in ann forlámhas a thabhairt di le corraí."

Bhreathnaigh an tUasal Earnshaw orainn le hiontas. "An oíche tríd," a dúirt sé arís agus arís eile. "Cad a choinnigh suas í? Gan eagla ar an toirneach, surely? Bhí sé sin os cionn uaireanta an chloig ó shin."

Níor theastaigh ó cheachtar againn neamhláithreacht Heathcliff a lua, fad is a d'fhéadfaimis é a cheilt; mar sin d'fhreagair mé, ní raibh a fhios agam conas a thóg sí isteach ina ceann é chun suí suas; agus ní dúirt sí faic. Bhí an mhaidin úr agus fionnuar; Chaith mé siar an laitís, agus faoi láthair an seomra líonta le boladh milis ón ngairdín; ach ghlaoigh Catherine go péacach orm, "Ellen, dhún sí an fhuinneog. Táim ag stánadh! Agus a cuid fiacla chattered mar shrank sí níos gaire do na embers beagnach múchta.

"Tá sí tinn," arsa Hindley, ag tógáil a láimhe; "Is dócha gurb é sin an chúis nach rachadh sí a luí. Damnú air! Níl mé ag iarraidh a bheith buartha le níos mó tinnis anseo. Cad a thóg tú isteach sa bháisteach?

"Ag rith i ndiaidh t'lads, mar is gnách!" croaked Joseph, ag breith deis as ár leisce a sá ina theanga olc. "Má cogadh mé yah, maister, Ba mhaith liom ach slam t' boird i' a n-aghaidh go léir ar 'em, milis agus simplí! Ná lá ut yah're amach, ach yon cat o 'Linton thagann sneaking hither; agus Iníon Nelly, shoo's lass fíneáil! Suíonn Shoo ag faire do sibh nach bhfuil mé 'cistin; Agus mar yah're in at one door, tá sé amuigh ag t'eile; Agus, ansin, téann wer Grand Lady le cúirtéireacht ar a taobh! Tá sé iompar bonny, lurking amang t' réimsí, tar éis dhá cheann déag o 't' oíche, wi 'go fahl, divil flaysome de gipsy, Heathcliff! Ceapann siad go bhfuil *mé* dall; ach tá mé noan: nowt ut t' soart!-Síol mé óg Linton boath ag teacht agus ag dul, agus mé síol *yah*" (stiúradh a dioscúrsa dom), "yah gooid fionnaidh nowt, cailleach slattenly! nip suas agus bolt isteach ú 'teach, t 'nóiméad yah chuala t' maister ar capall-oiriúnach clatter suas t ' bóthar. "

"Ciúnas, eavesdropper!" Adeir Catherine; "Níl aon cheann de do insolence romham! Tháinig Edgar Linton inné trí sheans, Hindley; agus ba mise a dúirt leis a bheith as: mar bhí a fhios agam nár mhaith leat gur bhuail tú leis mar a bhí tú."

"Bréag tú, Cathy, gan amhras," fhreagair a dearthráir, "agus tá tú simpleton confounded! Ach ná bac le Linton faoi láthair: inis dom, nach raibh tú le Heathcliff aréir? Labhair an fhírinne, anois. Ní gá duit a bheith eagla ar dochar a dhéanamh dó: cé gur fuath liom é an oiread agus is riamh, rinne sé dom seal maith ar feadh tamaill ghearr ós rud é go mbeidh a dhéanamh ar mo thairiscint coinsiasa a bhriseadh a mhuineál. Chun é a chosc, cuirfidh mé faoina ghnó é ar maidin; agus tar éis dó a bheith imithe, mholfainn daoibh go léir breathnú géar: ní bheidh agam ach an greann is mó duit."

"Ní fhaca mé Heathcliff aréir," a d'fhreagair Catherine, ag tosú ag sob go searbh: "agus má dhéanann tú é a chasadh as doirse, rachaidh mé leis. Ach, b'fhéidir, ní bheidh deis agat: b'fhéidir, tá sé imithe." Phléasc sí faoi bhrón neamhrialaithe anseo, agus bhí an chuid eile dá focail faoi dhraíocht.

Hindley lavished ar a torrent de mhí-úsáid scornful, agus bade di a fháil chun a seomra láithreach, nó níor chóir di caoin le haghaidh rud ar bith! Chuir mé d'oibleagáid uirthi géilleadh; agus ní dhéanfaidh mé dearmad go deo ar an radharc a ghníomhaigh sí nuair a shroicheamar a seomra: chuir sé faitíos orm. Shíl mé go raibh sí ag dul as a meabhair, agus d'impigh mé ar Joseph rith don dochtúir. Chuir sé tús le delirium: D'fhógair an tUasal Kenneth, chomh luath agus a chonaic sé í, go raibh sí tinn go contúirteach; bhí fiabhras uirthi. Bhuail sé í, agus dúirt sé liom í a ligean beo ar meadhg agus uisce-gruel, agus cúram a ghlacadh nár chaith sí í féin thíos staighre nó amach as an bhfuinneog; agus ansin d'imigh sé: óir bhí a dhóthain le déanamh aige sa pharóiste, áit a raibh dhá nó trí mhíle an gnáthfhad idir teachín agus teachín.

Cé nach féidir liom a rá go ndearna mé altra milis, agus ní raibh Joseph agus an máistir níos fearr, agus cé go raibh ár n-othar chomh wearisome agus headstrong mar othar a d'fhéadfadh a bheith, weathered sí é tríd. Sean Mrs Linton íoc dúinn roinnt cuairteanna, a bheith cinnte, agus rudaí a leagtar chun cearta, agus scolded agus d'ordaigh dúinn go léir; agus nuair a bhí Catherine téarnaimh, d'áitigh sí í a chur in iúl do Ghráinseach Thrushcross: a raibh muid an-bhuíoch as an seachadadh sin. Ach bhí cúis ag an diabhal bocht aithrí a dhéanamh ar a cineáltas: thóg sí féin agus a fear céile an fiabhras, agus fuair siad bás laistigh de chúpla lá dá chéile.

D'fhill ár mbean óg chugainn níos saucier agus níos paiseanta, agus haughtier ná riamh. Níor chualathas trácht riamh ar Heathcliff ó thráthnóna na stoirme toirní; agus, lá amháin, bhí an mí-ádh orm, nuair a spreag sí mé thar fóir, an milleán a leagan ar a imeacht uirthi: cá raibh sé go deimhin, mar a bhí a fhios aici go maith. Ón tréimhse sin, ar feadh roinnt míonna, scoir sí d'aon chumarsáid a bheith aici liom, ach amháin i ndáil le seirbhíseach amháin. Thit Joseph faoi chosc freisin: *bheadh sé* ag labhairt a intinn, agus léacht di go léir mar an gcéanna amhail is dá mba cailín beag; agus meas sí í féin bean, agus ár máistreás, agus shíl go raibh a tinneas le déanaí thug sí éileamh go gcaithfí léi le breithniú. Ansin dúirt an dochtúir nach mbeadh sí ag trasnú i bhfad; ba chóir go mbeadh a bealach féin aici; agus ní raibh ann ach dúnmharú ina súile d'aon duine glacadh leis go seasfadh sí suas agus go dtiocfadh sé salach uirthi. Ón Uasal Earnshaw agus a chompánaigh choinnigh sí aloof; agus mar theagascóir ag Kenneth, agus bagairtí tromchúiseacha ar aclaí a d'fhreastail go minic ar a ceirteacha, lig a deartháir di cibé rud a bhí sí sásta a éileamh, agus go ginearálta sheachain sí géarú ar a meon fiery. Bhí sé in áit ró-indulgent i humouring a caprices; ní ó affection, ach ó bród: theastaigh sé earnestly a fheiceáil di onóir a thabhairt don teaghlach ag comhghuaillíocht leis na Lintons, agus chomh fada agus a lig sí dó ina n-aonar d'fhéadfadh sí trample ar dúinn cosúil sclábhaithe, do mhúin sé cúram! Bhí Edgar Linton, mar a bhí an iliomad roimhe agus a bheidh ina dhiaidh, infatuated: agus chreid sé féin an fear is sona beo ar an lá a thug sé í go Séipéal Gimmerton, trí bliana tar éis bhás a athar.

I bhfad i gcoinne mo chlaonta, cuireadh ina luí orm Wuthering Heights a fhágáil agus í a thionlacan anseo. Bhí Little Hareton beagnach cúig bliana d'aois, agus bhí mé díreach tar éis tosú ag múineadh a chuid litreacha dó. Rinne muid scaradh brónach; ach bhí deora Catherine níos cumhachtaí ná linne. Nuair a dhiúltaigh mé dul, agus nuair a fuair sí nach raibh a entreaties bogadh dom, chuaigh sí caoineadh a fear céile agus deartháir. Thairg an t-iarsheanadóir pá munificent dom; d'ordaigh an dara ceann dom pacáil suas: ní raibh sé ag iarraidh aon mhná sa teach, a dúirt sé, anois nach raibh aon máistreás ann; agus maidir le Hareton, ba chóir don choimeádaí é a ghlacadh ar láimh, trí-agus-ag. Agus mar sin bhí mé ach rogha amháin fágtha: a dhéanamh mar a ordaíodh dom. Dúirt mé leis an máistir go bhfuair sé réidh le gach duine réasúnta ach rith chun ruin beagán níos tapúla; Phóg mé Hareton, a dúirt go maith; agus ó shin i leith tá sé ina strainséir: agus tá sé an-Queer chun smaoineamh air, ach níl aon amhras orm ach go bhfuil dearmad iomlán déanta aige ar fad faoi Ellen Dean, agus go raibh sé riamh níos mó ná an domhan ar fad di agus di dó!

* * * * *

Ag an bpointe seo de scéal bhean an tí bhí seans aici sracfhéachaint a thabhairt ar an bpíosa ama thar an simléar; agus bhí iontas air nuair a chonaic sé an beart nóiméad leathuair tar éis a haon. Ní chloisfeadh sí fanacht an dara ceann níos faide: i bhfírinne, mhothaigh mé in áit a bheith réidh le seicheamh a scéil féin a chur siar. Agus anois go bhfuil sí vanished chun a gcuid eile, agus tá mé meditated ar feadh uair an chloig nó dhó eile, beidh mé a thoghairm misneach chun dul freisin, in ainneoin leisce aching ceann agus géaga.

CAIBIDIL X

Réamhrá mealltach ar shaol díthreabhaigh! Ceithre seachtaine 'céasadh, tossing, agus breoiteachta! Ó, na gaotha gruama agus na spéartha searbha thuaidh, agus bóithre dothrasnaithe, agus máinlianna tíre dilatory! Agus ó, seo dearth an physiognomy daonna! agus, níos measa ná sin ar fad, an intimation uafásach kenneth nach gá dom a bheith ag súil a bheith as doirse go dtí an t-earrach!

Tá an tUasal Heathcliff díreach tar éis onóir dom le glaoch. Thart ar seacht lá ó shin chuir sé braon grósaera chugam—an ceann deireanach den séasúr. Scoundrel! Níl sé ciontach ar fad sa tinneas seo de mo chuid; agus go raibh intinn mhór agam a insint dó. Ach, faraor! conas a d'fhéadfainn cion a dhéanamh ar fhear a bhí carthanach go leor chun suí cois leapa uair an chloig maith, agus labhairt ar ábhar éigin eile seachas piollaí agus draughts, blisters agus leeches? Is eatramh éasca é seo. Tá mé ró-lag le léamh; ach is dóigh liom go bhféadfainn taitneamh a bhaint as rud éigin suimiúil. Cén fáth nach bhfuil suas Mrs Dean a chríochnú a scéal? Is féidir liom a príomh-eachtraí a chuimhneamh, chomh fada agus a bhí sí imithe. Is ea: Is cuimhin liom go raibh a laoch rite, agus níor chualathas trácht air ar feadh trí bliana; agus bhí an banlaoch pósta. Buailfidh mé: beidh áthas uirthi go mbeidh mé in ann labhairt go ceanúil. Mrs Dean tháinig.

"Tá sé ag iarraidh fiche nóiméad, a dhuine uasail, a chur ar an leigheas," thosaigh sí.

"Ar shiúl, ar shiúl leis!" D'fhreagair mé; "Is mian liom a bheith acu—"

"Deir an dochtúir go gcaithfidh tú na púdair a scaoileadh."

"Le mo chroí go léir! Ná cuir isteach orm. Tar agus tóg do shuíochán anseo. Coinnigh do mhéara ón phalanx searbh sin de vials. Tarraing do chniotáil amach as do phóca-a dhéanfaidh-anois ar aghaidh le stair an Uasail Heathcliff, ón áit ar fhág tú amach, go dtí an lá atá inniu ann. Ar chríochnaigh sé a chuid oideachais ar an Mór-Roinn, agus ar tháinig sé ar ais ina fhear uasal? nó an bhfuair sé áit sizar sa choláiste, nó ar éalaigh sé go Meiriceá, agus onóracha a thuilleamh trí fhuil a tharraingt óna thír altrama? nó fortún a dhéanamh níos pras ar mhórbhealaí Shasana?"

"B'fhéidir go ndearna sé beagán sna gairmeacha seo go léir, an tUasal Lockwood; ach ní raibh mé in ann m'fhocal a thabhairt ar aon cheann. Dúirt mé roimhe sin nach raibh a fhios agam conas a fuair sé a chuid airgid; ní heol dom na modhanna a thóg sé chun a intinn a ardú ón aineolas savage ina raibh sé báite: ach, le do shaoire, rachaidh mé ar aghaidh i mo bhealach féin, má cheapann tú go mbeidh sé amuse agus ní traochta tú. An bhfuil tú ag mothú níos fearr ar maidin?"

"Go leor."

"Is dea-scéal é sin."

* * * * *

Fuair mé Iníon Catherine agus mé féin go Gráinseach Thrushcross; agus, le mo dhíomá agreeable, behaved sí infinitely níos fearr ná mar dared mé a bheith ag súil. Dhealraigh sí beagnach ró-fond an tUasal Linton; agus fiú dá dheirfiúr léirigh sí neart gean. Bhí an bheirt acu an-aireach ar a compord, cinnte. Ní raibh sé an dealg lúbthachta do na honeysuckles, ach na honeysuckles glacadh leis an dealg. Ní raibh aon lamháltas frithpháirteach ann: sheas duine in airde, agus ghéill na cinn eile: agus cé a *d'fhéadfadh* a bheith droch-natured agus droch-tempered nuair a bhíonn siad nach freasúra ná neamhshuim? Thug mé faoi deara go raibh eagla domhainfhréamhaithe ag an Uasal Edgar ar a greann a réabadh. Cheil sé uaithi é; ach má chuala sé riamh mé freagra géar, nó chonaic aon seirbhíseach eile ag fás scamallach ag ord imperious éigin dá cuid, bheadh sé a thaispeáint a dtrioblóid ag frown de displeasure riamh darkened ar a chuntas féin. Is iomaí uair a labhair sé go géar liom faoi mo bhuanseasmhacht; agus adubhairt nach bhféadfadh stab scian pang níos measa do dhéanamh ná mar do fhulaing sé ag féachaint ar a bhean cromtha. Gan grieve máistir chineál, d'fhoghlaim mé a bheith níos lú touchy; agus, ar feadh leathbhliana, luigh an púicín gunna chomh neamhdhíobhálach le gaineamh, toisc nár tháinig aon tine in aice leis chun é a phléascadh. Bhí séasúir gruama agus ciúnais ag Catherine anois is arís: bhí meas ag a fear céile orthu le ciúnas comhbhróin, a chuir athrú ar a bunreacht, a d'eascair as a tinneas uafásach; mar ní raibh sí riamh faoi réir dúlagar biotáille roimhe seo. Cuireadh fáilte roimh fhilleadh na gréine trí sholas na gréine a fhreagairt uaidh. Creidim gur féidir liom a dhearbhú go raibh siad i ndáiríre i seilbh sonas domhain agus ag fás.

Tháinig deireadh leis. Bhuel, *ní mór dúinn* a bheith dúinn féin san fhadtréimhse; níl an séimh agus an flaithiúil ach níos leithleasaí ná an forlámhas; agus tháinig deireadh leis nuair a d'fhág cúinsí go raibh gach duine den tuairim nárbh é leas an duine an príomhchomaoin i smaointe an duine eile. Tráthnóna séiseach i mí Mheán Fómhair, bhí mé ag teacht ón ngairdín le ciseán trom úlla a bhí á bhailiú agam. Bhí sé fuair dusk, agus d'fhéach an ghealach thar an bhalla ard na cúirte, is cúis scáthanna undefined a lurk i coirnéil na codanna teilgean iomadúla den fhoirgneamh. Leag mé mo ualach ar an teach-céimeanna ag an chistin-doras, agus lingered chun sosa, agus tharraing i cúpla anáil níos mó ar an aer bog, milis; bhí mo shúile ar an ngealach, agus mo dhroim go dtí an bealach isteach, nuair a chuala mé guth taobh thiar díom ag rá,—"Nelly, an é sin tú?"

Guth domhain a bhí ann, agus eachtrannach go ton; ach bhí rud éigin sa tslí le m'ainm a fhuaimniú, rud a d'fhág go raibh sé eolach. Chas mé ar tí a fháil amach cé a labhair, fearfully; óir dúnadh na doirse, agus ní fhaca mé aon duine ag druidim leis na céimeanna. Rud a chorraigh sa phóirse; agus, ag bogadh níos gaire, rinne mé idirdhealú idir fear ard agus é gléasta in éadaí dorcha, le héadan dorcha agus gruaig. Leant sé i gcoinne an taobh, agus choinnigh sé a mhéara ar an latch amhail is dá mbeadh sé ar intinn a oscailt dó féin. "Cé atá in ann a bheith?" Shíl mé. "An tUasal Earnshaw? Ó, a mhac go deo! Níl aon chosúlacht idir an guth agus a chuid."

"D'fhan mé anseo uair an chloig," ar seisean arís, agus lean mé orm ag stánadh; "Agus tá an t-am sin ar fad chomh fóill leis an mbás. Ní leomh mé dul isteach. Níl aithne agat orm? Féach, ní strainséir mé!

Thit ga ar a ghnéithe; bhí na leicne sallow, agus leath clúdaithe le whiskers dubh; The brows lowering, na súile ag ísliú go domhain agus uatha. Chuimhnigh mé ar na súile.

"Cad é!" Chaoin mé, éiginnte cé acu a mheas air mar chuairteoir worldly, agus d'ardaigh mé mo lámha i iontas. "Cad é! tagann tú ar ais? An bhfuil sé i ndáiríre agat? An ea?

"Sea, Heathcliff," a d'fhreagair sé, ag glancing uaim suas go dtí na fuinneoga, a léirigh scór gealacha glittering, ach níor léirigh sé aon soilse ón taobh istigh. "An bhfuil siad sa bhaile? Cá bhfuil sí? Nelly, nach bhfuil tú sásta! ní gá duit a bheith chomh suaite sin. An bhfuil sí anseo? Labhair! Ba mhaith liom focal amháin a bheith agam léi—do máistreás. Téigh, agus abair gur mian le duine éigin ó Gimmerton í a fheiceáil.

"Conas a thógfaidh sí é?" Exclaimed mé. "Cad a dhéanfaidh sí? Cuireann an t-iontas iontas orm—cuirfidh sé as a ceann í! Agus tá tú Heathcliff! Ach athraithe! Nay, níl aon tuiscint air. An raibh tú do shaighdiúir?

"Téigh agus déan mo theachtaireacht," ar seisean, mífhoighneach. "Tá mé in ifreann till a dhéanann tú!"

Thóg sé an latch, agus tháinig mé isteach; ach nuair a fuair mé go dtí an parlús ina raibh an tUasal agus Mrs Linton, ní raibh mé in ann a chur ina luí orm féin dul ar aghaidh. Bheartaigh mé ar leithscéal a dhéanamh le fiafraí an mbeadh na coinnle lasta acu, agus d'oscail mé an doras.

Shuigh siad le chéile i bhfuinneog a raibh a laitís ag luí siar i gcoinne an bhalla, agus thaispeáin siad, thar na crainn ghairdín, agus an pháirc ghlas fhiáin, gleann Gimmerton, le líne fhada ceo ag foirceannadh beagnach go dtí a bharr (go han-luath tar éis duit pas a fháil sa séipéal, mar a thug tú faoi deara, téann an sough a ritheann ó na riasca le beck a leanann lúb an ghleanna). D'ardaigh Wuthering Heights os cionn an ghal airgid seo; ach bhí ár seanteach dofheicthe; tá sé in áit snámh síos ar an taobh eile. D'fhéach an seomra agus a áititheoirí, agus an radharc gazed siad ar, wondrously síochánta. D'éirigh mé go drogallach as mo chuid errand a dhéanamh; agus bhí sé ag dul ar shiúl i ndáiríre ag fágáil sé unsaid, tar éis a chur ar mo cheist faoi na coinnle, nuair a tuiscint ar mo baois iallach orm a thabhairt ar ais, agus mutter, "Is mian le duine ó Gimmerton a fheiceáil tú ma'am."

"Cad ba mhaith leis?" D'iarr Mrs Linton.

"Níor cheistigh mé é," a d'fhreagair mé.

"Bhuel, dún na cuirtíní, Nelly," a dúirt sí; "Agus tabhair suas tae. Beidh mé ar ais arís go díreach.

D'éirigh sí as an árasán; D'fhiosraigh an tUasal Edgar, go míchúramach, cérbh é.

"Níl máistreás éigin ag súil leis," a d'fhreagair mé. "Go Heathcliff-recollect tú air, a dhuine uasail-a úsáidtear chun cónaí ag an Uasal Earnshaw ar."

"Cad é! an gipsy—an buachaill céachta?" adeir sé. "Cén fáth nach ndúirt tú amhlaidh le Catherine?"

"Hush! ní mór duit glaoch air ag na hainmneacha sin, a mháistir," a dúirt mé. "Bheadh brón uirthi tú a chloisteáil. Bhí sí beagnach croíbhriste nuair a rith sé as. Buille faoi thuairim mé go ndéanfaidh a fhilleadh iubhaile di.

Shiúil an tUasal Linton go dtí fuinneog ar an taobh eile den seomra a overlooked an chúirt. Unfastened sé é, agus leant amach. Is dócha go raibh siad thíos, mar exclaimed sé go tapa: "Ná seasamh ann, grá! Tabhair leat an duine isteach, más aon duine ar leith é." Ere fada, chuala mé an cliceáil ar an latch, agus Catherine eitil thuas staighre, breathless agus fiáin; ró-sceitimíní chun áthas a thaispeáint: go deimhin, ag a aghaidh, b'fhearr leat anachain uafásach a bheith sáraithe agat.

"Ó, Edgar, Edgar!" panted sí, flinging a airm bhabhta a mhuineál. "Ó, darling Edgar! Tagann Heathcliff ar ais-tá sé! Agus ghéaraigh sí a glacadh le fáisceadh.

"Bhuel, bhuel," adeir a fear céile, go crosach, "ná strangle dom as sin! Níor bhuail sé riamh mé mar stór iontach den sórt sin. Ní gá a bheith frantic!

"Tá a fhios agam nár thaitin sé leat," a d'fhreagair sí, ag cur beagán déine a aoibhnis faoi chois. "Ach, ar mhaithe liomsa, caithfidh tú a bheith i do chairde anois. An ndéarfaidh mé leis teacht suas?

"Anseo," a dúirt sé, "isteach sa pharlús?"

"Cá háit eile?" a d'fhiafraigh sí.

D'fhéach sé vexed, agus mhol an chistin mar áit níos oiriúnaí dó. Mrs Linton eyed dó le léiriú droll-leath feargach, leath ag gáire ar a fastidiousness.

"Níl," ar sise, tar éis tamaill; "Ní féidir liom suí sa chistin. Socraigh dhá thábla anseo, Ellen: ceann do do mháistir agus Miss Isabella, a bheith gentry; an ceann eile do Heathcliff agus mé féin, a bheith ar na horduithe níos ísle. An mbeidh sé sin le do thoil agat, a stór? Nó an gcaithfidh tine a bheith lastha agam in áiteanna eile? Má tá, tabhair treoracha. Rithfidh mé síos agus slánóidh mé m'aoi. Tá eagla orm go bhfuil an t-áthas ró-iontach le bheith fíor!

Bhí sí ar tí éirí as arís; ach ghabh Edgar í.

"*Cuireann tú* céim suas air," a dúirt sé, ag labhairt liom; "agus, Catherine, déan iarracht a bheith sásta, gan a bheith áiféiseach. Ní gá don teaghlach ar fad radharc do sheirbhíseach rúidbhealach a fheiceáil mar dheartháir."

Shliocht mé, agus fuair mé Heathcliff ag fanacht faoin bpóirse, agus ba léir go raibh mé ag súil le cuireadh chun dul isteach. Lean sé mo threoir gan focal a chur amú, agus chuir mé i láthair an mháistir agus na máistreása é, a ndearna a leicne lasta feall ar chomharthaí cainte te. Ach glowed an bhean le mothú eile nuair a bhí a cara le feiceáil ag an doras: sprang sí ar aghaidh, thóg an dá lámh, agus thug sé go Linton; agus ansin ghabh sí méara drogallacha Linton agus bhrúigh sí isteach ina chuid iad. Anois, le fios go hiomlán ag an tine agus solas coinnle, bhí ionadh orm, níos mó ná riamh, a behold an claochlú Heathcliff. Bhí fear ard, lúthchleasach, dea-chumtha fásta aige; in aice leis a raibh an chuma ar mo mháistir go leor caol agus óige-mhaith. Mhol a charráiste ina sheasamh an smaoineamh go raibh sé san arm. Bhí a ghnúis i bhfad níos sine i léiriú agus i gcinneadh gné ná mr. Linton's; d'fhéach sé cliste, agus níor choinnigh sé aon mharcanna ar iar-dhíghrádú. D'éirigh ferocity leathshíbhialta fós sa bhrabhsáil agus sna súile a bhí lán de thine dhubh, ach bhí sé subdued; agus bhí dínit ag baint lena bhealach fiú: go leor dífheistithe de ghairbhe, cé go raibh sé ró-stern do ghrásta. Bhí iontas mo mháistir cothrom nó níos mó ná mianach: d'fhan sé ar feadh nóiméid ag caillteanas conas aghaidh a thabhairt ar an treabhdóir, mar a thug sé air. Thit Heathcliff a lámh bheag, agus sheas sé ag féachaint air go fuarchúiseach go dtí gur roghnaigh sé labhairt.

"Suigh síos, a dhuine uasail," a dúirt sé, ar fad. "Mrs Linton, ag cuimhneamh ar shean-amanna, bheadh mé a thabhairt duit fáiltiú cordial; agus, ar ndóigh, tá áthas orm nuair a tharlaíonn aon rud chun í a shásamh."

"Agus mé freisin," fhreagair Heathcliff, "go háirithe má tá sé rud ar bith ina bhfuil mé páirt. Fanfaidh mé uair nó dhó go toilteanach."

Thóg sé suíochán os comhair Catherine, a choinnigh a gaisce socraithe air amhail is go raibh eagla uirthi go n-imeodh sé dá mbainfeadh sí é. Níor ardaigh sé a chuid di go minic: sracfhéachaint sciobtha anois is arís; ach flashed sé ar ais, gach uair níos muiníní, an delight undisguised ól sé as a cuid. Bhí siad i bhfad ró-ionsúite ina n-áthas frithpháirteach a fhulaingt náire. Ní mar sin an tUasal Edgar: d'fhás sé pale le annoyance íon: mothú a shroich a climax nuair a d'ardaigh a bhean, agus stepping ar fud an rug, urghabháil lámha Heathcliff arís, agus gáire cosúil le ceann in aice léi féin.

"Beidh mé ag smaoineamh go bhfuil sé ina aisling a-amárach!" Adeir sí. "Ní bheidh mé in ann a chreidiúint go bhfuil feicthe agam, agus i dteagmháil léi, agus labhair mé leat arís. Agus fós, Heathcliff cruálach! níl an fháilte sin tuillte agat. A bheith as láthair agus ciúin ar feadh trí bliana, agus gan smaoineamh orm!

"Beagán níos mó ná mar a smaoinigh tú orm," murmured sé. "Chuala mé faoi do phósadh, Cathy, ní fada ó shin; agus, agus mé ag fanacht sa chlós thíos, rinne mé machnamh ar an bplean seo—ach spléachadh amháin a bheith agam ar d'aghaidh, stare of surprise, b'fhéidir, agus pléisiúr ligthe i gcéill; ina dhiaidh sin socraigh mo scór le Hindley; agus ansin cosc a chur ar an dlí trí fhorghníomhú a dhéanamh orm féin. Chuir bhur bhfáilte na smaointe seo as m'intinn; ach bí cúramach bualadh liom le gné eile an chéad uair eile! Nay, ní thiomáinfidh tú as arís mé. Bhí tú i ndáiríre leithscéal as dom, bhí tú? Bhuel, bhí cúis ann. Throid mé trí shaol searbh ó chuala mé do ghlór go deireanach; agus caithfidh tú maithiúnas a thabhairt dom, mar ní raibh mé ag streachailt ach ar do shon!

"Catherine, mura bhfuil tae fuar againn, le do thoil chun teacht ar an mbord," isteach Linton, ag iarraidh a ton gnáth a chaomhnú, agus beart cuí de bhéasaíocht. "Beidh siúlóid fhada ag an Uasal Heathcliff, cibé áit a bhféadfaidh sé lóisteáil go hoíche; agus tá tart orm.

Thóg sí a post roimh an síothal; agus tháinig Iníon Isabella, arna thoghairm ag an gclog; ansin, tar éis a gcathaoir a thabhairt ar aghaidh, d'fhág mé an seomra. Is ar éigean a mhair an béile deich nóiméad. Níor líonadh cupán Chaitríona riamh: ní raibh sí in ann ithe ná ól. Rinne Edgar scoitheadh ina anlann, agus shlog se beal ar éigean. Níor chuir a n-aoi fad lena fhanacht an tráthnóna sin os cionn uair an chloig níos faide. D'iarr mé, mar a d'imigh sé, má chuaigh sé go Gimmerton?

"Níl, go Wuthering Heights," a d'fhreagair sé: "Thug an tUasal Earnshaw cuireadh dom, nuair a ghlaoigh mé ar maidin."

Thug an tUasal Earnshaw cuireadh *dó*! agus d'iarr sé ar an Uasal Earnshaw! Smaoinigh mé ar an abairt seo go pianmhar, tar éis dó a bheith imithe. An bhfuil sé ag casadh amach beagán de hypocrite, agus ag teacht isteach sa tír a bheith ag obair mischief faoi clóca? Mused mé: Bhí mé i láthair i bun mo chroí go raibh sé níos fearr d'fhan ar shiúl.

Maidir le lár na hoíche, dúisíodh mé ó mo chéad nap ag Mrs Linton gliding isteach i mo sheomra, ag cur suíochán ar mo leaba, agus ag tarraingt orm ag an ghruaig a rouse dom.

"Ní féidir liom scíth a ligean, Ellen," a dúirt sí, trí leithscéal a ghabháil. "Agus ba mhaith liom créatúr beo éigin a choinneáil i mo chuideachta i mo sonas! Tá Edgar sulky, toisc go bhfuil mé sásta le rud nach bhfuil suim aige ann: diúltaíonn sé a bhéal a oscailt, ach amháin óráidí amaideach a dhéanamh; agus dhearbhaigh sé go raibh mé cruálach agus santach as a bheith ag iarraidh labhairt nuair a bhí sé chomh tinn agus chomh codlatach. Bíonn sé i gcónaí contrives a bheith tinn ar a laghad tras! Thug mé cúpla abairt mholta do Heathcliff, agus thosaigh sé, le haghaidh tinneas cinn nó pang éad, ag caoineadh: mar sin d'éirigh mé agus d'fhág mé é.

"Cén úsáid atá sé ag moladh Heathcliff dó?" D'fhreagair mé. "Mar leaids bhí siad aversion dá chéile, agus bheadh Heathcliff fuath ach an oiread a chloisteáil dó moladh: tá sé nádúr an duine. Lig an tUasal Linton ina n-aonar mar gheall air, ach amháin más mian leat quarrel oscailte eatarthu."

"Ach nach léiríonn sé laige mhór?" ar sise. "Níl éad orm: ní mhothaím riamh gortaithe ag gile ghruaig bhuí Isabella agus bánú a craicinn, ag a galántacht dainty, agus an fondness go léir an teaghlach ar taispeáint di. Fiú amháin tú, Nelly, má tá díospóid againn uaireanta, tú ar ais Isabella ag an am céanna; agus toradh mé cosúil le máthair foolish: Glaoim uirthi darling, agus flatter sí isteach i temper maith. Cuireann sé áthas ar a deartháir muid a fheiceáil cordial, agus go pleases dom. Ach tá siad go mór araon: tá siad leanaí millte, agus mhaisiúil rinneadh an domhan as a lóistín; agus cé go bhfuil greann agam araon, sílim go bhféadfadh chastisement cliste iad a fheabhsú mar an gcéanna."

"Tá tú ag dul amú, Mrs Linton," a dúirt mé. "Humour siad tú: Tá a fhios agam cad a bheadh ann a dhéanamh más rud é nach raibh siad. Is féidir leat acmhainn go maith a indulge a n-whims rith chomh fada agus is é a ngnó a réamh-mheas go léir do mianta. D'fhéadfá, áfach, titim amach, faoi dheireadh, thar rud éigin ar comhchéim leis an dá thaobh; agus ansin tá na daoine a bhfuil tú téarma lag an-in ann a bheith chomh obstinate mar tú. "

"Agus ansin beidh muid ag troid chun an bháis, sha'n't muid, Nelly?" D'fhill sí, ag gáire. "Níl! Deirim libh, tá an creideamh sin agam i ngrá Linton, go gcreidim go bhféadfainn é a mharú, agus nach mbeadh sé ag iarraidh díoltas a bhaint amach.

Mhol mé di luach níos mó a chur air as a ghean.

"Is féidir liom," fhreagair sí, "ach ní gá dó dul i muinín whining do trifles. Tá sé childish; agus, in ionad a bheith ag leá ina dheora mar dúirt mé gurbh fhiú meas duine ar bith ar Heathcliff anois, agus go dtabharfadh sé onóir don chéad fhear uasal sa tír a bheith ina chara aige, ba chóir dó é a rá ar mo shon, agus bhí áthas an domhain air ó chomhbhrón. Caithfidh sé dul i dtaithí air, agus b'fhéidir go dtaitníonn sé leis chomh maith: ag smaoineamh ar an gcaoi a bhfuil cúis ag Heathcliff agóid a dhéanamh ina choinne, táim cinnte gur iompair sé é féin go hiontach!

"Cad a cheapann tú faoina dhul go Wuthering Heights?" D'fhiosraigh mé. "Déantar é a athchóiriú i ngach slí, de réir dealraimh: críostaí go leor: ag tairiscint lámh dheas na comhaltachta dá naimhde go léir timpeall!"

"Mhínigh sé é," a d'fhreagair sí. "N'fheadar an oiread agus is tú. Dúirt sé gur iarr sé eolas a bhailiú fúm uait, ag ceapadh go raibh cónaí ort ann go fóill; agus dúirt Joseph le Hindley, a tháinig amach agus a thit chun ceistiú a dhéanamh air faoina raibh ar siúl aige, agus faoin gcaoi a raibh sé ina chónaí; agus ar deireadh, theastaigh uaidh siúl isteach. Bhí roinnt daoine ina suí ag cártaí; Chuaigh Heathcliff leo; Chaill mo dheartháir roinnt airgid dó, agus, nuair a fuair sé soláthar flúirseach dó, d'iarr sé go dtiocfadh sé arís tráthnóna: ar thoiligh sé leis. Tá Hindley ró-mheargánta chun a lucht aitheantais a roghnú go stuama: ní chuireann sé trioblóid air féin machnamh a dhéanamh ar na cúiseanna a d'fhéadfadh a bheith aige le drochíde a thabhairt do dhuine a bhfuil sé gortaithe go bunúsach. Ach dearbhaíonn Heathcliff gurb é an phríomhchúis atá aige le nasc a atosú lena ghéarleanúint ársa ná gur mian leis é féin a shuiteáil i gceathrúna ag siúl i bhfad ón nGráinseach, agus ceangal leis an teach ina raibh cónaí orainn le chéile; agus mar an gcéanna tá súil agam go mbeidh níos mó deiseanna agam é a fheiceáil ann ná mar a d'fhéadfainn a bheith agam dá socródh sé in Gimmerton. Ciallaíonn sé íocaíocht liobrálach a thairiscint ar chead lóisteála ag na hArda; agus gan dabht tabharfaidh covetousness mo dhearthár leid dó glacadh leis na téarmaí: bhí sé i gcónaí greedy; cé go dtuigeann sé le lámh amháin flings sé ar shiúl leis an lámh eile. "

"Is áit deas é d'fhear óg a áit chónaithe a shocrú ann!" arsa mise. "An bhfuil aon eagla ort roimh na hiarmhairtí, Mrs Linton?"

"Níl aon duine do mo chara," ar sise: "coinneoidh a cheann láidir ó chontúirt é; beagán do Hindley: ach ní féidir é a dhéanamh níos measa ó thaobh na moráltachta de ná mar atá sé; agus seasaim idir é agus dochar coirp. Tá ócáid an tráthnóna seo réitithe dom le Dia agus leis an gcine daonna! D'éirigh mé in éirí amach feargach i gcoinne Providence. Ó, d'fhulaing mé an-, ainnise an-searbh, Nelly! Dá mbeadh a fhios ag an chréatúr sin cé chomh searbh is a bheadh sé, bheadh náire air a bhaint le peata díomhaoin. Ba chineáltas dó a spreag mé chun é a iompar ina aonar: dá gcuirfinn in iúl an t-agony a mhothaigh mé go minic, bheadh sé múinte le fada chun é a mhaolú chomh hardently agus is mé. Mar sin féin, tá sé thart, agus ní bhainfidh mé díoltas ar bith as a bhaois; Is féidir liom aon rud a fhulaingt ina dhiaidh seo! Dá gcuirfeadh an rud is ciallmhaire beo mé ar an leiceann, ní hamháin go gcasfainn an ceann eile, ach d'iarrfainn pardún as é a ghríosú; agus, mar chruthúnas, rachaidh mé ar mo shíocháin le Edgar láithreach. Dea-oíche! Is aingeal mé!

Sa chiontú féinchúiseach seo d'imigh sí; agus ba léir an rath a bhí ar a rún comhlíonta ar an mbrón: ní hamháin go ndearna an tUasal Linton dochar dá peevishness (cé go raibh an chuma ar a bhiotáille go raibh sé fós subdued ag exuberance Catherine ar vivacity), ach chuaigh sé aon agóid i gcoinne í a ghlacadh Isabella léi go Wuthering Heights san iarnóin; agus thug sí an samhradh binneas agus gean sin dó mar chúiteamh mar a rinne an teach ina pharthas ar feadh roinnt laethanta; máistir agus seirbhísigh araon ag baint brabúis as an solas na gréine suthain.

Heathcliff-An tUasal Heathcliff Ba chóir dom a rá sa todhchaí-úsáidtear an tsaoirse chun cuairt a thabhairt ar Thrushcross Ghráinseach cúramach, ar dtús: dhealraigh sé ag meas cé chomh fada a bheadh a úinéir iompróidh a intrusion. Mheas Catherine, freisin, go raibh sé siúráilte a léiriú pléisiúir a mheas agus í á fháil; agus de réir a chéile bhunaigh sé a cheart go mbeifí ag súil leis. Choinnigh sé cuid mhór den chúlchiste a raibh a bhuachailleacht thar cionn; agus d'éirigh leis sin na léirsithe mothúchánacha go léir a chur faoi chois. Bhí míshuaimhneas mo mháistir ina lull, agus chuir cúinsí eile é isteach i gcainéal eile le haghaidh spáis.

Tháinig a fhoinse nua triobóide as an mí-ádh nach rabhthas ag súil leis ó Isabella Linton ag mealladh go tobann agus dochoiscthe i dtreo an aoi a bhfuil glacadh leis. Bean óg gheanúil ocht mbliana déag a bhí inti ag an am; infantile i manners, cé go possessed de WIT fonn, mothúcháin fonn, agus temper fonn, freisin, más irritated. Bhí uafás ar a dearthár, a raibh grá aige di go tairisceana, ag an rogha iontach seo. Ag fágáil ar leataobh díghrádú comhghuaillíochta le fear gan ainm, agus ar an bhfíric go bhféadfadh a mhaoin, cheal oidhrí fireann, pas a fháil i gcumhacht den sórt sin, bhí ciall aige diúscairt Heathcliff a thuiscint: go mbeadh a fhios aige, cé gur athraíodh a taobh amuigh, go raibh a intinn gan athrú agus gan athrú. Agus dreaded sé an aigne sin: revolted sé air: shrank sé forebodingly as an smaoineamh a dhéanamh Isabella a choimeád. Bheadh sé ag cúlú níos mó fós dá mbeadh a fhios aige gur ardaigh a ceangaltán gan iarraidh, agus bronnadh é nuair a dhúisigh sé gan aon chómhalartú maoithneach; ar feadh an nóiméid fuair sé amach go raibh sé ann leag sé an milleán ar dhearadh d'aon ghnó Heathcliff.

Bhí sé ráite againn go léir, le linn tamaillín, go ndearna Miss Linton fretted agus pined thar rud éigin. D'fhás sí cros agus wearisome; ag léimt agus ag spochadh as Catherine go leanúnach, agus í i mbaol a foighne teoranta a ídiú. Thugamar leithscéal di, go pointe áirithe, ar phléadáil na drochshláinte: bhí sí ag dul i léig agus ag dul i léig os comhair ár súl. Ach lá amháin, nuair a bhí sí peculiarly wayward, ag diúltú a bricfeasta, ag gearán nach raibh na seirbhísigh a dhéanamh cad a dúirt sí leo; go ligfeadh an máistreás di a bheith ina rud ar bith sa teach, agus rinne Edgar faillí uirthi; go raibh sí gafa fuar leis na doirse á fhágáil ar oscailt, agus lig muid an tine parlús dul amach chun críche a vex di, le céad accusations fós níos suaibhreosach, Mrs Linton áitigh peremptorily gur chóir di a fháil a chodladh; agus, tar éis scolded di heartily, bhagair a sheoladh chuig an dochtúir. Luaigh Kenneth ba chúis léi a exclaim, ar an toirt, go raibh a sláinte foirfe, agus ní raibh ann ach harshness Catherine a d'fhág go raibh sí míshásta.

"Conas is féidir leat a rá go bhfuil mé harsh, fondling dána tú?" Adeir an máistreás, iontas ar an dearbhú míréasúnta. "Is cinnte go gcaillfidh tú do chúis. Cathain a bhí mé dian, inis dom?

"Inné," sobbed Isabella, "agus anois!"

"Inné!" A dúirt a deirfiúr-i-dlí. "Cén ócáid?"

"In ár siúlóid ar feadh an moor: dúirt tú liom a ramble nuair áthas orm, agus sauntered tú ar leis an Uasal Heathcliff!"

"Agus sin é do nóisean de harshness?" arsa Catherine, ag gáire. "Ní raibh aon leid ann go raibh do chuideachta iomarcach; is cuma linn cé acu a choinnigh tú linn nó nár choinnigh; Níor shíl mé ach nach mbeadh aon rud siamsúil ag caint Heathcliff do do chluasa.

"Ó, ní hea," arsa an bhean óg; "ghuigh tú uaim mé, mar bhí a fhios agat gur thaitin liom a bheith ann!"

"An bhfuil sí sane?" D'iarr Mrs Linton, achomharc a dhéanamh liom. "Déanfaidh mé athrá ar ár gcomhrá, focal ar fhocal, Isabella; agus cuireann tú in iúl aon charm a d'fhéadfadh a bheith aige duit.

"Ní miste liom an comhrá," a d'fhreagair sí: "Bhí mé ag iarraidh a bheith leis—"

"Bhuel?" arsa Catherine, agus leisce uirthi an abairt a chríochnú.

"Leis: agus ní chuirfear as dom i gcónaí!" ar sise, ag cineáltas suas. "Is madra tú sa mhainséar, Cathy, agus is mian leat nach mbeadh grá ag aon duine ach tú féin!"

"Tá tú moncaí beag impertinent!" Exclaimed Mrs Linton, i iontas. "Ach ní chreidfidh mé an idiocy seo! Tá sé dodhéanta gur féidir leat covet an admiration de Heathcliff-go measann tú dó duine agreeable! Tá súil agam gur thuig mé thú, a Isabella?

"Níl, nach bhfuil tú," a dúirt an cailín infatuated. "Is breá liom é níos mó ná riamh grá agat Edgar, agus d'fhéadfadh sé grá dom, más rud é go mbeadh tú in iúl dó!"

"Ní bheinn i do ríocht, mar sin!" D'fhógair Catherine, emphatically: agus ba chosúil go raibh sí ag labhairt ó chroí. "Nelly, cabhrú liom a chur ina luí uirthi a madness. Inis di cad é Heathcliff: créatúr neamhéilithe, gan mionchoigeartú, gan saothrú; fiántas arid d'furtacht agus d'ionnsaicchidh. Ba mhaith liom an canárach beag sin a chur isteach sa pháirc ar lá geimhridh, mar a mholfainn duit do chroí a bhronnadh air! Tá sé aineolas deplorable ar a charachtar, leanbh, agus rud ar bith eile, a dhéanann an aisling dul isteach i do cheann. Guigh, ná samhlaigh go gceileann sé doimhneacht benevolence agus gean faoi bhun taobh amuigh Stern! Ní diamant garbh é — oisrí péarla ina bhfuil meirgeach: is fear fíochmhar, pitiless, wolfish é. Ní deirim leis riamh, 'Lig don namhaid seo nó don namhaid sin amháin, mar go mbeadh sé mígheanasach nó cruálach dochar a dhéanamh dóibh;' Deirim, 'Lig dóibh féin, mar ba chóir dom fuath leo a bheith mícheart:' agus ba mhaith sé crush tú cosúil le ubh sparrow, Isabella, má fuair sé tú muirear troublesome. Tá a fhios agam nach bhféadfadh sé grá a thabhairt do Linton; Agus fós bheadh sé in ann go leor chun pósadh do fhortún agus ionchais: Tá Avarice ag fás leis pheaca besetting. Tá mo phictiúr ann: agus is mise a chara-an oiread sin, gur shíl sé dáiríre breith ort, ba chóir dom, b'fhéidir, mo theanga a bheith agam, agus ligean duit titim isteach ina ghaiste.

Mheas Iníon Linton a deirfiúr céile le fearg.

"Ar son náire! ar son náire!" a dúirt sí arís agus arís eile, go feargach. "Tá tú níos measa ná fiche foes, a chara nimhiúil!"

"Ah! ní chreidfidh tú mé, ansin?" arsa Catherine. "Síleann tú go labhraím ó leithleas ghránna?"

"Tá mé cinnte a dhéanann tú," retorted Isabella; "Agus shudder mé ag tú!"

"Go maith!" Adeir an ceann eile. "Bain triail as duit féin, más é sin do spiorad: rinne mé, agus tabhair an argóint do do insolence saucy." —

"Agus ní mór dom ag fulaingt as a egotism!" sobbed sí, mar a d'fhág Mrs Linton an seomra. "Gach, tá gach rud i mo choinne: tá sí blighted mo sólás amháin. Ach dúirt sí bréaga, nach raibh? Ní fiend é an tUasal Heathcliff: tá anam onórach aige, agus ceann fíor, nó conas a d'fhéadfadh sé cuimhneamh uirthi?

"Díbir é ó do chuid smaointe, a Iníon," a dúirt mé. "Is éan droch-omen é: níl aon maité agat. Labhair Bean Linton go láidir, agus fós ní féidir liom í a bhréagnú. Is fearr aithne a chur ar a chroí ná mise, nó aon duine seachas; agus ní dhéanfadh sí ionadaíocht air riamh níos measa ná mar atá sé. Ní cheileann daoine macánta a ngníomhartha. Conas a bhí sé ina chónaí? Conas a fuair sé saibhir? cén fáth a bhfuil sé ag fanacht ag Wuthering Heights, teach fir a bhfuil sé ag abhors? Deir siad go bhfuil an tUasal Earnshaw níos measa agus níos measa ó tháinig sé. Suíonn siad suas ar feadh na hoíche le chéile go leanúnach, agus tá Hindley ag fáil airgid ar iasacht ar a chuid talún, agus ní dhéanann sé tada ach súgradh agus ól: níor chuala mé ach seachtain ó shin—ba é Joseph a dúirt liom—bhuail mé leis ag Gimmerton: 'Nelly,' a dúirt sé, 'we's hae a crowner's 'quest enow, at ahr folks'. Ceann ar 'em 's a'most getten his finger cut off wi' hauding t' eile fro' stickin' hisseln loike a cawlf. Sin maister, yah knaw, 'at 's soa up o' going tuh t' grand 'sizes. Tá sé noan eagla o't' bench o' breithiúna, norther Paul, nur Peter, nur John, nur Matthew, ná noan ar 'em, ní hé! Is maith leis cothromlangs sé a shocrú ar a aghaidh brazened agean 'em! Agus yon bonny lad Heathcliff, yah aigne, tá sé ina annamh 'un. Is féidir leis gáire a dhéanamh chomh maith le 's onybody at a raight divil's jest. An bhfuil sé niver rá nowt a maireachtála breá amang dúinn, nuair a théann sé go dtí t' Ghráinseach? Is é seo t' bhealach ar 't:—suas ag grian-síos: dísle, brandy, comhlaí cloised, und can'le-light till next day at noon: then, t' fooil gangs banning un raving to his cham'er, makking dacent fowks dig thur fingers i' thur lugs fur varry shame; un' the knave, why he can caint his brass, un' ate, un' sleep, un' off to his neighbour's to gossip wi' t' wife. Ar ndóigh, insíonn sé do Dame

Catherine conas a ritheann goold a fathur isteach ina phóca, agus gallops mac a fathur síos t' bóthar leathan, agus teitheadh sé thuasluaite a oppen t' pikes! ' Anois, Miss Linton, is sean-rascal é Joseph, ach níl aon liar ann; agus, más fíor a chuntas ar iompar Heathcliff, ní smaoineofá riamh ar a leithéid d'fhear céile, an mbeifeá?"

"Tá tú leagued leis an gcuid eile, Ellen!" D'fhreagair sí. "Ní éistfidh mé le do chuid slanders. Cén fíreannacht a chaithfidh tú a bheith ag iarraidh a chur ina luí orm nach bhfuil aon sonas ar domhan!

Cibé an mbeadh sí a fuair thar an mhaisiúil má d'fhág sí di féin, nó persevered i altranas sé suthain, Ní féidir liom a rá: bhí sí beagán ama a léiriú. An lá ina dhiaidh sin, bhí cruinniú ceartais ag an gcéad bhaile eile; bhí dualgas ar mo mháistir a bheith i láthair; agus an tUasal Heathcliff, ar an eolas faoina neamhláithreacht, ar a dtugtar in áit níos luaithe ná mar is gnách. Bhí Catherine agus Isabella ina suí sa leabharlann, ar théarmaí naimhdeacha, ach ciúin: chuir an dara ceann scanradh uirthi le déanaí, agus an nochtadh a rinne sí ar a mothúcháin rúnda in oiriúnt neamhbhuan paisean; an t-iar-, ar chomaoin aibí, i ndáiríre chiontaigh lena compánach; agus, má gáire sí arís ar a pertness, claonadh chun é a dhéanamh aon ábhar gáire di. Rinne sí gáire nuair a chonaic sí Heathcliff ag dul thar an bhfuinneog. Bhí mé ag scuabadh an teallaigh, agus thug mé faoi deara aoibh gháire mischievous ar a liopaí. D'fhan Isabella, súite ina machnamh, nó leabhar, go dtí gur oscail an doras; agus bhí sé ródhéanach iarracht a dhéanamh éalú, rud a dhéanfadh sí go sásta dá mbeadh sé indéanta.

"Tar isteach, sin ceart!" Exclaimed an máistreás, gaily, ag tarraingt cathaoir ar an tine. "Seo beirt a bhfuil an tríú cuid de dhíth orthu chun an t-oighear a chur eatarthu; agus is tusa an duine ba cheart dúinn beirt againn a roghnú. Heathcliff, tá mé bródúil as a thaispeáint duit, ar deireadh, duine éigin a dotes ar tú níos mó ná mé féin. Táim ag súil go mbraitheann tú flattered. Nay, ní Nelly é; ná féach uirthi! Tá mo dheirfiúr-i-dlí beag bocht ag briseadh a croí trí mhachnamh a dhéanamh ar d'áilleacht fhisiciúil agus mhorálta. Tá sé ar do chumas féin a bheith ina dhearthair Edgar! Níl, níl, Isabella, ní ritheann tú as," ar sí, ag gabháil, le playfulness feigned, an cailín confounded, a bhí éirithe indignantly. "Bhí muid ag cuartú cosúil le cait fútsa, Heathcliff; agus bhí mé buailte go cothrom in agóidí deabhóid agus admiration: agus, ina theannta sin, cuireadh in iúl dom go mbeadh mo rival, mar a bheidh sí féin a bheith, shoot seafta isteach i d'anam a bheadh a shocrú duit go deo, agus mo íomhá a sheoladh isteach oblivion síoraí! "

"Catherine!" A dúirt Isabella, ag glaoch suas a dínit, agus disdaining a streachailt as an tuiscint daingean a bhí aici, "Ba mhaith liom buíochas a ghabháil leat chun cloí leis an fhírinne agus ní clúmhilleadh dom, fiú i joke! An tUasal Heathcliff, a bheith cineálta go leor chun tairiscint an cara de mise scaoileadh liom: dearmad sí nach bhfuil tú féin agus mé acquaintances pearsanta; agus cad amuses tá sí painful dom thar léiriú. "

Mar a d'fhreagair an t-aoi rud ar bith, ach ghlac sé a shuíochán, agus d'fhéach sé go maith indifferent cad sentiments cherished sí maidir leis, chas sí agus whispered achomharc earnest ar shaoirse a tormentor.

"Ar aon bhealach!" Adeir Mrs Linton mar fhreagra. "Ní ainmneofar madra sa mhainséar arís orm. Fanfaidh tú : anois ansin! Heathcliff, cén fáth nach gcuireann tú sásamh ar mo nuacht thaitneamhach? Mionnaíonn Isabella nach bhfuil an grá atá ag Edgar domsa aon rud a chuireann siamsaíocht ar fáil duit. Tá mé cinnte go ndearna sí roinnt cainte den chineál; nach raibh sí, Ellen? Agus tá troscadh déanta aici ó shin an lá roimh shiúlóid an lae inné, ón brón agus ón buile a chuir mé chun bealaigh í as do shochaí faoin smaoineamh go raibh sé do-ghlactha."

"Sílim go bhfuil tú belie di," a dúirt Heathcliff, casadh a chathaoir chun aghaidh a thabhairt orthu. "Is mian léi a bheith as mo shochaí anois, ar aon chuma!"

Agus stán sé go crua ar chuspóir an dioscúrsa, mar a d'fhéadfadh duine a dhéanamh ar ainmhí aisteach repulsive: centipede ó na hIndiacha, mar shampla, a thugann fiosracht amháin a scrúdú in ainneoin an aversion ardaíonn sé. Ní fhéadfadh an rud bocht é sin a iompar; d'fhás sí bán agus dearg i ndiaidh a chéile go tapa, agus, cé go raibh deora ag beadaí a lashes, chrom sí ar neart a méara beaga chun clutch daingean Catherine a scaoileadh; agus ag perceiving go chomh tapa agus a d'ardaigh sí méar amháin as a lámh dúnta eile síos, agus ní raibh sí in ann a bhaint as an t-iomlán le chéile, thosaigh sí ag baint úsáide as a tairní; agus do órdaighetar a ngéire na coinneálaí le crescents dearga.

"Níl tigress!" Exclaimed Mrs Linton, ag leagan di saor in aisce, agus croitheadh a lámh le pian. "Begone, ar mhaithe le Dia, agus folaigh d'aghaidh vixen! Conas foolish a nochtadh na talons *dó*. Nach féidir leat mhaisiúil na conclúidí beidh sé a tharraingt? Féach, Heathcliff! is ionstraimí iad a dhéanfaidh forghníomhú—caithfidh tú a bheith airdeallach ar do shúile."

"Ba mhaith liom iad a chaitheamh as a méara, má menaced siad riamh dom," fhreagair sé, brutally, nuair a bhí dúnta an doras ina dhiaidh. "Ach cad a bhí i gceist agat ag spochadh as an chréatúr ar an mbealach sin, Cathy? Ní raibh tú ag labhairt na fírinne, an raibh tú?

"Geallaim duit go raibh mé," ar sise. "Tá sí ag fáil bháis ar do shon roinnt seachtainí, agus raving mar gheall ort ar maidin, agus stealladh amach deluge de mhí-úsáid, mar gheall ar ionadaíocht mé do laigí i bhfianaise plain, chun críche maolú a adoration. Ach ná tabhair faoi deara a thuilleadh é: Ba mhian liom pionós a ghearradh ar a sauciness, sin uile. Is maith liom í ró-mhaith, mo Heathcliff daor, chun ligean duit a urghabháil go hiomlán agus devour sí suas."

"Agus is maith liom í ró-tinn chun iarracht a dhéanamh air," a dúirt sé, "ach amháin ar bhealach an-ghoulish. Chloisfeá corrrudaí dá mbeinn i m'aonar leis an aghaidh mharfach, chéarach sin: bheadh an chuid is mó gnáth ag péinteáil ar a bhán dathanna an bhogha ceatha, agus ag casadh na súile gorma dubh, gach lá nó dhó: tá siad cosúil le Linton's."

"Delectably!" faoi deara Catherine. "Is súile chol iad—aingeal!"

"Is í oidhre a dearthár í, nach ea?" a d'fhiafraigh sé, tar éis ciúnas gairid.

"Ba chóir go mbeadh brón orm smaoineamh mar sin," ar ais a chompánach. "Scriosfaidh leathdhosaen nia a teideal, le do thoil neamh! Teibí d'intinn ón ábhar faoi láthair: tá tú ró-seans maith earraí do chomharsan a covet; cuimhnigh gur *liomsa earraí na comharsan* seo."

"Dá mba *liomsa iad*, ní bheadh siad chomh mór sin," arsa Heathcliff; "ach cé go bhféadfadh Isabella Linton a bheith amaideach, tá sí ar buile gann; agus, i mbeagán focal, déanfaimid an t-ábhar a dhíbhe, mar a chomhairlíonn tú."

As a dteangacha a ruaigeadh iad; agus Catherine, is dócha, óna smaointe. An ceann eile, bhraith mé cinnte, chuimhnigh sé go minic i rith an tráthnóna. Chonaic mé aoibh gháire air féin-grin in áit-agus dul i léig i musing ominous aon uair a bhí ócáid Mrs Linton a bheith as láthair ón árasán.

Chinn mé féachaint ar a chuid gluaiseachtaí. Mo chroí i gcónaí cleaved leis an máistir, de rogha ar thaobh Catherine: le cúis shamhlaigh mé, do bhí sé cineálta, agus muiníneach, agus onórach; agus sí-ní fhéadfadh sí a bheith ar a dtugtar an *os coinne*, ach an chuma uirthi a cheadú di féin domhanleithead leathan den sórt sin, go raibh mé creideamh beag ina prionsabail, agus fós níos lú comhbhrón as a mothúcháin. Theastaigh uaim go dtarlódh rud éigin a d'fhéadfadh a bheith mar thoradh ar Wuthering Heights agus Gráinseach an Uasail Heathcliff a shaoradh, go ciúin; ag fágáil dúinn mar a bhí againn roimh a theacht. Tromluí leanúnach a bhí sna cuairteanna a thug sé orm; agus, bhí amhras orm, le mo mháistir freisin. Bhí a áit chónaithe ag na hArda ina chos ar bolg anuas ag míniú. Bhraith mé go raibh Dia forsaken na caoirigh fáin ann chun a wanderings wicked féin, agus beast olc prowled idir é agus an huaire, ag fanacht a chuid ama a earrach agus a scriosadh.

CAIBIDIL XI

Uaireanta, agus mé ag machnamh ar na rudaí seo i solitude, d'éirigh mé i sceimhle tobann, agus chuir mé ar mo bhoinéad chun dul a fheiceáil conas a bhí gach rud ar an bhfeirm. Chuir mé ina luí ar mo choinsias go raibh sé de dhualgas rabhadh a thabhairt dó conas a labhair daoine maidir lena bhealaí; agus ansin tá mé recollected a droch-nósanna deimhnithe, agus, hopeless tairbhe dó, tá flinched ó dul isteach arís ar an teach dismal, amhras má d'fhéadfadh mé a iompróidh a ghlacadh ar mo focal.

Uair amháin rith mé an seangheata, ag dul amach as mo bhealach, ar thuras go Gimmerton. Is faoin tréimhse a shroich mo scéal: tráthnóna geal seaca; an talamh lom, agus an bóthar crua agus tirim. Tháinig mé go dtí cloch ina mbreathnaíonn an mhórbhealaigh amach ar an móinteán ar do lámh chlé; colún garbh gainimh, agus na litreacha W. H. gearrtha ar a thaobh thuaidh, ar an taobh thoir, G., agus ar an iardheisceart, T. G. Feidhmíonn sé mar threoirphost don Ghráinseach, do na hArda, agus don sráidbhaile. Scairt an ghrian buí ar a ceann liath, ag meabhrú dom an samhradh; agus ní féidir liom a rá cén fáth, ach go léir ag an am céanna d'imigh gush de mhothúcháin linbh isteach i mo chroí. Hindley agus bhí an spota ab ansa liom fiche bliain roimhe sin. Bhreathnaigh mé i bhfad ar an mbloc a bhí caite ag an aimsir; agus, ag stooping síos, a fheictear poll in aice leis an bun fós lán de seilide-sliogáin agus púróga, a bhí fond againn a stóráil ann le rudaí níos meatacha; agus, chomh húr leis an bhfírinne, bhí an chuma ar an scéal gur choinnigh mé siar mo chomrádaí luath ina shuí ar an móin feoite: a cheann dorcha, cearnógach lúbtha chun tosaigh, agus a lámh bheag ag sciobadh amach an domhain le píosa scláta. "Hindley bocht!" Exclaimed mé, go neamhdheonach. Thosaigh mé: bhí mo shúil choirp meallta i gcreideamh momentary gur thóg an leanbh a aghaidh agus stán díreach isteach i mianach! D'imigh sé i gcúpla; ach láithreach mhothaigh mé go raibh bliain dhochoiscthe le bheith ag na hArda. D'áitigh piseog orm cloí leis an impulse seo: ag ceapadh gur chóir dó a bheith marbh! Shíl mé-nó ba chóir bás go luath!—ag ceapadh gur comhartha báis a bhí ann! Dá chóngaraí a fuair mé an teach is ea is mó a d'fhás mé; agus nuair a chonaic mé radharc air tháinig crith orm i ngach géag. Chuir an apparition as dom: sheas sé ag féachaint tríd an ngeata. Ba é sin mo chéad smaoineamh ar bhreathnú ar bhuachaill elf-ghlas, donn-eyed ag leagan a ghnúis ruddy i gcoinne na barraí. Thug tuilleadh machnaimh le fios go gcaithfidh sé seo a bheith Hareton, *mo* Hareton, nár athraigh go mór ó d'fhág mé é, deich mí ó shin.

"Dia dhuit, darling!" Chaoin mé, ag dearmad ar an toirt mo eagla foolish. "Hareton, tá sé Nelly! Nelly, do altra."

Chúlaigh sé amach as fad na láimhe, agus phioc sé breochloch mhór.

"Tá mé ag teacht a fheiceáil dod athair, Hareton," a dúirt mé, buille faoi thuairim as an ngníomh nach raibh Nelly, má bhí cónaí uirthi ina chuimhne ar chor ar bith, aitheanta mar cheann liom.

D'ardaigh sé a diúracán chun é a iomáint; Thosaigh mé óráid soothing, ach ní raibh mé in ann fanacht a lámh: bhuail an chloch mo bhoinéad; agus is uime sin do éirghetar as liopaí marbhtha an choimhthionóil bhig, teaghrán mallachta, do sheachnadh, pe'ca do thuig sé iad nó ná bíodh, le béim chleachtaidh, agus do chuir a ghnéithibh leanbh as a riocht i léiriú suarach urchóideachta. D'fhéadfá a bheith cinnte go ndearna sé seo níos mó ná fearg orm. Fit to cry, thóg mé oráiste as mo phóca, agus thairg mé é a propitiate dó. Leisce air, agus ansin sciob sé ó mo shealbhú é; amhail is dá bhfanfadh sé ní raibh i gceist agam ach cathú agus díomá a chur air. Thaispeáin mé ceann eile, á choinneáil as a bhaint amach.

"Cé a mhúin na focail bhreátha sin duit, a bhairn?" D'fhiosraigh mé. "An curate?"

"Damnaigh an curate, agus dhuit! Gie dom é sin," a d'fhreagair sé.

"Inis dúinn cá bhfuair tú do cheachtanna, agus beidh sé agat," arsa mise. "Cé hé do mháistir?"

"Diabhal daidí," an freagra a bhí aige.

"Agus cad a fhoghlaimíonn tú ó dhaidí?" Lean mé ar aghaidh.

Léim sé ag na torthaí; D'ardaigh mé níos airde é. "Cad a mhúineann sé duit?" D'iarr mé.

"Dána," ar seisean, "ach coinneáil amach as a ghála. Ní féidir le Daidí bide dom, mar gheall ar swear mé ag dó. "

"Ah! agus múineann an diabhal duit mionn a thabhairt ag daidí? Thug mé faoi deara.

"Ay—nay," a tharraing sé.

"Cé, ansin?"

"Heathcliff."

"D'iarr mé ar thaitin sé an tUasal Heathcliff."

"Ay!" fhreagair sé arís.

Ós mian leis go mbeadh a chúiseanna le liking dó, ní raibh mé in ann ach na habairtí a bhailiú - "Ní raibh a fhios agam: íocann sé daid ar ais cad gies sé dom-curses sé daidí do cursing dom. Deir sé mun liom a dhéanamh mar a bheidh mé. "

"Agus nach múineann an curate duit léamh agus scríobh, ansin?" Chuaigh mé sa tóir air.

"Níl, dúradh liom gur chóir go mbeadh a chuid — fiacla dashed síos a — — scornach, má sheas sé thar an tairseach-Heathcliff bhí geallta go!"

Chuir mé an t-oráiste ina láimh, agus bade dó a rá lena athair go raibh bean darbh ainm Nelly Dean ag fanacht le labhairt leis, ag geata an ghairdín. Chuaigh sé suas an tsiúlóid, agus isteach sa teach; ach, in ionad Hindley, bhí Heathcliff le feiceáil ar na clocha dorais; agus chas mé go díreach agus rith mé síos an bóthar chomh crua agus a bhí riamh raibh mé in ann cine, ag déanamh aon stad till fuair mé an treoir-phost, agus mothú chomh scanraithe amhail is dá mbeadh ardaigh mé goblin. Níl baint mhór aige seo le caidreamh Miss Isabella: ach amháin gur áitigh sé orm réiteach breise a fháil ar gharda airdeallach gléasta, agus mo dhícheall a dhéanamh chun scaipeadh an droch-tionchair sin ag an nGráinseach a sheiceáil: cé gur chóir dom stoirm intíre a dhúiseacht, trí phléisiúr Mrs Linton a thwarting.

An chéad uair eile a tháinig Heathcliff seans go raibh mo bhean óg ag beathú roinnt colúir sa chúirt. Níor labhair sí focal lena deirfiúr céile ar feadh trí lá; ach thit sí mar an gcéanna a fretful gearán, agus fuair muid é ina chompord mór. Ní raibh sé de nós ag Heathcliff sibhialtacht neamhriachtanach amháin a bhronnadh ar Miss Linton, bhí a fhios agam. Anois, chomh luath agus a choinnigh sé siar í, ba é an chéad réamhchúram a bhí aige ná suirbhé scuabtha a dhéanamh ar aghaidh an tí. Bhí mé i mo sheasamh ag fuinneog na cistine, ach tharraing mé as radharc. Ansin sheas sé trasna na pábhála chuici, agus dúirt sé rud éigin: ba chosúil go raibh náire uirthi, agus gur mhian léi éirí as; Chun é a chosc, leag sé a lámh ar a lámh. D'éirigh sí as a héadan: is cosúil gur chuir sé ceist éigin nach raibh aon intinn aici í a fhreagairt. Bhí sracfhéachaint sciobtha eile ar an teach, agus ag ceapadh nach bhfacthas é féin, bhí an t-impudence ag an scoundrel glacadh léi.

"Iúdás! Fealltóir! Ejaculated mé. "Is hypocrite tú, freisin, an bhfuil tú? Meabhlóir d'aon ghnó."

"Cé hé, Nelly?" arsa guth Catherine ag m'uillinn: bhí mé ró-intinne ag breathnú ar an bpéire taobh amuigh chun a bealach isteach a mharcáil.

"Do chara gan fiúntas!" D'fhreagair mé, go te: "an rascal sneaking yonder. Ah, tá spléachadh gafa aige orainn—tá sé ag teacht isteach! N'fheadar an mbeidh an croí aige leithscéal sochreidte a fháil chun grá a dhéanamh do Iníon, nuair a dúirt sé leat go raibh fuath aige di?

Mrs Linton chonaic Isabella cuimilt í féin saor in aisce, agus rith isteach sa ghairdín; agus nóiméad ina dhiaidh sin, d'oscail Heathcliff an doras. Ní raibh mé in ann a choinneáil siar ag tabhairt roinnt scaoilte do mo fearg; ach d'áitigh Catherine go feargach ar an tost, agus bhagair sí mé a ordú amach as an gcistineach, dá mba bhreá liom a bheith chomh réchúiseach is a chuirfinn i mo theanga dhúchais.

"Chun éisteacht leat, d'fhéadfadh daoine a cheapann go raibh tú an máistreás!" Adeir sí. "Ba mhaith leat leagan síos i d'áit cheart! Heathcliff, cad atá tú faoi, ardú an stir? Dúirt mé go gcaithfidh tú ligean d'Isabella ina n-aonar!—impím ort, mura bhfuil tú tuirseach de bheith faighte anseo, agus ba mhaith liom go dtarraingeodh Linton na boltaí i do choinne!

"Dia forbid gur chóir dó iarracht a dhéanamh!" fhreagair an villain dubh. Rinne mé tástáil air díreach ansin. "Dia a choinneáil air meek agus othar! Gach lá fásann mé madder tar éis é a sheoladh chun na bhflaitheas!

"Hush!" A dúirt Catherine, shutting an doras istigh. "Ná vex dom. Cén fáth ar thug tú neamhaird ar m'iarratas? Ar tháinig sí trasna ort ar an gcuspóir?

"Cad é duit?" ar seisean. "Tá sé de cheart agam í a phógadh, má roghnaíonn sí; agus níl aon cheart agat agóid a dhéanamh. Ní mise *d*fhear céile: ní gá duit a bheith in éad liom!

"Níl mé in éad leat," a d'fhreagair an máistreás; "Tá mé in éad leat. Glan d'aghaidh: ní scowl tú ag dom! Más maith leat Isabella, pósfaidh tú í. Ach an maith leat í? Inis an fhírinne, Heathcliff! Ní fhreagróidh tú ansin. Tá mé cinnte nach bhfuil tú.

"Agus an gceadódh an tUasal Linton a dheirfiúr ag pósadh an fhir sin?" D'fhiosraigh mé.

"Ba chóir an tUasal Linton cheadú," ar ais mo bhean, cinntitheach.

"D'fhéadfadh sé an trioblóid a spáráil air féin," arsa Heathcliff: "D'fhéadfainn a dhéanamh chomh maith gan a mheas. Agus maidir leatsa, a Chaitríona, tá intinn agam cúpla focal a labhairt anois, agus muid ann. Ba mhaith liom tú a bheith ar an eolas go bhfuil *a fhios agam gur* chaith tú liom infernally-infernally! An gcloiseann tú? Agus má flatter tú féin nach féidir liom a bhrath é, tá tú ina amadán; agus má cheapann tú gur féidir liom a bheith consoled ag focail milis, tá tú leathcheann: agus má mhaisiúil tú beidh mé ag fulaingt unrevenged, beidh mé ina luí ort a mhalairt, i gceann tamaill an-beag! Idir an dá linn, go raibh maith agat as rún do dheirfiúr-i-dlí a insint dom: Mionnaím go ndéanfaidh mé an leas is fearr as. Agus seas i leataobh thú!

"Cén chéim nua dá charachtar é seo?" exclaimed Mrs Linton, i iontas. "Chaith mé go neamhthorthúil leat—agus tógfaidh tú do dhíoltas! Conas a ghlacfaidh tú é, brute ungrateful? Conas a chaith mé go neamhthorthúil leat?

"Níl aon díoltas á lorg agam ort," a d'fhreagair Heathcliff, níos lú vehemently. "Ní hé sin an plean. Meileann an tíoránach síos a sclábhaithe agus ní chasann siad ina choinne; brúnn siad iad siúd faoi bhun iad. Tá fáilte romhat mé a chéasadh chun báis ar mhaithe le do spraoi, ach lig dom mé féin a amuse beagán sa stíl chéanna, agus staonadh ó masla an oiread agus is féidir leat. Tar éis dom mo phálás a chothromú, ná hovel a chur in airde agus meas a bheith agat ar do charthanas féin chun é sin a thabhairt dom do theach. Má shamhlaigh mé gur mhian leat go bpósfainn Isabel, ghearrfainn mo scornach!

"Ó, is é an t-olc nach bhfuil éad orm , an ea?" adeir Catherine. "Bhuel, ní dhéanfaidh mé mo thairiscint ar bhean chéile arís: tá sé chomh dona le hanam caillte a thairiscint do Satan. Do bliss luíonn, cosúil lena, i inflicting misery. Cruthaíonn tú é. Tá Edgar ar ais ón droch-temper a thug sé ar bhealach chun do theacht; Tosaíonn mé a bheith slán agus suaimhneach; agus tú, restless a fhios againn ar son na síochána, le feiceáil réiteach ar spreagúil a quarrel. Quarrel le Edgar, más é do thoil é, Heathcliff, agus mheabhlaireachta a dheirfiúr: buailfidh tú ar an modh is éifeachtaí chun tú féin a athbheochan orm.

Tháinig deireadh leis an gcomhrá. Mrs Linton shuigh síos ag an tine, flushed agus gruama. Bhí an spiorad a sheirbheáil uirthi ag fás intractable: ní fhéadfadh sí a leagan ná a rialú. Sheas sé ar an teallach le hairm fillte, ag brooding ar a chuid smaointe olc; agus sa phost seo d'fhág mé iad chun an máistir a lorg, a bhí ag smaoineamh ar an méid a choinnigh Catherine thíos chomh fada sin.

"Ellen," ar seisean, nuair a tháinig mé isteach, "an bhfaca tú do máistreás?"

"Tá; tá sí sa chistin, a dhuine uasail," a d'fhreagair mé. "Tá sí curtha amach faraor ag iompar an Uasail Heathcliff: agus, go deimhin, is dóigh liom go bhfuil sé in am a chuairteanna a shocrú ar bhonn eile. Tá dochar ann a bheith ró-bhog, agus anois tá sé ag teacht air seo-." Agus bhain mé an radharc sa chúirt, agus, chomh gar agus a leomh mé, an t-aighneas ar fad ina dhiaidh sin. Fancied mé nach bhféadfadh sé a bheith an-dochar do Mrs Linton; mura ndearna sí amhlaidh ina dhiaidh sin, trí ghlacadh leis an gcosaint dá aoi. Bhí deacracht ag Edgar Linton mé a chloisteáil chun deiridh. Léirigh a chéad fhocail nár ghlan sé a bhean chéile an milleán.

"Tá sé seo insufferable!" Exclaimed sé. "Tá sé náireach gur chóir di é a bheith aici do chara, agus a chuideachta a chur i bhfeidhm orm! Glaoigh orm beirt fhear as an halla, Ellen. Ní bheidh Catherine linger a thuilleadh chun argóint leis an ruffian íseal-tá mé humoured di go leor. "

Shliocht sé, agus bidding na seirbhísigh fanacht sa sliocht, chuaigh, ina dhiaidh sin dom, go dtí an chistin. Bhí tús curtha arís ag na háitritheoirí lena bplé feargach: bhí Mrs Linton, ar a laghad, ag scolding le fuinneamh athnuaite; Bhog Heathcliff go dtí an fhuinneog, agus chroch sé a cheann, beagán bó ag a rátáil fhoréigneach de réir dealraimh. Chonaic sé an máistir ar dtús, agus rinne sé tairiscint hasty gur chóir di a bheith ciúin; a ghéill sí, go tobann, ar fhionnadh cúis a intimation.

"Cén chaoi a bhfuil sé seo?" arsa Linton, ag labhairt léi; "Cén coincheap den cuibheas a chaithfidh tú fanacht anseo, i ndiaidh na teanga atá coinnithe ag an ngarda dubh sin duit? Is dócha, toisc gurb í an ghnáthchaint a bhíonn aige, ní shíleann tú tada de: tá tú cleachtaithe lena íoslach, agus, b'fhéidir, samhlaigh gur féidir liom dul i dtaithí air freisin!

"An raibh tú ag éisteacht ag an doras, Edgar?" a d'fhiafraigh an máistreás, i ton a bhí ceaptha go háirithe chun a fear céile a spreagadh, rud a thugann le tuiscint go bhfuil sé míchúramach agus díspeagadh ar a greannú. Thug Heathcliff, a d'ardaigh a shúile ag an iar-óráid, gáire sraothartach ag an dara ceann; ar na críche sin, ba chosúil, aird an Uasail Linton a tharraingt air. D'éirigh leis; ach ní raibh sé i gceist ag Edgar siamsaíocht a chur ar fáil dó le haon eitiltí arda paisean.

"Tá mé go dtí seo forbearing le leat, a dhuine uasail," a dúirt sé go ciúin; "ní hé go raibh mé aineolach ar do charachtar truamhéalach, díghrádaithe, ach mhothaigh mé nach raibh tú ach freagrach go páirteach as sin; agus Catherine ag iarraidh do lucht aitheantais a choinneáil suas, d'éigiontaigh mé—go hamhrasach. Is nimh mhorálta é do láithreacht a thruailleodh an chuid is mó virtuous: ar an gcúis sin, agus chun iarmhairtí níos measa a chosc, séanfaidh mé duit ligean isteach sa teach seo ina dhiaidh seo, agus tabharfaidh mé fógra anois go dteastaíonn do imeacht láithreach uaim. Fágfaidh moill trí nóiméad go mbeidh sé neamhdheonach agus aineolach."

Thomhais Heathcliff airde agus leithead an chainteora le súil lán derision.

"Cathy, tá an t-uan seo de do chuid ag bagairt mar a bheadh tarbh ann!" a dúirt sé. "Tá sé i mbaol a cloigeann a scoilteadh i gcoinne mo chnapáin. Ag Dia! An tUasal Linton, tá brón orm go marfach nach fiú duit cnagadh síos!

D'amharc mo mháistir i dtreo an tsleachta, agus shínigh sé mé chun na fir a fháil: ní raibh sé ar intinn aige teagmháil phearsanta a ghuí. Ghéill mé don leid; ach Mrs Linton, drochamhras rud éigin, ina dhiaidh sin; agus nuair a rinne mé iarracht glaoch orthu, tharraing sí ar ais mé, slammed an doras a, agus faoi ghlas é.

"Ciallaíonn cothrom!" A dúirt sí, mar fhreagra ar cuma a fear céile ar iontas feargach. "Mura bhfuil sé de mhisneach agat ionsaí a dhéanamh air, gabh mo leithscéal, nó lig duit féin a bheith buailte. Ceartóidh sé tú níos mó valour ná mar atá agat. Níl, slogfaidh mé an eochair sula bhfaighidh tú é! Is aoibhinn liom mo chineáltas do gach duine acu! Tar éis indulgence leanúnach de chineál lag amháin, agus an ceann eile dona, a thuilleamh mé as buíochas dhá shampla de ingratitude dall, dúr a absurdity! Edgar, bhí mé ag cosaint tú féin agus mise; agus is mian liom go bhféadfadh Heathcliff flog tú tinn, as daring chun smaoineamh ar smaoineamh olc de dom!"

Ní raibh gá leis an meán flogging chun an éifeacht sin a thabhairt ar aird ar an máistir. Rinne sé iarracht an eochair a ruaigeadh as greim Catherine, agus ar mhaithe le sábháilteacht theith sí isteach sa chuid is teo den tine; agus leis sin tógadh an tUasal Edgar le crith neirbhíseach, agus d'fhás a ghnúis pale deadly. Ar feadh a shaoil ní fhéadfadh sé an farasbarr mothúchán sin a sheachaint: mingled anguish agus náiriú overcame air go hiomlán. Leant sé ar chúl cathaoir, agus chlúdaigh sé a aghaidh.

"Ó, flaithis! I laethanta d'aois bheadh sé seo a bhuachan tú ridireacht!" exclaimed Mrs Linton. "Tá muid vanquished! Táimid vanquished! Thógfadh Heathcliff méar ort chomh luath agus a mháirseálfadh an rí a arm in aghaidh coilíneacht lucha. Bíodh misneach agat! ní bheidh tú gortaithe! Ní uan é do chineál, is leveret sucking é."

"Guím áthas ort ar an gcoimhthíos bainne, a Chathy!" arsa a cara. "Molaim thú ar do bhlas. Agus is é sin an sclábhaíocht, an rud is fearr leat dom! Ní bhuailfinn é le mo dhorn, ach chiceáil mé é le mo chos, agus ba mhór an sásamh a bhainfinn as. An bhfuil sé ag gol, nó an bhfuil sé ag dul a faint ar eagla?

Chuaigh an fear i dteagmháil agus thug sé an chathaoir ar a raibh Linton ag brú. B'fhearr dó a achar a choinneáil: sprang mo mháistir in airde go tapa, agus bhuail sé go hiomlán ar an scornach buille a bheadh cothromaithe fear níos lú. Thóg sé a anáil ar feadh nóiméid; agus nuair a choked sé, shiúil an tUasal Linton amach ag an doras ar ais isteach sa chlós, agus as sin go dtí an bealach isteach tosaigh.

"Tá! tá tú ag déanamh le teacht anseo," adeir Catherine. "Éirigh as, anois; Beidh sé ar ais le brace de piostail agus leath-dosaen cúntóirí. Dá ndéanfadh sé overhear dúinn, ar ndóigh, ní mhaithfeadh sé duit. D'imir tú droch-chasadh orm, Heathcliff! Ach téigh-déan haste! B'fhearr liom Edgar a fheiceáil ag bá ná tusa.

"An dóigh leat go bhfuil mé ag dul leis an dó buille sin i mo gullet?" thundered sé. "De réir ifreann, níl! Brúfaidh mé a chuid easnacha isteach mar a bheadh coll-cnó lofa ann sula dtrasnóidh mé an tairseach! Mura n-urláir dom anois é, dúnmharóidh mé é tamall; Mar sin, mar is mór agat a bheith ann, lig dom a fháil air!

"Níl sé ag teacht," interposed mé, chumadh le beagán de bréag. "Tá fear an chóitseálaí agus an bheirt gharraíodóirí ann; is cinnte nach bhfanfaidh tú le bheith sáinnithe isteach sa bhóthar acu! Tá bludgeon ag gach ceann acu; agus beidh máistir, is dócha, ag faire ó na fuinneoga parlús a fheiceáil go gcomhlíonann siad a chuid orduithe."

Bhí na garraíodóirí agus an cóitseálaí ann: ach bhí Linton leo. Bhí siad tar éis dul isteach sa chúirt cheana féin. Heathcliff, ar an dara smaointe, réiteach a sheachaint streachailt i gcoinne trí underlings: ghabh sé an poker, bhris an glas as an doras istigh, agus rinne sé a éalú mar tramped siad i.

Mrs Linton, a bhí ar bís go mór, bade dom in éineacht léi thuas staighre. Ní raibh a fhios aici mo sciar ag cur leis an suaitheadh, agus bhí fonn orm í a choinneáil in aineolas.

"Tá mé beagnach distracted, Nelly!" Exclaimed sí, throwing í féin ar an tolg. "Tá míle casúr smiths ag bualadh i mo cheann! Abair le Isabella mé a shunadh; tá an t-éirí amach seo dlite di; agus má ghéaraíonn sí féin nó aon duine eile mo chuid feirge faoi láthair, beidh mé fiáin. Agus, Nelly, a rá le Edgar, má fheiceann tú arís é go dtí an oíche, go bhfuil mé i mbaol a bheith go dona tinn. Is mian liom go bhféadfadh sé a bheith fíor. Bhain sé geit agus geit asam go corraitheach! Ba mhaith liom eagla a chur air. Thairis sin, d'fhéadfadh sé teacht agus tús a chur le sraith de mhí-úsáid nó gearán; Tá mé cinnte ba chóir dom recriminate, agus Dia a fhios nuair ba chóir dúinn deireadh! An ndéanfaidh tú amhlaidh, mo Nelly maith? Tá a fhios agat nach bhfuil mé ar bhealach ar bith blatable sa chás seo. Cad a thug air an t-éisteoir a chasadh? Bhí caint Heathcliff outrageous, tar éis d'fhág tú dúinn; ach níorbh fhada go raibh mé in ann é a atreorú ó Isabella, agus ní raibh aon rud i gceist leis an gcuid eile. Anois tá gach dashed mícheart; ag dúil an amadáin olc féin a chloisteáil, go haunts roinnt daoine cosúil le Demon! Dá mba rud é nár bhailigh Edgar ár gcomhrá riamh, ní bheadh sé níos measa as. I ndáiríre, nuair a d'oscail sé orm sa ton míréasúnta míshásta sin tar éis dom Heathcliff a scolded go dtí go raibh mé hoarse *dó;* Ní raibh mé cúram hardly cad a rinne siad dá chéile; go háirithe mar a mhothaigh mé go, áfach, an radharc dúnta, ba chóir dúinn go léir a thiomáint asunder do aon duine a fhios cé chomh fada! Bhuel, mura féidir liom Heathcliff a choinneáil do mo chara - más rud é go mbeidh Edgar i gceist agus éad, déanfaidh mé iarracht a gcroí a bhriseadh trí mo chuid féin a bhriseadh. Beidh sé sin ina bhealach pras chun críochnú go léir, nuair a bhrúitear chun antoisceachais mé! Ach is gníomhas é atá le cur in áirithe do dhóchas forlorn; Ní chuirfinn iontas ar Linton leis. Go dtí an pointe seo bhí sé discréideach i dreading a spreagadh dom; Ní mór duit ionadaíocht a dhéanamh ar an peril quitting an polasaí sin, agus i gcuimhne dó mo temper paiseanta, verging, nuair kindled, ar frenzy. Ba mhaith liom go bhféadfá an bhá sin a ruaigeadh as an ghnúis sin, agus breathnú in áit níos imníoch fúmsa."

Ba é an stolidity lena bhfuair mé na treoracha seo, gan amhras, in áit exasperating: do seachadadh iad i sincerity foirfe; ach chreid mé go n-éireodh le duine a d'fhéadfadh casadh a cuid dualgas a chur san áireamh, roimh ré, trína huacht a chur i bhfeidhm, í féin a smachtú go tolerably, fiú agus iad faoina dtionchar; agus ní raibh mé ag iarraidh "eagla" a fear céile, mar a dúirt sí, agus a mhéadú a annoyances chun freastal ar a selfishness. Dá bhrí sin, dúirt mé rud ar bith nuair a bhuail mé leis an máistir ag teacht i dtreo an parlús; ach ghlac mé leis an tsaoirse casadh ar ais chun éisteacht an mbeadh siad ar ais a quarrel le chéile. Thosaigh sé ag labhairt ar dtús.

"Fan san áit a bhfuil tú, a Chaitríona," a dúirt sé; gan aon fhearg ina ghlór, ach le mífhreagracht i bhfad níos truamhéalaí. "Ní fhanfaidh mé. Níl mé ag teacht chun wrangle ná a réiteach; ach ba mhaith liom a fháil amach an bhfuil sé i gceist agat, tar éis imeachtaí an tráthnóna seo, leanúint ar aghaidh leis an dlúthchaidreamh atá agat—"

"Ó, ar mhaithe le trócaire," a chuir isteach ar an máistreás, ag stampáil a coise, "ar mhaithe le trócaire, lig dúinn a thuilleadh de a chloisteáil anois! Ní féidir d'fhuil fhuar a oibriú isteach i bhfiabhras: tá do chuid féitheacha lán d'uisce oighir; ach tá an mianach ag fiuchadh, agus déanann radharc na socrachta sin damhsa orthu."

"Chun fáil réidh liom, freagra mo cheist," persevered an tUasal Linton. "Caithfidh tú é a fhreagairt; agus ní chuireann an foréigean sin eagla orm. Fuair mé amach gur féidir leat a bheith chomh stoical le duine ar bith, nuair a bhíonn tú le do thoil. An dtabharfaidh tú suas Heathcliff ina dhiaidh seo, nó an dtabharfaidh tú suas mé? Tá sé dodhéanta chun tú a bheith *ar mo chara* agus *a chuid* ag an am céanna; agus *is gá dom* go hiomlán a fhios a roghnaíonn tú. "

"Caithfidh mé a bheith ligthe i m'aonar!" arsa Catherine, ar buile. "Éilím é! Nach bhfeiceann tú gur féidir liom seasamh gann? Edgar, tú-fhágann tú mé!

Ghlaoigh sí an clog go dtí gur bhris sé le twang; Tháinig mé isteach go suaimhneach. Ba leor triail a bhaint as meon naoimh, ceirteacha gan chiall, ghránna den sórt sin! Tá leagan sí dashing a ceann i gcoinne an lámh an tolg, agus meilt a fiacla, ionas go dtiocfadh leat mhaisiúil go mbeadh sí tuairteála iad a splinters! Sheas an tUasal Linton ag féachaint uirthi i gcompunction tobann agus eagla. Dúirt sé liom roinnt uisce a fháil. Ní raibh aon anáil cainte aici. Thug mé gloine lán; agus mar nach n-ólfadh sí, sprinkled mé é ar a aghaidh. I gceann cúpla soicind shín sí í féin amach righin, agus d'iompaigh sí suas a súile, agus ghlac a leicne, ag an am céanna blanched agus livid, gné an bháis. Bhí cuma scanrúil ar Linton.

"Níl aon rud ar domhan an t-ábhar," a dúirt mé. Ní raibh mé ag iarraidh air a thabhairt isteach, cé nach raibh mé in ann cabhrú a bheith eagla i mo chroí.

"Tá fuil ar a liopaí aici!" a dúirt sé, ag crith.

"Ná bac leis!" D'fhreagair mé, tartly. Agus d'inis mé dó conas a bhí réitithe aici, sular tháinig sé, ar thaispeáint oiriúnach frenzy. Thug mé an cuntas os ard, agus chuala sí mé; Do thosaigh sí suas-a cuid gruaige ag eitilt thar a guaillí, a súile ag splancadh, matáin a muineál agus a lámha ina seasamh amach go preternaturally. Rinne mé suas m'intinn do chnámha briste, ar a laghad; ach glared sí ach mar gheall uirthi ar feadh an toirt, agus ansin rushed as an seomra. D'ordaigh an máistir dom leanúint; Rinne mé, go dtí a seomra-doras: chuir sí bac orm dul níos faide trí é a dhaingniú i mo choinne.

Toisc nár thairg sí riamh teacht anuas go dtí an bricfeasta an mhaidin dár gcionn, chuaigh mé ag fiafraí an mbeadh roinnt déanta aici. "Níl!" D'fhreagair sí, peremptorily. Cuireadh an cheist chéanna arís agus arís eile ag dinnéar agus tae; agus arís ar an mbrón ina dhiaidh sin, agus fuair sé an freagra céanna. Chaith an tUasal Linton, ar a thaobh, a chuid ama sa leabharlann, agus níor fhiosraigh sé faoi ghairmeacha a mhná céile. Bhí agallamh uair an chloig ag Isabella agus aige, agus rinne sé iarracht meon éigin uafáis cheart a mhealladh uaithi as dul chun cinn Heathcliff: ach ní fhéadfadh sé aon rud a dhéanamh dá freagraí seachanta, agus bhí dualgas air an scrúdú a dhúnadh go míshásúil; ag cur leis, áfach, rabhadh sollúnta, go ndíscaoilfeadh sí gach banna caidrimh idir í féin agus eisean dá mbeadh sí chomh dÚsachtach sin go spreagfadh sí an t-agra fiúntach sin.

CAIBIDIL XII

Cé go raibh Miss Linton ag magadh faoin bpáirc agus faoin ngairdín, ciúin i gcónaí, agus beagnach i gcónaí i ndeora; agus dhún a deartháir é féin suas i measc na leabhar nár oscail sé riamh—traochta, buille faoi thuairim mé, le súil leanúnach doiléir go dtiocfadh Catherine, ag déanamh aithrí ar a hiompar, as a stuaim féin chun maithiúnas a iarraidh, agus athmhuintearas a lorg—agus fasted pertinaciously, faoin smaoineamh, is dócha, go raibh Edgar réidh le tachtadh ag gach béile as a neamhláithreacht, agus gur choinnigh bród ina n-aonar é ó rith chun é féin a chaitheamh ar a cosa; Chuaigh mé faoi mo dhualgais tí, cinnte go raibh an Ghráinseach ach anam ciallmhar amháin ina ballaí, agus a thaisceadh i mo chorp. Níor chuir mé aon chomhbhrón amú ar Miss, ná aon nochtadh ar mo máistreás; ná níor thug mé mórán airde ar osna mo mháistir, a bhí ag éisteacht le hainm a mhná, ós rud é nach gcloisfeadh sé a glór. Chinn mé gur cheart dóibh teacht faoi mar a bhí siad sásta liom; agus cé gur próiseas mall tuirseach a bhí ann, thosaigh mé ag déanamh gairdeas ar fad le breacadh an lae ar a dhul chun cinn: mar a shíl mé ar dtús.

Mrs Linton, ar an tríú lá, unbarred a doras, agus tar éis críochnaithe an t-uisce ina pitcher agus decanter, ag teastáil soláthar athnuaite, agus báisín de gruel, do chreid sí go raibh sí ag fáil bháis. Gur leag mé síos mar óráid a bhí i gceist do chluasa Edgar; Chreid mé aon rud den sórt sin, mar sin choinnigh mé liom féin é agus thug mé tae agus tósta tirim di. D'ith sí agus d'ól sí go fonnmhar, agus chuaigh sí ar ais ar a piliúr arís, ag clenching a lámha agus ag groaning. "Ó, gheobhaidh mé bás," exclaimed sí, "ós rud é nach bhfuil aon duine cares rud ar bith mar gheall orm. Is mian liom nach raibh mé tógtha go. " Ansin tamall maith tar éis dom a murmur a chloisteáil, "Níl, ní bhfaighidh mé bás-bheadh sé sásta-níl grá aige dom ar chor ar bith-ní chaillfeadh sé mé!"

"Ar mhaith leat aon rud, ma'am?" D'fhiosraigh mé, fós ag caomhnú mo chuid composure seachtrach, in ainneoin a ghnúis ghastly agus ar bhealach aisteach, áibhéalach.

"Cad é sin á dhéanamh?" a d'éiligh sí, ag brú na nglas tiubh mealltach óna héadan amú. "Ar thit sé isteach i táimhe, nó an bhfuil sé marbh?"

"Níl," a d'fhreagair mé; "má chiallaíonn tú an tUasal Linton. Tá sé tolerably go maith, I mo thuairimse, cé go áitiú a chuid staidéir air in áit níos mó ná mar ba chóir dóibh: tá sé go leanúnach i measc a chuid leabhar, ós rud é nach bhfuil aon sochaí eile aige. "

Níor chóir dom a bheith tar éis labhairt mar sin dá mbeadh a fhios agam a riocht fíor, ach ní raibh mé in ann fáil réidh leis an nóisean gur ghníomhaigh sí mar chuid dá neamhord.

"I measc a chuid leabhar!" Adeir sí, confounded. "Agus mé ag fáil bháis! Tá mé ar tí na huaighe! Mo Dhia! an bhfuil a fhios aige conas a athraítear mé?" ar sise, ag stánadh ar a machnamh i scáthán atá crochta in aghaidh an bhalla os coinne. "An é sin Catherine Linton? Samhlaíonn sé mé i bpeataí— i súgradh, b'fhéidir. Nach féidir leat a chur in iúl dó go bhfuil sé earnest frightful? Nelly, más rud é nach bhfuil sé ró-dhéanach, chomh luath agus a fhoghlaim mé conas a mhothaíonn sé, beidh mé a roghnú idir an dá: ceachtar a starve ag an am céanna-bheadh aon phionós mura raibh sé croí-nó a ghnóthú, agus an tír a fhágáil. An bhfuil tú ag labhairt na fírinne faoi anois? Tabhair aire. An bhfuil sé chomh neamhshuimiúil sin i ndáiríre do mo shaol?

"Cén fáth, ma'am," fhreagair mé, "tá an máistir aon smaoineamh ar do bheith deranged; agus ar ndóigh níl eagla air go ligfidh tú duit féin bás a fháil den ocras."

"Ní dóigh leat? Nach féidir leat a rá leis go mbeidh mé?" ar ais sí. "Cuir ina luí air! labhair ar d'intinn féin: abair go bhfuil tú cinnte go ndéanfaidh mé!

"Níl, dearmad tú, Mrs Linton," Mhol mé, "go bhfuil tú ag ithe roinnt bia le relish tráthnóna, agus a-morrow beidh tú a bhrath a éifeachtaí maithe."

"Mura mbeinn cinnte ach go maródh sé é," ar sise, "mharódh mé mé féin go díreach! Na trí oíche uafásacha seo níor dhún mé mo chuid claibíní riamh—agus ó, tá mé cráite! Tá mé haunted, Nelly! Ach tosaíonn mé ag mhaisiú nach dtaitníonn tú liom. Cé chomh aisteach! Shíl mé, cé go raibh fuath agus éadóchas ag gach duine ar a chéile, ní raibh siad in ann grá a sheachaint dom. Agus tá siad go léir iompaithe chun naimhde i gceann cúpla uair an chloig. *Tá siad*, Tá mé dearfach; na daoine *anseo*. Conas dreary chun freastal ar bhás, timpeallaithe ag a n-aghaidheanna fuar! Isabella, terrified agus repelled, eagla chun dul isteach sa seomra, bheadh sé chomh dreadful chun féachaint ar Catherine dul. Agus Edgar ina sheasamh go sollúnta chun é a fheiceáil os a chionn; ansin paidreacha buíochais a thairiscint do Dhia as síocháin a chur ar ais chuig a theach, agus dul ar ais go dtí a chuid *leabhar*! Cad in ainm gach a mhothaíonn go bhfuil sé a dhéanamh le *leabhair*, nuair a bhíonn mé ag fáil bháis?

Ní fhéadfadh sí a iompróidh an nóisean a bhí curtha mé isteach ina ceann ar éirí as fealsúnachta an Uasail Linton. Tossing faoi, mhéadaigh sí a bewilderment feverish a madness, agus tore an pillow lena fiacla; ansin í féin a ardú suas go léir dhó, ag iarraidh go n-osclódh mé an fhuinneog. Bhíomar i lár an gheimhridh, shéid an ghaoth go láidir ón oirthuaisceart, agus chuir mé ina choinne. Thosaigh na nathanna cainte ag flitting thar a aghaidh, agus na hathruithe ar a mothúcháin, ag cur imní uafásach orm; agus thug mé chun cuimhne mo sheanbhreoiteacht, agus urghaire an dochtúra nár chóir í a thrasnú. Nóiméad roimhe sin bhí sí foréigneach; Anois, tacaíocht ar lámh amháin, agus noticing mo dhiúltú géilleadh di, dhealraigh sí a fháil atreorú childish i tarraingt na cleití ó na cíosanna a bhí déanta aici díreach, agus iad a shocrú ar an mbileog de réir a speicis éagsúla: bhí a intinn strayed le cumainn eile.

"Sin turcaí," ar sise léi féin; "Agus is lacha fhiáin í seo; agus is colm é seo. Ah, chuir siad cleití colúir sna piliúir—ní haon ionadh nach raibh mé in ann bás a fháil! Lig dom a bheith cúramach é a chaitheamh ar an urlár nuair a luím síos. Agus seo moor-coileach ar; agus seo—ba chóir go mbeadh a fhios agam é i measc míle—is lapwing é. Éan Bonny; ag rothaí os cionn ár gcinn i lár an mhóinteáin. Bhí sé ag iarraidh a nead a fháil, mar bhí na scamaill i dteagmháil léi na swells, agus bhraith sé báisteach ag teacht. Piocadh an cleite seo ón fraochmhá, níor lámhachadh an t-éan: chonaiceamar a nead sa gheimhreadh, lán de chnámharlaigh bheaga. Leag Heathcliff gaiste os a chionn, agus ní raibh fonn ar na seanchinn teacht. Gheall mé dó nach scaoilfeadh sé lapaireacht ina dhiaidh sin, agus ní raibh. Sea, seo tuilleadh! Ar scaoil sé mo lapwings, Nelly? An bhfuil siad dearg, aon cheann acu? Lig dom breathnú.

"Tabhair anonn leis an obair leanbh sin!" Chuir mé isteach, ag tarraingt an philiúr ar shiúl, agus ag casadh na bpoll i dtreo an tocht, mar go raibh sí ag baint a bhfuil ann le dornáin. "Luigh síos agus dún do shúile: tá tú ag fánaíocht. Tá praiseach ann! Tá an dún ag eitilt thart cosúil le sneachta.

Chuaigh mé anseo is ansiúd á bhailiú.

"Feicim ionat, a Nelly," ar sise go brionglóideach, "bean aosta: tá gruaig liath agus guaillí lúbtha agat. Is é an leaba seo an uaimh fairy faoi Penistone Crags, agus tá tú ag bailiú elf-boltaí chun ár heifers a ghortú; ag cur i gcéill, agus mé i mo chóngar, nach bhfuil iontu ach glais olla. Sin an rud a thiocfaidh tú go caoga bliain mar sin: Tá a fhios agam nach bhfuil tú mar sin anois. Níl mé ag wandering: tá tú ag dul amú, nó eile ba chóir dom a chreidiúint go raibh tú i ndáiríre go cailleach withered, agus ba chóir dom smaoineamh go *raibh mé* faoi Crags Penistone; agus tá mé a fhios agam go bhfuil sé oíche, agus tá dhá coinnle ar an tábla a dhéanamh ar an preas dubh Shine cosúil le scaird."

"An preas dubh? cá bhfuil sé sin?" D'iarr mé. "Tá tú ag caint i do chodladh!"

"Tá sé in aghaidh an bhalla, mar atá sé i gcónaí," a d'fhreagair sí. "Is cosúil go bhfuil sé corr—feicim aghaidh ann!"

"Níl aon phreas sa seomra, agus ní raibh riamh," a dúirt mé, ag filleadh ar mo shuíochán, agus ag lúbadh suas an cuirtín a d'fhéadfainn féachaint uirthi.

"Nach bhfeiceann *tú* an aghaidh sin?" a d'fhiafraigh sí, agus í ag amharc go dícheallach ar an scáthán.

Agus a rá cad a d'fhéadfainn, ní raibh mé in ann í a thuiscint le bheith léi féin; mar sin d'ardaigh mé agus chlúdaigh mé é le seálta.

"Tá sé taobh thiar de sin fós!" ar sise, go himníoch. "Agus chorraigh sé. Cé hé sin? Tá súil agam nach dtiocfaidh sé amach nuair a bheidh tú imithe! Ó! Nelly, tá an seomra haunted! Tá eagla orm a bheith i m'aonar!

Thóg mé a lámh i mianach, agus tairiscint di a chumadh; do chonnairc comharbas shudders a fráma, agus *choinneodh* sí ag brú a gaisce i dtreo na gloine.

"Níl aon duine anseo!" D'áitigh mé. "Bhí sé *féin*, Mrs Linton: bhí a fhios agat é tamall ó shin."

"Mé féin!" gasped sí, "agus tá an clog buailte dhá cheann déag! Tá sé fíor, ansin! tá sé sin uafásach!

Clutched a méara na héadaí, agus bhailigh siad thar a súile. Rinne mé iarracht goid go dtí an doras agus é ar intinn agam glaoch ar a fear céile; ach bhí mé thoghairm ar ais ag shriek piercing-bhí thit an shawl as an fráma.

"Cén fáth, cad *é* an t-ábhar?" Adeir mé. "Cé atá coward anois? Dúisigh! Is é sin an ghloine-an scáthán, Mrs Linton; agus feiceann tú tú féin ann, agus tá mé ró-le do thaobh.

Ag crith agus ag bewildered, choinnigh sí go tapa mé, ach de réir a chéile rith an t-uafás óna ghnúis; thug a paleness áit do luisne náire.

"Ó, a stór! Shíl mé go raibh mé sa bhaile," ar sise. "Shíl mé go raibh mé i mo luí i mo sheomra ag Wuthering Heights. Toisc go bhfuil mé lag, tháinig mearbhall ar m'inchinn, agus scread mé i ngan fhios. Ná habair tada; ach fan liom. Dread mé codlata: cuireann mo bhrionglóidí isteach orm.

"Dhéanfadh codladh fuaime maitheas duit, ma'am," a d'fhreagair mé: "agus tá súil agam go gcuirfidh an fhulaingt seo cosc ar do bheith ag iarraidh ocras arís."

"Ó, dá mbeinn ach i mo leaba féin sa seanteach!" ar sise go searbh, ag iomrascáil a lámha. "Agus an ghaoth sin ag fuaimniú sna giúise ag an laitís. Ná lig dom é a mhothú—tagann sé díreach síos an móinteán—ná lig dom anáil amháin a bheith agam!

Chun pacify di bhí mé an casement ajar cúpla soicind. Chuaigh soinneán fuar tríd; Dhún mé é, agus d'fhill mé ar mo phost. Luigh sí go fóill anois, a aghaidh bathed i deora. Bhí ídiú an choirp tar éis a spiorad a cheansú go hiomlán: ní raibh ár gCaitríona fiery níos fearr ná leanbh wailing.

"Cé chomh fada is atá sé ó dhún mé mé féin anseo?" a d'fhiafraigh sí, ag athbheochan go tobann.

"Tráthnóna Dé Luain a bhí ann," a d'fhreagair mé, "agus is é seo oíche Déardaoin, nó maidin Dé hAoine, faoi láthair."

"Cad é! an tseachtain chéanna?" exclaimed sí. "Ach an t-am gairid sin?"

"Fada go leor chun cónaí ar rud ar bith ach uisce fuar agus droch-temper," breathnaíodh mé.

"Bhuel, is cosúil go bhfuil sé roinnt uaireanta traochta," muttered sí amhrasach: "caithfidh sé a bheith níos mó. Is cuimhin liom a bheith sa pharlús tar éis dóibh a bheith quarrelled, agus Edgar a bheith cruelly provoking, agus mé ag rith isteach sa seomra éadóchasach. Chomh luath agus a bhí mé urchosc an doras, blackness utter overwhelmed dom, agus thit mé ar an urlár. Ní fhéadfainn a mhíniú d'Edgar cé chomh cinnte is a mhothaigh mé go raibh mé aclaí, nó ag dul as a mheabhair, dá leanfadh sé ag magadh fúm! Ní raibh aon eolas agam ar theanga, ná ar inchinn, agus níor thug sé buille faoi thuairim faoi mo chuid agony, b'fhéidir: is ar éigean a d'fhág sé ciall agam iarracht a dhéanamh éalú uaidh agus óna ghlór. Sula bhfuair mé go leor a fheiceáil agus a chloisteáil, thosaigh sé a bheith breacadh an lae, agus, Nelly, beidh mé ag insint duit cad a cheap mé, agus cad a choinnigh athfhillteach agus athfhillteach till eagla orm ar mo chúis. Shíl mé agus mé i mo luí ansin, le mo cheann in aghaidh na cos boird sin, agus mo shúile ag géarú ar chearnóg liath na fuinneoige, go raibh mé faoi iamh sa leaba darach-panelled sa bhaile; agus mo chroí ached le roinnt grief mór a, ach dúiseacht, ní raibh mé in ann recollect. Smaoinigh mé, agus bhí imní orm féin a fháil amach cad a d'fhéadfadh sé a bheith, agus, is aisteach, d'fhás an t-iomlán seacht mbliana de mo shaol bán! Níor chuimhnigh mé go raibh siad ar chor ar bith. Bhí mé i mo pháiste; bhí m'athair díreach curtha, agus d'eascair m'ainnise as an scaradh a d'ordaigh Hindley idir mé féin agus Heathcliff. Leagadh i m'aonar mé, den chéad uair; agus, rousing ó doze dismal tar éis oíche gol, thóg mé mo lámh a bhrú ar na painéil leataobh: bhuail sé an tábla-barr! Scuab mé ar feadh an chairpéid é, agus ansin phléasc an chuimhne isteach: slogadh m'anguish déanach i bparoxysm éadóchais. Ní fhéadfainn a rá cén fáth ar mhothaigh mé chomh fiáin sin: caithfidh gur derangement sealadach a bhí ann; óir tá cúis gann ann. Ach, ag ceapadh ag dhá bhliain déag d'aois bhí mé wrenched ó na Heights, agus gach cumann luath, agus mo go léir i ngach, mar a bhí

Heathcliff ag an am sin, agus a thiontú ag stróc isteach Mrs Linton, an bhean na Thrushcross Ghráinseach, agus an bhean chéile strainséir: deoraíocht, agus outcast, as sin amach, as an méid a bhí mo shaol. Is féidir leat mhaisiúil léargas ar an abyss nuair grovelled mé! Croith do cheann mar a bheidh tú, Nelly, *chabhraigh tú* a unsettle dom! Ba chóir duit labhairt le Edgar, go deimhin ba chóir duit, agus iallach air a fhágáil dom ciúin! Ó, tá mé ag dó! Is mian liom go raibh mé as doirse! Is mian liom go raibh mé i mo chailín arís, leath savage agus hardy, agus saor in aisce; agus ag gáire faoi ghortuithe, gan maddening fúthu! Cén fáth a bhfuil mé athraithe mar sin? Cén fáth a dtéann mo chuid fola isteach in ifreann fothraim ag cúpla focal? Tá mé cinnte gur cheart dom a bheith mé féin uair amháin i measc na fraoch ar na cnoic sin. Oscail an fhuinneog arís leathan: fasten sé ar oscailt! Tapa, cén fáth nach mbogann tú?

"Toisc nach dtabharfaidh mé do bhás fuar duit," a d'fhreagair mé.

"Ní thabharfaidh tú seans saoil dom, a deir tú," a dúirt sí go suaimhneach. "Mar sin féin, níl mé gan chabhair fós; Osclóidh mé féin é.

Agus ag sleamhnú ón leaba sula raibh mé in ann bac a chur uirthi, thrasnaigh sí an seomra, ag siúl go han-éiginnte, chaith sí siar é, agus chrom sí amach, míchúramach ar an aer frosty a ghearr faoina guaillí chomh fonnmhar le scian. D'éirigh mé as, agus ar deireadh rinne mé iarracht iachall a chur uirthi éirí as. Ach fuair mé go luath a neart delirious surpassed mianach i bhfad (*bhí sí* delirious, tháinig mé cinnte ag a gníomhartha ina dhiaidh sin agus ravings). Ní raibh gealach ar bith ann, agus gach rud faoi bhun an dorchadais cheomhar: ní gleamed éadrom ó theach ar bith, i bhfad nó i gcóngar; bhí siad go léir múchta fadó: agus ní raibh na daoine ag Wuthering Heights le feiceáil riamh - fós dhearbhaigh sí gur rug sí ar a lonrach.

"Féach!" adeir sí go fonnmhar, "sin é mo sheomra leis an gcoinneal ann, agus na crainn ag luascadh os a chomhair; agus tá an choinneal eile i ngarret Iósaef. Suíonn Joseph suas go déanach, nach bhfuil? Tá sé ag fanacht go dtiocfaidh mé abhaile go bhféadfadh sé glas a chur ar an ngeata. Bhuel, fanfaidh sé tamall fós. Is turas garbh é, agus croí brónach chun é a thaisteal; agus ní mór dúinn pas a fháil ag Gimmerton Kirk chun dul an turas sin! Táimid tar éis braved a taibhsí go minic le chéile, agus dared a chéile chun seasamh i measc na huaigheanna agus iarr orthu teacht. Ach, Heathcliff, má leomh mé tú anois, an rachaidh tú i bhfionta? Má dhéanann tú, coinneoidh mé thú. Ní luífidh mé ansin liom féin: féadfaidh siad mé a adhlacadh dhá throigh déag ar doimhneacht, agus an séipéal a chaitheamh síos os mo chionn, ach ní ligfidh mé mo scíth go dtí go bhfuil tú liom. Ní dhéanfaidh mé go deo!

Shos sí, agus d'fhill sí le gáire aisteach. "Tá sé ag smaoineamh—b'fhearr leis go dtiocfainn chuige! Aimsigh bealach, ansin! Ní tríd an Kirkyard sin. Tá tú mall! Bí sásta, lean tú mé i gcónaí!

Perceiving sé vain a argóint i gcoinne a gealtacht, bhí mé ag pleanáil conas a d'fhéadfadh mé teacht ar rud éigin a wrap mar gheall uirthi, gan quitting mo shealbhú di féin (do ní raibh mé in ann muinín léi ina n-aonar ag an laitís gaping), nuair, le mo consternation, Chuala mé an rattle an doras-láimhseáil, agus an tUasal Linton isteach. Níor tháinig sé ach ón leabharlann an uair sin; agus, agus muid ag dul tríd an stocaireacht, thug sé faoi deara ár gcaint agus mheall fiosracht, nó eagla, muid chun scrúdú a dhéanamh ar an méid a thug sé le fios, ag an uair dhéanach sin.

"Ó, a dhuine uasail!" Chaoin mé, ag seiceáil an exclamation ardaigh go dtí a liopaí ag an radharc a bhuail leis, agus an t-atmaisféar gruama an seomra. "Tá mo mháistreás bocht tinn, agus déanann sí máistreacht mhaith orm: ní féidir liom í a bhainistiú ar chor ar bith; guí, teacht agus a chur ina luí uirthi dul a luí. Déan dearmad ar d'fhearg, mar tá sé deacair treoir a thabhairt ar bhealach ar bith ach í féin."

"Catherine tinn?" a dúirt sé, hastening dúinn. "Dún an fhuinneog, Ellen! Caitríona! cén fáth—"

Bhí sé ciúin. An haggardness chuma Mrs Linton smote air speechless, agus d'fhéadfadh sé ach Sracfhéachaint uaithi dom i iontas uafásach.

"Tá sí ag fretting anseo," lean mé, "agus ag ithe rud ar bith gann, agus ní ag gearán: bheadh sí a ligean isteach aon cheann de dúinn go dtí tráthnóna, agus mar sin ní raibh muid in ann a chur in iúl duit ar a stát, mar nach raibh muid ar an eolas faoi féin; ach ní tada é."

Bhraith mé uttered mé mo mínithe awkwardly; Chroith an máistir. "Níl aon rud ann, an ea, Ellen Dean?" a dúirt sé go géar. "Tabharfaidh tú cuntas níos soiléire as mé a choinneáil aineolach faoi seo!" Agus thóg sé a bhean chéile ina airm, agus d'fhéach sé uirthi le anguish.

Ar dtús níor thug sí aon sracfhéachaint ar aitheantas dó: bhí sé dofheicthe dá gaisce teibí. Níor socraíodh an delirium, áfach; tar éis di a súile a mheá ó bheith ag smaoineamh ar an dorchadas seachtrach, de réir céimeanna dhírigh sí a haird air, agus fuair sí amach cérbh í a choinnigh í.

"Ah! tá tú ag teacht, an bhfuil tú, Edgar Linton?" a dúirt sí, le beochan feargach. "Tá tú ar cheann de na rudaí a fhaightear riamh nuair is lú a theastaigh, agus nuair a bhíonn tú ag iarraidh, riamh! Is dócha go mbeidh neart caoineadh againn anois—feicim go mbeidh muid—ach ní féidir leo mé a choinneáil ó mo theach cúng amach: m'áit scíthe, áit a bhfuil mé faoi cheangal sula mbeidh an t-earrach thart! Tá sé: ní i measc na Lintons, aigne, faoi dhíon an tséipéil, ach faoin aer, le ceannchloch; agus b'fhéidir go mbeidh tú féin sásta an dtéann tú chucu nó an dtiocfaidh tú chugam!

"Catherine, cad atá déanta agat?" Thosaigh an máistir. "An bhfuil mé aon rud a thabhairt duit ar bith níos mó? An bhfuil grá agat go wretch Heath-"

"Hush!" Adeir Mrs Linton. "Hush, an nóiméad seo! Luann tú an t-ainm sin agus críochnaím an t-ábhar láithreach le earrach ón bhfuinneog! Cad a dhéanann tú teagmháil faoi láthair a d'fhéadfadh a bheith agat; ach beidh m'anam ar bharr an chnoic sin sula leagfaidh tú lámh orm arís. Níl mé ag iarraidh tú, Edgar: Tá mé anuas ag iarraidh ort. Fill ar do chuid leabhar. Tá áthas orm go bhfuil sólás agat, óir tá gach a raibh agat ionam imithe.

"Wanders a intinn, a dhuine uasail," interposed mé. "Bhí sí ag caint nonsense an tráthnóna ar fad; ach lig di a bheith ciúin, agus freastal ceart, agus beidh sí rally. Ina dhiaidh seo, ní mór dúinn a bheith aireach conas a vex muid í. "

"Ní mian liom aon chomhairle eile uait," a d'fhreagair an tUasal Linton. "Bhí a fhios agat nádúr do máistreás, agus spreag tú mé chun í a chiapadh. Agus gan leid amháin a thabhairt dom faoin gcaoi a raibh sí na trí lá seo! Bhí sé gan chroí! Ní fhéadfadh míonna breoiteachta a bheith ina gcúis le hathrú den sórt sin!

Thosaigh mé ag cosaint mé féin, ag ceapadh go raibh sé ró-olc le milleán a chur ar bhealach gránna duine eile. "Bhí a fhios agam nádúr Mrs Linton a bheith headstrong agus forlámhas," adeir mé: "ach ní raibh a fhios agam gur mhian leat a chothú a temper síochánta! Ní raibh a fhios agam go, a humour di, ba chóir dom wink ag an Uasal Heathcliff. Rinne mé an dualgas ar sheirbhíseach dílis a insint duit, agus fuair mé pá seirbhíseach dílis! Bhuel, múinfidh sé dom a bheith cúramach an chéad uair eile. An chéad uair eile is féidir leat faisnéis a bhailiú duit féin!

"An chéad uair eile a thabharfaidh tú scéal dom scoirfidh tú de mo sheirbhís, Ellen Dean," a d'fhreagair sé.

"Ba mhaith leat a chloisteáil in áit rud ar bith faoi, is dócha, ansin, an tUasal Linton?" A dúirt mé. "Heathcliff Tá do chead chun teacht ar-courting a Iníon, agus chun titim isteach ag gach deis a thairgeann do neamhláithreacht, ar chuspóir a nimh an máistreás i do choinne?"

Mearbhall mar a bhí Catherine, bhí sí san airdeall ar ár gcomhrá a chur i bhfeidhm.

"Ah! D'imir Nelly fealltóir," a dúirt sí, go paiseanta. "Is é Nelly mo namhaid i bhfolach. Cailleach tú! Mar sin, a dhéanann tú a lorg elf-bolts a ghortú dúinn! Lig dom dul, agus beidh mé a dhéanamh di rue! Beidh mé a dhéanamh di howl recantation! "

A maniac ar fury kindled faoina brows; bhí sí ag streachailt go géar chun í féin a dhícheangal ó airm Linton. Níor mhothaigh mé aon chlaonadh chun tarra a dhéanamh ar an ócáid; agus, ag réiteach chun cúnamh leighis a lorg ar mo fhreagracht féin, d'éirigh mé as an seomra.

Agus mé ag dul thar an ngairdín chun an bóthar a bhaint amach, in áit ina dtiomáintear crúca brídeoige isteach sa bhalla, chonaic mé rud éigin bán á bhogadh go neamhrialta, rud a bhí le feiceáil ag gníomhaire eile seachas an ghaoth. D'ainneoin mo dheifir, d'fhan mé chun scrúdú a dhéanamh air, lest riamh tar éis ba chóir dom a bheith ar an ciontú tógtha ar mo shamhlaíocht go raibh sé ina chréatúr ar an domhan eile. Bhí mo iontas agus perplexity iontach ar fhionnadh, trí dteagmháil níos mó ná fís, springer Miss Isabella, Fanny, ar fionraí ag ciarsúr, agus beagnach ag a gasp deireanach. Scaoil mé an t-ainmhí go tapa, agus thóg mé isteach sa ghairdín é. Chonaic mé é ag leanúint a máistreás thuas staighre nuair a chuaigh sí a chodladh; agus n'fheadar conas a d'fhéadfadh sé a bheith fuair amach ann, agus cén duine mischievous chaith sé amhlaidh. Agus mé ag cur na snaidhme thart ar an gcrúca, chonacthas dom gur rug mé arís agus arís eile ar bhuille chosa na gcapall ag gallopáil achar éigin; ach bhí a leithéid de roinnt rudaí a áitiú mo mhachnamh gur ar éigean a thug mé an imthoisc smaoineamh: cé go raibh sé fuaim aisteach, san áit sin, ag a dó a chlog ar maidin.

Bhí an t-ádh ar an Uasal Kenneth díreach ag eisiúint óna theach chun othar a fheiceáil sa sráidbhaile agus mé ag teacht suas an tsráid; agus spreag mo chuntas ar mhasla Catherine Linton é chun mé a thionlacan ar ais láithreach. Fear garbh simplí a bhí ann; agus ní dhearna sé aon scrupall chun a amhras a labhairt go raibh sí fós ar an dara hionsaí seo; mura raibh sí níos submissive chun a treoracha ná mar a léirigh sí í féin roimhe seo.

"Nelly Dean," a dúirt sé, "ní féidir liom cabhrú le mhaisiúil tá cúis bhreise leis seo. Cad a bhí le déanamh ag an nGráinseach? Tá corrthuairiscí againn anseo. A stout, lass hearty cosúil le Catherine nach dtagann tinn le haghaidh trifle; agus níor cheart go mbeadh an saghas sin daoine ann ach an oiread. Is obair chrua í a thugann trí fhiabhrais iad, agus rudaí mar sin. Conas a thosaigh sé?

"Cuirfidh an máistir in iúl duit," a d'fhreagair mé; "ach tá tú acquainted le diúscairtí foréigneacha na Earnshaws ', agus mrs Linton caipíní iad go léir. B'fhéidir go ndéarfainn é seo; thosaigh sé i gcairéal. Buaileadh í le linn anfa paisean le cineál aclaí. Sin é a cuntas, ar a laghad: mar d'eitil sí amach in airde é, agus chuir sí í féin faoi ghlas. Ina dhiaidh sin, dhiúltaigh sí ithe, agus anois raves sí gach re seach agus fós i aisling leath; aithne a bheith aici orthu siúd fúithi, ach a hintinn a líonadh le gach cineál smaointe aisteacha agus illusions."

"Beidh brón ar an Uasal Linton?" a thug Kenneth faoi deara, go ceisteach.

"Tá brón orm? brisfidh sé a chroí má tharlaíonn aon rud! D'fhreagair mé. "Ná bíodh eagla ort níos mó ná mar is gá."

"Bhuel, dúirt mé leis a bheith cúramach," arsa mo chompánach; "Agus caithfidh sé na hiarmhairtí a bhaineann le faillí a dhéanamh ar mo rabhadh! Nach raibh sé pearsanta leis an Uasal Heathcliff le déanaí?

"Heathcliff cuairteanna go minic ag an Ghráinseach," fhreagair mé, "cé níos mó ar an neart an máistreás a bheith ar eolas aige nuair a buachaill, ná mar gheall ar maith leis an máistir a chuideachta. Faoi láthair tá sé scaoilte as an trioblóid a bhaineann le glaoch; mar gheall ar roinnt mianta presumptuous tar éis Miss Linton a léirigh sé. Is ar éigean go gceapaim go dtógfar isteach arís é.

"Agus an gcasann Miss Linton gualainn fhuar air?" an chéad cheist eile a bhí ag an dochtúir.

"Níl mé faoi rún," a d'fhill mé, drogall orm leanúint ar aghaidh leis an ábhar.

"Níl, tá sí ina ceann glic," a dúirt sé, ag croitheadh a chinn. "Coinníonn sí a habhcóide féin! Ach is amadán beag ceart í. Tá sé agam ó údarás maith go raibh sí féin agus Heathcliff ag siúl sa phlandáil ar chúl do thí os cionn dhá uair an chloig aréir (agus oíche bhreá a bhí ann!), agus bhrúigh sé uirthi gan dul isteach arís, ach a chapall a chur suas agus amach leis! Dúirt mo fhaisnéiseoir nach bhféadfadh sí é a chur as ach a focal onóra a ghealladh le bheith ullamh ar a gcéad chruinniú ina dhiaidh sin: nuair a bhí sé le bheith níor chuala sé; ach molann tú don Uasal Linton breathnú géar!

Líon an nuacht seo eagla úr orm; D'éirigh mé as Kenneth, agus rith mé an chuid is mó den bhealach ar ais. Bhí an madra beag ag yelping sa ghairdín go fóill. Spáráil mé nóiméad chun an geata a oscailt dó, ach in ionad dul go dtí doras an tí, chuaigh sé suas agus síos ag snuffing an féar, agus bheadh éalaigh go dtí an bóthar, dá mba rud é nár ghabh mé é agus thug mé isteach liom é. Ar dhul suas go seomra Isabella, deimhníodh m'amhras: bhí sé folamh. Dá mbeadh mé cúpla uair an chloig níos luaithe d'fhéadfadh tinneas Mrs Linton a bheith gafa a céim gríos. Ach céard a d'fhéadfaí a dhéanamh anois? Bhí seans lom ann iad a scoitheadh dá leanfaí ar aghaidh láithreach. Ní raibh mé in ann iad a shaothrú, áfach; agus dared mé nach rouse an teaghlach, agus an áit a líonadh le mearbhall; fós níos lú unfold an gnó le mo mháistir, absorbed mar a bhí sé ina calamity láthair, agus nach bhfuil aon chroí a spáráil ar feadh an dara grief! Ní fhaca mé rud ar bith dó ach mo theanga a shealbhú, agus cúrsaí a fhulaingt chun a gcúrsa a dhéanamh; agus Kenneth á theacht, chuaigh mé le countenance droch-chumtha chun é a fhógairt. Luigh Catherine i gcodladh trioblóideach:

d'éirigh lena fear céile an farasbarr frenzy a sháimhriú; Chroch sé anois thar a pillow, ag breathnú ar gach scáth agus gach athrú ar a gnéithe painfully expressive.

Nuair a scrúdaigh an dochtúir an cás dó féin, labhair sé go dóchasach leis go raibh foirceannadh fabhrach aige, mura bhféadfaimis ach suaimhneas foirfe leanúnach a chaomhnú. Dar liomsa, thug sé le fios nach raibh an baol bagrach chomh mór sin báis, mar choimhthiú buan intleachta.

Níor dhún mé mo shúile an oíche sin, ná ní raibh an tUasal Linton: go deimhin, ní dheachaigh muid a chodladh riamh; agus bhí na seirbhísigh go léir suas i bhfad roimh an uair an chloig is gnách, ag bogadh tríd an teach le tread stealthy, agus cogarnaí a mhalartú mar a bhuail siad a chéile ina ngairmeacha. Bhí gach duine gníomhach ach Miss Isabella; agus thosaigh siad ag rá cé chomh fuaime chodail sí: a deartháir, freisin, d'iarr má bhí sí aiséirithe, agus an chuma mífhoighneach as a láithreacht, agus Gortaítear gur léirigh sí imní chomh beag as a deirfiúr-i-dlí. I trembled lest ba chóir dó a sheoladh chugam chun glaoch uirthi; ach bhí mé spártha an pian a bheith ar an chéad proclaimant a eitilt. Ceann de na maids, cailín thoughtless, a bhí ar errand luath go Gimmerton, tháinig panting thuas staighre, oscailte-mouthed, agus dashed isteach sa seomra, ag caoineadh: "Ó, a stór, daor! Cén mun atá againn ina dhiaidh sin? A mháistir, a mháistir, a bhean óg—"

"Coinnigh do torann!" Adeir mé hastily, enraged ar a bhealach clamorous.

"Labhair níos ísle, Mary-Cad é an t-ábhar?" A dúirt an tUasal Linton. "Cad ails do bhean óg?"

"Tá sí imithe, tá sí imithe! Rith Yon 'Heathcliff as wi' di!" gasped an cailín.

"Níl sé sin fíor!" Exclaimed Linton, ag ardú i corraíl. "Ní féidir é a bheith: conas a tháinig an smaoineamh isteach i do cheann? Ellen Dean, téigh agus í a lorg. Tá sé dochreidte: ní féidir é a bheith."

Mar a labhair sé thóg sé an seirbhíseach go dtí an doras, agus ansin arís agus arís eile a éileamh a fhios aici cúiseanna le dearbhú den sórt sin.

"Cén fáth, bhuail mé ar an mbóthar leaid a fhaigheann bainne anseo," stammered sí, "agus d'fhiafraigh sé an raibh muid i dtrioblóid ag an

Ghráinseach. I thought he meant for missis's sickness, mar sin d'fhreagair mé, sea. Ansin deir ó, 'Tá duine éigin imithe i ndiaidh 'em, buille faoi thuairim mé?' Stán mé. Chonaic sé go raibh a fhios agam nought faoi, agus d'inis sé conas a stop fear uasal agus bean a bheith acu bróg capall fastened ag siopa gabha, dhá mhíle as Gimmerton, ní fada tar éis meán oíche! Agus conas a d'éirigh lass an gabha suas chun spiaireacht a dhéanamh cérbh iad: bhí aithne dhíreach aici orthu beirt. Agus thug sí faoi deara an fear-Heathcliff a bhí sé, bhraith sí cinnte: d'fhéadfadh nob'dy botún air, seachas-a chur ceannasach i lámh a hathar le haghaidh íocaíochta. Bhí clóca faoina héadan ag an mbean; ach tar éis sup uisce a bheith ag teastáil, agus í ag ól thit sé ar ais, agus chonaic sí í an-soiléir. Choinnigh Heathcliff an dá bhrídeog agus iad ag creimeadh, agus leag siad a n-aghaidh ón sráidbhaile, agus chuaigh siad chomh tapa agus a ligfeadh na bóithre garbha dóibh. Ní dúirt an lass tada lena hathair, ach d'inis sí é ar fud Gimmerton ar maidin.

Rith mé agus peeped, ar mhaithe le foirm, isteach i seomra Isabella; ag deimhniú, nuair a d'fhill mé, ráiteas an tseirbhísigh. Bhí an tUasal Linton tar éis a shuíochán a atosú ag an leaba; Ar mo ath-bhealach isteach, d'ardaigh sé a shúile, léigh sé brí mo ghné bhán, agus thit sé iad gan ordú a thabhairt, nó focal a rá.

"An bhfuil muid chun iarracht a dhéanamh aon bhearta chun í a scoitheadh agus a thabhairt ar ais," a d'fhiafraigh mé. "Conas ba chóir dúinn a dhéanamh?"

"Chuaigh sí as a stuaim féin," a d'fhreagair an máistir; "Bhí sé de cheart aici dul má bhí sí sásta. Trioblóid dom níos mó mar gheall uirthi. Ina dhiaidh seo níl inti ach mo dheirfiúr in ainm: ní toisc gur chuir mé as dom, ach toisc gur chuir sí as dom.

Agus ba é sin go léir a dúirt sé ar an ábhar: ní dhearna sé fiosrúchán amháin a thuilleadh, nó luaigh sé í ar bhealach ar bith, ach amháin ag ordú dom an mhaoin a bhí aici sa teach a sheoladh chuig a teach úr, cibé áit a raibh sé, nuair a bhí a fhios agam é.

CAIBIDIL XIII

Ar feadh dhá mhí d'fhan na teifigh as láthair; sa dá mhí sin, bhuail Mrs Linton agus conquered an turraing is measa ar an méid a bhí ainmnithe fiabhras inchinne. Ní fhéadfadh aon mháthair ach leanbh amháin a bheith níos dúthrachtaí ná mar a bhí Edgar aici. Lá agus oíche bhí sé ag faire, agus go foighneach ag fulaingt go léir na annoyances go bhféadfadh nerves irritable agus cúis shaken inflict; agus, cé go ndúirt Kenneth nach ndéanfadh an méid a shábháil sé ón uaigh ach a chúram a chúiteamh trí fhoinse imní leanúnach sa todhchaí a chruthú—go deimhin, go raibh a shláinte agus a neart á n-íobairt chun fothrach an chine dhaonna a chaomhnú—ní raibh a fhios aige aon teorainn le buíochas agus áthas nuair a fógraíodh saol Catherine as contúirt; agus uair an chloig tar éis uair an chloig go mbeadh sé ina shuí in aice léi, ag rianú an filleadh de réir a chéile ar shláinte na colainne, agus ag flattering a dóchas ró-sanguine leis an illusion go mbeadh a intinn a réiteach ar ais go dtí a cothromaíocht ceart freisin, agus go mbeadh sí go luath go hiomlán a iar-féin.

Ba é an chéad uair a d'fhág sí a seomra ag tús an Mhárta dár gcionn. Chuir an tUasal Linton ar a piliúr, ar maidin, dornán crócais órga; a súil, strainséir fada ar aon gleam pléisiúir, rug siad i dúiseacht, agus scairt áthas mar a bhailigh sí iad go fonnmhar le chéile.

"Is iad seo na bláthanna is luaithe ag na Heights," exclaimed sí. "Cuireann siad gaotha boga thaw i gcuimhne dom, agus solas na gréine te, agus sneachta beagnach leáite. Edgar, nach bhfuil gaoth ó dheas ann, agus nach bhfuil an sneachta beagnach imithe?

"Tá an sneachta imithe síos anseo, darling," a d'fhreagair a fear céile; "agus ní fheicim ach dhá spota bána ar an raon iomlán moors: tá an spéir gorm, agus tá na larks ag canadh, agus tá na becks agus na sruthain go léir brim lán. A Chaitríona, an t-earrach seo caite ag an am seo, b'fhada liom go raibh tú faoin díon seo; anois, is mian liom go raibh tú míle nó dhó suas na cnoic sin: séideann an t-aer chomh binn sin, is dóigh liom go leigheasfadh sé thú."

"Ní bheidh mé ann ach uair amháin eile," arsa an easlán; "agus ansin fágfaidh tú mé, agus fanfaidh mé go deo. An t-earrach seo chugainn beidh tú i bhfad arís go mbeidh mé faoin díon seo, agus beidh tú ag breathnú siar agus ag smaoineamh go raibh tú sásta leis an lá."

Linton lavished ar a caresses kindest, agus iarracht a cheer di ag na focail fondest; ach, go doiléir maidir leis na bláthanna, lig sí na deora a bhailiú ar a lashes agus sruth síos a leicne unheeding. Bhí a fhios againn go raibh sí i ndáiríre níos fearr, agus, dá bhrí sin, chinn sé gur tháirg gaibhniú fada go dtí áit amháin cuid mhaith den fhreagracht seo, agus d'fhéadfadh athrú radhairc é a bhaint go páirteach. Dúirt an máistir liom tine a lasadh i bparlús tréigthe na seachtainí fada, agus cathaoir éasca a chur sa ghrian ag an bhfuinneog; agus ansin thug sé síos í, agus shuigh sí tamall fada ag baint taitnimh as an teas genial, agus, mar a bhíomar ag súil leis, athbheochan ag na rudaí thart uirthi: a bhí, cé go raibh siad eolach, saor ó na cumainn dreary ag infheistiú a seomra tinn fuath. Faoi thráthnóna bhí an chuma uirthi go raibh sí traochta go mór; ach ní fhéadfadh aon argóintí a chur ina luí uirthi filleadh ar an árasán sin, agus bhí orm an tolg parlús a shocrú dá leaba, go dtí go bhféadfaí seomra eile a ullmhú. Chun an tuirse a bhaineann le gléasadh agus ísliú an staighre a mhaolú, d'fheistigh muid suas é seo, áit a luíonn tú faoi láthair-ar an urlár céanna leis an bparlús; agus ba ghearr go raibh sí láidir go leor chun bogadh ó cheann go ceann eile, ag claonadh ar lámh Edgar. Ah, shíl mé féin, d'fhéadfadh sí a ghnóthú, mar sin d'fhan ar mar a bhí sí. Agus bhí cúis dhúbailte a mhian é, le haghaidh ar a bheith ann ag brath go ceann eile: cherished muid an dóchas go mbeadh i gceann tamaill beag croí an Uasail Linton a bheith gladdened, agus a chuid tailte urraithe ó gripe strainséir, ag breith oidhre.

Ba chóir dom a lua gur chuir Isabella chuig a deartháir, thart ar shé seachtaine óna himeacht, nóta gearr, ag fógairt a pósta le Heathcliff. Bhí an chuma air go raibh sé tirim agus fuar; ach ag bun an leathanaigh bhí dotted i le peann luaidhe leithscéal doiléir, agus entreaty do cuimhneachán cineálta agus athmhuinteoras, má bhí chiontaigh a himeacht air: ag dearbhú nach bhféadfadh sí cabhrú leis ansin, agus á dhéanamh, ní raibh aon chumhacht aici anois é a aisghairm. Níor thug Linton freagra air seo, creidim; agus, i gceann coicíse eile, fuair mé litir fhada, a mheas mé corr, ag teacht ó pheann brídeoige díreach amach as mí na meala. Léifidh mé é: óir coinneoidh mé fós é. Tá aon iarsma de na mairbh luachmhar, má bhí meas orthu ina gcónaí.

* * * * *

A CHARA ELLEN, tosaíonn sé, - tháinig mé aréir go Wuthering Heights, agus chuala mé, den chéad uair, go raibh Catherine, agus go bhfuil sé fós, an-tinn. Ní mór dom scríobh chuici, is dócha, agus tá mo dheartháir ró-fheargach nó ró-suaite chun freagra a thabhairt ar an méid a chuir mé chuige. Fós féin, caithfidh mé scríobh chuig duine éigin, agus is tusa an t-aon rogha a d'fhág mé.

Cuir in iúl d'Edgar go dtabharfainn don domhan a aghaidh a fheiceáil arís—gur fhill mo chroí ar Ghráinseach Thrushcross i gceithre huaire fichead tar éis dom é a fhágáil, agus go bhfuil sé ann ag an nóiméad seo, lán le mothúcháin te dó, agus Catherine! *Ní féidir liom é a leanúint áfach*(cuirtear béim ar na focail seo)—ní gá dóibh a bheith ag súil liom, agus féadfaidh siad na conclúidí is toil leo a tharraingt; ag tabhairt aire, áfach, rud ar bith a leagan ag doras mo thola lag nó gean easnamhach.

Is duit féin amháin atá an chuid eile den litir. Ba mhaith liom dhá cheist a chur ort: is é an chéad cheann,-Conas a rinne tú contrive a chaomhnú na comhbhrón coitianta de nádúr an duine nuair a bhí cónaí ort anseo? Ní féidir liom aon meon a aithint a roinneann na daoine timpeall orm.

An dara ceist a bhfuil an-suim agam inti; tá sé seo-An bhfuil an tUasal Heathcliff fear? Más ea, an bhfuil sé as a mheabhair? Agus mura bhfuil, an diabhal é? Ní insím na cúiseanna atá agam leis an bhfiosrúchán seo a dhéanamh; ach impím ort a mhíniú, más féidir leat, cad atá pósta agam: is é sin, nuair a ghlaonn tú chun mé a fheiceáil; agus caithfidh tú glaoch, Ellen, go han-luath. Ná scríobh, ach tar, agus tabhair rud éigin dom ó Edgar.

Anois, cloisfidh tú conas a fuarthas mé i mo theach nua, mar tá mé ag súil go mbeidh na Heights. Tá sé a amuse mé féin go dwell mé ar ábhair den sórt sin mar an easpa comforts seachtracha: siad riamh áitiú mo smaointe, ach amháin i láthair na huaire nuair a chailleann mé iad. Ba chóir dom gáire agus damhsa le háthas, má fuair mé go raibh a n-éagmais iomlán de mo miseries, agus bhí an chuid eile aisling mínádúrtha!

Bhí an ghrian suite taobh thiar den Ghráinseach agus muid ag iompú ar na maoir; I judged it to be six o'clock, mheas mé go raibh sé a sé a chlog; agus stop mo chompánach leathuair an chloig, chun iniúchadh a dhéanamh ar an bpáirc, agus ar na gairdíní, agus, is dócha, an áit féin, chomh maith le d'fhéadfadh sé; mar sin, bhí sé dorcha nuair a dhífheistíomar i gclós pábháilte an tí feirme, agus d'eisigh do shean-chomh-sheirbhíseach, Iósaef, amach chun muid a fháil trí sholas coinneal snámh. Rinne sé é le cúirtéis a d'athbhunaigh a chreidmheas. Ba é an chéad ghníomh a rinne sé ná a tóirse a ardú go leibhéal le m'aghaidh, squint urchóideacha, a fho-liopa a theilgean, agus dul ar shiúl. Ansin thóg sé an dá chapall, agus threoraigh sé isteach sna stáblaí iad; chun an geata seachtrach a ghlasáil, amhail is go raibh cónaí orainn i gcaisleán ársa.

D'fhan Heathcliff chun labhairt leis, agus chuaigh mé isteach sa chistin— poll a bhí ag fáil bháis, míshlachtmhar; I daresay you would not know it, tá sé chomh hathraithe sin ó bhí sé i do chúram. Faoin tine sheas leanbh ruffianly, láidir i ngéag agus salach i garb, le breathnú ar Catherine ina shúile agus faoina bhéal.

"Is é seo nia dlíthiúil Edgar," a léirigh mé - "mianach ar bhealach; Caithfidh mé lámha a chroitheadh, agus—sea—caithfidh mé é a phógadh. Is ceart tuiscint mhaith a bhunú ag an tús."

Chuaigh mé, agus, ag iarraidh a dhorn chubby a thógáil, dúirt sé - "Conas a dhéanann tú, mo stór?"

D'fhreagair sé i mbéarlagair nár thuig mé.

"Shall you and I be friends, Hareton?" an chéad aiste eile a bhí agam ag comhrá.

Mionn, agus bagairt a leagtar Throttler orm más rud é nach raibh mé "fráma amach" luach saothair mo buanseasmhacht.

"Hey, Throttler, lad!" whispered an wretch beag, rousing tarbh-madra leath-phóraithe as a lair i gcúinne. "Anois, wilt thou a bheith ganging?" D'iarr sé údarásach.

D'áitigh grá do mo shaol comhlíonadh; Sheas mé thar an tairseach chun fanacht go dtí gur chóir do na daoine eile dul isteach. Ní raibh an tUasal Heathcliff le feiceáil in áit ar bith; agus Joseph, a lean mé go dtí na stáblaí, agus d'iarr a bheith in éineacht liom i, tar éis stánadh agus muttering dó féin, screwed suas a shrón agus d'fhreagair-"Mim! mim! mim! Ar chuala comhlacht Críostaí iver múinte mar é? Mincing un' munching! Conas is féidir liom a rá whet sibh?

"Deirim, ba mhaith liom go dtiocfadh tú liom isteach sa teach!" Chaoin mé, ag smaoineamh air bodhar, ach an-disgusted ag a rudeness.

"Níl aon cheann o 'dom! Fuair mé summut eile a dhéanamh," fhreagair sé, agus lean sé ar aghaidh lena chuid oibre; ag bogadh a chuid gialla laindéir idir an dá linn, agus suirbhéireacht a dhéanamh ar mo ghúna agus ar mo ghnúis (an t-iar-mhórán ró-bhreá, ach an dara ceann, tá mé cinnte, chomh brónach agus a d'fhéadfadh sé a mhian) le díspeagadh ceannasach.

Shiúil mé thart ar an gclós, agus trí wicket, go doras eile, ag a ghlac mé an saoirse knocking, ag súil go bhféadfadh roinnt státseirbhíseach níos mó a thaispeáint dó féin. Tar éis fionraí gearr, d'oscail fear ard, gaunt, gan neckerchief, agus ar shlí eile thar a bheith slovenly; cailleadh a chuid gnéithe i maiseanna gruaige shaggy a crochadh ar a ghuaillí; agus *bhí a shúile*, freisin, cosúil le Catherine ghostly lena n-áilleacht go léir annihilated.

"Cad é do ghnó anseo?" a d'éiligh sé, go gruama. "Cé tusa?"

"Isabella Linton an t-ainm *a bhí orm*," a d'fhreagair mé. "Chonaic tú mé roimhe seo, a dhuine uasail. Tá mé pósta le déanaí leis an Uasal Heathcliff, agus thug sé dom anseo - is dócha le do chead. "

"An bhfuil sé ag teacht ar ais, ansin?" D'iarr an díthreabhach, glaring cosúil le mac tíre ocras.

"Sea—tháinig muid díreach anois," a dúirt mé; "Ach d'fhág sé doras na cistine orm; agus nuair a bheadh mé imithe isteach, d'imir do bhuachaill beag sentinel thar an áit, agus scanraigh sé mé le cabhair ó tarbh-madra.

"Tá sé go maith go bhfuil an villain hellish choinnigh a chuid focal!" growled mo óstach sa todhchaí, cuardach an dorchadas níos faide ná mé ag súil a fhionnadh Heathcliff; agus ansin indulged sé i soliloquy de execrations, agus bagairtí ar cad a bheadh déanta aige go raibh an "fiend" deceived air.

Repented mé tar éis iarracht an dara bealach isteach, agus bhí claonadh beagnach a duillín ar shiúl sula chríochnaigh sé cursing, ach ere raibh mé in ann a fhorghníomhú go bhfuil intinn, d'ordaigh sé dom i, agus stoptar agus ath-fastened an doras. Bhí tine mhór ann, agus ba é sin an solas ar fad san árasán ollmhór, a raibh liath éide ar a urlár; agus na miasa pewteriontach uair amháin, a úsáidtear chun mo shúil a mhealladh nuair a bhí mé i mo chailín, partook de doiléire den chineál céanna, cruthaithe ag tarnish agus deannach. D'fhiafraigh mé an bhféadfainn glaoch ar an maide, agus a dhéanamh go seomra leapa! An tUasal Earnshaw vouchsafed aon fhreagra. Shiúil sé suas agus síos, lena lámha ina phócaí, de réir dealraimh dearmad a dhéanamh ar mo láithreacht; agus ba léir go raibh a astarraingt chomh domhain sin, agus a ghné ar fad chomh míthrócaireach sin, gur chroith mé as cur isteach air arís.

Ní bheidh iontas ort, a Ellen, ar mo mhothú go háirithe cheerless, ina suí i níos measa ná solitude ar an teallach inhospitable, agus ag cuimhneamh go bhfuil ceithre mhíle i bhfad i gcéin leagan mo bhaile delightful, ina bhfuil na daoine amháin grá agam ar domhan; agus b'fhéidir go mbeadh an tAtlantach ann chomh maith, seachas na ceithre mhíle sin: ní fhéadfainn iad a shárú! Cheistigh mé liom féin—cá gcaithfidh mé dul ar mo chompord? agus—cuimhnigh nach n-insíonn tú do Edgar, nó Catherine-os cionn gach brón in aice leis, d'ardaigh sé seo roimh ré: éadóchas ag aimsiú aon duine a d'fhéadfadh nó a bheadh mo chomhghuaillí i gcoinne Heathcliff! D'iarr mé foscadh ag Wuthering Heights, beagnach sásta, toisc go raibh mé daingnithe ag an socrú sin ó bheith i mo chónaí liom féin leis; ach bhí a fhios aige na daoine a bhí muid ag teacht i measc, agus ní raibh eagla air a n-intermeddling.

Shuigh mé agus shíl mé am doleful: bhuail an clog ocht, agus naoi, agus fós paced mo chompánach agus fro, a cheann lúbtha ar a chíche, agus breá ciúin, mura rud é groan nó ejaculation searbh éigean féin amach ag eatraimh. D'éist mé le guth mná a bhrath sa teach, agus líon mé an eatramhach le aiféala fiáine agus le réamhaíocht mhíchlúiteach, a labhair, ar deireadh, go hinchloiste i osna agus gol doleigheasta. Ní raibh a fhios agam cé chomh hoscailte a rinne mé casaoid, go dtí gur stop Earnshaw os coinne, ina shiúlóid thomhaiste, agus thug sé iontas nua-dhúisithe dom. Ag baint leasa as a aird aisghafa, exclaimed mé - "Tá mé tuirseach le mo thuras, agus ba mhaith liom dul a chodladh! Cá bhfuil an maid-sheirbhíseach? Dírigh chugam í, mar ní thiocfaidh sí chugam!

"Níl aon cheann againn," a d'fhreagair sé; "Caithfidh tú fanacht ort féin!"

"Cá gcaithfidh mé codladh, ansin?" Sobbed mé; I was beyond regarding self-respect, bhí tuirse agus duairceas orm.

"Taispeánfaidh Joseph seomra Heathcliff duit," ar seisean; "Oscail an doras sin—tá sé istigh ann."

Bhí mé ag dul a obey, ach ghabh sé go tobann dom, agus chuir sé sa ton strangest - "Bí chomh maith agus a cas do glas, agus a tharraingt do bolt-ná fág ar lár é!"

"Bhuel!" Dúirt mé. "Ach cén fáth, an tUasal Earnshaw?" Ní raibh mé relish an coincheap de fastening d'aon ghnó mé féin i le Heathcliff.

"Féach anseo!" D'fhreagair sé, ag tarraingt as a waistcoat piostal aisteach-tógtha, a bhfuil scian earraigh dúbailte-edged ceangailte leis an bairille. "Is mór an cathú é sin d'fhear éadóchasach, nach ea? Ní féidir liom seasamh suas leis seo gach oíche, agus ag iarraidh a dhoras. Más rud é nuair a bhfaighidh mé oscailte é tá sé déanta le haghaidh; Déanaim é i gcónaí, cé go bhfuil an nóiméad sula raibh mé ag cuimhneamh ar chéad cúis ba chóir dom staonadh: is diabhal éigin é a spreagann mé mo scéimeanna féin a thwart trí é a mharú. Troideann tú i gcoinne an diabhail sin ar son an ghrá chomh fada agus is féidir leat; nuair a thiocfaidh an t-am, ní dhéanfaidh na haingil go léir ar neamh é a shábháil!

Rinne mé suirbhé fiosrach ar an arm. Bhuail nóisean folach mé: cé chomh cumhachtach agus ba chóir dom a bheith i seilbh ionstraim den sórt sin! Thóg mé as a láimh é, agus leag mé lámh ar an lann. D'fhéach sé iontas ar an abairt a ghlac m'aghaidh le linn soicind gairid: ní uafás a bhí ann, bhí sé covetousness. Sciob sé an piostal ar ais, go héad; dhún sé an scian, agus d'fhill sé ar a cheilt.

"Is cuma liom má insíonn tú dó," ar seisean. "Cuir ar a gharda é, agus bí ag faire air. Tá a fhios agat na téarmaí atá ar siúl againn, feicim: ní chuireann a chontúirt iontas ort.

"Cad atá déanta ag Heathcliff duit?" D'iarr mé. "Cad a rinne sé éagóir ort, chun an fuath uafásach seo a bharántas? Nach mbeadh sé níos críonna tairiscint a thabhairt dó éirí as an teach?

"Níl!" thundered Earnshaw; "Má thairgeann sé mé a fhágáil, is fear marbh é: Cuir ina luí air iarracht a dhéanamh air, agus is dúnmharuithe thú! An bhfuil mé a chailleadh *go léir*, gan seans aisghabhála? An bhfuil Hareton le bheith ina beggar? Ó, damnú! *Beidh* mé é ar ais; agus beidh mé *a* chuid óir freisin; agus ansin a chuid fola; agus beidh ifreann a anam! Beidh sé deich n-uaire níos duibhe leis an aoi sin ná mar a bhí riamh roimhe seo!

Chuir tú aithne orm, Ellen, le nósanna do sheanmháistir. Is léir go bhfuil sé ar tí a mheabhair: bhí sé mar sin aréir ar a laghad. Shuddered mé a bheith in aice leis, agus shíl ar moroseness droch-phóraithe an seirbhíseach mar comparáideach agreeable. Chuir sé tús lena shiúlóid ghiúmar anois, agus d'ardaigh mé an ladhar, agus d'éalaigh mé isteach sa chistin. Bhí Joseph ag lúbadh os cionn na tine, ag bualadh isteach i bpanna mór a chastar os a chionn; agus bhí babhla adhmaid de mhin choirce ar an socrú gar dó. Thosaigh ábhar an phanna ag fiuchadh, agus d'iompaigh sé chun a lámh a chur isteach sa bhabhla; D'áitigh mé gur dócha gur don suipéar a bhí an t-ullmhúchán seo, agus, agus ocras orm, réitigh mé gur cheart go mbeadh sé inite; mar sin, ag caoineadh amach go géar, "*Déanfaidh mé* an leite!" Bhain mé an t-árthach as a shroicheadh, agus lean mé ar aghaidh ag éirí as mo hata agus marcaíocht-nós. "An tUasal Earnshaw," ar lean mé, "ordóidh sé dom fanacht orm féin: déanfaidh mé. Níl mé ag dul a bheith ag gníomhú ar an bhean i measc tú, ar eagla ba chóir dom starve."

"Gooid Tiarna!" Muttered sé, ina shuí síos, agus stroking a stocaí ribbed ó na glúine go dtí an rúitín. "Má tá ortherings úr-ach nuair a getten mé a úsáidtear chun dhá maisters, má mun mé hev' a mistress leagtha o'er mo heead, tá sé cosúil le am a bheith flitting. Bhí mé ag smaoineamh a fheiceáil t 'lá go mud mé lave ú 'áit owld-ach tá amhras orm go bhfuil sé nigh ar láimh!"

Níor thug an caoineadh seo aon fhógra uaim: chuaigh mé ag obair, ag osnaíl chun cuimhneamh ar thréimhse nuair a bheadh sé go léir spraoi merry; ach d'éirigh leis tiomáint as an gcuimhne go gasta. Racked sé dom a thabhairt chun cuimhne sonas anuas agus an peril níos mó a bhí de conjuring suas a apparition, an níos tapúla ar siúl an thible bhabhta, agus an níos tapúla thit na dornáin béile isteach san uisce. Joseph beheld mo stíl cócaireachta le fearg ag fás.

"Thear!" ejaculated sé. "Hareton, ní bheidh tú sup do leite go-neeght; beidh siad dána ach cnapáin chomh mór le mo neive. Thear, agean! Ba mhaith liom fling i mbabhla un 'go léir, má wer mé ye! Tá, pale t 'guilp off, un' ansin beidh tú hae déanta wi't. Bang, bang. Tá sé trócaire t 'bothom nach bhfuil deaved amach! "

Bhí sé in áit praiseach garbh, mé féin, nuair a dhoirteadh isteach sna báisíní; cuireadh ceithre cinn ar fáil, agus tugadh pitcher galún de bhainne nua ón déirí, a ghabh Hareton agus a thosaigh ag ól agus ag doirteadh ón liopa fairsing. Expostulated mé, agus ag teastáil go mbeadh sé a bheith i mug; ag dearbhú nach raibh mé in ann an leacht a chaitear chomh salach sin a bhlaiseadh. Roghnaigh an sean-cinic a bheith ciontaithe go mór ag an nicety; ag dearbhú dom, arís agus arís eile, go raibh "an scioból gach rud chomh maith" agus mé, "agus gach rud chomh wollsome," agus wondering conas a d'fhéadfadh mé faisean a bheith chomh conceited. Idir an dá linn, lean an ruffian naíonán ag sú; agus glowered suas ag dom defyingly, mar sclábhaíocht sé isteach sa jug.

"Beidh mo suipéar agam i seomra eile," a dúirt mé. "An bhfuil aon áit agat a dtugann tú parlús air?"

"*Parlús*!" macalla sé, sneeringly, "*parlús*! Nay, tá muid noa *parlours*. Má yah dunnut loike wer company, níl maister ar; un 'má yah dunnut loike maister, tá linn. "

"Ansin rachaidh mé thuas staighre," a d'fhreagair mé; "taispeáin seomra dom."

Chuir mé mo báisín ar thráidire, agus chuaigh mé féin chun bainne níos mó a fháil. Le grumblings mór, d'ardaigh an fear eile, agus roimh dom i mo ascent: suite muid go dtí na garrets; D'oscail sé doras, anois is arís, chun breathnú isteach sna hárasáin a ritheamar.

"Seo rahm," a dúirt sé, ar deireadh, ag flinging ar ais bord cranky ar insí. "Tá sé weel eneugh a ith cúpla leite i. There's a pack o' corn i't' corner, thear, meeterly clane; má tá eagla o'muckying yer cloes síoda mhór, scaipeadh yer hankerchir o 't' barr ar't."

Ba é an "rahm" ar chineál an lumber-poll smelling láidir braiche agus gráin; bhí saic éagsúla a raibh earraí piled timpeall, ag fágáil spás leathan, lom i lár.

"Cén fáth, a dhuine," exclaimed mé, os comhair dó feargach, "nach bhfuil sé seo áit a chodladh i. Ba mhaith liom mo sheomra leapa a fheiceáil.

"*Leaba-rume!*" arís agus arís eile sé, i ton de magadh. "Yah's see all t' *bed-rumes* thear is-yon's mine."

Dhírigh sé isteach sa dara garret, ach difriúil ón gcéad cheann a bheith níos nocht faoi na ballaí, agus a bhfuil leaba mhór, íseal, gan imbhalla, le cuilt indigo-daite, ag ceann amháin.

"Cad atá uaim leatsa?" D'éirigh mé as. "Is dócha nach bhfuil an tUasal Heathcliff thaisceadh ag barr an tí, a dhéanann sé?"

"Ó! tá sé Maister *Hathecliff's* ye're wanting?" adeir sé, amhail is dá mba ag déanamh fionnachtain nua. "Nach bhféadfá ha' arsa soa, ar onst? un'then, I mud ha' telled ye, baht all this wark, that that's just one ye cannut see—he allas keeps it locked, un' nob'dy iver mells on't but hisseln."

"Tá teach deas agat, a Iósaef," ní fhéadfainn staonadh ó bhreathnú, "agus príosúnaigh thaitneamhacha; agus is dóigh liom gur ghlac croílár tiubhaithe na madness ar fud an domhain a áit chónaithe i mo inchinn an lá a cheangail mé mo chinniúint lena gcuid! Mar sin féin, ní hé sin an cuspóir atá ann faoi láthair—tá seomraí eile ann. Ar mhaithe le neamh a bheith tapa, agus lig dom socrú áit éigin!

Ní dhearna sé aon fhreagra ar an ngortú sin; ach plodding doggedly síos na céimeanna adhmaid, agus stopadh roimh árasán a, as an stad agus an caighdeán níos fearr a throscán, conjectured mé a bheith ar an ceann is fearr. Bhí cairpéad ann—ceann maith, ach bhí an patrún scriosta ag deannach; teallach ar crochadh le páipéar gearrtha, ag titim go píosaí; leaba darach dathúil le cuirtíní crimson ample d'ábhar sách daor agus a dhéanamh nua-aimseartha; ach ba léir go raibh úsáid gharbh acu: crochadh na vallances i festoons, wrenched as a gcuid fáinní, agus bhí an tslat iarainn a thacaíonn leo lúbtha i stua ar thaobh amháin, rud a d'fhág go raibh an drapery ag dul ar an urlár. Rinneadh damáiste do na cathaoireacha freisin, cuid mhaith acu go dona; agus rinne eangú domhain painéil na mballaí a dhífhoirmiú. Bhí mé ag iarraidh rún a bhailiú chun dul isteach agus seilbh a ghlacadh, nuair a d'fhógair m'amadán de threoir,—"This here is t' maister's." Bhí mo suipéar faoin am seo fuar, mo ghoile imithe, agus mo chuid foighne ídithe. D'áitigh mé go gcuirfí áit dídine ar fáil láithreach, agus modhanna díoltais.

"Whear an divil?" Thosaigh an elder creidimh. "Beannaigh an Tiarna sinn! An Tiarna forgie dúinn! Whear an *ifreann* a bheadh sibh gang? marred ye, nowt wearisome! Tá sibh feicthe ar fad ach giota de cham'er ag Hareton. Níl hoile eile a lig síos i 'ú' hahse! "

I was so vexed, chroch mé mo thráidire agus a bhfuil ann ar an talamh; agus ansin ina shuí mé féin ag an staighre '-ceann, hid mo aghaidh i mo lámha, agus cried.

"Ech! ech!" exclaimed Joseph. "Weel déanta, Iníon Cathy! weel déanta, Iníon Cathy! Howsiver, t' maister sall ach tum'le o'er iad potaí brocken; un' ansin cloisimid summut; cloisimid conas atá sé a bheith. Gooid-do-dána madling! ye desarve pining fro 'seo a Churstmas, flinging t' bronntanais lómhara uh Dia faoi fooit i' yer rages flaysome! Ach tá mé mista'en má shew ye yer sperrit lang. An mbeidh Hathecliff bide sich bonny bealaí, smaoineamh sibh? Is mian liom nobbut féadfaidh sé a ghabháil sibh i' go plisky. Is mian liom nobbut féadfaidh sé. "

Agus mar sin chuaigh sé ar scolding a nead faoi bhun, ag cur an choinneal leis; agus d'fhan mé sa dorchadas. Chuir an tréimhse mhachnaimh a d'éirigh leis an ngníomh amaideach seo d'fhiacha orm a admháil go raibh gá le mo bhród a smothering agus mo wrath a thachtadh, agus mé féin a mhealladh chun a éifeachtaí a bhaint. Bhí cabhair gan choinne le feiceáil faoi láthair i gcruth Throttler, a d'aithin mé anois mar mhac dár sean-Skulker: bhí a chuid cabhrach caite aige sa Ghráinseach, agus thug m'athair don Uasal Hindley é. Mhaisiúil mé go raibh a fhios aige dom: bhrúigh sé a shrón i gcoinne mianach trí chúirtéis, agus ansin hastened a devour an leite;

agus mé groped ó chéim go céim, a bhailiú ar an cré-earraí shattered, agus triomú na spatters bainne as an banister le mo phóca-ciarsúr. Bhí ár gcuid saothair gann nuair a chuala mé tread Earnshaw sa slíocht; mo chúntóir tucked ina eireaball, agus brúite ar an mballa; Ghoid mé isteach an doras is gaire. Níor éirigh le hiarracht an mhadra é a sheachaint; mar a mheas mé ag scutter thíos staighre, agus yelping fada, piteous. Bhí an t-ádh níos fearr orm: rith sé ar aghaidh, isteach ina sheomra, agus dhún sé an doras. Díreach tar éis do Joseph teacht suas le Hareton, chun é a chur a chodladh. Fuair mé foscadh i seomra Hareton, agus dúirt an seanfhear, nuair a chonaic sé mé, "Tá siad rahm do boath ye un' yer pride, anois, sud think i' the hahse. Tá sé folamh; ye may hev' it all to yerseln, un' Eisean mar allas maks a third, i' sich ill company!

Gladly raibh mé leas a bhaint as an intimation; agus an nóiméad flung mé féin isteach i gcathaoir, ag an tine, Chlaon mé, agus chodail. Bhí mo slumber domhain agus milis, cé go bhfuil sé i bhfad ró-luath. Dhúisigh an tUasal Heathcliff mé; bhí sé díreach tar éis teacht isteach, agus d'éiligh, ar a bhealach grámhar, cad a bhí á dhéanamh agam ann? D'inis mé dó an chúis go raibh mé ag fanacht suas chomh déanach—go raibh eochair ár seomra ina phóca aige. An aidiacht *a thug cion* marfach dúinn. Mhionnaigh sé nach raibh sé, ná níor chóir riamh a bheith, mianach; agus ba mhaith leis—ach ní dhéanfaidh mé athrá ar a theanga, ná ní dhéanfaidh mé cur síos ar a ghnáthiompar: tá sé ingenious agus unresting ag iarraidh a fháil ar mo abhorrence! N'fheadar uaireanta air le déine a mharaíonn m'eagla: fós, geallaim duit, ní fhéadfadh tíogar nó nathair venomous sceimhle a rouse ionam cothrom leis an méid a dhúisíonn sé. D'inis sé dom faoi thinneas Catherine, agus chuir sé i leith mo dhearthár go ndearna sé é; ag gealladh gur cheart dom a bheith i mo sheachvótálaí Edgar agus é ag fulaingt, go dtí go bhféadfadh sé greim a fháil air.

Is fuath liom é—tá mé wretched-bhí mé ina amadán! Bí airdeallach ar anáil amháin de seo a chur in iúl d'aon duine sa Ghráinseach. Beidh mé ag súil leat gach lá-ná díomá orm!-ISABELLA.

CAIBIDIL XIV

Chomh luath agus a bhí perused mé an epistle chuaigh mé go dtí an máistir, agus in iúl dó go raibh a dheirfiúr tháinig ar an Heights, agus chuir mé litir in iúl di brón do staid Mrs Linton, agus a mhian ardent a fheiceáil dó; le mian go gcuirfeadh sé chuici, chomh luath agus is féidir, comhartha éigin maithiúnais uaim.

"Maithiúnas!" A dúirt Linton. "Níl aon rud agam le maithiúnas a thabhairt di, Ellen. Is féidir leat glaoch ar Wuthering Heights tráthnóna, más maith leat, agus a rá nach bhfuil *fearg* orm, ach tá *brón orm* gur chaill mé í; go háirithe mar ní féidir liom smaoineamh go mbeidh sí sásta. Is as an gceist a fheicfidh mé í, áfach: táimid roinnte go síoraí; agus más mian léi i ndáiríre iallach a chur orm, lig di a chur ina luí ar an villain tá sí pósta a fhágáil ar an tír."

"Agus ní scríobhfaidh tú nóta beag di, a dhuine uasail?" D'iarr mé, imploringly.

"Níl," a d'fhreagair sé. "Tá sé gan ghá. Beidh mo chumarsáid le teaghlach Heathcliff chomh tanaí agus a bhí sé liomsa. Ní bheidh sé ann!

Chuir fuacht an Uasail Edgar lagmhisneach orm; agus an bealach ar fad ón nGráinseach puzzled mé mo brains conas a chur níos mó croí isteach sa méid a dúirt sé, nuair a arís agus arís eile mé é; agus conas a dhiúltú fiú cúpla líne a mhaolú chun Isabella a chonsól. Daresay mé go raibh sí ar an faire dom ó mhaidin: Chonaic mé í ag féachaint tríd an laitís mar a tháinig mé suas an cabhsa gairdín, agus Chlaon mé léi; ach tharraing sí ar ais, amhail is dá mba eagla a bheith faoi deara. Tháinig mé isteach gan cnagadh. Ní raibh a leithéid de radharc dreary, dismal ann riamh agus an teach gealgháireach a bhíodh á chur i láthair! Caithfidh mé a admháil, dá mbeinn in áit na mná óige, go mbeinn, ar a laghad, tar éis an teallach a scuabadh, agus na táblaí a ghlanadh le duster. Ach ghlac sí páirt cheana féin i spiorad forleatach na faillí a chuimsigh í. Bhí a aghaidh deas wan agus listless; A cuid gruaige uncurled: roinnt glais crochta lankly síos, agus roinnt twisted míchúramach bhabhta a ceann. Is dócha nár leag sí lámh ar a gúna ó thráthnóna yester. Ní raibh Hindley ann. Shuigh an tUasal Heathcliff ag bord, ag casadh thar roinnt páipéar ina phóca-leabhar; ach d'ardaigh sé nuair a bhí mé le feiceáil, d'fhiafraigh sé díom conas a rinne mé, cairdiúil go leor, agus thairg sé cathaoir dom. Ba é an t-aon rud ann a raibh cuma réasúnta air; agus shíl mé nár fhéach sé níos fearr riamh. Bhí cúinsí an oiread sin athrú a seasaimh, go mbeadh sé cinnte bhuail strainséir mar fear a rugadh agus a phóraítear; agus a bhean chéile mar slattern beag críochnúil! Tháinig sí ar aghaidh go fonnmhar chun beannú dom, agus choinnigh sí lámh amháin amach chun an litir a rabhthas ag súil léi a thógáil. Chroith mé mo cheann. Ní thuigfeadh sí an leid, ach lean mé go dtí taobhchlár, áit a ndeachaigh mé chun mo bhoinéad a leagan, agus d'impigh mé i gcogar chun an méid a thug mé a thabhairt di go díreach. Thug Heathcliff buille faoi thuairim faoi bhrí a hurinnlíochtaí, agus dúirt sí - "Má fuair tú rud ar bith do Isabella (mar níl aon amhras ort, Nelly), tabhair di é. Ní gá duit rún a dhéanamh de: níl aon rúin eadrainn."

"Ó, níl aon rud agam," a d'fhreagair mé, ag smaoineamh gurbh fhearr an fhírinne a labhairt ag an am céanna. "Mo mháistir tairiscint dom a insint dá dheirfiúr nach gcaithfidh sí a bheith ag súil le litir nó cuairt uaidh faoi láthair. Cuireann sé a ghrá, ma'am, agus a mhianta do do sonas, agus a maithiúnas as an grief tú ócáid; ach síleann sé gur cheart go dtitfeadh a theaghlach agus an teaghlach anseo idir eatarthu tar éis an ama seo, mar nach bhféadfadh aon rud teacht chun é a choinneáil suas."

Quivered liopa Mrs Heathcliff beagán, agus d'fhill sí ar a suíochán sa fhuinneog. Thóg a fear céile a seasamh ar leac an teallaigh, in aice liom, agus thosaigh sé ag cur ceisteanna maidir le Catherine. D'inis mé dó an oiread agus a shíl mé ceart a tinneas, agus extorted sé uaim, trí chroscheistiú, an chuid is mó de na fíricí a bhaineann lena thionscnamh. Chuir mé an milleán uirthi, mar a bhí tuillte aici, as í a thabhairt léi féin; agus dar críoch ag súil go mbeadh sé a leanúint sampla an tUasal Linton agus cur isteach sa todhchaí lena theaghlach a sheachaint, le haghaidh maith nó olc.

"Tá Mrs Linton anois díreach ag teacht chucu féin," a dúirt mé; "Ní bheidh sí mar a bhí sí, ach tá a saol spártha; Agus má tá meas agat uirthi i ndáiríre, beidh tú ag trasnú a bealach arís: nay, beidh tú ag bogadh amach as an tír seo go hiomlán; agus b'fhéidir nach bhfuil aiféala ort, cuirfidh mé in iúl duit go bhfuil Catherine Linton chomh difriúil anois ó do sheanchara Catherine Earnshaw, mar go bhfuil an bhean óg sin difriúil uaimse. Her appearance is changed greatly, tá a carachtar i bhfad níos mó ná sin; agus an duine a bhfuil d'fhiacha air, de riachtanas, a bheith ina chompánach aici, ní chothóidh sé a ghean ina dhiaidh seo ach amháin trí chuimhneamh ar an méid a bhí sí tráth, ag daonnacht choiteann, agus tuiscint ar dhualgas!

"Is féidir go leor," arsa Heathcliff, ag cur iallach air féin a bheith socair: "is féidir go leor gur chóir go mbeadh aon rud ach daonnacht choitianta ag do mháistir agus tuiscint ar dhualgas titim siar air. Ach an samhlaíonn tú go bhfágfaidh mé Catherine ar a *dualgas* agus ar a *dhaonnacht*? agus an féidir leat mo mhothúcháin a chur i gcomparáid le Catherine lena chuid? Sula bhfágann tú an teach seo, caithfidh mé geallantas a fháil uait go bhfaighidh tú agallamh liom léi: toiliú, nó diúltú, *feicfidh* mé í! Cad a deir tú?"

"Deirim, an tUasal Heathcliff," d'fhreagair mé, "ní mór duit: ní bheidh tú riamh, trí mo acmhainn. Dhéanfadh teagmháil eile idir tú féin agus an máistir í a mharú ar fad."

"Le do chabhair a d'fhéadfaí a sheachaint," ar seisean; "agus dá mbeadh baol ann go dtarlódh a leithéid—dá mbeadh sé ina chúis le trioblóid amháin a chur léi níos mó—cén fáth, sílim go mbeidh údar agam dul go foircinn! Ba mhaith liom go raibh dáiríreacht go leor agat chun a rá liom an mbeadh Catherine thíos go mór lena chailliúint: an eagla go gcuirfeadh sí srian orm. Agus ansin feiceann tú an t-idirdhealú idir ár mothúcháin: dá mbeadh sé i m'áit, agus mé ina, cé fuath fuath a d'iompaigh mo shaol chun Gall, ní bheadh mé a ardaíodh lámh ina choinne. Is féidir leat breathnú incredulous, má tá tú le do thoil! Ní bheinn tar éis é a dhíbirt as a sochaí fad is a bhí sí ag iarraidh a chuid. An nóiméad a tháinig deireadh lena meas, chaithfinn a chroí a stróiceadh amach, agus a chuid fola a ól! Ach, go dtí sin—mura gcreideann tú mé, níl aithne agat orm-till ansin, bheadh mé tar éis bás a fháil trí orlach sula leag mé gruaig amháin dá cheann!

"Agus fós," isteach mé, "tá tú aon scruples i ruining go hiomlán gach dóchas a athchóiriú foirfe, ag cá féin isteach ina gcuimhne anois, nuair a tá sí dearmad beagnach tú, agus a bhaineann léi i fothraim nua de discord agus anacair."

"Is dócha go bhfuil dearmad beagnach déanta aici orm?" a dúirt sé. "Ó, Nelly! tá a fhios agat nach bhfuil sí! Tá a fhios agat chomh maith agus a dhéanaim, go gcaitheann sí míle orm as gach smaoineamh a chaitheann sí ar Linton! Ag tréimhse is truamhéalaí de mo shaol, bhí nóisean den chineál agam: chuir sé alltacht orm nuair a d'fhill mé ar an gcomharsanacht an samhradh seo caite; ach ní fhéadfadh ach a dearbhú féin an smaoineamh uafásach a admháil arís. Agus ansin, ní bheadh Linton tada, ná Hindley, ná na brionglóidí go léir a shamhlaigh mé riamh. Dhá fhocal a thuigfeadh mo thodhchaí—*bás* agus *ifreann*: bheadh ifreann ann, tar éis í a chailleadh. Ach bhí mé amadán a mhaisiúil ar feadh nóiméad go luach sí ceangaltán Edgar Linton níos mó ná mianach. Má bhí grá aige do chumhachtaí uile a puny, ní fhéadfadh sé grá a thabhairt don oiread agus is ochtó bliain agus a d'fhéadfainn in aghaidh an lae. Agus tá croí ag Catherine chomh domhain agus atá agamsa: d'fhéadfadh an fharraige a bheith chomh héasca sa tórramh capaill sin agus a gean iomlán á mhonaplú aige. Tush! Is ar éigean go bhfuil céim níos dearfaí di ná a madra, nó a capall. Níl sé i dó a bheith grá cosúil liomsa: conas is féidir léi grá i dó cad nach bhfuil sé? "

"Tá Catherine agus Edgar chomh ceanúil ar a chéile agus is féidir le haon bheirt a bheith," adeir Isabella, le vivacity tobann. "Níl sé de cheart ag aon duine labhairt ar an gcaoi sin, agus ní chloisfidh mé mo dheartháir dímheasúil ina thost!"

"Tá do dheartháir wondrous fond de tú freisin, nach bhfuil sé?" breathnaíodh Heathcliff, scornfully. "Casadh sé tú adrift ar fud an domhain le alacrity iontas."

"Níl a fhios aige céard atá ag fulaingt agam," a d'fhreagair sí. "Níor inis mé sin dó."

"Tá tú ag insint rud éigin dó, ansin: tá tú scríofa, an bhfuil tú?"

"Le rá go raibh mé pósta, scríobh mé—chonaic tú an nóta."

"Agus aon rud ó shin?"

"Níl."

"Tá mo bhean óg ag breathnú faraor ar an athrú riochta atá uirthi," a dúirt mé. "Tagann grá duine éigin gearr ina cás, ar ndóigh; a bhfuil, is féidir liom buille faoi thuairim; ach, b'fhéidir, níor cheart dom a rá.

"Ba chóir dom buille faoi thuairim go raibh sé léi féin," a dúirt Heathcliff. "Degenerates sí isteach i slut ach ní bhíonn ach! Tá sí tuirseach de bheith ag iarraidh mé a shásamh go neamhchoitianta. Is ar éigean a chreidfeá é, ach an-bhrón ar ár mbainis a bhí sí ag gol le dul abhaile. Mar sin féin, beidh sí oiriúnach don teach seo i bhfad níos fearr as gan a bheith ró-deas, agus tabharfaidh mé aire nach gcuireann sí náire orm trí rambling thar lear.

"Bhuel, a dhuine uasail," ar ais mé, "Tá súil agam go mbainfidh tú a mheas go bhfuil Mrs Heathcliff accustomed chun aire a thabhairt agus d'fhan ar; agus go bhfuil sí tugtha suas cosúil le hiníon amháin, a raibh gach duine réidh le freastal uirthi. Caithfidh tú ligean di maid a bheith aici chun rudaí a choinneáil slachtmhar fúithi, agus caithfidh tú caitheamh léi go cineálta. Cibé rud a bheidh do nóisean an Uasail Edgar, ní féidir leat a bheith in amhras go bhfuil cumas aici ceangaltáin láidre, nó ní bheadh sí tar éis na elegancies, agus compord, agus cairde a sean-bhaile, a shocrú go sásta, i bhfásach mar seo, leat.

"Thréig sí iad faoi delusion," a d'fhreagair sé; "picturing i dom laoch de grá, agus ag súil indulgences gan teorainn ó mo devotion chivalrous. Is ar éigean is féidir liom í a mheas i bhfianaise créatúr réasúnach, mar sin tá sí fós ag cruthú nóisean iontach de mo charachtar agus ag gníomhú di ar na imprisean bréagacha a chothaigh sí. Ach, ar deireadh, sílim go dtosaíonn sí ag cur aithne orm: ní fheictear dom na meangadh amaideach agus na grimaces a spreag mé ar dtús; agus an cumas gan chiall a bhí ag géarú go raibh mé i ndáiríre nuair a thug mé mo thuairim di ar a infatuation agus í féin. Iarracht iontach a bhí ann a fháil amach nach raibh grá agam di. Chreid mé, ag aon am amháin, nach bhféadfadh aon cheachtanna é sin a mhúineadh di! Agus fós is bocht an scéal é; ar maidin d'fhógair sí, mar phíosa faisnéise uafásach, gur éirigh liom fuath a thabhairt dom! Saothar dearfach de Hercules, geallaim duit! Má bhaintear amach é, tá cúis agam buíochas a thabhairt ar ais. An féidir liom muinín a bheith agam as do dhearbhú, Isabella? An bhfuil tú cinnte go bhfuil fuath agat dom? Má ligim i d'aonar thú ar feadh leathlae, nach dtiocfaidh tú ag osnaíl agus ag feadaíl chugam arís? Daresay mé go mbeadh sí in áit go raibh an chuma orm go léir tenderness roimh tú: wounds sé a vanity go bhfuil an fhírinne nochta. Ach is cuma liom cé a fhios go raibh an paisean go hiomlán ar thaobh amháin: agus níor inis mé bréag di faoi. Ní féidir léi a chur i mo leith go léiríonn sí giota amháin de bhogas meallach. An chéad rud a chonaic sí dom a dhéanamh, ar theacht amach as an nGráinseach di, ná a madra beag a chrochadh; agus nuair a phléadáil sí ar a shon, ba iad na chéad fhocail a rith liom ná mian go raibh crochadh gach duine a bhaineann léi, ach amháin ceann amháin: b'fhéidir gur ghlac sí an eisceacht sin di féin. Ach níor chuir aon bhrúidiúlacht as di: is dócha go bhfuil meas dúchasach aici uirthi, mura mbeadh ach a duine luachmhar slán ó ghortú! Anois, nach raibh sé an doimhneacht absurdity-de idiocy fíor, don brach trua, slavish, mean-minded a aisling go raibh mé in ann grá di? Abair le do mháistir, Nelly, nár bhuail mé riamh, i mo shaol ar fad, le rud chomh géilliúil is atá sí. Cuireann sí náire fiú ar ainm Linton; agus tá mé relented uaireanta, ó easpa íon aireagán, i mo turgnaimh ar cad a d'fhéadfadh sí mairfidh, agus fós creep shamefully cringing ar ais! Ach abair leis, chomh maith, a chroí fraternal agus magisterial a shocrú ar a shuaimhneas: go gcoinním go docht laistigh de theorainneacha an dlí. Sheachain mé, suas go dtí an tréimhse seo, an ceart is lú a thabhairt di scaradh a éileamh; agus, cad atá níos mó, ba mhaith léi buíochas a ghabháil le duine ar bith as a roinnt linn. Dá mba mhian léi dul, d'fhéadfadh sí: is mó núis a láithreachta ná an sásamh a bhainfí as í a chrá!

"An tUasal Heathcliff," a dúirt mé, "is é seo an chaint ar madman; tá do bhean chéile, is dócha, cinnte go bhfuil tú as do mheabhair; agus, ar an gcúis sin, d'iompair sí leat go dtí seo: ach anois go ndeir tú go bhféadfadh sí dul, beidh sí gan amhras leas a bhaint as an gcead. Nach bhfuil tú chomh bewitched, ma'am, an bhfuil tú, maidir le fanacht leis de do thoil féin? "

"Tabhair aire, Ellen!" fhreagair Isabella, a súile súilíneach irefully; Ní raibh aon mhíthuiscint ag baint lena léiriú gur éirigh go maith le hiarrachtaí a páirtí é féin a thástáil. "Ná cuir creideamh in aon fhocal amháin a labhraíonn sé. Tá sé ina fiend suite! ollphéist, agus ní duine daonna! Dúradh liom go mb'fhéidir go bhfágfainn roimhe é; agus tá an iarracht déanta agam, ach ní leomh mé arís é! Ach, Ellen, geallúint nach luafaidh tú siolla dá chomhrá clúiteach le mo dhearbráir nó Catherine. Cibé rud a chuirfeadh sé i gcéill, is mian leis Edgar a spreagadh chun éadóchais: deir sé gur phós sé mé ar mhaithe le cumhacht a fháil air; agus ní bhfaighidh sé é—gheobhaidh mé bás ar dtús! Tá súil agam ach, guí mé, go bhféadfadh sé dearmad a críonnacht diabolical agus a mharú dom! Is é an pléisiúr aonair is féidir liom a shamhlú ná bás a fháil, nó é a fheiceáil marbh!

"Tá—déanfaidh sé sin don am i láthair!" arsa Heathcliff. "Má ghlaoitear ort i gcúirt dlí, cuimhneoidh tú ar a teanga, Nelly! Agus féach go maith ar an ghnúis sin: tá sí in aice leis an bpointe a d'oirfeadh dom. Ní hea; níl tú oiriúnach le bheith i do chaomhnóir féin, Isabella, anois; agus ní mór dom, a bheith ar do chosantóir dlíthiúil, tú a choinneáil i mo choimeád, áfach, distasteful d'fhéadfadh an oibleagáid a bheith. Téigh suas an staighre; Tá rud éigin le rá agam le Ellen Dean go príobháideach. Ní mar sin atá: thuas staighre, deirim leat! Cén fáth, seo an bóthar thuas staighre, a pháiste!

Ghabh sé, agus thrust sí as an seomra; agus d'fhill sé ar ais — "Níl trua ar bith agam! Níl trua ar bith agam! An níos mó na péisteanna writhe, an níos mó yearn mé a threascairt amach a n-entrails! Fiacla morálta atá ann; agus meileann mé le fuinneamh níos mó i gcomhréir leis an méadú pian."

"An dtuigeann tú cad is brí leis an bhfocal trua?" Dúirt mé, hastening a atosú mo bhoinéad. "Ar mhothaigh tú teagmháil leis riamh i do shaol?"

"Cuir síos é sin!" ar seisean, agus é ar intinn agam imeacht. "Níl tú ag dul go fóill. Tar anseo anois, Nelly: Caithfidh mé a chur ina luí ort nó iallach a chur ort cabhrú liom mo dhiongbháilteacht a chomhlíonadh chun Catherine a fheiceáil, agus sin gan mhoill. Mionnaím nach ndéanann mé aon dochar: ní mian liom aon suaitheadh a dhéanamh, nó an tUasal Linton a mhaslú nó a mhaslú; Ní mian liom ach cloisteáil uaithi féin cén chaoi a bhfuil sí, agus cén fáth go bhfuil sí tinn; agus a fhiafraí an mbeadh aon rud a d'fhéadfainn a dhéanamh úsáideach di. Aréir bhí mé i ngairdín na Gráinsí sé huaire an chloig, agus fillfidh mé ann go dtí an oíche; agus gach oíche beidh mé haunt an áit, agus gach lá, till bhfaighidh mé deis dul isteach. Má bhuaileann Edgar Linton liom, ní bheidh aon leisce orm é a bhualadh síos, agus a dhóthain a thabhairt dó chun a chuid quiescence a árachú agus mé ag fanacht. Má chuireann a sheirbhísigh i mo choinne, cuirfidh mé bagairt orthu leis na piostail seo. Ach nárbh fhearr cosc a chur ar mo theacht i dteagmháil leo, nó lena máistir? Agus d'fhéadfá é a dhéanamh chomh héasca sin. Ba mhaith liom rabhadh a thabhairt duit nuair a tháinig mé, agus ansin d'fhéadfá a ligean dom i unobserved, chomh luath agus a bhí sí ina n-aonar, agus féachaint till imigh mé, do choinsias socair go leor: bheadh tú ag cur bac mischief. "

Rinne mé agóid i gcoinne an pháirt fealltach sin a imirt i dteach m'fhostóra: agus, thairis sin, d'áitigh mé cruálacht agus leithleas a scrios suaimhneas Mrs Linton chun a shástachta. "Tosaíonn an tarlú is coitianta í go pianmhar," a dúirt mé. "Tá sí go léir nerves, agus ní fhéadfadh sí a iompróidh an t-iontas, tá mé dearfach. Ná fan, a dhuine uasail! nó eile beidh dualgas orm mo mháistir a chur ar an eolas faoi do dhearaí; agus déanfaidh sé bearta chun a theach agus a iostaithe a dhaingniú ó aon intrusions unwarrantable den sórt sin!

"Sa chás sin déanfaidh mé bearta chun tú a dhaingniú, a bhean!" exclaimed Heathcliff; "ní fhágfaidh tú Wuthering Heights go maidin amárach. Is scéal amaideach é a mhaíomh nach bhféadfadh Catherine mé a fheiceáil; agus maidir le hiontas a chur uirthi, ní mian liom é: caithfidh tú í a ullmhú—fiafraigh di an dtiocfaidh mé. Deir tú nach luann sí m'ainm riamh, agus nach luaitear riamh mé léi. Cé leis ar cheart di mé a lua más ábhar toirmiscthe mé sa teach? Síleann sí go bhfuil tú go léir spiairí dá fear céile. Ó, níl aon amhras orm ach go bhfuil sí in ifreann i measc tú! Buille faoi thuairim mé ag a tost, oiread agus is rud ar bith, cad a mhothaíonn sí. Deir tú go bhfuil sí restless go minic, agus imníoch-lorg: is é sin cruthúnas suaimhneas? Labhraíonn tú ar a hintinn a bheith míshocair. Conas a d'fhéadfadh an diabhal a bheith ar shlí eile ina leithlisiú scanrúil? Agus an créatúr insipid, paltry ag freastal uirthi ó *dhualgas* agus *daonnacht*! Ó *trua* agus *carthanacht*! D'fhéadfadh sé chomh maith le dair a phlandáil i bpota bláthanna, agus a bheith ag súil go n-éireoidh leis, mar a shamhlú gur féidir leis í a chur ar ais chun fuinneamh a chur in ithir a chúraimí éadomhain! Lig dúinn é a réiteach ag an am céanna: an bhfanfaidh tú anseo, agus an bhfuil mé chun troid ar mo bhealach chuig Catherine thar Linton agus a footman? Nó an mbeidh tú i do chara, mar a bhí tú go dtí seo, agus an ndéanfaidh tú an rud a iarraim? Déan cinneadh! mar níl aon chúis le mo lingering nóiméad eile, má leanann tú i do droch-nádúr stubborn!

Bhuel, an tUasal Lockwood, d'áitigh mé agus rinne mé gearán, agus dhiúltaigh mé go cothrom dó caoga uair; ach san fhadtréimhse chuir sé iachall orm teacht ar chomhaontú. D'fhostaigh mé litir uaidh chuig mo máistreás; agus dá dtoileodh sí, gheall mé go ligfinn dó go mbeadh faisnéis aige faoin gcéad neamhláithreacht eile a bhí ag Linton ón mbaile, nuair a thiocfadh sé, agus go dtiocfadh sé isteach mar a bhí sé in ann: ní bheinn ann, agus ba chóir go mbeadh mo chomhsheirbhísigh chomh maith céanna as an mbealach. An raibh sé ceart nó mícheart? Tá faitíos orm go raibh sé mícheart, cé go raibh sé fóirsteanach. Shíl mé gur chuir mé cosc ar phléascadh eile de bharr mo ghéilliúlachta; agus shíl mé, freisin, go bhféadfadh sé géarchéim fhabhrach a chruthú i dtinneas meabhrach Catherine: agus ansin chuimhnigh mé ar rebuke stern an Uasail Edgar ar mo scéalta iompair; agus rinne mé iarracht a réidh ar shiúl go léir disquietude ar an ábhar, ag dearbhú, le atriall go minic, gur chóir go betrayal muiníne, más rud é tuillte chomh dian appellation, ba chóir a bheith ar an deireanach. D'ainneoin sin, bhí brón ar mo thuras abhaile ná ar m'aistear; agus go leor misgivings a bhí agam, ere raibh mé in ann forlámhas ar mé féin a chur ar an missive i lámh Mrs Linton ar.

Ach seo Kenneth; Rachaidh mé síos, agus inseoidh mé dó cé mhéad níos fearr atá tú. Tá mo stair *dree*, mar a deirimid, agus beidh sé ar fónamh go dtí agus ar shiúl maidin eile.

* * * * *

Dree, agus dreary! Léirigh mé mar a shliocht an bhean mhaith a fháil ar an dochtúir: agus ní go díreach den chineál ba chóir dom a bheith roghnaithe a amuse dom. Ach ná bac leis! Bainfidh mé cógais folláine as luibheanna searbha Mrs Dean; agus ar an gcéad dul síos, lig dom a bheith airdeallach ar an bhfaitíos a bhaineann le súile iontacha Catherine Heathcliff. Ba cheart dom a bheith i dtógáil aisteach má ghéill mé mo chroí don duine óg sin, agus d'iompaigh an iníon an dara heagrán den mháthair.

CAIBIDIL XV

Seachtain eile thall—agus tá mé an oiread sin laethanta níos gaire don tsláinte, agus don earrach! Tá stair mo chomharsan ar fad cloiste agam anois, ag suíonna éagsúla, mar go bhféadfadh bean an tí am a spáráil ó ghairmeacha níos tábhachtaí. Leanfaidh mé ar aghaidh leis ina focail féin, ach beagán comhdhlúite. Is reacaire an-chothrom í, ar an iomlán, agus ní dóigh liom go bhféadfainn feabhas a chur ar a stíl.

* * * * *

Sa tráthnóna, a dúirt sí, tráthnóna mo chuairte ar an Heights, bhí a fhios agam, chomh maith le má chonaic mé é, go raibh an tUasal Heathcliff mar gheall ar an áit; agus shunned mé ag dul amach, mar rinne mé fós a litir i mo phóca, agus ní raibh ag iarraidh a bheith faoi bhagairt nó teased ar bith níos mó. Bhí m'intinn déanta suas agam gan é a thabhairt go dtí go ndeachaigh mo mháistir áit éigin, mar ní raibh mé in ann buille faoi thuairim a thabhairt faoin tionchar a bheadh ag a admháil ar Chaitríona. Ba é an toradh a bhí air sin nár shroich sé í roimh dheireadh trí lá. Ba é an ceathrú Domhnach, agus thug mé isteach ina seomra é tar éis don teaghlach a bheith imithe chun an tséipéil. Bhí seirbhíseach fir fágtha chun an teach a choinneáil liom, agus de ghnáth rinne muid cleachtadh na doirse a ghlasáil le linn na n-uaireanta seirbhíse; ach ar an ócáid sin bhí an aimsir chomh te agus chomh taitneamhach gur leag mé oscailte leathan iad, agus, chun mo rannpháirtíocht a chomhlíonadh, mar a bhí a fhios agam cé a bheadh ag teacht, dúirt mé le mo chompánach gur mhian leis an máistreás go mór do roinnt oráistí, agus caithfidh sé rith anonn go dtí an sráidbhaile agus cúpla ceann a fháil, le híoc as ar an mbrón. D'imigh sé, agus chuaigh mé thuas staighre.

Mrs Linton shuigh i gúna bán scaoilte, le shawl éadrom thar a ghualainn, i recess na fuinneoige oscailte, mar is gnách. Baineadh a cuid gruaige tiubh fada go páirteach ag tús a tinnis, agus anois chaith sí é ach cíortha ina tresses nádúrtha thar a temples agus muineál. Athraíodh a cuma, mar a dúirt mé le Heathcliff; ach nuair a bhí sí socair, bhí an chuma ar an scéal go raibh áilleacht ag baint leis an athrú. D'éirigh le splanc a súile bogas brionglóideach agus lionn dubh; Níor thug siad le tuiscint a thuilleadh go raibh siad ag féachaint ar na rudaí timpeall uirthi: bhí an chuma orthu i gcónaí go raibh siad ag amharc níos faide ná, agus i bhfad níos faide ná sin—bheadh sé ráite agat as an saol seo. Ansin, an paleness a aghaidh-a gné haggard tar vanished mar a ghnóthú sí flesh-agus an léiriú peculiar a eascraíonn as a staid mheabhrach, cé go painfully suggestive a gcúiseanna, a chur leis an leas touching a dhúisigh sí; agus—i gcónaí dom, tá a fhios agam, agus d'aon duine a chonaic í, ba chóir dom smaoineamh-bhréagnaigh cruthúnais níos inláimhsithe téarnaimh, agus stampáilte í mar cheann doomed a lobhadh.

Bhí leabhar ina luí ar an leac roimpi, agus bhí an ghaoth gann ag sileadh a duilleoga ag eatraimh. Creidim gur leag Linton ann é: óir ní dhearna sí iarracht riamh í féin a atreorú le léitheoireacht, nó slí bheatha de chineál ar bith, agus chaithfeadh sé go leor uair an chloig ag iarraidh a haird a tharraingt ar ábhar éigin a bhí ina spraoi aici roimhe seo. Bhí sí feasach ar a aidhm, agus ina moods níos fearr endured a chuid iarrachtaí placidly, ach ag taispeáint a n-uselessness faoin am seo agus ansin faoi chois osna wearied, agus seiceáil air ar deireadh leis an brónach de smiles agus póga. Ag amanna eile, bheadh sí ag dul petulantly ar shiúl, agus i bhfolach a aghaidh ina lámha, nó fiú é a bhrú amach feargach; agus ansin ghlac sé cúram a ligean di ina n-aonar, do bhí sé cinnte de ag déanamh aon mhaith.

Bhí cloigíní séipéil Gimmerton fós ag bualadh; agus tháinig sruth iomlán, meidhreach na beck sa ghleann go soothingly ar an gcluas. Bhí sé ina ionad milis don murmur fós as láthair duilliúr an tsamhraidh, a bháigh an ceol sin faoin nGráinseach nuair a bhí na crainn i duilleog. Ag Wuthering Heights bhí sé i gcónaí ar laethanta ciúine tar éis leá mór nó séasúr báistí seasta. Agus ar Wuthering Heights bhí Catherine ag smaoineamh agus í ag éisteacht: is é sin, má cheap sí nó má d'éist sí ar chor ar bith; ach bhí an cuma doiléir, i bhfad i gcéin a luaigh mé roimhe seo aici, rud a léirigh nach raibh aon aitheantas aici do rudaí ábhartha le cluas ná le súil.

"Níl litir ar do shon, Mrs Linton," a dúirt mé, a chur isteach go réidh é i lámh amháin a quiouit ar a glúine. "Caithfidh tú é a léamh láithreach, mar tá freagra ag teastáil uaidh. An mbrisfidh mé an séala? "Sea," a d'fhreagair sí, gan treo a súile a athrú. D'oscail mé é—bhí sé an-ghearr. "Anois," arsa mise, "léigh é." Tharraing sí uaithi a lámh, agus lig di titim. Chuir mé ina lap é, agus sheas mé ag fanacht go dtí gur chóir di sracfhéachaint a thabhairt uirthi; ach bhí moill chomh fada sin ar an ngluaiseacht sin gur thosaigh mé arís—"Must I read it, ma'am? Is ón Uasal Heathcliff é."

Bhí tús agus gleam trioblóideach de chuimhne, agus streachailt a shocrú a cuid smaointe. Thóg sí an litir, agus ba chosúil go raibh sí ag luí uirthi; agus nuair a tháinig sí go dtí an síniú sighed sí: ach fós fuair mé nach raibh sí bailithe a allmhairiú, le haghaidh, ar mo mian leo a éisteacht a freagra, dhírigh sí ach an t-ainm, agus gazed ag dom le caoineadh agus ceistiú fonn.

"Bhuel, is mian leis tú a fheiceáil," a dúirt mé, ag buille faoi thuairim go bhfuil gá aici le hateangaire. "Tá sé sa ghairdín faoin am seo, agus mífhoighneach a fháil amach cén freagra a thabharfaidh mé."

Mar a labhair mé, thug mé faoi deara madra mór ina luí ar an bhféar grianmhar faoi bhun a chluasa a ardú amhail is dá mba ar tí coirt, agus ansin iad a ghlanadh ar ais, a fhógairt, ag wag an eireaball, go ndeachaigh duine éigin nach raibh sé a mheas strainséir. Mrs Linton Bent ar aghaidh, agus d'éist breathlessly. An nóiméad tar éis céim traversed an halla; bhí an teach oscailte ró-mhealltach do Heathcliff chun seasamh in aghaidh siúl isteach: is dócha gur cheap sé go raibh claonadh agam mo ghealltanas a sheachaint, agus mar sin bheartaigh sé muinín a bheith agam as a audacity féin. Le fonn brúidiúil, chuaigh Catherine i dtreo bhealach isteach a seomra. Níor bhuail sé an seomra ceart go díreach: motioned sí dom a ligean isteach dó, ach fuair sé amach ere raibh mé in ann teacht ar an doras, agus i stride nó dhó a bhí ar a thaobh, agus bhí a grasped ina airm.

Níor labhair sé ná níor scaoil sé a shealbhú ar feadh cúig nóiméad, le linn na tréimhse sin bhronn sé níos mó póga ná riamh a thug sé ina shaol roimhe seo, daresay mé: ach ansin phóg mo mháistreás é ar dtús, agus chonaic mé go soiléir go bhféadfadh sé a iompróidh ar éigean, le haghaidh agony downright, chun breathnú isteach ina aghaidh! Bhí an ciontú céanna stricken dó mar dom, as an toirt beheld sé léi, nach raibh aon ionchas a ghnóthú deiridh ann-bhí sí fated, cinnte go bás.

"Ó, Cathy! Ó, mo shaol! conas is féidir liom é a iompróidh?" an chéad abairt a rith sé, i ton nach raibh ag iarraidh a éadócas a cheilt. Agus anois stán sé uirthi chomh dícheallach sin gur shíl mé go dtabharfadh déine a shúil deora isteach ina shúile; ach dóite siad le anguish: ní raibh siad leá.

"Cad anois?" A dúirt Catherine, leaning ar ais, agus ag filleadh ar a cuma le brow go tobann scamallach: bhí a greann vane ach amháin le haghaidh caprices ag athrú i gcónaí. "Tá tú féin agus Edgar tar éis mo chroí a bhriseadh, Heathcliff! Agus tú araon teacht chun bewail an gníomhas dom, amhail is dá mba tú na daoine a bheith pitied! I shall not pity you, ní dhéanfaidh mé trua duit. Mharaigh tú mé-agus rathú air, sílim. Cé chomh láidir is atá tú! Cé mhéad bliain atá i gceist agat le maireachtáil tar éis dom a bheith imithe?

Bhí Heathcliff cniotáilte ar ghlúin amháin chun glacadh léi; Rinne sé iarracht ardú, ach ghabh sí a chuid gruaige, agus choinnigh sé síos é.

"Is mian liom go bhféadfainn tú a shealbhú," ar sise, go searbh, "go dtí go raibh muid beirt marbh! Is cuma liom cad a d'fhulaing tú. Is cuma liom rud ar bith do do fhulaingt. Cén fáth nár chóir duit fulaingt? Déanaim! An ndéanfaidh tú dearmad orm? An mbeidh tú sásta nuair a bheidh mé sa domhan? An ndéarfaidh tú fiche bliain mar sin, 'Sin uaigh Catherine Earnshaw? Bhí grá agam di fadó, agus bhí imní orm í a chailleadh; ach tá sé thart. Tá grá agam do go leor daoine eile ó shin: tá mo pháistí níos dearfaí dom ná mar a bhí sí; agus, ag an mbás, ní dhéanfaidh mé gairdeas go bhfuil mé ag dul chuici: beidh brón orm go gcaithfidh mé iad a fhágáil!' An ndéarfaidh tú amhlaidh, Heathcliff?

"Ná céasadh mé go dtí go bhfuil mé chomh buile leat féin," adeir sé, wrenching a cheann saor in aisce, agus meilt a chuid fiacla.

Rinne an bheirt, le lucht féachana fionnuar, pictiúr aisteach agus eaglach. Bhuel, b'fhéidir go measfadh Catherine gur talamh deoraíochta a bheadh sna flaithis di, ach amháin lena corp marfach chaith sí a carachtar morálta uaithi freisin. Bhí vindictiveness fiáin ina leiceann bán, agus liopa gan fuil agus súil scintillating; agus choinnigh sí ina méara dúnta cuid de na glais a bhí á dtuiscint aici. Maidir lena compánach, agus é á ardú féin le lámh amháin, bhí a lámh tógtha aige leis an lámh eile; agus mar sin do-ghéabhadh a stoc uaisleachta do riachtanais a ríochta, go bhfacaidh mé ceithre imprisean ar leith d'fhágaibh gorm san chraiceann gan dath.

"An bhfuil diabhal agat," ar seisean, go brónach, "labhairt ar an mbealach sin liom nuair atá tú ag fáil bháis? An léiríonn tú go mbeidh na focail sin go léir brandáilte i mo chuimhne, agus ag ithe níos doimhne go síoraí tar éis duit mé a fhágáil? Tá a fhios agat bréag a rá gur mharaigh mé thú: agus, a Chaitríona, tá a fhios agat go bhféadfainn dearmad a dhéanamh ort chomh luath agus a bhí mé ann! Nach leor do do leithleas ifreanda, go cé go bhfuil tú ar do shuaimhneas beidh mé writhe i torments ifreann?"

"Ní bheidh mé ar mo shuaimhneas," arsa Catherine, agus í ag cuimhneamh ar laige fhisiciúil ag an mbrú foréigneach, éagothrom ar a croí, a bhuail go feiceálach agus go hinchloiste faoin mbreis corraíola seo. Ní dúirt sí tada eile go dtí go raibh an paroxysm thart; ansin lean sí ar aghaidh, níos cineálta—

"Níl mé ag iarraidh ort crá níos mó ná mar atá agam, Heathcliff. Is mian liom ach ní mór dúinn a bheith páirteach: agus ba chóir focal de mo anacair tú ina dhiaidh seo, sílim go mothaím an anacair chéanna faoi thalamh, agus ar mo shon féin, maith dom! Tar anseo agus kneel síos arís! Ní dhearna tú dochar dom riamh i do shaol. Nay, má altra tú fearg, beidh sé sin níos measa a mheabhrú ná mo focail harsh! Nach dtiocfaidh tú anseo arís? Déan!

Chuaigh Heathcliff go cúl a cathaoireach, agus leant os a chionn, ach ní chomh fada agus a lig di a aghaidh a fheiceáil, a bhí livid le mothúchán. Chrom sí thart chun breathnú air; Ní cheadódh sé é: Ag casadh go tobann, shiúil sé go dtí an teallach, áit ar sheas sé, ciúin, lena dhroim inár dtreo. Lean sracfhéachaint Mrs Linton air go amhrasach: dhúisigh gach gluaiseacht meon nua inti. Tar éis sos agus gaisce fada, thosaigh sí arís; ag labhairt liom i gcanúintí díomá neamhurchóideacha:—

"Ó, feiceann tú, Nelly, ní bhainfeadh sé nóiméad chun mé a choinneáil amach as an uaigh. *Sin* é an chaoi a bhfuil grá agam! Bhuel, ná bac leis. Ní hé sin *mo* Heathcliff. Beidh grá agam dom go fóill; agus tóg liom é: tá sé i m'anam. Agus," ar sise go musingly, "is é an rud is mó a chuireann isteach orm ná an príosún briste seo, tar éis an tsaoil. Tá mé tuirseach de bheith faoi iamh anseo. Tá mé traochta chun éalú isteach sa domhan glórmhar sin, agus a bheith i gcónaí ann: gan é a fheiceáil dimly trí dheora, agus yearning chun é trí na ballaí de chroí aching: ach i ndáiríre leis, agus ann. Nelly, cheapann tú go bhfuil tú níos fearr agus níos ádh ná mé; i sláinte agus neart iomlán: tá brón ort dom-go han-luath a bheidh a athrú. Beidh brón orm duit. Beidh mé incomparably thar agus os cionn tú go léir. *N'fheadar* nach mbeidh sé in aice liom! Chuaigh sí ar aghaidh chuici féin. "Shíl mé gur mhian leis é. Heathcliff, a stór! níor chóir duit a bheith sullen anois. An bhfuil teacht chugam, Heathcliff."

Ina cíocras d'ardaigh sí agus thacaigh sí léi féin ar lámh an chathaoir. Ag an achomharc earnest chas sé léi, ag féachaint go hiomlán éadóchasach. A shúile, leathan agus fliuch, ar lasadh go fíochmhar uirthi faoi dheireadh; a chíoch heaved convulsively. An toirt a bhí acu asunder, agus ansin conas a bhuail siad chonaic mé ar éigean, ach rinne Catherine earrach, agus ghabh sé í, agus bhí siad faoi ghlas i glacadh as a shíl mé nach mbeadh mo máistreás a scaoileadh beo: i ndáiríre, le mo shúile, dhealraigh sí go díreach insensible. Flung sé é féin isteach sa suíochán is gaire, agus ar mo dhruidim hurriedly chun a fháil amach an raibh sí fainted, gnashed sé ag dom, agus foamed cosúil le madra buile, agus bhailigh sí dó le éad greedy. Níor mhothaigh mé amhail is dá mbeinn i gcomhluadar créatúr de mo speiceas féin: ba chosúil nach dtuigfeadh sé, cé gur labhair mé leis; mar sin sheas mé amach, agus choinnigh mé mo theanga, i perplexity mór.

Thug gluaiseacht Chaitríona faoiseamh beag dom faoi láthair: chuir sí suas a lámh chun a mhuineál a bhualadh, agus a leiceann a thabhairt leis mar a choinnigh sé í; agus dúirt sé, mar chúiteamh, í a chlúdach le caresses frantic, go fiáin—

"Múineann tú dom anois cé chomh cruálach is a bhí tú—cruálach agus bréagach. *Cén fáth* ar ghríosaigh tú mé? *Cén fáth* a ndearna tú feall ar do chroí féin, Cathy? Níl focal amháin compoird agam. Tá sé sin tuillte agat. Mharaigh tú tú féin. Sea, is féidir leat póg dom, agus caoin; Agus wring amach mo phóga agus deora: beidh siad blight tú-beidh siad damnú tú. Bhí grá agat dom-ansin cén *ceart* a bhí agat mé a fhágáil? Cén ceart-freagra domdon mhaisiúil bocht bhraith tú do Linton? Toisc go mbeadh ainnise agus díghrádú, agus bás, agus rud ar bith a d'fhéadfadh Dia nó Satan inflict a bheith parted dúinn, *tú*, de do thoil féin, rinne sé. Níor bhris mé do chroí—tá sé briste agat; agus i mbriseadh é, tá mianach briste agat. Mar sin, i bhfad níos measa domsa go bhfuil mé láidir. Ar mhaith liom cónaí? Cén cineál maireachtála a bheidh ann nuair a bheidh tú-ó, a Dhia! ar mhaith *leat* maireachtáil le d'anam san uaigh?

"Lig dom féin. Lig dom féin," arsa Catherine. "Má tá éagóir déanta agam, tá mé ag fáil bháis dó. Is leor é! D'fhág tú mé freisin: ach ní chuirfidh mé suas leat! Maithim duit. Maith dom!

"Tá sé deacair maithiúnas a thabhairt, agus breathnú ar na súile sin, agus na lámha amú sin a mhothú," a d'fhreagair sé. "Póg dom arís; agus ná lig dom do shúile a fheiceáil! Maithim an méid atá déanta agat dom. Is breá liom *mo* dhúnmharfóir-ach *mise*! Conas is féidir liom?

Bhí siad ciúin—a n-aghaidh i bhfolach in aghaidh a chéile, agus nite ag deora a chéile. Ar a laghad, is dócha go raibh an gol ar an dá thaobh; mar ba chosúil go bhféadfadh Heathcliff gol ar ócáid mhór mar seo.

D'fhás mé an-mhíchompordach, idir an dá linn; óir do chaith an tráthnóna go tapaidh uaidh, d'fhill an fear do chuir mé amach as a errand, agus d'fhéadfainn idirdhealú do dhéanamh, tré shine na gréine thiar suas an gleann, concourse ag ramhrú taobh amuigh de phóirse séipéil Gimmerton.

"Tá an tseirbhís thart," a d'fhógair mé. "Beidh mo mháistir anseo i gceann leathuaire."

Chuir Heathcliff mallacht uirthi, agus bhrúigh sí Catherine níos gaire: níor bhog sí riamh.

Ere fada bhraith mé grúpa de na seirbhísigh ag dul suas an bóthar i dtreo sciathán na cistine. Ní raibh an tUasal Linton i bhfad taobh thiar de; D'oscail sé an geata é féin agus shantaigh sé go mall suas, is dócha ag baint taitnimh as an tráthnóna álainn a d'anáil chomh bog leis an samhradh.

"Anois tá sé anseo," exclaimed mé. "Ar mhaithe le neamh, déan deifir! Ní bhuailfidh tú le haon duine ar an staighre tosaigh. Bí gasta; agus fan i measc na gcrann go dtí go bhfuil sé cothrom isteach."

"Caithfidh mé dul, Cathy," a dúirt Heathcliff, ag iarraidh é féin a dhíbirt as airm a chompánaigh. "Ach má tá cónaí orm, feicfidh mé arís thú sula mbeidh tú i do chodladh. Ní rachaidh mé ar strae cúig slat ó d'fhuinneog.

"Ní mór duit dul!" fhreagair sí, a bhfuil sé chomh daingean mar a cheadaítear a neart. "Ní *bheidh* tú , deirim leat."

"Ar feadh uair an chloig," phléadáil sé go dícheallach.

"Ní ar feadh nóiméad amháin," a d'fhreagair sí.

"*Caithfidh* mé - beidh Linton suas láithreach," lean an t-ionróir scanrúil.

Bheadh sé tar éis éirí, agus unfixed a mhéara ag an ngníomh-clung sí go tapa, gasping: bhí réiteach buile ina aghaidh.

"Níl!" shrieked sí. "Ó, ná, ná téigh. Is é an uair dheireanach é! Ní dhéanfaidh Edgar dochar dúinn. Heathcliff, beidh mé bás! Gheobhaidh mé bás!

"Damnaigh an t-amadán! Tá sé," adeir Heathcliff, ag dul ar ais isteach ina shuíochán. "Hush, mo darling! Hush, hush, Catherine! Fanfaidh mé. Dá scaoilfeadh sé urchar liom mar sin, bheinn in éag le beannacht ar mo bheola.

Agus bhí siad go tapa arís. Chuala mé mo mháistir ag gléasadh an staighre—rith an t-allas fuar ó mo mhullach: bhí uafás orm.

"An bhfuil tú chun éisteacht lena ravings?" Dúirt mé, go paiseanta. "Níl a fhios aici cad a deir sí. An scriosfaidh tú í, toisc nach bhfuil sí wit chun cabhrú léi féin? Éirigh! D'fhéadfá a bheith saor láithreach. Is é sin an gníomhas is diabolical a rinne tú riamh. Táimid go léir a dhéanamh le haghaidh-máistir, máistreás, agus seirbhíseach. "

Wrung mé mo lámha, agus cried amach; agus an tUasal Linton hastened a chéim ag an torann. I measc mo chorraíl, bhí áthas ó chroí orm a thabhairt faoi deara go raibh airm Catherine tar éis titim go suaimhneach, agus a ceann crochta síos.

"Tá sí fainted, nó marbh," shíl mé: "an oiread sin is fearr. I bhfad níos fearr gur chóir di a bheith marbh, ná lingering ualach agus misery-déantóir do gach duine mar gheall uirthi. "

Edgar sprang chun a aoi unbidden, blanched le astonishment agus buile. Cad a bhí i gceist aige a dhéanamh ní féidir liom a rá; mar sin féin, chuir an ceann eile stop le gach léirsiú, ag an am céanna, tríd an bhfoirm gan lorg saoil a chur ina ghéaga.

"Féach ann!" A dúirt sé. "Mura bhfuil tú a bheith ina fiend, cabhrú léi ar dtús-ansin beidh tú ag labhairt liom!"

Shiúil sé isteach sa pharlús, agus shuigh sé síos. An tUasal Linton thoghairm dom, agus le deacracht mhór, agus tar éis dul i muinín go leor bealaí, d'éirigh linn a chur ar ais di ceint; ach bhí sí go léir bewildered; sighed sí, agus moaned, agus bhí a fhios ag aon duine. Rinne Edgar, ina imní uirthi, dearmad ar a cara fuath. Ní dhearna mé. Chuaigh mé, chomh luath agus is féidir, agus d'impigh mé air imeacht; ag dearbhú go raibh Catherine níos fearr, agus ba chóir dó cloisteáil uaim ar maidin conas a rith sí an oíche.

"Ní dhiúltóidh mé dul amach as doirse," a d'fhreagair sé; "ach fanfaidh mé sa ghairdín: agus, Nelly, cuimhnigh go gcoinníonn tú d'fhocal go moch. Beidh mé faoi na crainn learóige sin. Cuimhnigh! nó íocaim cuairt eile, bíodh Linton istigh nó ná bíodh."

Chuir sé sracfhéachaint sciobtha trí dhoras leath-oscailte an tseomra, agus, ag fáil amach go raibh an méid a dúirt mé fíor de réir dealraimh, thug sé teach a láithreachta gan ádh.

CAIBIDIL XVI

Thart ar a dó dhéag a chlog an oíche sin a rugadh an Catherine a chonaic tú ag Wuthering Heights: leanbh puny, seacht mí; agus dhá uair an chloig tar éis don mháthair bás a fháil, tar éis di dóthain comhfhiosachta a ghnóthú chun Heathcliff a chailleadh, nó aithne a chur ar Edgar. Is ábhar ró-phianmhar é seachrán an dara ceann ar a méala; léirigh a iar-éifeachtaí cé chomh domhain agus a chuaigh an brón. Rud mór, i mo shúile, a bhí á fhágáil gan oidhre. Bemoaned mé go, mar gazed mé ar an dílleachta feeble; agus bhain mé mí-úsáid mheabhrach as sean-Linton as (nach raibh ann ach páirteachas nádúrtha) chun a eastát a dhaingniú dá iníon féin, in ionad a mhic. Naíonán gan fáilte a bhí ann, rud bocht! D'fhéadfadh sé a bheith wailed as an saol, agus aon duine cúram morsel, le linn na chéad uair an chloig de bheith ann. D'fhuascail muid an fhaillí ina dhiaidh sin; ach bhí a thús chomh cairdiúil agus is dócha go mbeidh a dheireadh.

An mhaidin dár gcionn—geal agus gealgháireach as doirse—ghoid sé isteach trí dhallóga an tseomra chiúin, agus chuir sé an tolg agus a áititheoir le luisne tairisceana. Bhí a cheann leagtha ar an bpiliúr ag Edgar Linton, agus a shúile dúnta. Bhí a chuid gnéithe óga agus cothrom beagnach chomh deathlike leo siúd den fhoirm in aice leis, agus beagnach mar seasta: ach *bhí sé* an hush de anguish ídithe, agus *hers* na síochána foirfe. Her brow smooth, a claibíní dúnta, a liopaí ag caitheamh léiriú aoibh gháire; Ní fhéadfadh aon aingeal ar neamh a bheith níos áille ná mar a bhí sí. Agus scar mé ar an calma gan teorainn ina leagan sí: ní raibh m'intinn riamh i bhfráma holier ná mar a gazed mé ar an íomhá untroubled de chuid eile Dhiaga. Bhain mé macalla as na focail a bhí ráite aici cúpla uair an chloig roimhe sin: "Incomparably beyond and above us all! Cibé acu fós ar talamh nó anois ar neamh, tá a spiorad sa bhaile le Dia!

Níl a fhios agam an bhfuil sé ina peculiarity i dom, ach tá mé annamh seachas sásta agus mé ag breathnú i seomra an bháis, ba chóir aon frenzied nó éadóchas mourner roinnt ar an dualgas liom. Feicim repose nach féidir talamh ná ifreann bhriseadh, agus is dóigh liom dearbhú ar an endless agus shadowless ina dhiaidh seo-an Eternity tháinig siad-áit a bhfuil an saol boundless ina ré, agus grá ina comhbhrón, agus áthas ina fulness. Thug mé faoi deara ar an ócáid sin cé mhéad santach atá ann fiú i ngrá cosúil leis an Uasal Linton, nuair a bhí aiféala air faoi scaoileadh beannaithe Catherine! Chun a bheith cinnte, d'fhéadfadh duine a bheith amhrasach, tar éis an saol wayward agus mífhoighneach a bhí sí i gceannas, cibé acu tuillte sí tearmann na síochána ar deireadh. D'fhéadfadh duine a bheith in amhras i séasúir de mhachnamh fuar; ach ní ansin, i láthair a corp. Dhearbhaigh sé a suaimhneas féin, a raibh an chuma air go raibh sé chomh ciúin céanna lena iar-áitritheoir.

An gcreideann tú go bhfuil daoine den sórt sin sásta sa saol eile, a dhuine uasail? Ba mhaith liom go leor a thabhairt ar an eolas.

Dhiúltaigh mé freagra a thabhairt ar cheist Mrs Dean, a bhuail mé mar rud heterodox. Lean sí ar aghaidh:

Ag dul siar ar chúrsa Catherine Linton, tá faitíos orm nach bhfuil sé de cheart againn smaoineamh go bhfuil sí; ach fágfaimid í lena Déantóir.

D'fhéach an máistir ina chodladh, agus chuaigh mé go luath tar éis éirí na gréine chun an seomra a scor agus a ghoid amach go dtí an t-aer athnuachana íon. Shíl na seirbhísigh go ndeachaigh mé chun codlatacht m'uaireadóra fhada a chroitheadh; i ndáiríre, bhí mo motive príomhfheidhmeannach ag féachaint ar an Uasal Heathcliff. Dá bhfanfadh sé i measc na larches ar feadh na hoíche, ní bheadh tada cloiste aige den chorraí sa Ghráinseach; mura rud é, b'fhéidir, d'fhéadfadh sé a ghabháil leis an gallop an teachtaire ag dul go dtí Gimmerton. Dá dtiocfadh sé níos gaire, is dócha go mbeadh a fhios aige, ó na soilse ag flitting go dtí agus fro, agus oscailt agus múchadh na ndoirse seachtracha, nach raibh gach ceart laistigh. Ba mhian liom, ach eagla, é a fháil. Bhraith mé go gcaithfear an nuacht uafásach a insint, agus b'fhada liom é a fháil; ach *conas* é a dhéanamh ní raibh a fhios agam. Bhí sé ann—ar a laghad, cúpla slat níos faide sa pháirc; leant i gcoinne sean-chrann fuinseoige, a hata as, agus a chuid gruaige sáithithe leis an drúcht a bhí bailithe ar na brainsí budded, agus thit pattering bhabhta air. Bhí sé ina sheasamh ar feadh i bhfad sa phost sin, mar chonaic mé péire ousels ag dul thar bráid agus ag dul thar bráid trí throigh uaidh, gnóthach ag tógáil a nead, agus maidir lena chóngaracht ní ba mhó ná píosa adhmaid. D'eitil siad amach ag mo chur chuige, agus d'ardaigh sé a shúile agus labhair:—"Tá sí marbh!" a dúirt sé; "Níor fhan mé leat é sin a fhoghlaim. Cuir do chiarsúr ar shiúl—ná snivel romham. Diabhal sibh go léir! níl sí ag iarraidh aon cheann de *do* dheora!

Bhí mé ag gol an oiread dó agus a bhí sí: déanaimid créatúir trua uaireanta nach bhfuil aon cheann de na mothú acu dóibh féin nó do dhaoine eile. Nuair a d'fhéach mé isteach ina aghaidh ar dtús, bhraith mé go raibh faisnéis faighte aige faoin tubaiste; agus bhuail nóisean foolish dom go raibh quelled a chroí agus ghuigh sé, mar gheall ar bhog a liopaí agus bhí bent a gaze ar an talamh.

"Sea, tá sí marbh!" D'fhreagair mé, ag seiceáil mo chuid sobs agus ag triomú mo leicne. "Imithe chun na bhflaitheas, tá súil agam; nuair is féidir linn, gach duine, a bheith páirteach léi, má ghlacann muid rabhadh cuí agus fágaimid ár mbealaí olc chun leanúint go maith!

"Ar ghlac *sí* rabhadh cuí, ansin?" D'iarr Heathcliff, ag iarraidh sneer. "An bhfuair sí bás mar naomh? Tar, tabhair stair cheart dom ar an ócáid. Conas a rinne-?"

Rinne sé iarracht an t-ainm a fhuaimniú, ach ní raibh sé in ann é a bhainistiú; agus ag comhbhrú a bhéil bhí sé ina chomhrac ciúin lena agony isteach, defying, idir an dá linn, mo chomhbhrón le stare unflinching, ferocious. "Conas a fuair sí bás?" ar seisean arís, ar deireadh—fain, d'ainneoin a chruas, go mbeadh tacaíocht taobh thiar de; óir, tar éis na streachailte, tháinig crith air, in ainneoin é féin, go dtí a mhéar-chríoch.

"Wretch bocht!" Shíl mé; "Tá croí agus néaróga agat mar an gcéanna le do dheartháir fir! Cén fáth ar chóir duit a bheith imníoch iad a cheilt? Ní féidir le do bhród Dia dall! Cuireann tú cathú air iad a iomrascáil, till he forces a cry of humiliation.

"Go ciúin mar uan!" D'fhreagair mé, os ard. "Tharraing sí osna, agus shín sí í féin, mar a bheadh leanbh ag athbheochan, agus ag dul go tóin poill arís chun codlata; agus cúig nóiméad tar éis gur mhothaigh mé cuisle beag amháin ina croí, agus rud ar bith eile!

"Agus—ar luaigh sí riamh mé?" a d'fhiafraigh sé, hesitating, amhail is dá mbeadh sé dreaded an freagra ar a cheist a thabhairt isteach sonraí nach bhféadfadh sé iompróidh a chloisteáil.

"Níor fhill a céadfaí riamh: níor aithin sí aon duine ón am a d'fhág tú í," a dúirt mé. " Luíonn sí le gáire milis ar a aghaidh; agus chuaigh a cuid smaointe is déanaí ar ais go dtí laethanta tosaigh taitneamhacha. Dúnadh a saol i mbrionglóid mhín—b'fhéidir go ndúiseodh sí chomh cineálta sa saol eile!

"Bealtaine dúisigh sí i crá!" Adeir sé, le vehemence frightful, stampáil a chos, agus groaning i paroxysm tobann paisean ungovernable. "Cén fáth, tá sí ina liar go dtí an deireadh! Cá bhfuil sí? Níl *ann*—ní ar neamh—nár cailleadh—cá háit? Ó! Dúirt tú gur thug tú aire ar bith do mo fhulaingt! Agus guím paidir amháin—déanaim arís é go dtí mo theanga stiffens-Catherine Earnshaw, ní féidir leat a scíth a ligean chomh fada agus atá mé i mo chónaí; dúirt tú mharaigh mé tú-haunt dom, ansin! Déanann an dúnmharú haunt a ndúnmharfóirí, creidim. Tá a fhios agam go bhfuil taibhsí *wandered* ar domhan. Bí liom i gcónaí—tóg foirm ar bith—tiomáin as mo mheabhair mé! ach *ná* fág mé sa duibheagán seo, áit nach féidir liom tú a aimsiú! A Dhia dár sábháil! tá sé unutterable! *Ní féidir liom* maireachtáil gan mo shaol! *Ní féidir* liom maireachtáil gan m'anam!

Dashed sé a cheann i gcoinne an trunk snaidhmthe; agus, ag ardú suas a shúile, howled, ní cosúil le fear, ach cosúil le Beast savage á goaded chun báis le sceana agus sleánna. Thug mé faoi deara roinnt splancanna fola faoi choirt an chrainn, agus bhí a lámh agus a mhullach araon dhaite; is dócha go raibh an radharc a chonaic mé ina athrá ar dhaoine eile a ghníomhaigh i rith na hoíche. Is ar éigean a bhog sé mo thrua—chuir sé uafás orm: fós, mhothaigh mé drogall air éirí as mar sin. Ach an nóiméad recollected sé é féin go leor chun faoi deara dom ag breathnú, thundered sé ordú dom dul, agus obeyed mé. Bhí sé thar mo scil chun ciúin nó consól!

Ceapadh sochraid Mrs Linton le bheith ar siúl ar an Aoine tar éis di éirí as; agus go dtí sin d'fhan a cónra uncovered, agus strewn le bláthanna agus duilleoga scented, sa líníocht-seomra mór. Chaith Linton a laethanta agus a oícheanta ann, caomhnóir gan chodladh; agus—imthoisc folaithe ó gach duine ach mise—chaith Heathcliff a chuid oícheanta, ar a laghad, taobh amuigh, chomh maith le strainséir a repose. Ní raibh aon chumarsáid agam leis; fós, bhí a fhios agam go raibh a dhearadh le dul isteach, dá bhféadfadh sé; agus ar an Máirt, beagán tar éis dorcha, nuair a bhí iallach ar mo mháistir, ó tuirse fórsa, dul ar scor cúpla uair an chloig, chuaigh mé agus d'oscail mé ceann de na fuinneoga; Bhog sé ag a bhuanseasmhacht chun seans a thabhairt dó bestowing ar an íomhá faded a idol adieu deiridh amháin. Níor fhág sé ar lár an deis a thapú, go cúramach agus go hachomair; ró-aireach chun feall a dhéanamh ar a láithreacht ag an torann is lú. Go deimhin, níor cheart dom a fháil amach go raibh sé ann, ach amháin i gcás disarrangement an drapery faoi aghaidh an chorpáin, agus chun breathnú ar an urlár curl gruaige éadrom, fastened le snáithe airgid; agus, nuair a scrúdaíodh mé, fuair mé amach gur tógadh é ó locket a crochadh thart ar mhuineál Catherine. D'oscail Heathcliff an trinket agus chaith sé amach a raibh ann, agus glas dubh dá chuid féin á chur ina n-áit. Chas mé an bheirt, agus chuir mé faoi iamh iad le chéile.

Ar ndóigh, tugadh cuireadh don Uasal Earnshaw freastal ar thaisí a dheirféar chun na huaighe; Níor chuir sé aon leithscéal, ach níor tháinig sé riamh; ionas, seachas a fear céile, go raibh na caoineadh comhdhéanta go hiomlán de thionóntaí agus seirbhísigh. Níor iarradh ar Isabella.

Ní raibh áit adhlacadh Catherine, le hiontas mhuintir an bhaile, sa séipéal faoi shéadchomhartha snoite na Lintons, ná fós ag tuamaí a caidrimh féin, taobh amuigh. Bhí sé dug ar fhána glas i gcúinne den kirkyard, áit a bhfuil an balla chomh híseal go bhfuil heath agus bilberry-plandaí climbed os a chionn as an moor; agus is beag nár chuir móin-mhúscraí é. Tá a fear céile san áit chéanna anois; agus tá leac chinn shimplí os a gcionn acu, agus bloc liath plain ag a gcosa, chun na huaigheanna a mharcáil.

CAIBIDIL XVII

Rinne an Aoine sin an ceann deireanach dár laethanta breátha ar feadh míosa. Sa tráthnóna bhris an aimsir: bhog an ghaoth ó dheas go soir ó thuaidh, agus thug sí báisteach ar dtús, agus ansin flichshneachta agus sneachta. Is ar éigean a d'fhéadfadh duine a shamhlú go raibh trí seachtaine den samhradh ann: bhí na sabhaircíní agus na crócais i bhfolach faoi shruthanna wintry; Bhí na larks ciúin, na duilleoga óga de na crainn luath smitten agus blackened. Agus dreary, agus fuarú, agus dismal, go raibh morrow creep thar! Choinnigh mo mháistir a sheomra; Ghlac mé seilbh ar an bparlús uaigneach, á thiontú ina phlandlann: agus ansin bhí mé, i mo shuí le bábóg moaning linbh a leagadh ar mo ghlúin; rocking sé go dtí agus fro, agus ag breathnú, idir an dá linn, na calóga fós ag tiomáint a thógáil suas an fhuinneog uncurtained, nuair a d'oscail an doras, agus tháinig duine éigin isteach, as anáil agus ag gáire! Ba mhó mo chuid feirge ná m'iontas ar feadh nóiméid. Cheap mé é ar cheann de na maidí, agus cried mé -"Déanta! Conas leomh tú a thaispeáint do giddiness anseo? Cad a déarfadh an tUasal Linton dá gcloisfeadh sé thú?

"Gabh mo leithscéal!" a d'fhreagair guth eolach; "Ach tá a fhios agam go bhfuil Edgar sa leaba, agus ní féidir liom mé féin a stopadh."

Leis sin tháinig an cainteoir ar aghaidh go dtí an tine, ag panting agus ag coinneáil a lámh ar a taobh.

"Rith mé an bealach ar fad ó Wuthering Heights!" ar sí, tar éis sosa; "ach amháin san áit a bhfuil mé ar foluain. Ní fhéadfainn líon na dtiteann a bhí agam a chomhaireamh. Ó, tá mé ag aching ar fud! Ná bíodh eagla ort! Beidh míniú ann chomh luath agus is féidir liom é a thabhairt; níl agat ach an mhaitheas chun céim amach agus ordú a thabhairt don charráiste mé a thabhairt ar aghaidh go Gimmerton, agus a rá le seirbhíseach cúpla éadaí a lorg i mo vardrús.

Ba é Mrs Heathcliff an t-ionróir. Is cinnte nach raibh aon chreach gáire uirthi: a cuid gruaige sruthaithe ar a guaillí, ag sileadh le sneachta agus uisce; Bhí sí gléasta sa gúna girlish chaith sí go coitianta, befitting a aois níos mó ná a seasamh: frock íseal le sleeves gearr, agus rud ar bith ar cheachtar ceann nó muineál. Bhí síoda éadrom ar an bhfarraig, agus bhuail sí léi le fliuch, agus ní raibh a cosa cosanta ach ag slipéir tanaí; cuir leis seo gearradh domhain faoi aon chluas amháin, nach raibh ach an fuacht ag cur fola go profusely, aghaidh bhán scríobtha agus brúite, agus fráma ar éigean in ann tacú leis féin trí thuirse; agus b'fhéidir gur mhaisiúil tú nach raibh mo chéad eagla i bhfad allayed nuair a bhí mé fóillíochta chun scrúdú a dhéanamh uirthi.

"Mo bhean óg daor," exclaimed mé, "Beidh mé stir áit ar bith, agus rud ar bith a chloisteáil, till tá tú a bhaint as gach alt de do chuid éadaí, agus a chur ar rudaí tirim; agus is cinnte nach rachaidh tú go Gimmerton go dtí an oíche, mar sin ní gá an t-iompar a ordú."

"Cinnte beidh mé," a dúirt sí; "ag siúl nó ag marcaíocht: ach níl aon agóid agam mé féin a ghléasadh go réasúnta. Agus-ah, féach conas a shreabhann sé síos mo mhuineál anois! Déanann an tine cliste é."

D'áitigh sí ar mo chuid treoracha a chomhlíonadh, sula ligfeadh sí dom teagmháil a dhéanamh léi; agus ní go dtí tar éis treoir a thabhairt don chóitseálaí a bheith réidh, agus maide leagtha chun roinnt feisteas riachtanach a phacáil, an bhfuair mé a toiliú chun an chréacht a cheangal agus cabhrú lena baill éadaigh a athrú.

"Anois, Ellen," a dúirt sí, nuair a bhí mo chúram críochnaithe agus bhí sí ina suí i gcathaoir éasca ar an teallach, le cupán tae roimpi, "suíonn tú síos os mo chomhair, agus chuir tú leanbh Catherine bocht ar shiúl: ní maith liom é a fheiceáil! Ní mór duit smaoineamh cúram mé beag do Catherine, mar gheall ar iompar mé chomh foolishly ar dul isteach: Tá mé cried, freisin, bitterly-yes, tá níos mó ná aon duine eile cúis a caoin. Scaramar gan aithne, is cuimhin leat, agus níor mhaith liom féin. Ach, ar a shon sin ar fad, ní raibh mé chun comhbhrón a dhéanamh leis—an beithíoch bruite! Ó, tabhair dom an poker! Is é seo an rud deireanach dá bhfuil agam mar gheall orm:" shleamhnaigh sí an fáinne óir as a tríú méar, agus chaith sé ar an urlár. " Bainfidh mé é!" ar sí, á bhualadh le spite childish, "agus ansin dófaidh mé é!" agus thóg sí agus thit sí an t-alt mí-úsáide i measc na ngual. "Tá! He shall buy another, má fhaigheann sé ar ais arís mé. Bheadh sé in ann teacht ar lorg dom, to tease Edgar. Ní leomh mé fanacht, lest gur chóir go mbeadh an nóisean a cheann ghránna! Agus thairis sin, ní raibh Edgar cineálta, an bhfuil? Agus ní thiocfaidh mé ag agairt as a chúnamh; ná ní thabharfaidh mé níos mó trioblóide dó. Chuir an riachtanas d'fhiacha orm foscadh a lorg anseo; cé, más rud é nach raibh foghlamtha agam go raibh sé as an mbealach, ba mhaith liom a stopadh ag an chistin, nite mo aghaidh, warmed mé féin, fuair tú a thabhairt cad a bhí mé, agus d'imigh arís go dtí áit ar bith as an teacht ar mo accursed-de sin goblin incarnate! Ah, bhí sé i fury den sórt sin! Dá mbéarfadh sé orm! Is mór an trua nach é Earnshaw a chluiche i neart: ní rithfinn go dtí go bhfeicfinn é ar fad ach leagadh é, dá mbeadh Hindley in ann é a dhéanamh!

"Bhuel, ná labhair chomh tapa, a Iníon!" Chuir mé isteach ar; "cuirfidh tú neamhord ar an gciarsúr a cheangail mé thart ar d'aghaidh, agus déanfaidh tú an gearradh bleed arís. Ól do chuid tae, agus tóg anáil, agus tabhair anonn ag gáire: tá gáire brónach as áit faoin díon seo, agus i do riocht!

"An fhírinne undeniable," d'fhreagair sí. "Éist leis an bpáiste sin! Coinníonn sé wail leanúnach-é a sheoladh amach as mo éisteacht ar feadh uair an chloig; Ní fhanfaidh mé níos faide.

Ghlaoigh mé an clog, agus gheall mé do chúram seirbhíseach é; agus ansin d'fhiafraigh mé cad a d'áitigh uirthi éalú ó Wuthering Heights i gcruachás chomh neamhdhóchúil sin, agus cá raibh sé i gceist aici dul, mar dhiúltaigh sí fanacht linn.

"Ba chóir dom, agus ba mhian liom fanacht," fhreagair sí, "a cheer Edgar agus aire a thabhairt don leanbh, ar feadh dhá rud, agus toisc go bhfuil an Ghráinseach mo bhaile ceart. Ach deirimse leat nach ligfeadh sé dom! An gceapann tú go bhféadfadh sé a iompróidh a fheiceáil dom ag fás saille agus merry-d'fhéadfadh iompróidh chun smaoineamh go raibh muid tranquil, agus ní réiteach ar nimhiú ár chompord? Anois, tá mé an sásamh a bheith cinnte go detests sé dom, go dtí an pointe a annoying dó dáiríre go bhfuil mé laistigh de chluas-lámhaigh nó radharc na súl: Tugaim faoi deara, nuair a théann mé isteach ina láthair, na matáin a ghnúis a shaobhadh go neamhdheonach i léiriú fuath; go páirteach ag éirí as a chuid eolais ar na cúiseanna maithe caithfidh mé a bhraitheann go sentiment dó, agus go páirteach ó aversion bunaidh. Tá sé láidir go leor chun a chur ina luí orm go bhfuil mé cinnte nach gcuirfeadh sé an ruaig orm thar Shasana, ag ceapadh go raibh éalú soiléir agam; agus dá bhrí sin caithfidh mé a fháil go leor ar shiúl. Tháinig mé ar ais ó mo chéad mhian a bheith maraithe aige: B'fhearr liom go maródh sé é féin! Tá mo ghrá múchta aige go héifeachtach, agus mar sin tá mé ar mo shuaimhneas. Is féidir liom a recollect fós conas grá agam dó; agus is féidir a shamhlú dimly go raibh mé in ann a bheith grámhara fós dó, más rud é-níl, níl! Fiú dá mbeadh doted sé orm, bheadh an nádúr devilish le fios a bheith ann ar bhealach. Bhí blas millteanach cráite ag Catherine ar an meas a bhí aici air chomh daor sin, agus aithne chomh maith sin aici air. Ollphéist! go bhféadfaí é a blotted as a chruthú, agus as mo chuimhne!

"Hush, hush! Is duine daonna é," a dúirt mé. "Bí níos carthanaí: tá fir níos measa ná mar atá sé fós!"

"Ní duine daonna é," ar sise arís; "Agus níl aon éileamh aige ar mo charthanas. Thug mé mo chroí dó, agus thóg sé agus pinched sé chun báis, agus flung sé ar ais chugam. Mothaíonn daoine lena gcroí, Ellen: agus ós rud é go bhfuil mianach scriosta aige, níl sé de chumhacht agam mothú dó: agus ní bheinn, cé go groaned sé as seo go dtí a lá ag fáil bháis, agus wept deora fola do Catherine! Níl, go deimhin, go deimhin, ní bheinn! Agus anseo thosaigh Isabella ag caoineadh; ach, láithreach dashing an t-uisce as a lashes, recommenced sí. "D'iarr tú, cad a thiomáin mé chun eitilt ar deireadh? Bhí d'fhiacha orm tabhairt faoi, mar d'éirigh liom a buile a chur os cionn a urchóide. Éilíonn tarraingt amach na néaróga le pincers te dearg níos mó coolness ná knocking ar an ceann. D'oibrigh sé suas chun dearmad a dhéanamh ar an críonnacht fiendish a bhí aige, agus lean sé ar aghaidh le foréigean dúnmharaithe. Bhí pléisiúr agam a bheith in ann é a exasperate: dhúisigh an mothú pléisiúir mo instinct féin-chaomhnú, mar sin bhris mé go cothrom saor in aisce; agus má thagann mé isteach ina lámha arís tá fáilte roimhe díoltas comhartha.

"Inné, tá a fhios agat, ba chóir go mbeadh an tUasal Earnshaw ag an tsochraid. Choinnigh sé é féin sober chun na críche sin—sober tolerably:

gan dul a chodladh buile ag a sé a chlog agus ag dul suas ar meisce ag a dó dhéag. Dá bhrí sin, d'ardaigh sé, i biotáillí íseal féinmharaithe, mar a d'oirfeadh don eaglais mar do dhamhsa; agus ina ionad sin, shuigh sé síos ag an tine agus shlog sé gin nó brandy ag tumblerfuls.

"Heathcliff - shudder mé a ainm dó! bhí sé ina strainséir sa teach ón Domhnach seo caite go dtí an lá atá inniu ann. Cibé acu a chothaigh na haingil é, nó a ghaol faoi bhun, ní thig liom a rá; ach níor ith sé béile linn le beagnach seachtain. Tá sé díreach tar éis teacht abhaile ag breacadh an lae, agus imithe thuas staighre go dtí a sheomra; é féin a chur faoi ghlas—amhail is dá mba rud é go raibh duine ar bith ag brionglóideach faoina chuideachta! Lean sé ar aghaidh, ag guí mar a bheadh Modhach ann: níl ach an deity implored sé deannach senseless agus luaithreach; agus Dia, nuair a tugadh aghaidh air, bhí confounded curiously lena athair dubh féin! Tar éis na n-orisons lómhara seo a chríochnú-agus mhair siad go ginearálta go dtí gur fhás sé hoarse agus bhí a ghuth strangled ina scornach-bheadh sé amach arís; díreach síos go dtí an Ghráinseach i gcónaí! N'fheadar nár sheol Edgar constábla, agus go dtabharfadh sé faoi choimeád é! Maidir liom féin, agus mé ag casaoid faoi Catherine, níorbh fhéidir a sheachaint maidir leis an séasúr seachadta seo ó leatrom díghrádaithe mar shaoire.

"D'éirigh liom léachtaí síoraí Iósaef a chloisteáil gan gol, agus bogadh suas agus síos an teach níos lú le bun gadaí scanraithe ná mar a bhíodh. Ní shílfeá gur cheart dom caoineadh ar rud ar bith a d'fhéadfadh Joseph a rá; ach tá sé féin agus Hareton compánaigh detestable. B'fhearr liom suí le Hindley, agus a chaint uafásach a chloisteáil, ná le 't' little maister' agus a thacadóir staunch, an seanfhear aisteach sin! Nuair a bhíonn Heathcliff istigh, is minic a bhíonn dualgas orm an chistin agus a sochaí a lorg, nó stánadh i measc na seomraí taise neamháitrithe; nuair nach bhfuil sé, mar a bhí an tseachtain seo, bunaím bord agus cathaoir ag cúinne amháin den tine tí, agus ní miste liom conas a d'fhéadfadh an tUasal Earnshaw é féin a áitiú; agus ní chuireann sé isteach ar mo shocruithe. Tá sé níos ciúine anois ná mar a bhíodh sé, mura spreagann aon duine é: níos mó sullen agus depressed, agus níos lú furious. Dearbhaíonn Iósaef go bhfuil sé cinnte gur fear athraithe é: go bhfuil an Tiarna tar éis teagmháil a dhéanamh lena chroí, agus go bhfuil sé sábháilte 'ionas go mbeidh sé trí thine.' Tá mé buartha comharthaí den athrú fabhrach a bhrath: ach ní hé mo ghnó é.

"Seater-tráthnóna shuigh mé i mo nook léamh roinnt leabhair d'aois till déanach ar i dtreo dhá cheann déag. Dhealraigh sé chomh dismal chun dul suas staighre, leis an sneachta fiáin séideadh taobh amuigh, agus mo smaointe ag filleadh go leanúnach ar an kirkyard agus an uaigh nua-déanta! Is ar éigean a thóg mé mo shúile ón leathanach romham, an radharc lionn dubh sin a d'éirigh chomh láithreach sin as a áit. Shuigh Hindley os coinne, leant a chinn ar a láimh; b'fhéidir machnamh a dhéanamh ar an ábhar céanna. D'éirigh sé as an ól ag pointe faoi bhun neamhréasúnachas, agus níor chorraigh sé ná níor labhair sé le linn dhá nó trí huaire an chloig. Ní raibh aon fhuaim tríd an teach ach an ghaoth moaning, a chroith na fuinneoga gach anois agus ansin, an crackling faint na coals, agus an cliceáil ar mo snuffers mar a bhain mé ag eatraimh an wick fada an coinneal. Is dócha go raibh Hareton agus Joseph ina gcodladh go tapa sa leaba. Bhí sé an-, an-bhrónach: agus cé gur léigh mé osna mé, mar bhí an chuma air amhail is dá mbeadh an t-áthas ar fad imithe ón domhan, gan a bheith ar ais.

"Bhí an tost doleful briste ar fad ag fuaim an latch cistine: Bhí Heathcliff ar ais óna uaireadóir níos luaithe ná mar is gnách; Dlite, is dócha, don stoirm thobann. Bhí an bealach isteach sin ceangailte, agus chuala muid é ag teacht thart chun dul isteach ag an duine eile. D'ardaigh mé le léiriú dochúlaithe ar an méid a mhothaigh mé ar mo bheola, a spreag mo chompánach, a bhí ag stánadh i dtreo an dorais, chun dul agus breathnú orm.

"'Coinneoidh mé amach é cúig nóiméad,' exclaimed sé. ' Ní chuirfidh tú ina choinne?'

"'Níl, féadfaidh tú é a choinneáil amach an oíche ar fad dom,' fhreagair mé. ' Déan! cuir an eochair sa ghlas, agus tarraing na boltaí.'

"Rinne Earnshaw an ere seo shroich a aoi an tosach; Tháinig sé ansin agus thug sé a chathaoir go dtí an taobh eile de mo bhord, leaning os a chionn, agus cuardach i mo shúile le haghaidh comhbhrón leis an fuath dhó a gleamed as a: Mar a d'fhéach sé araon agus bhraith cosúil le assassin, ní raibh sé in ann teacht go díreach go; ach d'aimsigh sé go leor chun é a spreagadh chun labhairt

"'Tusa, agus mise,' a dúirt sé, 'bíodh fiacha móra ar gach duine acu le socrú leis an bhfear amuigh! Dá mba rud é nach raibh ceachtar againn cowards, d'fhéadfadh muid le chéile chun é a urscaoileadh. An bhfuil tú chomh bog le do dheartháir? An bhfuil tú sásta mairfidh go dtí an ceann deireanach, agus ní uair amháin iarracht a dhéanamh ar aisíocaíocht?'

"'Tá mé traochta ag maireachtáil anois,' a d'fhreagair mé; ' agus bheinn sásta le díoltas nach ndéanfadh aithris orm féin; ach is sleánna iad feall agus foréigean ag an dá chríoch; goilleann siad orthu siúd a théann i muinín iad níos measa ná a naimhde.'

"'Treachery and violence are a just return for treachery and violence!' adeir Hindley. ' Mrs Heathcliff, iarrfaidh mé ort rud ar bith a dhéanamh; ach suigh go fóill agus bí balbh. Inis dom anois, an féidir leat? Tá mé cinnte go mbeadh an oiread pléisiúir agat agus a chonaic mé an chonclúid go raibh an fiend ann; beidh sé a bheith *do* bhás mura overreach tú air; agus beidh sé a bheith *ar mo* ruin. Damnaigh an villain hellish! Buaileann sé ag an doras amhail is dá mbeadh sé ina mháistir anseo cheana féin! Geallúint go gcoinneoidh tú do theanga, agus sula mbuaileann an clog sin—ba mhaith leis trí nóiméad de cheann amháin—is bean shaor thú!'

"Thóg sé na huirlisí a thuairiscigh mé duit i mo litir óna chíoch, agus bheadh an choinneal iompaithe síos aige. Sciob mé uaim é, áfach, agus ghabh mé a lámh.

"Ní bheidh mo theanga agam!' Dúirt mé; 'Ní mór duit teagmháil a dhéanamh leis. Lig don doras fanacht dúnta, agus bí ciúin!'

"'Níl! Tá mo rún déanta agam, agus ag Dia déanfaidh mé é a fhorghníomhú!' adeir an neach éadóchasach. 'Déanfaidh mé cineáltas duit in ainneoin tú féin, agus ceartas Hareton! Agus ní gá duit trioblóid do cheann a scagadh dom; Tá Catherine imithe. Ní chuirfeadh aon duine beo aiféala orm, nó bheadh náire orm, cé gur ghearr mé mo scornach an nóiméad seo—agus tá sé in am deireadh a chur leis!'

"D'fhéadfainn chomh maith a bheith ag streachailt le béar, nó réasúnaithe le gealt. An t-aon acmhainn a d'fhág mé ná rith go laitís agus rabhadh a thabhairt don íospartach a bhí beartaithe aige faoin gcinniúint a bhí ag fanacht leis.

"B'fhearr duit foscadh a lorg áit éigin eile go dtí an oíche!' Exclaimed mé, in áit ton buacach. 'Tá intinn ag an Uasal Earnshaw tú a lámhach, má leanann tú ort ag iarraidh dul isteach.'

"'B'fhearr duit an doras a oscailt, tú—' a d'fhreagair sé, ag tabhairt aghaidh orm le téarma galánta éigin nach bhfuil cúram orm a dhéanamh arís.

"'Ní bheidh mé meddle sa ábhar,' retorted mé arís. ' Tar isteach agus faigh urchar, más é do thoil é. Tá mo dhualgas déanta agam.'

"Leis sin dhún mé an fhuinneog agus d'fhill mé ar m'áit cois na tine; stoc hypocrisy róbheag a bheith agam ar m'ordú chun ligean ar aon imní faoin gcontúirt a chuir as dó. Mhionnaigh Earnshaw go paiseanta orm: ag dearbhú go raibh grá agam don villain fós; agus ag glaoch orm gach cineál ainmneacha don bhunspiorad a d'éirigh liom. Agus mé, i mo chroí rúnda (agus coinsiasa riamh reproached dom), shíl cad a blessing a bheadh sé dó ba chóir Heathcliff chur air as ainnise; agus cad beannacht dom ba chóir dó a sheoladh Heathcliff chun a áit chónaithe ceart! De réir mar a shuigh mé ag altranas na machnaimh seo, buaileadh buille ón duine aonair deireanach ar an tuiseal taobh thiar díom, agus d'fhéach a ghnúis dhubh go gruama tríd. Sheas na stanchions ró-ghar do fhulaingt a ghualainn a leanúint, agus aoibh mé, exulting i mo shlándáil fancied. Bhí whitened a chuid gruaige agus éadaí le sneachta, agus a chuid fiacla géar cannibal, le fios ag fuar agus wrath, gleamed tríd an dorchadas.

"'Isabella, lig dom isteach, nó beidh mé a dhéanamh repent tú!' sé 'girned,' mar a thugann Joseph air.

"'Ní féidir liom dúnmharú a dhéanamh,' a d'fhreagair mé. ' Seasann an tUasal Hindley sentinel le scian agus piostal luchtaithe.'

"'Lig isteach ag doras na cistine mé,' a dúirt sé.

"'Beidh Hindley ann romham,' a d'fhreagair mé: 'agus is bocht an grá é sin duit nach féidir cith sneachta a iompar! Fágadh ar ár suaimhneas muid inár leapacha fad is a bhí gealach an tsamhraidh ag lonrú, ach an nóiméad a fhilleann soinneáin an gheimhridh, caithfidh tú rith le haghaidh foscaidh! Heathcliff, dá mba mise thú, rachainn féin thar a uaigh agus gheobhainn bás mar a bheadh madra dílis ann. Is cinnte nach fiú maireachtáil sa domhan anois, an ea? Chuaigh tú i bhfeidhm go mór orm an smaoineamh gurbh í Catherine áthas iomlán do shaoil: ní féidir liom a shamhlú conas a smaoiníonn tú ar a caillteanas a mhaireann.'

"'Tá sé ann, an bhfuil sé?' exclaimed mo chompánach, rushing go dtí an bhearna. ' Más féidir liom mo lámh a fháil amach is féidir liom é a bhualadh!'

"Tá eagla orm, a Ellen, leagfaidh tú síos mé mar ghránna; ach níl a fhios agat go léir, mar sin ná déan breithiúnas. Ní bheinn tar éis cabhrú ná neartú le hiarracht ar *a* shaol fiú ar rud ar bith. Wish that he were dead, caithfidh mé; agus dá bhrí sin bhí díomá orm, agus chuir sceimhle orm iarmhairtí mo chuid cainte blasta, nuair a theith sé é féin ar arm Earnshaw agus chaith sé as a thuiscint é.

"Phléasc an chúis, agus dhún an scian, agus í ag dul siar, isteach i rosta a úinéara. Heathcliff tharraing sé ar shiúl ag fórsa is mó, slitting suas an flesh mar a rith sé ar, agus sá sé sileadh isteach ina phóca. Thóg sé cloch ansin, bhuail sé síos an deighilt idir dhá fhuinneog, agus sprang isteach. Bhí a adversary tar éis titim senseless le pian iomarcach agus an sreabhadh fola, a gushed ó artaire nó féith mhór. An ruffian kicked agus trampled air, agus dashed a cheann arís agus arís eile i gcoinne na bratacha, a bhfuil mé le lámh amháin, idir an dá linn, chun cosc a chur orm thoghairm Joseph. Chuir sé féin-shéanadh preterhuman i staonadh ó chríochnú dó go hiomlán; ach ag éirí as anáil, d'imigh sé ar deireadh, agus tharraing sé an corp neamhbheo ar aghaidh go dtí an socrú. D'éirigh sé as muinchille chóta Earnshaw, agus cheangail sé an chréacht le gairbhe brúidiúil; spitting agus cursing le linn na hoibríochta chomh fuinniúil agus a bhí kicked sé roimh. Agus mé saor, níor chaill mé aon am ag lorg an tsean-ghiolla; gidheadh, tar éis dó an t-aithrigheach do chruinniughadh tré chéimibh, do chíoradh thíos, ag gásáil, agus é ag teacht anuas na céimeanna a dó ag an am gcéanna.

"'Cad atá le déanamh, anois? céard atá le déanamh agat, anois?'

"'Níl sé seo a dhéanamh,' thundered Heathcliff, 'go bhfuil do mháistir buile; agus má mhaireann sé mí eile, beidh tearmann agam. Agus conas a tháinig an diabhal chun mé a dhúnadh amach, cú gan fiacail agat? Ná seas muttering agus mumbling ann. Tar, níl mé ag dul a altra dó. Nigh an stuif sin ar shiúl; agus cuimhnigh ar spréacha do choinneal—tá sé níos mó ná leathbhranda!'

"'Agus mar sin tá tú ag murthering air?' exclaimed Joseph, ardú a lámha agus súile i horror. ' Má iver síol mé loike seeght seo! Go mbeannaí an Tiarna—'

"Thug Heathcliff brú ar a ghlúine dó i lár na fola, agus chroch sé tuáille dó; ach in ionad dul ar aghaidh chun é a thriomú suas, chuaigh sé a lámha agus thosaigh paidir, a excited mo gáire as a frásaíocht corr. Bhí mé i riocht na hintinne a bheith shocked ag rud ar bith: i ndáiríre, bhí mé chomh meargánta mar a léiríonn roinnt malefactors iad féin ag bun na gallows.

"'Ó, rinne mé dearmad ort,' arsa an tíoránach. ' Déanfaidh tú é sin. Síos leat. Agus conspire tú leis i mo choinne, an bhfuil tú, viper? Tá, tá an obair sin oiriúnach duit!'

"Chroith sé mé go dtí go rattled mo fiacla, agus pitched dom in aice Joseph, a chríochnaigh go seasta a supplications, agus ansin d'ardaigh, vowing bheadh sé ag dul amach don Ghráinseach go díreach. Bhí an tUasal Linton ina ghiúistís, agus cé go raibh caoga mná céile marbh aige, ba chóir dó fiosrú a dhéanamh faoi seo. Bhí sé chomh doiléir ina rún, gur mheas Heathcliff go raibh sé fóirsteanach iallach a chur ar mo bheola athchruthú a dhéanamh ar an méid a tharla; He was standing over me, heaving with malevolence, thug mé an cuntas go drogallach mar fhreagra ar a chuid ceisteanna. Theastaigh go leor oibre uaidh chun an seanfhear a shásamh nárbh é Heathcliff an t-ionsaitheoir; go háirithe le mo chuid freagraí ar éigean-wrung. Mar sin féin, chuir an tUasal Earnshaw ina luí air go luath go raibh sé beo fós; Joseph hastened a riaradh dáileog de bhiotáille, agus ag a n-succour a mháistir regained faoi láthair tairiscint agus chonaic. Heathcliff, ar an eolas go raibh a chéile comhraic aineolach ar an gcóireáil a fuarthas agus é do-ghlactha, d'iarr sé meisce deliriously; agus dúirt sé nár chóir dó a iompar atrocious a thabhairt faoi deara a thuilleadh, ach chomhairligh sé dó dul a chodladh. Le mo lúcháir, d'fhág sé muid, tar éis an t-abhcóide judicious seo a thabhairt, agus shín Hindley é féin ar leac an teallaigh. D'imigh mé go dtí mo sheomra féin, iontas orm gur éalaigh mé chomh héasca sin.

"Ar maidin, nuair a tháinig mé síos, thart ar leath uair an chloig roimh mheán lae, bhí an tUasal Earnshaw ina shuí cois na tine, tinn marfach; a genius olc, beagnach mar gaunt agus ghastly, leant i gcoinne an simléar. Ní raibh an chuma ar an scéal go raibh claonadh agam dine a dhéanamh, agus, tar éis fanacht go dtí go raibh gach rud fuar ar an mbord, thosaigh mé i m'aonar. Níor chuir aon ní bac orm a bheith ag ithe go croíúil, agus bhí tuiscint áirithe agam ar shástacht agus ar superiority, mar, ag eatraimh, chaith mé súil i dtreo mo chompánaigh chiúin, agus mhothaigh mé compord coinsiasa ciúin istigh ionam. Tar éis dom a dhéanamh, chuaigh mé ar an tsaoirse neamhghnách a bhaineann le líníocht in aice leis an tine, ag dul thart ar shuíochán Earnshaw, agus ar a ghlúine sa chúinne in aice leis.

"Níor thug Heathcliff sracfhéachaint ar mo bhealach, agus bhreathnaigh mé suas, agus smaoinigh mé ar a chuid gnéithe beagnach chomh muiníneach is dá mba rud é go raibh siad iompaithe chun cloiche. A mhullach, gur shíl mé uair amháin chomh manly, agus go bhfuil mé ag smaoineamh anois chomh diabolical, bhí scáthaithe le scamall trom; bhí a shúile basilisk beagnach múchadh ag sleeplessness, agus gol, b'fhéidir, do bhí na lashes fliuch ansin: a liopaí devoid a sneer ferocious, agus séalaithe i léiriú brón unspeakable. Dá mba rud eile é, bheadh m'aghaidh clúdaithe agam i láthair an bhróin sin. Ina chás, bhí áthas orm; agus, aineolach mar is cosúil go maslaíonn sé namhaid tite, ní raibh mé in ann an seans seo a chailleadh cloí le dart: ba é a laige an t-aon uair amháin nuair a d'fhéadfainn blas a fháil ar an aoibhneas a bhaineann le híoc mícheart as mícheart.

"Fie, fie, Iníon!" Chuir mé isteach air. "D'fhéadfadh duine a cheapadh nár oscail tú Bíobla riamh i do shaol. Má afflict Dia do naimhde, surely gur chóir go leor duit. Tá sé idir chiall agus presumptuous a chur ar do chéasadh a!"

"Go ginearálta ligfidh mé dó go mbeadh sé, Ellen," ar sí; "ach cén t-ainnise a leagtar ar Heathcliff a d'fhéadfadh ábhar a chur orm, mura bhfuil lámh agam ann? B'fhearr liom gur fhulaing sé *níos lú*, dá bhféadfainn a fhulaingt a chur faoi deara agus b'fhéidir go mbeadh a *fhios aige* gurbh mise an chúis. Ó, tá an oiread sin dlite agam dó. Ar choinníoll amháin is féidir liom súil a logh dó. Is é, más féidir liom súil a chaitheamh ar shúil, fiacail le haghaidh fiacail; do gach dreoilín agony ar ais wrench: é a laghdú go dtí mo leibhéal. As he was the first to injurre, ba é an chéad duine é a rinne pardún; agus ansin-cén fáth ansin, Ellen, d'fhéadfadh mé a thaispeáint duit roinnt flaithiúlacht. Ach tá sé utterly dodhéanta is féidir liom a díoltas riamh, agus dá bhrí sin ní féidir liom logh dó. Theastaigh roinnt uisce ó Hindley, agus thug mé gloine dó, agus d'fhiafraigh mé de cén chaoi a raibh sé.

"'Níl sé chomh tinn agus is mian liom,' a d'fhreagair sé. ' Ach ag fágáil amach mo lámh, tá gach orlach díom chomh tinn is dá mbeinn ag troid le léigiún imps!'

"'Sea, ní haon ionadh,' an chéad ráiteas eile a bhí agam. ' Bhíodh Catherine ag maíomh gur sheas sí idir tú féin agus dochar coirp: chiallaigh sí nach ngortódh daoine áirithe thú ar eagla go gciontódh sí í. Tá sé go maith nach n-éiríonn daoine as a n-uaigh i ndáiríre, nó, aréir, b'fhéidir go bhfaca sí radharc díoltais! Nach bhfuil tú bruised, agus gearrtha thar do cófra agus guaillí?'

"'Ní féidir liom a rá,' fhreagair sé; ' ach cad atá i gceist agat? Ar leomh sé mé a bhualadh nuair a bhí mé síos?'

"'Trampled sé ar agus kicked tú, agus dashed tú ar an talamh,' whispered mé. ' Agus uisce a bhéal chun tú a stróiceadh lena fhiacla; mar níl ann ach leathfhear: níl an oiread sin ann, agus fiend an chuid eile.'

"D'fhéach an tUasal Earnshaw suas, cosúil liomsa, le comhaireamh ár gceo frithpháirteach; cé, absorbed ina anguish, chuma insensible le rud ar bith timpeall air: an níos faide sheas sé, an plainer a reflections fios a n-blackness trína gnéithe.

"'Ó, más rud é go mbeadh Dia ach a thabhairt dom neart a strangle dó i mo agony deireanach, Ba mhaith liom dul go dtí ifreann le háthas,' groaned an fear mífhoighneach, writhing a ardú, agus sinking ar ais i éadóchas, cinnte de a neamhdhóthanacht don streachailt.

"'Nay, it's enough that he has murdered one of you,' a thug mé faoi deara os ard. ' Ag an nGráinseach, tá a fhios ag gach duine go mbeadh do dheirfiúr ina cónaí anois murach an tUasal Heathcliff. Tar éis an tsaoil, is fearr fuath ná grá aige dó. Nuair a chuimhním ar cé chomh sásta is a bhí muid—cé chomh sásta is a bhí Catherine sular tháinig sé—tá mé in ann mallacht a chur ar an lá.'

"Is dócha gur thug Heathcliff faoi deara níos mó fírinne an méid a dúradh, ná spiorad an duine a dúirt é. Bhí a aird roused, chonaic mé, as a shúile rained síos deora i measc an luaithreach, agus tharraing sé a anáil i osna suffocating. Stán mé go hiomlán air, agus rinne mé gáire scornfully. Las fuinneoga scamallacha ifreann nóiméad i mo threo; an fiend a d'fhéach sé amach de ghnáth, áfach, bhí sé chomh dimmed agus báite nach raibh eagla orm fuaim eile derision a chur i mbaol.

"'Éirigh, agus begone as mo radharc,' arsa an caoineadh.

"Buille faoi thuairim mé uttered sé na focail sin, ar a laghad, cé go raibh a ghuth ar éigean intuigthe.

"'Impím ar do phardún,' a d'fhreagair mé. ' Ach bhí grá agam do Catherine freisin; agus éilíonn a deartháir freastal, rud a sholáthróidh mé, ar mhaithe léi. Anois go bhfuil sí marbh, feicim í i Hindley: Tá a súile go díreach ag Hindley, mura ndearna tú iarracht iad a mhealladh amach, agus rinne sé dubh agus dearg iad; agus í—'

"'Get up, wretched idiot, before I stamp you to death!' adeir sé, ag déanamh gluaiseachta a chuir faoi deara dom ceann a dhéanamh freisin.

"'Ach ansin,' a lean mé, agus mé féin réidh le teitheadh, 'dá mbeadh muinín ag Catherine bocht ionat, agus dá nglacfadh sí leis an teideal magúil, díspeagúil, díghrádaithe a bhí ag Mrs Heathcliff, ba ghearr go mbeadh pictiúr den chineál céanna curtha i láthair aici! Ní bheadh d'iompar abominable iompartha aici go ciúin: caithfidh go raibh guth aimsithe aici.'

"Bhí cúl an tsocraithe agus duine Earnshaw fite fuaite idir mé féin agus eisean; Mar sin, in ionad iarracht a bhaint amach dom, sciob sé dinnéar-scian ón mbord agus flung sé ag mo cheann. Bhuail sé faoi bhun mo chluaise, agus stop sé an abairt a bhí á rá agam; ach, ag tarraingt amach é, sprang mé go dtí an doras agus thug mé ceann eile; tá súil agam go ndeachaigh sé beagán níos doimhne ná a diúracán. Ba é an spléachadh deireanach a rug mé air ná rush furious ar a chuid, sheiceáil ag glacadh a óstach; agus thit an bheirt acu faoi ghlas le chéile ar an teallach. I mo eitilt tríd an chistin tairiscint mé Joseph luas a mháistir; Bhuail mé thar Hareton, a bhí ag crochadh bruscair coileáin ó chathaoir ar ais sa doras; agus, do bheannuigh mar anam ó purgadóir, do cheangail mé, do léim mé, agus do eitil síos an bóthar géar; ansin, ag éirí as a foirceannadh, lámhaigh díreach trasna an mhóinteáin, ag rolladh thar bhruacha, agus ag dúiseacht trí riasca: ag deascadh mé féin, i ndáiríre, i dtreo rabhchán-éadrom na Gráinsí. Agus b'fhearr liom a bheith daortha chuig teach suthain sna réigiúin neamhthorthúla ná, fiú ar feadh oíche amháin, cloí faoi dhíon Wuthering Heights arís."

Stop Isabella ag labhairt, agus thóg sé deoch tae; ansin d'ardaigh sí, agus bidding dom a chur ar a bonnet, agus shawl mór a thug mé, agus ag casadh cluas bodhar do mo entreaties di chun fanacht uair an chloig eile, sheas sí ar aghaidh go dtí cathaoir, phóg portráidí Edgar agus Catherine, bhronn cúirtéis den chineál céanna orm, agus shliocht go dtí an carráiste, in éineacht le Fanny, a yelped fiáin le háthas ag teacht ar ais a máistreás. Tiománeadh ar shiúl í, gan dul siar ar an gcomharsanacht seo: ach bunaíodh comhfhreagras rialta idir í féin agus mo mháistir nuair a bhí rudaí níos socraithe. Creidim go raibh a cónaí nua sa deisceart, in aice le Londain; Bhí mac aici a rugadh cúpla mí tar éis di éalú. Bhí sé christened Linton, agus, ón gcéad, thuairiscigh sí dó a bheith ina créatúr ailing, peevish.

An tUasal Heathcliff, cruinniú dom lá amháin sa sráidbhaile, d'fhiafraigh áit a raibh cónaí uirthi. Dhiúltaigh mé a rá. Dúirt sé nach raibh sé ar aon nóiméad, ach caithfidh sí a bheith airdeallach ar theacht chuig a dheartháir: níor chóir di a bheith leis, dá mbeadh air í féin a choinneáil. Cé nach dtabharfainn aon eolas, fuair sé amach, trí chuid de na seirbhísigh eile, a háit chónaithe agus an leanbh a bheith ann. Fós féin, níor mhol sé í: cé acu staonta a d'fhéadfadh sí buíochas a ghabháil lena aversion, is dócha. Ba mhinic a d'fhiafraigh sé faoin naíonán, nuair a chonaic sé mé; agus nuair a chuala sé a ainm, aoibh ghruama, agus thug sé faoi deara: "Is mian leo fuath a thabhairt dom freisin, an bhfuil siad?"

"Ní dóigh liom gur mhaith leo go mbeadh aon rud ar eolas agat faoi," a d'fhreagair mé.

"Ach beidh sé agam," a dúirt sé, "nuair is mian liom é. B'fhéidir go n-áireofaí é sin!

Ar ámharaí an tsaoil fuair a mháthair bás sular tháinig an t-am; trí bliana déag tar éis do Catherine éirí as, nuair a bhí Linton dhá bhliain déag d'aois, nó beagán eile.

An lá i ndiaidh chuairt gan choinne Isabella ní raibh aon deis agam labhairt le mo mháistir: shunned sé comhrá, agus bhí sé oiriúnach chun rud ar bith a phlé. Nuair a d'fhéadfainn é a fháil le héisteacht, chonaic mé áthas air gur fhág a dheirfiúr a fear céile; a bhfuil sé abhorred le déine a bheadh an mildness a nádúr cosúil scarcely a cheadú. Mar sin, bhí domhain agus íogair a aversion, gur staon sé ó dul in áit ar bith ina raibh sé dócha a fheiceáil nó a chloisteáil de Heathcliff. Grief, agus go chéile, chlaochlú air i díthreabhach iomlán: chaith sé suas a oifig giúistís, scoir fiú chun freastal ar séipéal, sheachaint an sráidbhaile ar gach ócáid, agus chaith saol de seclusion ar fad laistigh de theorainneacha a pháirc agus tailte; ach amháin ag rambles solitary ar na moors, agus cuairteanna ar an uaigh a bhean chéile, den chuid is mó sa tráthnóna, nó go luath ar maidin sula raibh wanderers eile thar lear. Ach bhí sé rómhaith le bheith an-mhíshásta le fada. Níor ghuigh sé ar son anam Chaitríona chun é a chrá. Thug an t-am éirí as, agus níos milse lionn dubh ná áthas coitianta. Chuimhnigh sé ar a cuimhne le grá ardent, tairisceana, agus dóchasach aspiring chun an domhan níos fearr; áit a raibh amhras air nach raibh sí imithe.

Agus bhí sólás agus gean domhain aige freisin. Ar feadh cúpla lá, a dúirt mé, dhealraigh sé beag beann ar an comharba puny ar an imigh: leáigh an fuacht chomh tapa le sneachta i mí Aibreáin, agus ere d'fhéadfadh an rud beag bídeach stammer focal nó totter céim wielded sé sceptre despot ina chroí. Catherine ab ainm dó; ach níor thug sé an t-ainm iomlán air riamh, mar níor ghlaoigh sé riamh ar an gcéad Catherine gearr: is dócha toisc go raibh sé de nós ag Heathcliff é sin a dhéanamh. Cathy a bhí sa cheann beag i gcónaí: rinne sé idirdhealú ón máthair, agus fós nasc léi; agus sprang a cheangal as a ndáil léi, i bhfad níos mó ná as a bheith aige féin.

Ba ghnách liom comparáid a dhéanamh idir é féin agus Hindley Earnshaw, agus mé féin a chur ina luí orm féin a mhíniú go sásúil cén fáth go raibh a n-iompar chomh contrártha sin i gcúinsí den chineál céanna. Bhí an bheirt acu ceanúil orthu, agus bhí an bheirt acu ceangailte lena gclann; agus ní fhéadfainn a fheiceáil cén chaoi nár cheart dóibh araon an bóthar céanna a thógáil, ar mhaithe le maith nó olc. Ach, shíl mé i m'intinn, Hindley, leis an gceann is láidre de réir dealraimh, gur léirigh sé féin go brónach an níos measa agus an fear níos laige. Nuair a bhuail a long, thréig an captaen a phost; agus rith an criú, in ionad a bheith ag iarraidh í a shábháil, isteach i gcíréib agus mearbhall, rud a d'fhág nach raibh aon dóchas acu as a soitheach gan ádh. A mhalairt ar fad a léirigh Linton fíor-mhisneach anama dílis dílis: bhí muinín aige as Dia; agus thug Dia sólás dó. Bhí súil ag duine acu, agus an duine eile éadóchas: roghnaigh siad a lán féin, agus bhí siad doomed righteously chun mairfidh iad. Ach ní bheidh tú ag iarraidh a chloisteáil mo moralising, an tUasal Lockwood; beidh tú breitheamh, chomh maith agus is féidir liom, na rudaí seo go léir: ar a laghad, beidh tú ag smaoineamh go mbeidh tú, agus go bhfuil mar an gcéanna. Ba é deireadh Earnshaw an rud a mbeifí ag súil leis; Lean sé go tapa ar a dheirfiúr: bhí sé mhí gann eatarthu. Ní bhfuaireamar riamh, sa Ghráinseach, cuntas an-ghonta ar a staid roimhe; bhí gach rud a d'fhoghlaim mé ag dul i gcabhair ar na hullmhúcháin don tsochraid. Tháinig an tUasal Kenneth chun an ócáid a fhógairt do mo mháistir.

"Bhuel, Nelly," a dúirt sé, ag marcaíocht isteach sa chlós maidin amháin, ró-luath gan aláram dom le cur i láthair láithreach drochscéala, "is leatsa agus mo sheal dul faoi bhrón faoi láthair. Cé a thug an duillín dúinn anois, an gceapann tú?

"Cé?" D'iarr mé i flurry.

"Cén fáth, buille faoi thuairim!" D'fhill sé, dismounting, agus slinging a bridle ar Hook ag an doras. "Agus nip suas cúinne do naprún: Tá mé cinnte go mbeidh sé de dhíth ort."

"Nach bhfuil an tUasal Heathcliff, surely?" Exclaimed mé.

"Cad é! an mbeadh deora agat dó?" arsa an dochtúir. "Níl, fear óg diana Heathcliff: tá sé faoi bhláth go lá. Tá mé díreach tar éis é a fheiceáil. Tá sé ag fáil feola ar ais go tapa ó chaill sé a leath níos fearr.

"Cé hé, ansin, an tUasal Kenneth?" Arís agus arís eile mé mífhoighneach.

"Hindley Earnshaw! Do sheanchara Hindley," a d'fhreagair sé, "agus mo gossip ghránna: cé go bhfuil sé ró-fhiáin dom an tamall fada seo. Tá! Dúirt mé gur cheart dúinn uisce a tharraingt. Ach cheer suas! Fuair sé bás dílis dá charachtar: ólta mar thiarna. Leaid bhocht! Tá brón orm, freisin. Ní féidir le duine cabhrú le sean-chompánach a bheith ar iarraidh: cé go raibh na cleasanna is measa aige leis a shamhlaigh an fear riamh, agus is iomaí cor a chuir sé orm. He's barely twenty-seven, is cosúil; sin d'aois féin: cé a cheapfadh gur rugadh thú in aon bhliain amháin?

Admhaím gur mhó an buille seo dom ná an suaitheadh a bhain le bás Mrs Linton: d'éirigh cumainn ársa thart ar mo chroí; Shuigh mé síos sa phóirse agus wept mar do ghaol fola, ar mian leo an tUasal Kenneth a fháil seirbhíseach eile a thabhairt isteach dó leis an máistir. Ní fhéadfainn bac a chur orm féin machnamh a dhéanamh ar an gceist—"Dá mbeadh cothrom na Féinne aige?" Cibé rud a rinne mé, chuirfeadh an smaoineamh sin isteach orm: bhí sé chomh tuirseach sin gur réitigh mé ar chead a iarraidh chun dul go Wuthering Heights, agus cabhrú leis na dualgais dheireanacha ar na mairbh. Bhí an tUasal Linton thar a bheith drogallach toiliú, ach phléadáil mé go deisbhéalach as an riocht gan chara ina leag sé; agus dúirt mé go raibh éileamh ag mo sheanmháistir agus mo dheartháir altrama ar mo sheirbhísí chomh láidir lena chuid féin. Thairis sin, mheabhraigh mé dó gurbh é an leanbh Hareton nia a mhná céile, agus, in éagmais gaol níos gaire, ba chóir dó gníomhú mar chaomhnóir; agus ba chóir dó agus ní mór dó a fhiosrú conas a fágadh an mhaoin, agus breathnú ar an imní a dheartháir-i-dlí. Ní raibh sé in ann freastal ar chúrsaí mar sin an uair sin, ach d'iarr sé orm labhairt lena dhlíodóir; agus ar a fhad thug sé cead dom dul. Bhí a dhlíodóir Earnshaw freisin: Ghlaoigh mé ar an sráidbhaile, agus d'iarr sé air dul in éineacht liom. Chroith sé a cheann, agus chomhairligh sé gur chóir Heathcliff a ligean ina n-aonar; ag dearbhú, dá mbeadh an fhírinne ar eolas, go mbeadh Hareton le fáil beagán eile seachas beggar.

"Fuair a athair bás i bhfiacha," a dúirt sé; "Tá an mhaoin ar fad morgáistithe, agus is é an t-aon seans atá ag an oidhre nádúrtha deis a thabhairt dó leas éigin a chruthú i gcroí an chreidiúnaí, go bhféadfadh sé a bheith claonta chun déileáil go trócaireach ina leith."

Nuair a shroich mé na Heights, mhínigh mé gur tháinig mé chun gach rud a bhí ar siúl go réasúnta a fheiceáil; agus Joseph, a bhí le feiceáil i anacair go leor, in iúl sástacht ag mo láthair. Dúirt an tUasal Heathcliff nár bhraith sé go raibh mé ag iarraidh; ach d'fhéadfainn fanacht agus na socruithe don tsochraid a ordú, dá roghnóinn.

"I gceart," a dúirt sé, "ba cheart corp an amadáin sin a chur ag na crosbhóithre, gan searmanas de chineál ar bith. Tharla dom é a fhágáil deich nóiméad tráthnóna inné, agus san eatramh sin cheangail sé dhá dhoras an tí i mo choinne, agus chaith sé an oíche ag ól é féin chun báis d'aon ghnó! Bhris muid isteach ar maidin, mar chuala muid é ag sciorradh mar a bheadh capall ann; agus is ann sin do bhí sé, do leagadh ós cionn an tsluaigh: ní dúiseodh flaying agus scalping é. Chuir mé do Kenneth, agus tháinig sé; ach ní go dtí gur athraigh an beithíoch go carrion: bhí sé idir mharbh agus fhuar, agus lom; agus mar sin ligfidh tú dó go raibh sé gan úsáid ag déanamh níos mó corraí faoi!

Dheimhnigh an sean-sheirbhíseach an ráiteas seo, ach dúirt sé:

"Ba mhaith liom rayther gur mhaith sé goan hisseln do t ' dochtúir! I sud ha' taen tent o't' maister better nor him—and he warn't deead when I left, naught o't' soart!"

D'áitigh mé go raibh meas ar an tsochraid. Dúirt an tUasal Heathcliff go mb'fhéidir go mbeadh mo bhealach féin agam ann freisin: ach, theastaigh uaidh cuimhneamh gur tháinig an t-airgead don affair ar fad as a phóca. Choinnigh sé díbirt chrua, mhíchúramach, rud a léiríonn nach raibh áthas ná brón air: más tada é, léirigh sé sásamh breochloiche ag píosa oibre deacair a cuireadh chun báis go rathúil. Thug mé faoi deara uair amháin, go deimhin, rud éigin cosúil le exultation ina ghné: bhí sé díreach nuair a bhí na daoine ag iompar na cónra ón teach. Bhí sé an hypocrisy chun ionadaíocht a mourner: agus roimhe seo a leanas le Hareton, thóg sé an leanbh trua ar an tábla agus muttered, le gusto peculiar, "Anois, mo lad bonny, tá tú *mianach*! Agus feicfimid an bhfásfaidh crann amháin chomh cam le crann eile, agus an ghaoth chéanna ann chun é a chasadh! Bhí an rud unsuspecting sásta ag an óráid seo: d'imir sé le whiskers Heathcliff, agus stroked a leiceann; ach dhiaga mé a bhrí, agus breathnaíodh tartly, "Caithfidh an buachaill dul ar ais liom go dtí Thrushcross Grange, a dhuine uasail. Níl aon rud ar domhan níos lú mise ná mar atá sé!

"An ndeir Linton amhlaidh?" a d'éiligh sé.

"Ar ndóigh—d'ordaigh sé dom é a thógáil," a d'fhreagair mé.

"Bhuel," arsa an scoundrel, "ní bheidh muid ag argóint an t-ábhar anois: ach tá mé mhaisiúil chun iarracht a dhéanamh mo lámh ag tógáil ceann óg; chomh pearsanta le do mháistir go gcaithfidh mé an áit seo a sholáthar le mo chuid féin, má dhéanann sé iarracht é a bhaint. Ní ghlacaim le ligean do Hareton dul gan locht; ach beidh mé cinnte go leor go dtiocfaidh an ceann eile! Cuimhnigh a insint dó."

Ba leor an leid seo chun ár lámha a cheangal. Rinne mé a shubstaint arís agus arís eile ar fhilleadh dom; agus níor labhair Edgar Linton, nach raibh mórán suime aige ag an tús, níos mó cur isteach air. I'm not aware that he could have done it to any purpose, dá mbeadh sé riamh chomh toilteanach sin.

Ba é an t-aoi anois máistir Wuthering Heights: bhí seilbh daingean aige, agus chruthaigh sé don aturnae - a chruthaigh, ina dhiaidh sin, é don Uasal Linton - go ndearna Earnshaw morgáiste ar gach slat talún a bhí aige ar airgead tirim chun a mania a sholáthar le haghaidh cearrbhachais; agus ba é féin, Heathcliff, an morgáistí. Ar an gcaoi sin, laghdaíodh Hareton, ar cheart dó a bheith anois ar an gcéad fhear uasal sa chomharsanacht, go dtí staid spleáchais iomlán ar namhaid inveterate a athar; agus tá sé ina chónaí ina theach féin mar shcirbhíseach, agus buntáiste an phá bainte de: ní raibh sé in ann é féin a chur ina cheart, mar gheall ar a chara, agus a aineolas go ndearnadh éagóir air.

CAIBIDIL XVIII

An dá bhliain déag, lean Mrs Dean, tar éis na tréimhse dismal bhí an happiest de mo shaol: d'ardaigh mo trioblóidí is mó ina sliocht ó tinnis trifling ár bhean beag, a raibh sí chun taithí i bpáirt le gach leanbh, saibhir agus bocht. Don chuid eile, tar éis an chéad sé mhí, d'fhás sí cosúil le learóg, agus d'fhéadfadh sí siúl agus labhairt freisin, ar a bealach féin, sular bhláthaigh an heath an dara huair thar dheannach Mrs Linton. Ba í an rud ba bhuaití riamh a thug solas na gréine isteach i dteach díchéillí: fíor-áilleacht in aghaidh, le súile dorcha dathúla na Earnshaws, ach craiceann cothrom agus gnéithe beaga na Lintons, agus gruaig chuartha buí. Bhí a spiorad ard, cé nach raibh sé garbh, agus cáilithe ag croí íogair agus bríomhar chun níos mó ná a affections. Chuir an cumas sin le haghaidh ceangaltáin dhiana a máthair i gcuimhne dom: fós ní raibh sí cosúil léi: óir d'fhéadfadh sí a bheith bog agus éadrom mar chol, agus bhí guth séimh agus léiriú pinn aici: ní raibh a fearg riamh ar buile; a grá riamh fíochmhar: bhí sé domhain agus tairisceana. Caithfear a admháil, áfach, go raibh lochtanna uirthi a bronntanais a scragall. Bhí claonadh a bheith saucy amháin; agus beidh claon, go leanaí indulged fháil i gcónaí, cibé acu a bheith tempered maith nó tras. Má chanced seirbhíseach a vex di, bhí sé i gcónaí - "Beidh mé ag insint Papa!" Agus má reproved sé í, fiú ag breathnú, ba mhaith leat a shíl sé gnó croí-bhriseadh: Ní chreidim go raibh sé riamh labhairt focal harsh di. Thóg sé a cuid oideachais go hiomlán air féin, agus rinne sé spraoi de. Ar ámharaí an tsaoil, rinne fiosracht agus intleacht thapa scoláire apt di: d'fhoghlaim sí go tapa agus go fonnmhar, agus rinne sí onóir dá theagasc.

Go dtí gur shroich sí trí bliana déag d'aois ní raibh sí thar raon na páirce léi féin tráth. Thógfadh an tUasal Linton léi míle nó mar sin taobh amuigh, ar ócáidí annamha; ach ní raibh muinín aige aisti d'aon duine eile. Bhí Gimmerton ina ainm neamhábhartha ina cluasa; an séipéal, an t-aon fhoirgneamh a ndeachaigh sí isteach ann nó a ndeachaigh sí isteach ann, ach amháin a teach féin. Ní raibh Wuthering Heights agus an tUasal

Heathcliff ann di: bhí sí ina recluse foirfe; agus, de réir dealraimh, sásta go foirfe. Uaireanta, go deimhin, agus í ag déanamh suirbhéireachta ar an tír óna fuinneog naíolann, thabharfadh sí faoi deara—

"Ellen, cá fhad a bheidh sé sula mbeidh mé in ann siúl go barr na gcnoc sin? N'fheadar cad atá ar an taobh eile—an í an fharraige í?

"Níl, Iníon Cathy," ba mhaith liom freagra; "Tá sé cnoic arís, díreach mar seo."

"Agus cad é mar atá na carraigeacha órga sin nuair a sheasann tú fúthu?" a d'fhiafraigh sí uair amháin.

Mheall sliocht tobann Penistone Crags go háirithe a fógra; go háirithe nuair a lonraigh an ghrian ag lonrú air agus na hairde is airde, agus méid iomlán an tírdhreacha seachas a bheith faoi scáth. Mhínigh mé gur maiseanna loma cloiche a bhí iontu, agus gur ar éigean go raibh talamh go leor ina gcliatháin chun crann stunted a chothú.

"Agus cén fáth a bhfuil siad geal chomh fada tar éis go bhfuil sé tráthnóna anseo?" ar sí.

"Toisc go bhfuil siad i bhfad níos airde ná mar atá muid," a d'fhreagair mé; "Ní fhéadfá iad a dhreapadh, tá siad ró-ard agus géar. Sa gheimhreadh bíonn an sioc ann i gcónaí sula dtagann sé chugainn; agus go domhain sa samhradh fuair mé sneachta faoin log dubh sin ar an taobh thoir thuaidh!

"Ó, bhí tú orthu!" Adeir sí go gleefully. "Ansin is féidir liom dul, freisin, nuair a bhíonn mé bean. An raibh Papa, Ellen?

"Bheadh Papa insint duit, Iníon," fhreagair mé, hastily, "nach bhfuil siad fiú an trioblóid ar cuairt. Tá na moors, áit a ramble tú leis, i bhfad níos deise; agus is í Páirc Smólach na Croise an áit is fearr ar domhan."

"Ach tá aithne agam ar an bpáirc, agus níl aithne agam orthu siúd," a dúirt sí léi féin. "Agus ba cheart go mbeadh gliondar orm breathnú thart orm ó bhréige an phointe is airde sin: tógfaidh mo chapaillín beag Minny tamall orm."

Ceann de na maidí a luaigh Uaimh na Sióg, chas sí a ceann go leor le fonn an tionscadal seo a chomhlíonadh: chuimil sí an tUasal Linton faoi; agus gheall sé go mbeadh an turas aici nuair a d'éirigh sí níos sine. Ach thomhais Iníon Catherine a haois le míonna, agus, "Anois, an bhfuil mé sean go leor chun dul go dtí Penistone Crags?" an cheist leanúnach ina béal. An chréacht thither bóthair gar ag Wuthering Heights. Ní raibh an croí ag Edgar é a phasáil; mar sin fuair sí mar an freagra i gcónaí, "Níl go fóill, grá: ní go fóill."

Dúirt mé Mrs Heathcliff ina gcónaí os cionn dosaen bliain tar éis éirí as a fear céile. Bhí bunreacht íogair ag a muintir: ní raibh an tsláinte drochbhéasach aici féin ná ag Edgar araon a bhuailfidh tú le chéile sna codanna seo de ghnáth. Cad é an tinneas deireanach a bhí uirthi, níl mé cinnte: conjecture mé, fuair siad bás ar an rud céanna, ar chineál an fhiabhrais, mall ag a thús, ach incurable, agus go tapa tógann an saol i dtreo an gar. Scríobh sí chun a deartháir a chur ar an eolas faoin tátal is dócha a bhain le héagothromaíocht ceithre mhí faoinar fhulaing sí, agus d'impigh sí air teacht chuici, más féidir; óir bhí sí i bhfad a réiteach, agus ba mhian léi a thairiscint dó adieu, agus Linton sheachadadh go sábháilte isteach ina lámha. Bhí súil aici go bhfágfaí Linton leis, mar a bhí sé léi: ní raibh fonn ar bith ar a athair, a chuirfeadh ina luí uirthi féin, ualach a chothabhála nó a oideachais a ghlacadh. Ní raibh leisce ar mo mháistir géilleadh dá iarratas: drogall air mar go raibh sé chun an baile a fhágáil ag gnáthghlaonna, d'eitil sé chun é seo a fhreagairt; ag moladh Catherine do m'aireachas, agus é as láthair, le horduithe athdhearbhaithe nár cheart di dul amach as an bpáirc, fiú faoi mo choimhdeacht: níor ríomh sé í ag dul gan tionlacan.

Bhí sé ar shiúl trí seachtaine. An chéad lá nó dhó shuigh mo chúiseamh i gcúinne den leabharlann, ró-bhrónach as a bheith ag léamh nó ag seinm: sa staid chiúin sin ba bheag trioblóid a chuir sí orm; ach d'éirigh leis eatramh mífhoighneach, fretful weariness; agus a bheith ró-ghnóthach, agus ró-shean ansin, a reáchtáil suas agus síos amusing di, bhuail mé ar mhodh trína bhféadfadh sí siamsaíocht a thabhairt di féin. Ba ghnách liom í a chur ar a cuid taistil thart ar na tailte—anois de shiúl na gcos, agus anois ar chapaillín; indulging di le lucht féachana othar de gach a eachtraí fíor agus samhailteach nuair a d'fhill sí.

Bhí an samhradh lán go béal; agus do thógaibh sí a leithéid sin de bhlas don ráithre solitary so gur mhinic do bhíodh sí contráilte fanacht amach ón mbricfeasta go tae; agus ansin caitheadh na tráthnónta ag aithris a scéalta fanciful. Ní raibh faitíos orm go mbrisfeadh sí teorainneacha; toisc go raibh na geataí faoi ghlas go ginearálta, agus shíl mé go rachadh sí i bhfiontar gann ina n-aonar, dá seasfaidís oscailte leathan. Go mí-ámharach, bhí mí-ádh ar mo mhuinín. Tháinig Catherine chugam, maidin amháin, ag a hocht a chlog, agus dúirt sí gur ceannaí Arabach a bhí inti an lá sin, ag dul trasna an Fhásaigh lena charbhán; agus caithfidh mé neart soláthair a thabhairt di féin agus do na beithígh: capall, agus trí chamaill, pearsanaithe ag cú mór agus cúpla pointe. Fuair mé le chéile stór maith de dainties, agus slung iad i ciseán ar thaobh amháin den diallait; agus sprang sí suas mar aerach mar fairy, foscadh ag a hata leathan-brimmed agus veil uige ó ghrian Iúil, agus trotted amach le gáire merry, magadh mo abhcóide aireach a sheachaint galloping, agus teacht ar ais go luath. An rud dána riamh a rinne sí i láthair ag tae. D'fhill taistealaí amháin, an cú, a bhí ina shean-mhadra agus ceanúil ar a shuaimhneas; ach ní raibh Cathy, ná an capaillín, ná an dá phointe le feiceáil in aon treo: chuir mé eisimircigh chun bealaigh síos an cosán seo, agus an cosán sin, agus ar deireadh chuaigh mé ag fánaíocht ar a thóir féin. Bhí sclábhaí ag obair ag claí thart ar phlandáil, ar theorainneacha na dtailte. D'fhiafraigh mé de an bhfaca sé an bhean óg s'againne.

"Chonaic mé í ag morn," a d'fhreagair sé: "bheadh sí agam lasc coill a ghearradh uirthi, agus ansin léim sí a Galloway thar an bhfál, áit a bhfuil sé is ísle, agus galloped as radharc."

D'fhéadfá buille faoi thuairim a thabhairt faoin gcaoi ar mhothaigh mé ag éisteacht leis an nuacht seo. Bhuail sé mé go díreach caithfidh sí a bheith tosaithe do Penistone Crags. "Cad a thiocfaidh di?" Ejaculated mé, ag brú trí bhearna a bhí an fear a dheisiú, agus a dhéanamh díreach go dtí an bóthar ard. I walked as if for a wager, míle i ndiaidh míle, go dtí gur thug seal mé i bhfianaise na nAirde; ach ní fhéadfainn Catherine a bhrath, i bhfad ná i gcóngar. Luíonn na Crags thart ar mhíle go leith níos faide ná áit an Uasail Heathcliff, agus is é sin ceithre cinn ón nGráinseach, mar sin thosaigh mé ag eagla go dtitfeadh an oíche ere d'fhéadfainn iad a bhaint amach. "Agus cad a tharlódh dá sleamhnódh sí i gcruachás ina measc," a léirigh mé, "agus maraíodh í, nó gur bhris sí cuid dá cnámha?" Bhí mo fionraí fíor-phianmhar; agus, ar dtús, thug sé faoiseamh aoibhinn dom breathnú, faoi dheifir ag an teach feirme, Charlie, an fíochmhar de na pointers, ina luí faoi fhuinneog, le ceann swelled agus cluas fuilithe. D'oscail mé an wicket agus rith mé go dtí an doras, ag bualadh go vehemently le haghaidh admittance. D'fhreagair bean a raibh aithne agam uirthi, agus a bhí ina cónaí ag Gimmerton roimhe seo: bhí sí ina seirbhíseach ann ó bhás an Uasail Earnshaw.

"Ah," ar sise, "tá tú ag teacht ar lorg do máistreás beag! Ná bíodh eagla ort. Tá sí anseo sábháilte: ach tá áthas orm nach é an máistir é."

"Níl sé sa bhaile ansin, an bhfuil?" Panted mé, go leor breathless le siúl tapa agus aláraim.

"Níl, níl," a d'fhreagair sí: "tá sé féin agus Joseph as, agus sílim nach bhfillfidh siad an uair an chloig seo nó níos mó. Céim isteach agus scíth a thabhairt duit beagán.

Tháinig mé isteach, agus choinnigh mé m'uan fáin ina shuí ar an teallach, ag luascadh í féin i gcathaoir bheag a bhí ina máthair nuair a bhí sí ina leanbh. Bhí a hata crochta i gcoinne an bhalla, agus bhí an chuma uirthi go foirfe sa bhaile, ag gáire agus ag comhrá, sa bhiotáille is fearr a shamhlaítear, go Hareton-anois leaid mór láidir ocht mbliana déag—a stán uirthi le fiosracht agus iontas nach beag: beagán luachmhar de chomharbas líofa na ráiteas agus na gceisteanna nár stop a teanga riamh ag stealladh amach.

"Go han-mhaith, a Iníon!" Exclaimed mé, cheilt mo áthas faoi ghnúis feargach. "Is é seo do turas deireanach, go dtí go dtagann Papa ar ais. Ní bheidh muinín agam ionat thar an tairseach arís, a chailín dána, dána!

"Aha, Ellen!" Adeir sí, gaily, ag léim suas agus ag rith go dtí mo thaobh. "Beidh scéal deas le hinsint agam don oíche; agus mar sin fuair tú amach mé. An raibh tú riamh anseo i do shaol roimhe seo?

"Cuir an hata sin ar, agus sa bhaile ag an am céanna," arsa mise. "Tá mé dreadfully grieved ag tú, Iníon Cathy: tá tú déanta thar a bheith mícheart! Níl aon úsáid á baint as pouting agus caoineadh: ní aisíocfaidh sé sin an trioblóid a bhí agam, ag sciúradh na tíre i do dhiaidh. Chun smaoineamh ar conas a ghearr an tUasal Linton orm tú a choinneáil i; agus ghoid tú as mar sin! Taispeánann sé gur sionnach beag cunning tú, agus ní chuirfidh aon duine creideamh ionat níos mó."

"Cad atá déanta agam?" sobbed sí, sheiceáil láithreach. "Níor ghearr Papa rud ar bith orm; ní scold sé mé, Ellen - ní thrasnaíonn sé riamh, cosúil leatsa!"

"Tar, tar!" Arís agus arís eile. "Ceangailfidh mé an riband. Anois, lig dúinn aon petulance. Ó, ar son náire! Tá tú trí bliana déag d'aois, agus a leithéid de leanbh!"

Ba é ba chúis leis an exclamation seo ná í ag brú an hata as a ceann, agus ag cúlú go dtí an simléar as mo bhaint amach.

"Nay," a dúirt an seirbhíseach, "ná a bheith deacair ar an lass bonny, Mrs Dean. We made her stop: she'd fain have ridden forwards, afeard ba chóir duit a bheith míshuaimhneach. Thairg Hareton dul léi, agus shíl mé gur chóir dó: is bóthar fiáin é thar na cnoic."

Sheas Hareton, le linn an phlé, lena lámha ina phócaí, ró-awkward a labhairt; cé gur fhéach sé amhail is dá mba rud é nach raibh sé relish mo intrusion.

"Cá fhad atá mé chun fanacht?" Lean mé orm, gan aird a thabhairt ar chur isteach na mná. "Beidh sé dorcha i gceann deich nóiméad. Cá bhfuil an capaillín, Miss Cathy? Agus cá bhfuil Phoenix? Fágfaidh mé thú, mura mbeidh tú gasta; mar sin le do thoil féin.

"Tá an capaillín sa chlós," a d'fhreagair sí, "agus tá Phoenix dúnta ann. Tá sé bitten-agus mar sin tá Charlie. Bhí mé ag dul a insint duit go léir faoi; ach tá tú i meon dona, agus nach bhfuil ag dul a chloisteáil. "

Phioc mé suas a hata, agus chuaigh mé chun é a chur ar ais; ach ag áitiú gur ghlac muintir an tí a páirt, thosaigh sí ag gabháil thart ar an seomra; agus ar mo sheilg a thabhairt, rith sé mar a bheadh luch os cionn agus faoi agus taobh thiar den troscán, rud a d'fhág go raibh sé ridiculous dom a shaothrú. Rinne Hareton agus an bhean gáire, agus chuaigh sí leo, agus d'éirigh sí ní ba mhífhoighne fós; till cried mé, i greannú mór,-"Bhuel, Iníon Cathy, má bhí tú ar an eolas a bhfuil a teach seo gur mhaith leat a bheith sásta go leor a fháil amach. "

"Tá sé *d*athair, nach bhfuil sé?" A dúirt sí, ag casadh go Hareton.

"Nay," d'fhreagair sé, ag féachaint síos, agus blushing bashfully.

Ní fhéadfadh sé seasamh gaze seasta as a súile, cé go raibh siad ach a chuid féin.

"Cé ansin-do mháistir?" D'iarr sí.

Dhathaigh sé níos doimhne, le mothú difriúil, muttered mionn, agus chas sé ar shiúl.

"Cé hé a mháistir?" arsa an cailín tuirseach, ag impí orm. "Labhair sé faoi 'ár dteach,' agus 'ár ndaoine.' Shíl mé gurbh é mac an úinéara é. Agus ní dúirt sé Riamh Iníon: ba chóir dó a bheith déanta, nár chóir dó, má tá sé ina sheirbhíseach? "

D'fhás Hareton dubh mar scamall toirneach ag an óráid childish seo. Chroith mé mo cheistitheoir go ciúin, agus ar deireadh d'éirigh liom í a threalmhú le haghaidh imeachta.

"Anois, faigh mo chapall," a dúirt sí, agus í ag labhairt lena gaol anaithnid mar a bheadh sí ar dhuine de na buachaillí stáblaí sa Ghráinseach. "Agus b'fhéidir go dtiocfaidh tú liom. Ba mhaith liom a fheiceáil nuair a ardaíonn an goblin-Hunter sa riasc, agus a chloisteáil faoi na *fairishes*, mar a ghlaonn tú orthu: ach haste a dhéanamh! Céard atá cearr? Faigh mo chapall, a deirim.

"Feicfidh mé damned dhuit sula mbeidh mé *do* sheirbhíseach!" growled an lad.

"Feicfidh tú dom *cad é?*" D'iarr Catherine i iontas.

"Damned-cailleach saucy tu!" D'fhreagair sé.

"Tá, Iníon Cathy! feiceann tú go bhfuil tú i gcuideachta go leor, "interposed mé. "Focail dheasa le húsáid ag bean óg! Guigh ná tús a dhíospóid leis. Tar, lig dúinn a lorg do Minny féin, agus begone. "

"Ach, Ellen," adeir sí, ag stánadh seasta i iontas, "cé chomh leomh a labhraíonn sé mar sin liom? Nach mór é a dhéanamh mar a iarraim air? Créatúr ghránna tú, inseoidh mé do Papa cad a dúirt tú.—Anois, ansin!"

Ní cosúil gur mhothaigh Hareton an bhagairt seo; mar sin sprang na deora isteach ina súile le fearg. "Tugann tú an capaillín," exclaimed sí, ag casadh ar an mbean, "agus lig mo mhadra saor an nóiméad seo!"

"Go bog, a Iníon," a d'fhreagair an seoladh. "Ní chaillfidh tú rud ar bith trí bheith sibhialta. Cé an tUasal Hareton, ann, a bheith nach bhfuil mac an mháistir, tá sé do chol ceathrair: agus ní raibh mé fostaithe chun freastal ort."

"*Sé* mo chol ceathrair!" Adeir Cathy, le gáire scornful.

"Sea, go deimhin," a d'fhreagair a reprover.

"Ó, Ellen! ná lig dóibh rudaí mar sin a rá," a dúirt sí i dtrioblóid mhór. "Tá Papa imithe chun mo chol ceathrar a fháil ó Londain: is mac uasal é mo chol ceathrar. Go raibh mo -" stop sí, agus wept outright; trína chéile ag coincheap lom an chaidrimh le clown den sórt sin.

"Hush, hush!" Chuir mé cogar; "is féidir le daoine go leor col ceathracha agus de gach cineál a bheith acu, Miss Cathy, gan a bheith níos measa as; ach ní gá dóibh a gcuideachta a choinneáil, má tá siad easaontach agus olc."

"Níl sé—ní hé mo chol ceathrair é, Ellen!" a chuaigh sí ar aghaidh, ag bailiú brón úr ó mhachnamh, agus ag teitheadh í féin isteach i mo ghéaga le haghaidh dídine ón smaoineamh.

Bhí mé i bhfad vexed uirthi agus an seirbhíseach as a n-revelations frithpháirteach; gan amhras ar bith faoi theacht Linton, a chuir an t-iar-aire in iúl, á thuairisciú don Uasal Heathcliff; agus mothú chomh muiníneach gurb é an chéad smaoineamh a bhí ag Catherine ar fhilleadh a hathar ná míniú a lorg ar dhearbhú an dara ceann maidir lena cineál drochbhéasach. Hareton, ag téarnamh as a disgust ag a bheith tógtha le haghaidh seirbhíseach, an chuma ar athraíodh a ionad ag a anacair; agus, tar éis dó an capaillín a fháil cruinn go dtí an doras, thóg sé, chun propitiate di, whelp terrier fíneáil crooked-legged as an kennel, agus é a chur isteach ina lámh, tairiscint a whist! óir ní raibh i gceist aige. Agus í ag caoineadh ina caoineadh, rinne sí suirbhéireacht air le sracfhéachaint ar an uafás agus ar an uafás, agus ansin phléasc sí amach as an nua.

D'fhéadfainn staonadh ó mhiongháire a dhéanamh ar an bhfrithbhá seo leis an gcomhluadar bocht; a bhí ina óige dea-dhéanta, lúthchleasaíochta, dea-lorg i gnéithe, agus stout agus sláintiúil, ach attired i baill éadaigh befitting a gairmeacha laethúla ag obair ar an bhfeirm agus lounging i measc na moors tar éis coiníní agus cluiche. Fós féin, shíl mé go bhféadfainn intinn a bhrath ina fhisiognomy a raibh cáilíochtaí níos fearr aige ná mar a bhí ag a athair riamh. Cailleadh rudaí maithe i measc fiántas fiailí, le bheith cinnte, a bhfuil a gcéim i bhfad ró-topped a bhfás faillí; ach, d'ainneoin, fianaise ar ithir shaibhir, a d'fhéadfadh barra só a bhaint amach faoi chúinsí eile agus fabhracha. An tUasal Heathcliff, Creidim, nár chaith sé tinn go fisiciúil; a bhuíochas dá nádúr fearless, a thairg aon temptation leis an gcúrsa cos ar bolg: bhí sé aon cheann de na so-ghabhálacht timid a bheadh tugtha zest do drochíde, i mbreithiúnas Heathcliff ar. Is cosúil gur chrom sé ar a fhirinne ar bhrúid a dhéanamh de: níor múineadh léamh ná scríobh dó riamh; níor chuir sé as d'aon droch-nós nár chuir as dá choimeádaí; riamh i gceannas ar chéim amháin i dtreo bhua, nó cosanta ag precept amháin i gcoinne vice. Agus ón méid a chuala mé, chuir Joseph go mór lena mheath, le páirteachas cúng-minded a spreag é chun flatter agus peataí dó, mar bhuachaill, toisc go raibh sé an ceann an teaghlaigh d'aois. Agus ós rud é go raibh sé de nós aige cur i leith Catherine Earnshaw agus Heathcliff, nuair a bhí sé ina ghasúir, an máistir a chur thar a fhoighne, agus iallach a chur air sólás a lorg i ndeoch ag an rud ar thug sé "bealaí scairte" air, mar sin faoi láthair leag sé ualach iomlán lochtanna Hareton ar ghuaillí usurper a mhaoine. Dá mionnódh an leaid é, ní cheartódh sé é: ná níor iompair sé é féin, áfach. Thug sé sásamh do Iósaef, de réir dealraimh, féachaint air ag dul na faid ba mheasa: lig sé dó go raibh an leaid scriosta: gur tréigeadh a anam chun perdition; ach ansin léirigh sé go gcaithfidh Heathcliff freagra a thabhairt air. Bheadh fuil Hareton ag teastáil ar a lámha; agus tá sólás ollmhór sa smaoineamh sin. Bhí Joseph instilled isteach dó mórtas ainm, agus a lineage; dá leomhfadh sé, chothaigh sé fuath idir é féin agus úinéir reatha na nAirde: ach b'ionann a dhraíocht ag an úinéir sin agus piseog; agus choinnigh sé a mhothúcháin ina thaobh chun innuendoes muttered agus comminations príobháideacha. Ní dóigh liom go bhfuil aithne phearsanta agam ar an modh maireachtála is gnách sna laethanta sin ag Wuthering Heights: Ní labhraím ach ó hearsay; óir is beag a chonaic mé. Dhearbhaigh muintir an bhaile go raibh an tUasal Heathcliff *in aice leis*, agus tiarna talún crua cruálach dá thionóntaí; ach bhí an teach, taobh istigh, tar éis a ghné ársa de chompord faoi bhainistíocht na mban a fháil ar ais, agus níor achtaíodh radhairc na círéibe a bhí coitianta in aimsir Hindley laistigh dá bhallaí anois. Bhí an máistir ró-ghruama chun comhluadar a lorg le haon duine, maith nó olc; agus tá sé fós.

Níl dul chun cinn á dhéanamh aige seo le mo scéal, áfach. Dhiúltaigh Iníon Cathy do thairiscint síochána an terrier, agus d'éiligh sí a madraí féin, Charlie agus Phoenix. Tháinig siad ag limping agus ag crochadh a gceann; agus leagamar amach don bhaile, faraor as chuile shórt, chuile dhuine againn. Ní fhéadfainn iomrascáil ó mo bhean bheag conas a chaith sí an lá; ach amháin, mar a cheap mé, gurbh é sprioc a oilithreachta ná Penistone Crags; agus tháinig sí gan eachtra go geata an tí feirme, nuair a tharla Hareton a eisiúint amach, ar fhreastail roinnt leantóirí canine uirthi, a d'ionsaigh a traein. Bhí cath cliste acu, sula bhféadfadh a n-úinéirí iad a scaradh: bhí réamhrá ann. Dúirt Catherine le Hareton cérbh í, agus cá raibh sí ag dul; agus d'iarr sé air an bealach a thaispeáint di: ar deireadh, ag impí air dul in éineacht léi. D'oscail sé rúndiamhra Uaimh na Sióg, agus fiche áit Queer eile. Ach, agus náire orm, ní raibh mé i bhfabhar cur síos a dhéanamh ar na rudaí suimiúla a chonaic sí. D'fhéadfainn a bhailiú, áfach, gurbh fhearr léi a treoir go dtí gur ghortaigh sí a mothúcháin trí aghaidh a thabhairt air mar sheirbhíseach; agus ghortaigh bean tí Heathcliff í trí ghlaoch ar a col ceathrar. Ansin an teanga a bhí aige di rangaithe ina croí; sí a bhí i gcónaí "grá," agus "darling," agus "banríon," agus "aingeal," le gach duine ag an Ghráinseach, a bheith insulted chomh shockingly ag strainséir! Níor thuig sí é; agus obair chrua a bhí orm geallanas a fháil nach leagfadh sí an casaoid os comhair a hathar. Mhínigh mé conas a chuir sé i gcoinne an teaghlaigh ar fad ag na hArda, agus cé chomh leithscéalach is a bheadh sé a fháil go raibh sí ann; ach d'áitigh mé an chuid is mó ar an bhfíric, go má léirigh sí mo faillí ar a chuid orduithe, go mbeadh sé b'fhéidir chomh feargach gur chóir dom a fhágáil; agus ní raibh Cathy in ann an t-ionchas sin a iompar: gheall sí a focal, agus choinnigh sí ar mo shon é. Tar éis an tsaoil, cailín beag milis a bhí inti.

CAIBIDIL XIX

D'fhógair litir, a bhfuil dubh uirthi, lá mo mháistir ar ais. Bhí Isabella marbh; & ro innis damh-sa a n-ionnsaicchidh, & do-ber-sa seomra, & lóistín eile, dá nia óg. Rith Catherine fiáin le háthas ag an smaoineamh fáilte a chur roimh a hathair ar ais; agus indulged an chuid is mó sanguine oirchill na excellencies innumerable a col ceathrar "fíor". Tháinig tráthnóna a rabhthas ag súil leis. Ó luath ar maidin bhí sí gnóthach ag ordú a gnóthaí beaga féin; agus anois attired ina frock dubh nua-rud bocht! Chuaigh bás a haintín i bhfeidhm uirthi gan aon bhrón cinnte—chuir sí d'oibleagáid orm, de shíor buartha, siúl léi síos tríd na tailte chun bualadh leo.

"Níl Linton ach sé mhí níos óige ná mar atá mé," a dúirt sí, agus muid ag spaisteoireacht go suaimhneach thar na swells agus na loig de mhóin chaonach, faoi scáth na gcrann. "Cé chomh aoibhinn is a bheidh sé é a bheith agat le haghaidh playfellow! Chuir Aintín Isabella glas álainn ar a chuid gruaige; bhí sé níos éadroime ná mianach-níos flaxen, agus go leor chomh fíneáil. Tá sé caomhnaithe go cúramach agam i mbosca beag gloine; agus is minic a shíl mé cén pléisiúr a bheadh ann a úinéir a fheiceáil. Ó! Tá mé sásta-agus papa, daor, daor papa! Tar, Ellen, lig dúinn rith! Tar, rith.

Rith sí, agus d'fhill sí agus rith sí arís, go minic sular shroich mo chos sober an geata, agus ansin shuigh sí í féin ar an mbruach féarach in aice leis an gcosán, agus rinne sí iarracht fanacht go foighneach; Ach bhí sé sin dodhéanta: ní fhéadfadh sí a bheith fós nóiméad.

"Cé chomh fada is atá siad!" Exclaimed sí. "Ah, feicim deannach éigin ar an mbóthar—tá siad ag teacht! Ní hea! Cathain a bheidh siad anseo? Nach bhféadfaimis dul beagáinín—leathmhíle, Ellen, ach leathmhíle? Ná habair sea, leis an tranglam birches sin ag an uain!"

Dhiúltaigh mé go staunchly. Ar fhad cuireadh deireadh lena fionraí: rolladh an carráiste taistil i radharc. Shrieked Iníon Cathy agus shín sí amach a lámha chomh luath agus a rug sí ar aghaidh a hathar ag féachaint ón bhfuinneog. Shíolraigh sé, beagnach chomh fonnmhar léi féin; agus eatramh mór caite bhí smaoineamh le spáráil acu d'aon duine ach iad féin. Nuair a mhalartaigh siad caresses ghlac mé peep isteach a fheiceáil i ndiaidh Linton. Bhí sé ina chodladh i gcúinne, fillte i gclóca te, fionnaidh, amhail is dá mba gheimhreadh é. Buachaill pale, íogair, effeminate, a d'fhéadfadh a bheith tógtha le haghaidh mo mháistir deartháir níos óige, chomh láidir a bhí an chosúlacht: ach bhí peevishness sickly ina ghné nach raibh Edgar Linton riamh. Chonaic an dara ceann mé ag féachaint; agus tar éis lámha a chroitheadh, chomhairligh sé dom an doras a dhúnadh, agus é a fhágáil gan staonadh; óir bhí tuirse ar an turas. Bheadh Sracfhéachaint amháin ar Cathy, ach dúirt a hathair léi teacht, agus shiúil siad le chéile suas an pháirc, agus chuaigh mé roimhe chun na seirbhísigh a ullmhú.

"Anois, darling," a dúirt an tUasal Linton, ag tabhairt aghaidh ar a iníon, mar a stop siad ag bun na céimeanna tosaigh: "Níl do chol ceathrair chomh láidir nó chomh merry agus atá tú, agus chaill sé a mháthair, cuimhnigh, am an-ghearr ó shin; dá bhrí sin, ná bí ag súil leis a imirt agus a reáchtáil faoi leat go díreach. Agus ná ciapadh mórán air ag caint: lig dó a bheith ciúin tráthnóna, ar a laghad, an mbeidh tú?

"Sea, sea, papa," a d'fhreagair Catherine: "ach ba mhaith liom é a fheiceáil; agus níor fhéach sé amach uair amháin.

Stop an carráiste; agus an sleeper á roused, thóg a uncail go talamh é.

"Seo é do chol ceathrar Cathy, Linton," a dúirt sé, ag cur a lámha beaga le chéile. "Tá sí ceanúil ort cheana féin; agus cuimhnigh nach bhfuil tú grieve di ag caoineadh go-oíche. Déan iarracht a bheith cheerful anois; tá deireadh leis an taisteal, agus níl aon rud le déanamh agat ach scíth a ligean agus tú féin a úsáid mar is toil leat."

"Lig dom dul a luí, ansin," a d'fhreagair an buachaill, ag crapadh ó chúirtéis Catherine; agus chuir sé a mhéara ar a shúile chun deora incipient a bhaint.

"Tar, tar, tá leanbh maith ann," a dúirt mé, agus é á threorú isteach. "Déanfaidh tú gol di freisin—féach cé chomh leithscéalach is atá sí duit!"

Níl a fhios agam an raibh brón air, ach chuir a chol ceathrair ar aghaidh chomh brónach leis féin, agus d'fhill sé ar a hathair. Tháinig an triúr isteach, agus suite go dtí an leabharlann, áit ar leagadh tae réidh. Lean mé ar aghaidh le caipín agus maintlín Linton a bhaint, agus chuir mé ar chathaoir é ag an mbord; ach ní túisce ina shuí é ná mar a thosaigh sé ag caoineadh as an nua. D'fhiosraigh mo mháistir cad é an scéal.

"Ní féidir liom suí ar chathaoir," sobbed an buachaill.

"Téigh go dtí an tolg, ansin, agus tabharfaidh Ellen tae duit," a d'fhreagair a uncail go foighneach.

Bhí sé tar éis triail mhór a bhaint as, le linn an turais, bhraith mé cinnte, ag a mhuirear ailing fretful. D'imigh Linton é féin go mall, agus luigh sé síos. D'iompair Cathy stól coise agus a cupán lena thaobh. Ar dtús shuigh sí ina tost; ach ní fhéadfadh sé sin maireachtáil: bhí rún aici peata a dhéanamh dá col ceathrar beag, mar a bheadh aici dó a bheith; agus thosaigh sí ag stróiceadh a gcuacha, agus ag pógadh a leicne, agus ag tairiscint tae dó ina saucer, cosúil le leanbh. Chuir sé seo áthas air, mar ní raibh sé i bhfad níos fearr: thriomaigh sé a shúile, agus las sé isteach i aoibh gháire faint.

"Ó, déanfaidh sé go han-mhaith," arsa an máistir liom, tar éis dó breathnú orthu nóiméad. "Go han-mhaith, más féidir linn é a choinneáil, Ellen. Cuirfidh cuideachta linbh dá aois féin spiorad nua isteach ann go luath, agus trí bheith ag iarraidh neart gheobhaidh sé é."

"Ay, más féidir linn é a choinneáil!" Mused mé liom féin; agus tháinig misgivings tinn os mo chionn go raibh dóchas beag de sin. Agus ansin, shíl mé, conas a bheidh an lagmhisneach sin beo ag Wuthering Heights? Idir a athair agus Hareton, cad iad na playmates agus teagascóirí a bheidh siad. Bhí ár n-amhras socraithe faoi láthair—fiú níos luaithe ná mar a bhí súil agam leis. Bhí mé díreach tar éis na páistí thuas staighre, tar éis tae críochnaithe, agus le feiceáil Linton ina chodladh-ní bheadh sé ag fulaingt dom a fhágáil dó till go raibh an cás-tháinig mé síos, agus bhí sé ina sheasamh ag an tábla sa halla, soilsiú coinneal seomra leapa don Uasal Edgar, nuair a sheas maid amach as an chistin agus in iúl dom go raibh seirbhíseach an tUasal Heathcliff Joseph ag an doras, agus ba mhian leis labhairt leis an máistir.

"Cuirfidh mé ceist air cad ba mhaith leis ar dtús," a dúirt mé, i trepidation suntasach. "Is beag seans go mbeidh uair an chloig ag troubling daoine, agus an toirt a d'fhill siad ó thuras fada. Ní dóigh liom gur féidir leis an máistir é a fheiceáil.

Bhí Joseph chun cinn tríd an chistin mar uttered mé na focail seo, agus anois i láthair é féin sa halla. Bhí sé donned ina baill éadaigh Dé Domhnaigh, lena aghaidh is sanctimonious agus sourest, agus, a bhfuil a hata i lámh amháin, agus a bata sa lámh eile, chuaigh sé a ghlanadh a bhróga ar an mata.

"Dea-tráthnóna, Joseph," a dúirt mé, coldly. "Cén gnó a thugann tú anseo go dtí an oíche?"

"Tá sé Maister Linton I mun spake a," fhreagair sé, waving dom disdainfully leataobh.

"Tá an tUasal Linton ag dul a chodladh; mura bhfuil rud éigin ar leith le rá agat, tá mé cinnte nach gcloisfidh sé anois é," a dúirt mé. "B'fhearr duit suí síos ann, agus do theachtaireacht a chur de chúram orm."

"Cé acu is a rahm?" Lean an comhalta, suirbhéireacht ar an raon doirse dúnta.

Bhraith mé go raibh sé lúbtha ar dhiúltú mo idirghabhála, mar sin go drogallach chuaigh mé suas go dtí an leabharlann, agus d'fhógair mé an cuairteoir neamhshéasúrach, ag moladh gur chóir é a bhriseadh as a phost go dtí an lá dár gcionn. Ní raibh aon am ag an Uasal Linton cumhacht a thabhairt dom é sin a dhéanamh, do Joseph suite gar do mo shála, agus, ag brú isteach san árasán, chuir sé é féin ar an taobh thall den bhord, agus a bheirt dhorn ag bualadh ar cheann a chamáin, agus thosaigh sé ag ton ardaithe, amhail is dá mba fhreasúra a bhí ann—

"Hathecliff chuir mé as a lad, agus munn't goa mé ar ais 'bout dó."

Bhí Edgar Linton ciúin nóiméad; léiriú níos mó ná brón ag cur thar maoil lena ghnéithe: bheadh trua aige don leanbh as a stuaim féin; ach, ag cuimhneamh ar dhóchas agus ar eagla Isabella, agus ar mhianta imníoch dá mac, agus a moladh dó faoina chúram, rinne sé casaoid go searbh ar an ionchas go dtabharfaí suas é, agus chuardaigh sé ina chroí conas a d'fhéadfaí é a sheachaint. Níor tairgeadh aon phlean dó féin: d'fhágfadh an taispeántas d'aon mhian é a choinneáil go mbeadh an t-éilitheoir níos peremptory: ní raibh aon rud fágtha ach éirí as. Mar sin féin, ní raibh sé ag dul a rouse dó as a chodladh.

"Inis don Uasal Heathcliff," a d'fhreagair sé go socair, "go dtiocfaidh a mhac go Wuthering Heights go amárach. Tá sé sa leaba, agus róthuirseach le dul an t-achar anois. D'fhéadfá a rá leis freisin gur mhian le máthair Linton go bhfanfadh sé faoi mo chaomhnóireacht; agus, faoi láthair, tá a shláinte an-fhorbhásach."

"Noa!" A dúirt Joseph, ag tabhairt thud lena prop ar an urlár, agus ag glacadh le haer údarásach. "Noa! Ciallaíonn sé sin dána. Hathecliff maks noa 'count o' t' mháthair, ná sibh ó thuaidh; ach beidh sé hev a lad; und I mun tak' air-soa anois sibh knaw!

"Ní bheidh tú go-oíche!" fhreagair Linton cinntitheach. "Siúil síos staighre ag an am céanna, agus déan athrá ar do mháistir an méid atá ráite agam. Ellen, taispeáin síos é. Téigh—"

Agus, ag cabhrú leis an elder indignant le ardaitheoir ag an lámh, haitheantas coibhneasta sé an seomra air agus dhún an doras.

"Varrah weell!" a scairt Joseph, mar a tharraing sé go mall as. "Chun-morn, tá sé ag teacht hisseln, agus sá dó amach, má Darr ye!"

CAIBIDIL XX

Chun an chontúirt a bhaineann leis an mbagairt seo a chomhlíonadh, choimisiúnaigh an tUasal Linton mé chun an buachaill a thabhairt abhaile go luath, ar chapaillíní Catherine; agus, ar sé—"Mar ní bheidh aon tionchar againn anois ar a chinniúint, maith nó olc, ní mór duit aon rud a rá faoin áit a bhfuil sé imithe chuig m'iníon: ní féidir léi ceangal a dhéanamh leis ina dhiaidh seo, agus is fearr di fanacht in aineolas ar a chóngaracht; lest ba chóir di a bheith restless, agus fonn chun cuairt a thabhairt ar an Heights. Ní gá ach a rá léi gur chuir a athair chuige go tobann, agus go raibh dualgas air muid a fhágáil."

Bhí an-drogall ar Linton a bheith ruaigthe as a leaba ag a cúig a chlog, agus bhí iontas air go gcuirfí in iúl dó go gcaithfeadh sé ullmhú le haghaidh tuilleadh taistil; ach softened mé as an ábhar ag rá go raibh sé ag dul a chaitheamh roinnt ama lena athair, an tUasal Heathcliff, ar mian leo a fheiceáil dó an oiread sin, ní raibh sé buíochas a chur siar ar an pléisiúr till ba chóir dó a ghnóthú as a thuras déanach.

"M'athair!" Adeir sé, i perplexity aisteach. "Níor dhúirt Mamma riamh liom go raibh athair agam. Cá gcónaíonn sé? B'fhearr liom fanacht le huncail.

"Tá sé ina chónaí achar beag ón nGráinseach," a d'fhreagair mé; "Díreach taobh amuigh de na cnoic sin: ní go dtí seo, ach is féidir leat siúl anonn anseo nuair a éiríonn tú croíúil. Agus ba chóir duit a bheith sásta dul abhaile, agus é a fheiceáil. Caithfidh tú iarracht a dhéanamh grá a thabhairt dó, mar a rinne tú do mháthair, agus ansin beidh grá aige duit.

"Ach cén fáth nár chuala mé trácht air roimhe seo?" a d'fhiafraigh Linton. "Cén fáth nach raibh mamma agus sé ina chónaí le chéile, mar a dhéanann daoine eile?"

"Bhí gnó aige é a choinneáil ó thuaidh," a d'fhreagair mé, "agus b'éigean do shláinte do mháthar cónaí sa deisceart."

"Agus cén fáth nár labhair mamma liom faoi?" persevered an leanbh. "Labhair sí go minic ar uncail, agus d'fhoghlaim mé grá dó fadó. Conas is breá liom Papa? Níl aithne agam air.

"Ó, is breá le gach páiste a dtuismitheoirí," a dúirt mé. "Shíl do mháthair, b'fhéidir, go mbeadh tú ag iarraidh a bheith leis dá luafadh sí go minic leat é. Lig dúinn a dhéanamh haste. Is fearr i bhfad turas luath ar mhaidin álainn den sórt sin ná uair an chloig níos mó codlata."

"An bhfuil *sí* le dul linn," a d'éiligh sé, "an cailín beag a chonaic mé inné?"

"Níl anois," a d'fhreagair mé.

"An bhfuil uncail?" ar seisean.

"Níl, beidh mé do chompánach ann," a dúirt mé.

Chuaigh Linton ar ais ar a philiúr agus thit sé isteach i staidéar donn.

"Ní rachaidh mé gan uncail," adeir sé ar fad: "Ní féidir liom a rá cá bhfuil sé i gceist agat mé a thógáil."

Rinne mé iarracht a chur ina luí air go raibh drogall air bualadh lena athair; fós chuir sé in aghaidh aon dul chun cinn i dtreo feistis, agus b'éigean dom cúnamh mo mháistir a iarraidh chun é a mhealladh amach as an leaba. D'éirigh an rud bocht as ar deireadh, le roinnt dearbhuithe delusive gur chóir go mbeadh a neamhláithreacht gearr: go mbeadh an tUasal Edgar agus Cathy cuairt a thabhairt air, agus geallúintí eile, chomh droch-bhunaithe, a chum mé agus a d'athdhearbhaigh mé ag eatraimh ar fud an bhealaigh. An t-aer íon fraoch-scented, an solas geal na gréine, agus an canter milis minny, faoiseamh a despondency tar éis tamaill. Thosaigh sé ag cur ceisteanna maidir lena theach nua, agus a áitritheoirí, le suim agus beocht níos mó.

"An bhfuil Wuthering Heights chomh taitneamhach le háit mar Thrushcross Grange?" d'fhiafraigh sé, ag casadh sracfhéachaint dheireanach a thabhairt ar an ngleann, nuair a bhí ceo éadrom suite agus chruthaigh sé scamall teitheadh ar sciortaí an ghorm.

"Níl sé chomh curtha i gcrann," a d'fhreagair mé, "agus níl sé chomh mór sin, ach is féidir leat an tír a fheiceáil go hálainn ar fad; agus tá an t-aer níos sláintiúla duit—níos úire agus níos tirime. Smaoineoidh tú, b'fhéidir, ar an bhfoirgneamh sean agus dorcha ar dtús; cé gur teach measúil é: an chéad cheann eile is fearr sa chomharsanacht. Agus beidh rambles deas den sórt sin agat ar na moors. Hareton Earnshaw - is é sin, col ceathrar eile Miss Cathy, agus mar sin mise ar bhealach - taispeánfaidh sé duit na spotaí is milse go léir; agus is féidir leat leabhar a thabhairt in aimsir bhreá, agus log glas a dhéanamh do staidéar; agus, anois is arís, d'fhéadfadh d'uncail a bheith in éineacht leat ag siúl: déanann sé, go minic, siúl amach ar na cnoic."

"Agus cad é mar atá m'athair?" a d'fhiafraigh sé. "An bhfuil sé chomh hóg agus dathúil le huncail?"

"Tá sé chomh hóg," arsa mise; "Ach tá gruaig agus súile dubha air, agus tá cuma sterner air; agus tá sé níos airde agus níos mó ar fad. Ní fheicfidh sé cosúil a thabhairt duit chomh milis agus cineálta ar dtús, b'fhéidir, toisc nach bhfuil sé ar a bhealach: fós, aigne agat, a bheith macánta agus cordial leis; agus ar ndóigh beidh sé fonder de tú ná aon uncail, do tá tú a chuid féin. "

"Gruaig dhubh agus súile!" mused Linton. "Ní féidir liom mhaisiúil air. Ansin níl mé cosúil leis, an bhfuil mé?

"Níl i bhfad," fhreagair mé: ní morsel, shíl mé, suirbhéireacht le brón ar an complexion bán agus fráma caol de mo chompánach, agus a shúile languid mór-súile a mháthar, ach amháin go, mura touchiness morbid kindled iad nóiméad, ní raibh siad vestige a spiorad súilíneach.

"Cé chomh aisteach nár chóir dó teacht chun mamma agus mise a fheiceáil!" murmured sé. "An bhfaca sé riamh mé? Má tá, caithfidh mé a bheith i mo leanbh. Ní cuimhin liom rud amháin mar gheall air!

"Cén fáth, a Mháistir Linton," arsa mise, "is mór an t-achar é trí chéad míle; agus is cosúil go bhfuil deich mbliana an-difriúil ar fad le duine fásta i gcomparáid leis an méid a dhéanann siad duit. Is dócha gur mhol an tUasal Heathcliff dul ó shamhradh go samhradh, ach ní bhfuair sé deis áisiúil riamh; agus anois tá sé ródhéanach. Ná trioblóid air le ceisteanna ar an ábhar: cuirfidh sé isteach air, gan aon mhaith."

Bhí an buachaill áitithe go hiomlán lena cogitations féin don chuid eile den turas, till stop muid roimh an teach feirme gairdín-geata. Bhreathnaigh mé chun breith ar a chuid imprisean ina ghnúis. Rinne sé suirbhéireacht ar na lattices tosaigh snoite agus íseal-browed, na gooseberry-bushes straggling agus firs cam, le hintinn sollúnta, agus ansin chroith sé a cheann: a mhothúcháin phríobháideacha go hiomlán disapproved an taobh amuigh dá áit chónaithe nua. Ach bhí sé ciallmhar gearán a chur siar: d'fhéadfadh cúiteamh a bheith istigh ann. Sula dismounted sé, chuaigh mé agus d'oscail an doras. Bhí sé leathuair tar éis a sé; Bhí an teaghlach díreach críochnaithe bricfeasta: bhí an seirbhíseach ag glanadh agus ag wiping síos an tábla. Sheas Joseph le cathaoir a mháistir ag insint scéal éigin faoi chapall bacach; agus bhí Hareton ag ullmhú don hayfield.

"Hallo, Nelly!" A dúirt an tUasal Heathcliff, nuair a chonaic sé dom. "Bhí eagla orm go mbeadh orm teacht anuas agus mo mhaoin a fháil mé féin. Thug tú leat é, an bhfuil? Lig dúinn a fheiceáil cad is féidir linn a dhéanamh de."

D'éirigh sé agus shiúil sé go dtí an doras: Lean Hareton agus Joseph fiosracht bhearnach. Rith Linton bocht súil scanrúil ar aghaidheanna an triúir.

"Cinnte-ly," a dúirt Joseph tar éis iniúchadh uaigh, "tá sé swopped wi 'ye, Maister, ar 'yon's a lass!"

Rinne Heathcliff, tar éis dó a mhac a stánadh isteach in ague of confusion, gáire scornful.

"A Dhia! cad is áilleacht ann! cad é an rud álainn, a fheictear!" exclaimed sé. "Nach bhfuil siad thóg sé ar seilidí agus bainne géar, Nelly? Ó, diabhal m'anam! ach tá sé sin níos measa ná mar a bhí súil agam-agus tá a fhios ag an diabhal nach raibh mé sanguine!

Tairiscint mé an leanbh crith agus bewildered a fháil síos, agus dul isteach. Níor thuig sé go maith brí chaint a athar, nó an raibh sé i gceist dó: go deimhin, ní raibh sé cinnte fós gurbh é an strainséir gruama, sraothartach a athair. Ach clung sé dom le trepidation ag fás; agus ar an Uasal Heathcliff ag glacadh suíochán agus bidding dó "teacht hither" hid sé a aghaidh ar mo ghualainn agus wept.

"Tut, tut!" A dúirt Heathcliff, síneadh amach lámh agus dragging air garbh idir a ghlúine, agus ansin a bhfuil suas a cheann ag an smig. "Níl aon cheann de sin nonsense! Níl muid ag dul a ghortú dhuit, Linton-nach bhfuil go thy ainm? Ealaín tusa leanbh do mháthar, go hiomlán! Cá bhfuil *mo* sciar dhuit, sicín puling?

Thóg sé caipín an bhuachalla agus bhrúigh sé siar a chuacha tiubha lín, mhothaigh sé a ghéaga caola agus a mhéara beaga; le linn an scrúdaithe sin scoir Linton ag caoineadh, agus thóg sé a shúile móra gorma chun iniúchadh a dhéanamh ar an gcigire.

"An bhfuil aithne agat orm?" a d'fhiafraigh Heathcliff, tar éis dó féin a shásamh go raibh na géaga go léir chomh leochaileach agus chomh fann.

"Níl," a dúirt Linton, le gaisce de eagla folamh.

"Chuala tú fúm, daresay mé?"

"Níl," a d'fhreagair sé arís.

"Níl! Cén náire a bhí ar do mháthair, gan dúisigh do mheas filial dom! Is tú mo mhac, ansin, inseoidh mé duit; agus ba slut ghránna do mháthair thú d'fhágaint in aineolas ar an saghas athar a bhí agat. Anois, ná wince, agus dath suas! Cé go *bhfuil sé* rud éigin a fheiceáil nach bhfuil tú fola bán. Bí i do leaid maith; agus déanfaidh mé ar do shon. Nelly, má tá tú tuirseach is féidir leat suí síos; mura bhfuil, téigh abhaile arís. Buille faoi thuairim mé go dtabharfaidh tú tuairisc ar an méid a chloiseann tú agus go bhfeicfidh tú an cipher ag an nGráinseach; agus ní bheidh an rud seo socraithe agus tú ag linger faoi."

"Bhuel," d'fhreagair mé, "Tá súil agam go mbainfidh tú a bheith de chineál ar an buachaill, an tUasal Heathcliff, nó ní bheidh tú a choinneáil air fada; agus tá sé go léir agat akin sa domhan mór, go mbeidh a fhios agat riamh-cuimhnigh. "

"Beidh mé *an-chineálta* leis, ní gá duit eagla," a dúirt sé, ag gáire. "Ní gá ach d'aon duine eile a bheith cineálta leis: tá éad orm a ghean a mhonaplú. Agus, chun tús a chur le mo chineáltas, Joseph, a thabhairt ar an lad roinnt bricfeasta. Hareton, tú lao infernal, begone le do chuid oibre. Sea, a Nell," a dúirt sé, nuair a d'imigh siad, "is é mo mhac úinéir ionchasach d'áit, agus níor chóir dom a iarraidh air bás a fháil go dtí go raibh mé cinnte de bheith ina chomharba air. Thairis sin, tá sé *mianach,* agus ba mhaith liom an bua a fheiceáil *mo* shliocht tiarna cothrom a n-eastáit; mo leanbh fhostú a gcuid leanaí go dtí tailte a n-aithreacha 'le haghaidh pá. Is é sin an t-aon chomaoin a d'fhéadfadh a bheith ag fulaingt an whelp: is aoibhinn liom é dó féin, agus is fuath liom é as na cuimhní a athbheochan sé! Ach is leor an chomaoin sin: tá sé chomh sábháilte liom, agus beidh sé chomh cúramach agus a bhíonn do mháistir féin. I have a room upstairs, tá seomra agam dó i stíl dathúil; D'fhostaigh mé teagascóir, chomh maith, le teacht trí huaire sa tseachtain, ó achar fiche míle, chun an méid is toil leis a fhoghlaim a mhúineadh dó. D'ordaigh mé do Hareton géilleadh dó: agus go deimhin shocraigh mé gach rud d'fhonn an duine is fearr agus an fear uasal ann a chaomhnú, os cionn a chomhghleacaithe. Is oth liom, áfach, gur beag an trioblóid atá tuillte aige: dá mba mhian liom aon bheannacht ar domhan, b'fhiú mórtas a fháil dó; agus tá an-díomá orm leis an meadhg-aghaidh, wretch whining!

Nuair a bhí sé ag labhairt, d'fhill Joseph ar a raibh báisín leite bainne, agus chuir sé os comhair Linton é: a chorraigh thart ar an praiseach bhaile le cuma aversion, agus dhearbhaigh sé nach bhféadfadh sé é a ithe. Chonaic mé an sean-fhear-sheirbhíseach roinnte den chuid is mó i scorn a mháistir an linbh; cé go raibh d'fhiacha air an meon a choinneáil ina chroí, mar is léir gur chiallaigh Heathcliff a chuid underlings chun é a choinneáil ina onóir.

"Ní féidir é a ith?" arís agus arís eile sé, peering in aghaidh Linton, agus subduing a ghuth le cogar, ar eagla a bheith overheard. "Ach d'ith Maister Hareton nivir dána eile, nuair a wer sé beagán 'un; & adubairt wer gooid eneugh dó gooid eneugh for sibh, is áil leam-sa!"

"*Ní* ithim é!" a d'fhreagair Linton, go scioptha. "Tóg ar shiúl é."

Sciob Joseph suas an bia go neamhbhalbh, agus thug sé dúinn é.

"An bhfuil ails múinte ú 'victuals?" D'iarr sé, sá an tráidire faoi srón Heathcliff ar.

"Cad ba chóir ail iad?" A dúirt sé.

"Wah!" fhreagair Joseph, "yon dainty CHAP deir sé cannut ith 'em. Ach buille faoi thuairim mé go bhfuil sé raight! A mháthair wer ach soa-wer a'most too mucky to sow t' arbhar for makking her breead."

"Ná luaigh a mháthair liom," arsa an máistir, go feargach. "Faigh dó rud éigin gur féidir leis a ithe, sin uile. Cad é a ghnáthbhia, Nelly?

Mhol mé bainne bruite nó tae; agus fuair bean an tí treoracha chun cuid acu a ullmhú. Tar, a léirigh mé, d'fhéadfadh leithleas a athar cur lena chompord. Feiceann sé a bhunreacht íogair, agus an gá atá le caitheamh leis go tolerably. Feicfidh mé consól an tUasal Edgar ag acquainting dó leis an cas Tá greann Heathcliff ar glacadh. Gan leithscéal ar bith agam a bheith ag lingering níos faide, shleamhnaigh mé amach, agus Linton ag gabháil do dhul chun cinn madra caorach cairdiúil. Ach bhí sé i bhfad ró-ar an airdeall a bheith cheated: mar a dhún mé an doras, Chuala mé caoin, agus athrá frantic de na focail—

"Ná fág mise! Ní fhanfaidh mé anseo! Ní fhanfaidh mé anseo!

Ansin ardaíodh an latch agus thit sé: ní raibh siad ag fulaingt air le teacht amach. Ghléas mé Minny, agus d'áitigh mé í le trot; agus mar sin tháinig deireadh le mo chaomhnóireacht ghairid.

CAIBIDIL XXI

Bhí obair bhrónach againn le Cathy beag an lá sin: d'éirigh sí i glee ard, fonn uirthi dul i bpáirt lena col ceathrar, agus lean na deora agus na caoineadh paiseanta sin an scéala go raibh dualgas ar Edgar féin í a sháimhriú, trína dhearbhú gur chóir dó teacht ar ais go luath: dúirt sé, áfach, "más féidir liom é a fháil"; agus ní raibh aon dóchas faoi sin. Chuir an gheallúint seo lagmhisneach uirthi; ach bhí an t-am níos láidre; agus cé go raibh sí fós ag eatraimh d'fhiosraigh sí a hathair nuair a d'fhillfeadh Linton, sula bhfaca sí arís é bhí a chuid gnéithe céirithe chomh dim ina cuimhne nár aithin sí é.

Nuair a bhí seans agam teacht ar bhean tí Wuthering Heights, agus mé ag tabhairt cuairteanna gnó ar Gimmerton, ba ghnách liom a fhiafraí conas a d'éirigh leis an máistir óg; óir do mhair sé beagnach chomh seafóideach le Catherine í féin, agus ní raibh sé le feiscint riamh. D'fhéadfainn a bhailiú uaithi gur lean sé ar aghaidh i ndrochshláinte, agus go raibh sé ina phríosúnach tuirseach. Dúirt sí an tUasal Heathcliff chuma a dislike dó riamh níos faide agus níos measa, cé gur thóg sé roinnt trioblóide a cheilt air: bhí sé antipathy leis an fhuaim a ghuth, agus ní fhéadfadh a dhéanamh ar chor ar bith lena suí sa seomra céanna leis go leor nóiméad le chéile. Is annamh a ritheadh mórán cainte eatarthu: d'fhoghlaim Linton a chuid ceachtanna agus chaith sé a chuid tráthnónta in árasán beag ar thug siad an parlús air: nó luigh sé sa leaba an lá ar fad: óir bhí sé de shíor ag fáil casachtaí, agus slaghdáin, agus pianta de chineál éigin.

"Agus ní raibh a fhios agam riamh a leithéid de chréatúr faint-hearted," arsa an bhean; "Ná duine chomh cúramach sin de hisseln. Rachaidh sé ar aghaidh, má fhágaim an fhuinneog ar oscailt beagán déanach sa tráthnóna. Ó! tá sé maraithe, anáil aer na hoíche! Agus caithfidh sé tine a bheith aige i lár an tsamhraidh; agus is nimh é píopa bacca Iósaef; agus caithfidh sé milseáin agus dainties a bheith aige i gcónaí, agus bainne i gcónaí, bainne go deo—ag tabhairt dána faoin gcaoi a mbíonn an chuid eile againn pinched sa gheimhreadh; & is annsin do shuidh, & do cuiredh ina chlóca furred ina chathaoir ag an teine, & do-ber-sa tósta & uisge no sloiteadh eile ar an hob do sip ag; agus má thagann Hareton, ar mhaithe le trua, chun amuse dó-Hareton nach bhfuil droch-natured, cé go bhfuil sé garbh-tá siad cinnte a bheith páirteach, mionnú amháin agus an ceann eile ag caoineadh. Measaim go n-athbhunódh an máistir Earnshaw é go mummy, dá mba rud é nárbh é a mhac é; agus tá mé cinnte go mbeadh sé in ann é a chasadh as doirse, dá mbeadh a fhios aige leath an altranais a thugann sé hisseln. Ach ansin ní rachaidh sé i mbaol cathú: ní thiocfaidh sé isteach sa pharlús riamh, agus má thaispeánann Linton na bealaí sin sa teach ina bhfuil sé, cuireann sé suas staighre é go díreach.

Is eadh adubhairt, as an gcuntas so, gur fhág easpa comhbhróin go raibh Heathcliff óg santach agus easaontach, muna raibh sé amhlaidh ar dtús; agus mo spéis ann, dá bhrí sin, meathlaithe: cé go raibh mé fós ar athraíodh a ionad le tuiscint ar grief ar a lán, agus mian go raibh sé fágtha le linn. Mhol an tUasal Edgar dom eolas a fháil: shíl sé go leor mar gheall air, mhaisiúil mé, agus bheadh riosca éigin ann é a fheiceáil; agus dúirt sé liom uair amháin ceist a chur ar fhear an tí ar tháinig sé isteach sa sráidbhaile riamh? Dúirt sí nach raibh sé ach faoi dhó, ar mhuin capaill, in éineacht lena athair; agus an dá uair lig sé air féin go raibh sé cnagtha go leor ar feadh trí nó ceithre lá ina dhiaidh sin. D'imigh bean an tí sin, má chuimhním ar dheis, dhá bhliain tar éis dó teacht; agus duine eile, nach raibh a fhios agam, a comharba; tá sí ina cónaí ansin go fóill.

Chaith an t-am ar aghaidh ag an nGráinseach ar a bealach taitneamhach roimhe seo go dtí gur shroich Miss Cathy sé bliana déag d'aois. Ar chothrom lae a breithe níor léirigh muid aon chomharthaí de rejoicing, toisc go raibh sé chomh maith leis an comóradh ar bhás mo máistreás déanach. Chaith a hathair an lá sin ina aonar sa leabharlann; agus shiúil sé, ag dusk, chomh fada le Gimmerton kirkyard, áit a gcuirfeadh sé fad go minic lena fhanacht níos faide ná meán oíche. Dá bhrí sin, caitheadh Catherine ar a cuid acmhainní féin le haghaidh spraoi. Lá álainn earraigh a bhí san fhichiú lá seo de Mhárta, agus nuair a bhí a hathair éirithe as, tháinig mo bhean óg síos gléasta le dul amach, agus dúirt sí gur iarr sí ramble a bheith aici ar imeall an mhóinteáin liom: thug an tUasal Linton cead di, mura ndeachaigh muid ach achar gearr agus go raibh muid ar ais laistigh den uair an chloig.

"Mar sin, déan haste, Ellen!" Adeir sí. "Tá a fhios agam cá háit ar mhaith liom dul; áit a bhfuil coilíneacht de moor-cluiche socraithe: Ba mhaith liom a fheiceáil an bhfuil a neadacha déanta acu go fóill.

"Caithfidh sé sin a bheith achar maith suas," a d'fhreagair mé; "Ní phóraíonn siad ar imeall an mhóta."

"Níl, níl sé," a dúirt sí. "Tá mé imithe an-ghar don Papa."

Chuir mé ar mo bhoinéad agus sallied amach, ag smaoineamh ar rud ar bith níos mó ar an ábhar. Cheangail sí romham, agus d'fhill sí ar mo thaobh, agus bhí sí amach arís mar a bheadh cú óg ann; agus, ar dtús, fuair mé neart siamsaíochta ag éisteacht leis na larks ag canadh i bhfad is i gcóngar, agus ag baint taitnimh as an ngrian milis, te; agus ag breathnú uirthi, mo pheata agus mo aoibhneas, lena fáinní órga ag eitilt scaoilte taobh thiar de, agus a leiceann geal, chomh bog agus íon ina bhláth mar rós fiáin, agus a súile radiant le pléisiúr cloudless. Créatúr sona a bhí inti, agus aingeal, sna laethanta sin. Is mór an trua nach bhféadfadh sí a bheith sásta.

"Bhuel," arsa mise, "cá bhfuil do chluiche moor, Miss Cathy? Ba chóir dúinn a bheith orthu: is bealach iontach é fál páirce na Gráinsí anois."

"Ó, beagán níos faide - ach beagán níos faide, Ellen," an freagra a bhí aici, go leanúnach. "Tóg go dtí an cnocán sin, pas a fháil sa bhanc sin, agus faoin am a shroicheann tú an taobh eile beidh na héin ardaithe agam."

Ach bhí an oiread sin cnocán agus bruach le dreapadh agus le pas a fháil, gur thosaigh mé traochta, agus dúirt mé léi go gcaithfimid stopadh, agus ár gcéimeanna a tharraingt siar. Scairt mé léi, mar bhí sí ag cur as dom ar bhealach fada; níor chuala sí ceachtar acu nó níor mheas sí, mar sprang sí fós ar, agus bhí iallach orm a leanúint. Ar deireadh, thum sí isteach i log; agus sular tháinig mé i radharc uirthi arís, bhí sí dhá mhíle níos gaire do Wuthering Heights ná a teach féin; agus beheld mé cúpla duine a ghabháil léi, ar cheann acu bhraith mé cinnte go raibh an tUasal Heathcliff féin.

Bhí Cathy gafa leis an bhfíric go raibh sé ag argain, nó, ar a laghad, ag fiach amach neadacha an grouse. Ba iad na Heights talamh Heathcliff, agus bhí sé ag reproving an póitseálaí.

"Níor thóg mé aon cheann ná ní bhfuair mé aon cheann," a dúirt sí, mar a thoiligh mé leo, ag leathnú a lámha i gcomhthacaíocht an ráitis. "Ní raibh sé i gceist agam iad a thógáil; ach dúirt Papa liom go raibh cainníochtaí suas anseo, agus theastaigh uaim na huibheacha a fheiceáil."

Thug Heathcliff spléachadh orm le gáire drochbhrí, ag cur a aithne ar an bpáirtí in iúl, agus, dá bhrí sin, a fhirinne ina leith, agus d'éiligh sé cérbh é "papa"?

"An tUasal Linton as Gráinseach Thrushcross," a d'fhreagair sí. "Shíl mé nach raibh aithne agat orm, nó ní labhródh tú ar an gcaoi sin."

"Is dócha go bhfuil ardmheas agus meas ar Papa, ansin?" a dúirt sé, go searbhasach.

"Agus cad tá ort?" a d'fhiafraigh Catherine, agus í ag amharc go fiosrach ar an gcainteoir. "An fear sin a chonaic mé cheana. An é do mhac é?

Dhírigh sí aird ar Hareton, an duine eile, nach raibh tada faighte aige ach a mhéadaigh an chuid is mó agus an neart trí dhá bhliain a chur lena aois: bhí an chuma air go raibh sé chomh huafásach agus chomh garbh is a bhí riamh.

"Iníon Cathy," a chuir mé isteach, "beidh sé trí uair an chloig in ionad ceann amháin go bhfuil muid amach, faoi láthair. Caithfimid dul ar ais i ndáiríre."

"Níl, ní hé an fear sin mo mhac," a d'fhreagair Heathcliff, ag brú i leataobh mé. "Ach tá ceann agam, agus chonaic tú é roimhe seo freisin; agus, cé go bhfuil do altra i Hurry, I mo thuairimse, idir tú féin agus go mbeadh sí a bheith ar an níos fearr ar feadh scíth beag. An mbeidh tú ag dul díreach an nab de heath, agus siúl isteach i mo theach? Tiocfaidh tú abhaile níos luaithe ar mhaithe leis an éascaíocht; agus gheobhaidh tú fáilte chineálta."

Dúirt mé le Catherine nár cheart di, ar aon chuntas, géilleadh don mholadh: bhí sé go hiomlán as an gceist.

"Cén fáth?" a d'fhiafraigh sí, os ard. "Tá mé tuirseach de bheith ag rith, agus tá an talamh drúcht: ní féidir liom suí anseo. Lig dúinn dul, Ellen. Thairis sin, deir sé go bhfaca mé a mhac. Tá dul amú air, sílim; ach buille faoi thuairim mé cá bhfuil sé ina chónaí: ag an teach feirme ar thug mé cuairt air ag teacht ó Penistone Crags. Nach bhfuil tú?"

"Is féidir liom. Tar, Nelly, a shealbhú do theanga-beidh sé ina chóireáil di chun breathnú i orainn. Hareton, dul ar aghaidh leis an lass. Beidh tú ag siúl liom, Nelly."

"Níl, níl sí ag dul go dtí aon áit den sórt sin," adeir mé, ag streachailt a scaoileadh mo lámh, a ghabh sé: ach bhí sí beagnach ag na clocha doras cheana féin, scampering bhabhta an brow ag luas iomlán. Níor lig a compánach ceaptha uirthi í a thionlacan: shied sé amach le taobh an bhóthair, agus d'imigh sé.

"An tUasal Heathcliff, tá sé an-mícheart," lean mé: "tá a fhios agat nach bhfuil aon mhaith agat. Agus ansin feicfidh sí Linton, agus inseofar gach rud chomh luath agus a fhillfimid riamh; agus beidh an milleán orm."

"Ba mhaith liom go bhfeicfeadh sí Linton," a d'fhreagair sé; "Tá sé ag breathnú níos fearr na laethanta beaga seo; ní minic a bhíonn sé oiriúnach le feiceáil. Agus cuirfimid ina luí uirthi go luath an chuairt a choinneáil faoi rún: cá bhfuil an dochar di?

"An dochar a bhaineann leis, go mbeadh fuath ag a hathair dom dá bhfaigheadh sé gur fhulaing mé í le dul isteach i do theach; agus táim cinnte go bhfuil droch-dhearadh agat chun í a spreagadh chun é sin a dhéanamh," a d'fhreagair mé.

"Tá mo dhearadh chomh macánta agus is féidir. Cuirfidh mé a scóip iomlán in iúl duit," a dúirt sé. "Go bhféadfadh an bheirt chol ceathracha titim i ngrá, agus pósadh. Tá mé ag gníomhú go fial le do mháistir: níl aon choinne ag a chit óg, agus má thugann sí mo mhianta ar iasacht cuirfear ar fáil í ag an am céanna mar chomharba comhpháirteach le Linton.

"Dá bhfaigheadh Linton bás," a d'fhreagair mé, "agus tá a shaol éiginnte go leor, bheadh Catherine ina hoidhre."

"Níl, ní bheadh sí," a dúirt sé. "Níl aon chlásal san uacht chun é a dhaingniú mar sin; rachadh a mhaoin chugam; ach, chun aighnis a chosc, is mian liom a n-aontas, agus tá rún agam é a thabhairt faoi."

"Agus tá mé réitithe ní bheidh sí ag druidim le do theach liom arís," a d'fhill mé, agus muid ag teacht ar an ngeata, áit ar fhan Iníon Cathy ag teacht.

Heathcliff bade dom a bheith ciúin; agus, roimh dúinn suas an cosán, hastened a oscailt an doras. Thug mo bhean óg roinnt breathnaíonn dó, amhail is nach bhféadfadh sí a hintinn a dhéanamh suas go díreach cad ba cheart smaoineamh air; ach anois aoibh sé nuair a bhuail sé a shúil, agus softened a ghuth i aghaidh a thabhairt uirthi; agus bhí mé amaideach go leor chun cuimhne a máthar a shamhlú go bhféadfadh sé é a dhí-armáil ó bheith ag iarraidh a gortaithe. Sheas Linton ar an teallach. Bhí sé amuigh ag siúl sna páirceanna, mar bhí a chaipín ar siúl, agus bhí sé ag iarraidh ar Iósaef bróga tirime a thabhairt dó. Bhí sé tar éis fás go hard ar a aois, fós ag iarraidh roinnt míonna de shé bliana déag. Bhí a chuid gnéithe go leor fós, agus a shúil agus a choimpléasc níos gile ná mar a chuimhnigh mé orthu, cé nach raibh ach lustre sealadach ar iasacht ón aer salubrious agus ón ngrian genial.

"Anois, cé hé sin?" D'iarr an tUasal Heathcliff, ag casadh go Cathy. "An féidir leat a rá?"

"Do mhac?" a dúirt sí, tar éis suirbhé amhrasach, an chéad cheann agus ansin an ceann eile.

"Sea, sea," a d'fhreagair sé: "ach an é seo an t-aon uair a choinnigh tú siar é? Smaoinigh! Ah! tá cuimhne ghearr agat. Linton, nach cuimhin leat do chol ceathrar, gur ghnách leat muid a chuimilt mar sin agus tú ag iarraidh a fheiceáil?

"Cad, Linton!" Adeir Cathy, kindling isteach iontas joyful ag an ainm. "An é sin Linton beag? Tá sé níos airde ná mé! An bhfuil tú Linton?

Sheas an óige ar aghaidh, agus d'admhaigh sé é féin: phóg sí é go fíochmhar, agus gazed siad le hiontas ag an am athraithe a bhí wrought i gcuma gach ceann acu. Bhí a hairde iomlán sroichte ag Catherine; Bhí a figiúr plump agus caol, leaisteacha mar chruach, agus a gné ar fad súilíneach le sláinte agus biotáillí. Bhí cuma agus gluaiseachtaí Linton an-languid, agus a fhoirm thar a bheith beag; ach bhí grásta ina bhealach a mhaolaigh na lochtanna seo, agus a d'fhág nach raibh sé ag scaoileadh. Tar éis a mhalartú marcanna iomadúla de fondness leis, chuaigh a chol ceathrair go dtí an tUasal Heathcliff, a lingered ag an doras, roinnt a aird idir na rudaí taobh istigh agus iad siúd a leagan gan: ligean, is é sin, chun breathnú ar an dara ceann, agus i ndáiríre noting an iar ina n-aonar.

"Agus is tusa m'uncail, ansin!" adeir sí, ag teacht suas chun cúirtéis a thabhairt dó. "Shíl mé gur thaitin sé leat, cé go raibh tú trasna ar dtús. Cén fáth nach dtugann tú cuairt ar an nGráinseach le Linton? Chun cónaí ar na blianta seo go léir comharsana gar den sórt sin, agus ní fheiceann riamh dúinn, tá corr: cad tá déanta agat amhlaidh le haghaidh?' "

"Thug mé cuairt air uair nó dhó rómhinic sular rugadh thú," a d'fhreagair sé. "Tá—diabhal é! Má tá aon phóg le spáráil agat, tabhair do Linton iad: caitear uaim iad."

"Naughty Ellen!" Exclaimed Catherine, ag eitilt chun ionsaí a dhéanamh orm in aice lena caresses lavish. "Ellen ghránna! iarracht a dhéanamh bac a chur orm dul isteach. Ach tógfaidh mé an tsiúlóid seo gach maidin amach anseo: an bhféadfainn, a uncail? agus uaireanta a thabhairt papa. Nach mbeidh tú sásta muid a fheiceáil?

"Ar ndóigh," a d'fhreagair an t-uncail, le grimace faoi chois ar éigean, mar thoradh ar a aversion domhain do na cuairteoirí atá beartaithe. "Ach fan," ar seisean, ag casadh i dtreo na mná óige. "Anois smaoiním air, b'fhearr dom a rá leat. Tá dochar ag an Uasal Linton i mo choinne: chuamar ar neamhní ag aon am amháin dár saol, le ferocity unchristian; agus, má luann tú ag teacht anseo chuige, cuirfidh sé veto ar do chuairteanna ar fad. Dá bhrí sin, ní mór duit é a lua, mura bhfuil tú míchúramach do chol ceathrar a fheiceáil ina dhiaidh seo: is féidir leat teacht, más rud é go mbeidh tú, ach ní mór duit é a lua. "

"Cén fáth a raibh tú quarrel?" D'iarr Catherine, crestfallen suntasach.

"Shíl sé go raibh mé ró-bhocht chun a dheirfiúr a phósadh," a d'fhreagair Heathcliff, "agus bhí sé cráite go bhfuair mé í: gortaíodh a bhród, agus ní mhaithfidh sé riamh é."

"Tá sin mícheart!" arsa an bhean óg: "uair éigin inseoidh mé sin dó. Ach níl aon sciar ag Linton agus mé féin i do cháiréis. Ní thiocfaidh mé anseo, mar sin; tiocfaidh sé go dtí an Ghráinseach."

"Beidh sé rófhada domsa," arsa a col ceathrar: "go siúlfadh ceithre mhíle mé. Níl, tar anseo, Iníon Catherine, anois agus ansin: ní gach maidin, ach uair nó dhó sa tseachtain.

Sheol an t-athair sracfhéachaint ar dhíspeagadh searbh i dtreo a mhic.

"Tá eagla orm, a Nelly, caillfidh mé mo shaothar," a dúirt sé liom. "Gheobhaidh Iníon Catherine, mar a thugann an ninny uirthi, a luach amach, agus seolfaidh sí chuig an diabhal é. Anois, dá mba Hareton a bhí ann!—An bhfuil a fhios agat sin, fiche uair sa lá, covet mé Hareton, lena dhíghrádú go léir? Ba bhreá liom an leaid dá mbeadh sé ar dhuine éigin eile. Ach sílim go bhfuil sé sábháilte óna grá. Cuirfidh mé i gcoinne an chréatúr paltry sin é, mura mbeidh sé féin briskly. Ríomhaimid go mairfidh sé gann go dtí go mbeidh sé ocht mbliana déag d'aois. Ó, confound an rud vapid! Tá sé súite isteach ag triomú a chosa, agus ní fhéachann sé uirthi riamh.—Linton!"

"Sea, a athair," a d'fhreagair an buachaill.

"An bhfuil aon rud agat chun do chol ceathrair a thaispeáint áit ar bith faoi, ní fiú coinín nó nead weasel? Tóg isteach sa ghairdín í, sula n-athraíonn tú do bhróga; agus isteach sa stábla chun do chapall a fheiceáil."

"Nach mb'fhearr leat suí anseo?" a d'fhiafraigh Linton, agus é ag labhairt le Cathy i ton a léirigh drogall bogadh arís.

"Níl a fhios agam," a d'fhreagair sí, ag caitheamh súil fhada ar an doras, agus is léir go bhfuil fonn uirthi a bheith gníomhach.

Choinnigh sé a shuíochán, agus chroith sé níos gaire don tine. D'ardaigh Heathcliff, agus chuaigh sé isteach sa chistin, agus as sin go dtí an clós, ag glaoch amach do Hareton. D'fhreagair Hareton, agus faoi láthair tháinig an bheirt isteach arís. Bhí an fear óg á ní féin, mar a bhí le feiceáil ag an luisne ar a leicne agus a ghruaig fhliuch.

"Ó, cuirfidh mé ceist *ort*, a uncail," adeir Iníon Cathy, ag déanamh aithrise ar dhearbhú fhear an tí. "Ní hé sin mo chol ceathrar, an ea?"

"Tá," a d'fhreagair sé, "nia do mháthar. Nach maith leat é?

D'fhéach Catherine Queer.

"Nach leaid dathúil é?" ar seisean.

Sheas an rud beag uncivil ar tiptoe, agus chuir sé abairt i gcluas Heathcliff. Rinne sé gáire; Dhorchaigh Hareton: Bhraith mé go raibh sé an-íogair do bheagán amhrasta, agus ba léir go raibh nóisean dim aige ar a neamhthorthúlacht. Ach chuir a mháistir nó a chaomhnóir ruaig ar an bhfraochadh—

"Beidh tú ar an gceann is fearr leat inár measc, Hareton! Deir sí go bhfuil tú—Cad a bhí ann? Bhuel, rud an-flattering. Anseo! téann tú léi thart ar an bhfeirm. Agus iad féin a iompar cosúil le fear uasal, aigne! Ná húsáid aon drochfhocal; agus ná bí ag stánadh nuair nach bhfuil an bhean óg ag féachaint ort, agus bí réidh le d'aghaidh a cheilt nuair a bhíonn sí; agus, nuair a labhraíonn tú, abair do chuid focal go mall, agus coinnigh do lámha amach as do phócaí. Bí amach, agus siamsaíocht a thabhairt di chomh deas agus is féidir leat.

Bhreathnaigh sé ar an lánúin ag siúl thar an bhfuinneog. Bhí a ghnúis go hiomlán ag Earnshaw óna chompánach. Ba chosúil go raibh sé ag déanamh staidéir ar an tírdhreach aithnidiúil le spéis strainséara agus ealaíontóra. Thug Catherine sracfhéachaint glic air, ag léiriú meas beag. D'iompaigh sí a haird ansin ar rudaí spraoi a lorg di féin, agus chuaigh sí go merrily ar, ag lilting fonn chun an easpa comhrá a sholáthar.

"Cheangail mé a theanga," a thug Heathcliff faoi deara. "Ní rachaidh sé i bhfiontar siolla amháin an t-am ar fad! Nelly, recollect tú dom ag a aois-nay, roinnt blianta níos óige. Ar fhéach mé riamh chomh dúr: mar sin 'gaumless,' mar a thugann Joseph air?

"Níos measa," a d'fhreagair mé, "mar gheall ar níos mó sullen leis."

"Tá pléisiúr agam ann," ar seisean, ag machnamh os ard. "Tá sé sásta go bhfuil mé ag súil leis. Dá mba amadán a rugadh é níor cheart dom taitneamh a bhaint as leath an oiread sin. Ach ní haon amadán é; agus is féidir liom comhbhrón a dhéanamh lena chuid mothúchán go léir, tar éis iad a bhrath mé féin. Tá a fhios agam cad a fhulaingíonn sé anois, mar shampla, go díreach: níl ann ach tús leis an méid a bheidh sé ag fulaingt, áfach. Agus ní bheidh sé in ann teacht chun cinn as a bathos de garbh agus aineolas. Tá mé fuair sé níos tapúla ná a scoundrel athair urraithe dom, agus níos ísle; óir glacann sé mórtas as a bhrúidiúlacht. Mhúin mé dó gach rud seach-ainmhí a scóráil chomh amaideach agus lag. Nach gceapann tú go mbeadh Hindley bródúil as a mhac, dá bhfeicfeadh sé é? beagnach chomh bródúil agus atá mé. Ach tá an difríocht seo ann; is ór a chuirtear ar úsáid clocha pábhála, agus tá an ceann eile stáin snasta chun seirbhís airgid a ape. *Níl* aon rud luachmhar ag mianach faoi; ach beidh fiúntas agam é a dhéanamh chomh fada agus is féidir le rudaí bochta den sórt sin dul. *Bhí* a chuid cáilíochtaí chéad-ráta, agus tá siad caillte: rindreáil níos measa ná unavailing. *Níl* aon aiféala orm; bheadh níos mó ná aon cheann aige, ach tá a fhios agam. Agus is é an chuid is fearr de, tá Hareton damnably fond de dom! Feicfidh tú féin go bhfuil mé outmatched Hindley ann. Dá bhféadfadh an villain marbh ardú as a uaigh chun mí-úsáid a bhaint as éagóir a sliocht, ba chóir dom a bheith ar an spraoi a fheiceáil ar an sliocht sin troid air ar ais arís, indignant gur chóir dó leomh a ráille ag an cara amháin atá aige ar fud an domhain! "

Chuimil Heathcliff gáire fiendish ag an smaoineamh. Ní dhearna mé aon fhreagra, mar chonaic mé nach raibh súil aige le haon cheann. Idir an dá linn, thosaigh ár gcompánach óg, a shuigh ró-bhainte uainn chun an méid a dúradh a chloisteáil, ag cur comharthaí míshuaimhnis ina luí, agus is dócha gur shéan sé féin an chaoi ar caitheadh le sochaí Catherine ar eagla go mbeadh tuirse beag air. Dúirt a athair na sracfhéachaintí suaimhneacha ag fánaíocht go dtí an fhuinneog, agus shín an lámh go neamhbhalbh i dtreo a chaipín.

"Faigh suas, buachaill díomhaoin agat!" exclaimed sé, le heartiness glacadh. "Away ina ndiaidh! tá siad díreach ag an gcúinne, ag seastán na gcoirpeach."

Bhailigh Linton a chuid fuinnimh, agus d'fhág sé an teallach. Bhí an laitís oscailte, agus, de réir mar a sheas sé amach, chuala mé Cathy ag fiosrú a freastalaí dosheánta cad é an inscríbhinn sin thar an doras? Bhreathnaigh Hareton suas, agus scríob sé a cheann mar a bheadh fíor-bhá ann.

"Scríbhneoireacht damanta atá ann," a d'fhreagair sé. "Ní féidir liom é a léamh."

"Ní féidir é a léamh?" Adeir Catherine; "Is féidir liom é a léamh: is Béarla é. Ach ba mhaith liom a fháil amach cén fáth go bhfuil sé ann."

Rinne Linton giggled: an chéad chuma ar mirth a bhí ar taispeáint aige.

"Níl a fhios aige a chuid litreacha," a dúirt sé lena chol ceathrair. "An bhféadfá a chreidiúint go bhfuil a leithéid de dhúnghaois ann?"

"An bhfuil sé go léir mar ba chóir dó a bheith?" D'iarr Iníon Cathy, dáiríre; "Nó an bhfuil sé simplí: níl sé ceart? Cheistigh mé é faoi dhó anois, agus gach uair a d'fhéach sé chomh dúr sílim nach dtuigeann sé mé. Is ar éigean is féidir liom é a thuiscint, táim cinnte!

Rinne Linton a gáire arís agus arís eile, agus spléachadh ar Hareton go tauntingly; is cinnte nach raibh sé soiléir go leor faoin tuiscint ag an nóiméad sin.

"Níl aon rud ann ach leisce; an bhfuil, a Earnshaw?" a dúirt sé. "Fancies mo chol ceathrair go bhfuil tú leathcheann. Tá taithí agat ansin ar an toradh a bhíonn ar scóráil 'book-larning,' mar a déarfá. Ar thug tú faoi deara, Catherine, a fhuaimniú scanrúil Yorkshire?

"Cén fáth, i gcás ina bhfuil an diabhal an úsáid ar't?" growled Hareton, níos réidh i bhfreagra a chompánach laethúil. Bhí sé ar tí méadú níos faide, ach bhris an bheirt óganach isteach in aclaí torannach: bhí áthas an domhain orm a fháil amach go bhféadfadh sí a chaint aisteach a chasadh ar ábhar spraoi.

"Cá bhfuil úsáid an diabhail san abairt sin?" arsa Linton. "Dúirt Papa leat gan aon drochfhocail a rá, agus ní féidir leat do bhéal a oscailt gan ceann. Déan iarracht iad féin a iompar mar fhear uasal, déan anois!

"Mura mbeadh tusa níos lasaí ná leaid, thitfinn dhuit an nóiméad seo, ba mhaith liom; lath trua crater!" retorted an boor feargach, retreating, agus a aghaidh dóite le buile mingled agus mortification; óir bhí a fhios aige gur masla a bhí ann, agus náire air conas é a athbheochan.

An tUasal Heathcliff tar éis overheard an comhrá, chomh maith le mé, aoibh nuair a chonaic sé dó dul; ach díreach ina dhiaidh sin chaith sé súil ar aversion uatha ar an bpéire flippant, a d'fhan ag comhrá sa doras: an buachaill ag aimsiú beochana go leor agus é ag plé lochtanna agus easnaimh Hareton, agus scéalta a bhaineann lena chuid dul ar aghaidh; agus an cailín relishing a chuid nathanna pert agus spiteful, gan smaoineamh ar an drochnádúr evinced siad. Thosaigh mé ag cur as dom, níos mó ná Linton truamhéalach, agus leithscéal a ghabháil lena athair i mbeart éigin chun é a choinneáil saor.

D'fhan muid go tráthnóna: ní raibh mé in ann Miss Cathy a stróiceadh níos luaithe; ach go sona sásta nár éirigh mo mháistir as a árasán, agus d'fhan sé aineolach ar ár neamhláithreacht fhada. Agus muid ag siúl abhaile, ba mhaith liom mo chúiseamh a léiriú ar charachtair na ndaoine a bhí scortha againn: ach fuair sí isteach ina ceann é go raibh dochar déanta dom ina gcoinne.

"Aha!" Adeir sí, "glacann tú taobh Papa, Ellen: tá tú páirteach tá a fhios agam; nó eile ní bheifeá tar éis an oiread sin blianta a chaitheamh isteach sa nóisean go raibh cónaí ar Linton i bhfad as seo. Tá fearg mhór orm; ach tá mé chomh sásta nach féidir liom é a thaispeáint! Ach caithfidh tú do theanga a shealbhú faoi m'uncail; tá sé *mo* uncail, cuimhnigh; agus beidh mé scold papa do quarrelling leis."

Agus mar sin rith sí ar aghaidh, till scar mé leis an iarracht a chur ina luí uirthi a botún. Níor luaigh sí an chuairt an oíche sin, toisc nach bhfaca sí an tUasal Linton. An lá dár gcionn tháinig sé ar fad amach, faraor le mo chagrin; agus fós ní raibh brón orm ar fad: shíl mé go mbeadh an t-ualach a bhaineann le stiúradh agus rabhadh níos éifeachtaí aige ná mise. Ach bhí sé róthógtha le cúiseanna sásúla a thabhairt dá mhian gur cheart di ceangal a chothú le teaghlach na hArda, agus thaitin cúiseanna maithe le Catherine le gach srian a chiap a toil pheata.

"Papa!" Exclaimed sí, tar éis salutations na maidine, "buille faoi thuairim a chonaic mé inné, i mo shiúlóid ar na moors. Ah, papa, thosaigh tú! níl an ceart déanta agat, an bhfuil, anois? Chonaic mé—ach éist, agus cloisfidh tú conas a fuair mé amach thú; agus Ellen, atá i léig leat, agus fós lig trua dom mar sin, nuair a choinnigh mé ag súil, agus bhí díomá orm i gcónaí faoi theacht Linton ar ais!

Thug sí cuntas dílis ar a turas agus ar a hiarmhairtí; agus mo mháistir, cé chaith sé níos mó ná breathnú reproachful amháin ar dom, dúirt rud ar bith till bhí sí i gcrích. Ansin tharraing sé chuige í, agus d'fhiafraigh sé an raibh a fhios aici cén fáth ar cheil sé garchomharsanacht Linton uaithi? An bhféadfadh sí a cheapadh go raibh sé chun pléisiúr a shéanadh uirthi go bhféadfadh sí taitneamh a bhaint as gan dochar?

"Bhí sé toisc nár thaitin leat an tUasal Heathcliff," fhreagair sí.

"Ansin creideann tú go bhfuil níos mó measa agam ar mo mhothúcháin féin ná mise, Cathy?" a dúirt sé. "Níl, ní raibh sé toisc nár thaitin liom an tUasal Heathcliff, ach toisc nach dtaitníonn an tUasal Heathcliff liom; agus is fear is diabolical é, delighting a mícheart agus ruin siúd fuath sé, má thugann siad dó an deis slightest. Bhí a fhios agam nach bhféadfá aithne a choinneáil ar do chol ceathrar gan teagmháil a dhéanamh leis; agus bhí a fhios agam go ndéanfadh sé tú a thiomnú ar mo chuntas; mar sin ar mhaithe leat féin, agus rud ar bith eile, ghlac mé réamhchúraimí nár chóir duit Linton a fheiceáil arís. Bhí sé i gceist agam é seo a mhíniú tamall de réir mar a d'fhás tú níos sine, agus tá brón orm gur chuir mé moill air.

"Ach bhí an tUasal Heathcliff cordial go leor, papa," breathnaíodh Catherine, ní cinnte ar chor ar bith; "agus níor chuir sé i gcoinne ár chéile a fheiceáil: dúirt sé go dtiocfadh liom teacht go dtí a theach nuair a bhí áthas orm; ach ní mór dom a insint duit, toisc go raibh quarrelled tú leis, agus ní bheadh logh dó as pósadh aintín Isabella. Agus ní bheidh. *Is tusa* an duine atá le milleán: tá sé sásta ligean *dúinn* a bheith inár gcairde, ar a laghad; Linton agus mé; agus níl tú."

Mo mháistir, perceiving nach mbeadh sí a ghlacadh a focal as a diúscairt olc uncail-i-dlí, thug sceitse hasty ar a iompar go Isabella, agus an modh ina raibh Wuthering Heights a mhaoin. Ní fhéadfadh sé a iompróidh chun dioscúrsa fada ar an ábhar; mar cé gur labhair sé beag de, bhraith sé fós an t-uafás céanna agus detestation a namhaid ársa a bhí áitithe a chroí riamh ó bhás Mrs Linton. "D'fhéadfadh sí a bheith ina gcónaí go fóill, más rud é nach raibh sé dó!" Bhí a machnamh searbh leanúnach; agus, ina shúile, ba chosúil gur dúnmharfóir é Heathcliff. Iníon Cathy-conversant gan aon gníomhais dona ach amháin a gníomhartha beag féin de disobedience, éagóir, agus paisean, a eascraíonn as temper te agus thoughtlessness, agus aithrí ar an lá a rinneadh iad-bhí ionadh ar an blackness spiorad a d'fhéadfadh brood ar agus díoltas a chlúdach ar feadh na mblianta, agus ionchúiseamh d'aon ghnó a chuid pleananna gan cuairt ar remorse.

Dhealraigh sí chomh tógtha agus shocked ag an dearcadh nua ar nádúr an duine-eisiata ó gach a cuid staidéir agus go léir a cuid smaointe go dtí anois- gur mheas an tUasal Edgar sé gan ghá a shaothrú ar an ábhar. Ní dúirt sé ach: "Beidh a fhios agat ina dhiaidh seo, darling, cén fáth ar mian liom tú a sheachaint a theach agus a theaghlach; Anois ar ais chuig do chuid fostaíochtaí agus amusements d'aois, agus smaoineamh ar bith níos mó mar gheall orthu. "

Phóg Catherine a hathair, agus shuigh sí síos go ciúin chuig a ceachtanna ar feadh cúpla uair an chloig, de réir nós; ansin thionlaic sí é isteach sna tailte, agus rith an lá ar fad mar is gnách: ach sa tráthnóna, nuair a bhí sí ar scor go dtí a seomra, agus chuaigh mé chun cabhrú léi a undress, fuair mé í ag caoineadh, ar a glúine ag an leaba.

"Ó, fie, leanbh amaideach!" Exclaimed mé. "Dá mbeadh aon ghruaim cheart ort bheadh náire ort cuimilt a chur amú ar an gcontrárthacht bheag seo. Ní raibh scáth amháin bróin ort riamh, Iníon Catherine. Cuir i gcás, ar feadh nóiméid, go raibh an máistir agus mé marbh, agus bhí tú féin ar fud an domhain: conas a bhraithfeá, ansin? Cuir an ócáid seo i gcomparáid le affliction den sórt sin mar sin, agus a bheith buíoch as na cairde atá agat, in ionad coveting níos mó. "

"Níl mé ag caoineadh dom féin, Ellen," a d'fhreagair sí, "tá sé dó. Bhí sé ag súil go bhfeicfidh sé arís mé go moch, agus beidh an oiread sin díomá air: agus fanfaidh sé liom, agus ní thiocfaidh mé!

"Nonsense!" arsa mise, "an samhlaíonn tú gur shíl sé an oiread agaibh agus atá agat air? Nach bhfuil sé Hareton do chompánach? Ní bheadh duine as céad ag gol nuair a chaill siad gaol a bhí feicthe acu faoi dhó, ar feadh dhá thráthnóna. Beidh Linton conjecture conas atá sé, agus trioblóid féin a thuilleadh mar gheall ort. "

"Ach ní féidir liom nóta a scríobh chun a insint dó cén fáth nach féidir liom teacht?" D'iarr sí, ag ardú go dtí a cosa. "Agus díreach na leabhair sin a gheall mé a thabhairt ar iasacht dó? Níl a chuid leabhar chomh deas liomsa, agus bhí sé ag iarraidh iad a bheith thar a bheith, nuair a d'inis mé dó cé chomh suimiúil is a bhí siad. Nach féidir liom, Ellen?

"Níl, go deimhin! ní hea, go deimhin!" a d'fhreagair mé le cinneadh. "Ansin scríobhfadh sé chugat, agus ní bheadh deireadh leis. Níl, Iníon Catherine, ní mór an lucht aitheantais a thit go hiomlán: mar sin tá papa ag súil, agus feicfidh mé go bhfuil sé déanta.

"Ach conas is féidir nóta beag amháin-?" recommenced sí, a chur ar countenance imploring.

"Ciúnas!" Chuir mé isteach air. "Ní thosóidh muid le do chuid nótaí beaga. Téigh isteach sa leaba."

Chaith sí cuma an-dána orm, chomh dána sin nach bpógfainn a dea-oíche ar dtús: chlúdaigh mé suas í, agus dhún mé a doras, go mór mór; ach, ag aithrí leath bealaigh, d'fhill mé go bog, agus lo! bhí Iníon ina seasamh ag an mbord le beagán páipéar bán os a comhair agus peann luaidhe ina láimh, a shleamhnaigh sí go ciontach as radharc ar mo bhealach isteach.

"Ní bhfaighidh tú aon duine chun é sin a dhéanamh, a Chaitríona," a dúirt mé, "má scríobhann tú é; agus faoi láthair cuirfidh mé amach do choinneal."

Leag mé an múchtóir ar an lasair, ag fáil mar a rinne mé amhlaidh slap ar mo lámh agus petulant "rud tras!" D'éirigh mé as ansin arís, agus tharraing sí an bolta i gceann de na greannáin ba mheasa, ba mheasa. Bhí an litir críochnaithe agus curtha ar aghaidh go dtí a ceann scríbe ag beireoir bainne a tháinig ón sráidbhaile; ach nár fhoghlaim mé go dtí tamall ina dhiaidh sin. D'imigh na seachtainí ar aghaidh, agus d'éirigh le Cathy a meon a aisghabháil; cé gur fhás sí fond wondrous de stealing amach go coirnéil léi féin; agus go minic, dá dtiocfainn in aice léi go tobann agus mé ag léamh, thosódh sí agus lúbfadh sí thar an leabhar, agus ba léir gur mhian léi é a cheilt; agus bhraith mé imill de pháipéar scaoilte ag gobadh amach thar na duilleoga. Fuair sí cleas ag teacht anuas go luath ar maidin agus ag lingering faoin gcistineach, amhail is dá mbeadh sí ag súil le teacht rud éigin; agus bhí tarraiceán beag aici i gcaibinéad sa leabharlann, rud a dhéanfadh sí trifle ar feadh uaireanta an chloig, agus a raibh cúram ar leith uirthi a bhaint nuair a d'fhág sí é.

Lá amháin, agus í ag iniúchadh an tarraiceán seo, thug mé faoi deara go ndearnadh na playthings agus na trinkets a chruthaigh a bhfuil ann le déanaí a thras-aistriú ina ngiotaí de pháipéar fillte. Bhí m'fhiosracht agus m'amhras roused; Chinn mé peep a ghlacadh ar a seoda mistéireach; mar sin, san oíche, chomh luath agus a bhí sí féin agus mo mháistir sábháilte thuas staighre, chuardaigh mé, agus fuair mé go héasca i measc mo eochracha tí ceann a d'oirfeadh an glas. Tar éis oscailt, fholmhú mé an t-ábhar ar fad isteach i mo naprún, agus thóg siad liom a scrúdú ar fóillíochta i mo sheomra féin. Cé nach raibh mé in ann ach amhras a bheith orm, bhí iontas orm fós a fháil amach gur mais comhfhreagrais a bhí iontu—go laethúil beagnach, caithfidh sé a bheith—ó Linton Heathcliff: freagraí ar cháipéisí a chuir sí ar aghaidh. Bhí náire agus gearr ar an dáta ba luaithe; de réir a chéile, áfach, leathnaigh siad isteach i litreacha grá copious, foolish, mar a rinne aois an scríbhneora nádúrtha, ach le baint anseo agus ansiúd a shíl mé a fuarthas ar iasacht ó fhoinse níos mó taithí. Bhuail cuid acu mé mar chomhdhúile corra uatha d'ardour agus de flatness; ag tosú le mothú láidir, agus ag críochnú sa stíl fhoclaíochta atá buailte, a d'fhéadfadh buachaill scoile a úsáid le leannán fancied, incorporeal. Cibé ar shásaigh siad Cathy níl a fhios agam; ach ba chuma leo bruscar an-fhiúntach dom. Tar éis dom an oiread agus a shíl mé a bheith ceart, cheangail mé iad i gciarsúr agus chuir mé ar leataobh iad, ag athghlasáil an tarraiceán folamh.

Tar éis a nós, tháinig mo bhean óg anuas go luath, agus thug sí cuairt ar an gcistin: Bhreathnaigh mé uirthi ag dul go dtí an doras, ar theacht buachaill beag áirithe; agus, cé gur líon an reachtaire déiríochta a canna, chuir sí rud éigin isteach ina phóca seaicéad, agus chuir sí rud éigin amach. Chuaigh mé thart ag an ngairdín, agus leag mé fanacht leis an teachtaire; a throid go cróga chun a mhuinín a chosaint, agus spilt muid an bainne eadrainn; ach d'éirigh liom an litir a astarraingt; agus, ag bagairt iarmhairtí tromchúiseacha mura raibh cuma ghéar abhaile air, d'fhan mé faoin mballa agus chuir mé isteach ar chomhdhéanamh geanúil Miss Cathy. Bhí sé níos simplí agus níos eloquent ná a col ceathrar: an-deas agus an-amaideach. Chroith mé mo cheann, agus chuaigh mé ag meditating isteach sa teach. An lá a bheith fliuch, ní raibh sí in ann í féin a atreorú le rambling faoin bpáirc; Mar sin, ag deireadh a staidéir ar maidin, chuaigh sí i muinín solace an tarraiceán. Shuigh a hathair ag léamh ag an mbord; agus d'iarr mé, ar an gcuspóir, beagán oibre i roinnt imill neamhshractha den chuirtín fuinneoige, ag coinneáil mo shúil socraithe go seasta ar a cuid imeachtaí. Ná raibh aon éan ag eitilt ar ais go dtí nead argain, a d'fhág sé brimful de chirping cinn óga, in iúl éadóchas níos iomláine, ina cries anguished agus flutterings, ná sí ag a singil "Oh!" agus an t-athrú a transfigured a countenance sásta déanach. D'fhéach an tUasal Linton suas.

"Cad é an t-ábhar, grá? Ar ghortaigh tú tú féin?" a dúirt sé.

A ton agus cuma cinnte di nach raibh sé an discoverer an taisce.

"Níl, papa!" Gasped sí. "Ellen! Ellen! tar suas an staighre—tá mé tinn!

Ghéill mé dá toghairm, agus thionlaic mé amach í.

"Ó, Ellen! fuair tú iad," a thosaigh sí láithreach, ag titim ar a glúine, nuair a bhí muid faoi iamh ina n-aonar. "Ó, tabhair dom iad, agus ní dhéanfaidh mé riamh arís iad! Ná habair leis an bPápa. Níor inis tú don Papa, Ellen? a rá nach bhfuil? Bhí mé thar a bheith dána, ach ní dhéanfaidh mé níos mó é!

Le déine uaighe i mo bhealach bade mé í seasamh suas.

"Mar sin," exclaimed mé, "Iníon Catherine, tá tú tolerably i bhfad ar, is cosúil: is féidir leat a bheith náire go maith acu! Beart breá bruscar a ndéanann tú staidéar air i do chuid uaireanta fóillíochta, le bheith cinnte: cén fáth, tá sé maith go leor le priontáil! Agus cad is dóigh leat go mbeidh an máistir smaoineamh nuair a thaispeáint mé os a chomhair? Níor thaispeáin mé go fóill é, ach ní gá duit a shamhlú go gcoinneoidh mé do rúin ridiculous. Ar son náire! agus caithfidh tú a bheith i gceannas ar an mbealach i scríbhinn absurdities den sórt sin: ní bheadh sé ag smaoineamh ar dtús, tá mé cinnte."

"Ní raibh mé! Ní raibh mé!" sobbed Cathy, oiriúnach a bhriseadh a croí. "Níor smaoinigh mé uair amháin ar ghrá a thabhairt dó go dtí—"

"*Grámhar*!" Adeir mé, chomh scornfully agus a d'fhéadfainn an focal a rá. "*Grámhar*! Ar chuala aon duine a leithéid riamh! B'fhéidir go mbeinn ag caint chomh maith ar ghrá a thabhairt don mhuilneoir a thagann uair sa bhliain chun ár n-arbhar a cheannach. Grámhar go leor, go deimhin! agus an dá uair le chéile chonaic tú Linton ar éigean ceithre huaire an chloig i do shaol! Anois tá anseo an bruscar babyish. Táim ag dul leis go dtí an leabharlann; agus feicfimid cad a deir d'athair leis an *ngrá sin*."

Sprang sí ar a epistles lómhara, ach choinnigh mé iad os cionn mo cheann; agus ansin dhoirt sí amach a thuilleadh entreaties frantic go ba mhaith liom iad a dhó-rud ar bith a dhéanamh seachas iad a thaispeáint. Agus a bheith i ndáiríre go hiomlán mar claonadh i bhfad chun gáire mar scold-do mheas mé é go léir vanity girlish-mé ar fad relented i mbeart, agus d'iarr,—"Má thoilíonn mé chun iad a dhó, beidh tú gealltanas dílis ní a sheoladh ná litir a fháil arís, ná leabhar (do bhrath mé go bhfuil tú a sheoladh dó leabhair), ná glais gruaige, ná fáinní, ná plaiceanna?"

"Ní sheolann muid plaiceanna," adeir Catherine, a bród ag sárú a náire.

"Ná tada ar chor ar bith, ansin, a bhean?" Dúirt mé. "Mura mbeidh tú, anseo a théann mé."

"Geallaim, Ellen!" Adeir sí, ag breith ar mo ghúna. "Ó, cuir sa tine iad, déan, déan!"

Ach nuair a chuaigh mé a oscailt áit leis an poker a bhí an íobairt ró-painful a iompar. Bhí sí ag ceapadh go dícheallach go spárálfainn ceann nó dhó di.

"Duine nó beirt, Ellen, le coinneáil ar mhaithe le Linton!"

Unknotted mé an ciarsúr, agus thosaigh dropping iad i ó uillinn, agus an lasair cuachta suas an simléar.

"Beidh ceann agam, tú wretch éadrócaireach!" screamed sí, darting a lámh isteach sa tine, agus ag tarraingt amach roinnt blúirí leath-ídithe, ar chostas a mhéara.

"Go han-mhaith - agus beidh roinnt le taispeáint agam don Papa!" D'fhreagair mé, ag croitheadh an chuid eile ar ais isteach sa bheart, agus ag casadh as an nua go dtí an doras.

Fholmhú sí a píosaí blackened isteach na lasracha, agus motioned dom a chríochnú an immolation. Rinneadh é; Chorraigh mé suas an luaithreach, agus chuir mé isteach orthu faoi shovelful de ghual; agus d'éirigh sí as a hárasán príobháideach, agus bhain drochghortú di. Tháinig mé anuas chun a rá le mo mháistir go raibh an bhean óg beagnach imithe, ach mheas mé gurbh fhearr di luí síos tamall. Ní dhéanfadh sí dine; ach reappeared sí ag tae, pale, agus dearg faoi na súile, agus marvellously subdued i gné amach. An mhaidin dár gcionn d'fhreagair mé an litir le duillín páipéir, inscríofa,

"Iarrtar ar an Máistir Heathcliff nótaí níos mó a sheoladh chuig Miss Linton, mar ní bhfaighidh sí iad." Agus, as sin amach, tháinig pócaí folmha ar an mbuachaill beag.

CAIBIDIL XXII

Tháinig deireadh leis an samhradh, agus tús an fhómhair: bhí sé thart ar Mhícheál, ach bhí an fómhar déanach an bhliain sin, agus bhí roinnt dár bpáirceanna fós doiléir. Is minic a shiúlfadh an tUasal Linton agus a iníon amach i measc na mbuaiteoirí; Ag iompar na sheaves deireanach d'fhan siad go dtí dusk, agus an tráthnóna ag tarlú a bheith fuar agus taise, ghabh mo mháistir fuar dona, a shocraigh obstinately ar a scamhóga, agus teoranta dó taobh istigh ar fud an gheimhridh ar fad, beagnach gan intermission.

Bhí Cathy bocht, scanraithe óna rómánsaíocht bheag, i bhfad níos brónaí agus duller ó tréigeadh é; agus d'áitigh a hathair ar a léamh níos lú, agus ag glacadh níos mó aclaíochta. Ní raibh a comhluadar aici a thuilleadh; Mheas mé go raibh dualgas air a easpa a sholáthar, a oiread agus is féidir, le mianach: ionadaí mí-éifeachtach; óir ní fhéadfainn ach dhá nó trí uair an chloig a spáráil, ó mo ghairmeacha iomadúla diurnal, a lorg a leanúint, agus ansin ba léir go raibh mo shochaí níos lú inmhianaithe ná a chuid.

Tráthnóna i mí Dheireadh Fómhair, nó tús mhí na Samhna—tráthnóna úr uisciúil, nuair a bhí an mhóin agus na cosáin ag meirgiú le tais, duilleoga feoite, agus bhí an spéir fhuar ghorm leath i bhfolach ag scamaill—srutháin liatha dhorcha, gléasta go tapa ón iarthar, agus báisteach flúirseach boding— d'iarr mé ar mo bhean óg a ramble a ligean thar ceal, toisc go raibh mé cinnte de chithfholcadáin. Dhiúltaigh sí; agus ní raibh mé sásta clóca a dhéanamh, agus thóg mé mo scáth fearthainne chun í a thionlacan ar spaisteoireacht go bun na páirce: siúlóid fhoirmiúil a ndeachaigh sí i bhfeidhm uirthi go ginearálta dá mbeadh sí íseal-spiorad-agus go raibh sí i gcónaí nuair a bhí an tUasal Edgar níos measa ná mar is gnáth, rud nach raibh ar eolas riamh óna fhaoistin, ach buille faoi thuairim aici féin agus agamsa óna chiúnas méadaithe agus ó lionn dubh a ghnúis. Chuaigh sí go brónach ar: ní raibh aon rith ná teorainn anois, cé go mb'fhéidir gur chuir an ghaoth fhuar cathú uirthi rás a dhéanamh. Agus go minic, ó thaobh mo shúl, d'fhéadfainn í a bhrath ag ardú láimhe, agus rud éigin a scuabadh as a leiceann. Bhreathnaigh mé thart ar bhealach chun a smaointe a atreorú. Ar thaobh amháin den bhóthar d'ardaigh bruach ard garbh, áit a raibh collaí agus darach stunted, lena bhfréamhacha leath nochta, tionacht éiginnte: bhí an ithir ró-scaoilte don dara ceann; agus bhí gaotha láidre séidte roinnt beagnach cothrománach. Sa samhradh bhí áthas ar Iníon Catherine dreapadh ar na stocaí seo, agus suí sna craobhacha, ag luascadh fiche troigh os cionn na talún; agus mheas mé, sásta lena lúthúlacht agus a solas, a croí childish, fós gur cheart scold a dhéanamh gach uair a rug mé uirthi ag ingearchló den sórt sin, ach mar sin go raibh a fhios aici nach raibh aon ghá le teacht anuas. Ó dhinnéar go tae luífeadh sí ina cliabhán breeze-rocked, ag déanamh rud ar bith ach amháin ag canadh seanamhráin—mo sheanchas naíolann—di féin, nó ag breathnú ar na héin, ar na nascthionóntaí, ag beathú agus ag mealladh a gcinn óga le heitilt: nó ag neadú le claibíní dúnta, leath-smaointeoireacht, leathbhrionglóid, níos sona ná mar is féidir le focail a chur in iúl.

"Féach, a Iníon!" Exclaimed mé, dírithe ar nook faoi na fréamhacha de chrann twisted amháin. "Níl an geimhreadh anseo go fóill. Tá bláth beag suas yonder, an bud deireanach as an iliomad bluebells a clouded na céimeanna móna i mí Iúil le ceo lilac. An mbeidh tú clamber suas, agus pluck sé a thaispeáint do Papa? "

Bhreathnaigh Cathy ar feadh i bhfad ar an bhláth uaigneach ag crith ina foscadh domhain, agus d'fhreagair sé, ar fad - "Níl, ní dhéanfaidh mé teagmháil leis: ach tá cuma lionn dubh air, nach bhfuil, Ellen?"

"Sea," a thug mé faoi deara, "faoi chomh lom agus chomh sacáilte leatsa: tá do leicne gan fuil; Lig dúinn a shealbhú de lámha agus a reáchtáil. Tá tú chomh híseal sin, daresay I shall keep up with you.

"Níl," a dúirt sí arís agus arís eile, agus lean sí uirthi ag sauntering ar, ag pausing ag eatraimh a muse thar beagán caonach, nó tuft féar blanched, nó fungas leathadh a oráiste geal i measc na heaps duilliúr donn; agus, riamh agus anon, tógadh a lámh ar a aghaidh averted.

"A Chaitríona, cén fáth a bhfuil tú ag caoineadh, a ghrá?" D'iarr mé, ag druidim agus ag cur mo lámh thar a ghualainn. "Ní mór duit caoin toisc go bhfuil papa fuar; Bí buíoch nach bhfuil aon rud níos measa."

Níor chuir sí aon srian eile ar a deora anois; bhí a hanáil stifled ag sobs.

"Ó, *beidh sé* rud éigin níos measa," a dúirt sí. "Agus cad a dhéanfaidh mé nuair a fhágann Papa agus tú mé, agus tá mé liom féin? Ní féidir liom dearmad a dhéanamh ar do chuid focal, Ellen; tá siad i gcónaí i mo chluas. Conas a athrófar an saol, cé chomh dreary a bheidh an domhan, nuair a bheidh Papa agus tú marbh.

"Ní féidir le haon duine a rá an bhfaighidh tú bás os ár gcomhair," a d'fhreagair mé. "Tá sé mícheart a bheith ag súil leis an olc. Beidh súil againn go mbeidh blianta agus blianta le teacht sula dtéann aon duine againn: tá an máistir óg, agus tá mé láidir, agus ar éigean daichead a cúig. Bhí mo mháthair ina cónaí go dtí ochtó, dame canty go dtí an ceann deireanach. Agus is dócha go raibh spared an tUasal Linton till chonaic sé seasca, a bheadh níos mó blianta ná mar a chomhaireamh tú, Iníon. Agus nach mbeadh sé amaideach anachain a bhrón os cionn fiche bliain roimh ré?

"Ach bhí Aintín Isabella níos óige ná papa," a dúirt sí, agus í ag súil le tuilleadh sólás a lorg.

"Ní raibh tú féin agus mise ag Aintín Isabella chun í a bhanaltra," a d'fhreagair mé. "Ní raibh sí chomh sásta leis an Máistir: ní raibh an oiread le maireachtáil aici. Gach gá duit a dhéanamh, is é chun fanacht go maith ar do athair, agus cheer air ag ligean dó a fheiceáil cheerful tú; agus seachain imní a thabhairt dó ar ábhar ar bith: cuimhnigh air sin, Cathy! Ní bheidh mé disguise ach d'fhéadfá a mharú dó má bhí tú fiáin agus meargánta, agus cherished gean foolish, fanciful do mhac duine a bheadh sásta a bheith aige ina uaigh; agus lig sé dó a fháil amach go bhfuil tú fretted thar an scaradh mheas sé fóirsteanach a dhéanamh. "

"Fret mé faoi rud ar bith ar domhan ach amháin tinneas Papa," fhreagair mo chompánach. "Is cuma liom faoi rud ar bith i gcomparáid leis an Papa. Agus ní fheicfidh mé-riamh-ó, riamh, cé go bhfuil mé mo céadfaí, gníomh a dhéanamh nó focal a rá a vex dó. Is fearr liom é ná mé féin, Ellen; agus tá a fhios agam é leis seo: guím gach oíche gur féidir liom maireachtáil ina dhiaidh; mar b'fhearr liom a bheith olc ná sin ba chóir dó a bheith: cruthaíonn sé sin go bhfuil grá níos fearr agam dó ná mé féin."

"Focail mhaithe," a d'fhreagair mé. "Ach caithfidh gníomhais é a chruthú freisin; agus tar éis dó a bheith go maith, cuimhnigh nach ndéanann tú dearmad ar rúin a foirmíodh in uair na heagla."

Agus muid ag caint, bhíomar in aice le doras a d'oscail ar an mbóthar; agus mo bhean óg, ag lasadh isteach i solas na gréine arís, dhreap sí suas agus shuigh sí féin ar bharr an bhalla, ag síneadh anonn chun roinnt cromáin a bhailiú a bhláthaigh scarlet ar bhrainsí mullaigh na gcrann fiáin-rós ag scáthú taobh an mhórbhealaigh: bhí na torthaí níos ísle imithe, ach ní raibh ach éin in ann teagmháil a dhéanamh leis an uachtair, ach amháin ó stáisiún reatha Cathy. Agus í ag síneadh chun iad a tharraingt, thit a hata as; agus de réir mar a bhí an doras faoi ghlas, mhol sí scrambling síos chun é a ghnóthú. Bid mé í a bheith aireach lest fuair sí titim, agus d'imigh sí nimbly. Ach ní raibh an tuairisceán chomh héasca sin: bhí na clocha réidh agus néata stroighne, agus ní fhéadfadh na rósanna agus na stragglers sméar dubh aon chúnamh a thabhairt chun dul suas arís. Níor chuimhnigh mé, cosúil le hamadán, air sin, go dtí gur chuala mé í ag gáire agus ag maíomh — "Ellen! beidh ort an eochair a fháil, nó eile caithfidh mé rith thart ar lóiste an phortóra. Ní féidir liom na ramparts a scála ar an taobh seo!

"Fan san áit a bhfuil tú," a d'fhreagair mé; "Tá mo bheart eochracha i mo phóca agam: b'fhéidir go n-éireodh liom é a oscailt; mura bhfuil, rachaidh mé.

Chuir Catherine í féin ag damhsa agus ag fro os comhair an dorais, agus bhain mé triail as na heochracha móra go léir i ndiaidh a chéile. Chuir mé an ceann deireanach i bhfeidhm, agus fuair mé amach nach ndéanfadh aon duine; mar sin, ag athrá mo mhian go bhfanfadh sí ann, bhí mé ar tí deifir a dhéanamh abhaile chomh tapa agus a d'fhéadfainn, nuair a ghabh fuaim a bhí ag druidim liom. Ba é trot capaill é; Stop damhsa Cathy freisin.

"Cé hé sin?" Chuir mé cogar.

"Ellen, ba mhaith liom go bhféadfá an doras a oscailt," a dúirt mo chompánach ar ais, go himníoch.

"Ho, Iníon Linton!" Adeir guth domhain (an rothaí), "Tá áthas orm bualadh leat. Ná bí i haste chun dul isteach, mar tá mé míniú a iarraidh agus a fháil."

"Ní labhair mé leat, an tUasal Heathcliff," a d'fhreagair Catherine. "Deir Papa gur fear gránna thú, agus is fuath leat é féin agus mise; agus deir Ellen an rud céanna."

"Is é sin aon rud chun na críche," a dúirt Heathcliff. (Bhí sé.) "Ní fuath liom mo mhac, is dócha; agus tá sé mar gheall air go n-éilíonn mé d'aird. Tá; tá tú faoi deara a blush. Dhá nó trí mhí ó shin, nach raibh sé de nós agat scríobh chuig Linton? ag déanamh grá i súgradh, eh? Tá sé tuillte agat, an bheirt agaibh, flogging for that! Tusa go háirithe, an seanóir; agus níos lú íogair, mar a tharlaíonn sé. Tá do chuid litreacha agam, agus má thugann tú aon bhuanseasmhacht dom cuirfidh mé chuig d'athair iad. Glacaim leis gur fhás tú traochta den spraoi agus gur thit tú é, nach raibh? Bhuel, thit tú Linton leis isteach i Slough of Despond. Bhí sé i ndáiríre: i ngrá, i ndáiríre. As true as I live, tá sé ag fáil bháis duit; briseadh a chroí ar do fickleness: ní figuratively, ach i ndáiríre. Cé go ndearna Hareton jest seasta dó ar feadh sé seachtaine, agus d'úsáid mé bearta níos tromchúisí, agus rinne mé iarracht eagla a chur air as a idiocy, faigheann sé níos measa gach lá; agus beidh sé faoin fhód roimh an samhradh, mura gcuirfidh tú ar ais é!

"Conas is féidir leat luí chomh glaringly leis an leanbh bocht?" Ghlaoigh mé ón taobh istigh. "Guigh turas ar! Conas is féidir leat bréaga paltry den sórt sin a fháil d'aon ghnó? Iníon Cathy, cnagfaidh mé an glas le cloch: ní chreidfidh tú an nonsense vile sin. Is féidir leat a bhraitheann i duit féin go bhfuil sé dodhéanta gur chóir do dhuine bás le haghaidh grá strainséir."

"Ní raibh a fhios agam go raibh eavesdroppers," muttered an villain braitheadh. "Worthy Mrs Dean, is maith liom tú, ach ní maith liom do dhéileáil dhúbailte," a dúirt sé os ard. "Conas a d'fhéadfá luí chomh gruama sin lena dhearbhú go raibh fuath agam don 'leanbh bocht'? agus scéalta bugbear a chumadh chun sceimhle a chur uirthi ó mo chlocha dorais? Catherine Linton (the very name warms me), mo bhoinse lass, beidh mé as baile an tseachtain seo ar fad; téigh agus féach an bhfuil an fhírinne labhartha agam: déan, tá darling ann! Just a shamhlú d'athair i mo áit, agus Linton i mise; ansin smaoinigh ar an gcaoi a mbeadh meas agat ar do leannán míchúramach dá ndiúltódh sé céim a chorraí chun sólás a thabhairt duit, nuair a chuir d'athair féin faoi dhraíocht é; agus ná, ó stupidity íon, titim isteach ar an earráid chéanna. Mionnaím, ar mo shlánú, tá sé ag dul go dtí a uaigh, agus níl aon cheann ach is féidir leat é a shábháil!

Thug an glas bealach agus d'eisigh mé amach.

"I swear Linton is dying," arís agus arís eile Heathcliff, ag féachaint go crua orm. "Agus tá brón agus díomá ag cur lena bhás. Nelly, mura ligfidh tú di imeacht, is féidir leat siúl thar tú féin. Ach ní fhillfidh mé go dtí an t-am seo an tseachtain seo chugainn; agus sílim go gcuirfeadh do mháistir féin in aghaidh a col ceathrair cuairt a thabhairt uirthi."

"Tar isteach," arsa mise, ag cur Cathy leis an lámh agus leath ag cur iallach uirthi dul isteach arís; Do lingered sí, ag breathnú le súile trioblóideacha na gnéithe an chainteora, ró-Stern a chur in iúl a deceit isteach.

Bhrúigh sé a chapall gar, agus, ag lúbadh síos, thug sé faoi deara—

"Iníon Catherine, beidh mé leat nach bhfuil mórán foighne agam le Linton; agus tá níos lú ag Hareton agus Joseph. Beidh mé féin go bhfuil sé le sraith harsh. Pines sé do cineáltas, chomh maith le grá; agus focal cineálta uait an leigheas is fearr a bheadh aige. Ná bac le rabhaidh éadrócaireach Mrs Dean; ach a bheith flaithiúil, agus contrive a fheiceáil dó. Brionglóidí sé de tú lá agus oíche, agus ní féidir a chur ina luí nach bhfuil tú fuath dó, ós rud é nach bhfuil tú ag scríobh ná glaoch. "

Dhún mé an doras, agus rolladh cloch chun cabhrú leis an glas scaoilte chun é a choinneáil; agus ag leathadh mo scáth fearthainne, tharraing mé mo mhuirear thíos: mar thosaigh an bháisteach ag tiomáint trí bhrainsí moaning na gcrann, agus thug mé rabhadh dúinn moill a sheachaint. Chuir ár ndeifir cosc ar aon trácht ar an teagmháil le Heathcliff, agus muid sínte i dtreo an bhaile; ach d'aithin mé go neamhbhalbh go raibh croí Catherine scamallach anois sa dorchadas dúbailte. Bhí a cuid gnéithe chomh brónach, ní raibh siad cosúil léi: mheas sí go soiléir cad a chuala sí mar gach siolla fíor.

Bhí an máistir éirithe as a scíth sular tháinig muid isteach. Ghoid Cathy go dtí a sheomra chun fiosrú a dhéanamh faoi conas a bhí sé; bhí sé tar éis titim ina chodladh. D'fhill sí, agus d'iarr sí orm suí léi sa leabharlann.

Thógamar ár gcuid tae le chéile; agus ina dhiaidh sin luigh sí síos ar an ruga, agus dúirt sí liom gan labhairt, mar bhí sí traochta. Fuair mé leabhar, agus lig mé orm go raibh sé ag léamh. Chomh luath agus a cheap sí go raibh mé súite i mo shlí bheatha, chuir sí tús arís lena gol ciúin: bhí an chuma uirthi, faoi láthair, gurbh fhearr léi an t-atreorú. D'fhulaing mé í chun taitneamh a bhaint as ar feadh tamaill; ansin expostulated mé: marcaíocht agus magadh go léir dearbhuithe an tUasal Heathcliff mar gheall ar a mhac, amhail is dá mbeadh mé cinnte go mbeadh sí ag an am céanna. Faraor! Ní raibh scil agam dul i ngleic leis an éifeacht a bhí ag a chuntas: ní raibh ann ach an méid a bhí i gceist aige.

"B'fhéidir go bhfuil an ceart agat, a Ellen," a d'fhreagair sí; "ach ní bhraithfidh mé ar mo shuaimhneas go dtí go mbeidh a fhios agam. Agus caithfidh mé a rá le Linton nach ormsa atá an locht nach scríobhaim, agus a chur ina luí air nach n-athróidh mé."

Cén úsáid a baineadh as fearg agus agóidíocht i gcoinne a credulity amaideach? Scaramar an oíche sin—naimhdeach; ach an lá dár gcionn choinnigh mé siar mé ar an mbóthar go Wuthering Heights, le taobh chapaillíní mo mháistreás óg toiliúil. Ní fhéadfainn a bhrón a fheiceáil: a ghnúis pale, dejected, agus súile troma a fheiceáil: agus ghéill mé, le súil ghéar go bhféadfadh Linton féin a chruthú, trína fháiltiú dúinn, cé chomh beag is a bunaíodh an scéal ar fhíric.

CAIBIDIL XXIII

Bhí oíche na coise tinne tar éis éirí as maidin cheomhar—leath-sioc, leath-drizzle—agus srutháin shealadacha trasna ár gcosán—ag glioscarnach ó na hardtailte. Bhí mo chosa fliuchta go maith; Bhí mé tras agus íseal; go díreach an greann a oireann chun an leas is fearr a bhaint as na rudaí easaontacha seo. Chuaigh muid isteach sa teach feirme ar bhealach na cistine, chun a fháil amach an raibh an tUasal Heathcliff as láthair i ndáiríre: toisc gur chuir mé creideamh beag ina dhearbhú féin.

Joseph chuma ina suí i saghas elysium ina n-aonar, in aice le tine roaring; ceathrú leann ar an mbord in aice leis, ag bristling le píosaí móra cáca coirce tósta; agus a phíopa dubh, gearr ina bhéal. Rith Catherine go dtí an teallach chun í féin a théamh. D'fhiafraigh mé an raibh an máistir istigh? D'fhan mo cheist chomh fada gan freagra, gur shíl mé go raibh an seanfhear tar éis fás bodhar, agus arís agus arís eile é níos airde.

"Na-ay!" snarled sé, nó in áit screamed trína shrón. "Na-ay! yah muh goa ar ais whear yah coom frough. "

"Joseph!" Adeir guth peevish, ag an am céanna liom, as an seomra istigh. "Cé chomh minic is atá mé chun glaoch ort? Níl ach cúpla luaithreach dearg ann anois. Seosamh! teacht ar an nóiméad seo.

Puffs bríomhar, agus stare diongbháilte isteach sa gráta, dhearbhaigh sé nach raibh aon chluas aige don achomharc seo. Bhí bean an tí agus Hareton dofheicthe; One gone on an errand, agus an ceann eile ag a chuid oibre, is dócha. Bhí toin Linton ar eolas againn, agus tháinig sé isteach.

"Ó, tá súil agam go bhfaighidh tú bás i ngarret, starved chun báis!" A dúirt an buachaill, mistaking ár gcur chuige le haghaidh sin a fhreastalaí faillíoch.

Stop sé ar bhreathnú ar a earráid: d'eitil a chol ceathrar chuige.

"An é sin tú, Iníon Linton?" A dúirt sé, ag ardú a cheann ó lámh an chathaoir mhór, inar reclined sé. "Níl—ná póg mé: tógann sé m'anáil. A chara liom! Dúirt Papa go nglaofá," ar seisean, tar éis dó beagán a ghnóthú ó ghlacadh Catherine; cé gur sheas sí ag breathnú an-contrite. "An ndúnfaidh tú an doras, más é do thoil é? d'fhág tú ar oscailt é; agus iad siúd—ní thabharfaidh na *créatúir díthiomnacha* sin guala chun na tine. Tá sé chomh fuar!

Chorraigh mé suas na cinders, agus fetched mé féin scuttleful. An neamhbhailí gearán a bheith clúdaithe le luaithreach; ach bhí casacht tuirseach aige, agus d'fhéach sé fiabhras agus tinn, mar sin ní raibh mé rebuke a temper.

"Bhuel, a Linton," arsa Catherine, nuair a mhaolaigh a bhrón rocach, "an bhfuil tú sásta mé a fheiceáil? An féidir liom aon mhaith a dhéanamh duit?

"Cén fáth nár tháinig tú roimhe?" a d'fhiafraigh sé. "Ba chóir duit a bheith tagtha, in ionad scríbhneoireachta. Chuir sé tuirse orm na litreacha fada sin a scríobh go diail. B'fhearr liom i bhfad gur labhair mé leat. Anois, ní féidir liom a iompróidh chun labhairt, ná aon rud eile. N'fheadar cá bhfuil Zillah! An mbeidh tú" (ag féachaint orm) "céim isteach sa chistin agus a fheiceáil?"

Ní bhfuair mé aon bhuíochas as mo sheirbhís eile; agus gan a bheith toilteanach rith agus fro ar a behest, d'fhreagair mé—

"Níl aon duine amuigh ansin ach Joseph."

"Ba mhaith liom a ól," exclaimed sé fretfully, ag casadh ar shiúl. "Tá Zillah i gcónaí ag gadding amach go Gimmerton ó chuaigh Papa: tá sé olc! Agus tá dualgas orm teacht anuas anseo—bheartaigh siad gan mé a chloisteáil thuas staighre."

"An bhfuil d'athair aireach ort, a Mháistir Heathcliff?" D'iarr mé, ag cur ina luí ar Catherine a sheiceáil ina dul chun cinn cairdiúil.

"Aire? Déanann sé *beagán* níos aireach orthu ar a laghad," adeir sé. "Na wretches! An bhfuil a fhios agat, Iníon Linton, go gáire brute Hareton ag dom! Is fuath liom é! go deimhin, is fuath liom iad go léir: is neacha aisteacha iad."

Thosaigh Cathy ag cuardach roinnt uisce; Las sí ar pitcher sa dresser, líonadh tumbler, agus thug sé é. D'iarr sé uirthi spúnóg fíona a chur as buidéal ar an mbord; agus tar éis cuid bheag a shlogadh, bhí cuma níos suaimhní uirthi, agus dúirt sí go raibh sí an-chineálta.

"Agus an bhfuil tú sásta mé a fheiceáil?" a d'fhiafraigh sí, ag aithris a seancheiste, agus sásta breacadh an gháire a bhrath.

"Sea, tá mé. Is rud nua é guth mar mise a chloisteáil!" a d'fhreagair sé. "Ach bhí mé cráite, mar ní thiocfadh leat. Agus mhionnaigh Papa go raibh sé dlite dom: d'iarr sé rud truamhéalach, suarach, fiúntach orm; agus dúirt tú go raibh trua agat dom; agus dá mbeadh sé i m'áit, bheadh sé níos mó ina mháistir ar an nGráinseach ná mar a bheadh ag d'athair faoin am seo. Ach nach bhfuil tú ghrain dom, an bhfuil tú, Iníon-?"

"Ba mhaith liom go ndéarfá Catherine, nó Cathy," a chuir isteach ar mo bhean óg. "An bhfuil meas agat ort? Ní hea! In aice le Papa agus Ellen, is breá liom tú níos fearr ná aon duine ina gcónaí. Ní breá liom an tUasal Heathcliff, áfach; agus ní leomh mé teacht nuair a fhilleann sé: an bhfanfaidh sé ar shiúl go leor laethanta?

"Níl go leor," a d'fhreagair Linton; "Ach téann sé ar aghaidh go dtí na Moors go minic, ó thosaigh an séasúr lámhaigh; agus d'fhéadfá uair nó dhó a chaitheamh liom agus é as láthair. An bhfuil a rá go mbeidh tú. Sílim nár cheart dom a bheith peevish leat: ní spreagfadh tú mé, agus bheifeá réidh i gcónaí chun cabhrú liom, nach mbeadh?

"Sea," arsa Catherine, ag stróiceadh a chuid gruaige fada bog, "mura bhféadfainn ach toiliú Papa a fháil, chaithfinn leath mo chuid ama leat. Deas Linton! Is mian liom go raibh tú mo dheartháir. "

"Agus ansin ba mhaith leat dom chomh maith le d'athair?" Breathnaigh sé, níos cheerfully. "Ach deir Papa go mbeadh grá níos fearr agat dom ná é féin agus an domhan ar fad, dá mba tusa mo bhean chéile; mar sin b'fhearr liom go raibh tú sin."

"Níl, níor chóir dom grá aon duine níos fearr ná Papa," d'fhill sí go mór. "Agus is fuath le daoine a mná céile, uaireanta; Ach ní a deirfiúracha agus deartháireacha: agus dá mba tusa an dara ceann, bheadh tú i do chónaí linn, agus bheadh Papa chomh ceanúil ort is atá sé domsa."

Shéan Linton go raibh fuath ag daoine riamh dá mná céile; ach dhearbhaigh Cathy go ndearna siad, agus, ina eagna, chuir sé a athair féin i leith a aintín. Rinne mé iarracht stop a chur lena teanga mhachnamhach. Ní raibh mé in ann go dtí go raibh gach rud a bhí ar eolas aici amach.

Dhearbhaigh an Máistir Heathcliff, a bhí i bhfad cantalach, go raibh a gaol bréagach.

"Dúirt Papa liom; agus ní insíonn Papa bréaga," a d'fhreagair sí go géar.

"*Mo* papa scorns mise!" Adeir Linton. "Glaonn sé amadán sneaking air."

"Is fear gránna mise," arsa Catherine; "Agus tá tú an-dána a leomh a dhéanamh arís cad a deir sé. Caithfidh sé a bheith gránna go ndearna Aintín Isabella é a fhágáil mar a rinne sí.

"Níor fhág sí é," arsa an buachaill; "Ní bhréagnaíonn tú mé."

"Rinne sí," adeir mo bhean óg.

"Bhuel, inseoidh mé *rud éigin duit*!" arsa Linton. "Bhí fuath ag do mháthair do d'athair: anois ansin."

"Ó!" Exclaimed Catherine, ró-enraged chun leanúint ar aghaidh.

"Agus bhí grá aici dom," ar seisean.

"Tá tú liar beag! Is fuath liom tú anois!" panted sí, agus d'fhás a aghaidh dearg le paisean.

"Rinne sí! rinne sí!" Chan Linton, ag dul isteach i recess a chathaoir, agus leaning ar ais a cheann chun taitneamh a bhaint as an corraíl an disputant eile, a sheas taobh thiar.

"Hush, Máistir Heathcliff!" Dúirt mé; "sin scéal d'athar, freisin, is dócha."

"Níl sé: tá do theanga agat!" a d'fhreagair sé. "Rinne sí, rinne sí, Catherine! rinne sí, rinne sí!

Thug Cathy, in aice léi féin, brú foréigneach don chathaoir, agus chuir sé faoi deara dó titim i gcoinne lámh amháin. Ghabh casacht phlúchta é láithreach a chuir deireadh lena bhua go luath. Mhair sé chomh fada sin gur chuir sé eagla orm fiú. Maidir lena chol ceathrair, wept sí le gach a d'fhéadfadh sí, aghast ag an mischief a bhí déanta aici: cé go dúirt sí rud ar bith. Choinnigh mé air go dtí go raibh an t-aclaí ídithe féin. Ansin thrust sé dom ar shiúl, agus leant a cheann síos go ciúin. Cheistigh Catherine a caoineadh freisin, ghlac sí suíochán os coinne, agus d'fhéach sí go sollúnta isteach sa tine.

"Conas a mhothaíonn tú anois, a Mháistir Heathcliff?" D'fhiosraigh mé, tar éis fanacht deich nóiméad.

"Is mian liom *bhraith sí* mar is féidir liom," d'fhreagair sé: "rud spiteful, cruálach! Níor bhain Hareton riamh liom: níor bhuail sé riamh mé ina shaol. Agus bhí mé níos fearr go lá: agus ansin-" fuair bás a ghuth i whimper.

"Níor bhuail mé thú!" arsa Cathy, ag cogaint a liopa chun pléasc mothúchán eile a chosc.

Chlis sé agus moaned cosúil le ceann amháin faoi fulaingt mhór, agus choinnigh sé suas é ar feadh ceathrú uaire an chloig; Ar mhaithe le hanacair a chol ceathrair de réir dealraimh, óir aon uair a rug sé sob stifled uaithi chuir sé pian agus pathos athnuaite isteach in inflexions a ghutha.

"Tá brón orm gur ghortaigh mé thú, a Linton," a dúirt sí ar fad, racked beyond endurance. "Ach ní fhéadfainn a bheith gortaithe ag an mbrú beag sin, agus ní raibh aon smaoineamh agam go bhféadfá, ach an oiread: níl tú i bhfad, an bhfuil tú, Linton? Ná lig dom dul abhaile ag ceapadh go ndearna mé dochar duit. Freagra! labhair liom.

"Ní féidir liom labhairt leat," murmured sé; "ghortaigh tú mé ionas go luífidh mé i mo dhúiseacht ar feadh na hoíche ag tachtadh leis an casacht seo. Dá mbeadh sé agat bheadh a fhios agat cad a bhí ann; ach *beidh tú i* do chodladh go compordach agus mé in aimhréidh, agus níl aon duine in aice liom. N'fheadar conas ba mhaith leat pas a fháil sna hoícheanta eaglacha sin! Agus thosaigh sé ag dúiseacht os ard, mar is mór an trua é féin.

"Ós rud é go bhfuil tú i nós a rith oíche dreadful," a dúirt mé, "ní bheidh sé Miss a spoils do suaimhneas: ba mhaith leat a bheith mar an gcéanna dá mbeadh sí riamh teacht. Ní chuirfidh sí isteach ort arís, áfach; agus b'fhéidir go n-éireoidh tú níos ciúine nuair a fhágfaidh muid thú."

"An gcaithfidh mé imeacht?" a d'fhiafraigh Catherine go dolefully, ag lúbadh os a chionn. "An bhfuil tú ag iarraidh orm dul, a Linton?"

"Ní féidir leat an méid atá déanta agat a athrú," a d'fhreagair sé go paiteanta, ag crapadh uaithi, "mura n-athraíonn tú é níos measa trí fhiabhras a chuimilt dom."

"Bhuel, ansin, caithfidh mé dul?" a dúirt sí arís agus arís eile.

"Lig dom féin, ar a laghad," a dúirt sé; "Ní féidir liom do chuid cainte a iompar."

Lingered sí, agus resisted mo persuasions chun imeacht ar feadh tamaill tuirseach; ach de réir mar a d'fhéach sé suas ná labhair, rinne sí gluaiseacht go dtí an doras ar deireadh, agus lean mé. Thug scread chun cuimhne muid. Bhí Linton slid as a shuíochán ar aghaidh go dtí an leac teallaigh, agus a leagan writhing i perverseness ach amháin de plague indulged de leanbh, chinneadh a bheith chomh grievous agus ciapadh agus is féidir é. Mheas mé go maith a dhiúscairt óna iompar, agus chonaic mé ag an am céanna go mbeadh sé baoisiúil iarracht a dhéanamh greann a dhéanamh air. Ní mar sin mo chompánach: rith sí ar ais i terror, knelt síos, agus cried, agus soothed, agus entreated, till d'fhás sé ciúin ó easpa anála: trí aon mhodh ó compunction ag distressing di.

"Tógfaidh mé ar aghaidh go dtí an socrú é," a dúirt mé, "agus féadfaidh sé rolladh faoi mar is toil leis: ní féidir linn stopadh chun féachaint air. Tá súil agam go bhfuil tú sásta, Iníon Cathy, nach *bhfuil tú* an duine chun tairbhe dó; agus nach bhfuil a riocht sláinte ba chúis le ceangaltán a thabhairt duit. Anois, ansin, tá sé! Come away: chomh luath agus is eol dó nach bhfuil aon duine ag tabhairt aire dá nonsense, beidh sé sásta bréag a dhéanamh fós.

Chuir sí cúisín faoina cheann, agus thairg sí roinnt uisce dó; dhiúltaigh sé an dara ceann, agus tossed uneasily ar an iar, amhail is dá mba cloch nó bloc adhmaid. Rinne sí iarracht é a chur níos compordaí.

"Ní féidir liom a dhéanamh leis sin," a dúirt sé; "Níl sé ard go leor."

Thug Catherine ceann eile le leagan os a chionn.

"Tá sé sin *ró-ard*," arsa an rud spreagúil.

"Cén chaoi a gcaithfidh mé é a shocrú, ansin?" a d'fhiafraigh sí go éadóchasach.

Cheangail sé é féin suas léi, mar a leath knelt sí ag an réiteach, agus thiontú a ghualainn i tacaíocht.

"Níl, ní dhéanfaidh sé sin," a dúirt mé. "Beidh tú sásta leis an mhaolú, Máistir Heathcliff. Tá an iomarca ama curtha amú ag Miss ort cheana féin: ní féidir linn fanacht cúig nóiméad níos faide."

"Sea, sea, is féidir linn!" a d'fhreagair Cathy. "Tá sé go maith agus foighneach anois. He's beginning to think I shall have far greater misery than he will to-night, má chreidim go bhfuil sé níos measa do mo chuairt: agus ansin ní leomh mé teacht arís. Inis an fhírinne faoi, Linton; for I mustn't come, má ghortaigh mé thú.

"Caithfidh tú teacht, chun mé a leigheas," a d'fhreagair sé. "Ba chóir duit teacht, toisc gur ghortaigh tú mé: tá a fhios agat go bhfuil tú thar a bheith! Ní raibh mé chomh tinn nuair a tháinig tú isteach agus mé faoi láthair—an raibh mé?"

"Ach tá tú féin tinn ag caoineadh agus a bheith i paisean.—Ní raibh mé é a dhéanamh go léir," a dúirt a chol ceathrair. "Mar sin féin, beidh muid inár gcairde anois. Agus ba mhaith leat mé: ba mhaith leat mé a fheiceáil uaireanta, i ndáiríre?

"Dúirt mé leat go ndearna mé," a d'fhreagair sé go mífhoighneach. "Suigh ar an socrú agus lig dom lean ar do ghlúin. Sin mar a bhíodh mamma a dhéanamh, tráthnóna ar fad le chéile. Suigh go leor fós agus ná labhair: ach is féidir leat amhrán a chanadh, más féidir leat canadh; nó d'fhéadfá bailéad deas fada suimiúil a rá—ceann acu sin a gheall tú dom a mhúineadh; nó scéal. B'fhearr liom bailéad a bheith agam, áfach: tús."

Dúirt Catherine arís agus arís eile an ceann is faide a d'fhéadfadh sí cuimhneamh air. Bhí an fhostaíocht sásta leis an mbeirt acu. Bheadh ceann eile ag Linton, agus ina dhiaidh sin, d'ainneoin mo chuid agóidí tréan; agus mar sin chuaigh siad ar aghaidh go dtí gur bhuail an clog a dó dhéag, agus chuala muid Hareton sa chúirt, ag filleadh dá dhinnéar.

"Agus a-morrow, Catherine, an mbeidh tú anseo chun-amárach?" D'iarr Heathcliff óg, a bhfuil a frock mar a d'ardaigh sí drogallach.

"Níl," a d'fhreagair mé, "ná an lá dár gcionn ná." Thug sí, áfach, freagra difriúil go soiléir, as a forehead glanta mar stooped sí agus whispered ina chluas.

"Ní bheidh tú ag dul go dtí-morrow, recollect, Iníon!" Thosaigh mé, nuair a bhí muid amuigh as an teach. "Níl tú ag brionglóideach faoi, an bhfuil tú?"

Aoibh sí.

"Ó, tabharfaidh mé aire mhaith," arsa mise: "beidh an glas sin agam, agus ní féidir leat éalú ar aon bhealach eile."

"Is féidir liom dul thar an mballa," a dúirt sí ag gáire. "Ní príosún é an Ghráinseach, Ellen, agus ní tusa mo phríosúnach. Agus thairis sin, tá mé beagnach seacht mbliana déag: is bean mé. Agus tá mé cinnte go dtiocfadh Linton ar ais go tapa dá mbeadh orm aire a thabhairt dó. Tá mé níos sine ná mar atá sé, tá a fhios agat, agus níos críonna: níos lú childish, nach bhfuil mé? Agus beidh sé a dhéanamh go luath mar a threoraíonn mé dó, le roinnt coaxing beag. Tá sé ina darling beag go leor nuair atá sé go maith. Dhéanfainn a leithéid de pheata de, dá mba liomsa é. Níor chóir dúinn a bheith ag clamhsán, ar chóir dúinn, tar éis dúinn a bheith cleachtaithe lena chéile? Nach maith leat é, a Ellen?

"Cosúil leis!" Exclaimed mé. "An giota is measa de shleamhnán tinn a bhí ag streachailt riamh ina dhéagóirí. Go sona sásta, mar a dúirt an tUasal Heathcliff, ní bhuafaidh sé fiche. Tá amhras orm an bhfeicfidh sé an t-earrach, go deimhin. Agus caillteanas beag dá theaghlach aon uair a thiteann sé as. Agus tá an t-ádh orainn gur thóg a athair é: an cineáltas ar caitheadh leis, is ea is tedious agus santach a bheadh sé. Tá áthas orm nach bhfuil seans ar bith agat é a bheith agat d'fhear céile, Iníon Catherine.

Bhí mo chomrádaí dáiríre ag éisteacht leis an óráid seo. Chun labhairt ar a bhás mar sin beag beann wounded a mothúcháin.

"Tá sé níos óige ná mé," fhreagair sí, tar éis sos fada meditation, "agus ba chóir dó chun cónaí ar an faide: beidh sé-caithfidh sé maireachtáil chomh fada agus is féidir liom. Tá sé chomh láidir anois is a bhí nuair a tháinig sé isteach sa tuaisceart den chéad uair; Tá mé dearfach faoi sin. Níl ann ach slaghdán a ails air, mar atá ag Papa. Deir tú go n-éireoidh Papa níos fearr, agus cén fáth nár chóir dó?

"Bhuel, bhuel," adeir mé, "tar éis an tsaoil, ní gá dúinn trioblóid a chur orainn féin; le haghaidh éisteacht, Iníon, - agus aigne, beidh mé a choinneáil ar mo focal, - má tá tú iarracht ag dul go dtí Wuthering Heights arís, le nó gan dom, cuirfidh mé in iúl don Uasal Linton, agus, mura gceadaíonn sé é, ní mór an intimacy le do chol ceathrair a athbheochan."

"Tá sé athbheochan," muttered Cathy, sulkily.

"Ní mór gan leanúint ar aghaidh, ansin," a dúirt mé.

"Feicfimid," an freagra a bhí aici, agus d'imigh sí amach ag gallop, rud a d'fhág mé le toil sa chúl.

Shroicheamar beirt an baile roimh am dinnéir; cheap mo mháistir go raibh muid ag fánaíocht tríd an bpáirc, agus dá bhrí sin níor éiligh sé aon mhíniú ar ár neamhláithreacht. Chomh luath agus a tháinig mé isteach tá mé tar éis mo bhróga agus stocaí sáithithe a athrú; ach ina shuí ar feadh tamaill ag na hArda bhí an mischief déanta. An mhaidin ina dhiaidh sin leagadh suas mé, agus i rith trí seachtaine d'fhan mé éagumasach as freastal ar mo chuid dualgas: anachain nach raibh taithí agam riamh roimh an tréimhse sin, agus riamh, tá mé buíoch a rá, ó shin.

Mo máistreás beag behaved cosúil le aingeal ag teacht chun fanacht ar dom, agus cheer mo solitude; thug an gaibhniú thar a bheith íseal mé. Tá sé wearisome, le comhlacht gníomhach corraitheach: ach is beag duine a bhfuil cúiseanna gearáin níos lú acu ná mar a bhí agam. An nóiméad a d'fhág Catherine seomra an Uasail Linton bhí sí le feiceáil ar thaobh mo leapa. Bhí a lá roinnte eadrainn; Níor chaith sí nóiméad ar bith: rinne sí faillí ina béilí, ina cuid staidéir, agus ina dráma; agus ba í an bhanaltra ba mhó a d'amharc riamh uirthi. Caithfidh go raibh croí te aici, nuair a thug sí grá dá hathair mar sin, an oiread sin a thabhairt dom. Dúirt mé go raibh a laethanta roinnte eadrainn; ach d'éirigh an máistir go luath, agus ní raibh aon rud ag teastáil uaim go ginearálta tar éis a sé a chlog, agus mar sin ba í féin an tráthnóna. Drochrud! Níor smaoinigh mé riamh ar cad a rinne sí léi féin tar éis tae. Agus cé go minic, nuair a d'fhéach sí isteach chun tairiscint dom dea-oíche, dúirt mé dath úr ina leicne agus pinkness thar a mhéara caol, in ionad mhaisiúil an lí a fuarthas ar iasacht ó turas fuar ar fud na moors, leag mé é ar an muirear tine te sa leabharlann.

CAIBIDIL XXIV

Ag deireadh trí seachtaine bhí mé in ann mo sheomra a scor agus bogadh thart ar an teach. Agus ar an gcéad uair de mo shuí suas sa tráthnóna d'iarr mé ar Catherine léamh dom, toisc go raibh mo shúile lag. Bhíomar sa leabharlann, an máistir imithe a chodladh: thoiligh sí, in áit neamhthoilteanach, fancied mé; agus ag samhlú mo shórt leabhar nach raibh oiriúnach di, tairiscint mé í féin le do thoil i rogha an méid a perused sí. Roghnaigh sí ceann de na cinn is ansa léi féin, agus d'éirigh sí ar aghaidh go seasta thart ar uair an chloig; Ansin tháinig ceisteanna go minic.

"Ellen, nach bhfuil tú tuirseach? Nach raibh tú níos fearr luí síos anois? Beidh tú tinn, ag coinneáil suas chomh fada, Ellen.

"Níl, níl, a stór, níl mé tuirseach," a d'fhill mé, go leanúnach.

Perceiving me immovable, aiste sí modh eile a thaispeáint di disrelish as a slí bheatha. D'athraigh sé go yawning, agus síneadh, agus—

"Ellen, tá mé tuirseach."

"Tabhair anonn ansin agus labhair," a d'fhreagair mé.

Bhí sé sin níos measa: fretted sí agus sighed, agus d'fhéach sé ar a faire till ocht, agus ar deireadh chuaigh go dtí a seomra, go hiomlán overdone le codladh; judging ag a peevish, cuma trom, agus an rubbing leanúnach inflicted sí ar a súile. An oíche dár gcionn bhí cuma níos mífhoighne uirthi fós; agus ar an tríú ceann ó mo chuideachta a aisghabháil rinne sí gearán faoi tinneas cinn, agus d'fhág sí mé. Shíl mé go raibh a hiompar corr; agus tar éis fanacht ina n-aonar ar feadh tamaill fhada, réitigh mé ar dul agus ag fiosrú an raibh sí níos fearr, agus ag iarraidh uirthi teacht agus luí ar an tolg, in ionad thuas staighre sa dorchadas. Ní fhéadfainn Catherine a fháil amach thuas staighre, agus níl aon cheann thíos. Dhearbhaigh na seirbhísigh nach bhfaca siad í. D'éist mé ag doras an Uasail Edgar; ciúnas a bhí ann ar fad. D'fhill mé ar a hárasán, mhúch mé mo choinneal, agus chuir mé mé féin ina suí san fhuinneog.

Scairt an ghealach geal; chlúdaigh sprinkling sneachta an talamh, agus léirigh mé go bhféadfadh sí, b'fhéidir, é a thógáil isteach ina ceann chun siúl thart ar an ngairdín, le haghaidh sólaistí. D'aimsigh mé figiúr ag sleamhnú feadh chlaí istigh na páirce; ach níorbh é mo máistreás óg é: nuair a tháinig sé chun solais arís, d'aithin mé ceann de na grúmaeirí. Sheas sé tréimhse mhaith, ag breathnú ar an gcarrbhóthar-bhóthar tríd na tailte; ansin thosaigh sé amach ar luas brisk, amhail is dá mbeadh bhraith sé rud éigin, agus reappeared faoi láthair, i gceannas chapaillíní Miss; agus ansin bhí sí, díreach dífheistithe, agus ag siúl lena taobh. Thóg an fear a chúram go stealthily trasna an fhéir i dtreo an stábla. Cathy isteach ag an casement-fuinneog an líníocht-seomra, agus glided noiselessly suas go dtí an áit a raibh mé ag fanacht léi. Chuir sí an doras go réidh, shleamhnaigh sí as a bróga sneachta, untied a hata, agus bhí sé ag dul ar aghaidh, i ngan fhios do mo spiaireacht, a leagan ar leataobh a maintlín, nuair a d'ardaigh mé go tobann agus nocht mé féin. An t-iontas petrified di ar an toirt: uttered sí exclamation inarticulate, agus sheas seasta.

"Mo Iníon Catherine daor," thosaigh mé, ró-ghléineach tógtha ag a cineáltas le déanaí chun briseadh isteach i scold, "cá raibh tú ag marcaíocht amach ag an uair seo? Agus cén fáth ar chóir duit iarracht a dhéanamh dallamullóg a chur orm trí scéal a insint? Cá raibh tú? Labhair!

"Go bun na páirce," stammered sí. "Níor inis mé scéal."

"Agus níl aon áit eile?" D'éiligh mé.

"Níl," an freagra muttered.

"Ó, a Chaitríona!" Chaoin mé, faraor. "Tá a fhios agat go raibh tú ag déanamh mícheart, nó ní bheifeá á thiomáint chun míshuaimhneas a chur in iúl dom. Cuireann sé sin gliondar orm. B'fhearr liom a bheith trí mhí tinn, ná bréag d'aon ghnó a chloisteáil."

Sprang sí ar aghaidh, agus pléasctha i deora, chaith sí a lámha thart ar mo mhuineál.

"Bhuel, Ellen, tá an oiread sin eagla orm go bhfuil fearg ort," a dúirt sí. "Geallúint gan a bheith feargach, agus beidh a fhios agat an fhírinne an-: Is fuath liom é a cheilt."

Shuigh muid síos i suíochán na fuinneoige; Dhearbhaigh mé di nach scoldóinn, cibé rún a bheadh aici, agus mheas mé é, ar ndóigh; mar sin thosaigh sí—

"Bhí mé go Wuthering Heights, Ellen, agus níor chaill mé riamh dul in aghaidh an lae ó thit tú tinn; ach amháin thrice roimh, agus faoi dhó tar éis d'fhág tú do sheomra. Thug mé leabhair agus pictiúir do Mhicheál chun Minny a ullmhú gach tráthnóna, agus chun í a chur ar ais sa stábla: ní mór duit scold *air* ach an oiread, intinn. Bhí mé ag na hArda ag leathuair tar éis a sé, agus de ghnáth d'fhan mé go dtí leathuair tar éis a hocht, agus ansin galloped abhaile. Ní raibh sé a amuse mé féin go ndeachaigh mé: Bhí mé wretched go minic an t-am ar fad. Anois agus ansin bhí mé sásta: uair sa tseachtain b'fhéidir. Ar dtús, bhí mé ag súil go mbeadh obair bhrónach ag cur ina luí ort ligean dom m'fhocal a choinneáil go Linton: óir bhí mé gafa le glaoch arís an lá dár gcionn, nuair a d'éirigh muid as; ach, de réir mar a d'fhan tú thuas staighre ar an mbrón, d'éalaigh mé as an trioblóid sin. Nuair a bhí Micheál ag athchóiriú glas dhoras na páirce tráthnóna, fuair mé seilbh ar an eochair, agus d'inis mé dó conas a theastaigh ó mo chol ceathrar cuairt a thabhairt air, toisc go raibh sé tinn, agus nach raibh sé in ann teacht go dtí an Ghráinseach; agus conas a chuirfeadh Papa i gcoinne mo dhul: agus ansin rinne mé idirbheartaíocht leis faoin gcapaillín. Tá sé ceanúil ar an léitheoireacht, agus smaoiníonn sé ar imeacht go luath chun pósadh; mar sin thairg sé, dá dtabharfainn leabhair ar iasacht dó as an leabharlann, an rud ba mhian liom a dhéanamh: ach b'fhearr liom mo chuid féin a thabhairt dó, agus shásaigh sé sin níos fearr é.

"Ar mo dhara cuairt bhí an chuma ar Linton go raibh spioraid bhríomhar ann; agus rinne Zillah (is é sin bean an tí) seomra glan agus tine mhaith dúinn, agus d'inis sé dúinn, mar a bhí Joseph amuigh ag cruinniú urnaí agus bhí Hareton Earnshaw amach lena mhadraí - ag robáil ár gcoillte piasúin, mar a chuala mé ina dhiaidh sin - d'fhéadfadh muid a dhéanamh cad a thaitin linn. Thug sí fíon te agus sinséir dom, agus bhí an chuma air go raibh sé thar a bheith dea-natured; agus shuigh Linton sa chathaoir láimhe, agus mé sa chathaoir bheag charraigeach ar chloch an teallaigh, agus rinne muid gáire agus labhair muid chomh merrily, agus fuair muid an oiread sin le rá:

phleanáil muid cá rachaimis, agus cad a dhéanfaimis sa samhradh. Ní gá dom é sin a dhéanamh arís, mar go nglaofá amaideach air.

"Uair amháin, áfach, bhí muid i ngar don chonspóid. Dúirt sé go raibh an bealach is taitneamhaí le lá te Iúil a chaitheamh ina luí ó mhaidin go tráthnóna ar bhruach fraochmhá i lár na moors, agus na beacha ag cromadh go brionglóideach i measc an bhlátha, agus na larks ag canadh go hard os cionn lasnairde, agus an spéir ghorm agus an ghrian gheal ag taitneamh go seasta agus gan scamall. Ba é sin an smaoineamh ba foirfe a bhí aige maidir le sonas na bhflaitheas: bhí an mianach ag luascadh i gcrann glas meirgeach, le gaoth aniar ag séideadh, agus scamaill gheala bhána ag sileadh go tapa os a chionn; & ní h-é amháin larks, acht throstles, & éin dubha, & linnets, & cuckoos ag stealladh amach ceol ar gach taobh, & na moors le feicsin i gcéin, briste ina dells dusky fionnuar; ach gar do swells mór féar fada droimneach i dtonnta go dtí an breeze; agus coillte agus uisce sounding, agus an domhan ar fad awake agus fiáin le háthas. Theastaigh uaidh go luífeadh gach duine in eacstais na síochána; Bhí mé ag iarraidh go léir a sparkle agus damhsa i iubhaile glórmhar. Dúirt mé nach mbeadh a neamh ach leath beo; agus dúirt sé go mbeadh an mianach ólta: dúirt mé gur cheart dom titim i mo chodladh ina; agus dúirt sé nach bhféadfadh sé análú i mianach, agus thosaigh sé ag fás an-snappish. Faoi dheireadh, d'aontaigh muid triail a bhaint as an dá rud, chomh luath agus a tháinig an aimsir cheart; agus ansin phóg muid a chéile agus ba chairde iad.

"Tar éis dom suí go fóill uair an chloig, d'fhéach mé ar an seomra mór lena urlár réidh gan charr, agus shíl mé cé chomh deas is a bheadh sé a imirt i, dá mbainfimis an tábla; agus d'iarr mé ar Linton glaoch ar Zillah chun cabhrú linn, agus bheadh cluiche againn ag blindman's-buff; ba chóir di iarracht a ghabháil linn: d'úsáid tú, tá a fhios agat, Ellen. Ní bheadh sé: ní raibh aon phléisiúr ann, a dúirt sé; ach thoiligh sé imirt ar liathróid liom. Fuair muid dhá cheann i gcófra, i measc carn sean bréagán, bairr, agus fonsaí, agus battledores agus shuttlecocks. Bhí ceann amháin marcáilte C., agus an H.eile; Ba mhian liom an C., mar sheas sé sin do Catherine, agus d'fhéadfadh an H. a bheith do Heathcliff, a ainm; ach tháinig an bran as H., agus níor thaitin sé le Linton. Bhuail mé i gcónaí é; agus fuair sé cros arís, agus chas sé, agus d'fhill sé ar a chathaoir. An oíche sin, áfach, d'éirigh leis a ghreann maith a ghnóthú go héasca: bhí dhá nó trí amhrán deasa air—*d*amhráin, Ellen; agus nuair a bhí dualgas orm dul, d'impigh sé agus d'impigh sé orm teacht an tráthnóna dár gcionn; agus gheall mé. Minny agus chuaigh mé ag eitilt abhaile chomh héadrom le haer; agus shamhlaigh mé Wuthering Heights agus mo chol ceathrar milis, darling, go maidin.

"Ar an mbrón bhí brón orm; go páirteach toisc go raibh tú go dona, agus go páirteach gur mhian liom go raibh a fhios ag m'athair, agus cheadaigh sé mo thurais: ach bhí solas na gealaí álainn tar éis tae; agus, mar a rode mé ar, glanadh an gruaim. I shall have another happy evening, shíl mé liom féin; agus cad a thaitníonn liom níos mó, beidh mo Linton deas. Trotted mé suas a n-gairdín, agus bhí ag casadh bhabhta ar chúl, nuair a bhuail an Earnshaw eile dom, ghlac mo bridle, agus tairiscint dom dul isteach ag an mbealach isteach tosaigh. Patted sé muineál Minny, agus dúirt go raibh sí ina Beast bonny, agus an chuma amhail is dá mba theastaigh sé dom a labhairt leis. Ní dúirt mé leis ach mo chapall a fhágáil ina aonar, nó eile chiceáilfeadh sé é. D'fhreagair sé ina bhlas vulgar, 'Ní dhéanfadh sé mitch gortaithe dá ndéanfadh sé;' agus rinne sé suirbhéireacht ar a chosa le gáire. Bhí mé leath claonta chun é a dhéanamh iarracht; mar sin féin, bhog sé amach chun an doras a oscailt, agus, de réir mar a d'ardaigh sé an latch, d'fhéach sé suas go dtí an inscríbhinn thuas, agus dúirt sé, le meascán dúr de awkwardness agus elation: 'Iníon Catherine! Is féidir liom yon a léamh, anois.'

"'Iontach,' exclaimed mé. ' Guímis ag éisteacht leat—*tá tú* fásta cliste!'

"Litrigh sé, agus tharraing sé anonn le siollaí, an t-ainm—'Hareton Earnshaw.'

"Agus na figiúirí?' Chaoin mé, go misniúil, ag áitiú gur tháinig stad marbh air.

"'Ní féidir liom a rá leo go fóill,' a d'fhreagair sé.

"Ó, dunce tú!' Dúirt mé, ag gáire go croíúil faoina theip.

"Stán an t-amadán, le grin ag hovering faoina liopaí, agus bailiú scowl thar a shúile, amhail is dá mba éiginnte an bhféadfadh sé páirt a ghlacadh i mo mirth: cibé acu nach raibh sé taitneamhach cur amach, nó cad a bhí sé i ndáiríre, díspeagadh. Shocraigh mé a chuid amhras, trí mo dhomhantarraingt a aisghabháil go tobann agus ar mian leis siúl amach, mar tháinig mé chun Linton a fheiceáil, ní eisean. Reddened sé-Chonaic mé go bhfuil ag an solas na gealaí-thit a lámh as an latch, agus skulked amach, pictiúr de vanity mortified. Shamhlaigh sé é féin a bheith chomh cumasach le Linton, is dócha, toisc go bhféadfadh sé a ainm féin a litriú; agus bhí sé iontach míshásta nár shíl mé an rud céanna."

"Stop, Iníon Catherine, a stór!" Chuir mé isteach air. "Ní bheidh mé scold, ach ní maith liom do iompar ann. Dá gcuimhneofá gurbh é Hareton do chol ceathrar an oiread agus a bhí an Máistir Heathcliff, bhraithfeá cé chomh míchuí is a bhí sé iad féin a iompar ar an mbealach sin. Ar a laghad, ba mhór an uaillmhian dó a bheith chomh cumasach le Linton; agus is dócha nár fhoghlaim sé ach a thaispeáint: bhí náire ort faoina aineolas roimhe seo, níl aon amhras orm; agus ba mhian leis é a leigheas agus le do thoil agat. Ba dhroch-phórú é a bheith ag sraothartach ar a iarracht neamhfhoirfe. Dá mbeifeá tugtha suas ina chúinsí, an mbeifeá chomh drochbhéasach céanna? Bhí sé chomh tapaidh agus chomh cliste le leanbh is a bhí tú riamh; agus tá mé gortaithe gur chóir é a éadóchas anois, toisc gur chaith an bonn sin Heathcliff leis chomh héagórach sin."

"Bhuel, Ellen, ní bheidh tú ag caoineadh faoi, an mbeidh tú?" exclaimed sí, ionadh ar mo earnestness. "Ach fan, agus cloisfidh tú má conned sé a A B C le do thoil dom; agus dá mb'fhiú é agus é sibhialta leis an mbrúit. Tháinig mé isteach; Bhí Linton ina luí ar an socrú, agus d'éirigh leath chun fáilte a chur romham.

"'Tá mé tinn go-oíche, Catherine, grá,' a dúirt sé; ' agus caithfidh an chaint ar fad a bheith agat, agus lig dom éisteacht. Tar, agus suigh liom. Bhí mé cinnte nach mbrisfeá d'fhocal, agus tabharfaidh mé geallúint duit arís, sula n-imeoidh tú.'

"Bhí a fhios agam anois nach gcaithfidh mé é a chuimilt, mar bhí sé tinn; agus labhair mé go bog agus níor chuir mé aon cheisteanna, agus sheachain mé greannú air ar bhealach ar bith. Thug mé cuid de na leabhair is deise dom dó: d'iarr sé orm beagán de cheann a léamh, agus bhí mé ar tí géilleadh, nuair a phléasc Earnshaw an doras ar oscailt: tar éis venom a bhailiú le machnamh. Chuaigh sé díreach chugainn, ghabh sé Linton ag an lámh, agus scuab sé as an suíochán é.

"Get to thy own room!' a dúirt sé, i nglór atá beagnach mealltach le paisean; agus d'fhéach a aghaidh swelled agus furious. 'Tóg ansin í má thagann sí chun tú a fheiceáil: ní choinneoidh tú as seo mé. Begone wi 'sibh araon!'

"Mhionnaigh sé orainn, agus d'fhág sé Linton gan aon am a fhreagairt, beagnach á chaitheamh isteach sa chistin; agus clenched sé a dhorn mar a lean mé, is cosúil longing a cnag dom síos. Bhí eagla orm ar feadh nóiméad, agus lig mé titim toirt amháin; Chiceáil sé i mo dhiaidh é, agus dhún sé amach sinn. Chuala mé gáire urchóideacha, crackly ag an tine, agus ag casadh, beheld go odious Joseph seasamh rubbing a lámha bony, agus quivering.

"'Tá mé cinnte go mbeadh sé sarve ye amach! Is leaid mhór é! Tá sé getten t' raight sperrit i dó! Knaws sé-ay, knaws sé, mar weel mar is féidir liom, a sud a bheith t' maister yonder–Ech, ech, ech! Rinne sé sibh ag sciáil i gceart! Ech, ech, ech!'

'Cá gcaithfidh muid imeacht?' D'iarr mé ar mo chol ceathrair, gan aird a thabhairt ar magadh an tsean-wretch.

"Bhí Linton bán agus crith. Ní raibh sé go leor ansin, Ellen: ó, níl! d'fhéach sé scanrúil; óir do bhí a aghaidh tanaí agus a shúile móra saoirsithe i léiriú ar fury frantic, powerless. Thuig sé láimhseáil an dorais, agus chroith sé é: ceanglaíodh taobh istigh é.

"'Mura ligfidh tú isteach mé, maróidh mé thú!—Mura ligfidh tú isteach mé, maróidh mé thú!' ar seisean in áit shrieked ná mar a dúirt. ' Diabhal! diabhal!—maróidh mé thú—maróidh mé thú!'

"Rinne Joseph gáire crosta arís.

"'Thear, that's t' father!' adeir sé. ' Sin é an t-athair! Táimid tar éis allas summut o 'ceachtar taobh i dúinn. Niver heed, Hareton, lad–dunnut a bheith 'feard–he cannot get at thee!'

"Ghlac mé greim ar lámha Linton, agus rinne mé iarracht é a tharraingt ar shiúl; ach shrieked sé chomh shockingly nach dared mé dul ar aghaidh. Ar deireadh bhí a chuid cries tachtadh ag oiriúnach dreadful de coughing; D'imigh an fhuil as a bhéal, agus thit sé ar an talamh. Rith mé isteach sa chlós, tinn le sceimhle; agus d'iarr Zillah, chomh hard agus a d'fhéadfainn.

Ba ghearr gur chuala sí mé: bhí sí ag bleán na mbó i seid taobh thiar den scioból, agus ag deifir óna cuid oibre, d'fhiafraigh sí cad a bhí le déanamh? Ní raibh anáil agam a mhíniú; Ag tarraingt isteach uirthi, d'fhéach mé faoi Linton. Bhí Earnshaw tagtha amach chun scrúdú a dhéanamh ar an míshásamh a bhí déanta aige, agus ansin bhí sé ag cur an rud bocht in iúl thuas staighre. Chuaigh Zillah agus mé suas ina dhiaidh; ach stop sé mé ag barr na gcéimeanna, agus dúirt sé nár chóir dom dul isteach: caithfidh mé dul abhaile. Exclaimed mé gur mharaigh sé Linton, agus *ba mhaith liom* dul isteach. Chuir Iósaef an doras faoi ghlas, agus dhearbhaigh sé gur cheart dom 'no sich stuff,' a dhéanamh agus d'fhiafraigh sé díom an raibh mé 'bahn a bheith chomh buile leis.' Sheas mé ag caoineadh go dtí gur tháinig bean an tí ar ais. Dhearbhaigh sí go mbeadh sé níos fearr i beagán, ach ní raibh sé in ann a dhéanamh leis an shrieking agus gleo; agus thóg sí mé, agus ba bheag nár thug sí isteach sa teach mé.

"Ellen, bhí mé réidh le mo chuid gruaige a stróiceadh as mo cheann! Sobbed mé agus wept ionas go raibh mo shúile beagnach dall; agus an ruffian bhfuil tú comhbhrón den sórt sin le sheas os coinne: presuming gach anois agus ansin a thairiscint dom 'wisht,' agus a shéanadh go raibh sé a locht; agus, ar deireadh, scanraithe ag mo dhearbhuithe go n-inseodh mé do Papa, agus gur chóir é a chur i bpríosún agus a chrochadh, thosaigh sé ag blubbering féin, agus hurried amach a cheilt ar a corraíl cowardly. Fós féin, ní raibh mé réidh leis: nuair a chuir siad iallach orm imeacht, agus fuair mé cúpla céad slat as an áitreabh, d'eisigh sé go tobann ó scáth taobh an bhóthair, agus sheiceáil sé Minny agus ghlac sé greim orm.

"'Iníon Catherine, tá mé tinn grieved,' thosaigh sé, 'ach tá sé rayther ró-olc-'

"Thug mé gearradh le m'aoire dó, ag ceapadh b'fhéidir go ndúnmharódh sé mé. Lig sé dul, thundering ar cheann de chuid curses horrid, agus galloped mé abhaile níos mó ná leath as mo céadfaí.

"Níor thairg mé oíche mhaith duit an tráthnóna sin, agus ní dheachaigh mé go Wuthering Heights an chéad cheann eile: theastaigh uaim dul thar fóir; ach bhí sceitimíní aisteach orm, agus d'airigh mé a chloisteáil go raibh Linton marbh, uaireanta; agus uaireanta shuddered ag an smaoineamh teacht ar Hareton. Ar an tríú lá ghlac mé misneach: ar a laghad, ní raibh mé in ann fionraí níos faide a iompar, agus ghoid mé uair amháin eile. Chuaigh mé ag a cúig a chlog, agus shiúil mé; mhaisiúil d'fhéadfadh mé a bhainistiú a creep isteach sa teach, agus suas go dtí seomra Linton, unobserved. Mar sin féin, thug na madraí fógra faoi mo chur chuige. Fuair Zillah mé, agus ag rá 'bhí an leaid ag meá go deas,' thaispeáin sé dom in árasán beag, slachtmhar, cairpéad, áit ar leag mé Linton ar tholg beag, ag léamh ceann de mo chuid leabhar. Ach ní labhródh sé liom ná ní fhéachfadh sé orm, trí uair an chloig ar fad, Ellen: tá meon chomh míshásta sin aige. Agus cad confounded go leor dom, nuair a rinne sé a oscailt a bhéal, bhí sé a utter an bhréag go raibh mé ócáid an uproar, agus ní raibh Hareton a milleán! Ní raibh mé in ann freagra a thabhairt, ach amháin go paiseanta, d'éirigh mé agus shiúil mé ón seomra. Chuir sé faint 'Catherine!' i mo dhiaidh. Níor mheas sé gur freagraíodh é mar sin: ach ní chasfainn ar ais; agus ba é an morrow an dara lá ar fhan mé sa bhaile, beagnach meáite ar chuairt a thabhairt air níos mó. Ach bhí sé chomh dona ag dul a chodladh agus ag dul suas, agus gan aon rud a chloisteáil mar gheall air, gur leáigh mo rún san aer sula raibh sé déanta i gceart. *Bhí an* chuma air mícheart a chur ar an turas uair amháin; anois dhealraigh sé mícheart staonadh. Tháinig Micheál chun fiafraí an gcaithfidh sé diallait a chur ar Minny; Dúirt mé 'Sea,' agus mheas mé féin go raibh dualgas orm agus í ag tolladh thar na cnoic. Cuireadh iallach orm pas a fháil sna fuinneoga tosaigh chun dul chun na cúirte: ní raibh aon úsáid ag iarraidh mo láithreacht a cheilt.

'"Tá máistir óg sa teach,' arsa Zillah, mar a chonaic sí mé ag déanamh don pharlús. Chuaigh mé isteach; Bhí Earnshaw ann freisin, ach d'éirigh sé as an seomra go díreach. Shuigh Linton sa chathaoir mhór láimhe leath ina chodladh; ag siúl suas go dtí an tine, thosaigh mé i ton tromchúiseach, rud a chiallaíonn go páirteach é a bheith fíor—

'"Mar nach maith leat mé, Linton, agus mar a cheapann tú a thagann mé ar chuspóir a ghortú tú, agus ligean go bhfuil mé é sin a dhéanamh gach uair, is é seo ár gcruinniú deireanach: lig dúinn a rá dea-bheannacht; agus abair leis an Uasal Heathcliff nach bhfuil aon fhonn ort mé a fheiceáil, agus nach gcaithfidh sé aon bhréaga níos mó a chumadh ar an ábhar.'

'"Suigh síos agus tóg do hata as, a Chaitríona,' a d'fhreagair sé. ' You are so much happier than I am, ba chóir duit a bheith níos fearr. Labhraíonn

Papa go leor de mo lochtanna, agus taispeánann sé go leor scorn de dom, chun é a dhéanamh nádúrtha ba chóir dom amhras a bheith orm féin. Tá amhras orm an bhfuil mé ar fad chomh fiúntach agus a ghlaonn sé orm, go minic; agus ansin mothaím chomh crosach agus searbh, is fuath liom gach duine! *Tá mé* worthless, agus olc i temper, agus olc i spiorad, beagnach i gcónaí; agus, má roghnaíonn tú, *is féidir leat* a rá dea-bheannacht: beidh tú réidh le annoyance. Ach, a Chaitríona, déan an ceartas seo dom: creid dá mbeinn chomh milis, agus chomh cineálta, agus chomh maith agus atá tú, go mbeinn; chomh toilteanach, agus níos mó ná sin, ná chomh sásta agus chomh sláintiúil. Agus creidim go bhfuil do chineáltas a rinne grá dom tú níos doimhne ná má tuillte agam do ghrá: agus cé nach raibh mé in ann, agus ní féidir cabhrú a thaispeáint mo nádúr a thabhairt duit, is oth liom é agus repent é; agus beidh aiféala agus aithreachas air go bhfaighidh mé bás!'

"Bhraith mé gur labhair sé an fhírinne; agus bhraith mé go gcaithfidh mé maithiúnas a thabhairt dó: agus, cé gur chóir dúinn an chéad nóiméad eile a chur ar neamhní, caithfidh mé maithiúnas a thabhairt dó arís. Réitíodh sinn; ach chaoin muid, an bheirt againn, an t-am ar fad a d'fhan mé: ní go hiomlán le haghaidh bróin; ach *bhí* brón orm go raibh an nádúr sin curtha as a riocht ag Linton. Ní ligfidh sé dá chairde a bheith ar a shuaimhneas, agus ní bheidh sé ar a shuaimhneas féin! I have always gone to his little parlour, ón oíche sin i leith; mar d'fhill a athair an lá ina dhiaidh sin.

"Thart ar thrí huaire, sílim, bhí muid merry agus dóchasach, mar a bhí muid an chéad tráthnóna; bhí an chuid eile de mo chuairteanna dreary agus trioblóideacha: anois lena selfishness agus spite, agus anois lena fhulaingt: ach d'fhoghlaim mé a mairfidh an iar le beagnach chomh beag resentment mar an dara ceann. Seachnaíonn an tUasal Heathcliff mé d'aon ghnó: is ar éigean a chonaic mé é ar chor ar bith. Dé Domhnaigh seo caite, go deimhin, ag teacht níos luaithe ná mar is gnách, chuala mé mí-úsáid á baint as Linton bocht go cruálach as a iompar an oíche roimhe sin. I can't tell how he knew of it, mura n-éist sé. Is cinnte gur iompair Linton é féin go gríosaitheach: mar sin féin, ba é gnó aon duine ach mise, agus chuir mé isteach ar léacht an Uasail Heathcliff trí dhul isteach agus é sin a insint. Phléasc sé isteach i gáire, agus chuaigh sé ar shiúl, ag rá go raibh sé sásta ghlac mé an dearcadh sin ar an ábhar. Ó shin i leith, dúirt mé le Linton go gcaithfidh sé cogar a dhéanamh ar a chuid rudaí searbha. Anois, Ellen, chuala tú go léir. Ní féidir cosc a chur orm dul go Wuthering Heights, ach amháin trí ainnise a chur ar bheirt; De bhrí, más rud é nach mbainfidh tú a insint ach Papa, ní mór dom dul isteach ar an suaimhneas ar bith. Ní inseoidh tú, an mbeidh? Beidh sé an-chroíúil, má dhéanann tú."

"Déanfaidh mé suas m'intinn ar an bpointe sin le to-morrow, Miss Catherine," a d'fhreagair mé. "Teastaíonn roinnt staidéir uaidh; agus mar sin fágfaidh mé leat do chuid eile, agus rachaidh mé ag smaoineamh air."

I thought it over aloud, i láthair mo mháistir a bhí sé; ag siúl díreach óna seomra go dtí a chuid, agus a bhaineann leis an scéal ar fad: cé is moite dá comhráite lena col ceathrar, agus aon trácht ar Hareton. Bhí an tUasal Linton scanraithe agus cráite, níos mó ná mar a d'admhódh sé dom. Ar maidin, d'fhoghlaim Catherine mo fheall ar a muinín, agus d'fhoghlaim sí freisin go raibh deireadh lena cuairteanna rúnda. In vain wept sí agus writhed i gcoinne an interdict, agus implored a hathair a bheith trua ar Linton: gach fuair sí a chompord a bhí sí gealltanas go mbeadh sé ag scríobh agus a thabhairt dó cead chun teacht go dtí an Ghráinseach nuair a áthas air; ach ag míniú dó nach gcaithfidh sé a bheith ag súil le Catherine a fheiceáil ag Wuthering Heights a thuilleadh. B'fhéidir, dá mbeadh sé ar an eolas faoi mheon a nia agus faoi staid na sláinte, go bhfeicfeadh sé go raibh sé in ann an sólás beag sin a choinneáil siar.

CAIBIDIL XXV

"Tharla na rudaí seo an geimhreadh seo caite, a dhuine uasail," a dúirt Mrs Dean; "Ar éigean níos mó ná bliain ó shin. An geimhreadh seo caite, níor shíl mé, ag deireadh dhá mhí dhéag eile, gur cheart dom a bheith ag caitheamh strainséir leis an teaghlach lena mbaineann! Ach, cé a fhios cé chomh fada is a bheidh tú i do strainséir? Tá tú ró-óg le scíth a ligean i gcónaí, i do chónaí leat féin; agus ar bhealach éigin mhaisiúil ní raibh aon duine in ann Catherine Linton a fheiceáil agus gan grá a bheith acu di. Déanann tú aoibh gháire; ach cén fáth a mbreathnaíonn tú chomh bríomhar agus chomh suimiúil nuair a labhraím fúithi? Agus cén fáth ar iarr tú orm a pictiúr a chrochadh thar do thinteán? agus cén fáth—?"

"Stop, mo chara maith!" Chaoin mé. "D'fhéadfadh sé a bheith an-indéanta gur *chóir dom* grá a thabhairt di; ach an mbeadh grá aici dom? Tá amhras orm go bhfuil sé i bhfad ró-fhiontar mo suaimhneas ag rith i temptation: agus ansin nach bhfuil mo bhaile anseo. Tá mé ar an domhan gnóthach, agus ar a airm caithfidh mé ar ais. Coinnigh ort. An raibh Catherine umhal d'orduithe a hathar?

"Bhí sí," arsa bean an tí. "Ba é an gean a bhí aici air fós an príomh-mheon ina croí; agus labhair sé gan fearg: labhair sé i tenderness domhain amháin ar tí a stór a fhágáil i measc perils agus foes, i gcás ina mbeadh a chuid focal cuimhne an t-aon chabhair go bhféadfadh sé a thiomnú chun treoir a thabhairt di. Dúirt sé liom, cúpla lá ina dhiaidh sin, 'Ba mhaith liom go scríobhfadh mo nia, Ellen, nó go nglaofadh sé. Inis dom, ó chroí, cad a cheapann tú air: an bhfuil sé athraithe chun feabhais, nó an bhfuil ionchas feabhsúcháin ann, de réir mar a fhásann sé fear?'

"'Tá sé an-íogair, a dhuine uasail,' d'fhreagair mé; ' agus is ar éigean is dócha go sroichfidh sé fearúlacht: ach seo is féidir liom a rá, níl sé cosúil lena athair; agus dá mbeadh an mí-ádh ar Iníon Catherine é a phósadh, ní bheadh neart aici air: mura mbeadh sí thar a bheith dúthrachtach. Mar sin féin, a mháistir, beidh neart ama agat aithne a chur air agus féachaint an noirfeadh sé di: tá sé ag iarraidh ceithre bliana agus níos mó dá bheith in aois,'"

Chlis ar Edgar; agus, ag siúl go dtí an fhuinneog, d'fhéach sé amach i dtreo Gimmerton Kirk. Tráthnóna ceomhar a bhí ann, ach scairt an ghrian Feabhra go dimly, agus d'fhéadfaimis idirdhealú a dhéanamh idir an dá chrann giúise sa chlós, agus na leaca uaighe scaipthe le spáráil.

"Tá mé ag guí go minic," leath soliloquised sé, "le haghaidh an cur chuige an méid atá ag teacht; agus anois tosaím ag crapadh, agus eagla orm. Shíl mé an chuimhne ar an uair a tháinig mé síos go mbeadh gleann a bridegroom a bheith níos lú milis ná an oirchill go raibh mé go luath, i gceann cúpla mí, nó, b'fhéidir, seachtainí, a dhéanamh suas, agus atá leagtha ina log uaigneach! Ellen, bhí mé an-sásta le mo Cathy beag: trí oícheanta geimhridh agus laethanta an tsamhraidh bhí sí ina dóchas beo ar mo thaobh. Ach bhí mé chomh sásta liom féin i measc na gcloch sin, faoin tseanséipéal sin: ina luí, trí thráthnóna fada an Mheithimh, ar charn glas uaigh a máthar, agus ar mian léi—bliain a chaitheamh ar feadh an ama a luífinn faoi. Cad is féidir liom a dhéanamh do Cathy? Conas is gá dom éirí as? Ní thabharfainn aire do Linton mar mhac Heathcliff; ná as é a thógáil uaim, if he could console her for my loss. Ní ba mhaith liom cúram go bhfuair Heathcliff a foircinn, agus bua i robáil dom de mo bheannacht dheireanach! Ach ba chóir go mbeadh Linton unworthy-ach uirlis feeble a athair-Ní féidir liom í a thréigean dó! Agus, crua cé go bhfuil sé a threascairt a spiorad buacach, ní mór dom persevere a dhéanamh di brónach agus mé i mo chónaí, agus ag fágáil a solitary nuair a fhaigheann mé bás. Darling! B'fhearr liom í a fhágáil le Dia, agus í a leagan sa talamh romham."

"Éirigh as a Dia mar atá sé, a dhuine uasail," fhreagair mé, "agus más rud é ba chóir dúinn a chailleadh tú-a d'fhéadfadh sé forbid-faoi a providence, beidh mé ag seasamh a cara agus comhairleoir leis an deireanach. Is cailín maith í Iníon Catherine: Níl faitíos orm go rachaidh sí go toiliúil mícheart; agus tugtar luach saothair i gcónaí do dhaoine a dhéanann a ndualgas."

An t-earrach chun cinn; ach níor bhailigh mo mháistir aon neart dáiríre, cé gur thosaigh sé ar a chuid siúlóidí ar na tailte lena iníon. Ba chomhartha téarnaimh é seo féin; agus ansin bhí a leiceann lasta go minic, agus bhí a shúile geal; bhraith sí cinnte go raibh sé ag teacht chuige féin. Ar a seachtú breithlá déag, níor thug sé cuairt ar an reilig: bhí sé ag cur báistí, agus thug mé faoi deara—

"Is cinnte nach rachaidh tú amach go dtí an oíche, a dhuine uasail?"

D'fhreagair sé,—"Níl, cuirfidh mé siar é i mbliana beagáinín níos faide."

Scríobh sé arís chuig Linton, ag léiriú a mhian mór é a fheiceáil; agus, dá mbeadh an neamhbhailí i láthair, níl aon amhras orm ach go dtabharfadh a athair cead dó teacht. Mar a bhí sé, á threorú, d'fhill sé freagra, ag cur in iúl go ndearna an tUasal Heathcliff agóid i gcoinne a ghlaoch ag an nGráinseach; ach chuir cuimhneachán cineálta a uncail glionadr air, agus bhí súil aige bualadh leis uaireanta ina rambles, agus go pearsanta achainí a dhéanamh nach bhfanfadh a chol ceathrair agus a chol ceathrair i bhfad chomh deighilte sin.

Bhí an chuid sin dá litir simplí, agus is dócha go raibh sé féin. Bhí a fhios ag Heathcliff go bhféadfadh sé pléadáil go deisbhéalach do chomhlacht Catherine, ansin.

"Ní iarraim," a dúirt sé, "go bhféadfadh sí cuairt a thabhairt anseo; ach an bhfuil mé riamh a fheiceáil di, mar gheall ar cosc mo athair dom chun dul go dtí a bhaile, agus forbid tú í chun teacht chun mianach? Déan, anois is arís, turas léi i dtreo na hArda; agus lig dúinn cúpla focal a mhalartú, i do láthair! Níl aon rud déanta againn chun an scaradh seo a bheith tuillte againn; Agus níl fearg ort liom: níl aon chúis agat nach dtaitníonn liom, ceadaíonn tú, tú féin. A uncail a chara! seol nóta cineálta chugam go moch, agus fág chun dul in éineacht leat áit ar bith le do thoil, ach amháin i nGráinseach Thrushcross. Creidim go gcuirfeadh agallamh ina luí ort nach liomsa carachtar m'athar: dearbhaíonn sé gur mó do nia mé ná a mhac; agus cé go bhfuil lochtanna orm a fhágann nach bhfuil mé in ann Catherine a dhéanamh, tá leithscéal gafa aici leo, agus ar mhaithe léi, ba chóir duit freisin. Fiosraíonn tú i ndiaidh mo shláinte—is fearr é; ach cé go bhfanfaidh mé gearrtha amach ó gach dóchas, agus doomed chun solitude, nó an tsochaí na ndaoine riamh a rinne agus ní bheidh cosúil liomsa, conas is féidir liom a bheith cheerful agus go maith? "

Cé gur bhraith sé don bhuachaill, ní raibh sé in ann toiliú lena iarratas a dheonú; toisc nach bhféadfadh sé dul in éineacht le Catherine. Dúirt sé, i rith an tsamhraidh, b'fhéidir, go dtiocfadh siad le chéile: idir an dá linn, theastaigh uaidh leanúint ar aghaidh ag scríobh ag eatraimh, agus d'fhostaigh sé an chomhairle agus an compord a bhí sé in ann a thabhairt dó trí litir; he was well aware of his hard position in his family, bhí aithne mhaith aige ar a sheasamh. Linton comhlíonta; agus dá mbeadh sé gan srian, is dócha gur mhill sé gach aon duine trína eipistilí a líonadh le gearáin agus le caoineadh: ach choinnigh a athair súil ghéar air; agus, ar ndóigh, d'áitigh sé ar gach líne a chuir mo mháistir á thaispeáint; mar sin, in ionad a fhulaingt phearsanta agus a anacair phearsanta a scríobh, na téamaí is airde i gcónaí ina chuid smaointe, chruit sé ar an dualgas cruálach a bhí air a bheith á gcoinneáil faoina chara agus óna ghrá; agus dúirt sé go réidh go gcaithfidh an tUasal Linton agallamh a cheadú go luath, nó ba chóir go mbeadh eagla air go raibh sé ag baint geallúintí folmha dó.

Bhí Cathy ina chomhghuaillí cumhachtach sa bhaile; agus eatarthu chuir siad ina luí ar mo mháistir éigiontú agus iad ag taisteal nó ag siúl le chéile thart ar uair sa tseachtain, faoi mo chaomhnóireacht, agus ar na maoir is gaire don Ghráinseach: do mhí an Mheithimh fuair sé fós ag meath. Cé go raibh cuid dá ioncam curtha i leataobh aige gach bliain d'fhortún mo mhná óig, bhí dúil nádúrtha aige go gcoinneodh sí—nó ar a laghad go bhfillfeadh sí i mbeagán ama—teach a sinsear; agus mheas sé gurbh é an t-aon ionchas a bhí aici é sin a dhéanamh ná aontas lena oidhre; ní raibh aon tuairim aige go raibh ag teip ar an dara ceann beagnach chomh tapa leis féin; ná ní raibh aon duine acu, creidim: níor thug aon dochtúir cuairt ar na Heights, agus ní fhaca aon duine Máistir Heathcliff chun tuairisc a dhéanamh ar a riocht inár measc. Mé, do mo chuid, thosaigh mhaisiúil mo forebodings bréagach, agus go gcaithfidh sé a bheith i ndáiríre rallying, nuair a luaigh sé marcaíocht agus ag siúl ar an moors, agus an chuma sin earnest i leanúint a réad. Ní fhéadfainn pictiúr a thabhairt d'athair a chaitheann le leanbh a bhí ag fáil bháis chomh tíoránta agus gránna agus a d'fhoghlaim mé ina dhiaidh sin gur chaith Heathcliff leis, chun iallach a chur ar an díocas dealraitheach seo: bhí a chuid iarrachtaí ag déanamh a chuid iarrachtaí an ceann is túisce a bhí ag bagairt ar a phleananna éagsúla agus mífhoighne a chloí leis an mbás.

CAIBIDIL XXVI

Bhí an samhradh thart cheana féin, nuair a ghéill Edgar go drogallach dá n-entreaties, agus leag Catherine agus mé amach ar ár gcéad turas chun dul isteach ina col ceathrar. Lá gar, sultmhar a bhí ann: gan solas na gréine, ach le spéir ródhian agus leisciúil le báisteach a bhagairt: agus bhí ár n-áit chruinnithe socraithe ag an treoirchloch, ag na crosbhóithre. Nuair a shroich sé an áit, áfach, d'imigh buachaill beag tréada, chun bealaigh mar theachtaire, dúirt sé linn,—"Maister Linton wer just o' this side ú' Heights: and he'd be mitch obleeged to us to gang on a bit further."

"Ansin rinne an Máistir Linton dearmad ar an gcéad urghaire dá uncail," a thug mé faoi deara: "cuireann sé ar ár gcumas coinneáil ar thalamh na Gráinsí, agus anseo táimid amuigh ag an am céanna."

"Bhuel, casfaidh muid cloigeann ár gcapaill thart nuair a shroichfimid é," a d'fhreagair mo chompánach; "Beidh ár dturas luí i dtreo an bhaile."

Ach nuair a shroicheamar é, agus bhí sé sin gann ceathrú míle óna dhoras féin, fuair muid amach nach raibh aon chapall aige; & ro h-adhnaiceadh linn, & do-ber-sa a n-ionnsaicchidh. Luigh sé ar an fraochmhá, ag fanacht lenár gcur chuige, agus níor ardaigh sé go dtí gur tháinig muid laistigh de chúpla slat. Ansin shiúil sé chomh feebly, agus d'fhéach sé chomh pale, go exclaimed mé láithreach, - "Cén fáth, Máistir Heathcliff, nach bhfuil tú oiriúnach chun taitneamh a bhaint ramble ar maidin. Cé chomh tinn is a fhéachann tú!

Rinne Catherine suirbhé air le brón agus iontas: d'athraigh sí ejaculation an áthais ar a liopaí go ceann de na haláraim; agus comhghairdeas as an gcruinniú a bhí curtha ar athló le fada acu le fiosrúchán imníoch, an raibh sé níos measa ná mar is gnách?

"Níl -níos fearr-níos fearr!" panted sé, crith, agus a choinneáil ar a lámh amhail is dá mba gá sé a thacaíocht, agus wandered a shúile gorm mór timidly thar a; an loisceadh thart orthu ag claochlú go fiántas cailleach an nath languid a bhí acu tráth.

"Ach bhí tú níos measa," arsa a chol ceathrar; "níos measa ná nuair a chonaic mé go deireanach thú; tá tú níos tanaí, agus—"

"Tá mé tuirseach," ar seisean, go tapa. "Tá sé róthe le haghaidh siúil, lig dúinn scíth a ligean anseo. Agus, ar maidin, is minic a mhothaím tinn—deir Papa go bhfásfaidh mé chomh tapa sin."

Go dona sásta, shuigh Cathy síos, agus reclined sé in aice léi.

"Tá sé seo rud éigin cosúil le do Paradise," a dúirt sí, ag déanamh iarracht ar cheerfulness. "Cuimhníonn tú ar an dá lá a d'aontaigh muid a chaitheamh san áit agus ar an mbealach is taitneamhaí a cheap gach duine? This is nearly yours, níl ann ach scamaill; ach ansin tá siad chomh bog agus mellow: tá sé níos deise ná solas na gréine. An tseachtain seo chugainn, más féidir leat, rachaidh muid síos go Páirc na Gráinsí, agus bainfimid triail as."

Ní cosúil gur chuimhnigh Linton ar an méid a labhair sí; agus ba léir go raibh deacracht mhór aige comhrá de chineál ar bith a chothú. Bhí a easpa suime sna hábhair a thosaigh sí, agus an t-éagumas céanna a bhí air cur lena siamsaíocht, chomh soiléir sin nach bhféadfadh sí a díomá a cheilt. Bhí athrú éiginnte tagtha ar a phearsa agus ar a mhodh ar fad. An pettishness a d'fhéadfadh a bheith caressed i fondness, bhí toradh ar apathy listless; Bhí níos lú de na temper peevish de leanbh a frets agus teases ar chuspóir a bheith soothed, agus níos mó de na moroseness féin-absorbed de neamhbhailí deimhnithe, sólás repelling, agus réidh chun féachaint ar an mirth dea-humoured daoine eile mar masla. Bhraith Catherine, chomh maith agus a rinne mé, go raibh sé in áit pionós, seachas sásamh, chun ár gcuideachta a fhulaingt; agus ní dhearna sí aon scrupall ag moladh, faoi láthair, imeacht. Chuir an moladh sin, gan choinne, Linton as a leimhe, agus chaith sé isteach i riocht aisteach corraithe é. D'amharc sé go fearúil i dtreo na nAirde, ag impí go bhfanfadh sí leathuair an chloig eile, ar a laghad.

"Ach sílim," arsa Cathy, "go mbeifeá níos compordaí sa bhaile ná a bheith i do shuí anseo; agus ní féidir liom amuse tú go lá, feicim, ag mo scéalta, agus amhráin, agus chatter: tá tú tar éis fás níos críonna ná mé, sna sé mhí;

is beag blas atá agat ar mo mhalairt slí anois: nó eile, dá bhféadfainn amuse a dhéanamh ort, bheinn sásta fanacht."

"Fan chun sosa duit féin," a d'fhreagair sé. "Agus, a Chaitríona, ná ceap ná habair go bhfuil mé *an-tinn*: is í an aimsir throm agus an teas a chuireann dull orm; agus shiúil mé faoi, sular tháinig tú, go leor dom. Abair le huncail go bhfuil mé i sláinte dofhulaingthe, an mbeidh?

"Inseoidh mé dó go ndéarfaidh *tú* amhlaidh, Linton. Ní fhéadfainn a dhearbhú go bhfuil tú," a thug mo bhean óg faoi deara, ag déanamh iontais dá dhearbhú géarchúiseach ar an rud ba léir a bheith místuama.

"Agus a bheith anseo arís Déardaoin seo chugainn," lean sé, shunning a gaze puzzled. "Agus tabhair mo bhuíochas dó as cead a thabhairt duit teacht—mo bhuíochas is fearr, a Chaitríona. Agus-agus, má *rinne tú* freastal ar mo athair, agus d'iarr sé ort mar gheall orm, ná mar thoradh air a cheapadh go bhfuil mé thar a bheith ciúin agus dúr: ná breathnú brónach agus downcast, mar *atá* tú ag déanamh-beidh sé feargach. "

"Is cuma liom rud ar bith as a chuid feirge," exclaimed Cathy, shamhlú go mbeadh sí a bheith ar a chuspóir.

"Ach is féidir liom," a dúirt a col ceathrar, shuddering. "*Ná* spreag é i mo choinne, a Chaitríona, mar tá sé an-deacair."

"An bhfuil sé dian ort, a Mháistir Heathcliff?" D'fhiosraigh mé. "Ar fhás sé traochta indulgence, agus a rith ó éighníomhach go fuath gníomhach?"

D'fhéach Linton orm, ach níor fhreagair sé; agus, tar éis di a suíochán a choinneáil lena thaobh deich nóiméad eile, inar thit a cheann go codlatach ar a bhrollach, agus níor rith sé rud ar bith ach amháin moans faoi chois ídithe nó pian, thosaigh Cathy ag lorg sóláis ag lorg bilberries, agus ag roinnt toradh a cuid taighde liom: níor thairg sí dó iad, óir do chonnairc sí a thuilleadh fógra ní bheadh ann ach traochta agus cráite.

"An bhfuil sé leathuair an chloig anois, Ellen?" a dúirt sí i mo chluas, ar deireadh. "Ní féidir liom a rá cén fáth ar chóir dúinn fanacht. Tá sé ina chodladh, agus beidh Papa ag iarraidh muid ar ais.

"Bhuel, níor cheart dúinn é a fhágáil ina chodladh," a d'fhreagair mé; "Fan go ndúisíonn sé, agus bí foighneach. Bhí fonn mór ort imeacht, ach is gearr go bhfuil do longing chun Linton bocht a fheiceáil galú!

"Cén fáth ar theastaigh uaidh mé a fheiceáil?" arsa Catherine. "Ina ghreann crosach, roimhe seo, thaitin sé níos fearr liom ná mar a dhéanaim ina ghiúmar aisteach faoi láthair. Tá sé díreach amhail is dá mba tasc é a raibh iallach air a dhéanamh—an t-agallamh seo—ar eagla go scoldódh a athair é. Ach tá mé ag dul ar éigean chun teacht a thabhairt an tUasal Heathcliff pléisiúir; cibé cúis a bheadh aige le hordú a thabhairt do Linton dul faoin aithrighe seo. Agus, cé go bhfuil áthas orm go bhfuil sé níos fearr i gcúrsaí sláinte, tá brón orm go bhfuil sé i bhfad níos lú taitneamhach, agus i bhfad níos lú affectionate dom."

"Síleann tú go bhfuil *sé* níos fearr ó thaobh na sláinte de, ansin?" Dúirt mé.

"Tá," a d'fhreagair sí; "Toisc go ndearna sé go leor dá fhulaingt i gcónaí, tá a fhios agat. Níl sé tolerably maith, mar a dúirt sé liom a insint Papa; ach tá sé níos fearr, is dócha."

"Tá tú difriúil liom, Iníon Cathy," a dúirt mé; "Ba chóir dom a rá leis a bheith i bhfad níos measa."

Thosaigh Linton anseo as a slumber i sceimhle bewildered, agus d'fhiafraigh sé an raibh aon duine ar a dtugtar a ainm.

"Níl," arsa Caitríona; "Ach amháin i mbrionglóidí. Ní féidir liom a cheapadh conas a éiríonn leat a doze amach as doirse, ar maidin."

"Shíl mé gur chuala mé m'athair," gasped sé, glancing suas go dtí an nab frowning os ár gcionn. "Tá tú cinnte nár labhair aon duine?"

"Cinnte go leor," a d'fhreagair a chol ceathrar. "Ní raibh ach Ellen agus mé ag cur isteach ar do shláinte. An bhfuil tú i ndáiríre níos láidre, Linton, ná nuair a scaramar sa gheimhreadh? Má tá tú, tá mé cinnte nach bhfuil rud amháin níos láidre-do mheas dom: labhairt,-an bhfuil tú?"

D'imigh na deora ó shúile Linton agus é ag freagairt, "Sea, sea, tá mé!" Agus, fós faoi gheasa an ghutha shamhailteach, d'imigh a shúil suas agus síos chun a úinéir a bhrath.

D'ardaigh Cathy. "Caithfidh muid páirt a ghlacadh sa lá atá inniu ann," a dúirt sí. "Agus ní cheilfidh mé go raibh díomá an domhain orm faoin gcruinniú; cé go luafaidh mé é le duine ar bith ach tusa: ní hé go seasfaidh mé faoi chomaoin an Uasail Heathcliff.

"Hush," murmured Linton; "ar mhaithe le Dia, hush! Tá sé ag teacht. Agus bhuail sé lámh Chaitríona, ag iarraidh í a choinneáil; ach ag an bhfógra sin chuir sí í féin as a riocht, agus chuaigh sí go Minny, a ghéill di mar a bheadh madra ann.

"Beidh mé anseo Déardaoin seo chugainn," adeir sí, ag teacht go dtí an diallait. "Slán leat. Tapa, Ellen!

Agus mar sin d'fhágamar é, agus thuigeamar go gann ar ár n-imeacht, agus mar sin bhí sé ag súil le cur chuige a athar.

Sular shroicheamar an baile, mhaolaigh míshástacht Catherine isteach i mbraistint uafásach trua agus aiféala, a chumasc den chuid is mó le hamhras doiléir, míshuaimhneach faoi chúinsí iarbhír Linton, fisiciúil agus sóisialta: inar scar mé, cé gur chomhairligh mé di gan mórán a rá; ar feadh an dara turas bheadh breithiúna níos fearr againn. D'iarr mo mháistir cuntas ar ár n-leanúnachas. Seachadadh tairiscint buíochais a nia go cuí, Miss Cathy ag baint go réidh leis an gcuid eile: chaith mé solas beag ar a chuid fiosrúchán freisin, mar is ar éigean a bhí a fhios agam cad ba cheart a cheilt agus cad ba cheart a nochtadh.

CAIBIDIL XXVII

Seacht lá faoi dhraíocht, gach duine ag marcáil a chúrsa ag an athrú tapa feasta ar stát Edgar Linton. An havoc go raibh míonna roimhe sin wrought bhí aithris anois ag an inroads na n-uaireanta. Catherine ba mhaith linn fain a bheith deluded go fóill; ach dhiúltaigh a spiorad tapa féin a delude di: divined sé i rúnda, agus brooded ar an dóchúlacht dreadful, ripening de réir a chéile i cinnteacht. Ní raibh an croí aici a turas a lua, nuair a tháinig Déardaoin thart; Luaigh mé ar a son é, agus fuair mé cead í a ordú as doirse: don leabharlann, áit ar stop a hathair tamall gairid gach lá—an tréimhse ghairid a d'fhéadfadh sé a iompar chun suí suas—agus a sheomra, bhí a domhan ar fad. Grudged sí gach nóiméad nach raibh teacht uirthi lúbthachta thar a pillow, nó ina suí ag a thaobh. D'fhás a ghnúis wan le faire agus brón, agus bhris mo mháistir go sásta í go dtí an rud a chuir sé féin ina athrú sona ar an radharc agus ar an tsochaí; ag tarraingt compoird as an dóchas nach bhfágfaí ina haonar í anois tar éis a bháis.

Bhí smaoineamh seasta aige, buille faoi thuairim mé ag roinnt tuairimí a lig sé titim, go, mar a resembled a nia dó go pearsanta, bheadh sé cosúil leis i gcuimhne; óir is beag comhartha a bhí i litreacha Linton ar a charachtar lochtach. Agus staon mé, trí laige mhaithiúnais, ón earráid a cheartú; ag fiafraí díom féin cén mhaith a bheadh ann cur isteach ar a chuimhneacháin dheireanacha le heolas nach raibh cumhacht ná deis aige dul chun cuntais.

Chuireamar ár dturas siar go dtí an tráthnóna; tráthnóna órga de Lúnasa: gach anáil ó na cnoic chomh lán den saol, go raibh an chuma ar an té a spreag é, cé go bhfuair sé bás, d'fhéadfadh sé athbheochan. Bhí aghaidh Catherine díreach cosúil leis an tírdhreach-scáthanna agus solas na gréine ag flitting os a chionn go tapa; ach d'fhan na scáileanna níos faide, agus bhí solas na gréine níos neamhbhuan; agus d'éirigh a croí beag bocht é féin as fiú go raibh dearmad á dhéanamh ar a chúram.

Rinneamar géarchúis ar Linton ag breathnú ar an spota céanna a roghnaigh sé roimhe seo. Tuirling mo máistreás óg, agus dúirt sé liom, mar go raibh rún aici fanacht tamall beag, gurbh fhearr dom greim a choinneáil ar an gcapaillín agus fanacht ar mhuin capaill; ach d'easaontaigh mé: ní bheadh baol ann go gcaillfinn radharc ar an gcúiseamh a rinneadh dom nóiméad; Mar sin, dhreap muid fána Heath le chéile. Fuair an Máistir Heathcliff beochan níos mó dúinn ar an ócáid seo: ní beochan na biotáillí arda áfach, ná fós áthas; d'fhéach sé níos mó cosúil le eagla.

"Tá sé déanach!" A dúirt sé, ag labhairt gearr agus le deacracht. "Nach bhfuil d'athair an-tinn? Shíl mé nach dtiocfadh tú.

"*Cén fáth* nach mbeidh tú candid?" Adeir Catherine, shlogtha a beannacht. "Cén fáth nach féidir leat a rá ag an am céanna nach bhfuil tú ag iarraidh orm? Is ait an rud é, a Linton, gur thug tú anseo mé den dara huair, rud a chuirfeadh as dúinn araon, agus ar chúis ar bith eile!

Shivered Linton, agus spléachadh uirthi, leath supplicating, leath náire; ach níor leor foighne a chol ceathrair chun an t-iompar enigmatical seo a fhulaingt.

"Tá m'*athair* an-tinn," ar sise; "agus cén fáth a nglaoitear orm óna leaba? Cén fáth nár sheol tú chun mé a shaoradh ó mo ghealltanas, nuair ba mhian leat nach gcoinneoinn é? Tar! Is mian liom míniú: díbrítear an imirt agus an trifling go hiomlán as m'intinn; agus ní féidir liom tinreamh damhsa ar do ghean anois!

"Mo ghean!" murmured sé; "Cad iad? Ar mhaithe leis na flaithis, a Chaitríona, ná bí chomh feargach sin! Is aoibhinn liom an oiread agus is toil leat; I am a worthless, cowardly wretch: Ní féidir liom a bheith scorned go leor; ach tá mé ró-chiallmhar do d'fhearg. Fuath m'athair, agus spáráil mé as díspeagadh.

"Nonsense!" Adeir Catherine i paisean. "Buachaill amaideach, amaideach! Agus tá! trembles sé, amhail is dá mba mé ag dul i ndáiríre chun teagmháil a dhéanamh leis! Ní gá duit díspeagadh bespeak, Linton: beidh sé ag aon duine go spontáineach ar do sheirbhís. Gread leat! Fillfidh mé abhaile: tá sé baoisiúil ag tarraingt ort as cloch an teallaigh, agus ag cur i gcéill—cad a ligeann muid orainn? Lig dul mo frock! Má trua mé tú ag caoineadh agus ag féachaint chomh an-eagla, ba chóir duit spurn trua den sórt sin. Ellen, inis dó cé chomh náireach is atá an t-iompar seo. Éirigh, agus ná díghrádaigh tú féin i reiptíl abject-ná!

Le aghaidh sruthú agus léiriú agony, bhí Linton thrown a fhráma nerveless feadh na talún: dhealraigh sé convulsed le terror fíorálainn.

"Ó!" sobbed sé, "Ní féidir liom a iompróidh sé! Catherine, Catherine, is fealltóir mé, freisin, agus ní leomh mé a rá leat! Ach fág mise, agus marófar mé! A Chaitríona, a chara, tá mo shaol i do lámha: agus dúirt tú go raibh grá agat dom, agus má rinne, ní dhéanfadh sé dochar duit. Ní rachaidh tú, ansin? cineálta, milis, maith Catherine! Agus b'fhéidir go *dtoileoidh* tú-agus ligfidh sé dom bás a fháil leat!

Mo bhean óg, ar chonaic a anguish dian, stooped a ardú dó. An mothú d'aois de tenderness indulgent overcame a vexation, agus d'fhás sí go maith ar athraíodh a ionad agus alarmed.

"Toiliú leis an méid?" A d'fhiafraigh sí. "Chun fanacht! inis dom brí na cainte aisteach seo, agus beidh mé. Bréagnaíonn tú d'fhocail féin, agus cuireann tú as dom! Bí socair agus macánta, agus admhaím ag an am céanna go léir a mheá ar do chroí. Ní ghortófá mé, a Linton, an ndéanfá? Ní ligfeá d'aon namhaid mé a ghortú, dá bhféadfá é a chosc? Beidh mé a chreidiúint go bhfuil tú coward, ar do shon féin, ach ní betrayer cowardly de do chara is fearr."

"Ach bhagair m'athair orm," arsa an buachaill, ag bualadh a mhéara maolaithe, "agus dread mé air—dread mé é! Ní *leomh* mé a rá!

"Ó, bhuel!" arsa Catherine, le trua scornúil, "coinnigh do rún: *níl mé* coward. Sábháil tú féin: Níl eagla orm!

Spreag a magnanimity a deora: wept sé wildly, phógadh a lámha tacaíochta, agus fós ní fhéadfadh a thoghairm misneach chun labhairt amach. Bhí mé ag cogitating cad a d'fhéadfadh an mystery a bheith, agus diongbháilte níor chóir Catherine fulaingt chun tairbhe dó nó aon duine eile, ag mo thoil mhaith; nuair, éisteacht rustle i measc an ling, D'fhéach mé suas agus chonaic an tUasal Heathcliff beagnach gar dúinn, anuas ar an Heights. Níor chaith sé sracfhéachaint i dtreo mo chomrádaithe, cé go raibh siad sách gar do sobs Linton a bheith inchloiste; ach ag cur in iúl dom sa ton beagnach croíúil a ghlac sé le duine ar bith seachas, agus an dáiríreacht nach raibh mé in ann amhras a sheachaint, a dúirt sé—

"Is rud é a fheiceann tú chomh gar do mo theach, Nelly. Cén chaoi a bhfuil tú ag an nGráinseach? Cloisimis. Téann an ráfla," a dúirt sé, i ton níos ísle, "go bhfuil Edgar Linton ar leaba a bháis: b'fhéidir go bhfuil siad ag déanamh áibhéile ar a thinneas?"

"Níl; tá mo mháistir ag fáil bháis," a d'fhreagair mé: "tá sé fíor go leor. Rud brónach a bheidh ann dúinn go léir, ach beannacht dó!

"Cá fhad a mhairfidh sé, an gceapann tú?" a d'fhiafraigh sé.

"Níl a fhios agam," a dúirt mé.

"Toisc," ar seisean, ag féachaint ar an mbeirt ógánach, a bhí socraithe faoina shúil—bhí an chuma ar Linton amhail is nach bhféadfadh sé dul i bhfiontar chun a cheann a chorraí nó a ardú, agus ní fhéadfadh Catherine bogadh, ar a chuntas—"mar is cosúil go bhfuil an leaid sin meáite ar bhualadh orm; agus ba mhaith liom buíochas a ghabháil lena uncail a bheith tapa, agus dul os a chomhair! Hallo! An bhfuil an whelp ag imirt an chluiche sin le fada? *Thug mé* roinnt ceachtanna dó faoi snivelling. An bhfuil sé bríomhar go leor le Miss Linton i gcoitinne?

"Bríomhar? no—he has shown the greatest distress," a d'fhreagair mé. "Chun é a fheiceáil, ba chóir dom a rá, gur chóir dó a bheith sa leaba, faoi lámha dochtúra, in ionad a bheith ag rambling lena leannán ar na cnoic."

"Beidh sé, i lá nó dhó," muttered Heathcliff. "Ach ar dtús - éirí, Linton! Éirigh!" a bhéic sé. "Ná grovel ar an talamh ann: suas, an nóiméad seo!"

Bhí Linton tar éis dul i ngleic arís le paroxysm eile d'eagla gan chabhair, de bharr sracfhéachaint a athar ina leith, is dócha: ní raibh aon rud eile ann chun an náiriú sin a tháirgeadh. Rinne sé roinnt iarrachtaí géilleadh, ach bhí a neart beag annihilated don am, agus thit sé ar ais arís le moan. Chuaigh an tUasal Heathcliff chun cinn, agus thóg sé é chun leanacht in aghaidh iomaire móna.

"Anois," a dúirt sé, le ferocity curbed, "Tá mé ag éirí feargach-agus más rud é nach bhfuil tú ordú go spiorad paltry de mise-damn tú! éirígí go díreach!

"Beidh mé, athair," panted sé. "Ach, lig dom féin, nó beidh mé faint. I've done as you wished, tá mé cinnte. Déarfaidh Catherine leat go raibh mé go raibh mé gealgháireach. Ah! coinnigh orm, a Chaitríona; tabhair dom do lámh."

"Tóg liom," arsa a athair; "Seas ar do chosa. Tá anois—tabharfaidh sí a lámh ar iasacht duit: sin ceart, féach *uirthi*. Shamhlófá gurbh é an diabhal é féin, Miss Linton, chun an t-uafás sin a spreagadh. Bí chomh cineálta le siúl abhaile leis, an mbeidh? Shudders sé má dteagmháil liom dó. "

"Linton daor!" whispered Catherine, "Ní féidir liom dul go dtí Wuthering Heights: tá cosc curtha ag Papa orm. Ní dhéanfaidh sé dochar duit: cén fáth a bhfuil an oiread sin eagla ort?"

"Ní féidir liom dul isteach sa teach sin arís," a d'fhreagair sé. "Níl mé chun dul isteach arís gan tú!"

"Stop!" Adeir a athair. "Beidh meas againn ar scruples filial Catherine. Nelly, tóg isteach é, agus leanfaidh mé do chomhairle maidir leis an dochtúir, gan mhoill.

"Beidh tú a dhéanamh go maith," d'fhreagair mé. "Ach caithfidh mé fanacht le mo mháistreás: chun cuimhne nach bhfuil do mhac mo ghnó."

"Tá tú an-righin," a dúirt Heathcliff, "Tá a fhios agam go: ach beidh tú iachall orm a pinch an leanbh agus é a dhéanamh scream sula mbogann sé do charthanacht. Tar, ansin, mo laoch. An bhfuil tú sásta filleadh, a thionlacan liom?

Chuaigh sé uair amháin eile, agus rinne sé amhail is dá mbeadh sé urghabháil an neach leochaileach; ach, ag crapadh siar, bhuail Linton lena chol ceathrair, agus chuir sé iachall uirthi dul in éineacht leis, le hiompórtáil frantic a d'admhaigh nach raibh aon séanadh ann. Mar sin féin, ní raibh mé in ann bac a chur uirthi: go deimhin, conas a d'fhéadfadh sí diúltú dó féin? An rud a bhí á líonadh le dread ní raibh aon bhealach againn le géarchúis; ach bhí sé, powerless faoina gripe, agus aon suimiú chuma in ann shocking dó i idiocy. Shroicheamar an tairseach; Shiúil Catherine isteach, agus sheas mé ag fanacht go dtí go ndearna sí an neamhbhailí chuig cathaoir, ag súil léi amach láithreach; nuair a bheidh an tUasal Heathcliff, ag brú ar aghaidh dom, exclaimed - "Níl mo theach stricken leis an plague, Nelly; agus tá intinn agam a bheith hospitable go lá: suí síos, agus lig dom a dhúnadh an doras. "

Dhún sé agus chuir sé faoi ghlas é freisin. Thosaigh mé.

"Beidh tae agat sula dtéann tú abhaile," a dúirt sé. "Tá mé liom féin. Tá Hareton imithe le roinnt eallach go dtí na Lees, agus tá Zillah agus Joseph amuigh ar thuras pléisiúir; agus, cé go bhfuil mé cleachtaithe le bheith i m'aonar, b'fhearr liom cuideachta spéisiúil a bheith agam, más féidir liom é a fháil. Miss Linton, tóg do shuíochán leis. Tugaim duit a bhfuil agam: is ar éigean is fiú glacadh leis an am i láthair; ach níl aon rud eile le tairiscint agam. Is é Linton atá i gceist agam. Conas a dhéanann sí stare! Tá sé corr cad mothú savage caithfidh mé le rud ar bith gur cosúil eagla orm! Dá mba rud é gur rugadh mé nuair nach bhfuil dlíthe chomh dian agus nach bhfuil blas chomh dona sin orthu, ba cheart dom caitheamh liom féin le vivisection mall den bheirt sin, mar spraoi tráthnóna."

Tharraing sé ina anáil, bhuail sé an tábla, agus mhionnaigh sé dó féin, "De réir ifreann! Is fuath liom iad.

"Níl eagla orm ort!" arsa Catherine, nach raibh in ann an dara cuid dá chuid cainte a chloisteáil. Sheas sí gar suas; a súile dubha ag splancadh le paisean agus le réiteach. "Tabhair dom an eochair sin: beidh sé agam!" a dúirt sí. "Ní íosfainn ná ní ólfainn anseo, dá mbeinn ag stánadh."

Bhí an eochair ina láimh ag Heathcliff a d'fhan ar an mbord. D'fhéach sé suas, ghabh sé le saghas iontas ar a dána; nó, b'fhéidir, i gcuimhne, trína guth agus a sracfhéachaint, ar an duine óna bhfuair sí le hoidhreacht é. Sciob sí ag an uirlis, agus d'éirigh le leath é a fháil amach as a mhéara scaoilte: ach mheabhraigh a gníomh dó go dtí an lá atá inniu ann; ghnóthaigh sé go gasta é.

"Anois, a Catherine Linton," a dúirt sé, "seas amach, nó leagfaidh mé síos thú; agus cuirfidh sé sin Bean Uí Dhéan as a meabhair."

Beag beann ar an rabhadh seo, ghabh sí a lámh dúnta agus a raibh ann arís. "Beidh muid ag dul!" arís agus arís eile sí, exerting a seacht ndícheall a chur faoi deara na matáin iarainn a scíth a ligean; agus a aimsiú go ndearna a tairní aon tuiscint, chuir sí a fiacla go leor géar. Thug Heathcliff sracfhéachaint orm a choinnigh mé ó chur isteach ar nóiméad. Bhí

Catherine ródhian ar a mhéara chun a aghaidh a thabhairt faoi deara. D'oscail sé iad go tobann, agus d'éirigh sé as ábhar aighnis; ach, ere bhí sí daingnithe go maith é, ghabh sé í leis an lámh saortha, agus, ag tarraingt uirthi ar a ghlúin, riaradh leis an gceann eile cith de slaps terrific ar dhá thaobh an chinn, gach leor a bheith comhlíonta a bhagairt, dá mbeadh sí in ann titim.

Ag an bhforéigean diabolical rushed mé air furiously. "Villain tú!" Thosaigh mé ag caoineadh, "villain tú!" Chuir tadhall ar an gcliabhrach ina thost mé: tá mé stout, agus is gearr go gcuirtear as anáil mé; agus, cad leis sin agus an buile, staggered mé meadhrán ar ais, agus bhraith réidh le suffocate, nó a pléasctha soitheach fola. Bhí an radharc thart i gceann dhá nóiméad; Scaoil Catherine, scaoil sí, chuir sí a dhá lámh ar a temples, agus d'fhéach sí díreach amhail is nach raibh sí cinnte an raibh a cluasa as nó ar. Trembled sí cosúil le giolcach, rud bocht, agus leant i gcoinne an tábla bewildered breá.

"Tá a fhios agam conas a chastise leanaí, a fheiceann tú," a dúirt an scoundrel, grimly, mar stooped sé a repossess féin ar an eochair, a thit go dtí an t-urlár. "Téigh go Linton anois, mar a dúirt mé leat; agus caoin ar do shuaimhneas! Beidh mé d'athair, go-morrow-go léir an t-athair go mbainfidh tú a bheith i gceann cúpla lá-agus beidh tú neart de sin. Is féidir neart a iompar; níl aon lagmhisneach ort: beidh blas laethúil ort, má rugaim ar a leithéid de dhiabhail de mheon i do shúile arís!

Rith Cathy liom in áit Linton, agus chniotáil sé síos agus chuir sí a leiceann dhó ar mo lap, ag gol os ard. Bhí a col ceathrar tar éis dul isteach i gcúinne den socrú, chomh ciúin le luch, ag déanamh comhghairdis leis féin, leomh mé a rá, go raibh an ceartú tuirlingt ar dhuine eile seachas é. An tUasal Heathcliff, perceiving dúinn go léir confounded, ardaigh, agus go tapa a rinne an tae é féin. Leagadh na cupáin agus na saucers réidh. Dhoirt sé amach é, agus thug sé cupán dom.

"Nigh amach do spleen," a dúirt sé. "Agus cabhrú le do pheata dána féin agus mianach. Níl sé nimhithe, cé gur ullmhaigh mé é. Tá mé ag dul amach a lorg do chapaill."

An chéad smaoineamh a bhí againn, ar a imeacht, ná imeacht a chur i bhfeidhm áit éigin. Bhaineamar triail as doras na cistine, ach bhí sé sin ceangailte taobh amuigh: d'fhéachamar ar na fuinneoga—bhí siad róchúng d'fhigiúr beag Cathy fiú.

"A Mháistir Linton," adeir mé, nuair a chonaic mé go raibh muid i bpríosún go rialta, "tá a fhios agat cad é d'athair diabolical tar éis, agus inseoidh tú dúinn, nó cuirfidh mé bosca do chluasa, mar atá déanta aige do chol ceathrair."

"Sea, Linton, caithfidh tú a rá," arsa Catherine. "Is ar mhaithe leat a tháinig mé; agus beidh sé gránna ungrateful má dhiúltaíonn tú. "

"Tabhair dom roinnt tae, tá tart orm, agus ansin inseoidh mé duit," a d'fhreagair sé. "Mrs Dean, dul ar shiúl. Ní maith liom go bhfuil tú i mo sheasamh os mo chionn. Anois, a Chaitríona, tá tú ag ligean do dheora titim isteach i mo chupán. Ní ólfaidh mé é sin. Tabhair ceann eile dom.

Bhrúigh Catherine ceann eile chuige, agus chaith sí a aghaidh. Bhraith mé disgusted ag an wretch beag ar composure, ós rud é nach raibh sé a thuilleadh i terror dó féin. An anguish a bhí ar taispeáint aige ar an moor subsided chomh luath agus riamh chuaigh sé isteach Wuthering Heights; gonadh uime sin do mheasas go raibhe sé 'n-a fhochair le cuairt uafásach ar an bhfearg dá dteipfeadh air sinn do chur ann; agus, an éacht sin, ní raibh aon eagla láithreach eile air.

"Ba mhaith le Papa dúinn a bheith pósta," ar seisean, tar éis dó cuid den leacht a shníomh. "Agus tá a fhios aige nach ligfeadh do papa dúinn pósadh anois; agus tá eagla air go bhfaighidh mé bás má fhanaimid; mar sin táimid le pósadh ar maidin, agus tá tú chun fanacht anseo ar feadh na hoíche; agus, má dhéanann tú mar is mian leis, fillfidh tú abhaile an lá dár gcionn, agus tabharfaidh tú leat mé."

"Tóg leat léi, athrú trua!" Exclaimed mé. "*Pósann tú?* Cén fáth, tá an fear as a mheabhair! nó síleann sé amadáin dúinn, gach duine. Agus an samhlaíonn tú go ndéanfaidh an bhean óg álainn sin, an cailín sláintiúil, croíúil sin, í féin a cheangal le moncaí beag meatach cosúil leatsa? An bhfuil meas agat ar an nóisean go *mbeadh fear céile ag aon duine*, gan trácht ar Iníon Catherine Linton? Ba mhaith leat whipping do thabhairt dúinn i anseo ar chor ar bith, le do cleasanna puling dastardly: agus-ná breathnú chomh amaideach, anois! Tá intinn an-mhaith agam tú a chroitheadh go trom, as do feall díspeagúil, agus do conceit imbecile.

Thug mé croitheadh beag dó; ach thug sé ar an casacht é, agus thóg sé go dtí a ghnáthacmhainn moaning agus gol, agus Catherine rebuked dom.

"Fan ar feadh na hoíche? Níl," a dúirt sí, ag féachaint go mall cruinn. "Ellen, dófaidh mé an doras sin síos ach rachaidh mé amach."

Agus bheadh tús curtha aici le cur chun báis a bagartha go díreach, ach bhí Linton in aláram dá chuid féin arís. Bhuail sé í ina dhá ghéag fann ag sobbing:—"Nach mbeidh tú agamsa, agus sábháil mé? gan ligean dom teacht go dtí an Ghráinseach? Ó, darling Catherine! Ní mór duit dul agus imeacht, tar éis an tsaoil. Caithfidh tú géilleadh do m'athair—*caithfidh* tú!

"Caithfidh mé géilleadh do mo chuid féin," a d'fhreagair sí, "agus faoiseamh a thabhairt dó ón fionraí cruálach seo. An oíche ar fad! Cad a cheapfadh sé? Beidh sé cráite cheana féin. Brisfidh mé nó dófaidh mé bealach amach as an teach. Bí ciúin! Níl tú i mbaol ar bith; ach má chuireann tú bac orm-Linton, is breá liom Papa níos fearr ná tú!

An sceimhle marfach bhraith sé fearg an Uasail Heathcliff ar ais go dtí an buachaill eloquence a coward ar. Bhí Catherine in aice le seachrán: fós, lean sí uirthi go gcaithfidh sí dul abhaile, agus rinne sí iarracht entreaty ina seal, ag cur ina luí air a agony santach a cheansú. Cé go raibh siad áitithe dá bhrí sin, tháinig ár bpríosún isteach arís.

"Tá do chuid beithíoch trotted amach," a dúirt sé, "agus - anois Linton! ag snivelling arís? Cad atá ar siúl aici duit? Tar, tar-déanta, agus a fháil a chodladh. I mí nó dhó, mo leaids, beidh tú in ann í a íoc ar ais léi tyrannies láthair le lámh bríomhar. Tá tú ag pining do ghrá íon, nach bhfuil tú? Ní dhéanfaidh aon ní eile ar domhan: agus beidh sí agat! Tá, a chodladh! Ní bheidh Zillah anseo go hoíche; ní mór duit tú féin a dhíshealbhú. Hush! coinnigh do thorann! Nuair a bheidh tú i do sheomra féin, ní thiocfaidh mé in aice leat: ní gá duit eagla a bheith ort. De sheans, d'éirigh leat go dofhulaingthe. Féachfaidh mé ar an gcuid eile.

Labhair sé na focail seo, ag coinneáil an doras ar oscailt chun a mhac chun pas a fháil, agus d'éirigh leis an dara ceann a slí amach go díreach mar a d'fhéadfadh spaniel a amhras ar an duine a d'fhreastail air a dhearadh squeeze spiteful. Athdheimhníodh an glas. Chuaigh Heathcliff i dteagmháil leis an tine, áit ar sheas mo máistreás agus mé i mo thost. D'fhéach Catherine suas, agus d'ardaigh sí a lámh ar a leiceann: d'athbheoigh a chomharsanacht ceint phianmhar. Bheadh duine ar bith eile éagumasach maidir leis an ngníomh childish le sternness, ach scowled sé uirthi agus muttered-"Ó! nach bhfuil eagla ort orm? Tá do mhisneach faoi cheilt go maith: *is cosúil go bhfuil* eagla damanta ort!

"*Tá eagla orm* anois," a d'fhreagair sí, "mar, má fhanaim, beidh Papa olc: agus conas is féidir liom mairfidh a dhéanamh olc air-nuair a sé-nuair a sé- An tUasal Heathcliff, *lig* dom dul abhaile! Geallaim go bpósfaidh mé Linton: ba mhaith liom Papa: agus is breá liom é. Cén fáth ar chóir duit iallach a chur orm an rud a dhéanfaidh mé féin a dhéanamh go toilteanach?

"Lig dó leomh tú a chur i bhfeidhm," adeir mé. "Tá dlí sa talamh, buíochas le Dia! tá; cé go mbeimid in áit lasmuigh den bhealach. Ba mhaith liom a chur in iúl dá mba é mo mhac féin é: agus is feileonacht é gan tairbhe na cléire!"

"Ciúnas!" arsa an ruffian. "Chun an diabhal le do clamour! Níl mé ag iarraidh *go* labhródh tú. Iníon Linton, beidh mé taitneamh a bhaint as mé féin thar cuimse ag smaoineamh go mbeidh d'athair a bheith olc: Ní bheidh mé codlata chun sástachta. D'fhéadfá a bheith buailte ar aon bhealach cinnte chun d'áit chónaithe a shocrú faoi mo dhíon go ceann ceithre huaire fichead ná a chur in iúl dom go leanfadh a leithéid d'ócáid. Maidir le do gheallúint go bpósfaidh tú Linton, tabharfaidh mé aire go gcoinneoidh tú é; óir ní fhágfaidh tú an áit seo go dtí go gcomhlíonfar é."

"Seol Ellen, ansin, chun a chur in iúl don Papa go bhfuil mé sábháilte!" exclaimed Catherine, ag gol go searbh. "Nó pósadh mé anois. Papa bocht! Ellen, beidh sé ag smaoineamh go bhfuil muid caillte. Cad a dhéanfaimid?"

"Ní hé! Beidh sé ag smaoineamh go bhfuil tú tuirseach de fanacht air, agus rith amach ar feadh spraoi beag," fhreagair Heathcliff. "Ní féidir leat a shéanadh go ndeachaigh tú isteach i mo theach ar do chonlán féin, i ndíspeagadh a urghairí dá mhalairt. Agus tá sé nádúrtha go leor gur chóir duit spraoi a mhian ag d'aois; agus go mbeifeá traochta ag altranas fear tinn, agus an fear sin *amháin* d'athair. Catherine, bhí a laethanta sona thart nuair a thosaigh do laethanta. Chuir sé mallacht ort, leomh mé a rá, as teacht ar an saol (rinne mé, ar a laghad); agus ní dhéanfadh sé ach dá gcuirfeadh sé mallacht ort agus *é ag* dul amach as. Ba mhaith liom a bheith in éineacht leis. Níl grá agam duit! Conas ba chóir dom? Gol ar shiúl. Chomh fada agus is féidir liom a fheiceáil, beidh sé do atreorú príomhfheidhmeannach ina dhiaidh seo; mura ndéanann Linton leasuithe ar chaillteanais eile: agus is cosúil go bhfuil do thuismitheoir coigiltis mhaisiúil a d'fhéadfadh sé. Chuir a chuid litreacha comhairle agus sólás siamsaíocht mhór orm. Sa gceann deireanach a mhol sé do mo sheoid a bheith cúramach faoi; agus cineálta léi nuair a fuair sé í. Cúramach agus cineálta-sin paternal. Ach éilíonn Linton a stoc iomlán cúraim agus cineáltas dó féin. Is féidir le Linton imirt ar an tyrant beag go maith. Tabharfaidh sé faoi chéasadh a dhéanamh ar líon ar bith cait, má tharraingítear a gcuid fiacla agus a gcuid crúba ar phár. Beidh tú in ann scéalta breátha a uncail a insint faoina *chineáltas*, nuair a thiocfaidh tú abhaile arís, geallaim duit.

"Tá an ceart agat ansin!" Dúirt mé; "Mínigh carachtar do mhic. Taispeáin a chosúlacht leat féin: agus ansin, tá súil agam, beidh Miss Cathy ag smaoineamh faoi dhó sula nglacfaidh sí an cockatrice!

"Ní miste liom a bheith ag caint ar a thréithe amiable anois," a d'fhreagair sé; "Toisc go gcaithfidh sí glacadh leis nó fanacht ina phríosúnach, agus tú in éineacht léi, go dtí go bhfaigheann do mháistir bás. Is féidir liom an bheirt agaibh a choinneáil, folaithe go leor, anseo. Má tá amhras ort, spreag í chun a focal a tharraingt siar, agus beidh deis agat breithiúnas a dhéanamh!

"Ní bhainfidh mé siar as m'fhocal," arsa Catherine. "Pósfaidh mé é taobh istigh den uair an chloig seo, más féidir liom dul go Gráinseach na Croise ina dhiaidh sin. An tUasal Heathcliff, tá tú fear éadrócaireach, ach nach bhfuil tú fiend; agus ní dhéanfaidh tú, ó mhailís amháin, mo shonas go léir a mhilleadh go neamh-inchúlghairthe. Má cheap Papa gur fhág mé é ar chuspóir, agus má fuair sé bás sular fhill mé, an bhféadfainn maireachtáil? Thug mé anonn ag caoineadh: ach tá mé ag dul ar a ghlúine anseo, ar do ghlúin; agus ní éireoidh mé, agus ní thógfaidh mé mo shúile ó d'aghaidh go dtí go bhféachfaidh tú siar orm! Níl, ná cas ar shiúl! *féach*! feicfidh tú rud ar bith a spreagadh duit. Ní fuath liom tú. Níl fearg orm gur bhuail tú mé.

An raibh grá agat riamh d'*aon duine* i do shaol ar fad, a uncail? *riamh*? Ah! caithfidh tú breathnú uair amháin. Tá mé chomh wretched, ní féidir leat cabhrú a bheith leithscéal agus trua dom. "

"Coinnigh méara do eft as; agus bog, nó ciceáilfidh mé thú!" adeir Heathcliff, ag cur as di go brúidiúil. "B'fhearr liom go gcuirfeadh nathair barróg orm. Conas is féidir leis an diabhal aisling fawning orm? Díthiomnóidh mé thú!

Shrugged sé a ghualainn: chroith é féin, go deimhin, amhail is dá crept a flesh le aversion; agus sá ar ais a chathaoir; cé fuair mé suas, agus d'oscail mo bhéal, chun tús a chur le torrent downright de mhí-úsáid. Ach rinneadh balbh díom i lár na chéad abairte, de bharr bagairt gur cheart dom féin an chéad siolla eile a rith liom a thaispeáint isteach i seomra. Bhí sé ag fás dorcha—chuala muid fuaim guthanna ag geata an ghairdín. D'imigh ár n-óstach amach ar an toirt: bhí a chuid wits mar gheall air; *ní* raibh. Bhí caint ar dhá nó trí nóiméad, agus d'fhill sé ina aonar.

"Shíl mé gurbh é do chol ceathrair Hareton é," a thug mé faoi deara do Catherine. "Ba mhaith liom go dtiocfadh sé! Cé a fhios ach d'fhéadfadh sé ár gcuid a ghlacadh?

"Triúr searbhóntaí a bhí ann a cuireadh chun tú a lorg ón nGráinseach," arsa Heathcliff, ag cur thar maoil liom. "Ba chóir duit a bheith oscail laitíse agus ar a dtugtar amach: ach d'fhéadfadh mé a mhionnú go bhfuil chit sásta nach raibh tú. She's glad to be obliged to stay, tá mé cinnte.

Nuair a d'fhoghlaim muid an seans a bhí caillte againn, thugamar beirt vent dár mbrón gan smacht; agus lig sé dúinn dúiseacht go dtí a naoi a chlog. Ansin tairiscint sé dúinn dul suas staighre, tríd an chistin, go seomra Zillah ar; agus dúirt mé le mo chompánach géilleadh: b'fhéidir go bhféadfaimis dul tríd an bhfuinneog ansin, nó isteach i ngarret, agus amach ag a spéirsholas. Bhí an fhuinneog caol, áfach, cosúil leis na cinn thíos, agus bhí an gaiste garret sábháilte ónár n-iarrachtaí; óir do daingníodh sinn mar do bhí roimhe. Níor luigh ceachtar againn síos: thóg Catherine a stáisiún ag an laitís, agus d'amharc sí go himníoch ar maidin; osna dhomhain an t-aon fhreagra a d'fhéadfainn a fháil ar mo chuid entreaties go minic go ndéanfadh sí iarracht scíth a ligean. Shuigh mé féin i gcathaoir, agus rocked go dtí agus fro, ag dul breithiúnas harsh ar mo dearóiliú go leor de dhualgas; as a, bhuail sé mé ansin, go léir an misfortunes de mo fhostóirí sprang. Ní mar sin a bhí, i ndáiríre, tá a fhios agam; ach bhí sé, i mo shamhlaíocht, an oíche dismal; agus shíl mé Heathcliff féin níos lú ciontach ná mé.

Ag a seacht a chlog tháinig sé, agus d'fhiafraigh sé an raibh Miss Linton éirithe. Rith sí go dtí an doras láithreach, agus d'fhreagair sí, "Tá." "Anseo, ansin," a dúirt sé, é a oscailt, agus í a tharraingt amach. D'éirigh mé a leanúint, ach chas sé an glas arís. D'éiligh mé mo scaoileadh.

"Bí foighneach," a d'fhreagair sé; "Cuirfidh mé suas do bhricfeasta i gceann tamaill."

Thumped mé ar na painéil, agus rattled an latch feargach; agus d'fhiafraigh Catherine cén fáth a raibh mé fós dúnta? D'fhreagair sé, caithfidh mé iarracht a dhéanamh é a fhulaingt uair an chloig eile, agus chuaigh siad ar shiúl. D'fhulaing mé é dhá nó trí huaire an chloig; ar fad, chuala mé coiscéim: ní Heathcliff's.

"Thug mé rud éigin le n-ithe duit," arsa guth; "oppen t 'doras!"

Ag cloí go fonnmhar, choinnigh mé Hareton, ualaithe le bia go leor chun go mairfidh mé an lá ar fad.

"Tak 'é," a dúirt sé, ag sá an tráidire isteach i mo lámh.

"Fan nóiméad amháin," a thosaigh mé.

"Nay," adeir sé, agus d'éirigh sé as, beag beann ar aon phaidreacha a d'fhéadfainn a dhoirteadh amach chun é a choinneáil.

Agus d'fhan mé faoi iamh an lá ar fad, agus an t-iomlán an chéad oíche eile; agus ceann eile, agus ceann eile. Cúig oíche agus ceithre lá d'fhan mé, ar fad, gan aon duine a fheiceáil ach Hareton uair amháin gach maidin; agus ba samhail de jailor é: surly, agus balbh, agus bodhar do gach iarracht ar a chiall ceartais nó trua a bhogadh.

CAIBIDIL XXVIII

Ar an gcúigiú maidin, nó in áit tráthnóna, chuaigh céim eile-níos éadroime agus níos giorra; agus, an uair seo, tháinig an duine isteach sa seomra. Zillah a bhí ann; donned ina shawl scarlet, le bonnet síoda dubh ar a ceann, agus ciseán saileach swung chun a lámh.

"Eh, a stór! Mrs Dean!" Exclaimed sí. "Bhuel! tá caint fút ag Gimmerton. Níor shíl mé riamh ach bhí tú ag dul go tóin poill sa riasc Blackhorse, agus missy leat, till dúirt máistir liom gur mhaith leat a fháil, agus ba mhaith sé thaisceadh tú anseo! Cad é! Agus caithfidh go bhfuair tú ar oileán, cinnte? Agus cá fhad a bhí tú sa pholl? Ar shábháil máistir tú, Mrs Dean? Ach níl tú chomh tanaí sin—ní raibh tú chomh dona sin, an bhfuil?"

"Is scoundrel fíor é do mháistir!" D'fhreagair mé. "Ach freagróidh sé é. Ní gá gur ardaigh sé an scéal sin: leagfar lom é ar fad!

"Cad atá i gceist agat?" D'iarr Zillah. "Ní hé a scéal é: insíonn siad é sin sa sráidbhaile—faoi do bheith caillte sa riasc; agus glaonna mé go Earnshaw, nuair a thagann mé i-'Eh, tá siad rudaí Queer, an tUasal Hareton, tharla ó chuaigh mé amach. Is mór an trua é an lass óg sin, is dócha, agus cant Nelly Dean.' Stán sé. Shíl mé nár chuala sé múinte, mar sin dúirt mé an ráfla leis. D'éist an máistir, agus aoibh sé leis féin, agus dúirt sé, 'Má bhí siad sa riasc, tá siad amuigh anois, Zillah. Cuirtear Nelly Dean isteach, ag an nóiméad seo, i do sheomra. You can tell her to flit, nuair a théann tú suas; Seo an eochair. Chuaigh an t-uisce portaigh isteach ina ceann, agus rithfeadh sí abhaile go leor eitilte, ach shocraigh mé í go dtí gur tháinig sí thart ar a céadfaí. Is féidir leat tairiscint di dul go dtí an Ghráinseach ag an am céanna, má tá sí in ann, agus teachtaireacht a iompar uaim, go leanfaidh a bhean óg in am chun freastal ar shochraid an squire.'"

"Níl an tUasal Edgar marbh?" Gasped mé. "Ó! Zillah, Zillah!

"Níl, níl; suigh síos thú, mo mháistreás maith," ar sise; "Tá an ceart agat go fóill. Níl sé marbh; Ceapann an Dochtúir Kenneth go mb'fhéidir go mairfeadh sé lá eile. Bhuail mé leis ar an mbóthar agus d'fhiafraigh mé.

In ionad suí síos, sciob mé mo rudaí amuigh faoin aer, agus chuaigh mé thíos, mar bhí an bealach saor in aisce. Nuair a chuaigh mé isteach sa teach, d'fhéach mé ar dhuine éigin chun eolas a thabhairt faoi Chaitríona. Líonadh an áit le solas na gréine, agus sheas an doras ar oscailt leathan; ach ní raibh cuma ar bith ar aon duine. De réir mar a bhí leisce orm dul amach ag an am céanna, nó filleadh agus mo mháistreás a lorg, tharraing casacht bheag m'aird ar an teallach. Linton leagan ar an réiteach, tionónta aonair, sucking bata siúcra-candy, agus leanúint mo gluaiseachtaí le súile apathetic. "Cá bhfuil Iníon Catherine?" I demanded sternly, ag ceapadh go bhféadfainn eagla a chur air faisnéis a thabhairt, trí ghabháil leis dá bhrí sin, ina aonar. Shúigh sé ar nós neamhchiontach.

"An bhfuil sí imithe?" Dúirt mé.

"Níl," a d'fhreagair sé; "Tá sí thuas staighre: níl sí le dul; ní ligfimid di.

"Ní ligfidh tú di, leathcheann beag!" Exclaimed mé. "Dírigh mé chuig a seomra láithreach, nó déanfaidh mé tú ag canadh amach go géar."

"Dhéanfadh Papa tú ag canadh amach, dá ndéanfá iarracht dul ann," a d'fhreagair sé. "Deir sé nach bhfuil mé le bheith bog le Catherine: is í mo bhean chéile í, agus tá sé náireach gur chóir di a bheith ag iarraidh mé a fhágáil. Deir sé go bhfuil fuath aici dom agus gur mhaith léi go bhfaigheadh sí bás, go mb'fhéidir go bhfuil mo chuid airgid aici; ach níl sé aici: agus ní théann sí abhaile! Ní bheidh sí riamh!—féadfaidh sí caoin, agus a bheith tinn an oiread agus is toil léi!

D'fhill sé arís ar a sheanáit, ag dúnadh a chuid claibíní, amhail is go raibh sé i gceist aige titim ina chodladh.

"A Mháistir Heathcliff," a dúirt mé arís, "an ndearna tú dearmad ar chineáltas Chaitríona go léir duit an geimhreadh seo caite, nuair a dhearbhaigh tú go raibh grá agat di, agus nuair a thug sí leabhair duit agus gur chan sí amhráin duit, agus gur tháinig sí go leor ama tríd an ngaoth agus an sneachta chun tú a fheiceáil? Wept sí a chailleann tráthnóna amháin, toisc go mbeadh díomá ort; agus bhraith tú ansin go raibh sí céad uair ró-mhaith duit: agus anois creideann tú na bréaga a insíonn d'athair, cé go bhfuil a fhios agat go bhfianaíonn sé an bheirt agaibh. Agus tú in éineacht leis ina choinne. Is breá an buíochas é sin, nach ea?

Thit cúinne bhéal Linton, agus thóg sé an siúcra-candy as a liopaí.

"Ar tháinig sí go Wuthering Heights toisc go raibh fuath aici duit?" Lean mé ar aghaidh. "Smaoinigh duit féin! Maidir le do chuid airgid, níl a fhios aici fiú go mbeidh aon cheann agat. Agus deir tú go bhfuil sí tinn; agus fós fágann tú í ina haonar, suas ansin i dteach aisteach! *Tusa* a mhothaigh go ndearnadh faillí chomh mór sin ort! D'fhéadfá trua a thabhairt do d'fhulaingt féin; agus chuir sí trua dóibh, freisin; ach ní bheidh trua agat di! Chaill mé deora, Máistir Heathcliff, feiceann tú-bean scothaosta, agus seirbhíseach amháin-agus tú, tar éis ligean gean den sórt sin, agus a bhfuil cúis a adhradh di beagnach, stóráil gach cuimilt agat duit féin, agus luí ann go leor ar a suaimhneas. Ah! is buachaill croíúil, santach thú!

"Ní féidir liom fanacht léi," a d'fhreagair sé go crosach. "Ní fhanfaidh mé liom féin. Cries sí ionas nach féidir liom é a iompróidh. Agus ní thabharfaidh sí thairis, cé go ndeirim go nglaofaidh mé ar m'athair. Ghlaoigh mé air uair amháin, agus bhagair sé í a chur ar strae mura raibh sí ciúin; ach thosaigh sí arís ar an toirt d'fhág sé an seomra, moaning agus grieving ar feadh na hoíche ar fad, cé screamed mé le haghaidh vexation nach raibh mé in ann codladh."

"An bhfuil an tUasal Heathcliff amach?" D'fhiafraigh mé, ag áitiú nach raibh aon chumhacht ag an chréatúr cráite comhbhrón a dhéanamh le céasadh intinne a chol ceathrair.

"Tá sé sa chúirt," a d'fhreagair sé, "ag caint leis an Dochtúir Kenneth; a deir go bhfuil uncail ag fáil bháis, go fírinneach, faoi dheireadh. Tá áthas orm, mar beidh mé i mo mháistir ar an nGráinseach ina dhiaidh. Labhair Catherine i gcónaí faoi mar *theach*. Ní léise é! Is liomsa é: deir Papa gur liomsa gach rud atá aici. Is liomsa a cuid leabhar deas ar fad; thairg sí iad a thabhairt dom, agus a héin deasa, agus a chapaillíní Minny, dá bhfaighinn eochair ár seomra, agus lig amach í; ach dúirt mé léi nach raibh aon rud le tabhairt aici, bhí siad go léir, gach mianach. Agus ansin adeir sí, agus thóg pictiúr beag as a muineál, agus dúirt gur chóir dom a bheith go; dhá phictiúr i gcás óir, ar thaobh amháin a máthair, agus ar an uncail eile, nuair a bhí siad óg. Go raibh inné-Dúirt mé go *raibh siad* mianach, freisin; agus iarracht chun iad a fháil as di. Ní ligfeadh an rud spiteful dom: bhrúigh sí as mé, agus ghortaigh sí mé. Shrieked mé amach-go eagla uirthi-chuala sí Papa ag teacht, agus bhris sí na hinges agus roinn an cás, agus thug dom portráid a máthar; an ceann eile a rinne sí iarracht a cheilt: ach d'fhiafraigh Papa cad é an t-ábhar, agus mhínigh mé é. Thóg sé an ceann a bhí agam ar shiúl, agus d'ordaigh sé di éirí as a cuid dom; dhiúltaigh sí, agus bhuail sé síos í, agus chaith sé as an slabhra í, agus bhrúigh sé lena chos é."

"Agus an raibh áthas ort í a fheiceáil buailte?" D'iarr mé: mo dhearaí a bheith ag spreagadh a chuid cainte.

"Winked mé," fhreagair sé: "Wink mé a fheiceáil mo athair stailc madra nó capall, a dhéanann sé chomh crua. Ach bhí áthas orm ar dtús—bhí pionós tuillte aici as mé a bhrú: ach nuair a bhí Papa imithe, tháinig sí go dtí an fhuinneog agus thaispeáin sí dom a leiceann gearrtha ar an taobh istigh, i gcoinne a fiacla, agus a béal ag líonadh le fuil; agus ansin bhailigh sí suas na píosaí den phictiúr, agus chuaigh sí agus shuigh sí síos lena aghaidh ar an mballa, agus níor labhair sí liom ó shin: agus sílim uaireanta nach féidir léi labhairt ar son pian. Ní maith liom smaoineamh mar sin; Ach is rud dána í le bheith ag caoineadh go leanúnach; agus breathnaíonn sí chomh pale agus fiáin, tá eagla orm uirthi.

"Agus is féidir leat an eochair a fháil má roghnaíonn tú?" Dúirt mé.

"Sea, nuair atá mé thuas staighre," a d'fhreagair sé; "ach ní féidir liom siúl thuas staighre anois."

"Cén t-árasán é?" D'iarr mé.

"Ó," adeir sé, "ní inseoidh mé *duit* cá bhfuil sé. Is é ár rún é. Níl a fhios ag aon duine, ní Hareton ná Zillah. Tá! tá tú tuirseach dom-dul amach, imeacht! Agus chas sé a aghaidh ar a lámh, agus dhún sé a shúile arís.

Mheas mé gurbh fhearr imeacht gan an tUasal Heathcliff a fheiceáil, agus tarrtháil a thabhairt do mo bhean óg ón nGráinseach. Nuair a shroich mé é, bhí iontas mo chomhsheirbhísigh chun mé a fheiceáil, agus a n-áthas freisin, dian; agus nuair a chuala siad go raibh a máistreás beag sábháilte, bhí beirt nó triúr ar tí deifir a dhéanamh agus an nuacht a scairteadh ag doras an Uasail Edgar: ach d'impigh mé orm féin é a fhógairt. Conas a d'athraigh mé é, fiú sna laethanta beaga sin! Leag sé íomhá den bhrón agus den éirí as ag fanacht lena bhás. An-óg d'fhéach sé: cé go raibh sé naoi mbliana is tríocha d'aois, thabharfadh duine deich mbliana níos óige air, ar a laghad. Smaoinigh sé ar Chaitríona; óir murmured sé a hainm. Leag mé lámh ar a lámh, agus labhair mé.

"Tá Catherine ag teacht, a mháistir dhil!" Chuir mé cogar; "Tá sí beo agus go maith; agus beidh sé anseo, tá súil agam, go dtí an oíche."

Trembled mé ar na chéad éifeachtaí na hintleachta: d'ardaigh sé leath suas, d'fhéach sé go fonnmhar thart ar an árasán, agus ansin chuaigh sé ar ais i swoon. Chomh luath agus a tháinig biseach air, bhain mé lenár gcuairt éigeantach, agus coinneáil ag na hArda. Dúirt mé gur chuir Heathcliff iallach orm dul isteach: rud nach raibh fíor go leor. Rith mé chomh beag agus is féidir i gcoinne Linton; ná níor chuir mé síos ar iompar brúidiúil a athar ar fad—ní raibh sé ar intinn agam aon searbhas a chur leis, dá bhféadfainn cabhrú leis, lena chupán atá ag cur thar maoil cheana féin.

Dúirt sé gurbh é ceann de chuspóirí a namhad ná an mhaoin phearsanta, chomh maith leis an eastát, a dhaingniú dá mhac: nó in áit é féin; ach cén fáth nach raibh sé ag fanacht go dtí go raibh a decease bhfreagra do mo mháistir, mar gheall ar aineolach cé chomh beagnach go mbeadh sé féin agus a nia scor ar fud an domhain le chéile. Mar sin féin, bhraith sé gurbh fhearr a uacht a athrú: in ionad fortún Catherine a fhágáil ar fáil di féin, chinn sé é a chur i lámha iontaobhaithe lena húsáid le linn a saoil, agus dá leanaí, má bhí aon cheann aici, ina diaidh. Ar an mbealach sin, ní fhéadfadh sé titim go dtí an tUasal Heathcliff ba chóir Linton bás.

Tar éis dom a chuid orduithe a fháil, chuir mé fear chun bealaigh chun an t-aturnae a fháil, agus ceithre cinn eile, a cuireadh ar fáil le hairm inseirbhíse, chun éileamh a dhéanamh ar mo bhean óg a jailor. Cuireadh moill an-déanach ar an dá pháirtí. D'fhill an seirbhíseach aonair ar dtús. Dúirt sé go raibh an tUasal Green, an dlíodóir, amuigh nuair a shroich sé a theach, agus b'éigean dó fanacht dhá uair an chloig ar a bhealach isteach arís; agus ansin dúirt an tUasal Green leis go raibh gnó beag aige sa sráidbhaile a chaithfear a dhéanamh; ach bheadh sé i nGráinseach Thrushcross roimh mhaidin. Tháinig an ceathrar fear ar ais gan tionlacan freisin. Thug siad focal go raibh Catherine tinn: ró-tinn chun a seomra a fhágáil; agus ní fhulaingeodh Heathcliff iad chun í a fheiceáil. Scolded mé na comhaltaí dúr go maith chun éisteacht leis an scéal, nach mbeadh mé a iompar chuig mo mháistir; rún a ghlacadh bevy iomlán suas go dtí an Heights, ag solas an lae, agus stoirm sé literally, mura rud é go raibh an príosúnach géilleadh go ciúin dúinn. Beidh a hathair a fheiceáil di, vowed mé, agus vowed arís, má tá an diabhal a maraíodh ar a chuid clocha doras féin ag iarraidh a chosc!

Go sona sásta, spáráladh an turas agus an trioblóid orm. Bhí mé imithe thíos staighre ag a trí a chlog chun crúiscín uisce a fháil; agus bhí sé ag dul tríd an halla leis i mo lámh, nuair a rinne cnag géar ag an doras tosaigh léim orm. "Ó! is Glas é," a dúirt mé, ag cuimhneamh orm féin — "only Green," agus chuaigh mé ar aghaidh, agus é ar intinn agam duine éigin eile a chur chun é a oscailt; ach bhí an cnag arís agus arís eile: ní ard, agus fós importunately. Chuir mé an crúiscín ar an mbainseó agus d'admhaigh mé féin é. Scairt gealach an fhómhair go soiléir taobh amuigh. Níorbh é an t-aturnae é. Sprang mo máistreás beag milis féin ar mo mhuineál ag sobbing, "Ellen, Ellen! An bhfuil Papa beo?

"Sea," adeir mé: "Sea, a aingeal, tá sé, a Dhia buíochas a ghabháil, tá tú sábháilte linn arís!"

Bhí sí ag iarraidh a reáchtáil, breathless mar a bhí sí, thuas staighre go dtí seomra an Uasail Linton ar; ach chuir mé d'fhiacha uirthi suí síos ar chathaoir, agus rinne mé deoch di, agus nigh sí a héadan pale, á chafing i ndath faint le mo naprún. Ansin dúirt mé go gcaithfidh mé dul ar dtús, agus insint di teacht; ag impí uirthi a rá, ba chóir di a bheith sásta le Heathcliff óg. Stán sí, ach níorbh fhada gur thuig sí cén fáth ar chomhairligh mé di an bhréag a rá, dhearbhaigh sí dom nach ndéanfadh sí gearán.

Ní fhéadfainn cloí le bheith i láthair ag an gcruinniú. Sheas mé taobh amuigh den seomra-doras ceathrú uaire, agus ar éigean ventured in aice leis an leaba, ansin. Cumadh iad go léir, áfach: bhí éadóchas Catherine chomh ciúin le lúcháir a hathar. Thacaigh sí leis go socair, i gcuma; agus shocraigh sé ar a gnéithe a súile ardaithe go bhfuil an chuma dilating le eacstais.

Fuair sé bás go blissfully, an tUasal Lockwood: fuair sé bás mar sin. Ag pógadh a leicne, murmured sé, - "Tá mé ag dul di; agus tusa, a leanbh darling, tiocfaidh sé chugainn!" agus níor chorraigh ná níor labhair sé arís; ach lean sé ar aghaidh go rapt, gaze radiant, till stop a pulse imperceptibly agus d'imigh a anam. None could have noticed the exact minute of his death, ní fhéadfadh aon duine nóiméad cruinn a bháis a thabhairt faoi deara, bhí sé chomh hiomlán sin gan streachailt.

Cibé an raibh Catherine chaith a deora, nó cibé an raibh an grief ró-weighty chun ligean dóibh sreabhadh, shuigh sí ann tirim-eyed till d'ardaigh an ghrian: shuigh sí go dtí meán lae, agus bheadh fós d'fhan brooding thar an deathbed, ach d'áitigh mé ar a teacht ar shiúl agus ag cur roinnt repose. Bhí sé go maith d'éirigh liom í a bhaint, mar ag am dinnéir bhí an dlíodóir le feiceáil, tar éis dó glaoch ar Wuthering Heights chun a chuid treoracha a fháil conas iad féin a iompar. Dhíol sé é féin leis an Uasal Heathcliff: ba é sin ba chúis leis an moill a bhí air géilleadh do thoghairm mo mháistir. Ar ámharaí an tsaoil, níor thrasnaigh aon smaoineamh ar ghnóthaí domhanda intinn an dara ceann, chun cur isteach air, tar éis teacht a iníne.

Thóg an tUasal Green air féin gach rud agus gach duine faoin áit a ordú. Thug sé na seirbhísigh go léir ach mise, fógra éirí as. D'iompródh sé a údarás tarmligthe go dtí an pointe ag áitiú nár chóir Edgar Linton a adhlacadh in aice lena bhean chéile, ach sa séipéal, lena theaghlach. Bhí an toil ann, áfach, bac a chur air sin, agus mo chuid agóidí móra i gcoinne aon sárú ar a threoracha. Bhí an tsochraid faoi dhraíocht; D'fhulaing Catherine, Bean Linton Heathcliff anois, fanacht sa Ghráinseach go dtí gur éirigh corp a hathar as.

D'inis sí dom go raibh a anguish ag spurred deireanach Linton a thabhú an baol a liberating di. Chuala sí na fir a chuir mé disputing ag an doras, agus bhailigh sí an tuiscint ar fhreagra Heathcliff. Thiomáin sé éadóchasach í. Bhí faitíos ar Linton a bhí curtha in iúl suas go dtí an parlús beag go luath tar éis dom imeacht, an eochair a fháil sula ndeachaigh a athair suas arís. Bhí sé an cunning a dhíghlasáil agus ath-ghlas an doras, gan shutting é; agus nuair ba chóir dó a bheith imithe a chodladh, begged sé a chodladh le Hareton, agus deonaíodh a achainí ar feadh uair amháin. Ghoid Catherine amach roimh bhriseadh an lae. Ní leomh sí triail a bhaint as na doirse lest ba chóir do na madraí aláram a ardú; thug sí cuairt ar na seomraí folmha agus scrúdaigh sí a gcuid fuinneoga; agus, ar ámharaí an tsaoil, ag soilsiú ar a máthair, d'éirigh sí go héasca as a laitís, agus ar an talamh, tríd an gcrann giúise gar dó. D'fhulaing a comhchoirí as a sciar san éalú, d'ainneoin a chuid contrivances timid.

CAIBIDIL XXIX

An tráthnóna i ndiaidh na sochraide, bhí mo bhean óg agus mé i mo shuí sa leabharlann; anois musing mournfully-duine againn despairingly-ar ár gcaillteanas, anois venturing conjectures maidir leis an todhchaí gruama.

Bhí muid díreach tar éis an chinniúint is fearr a aontú a d'fhéadfadh fanacht go mbeadh cead ag Catherine leanúint ar aghaidh ina cónaí sa Ghráinseach; ar a laghad le linn shaol Linton: bhí cead aige dul isteach inti ansin, agus fanfaidh mé mar fhear an tí. Ba chosúil go raibh sé sin rófhabhrach le socrú a mbeifí ag súil leis; agus fós do rinne mé dóchas, agus do thionnsgain mé suas fén ionchas mo theach agus mo fhostaíocht do choinneáil, agus, thar aon ní eile, mo máistreás óg beloved; nuair a seirbhíseach-ceann de na cinn a caitheadh amach, nár imigh fós-rushed hastily i, agus dúirt sé "go diabhal Heathcliff" a bhí ag teacht tríd an gcúirt: ar chóir dó fasten an doras ina aghaidh?

Dá mbeadh muid ar buile go leor chun an t-imeacht sin a ordú, ní raibh am againn. Ní dhearna sé aon searmanas chun a ainm a bhualadh ná a fhógairt: bhí sé ina mháistir, agus bhain sé leas as pribhléid an mháistir siúl díreach isteach, gan focal a rá. Threoraigh fuaim ghuth ár bhfaisnéiseora chuig an leabharlann é; He entered and motioning him out, dhún sé an doras.

Ba é an seomra céanna ina raibh sé ushered, mar aoi, ocht mbliana déag roimhe sin: scairt an ghealach chéanna tríd an bhfuinneog; agus bhí tírdhreach an fhómhair chéanna taobh amuigh. Ní raibh coinneal éadrom againn go fóill, ach bhí an t-árasán go léir le feiceáil, fiú leis na portráidí ar an mballa: ceann álainn Mrs Linton, agus an ceann galánta dá fear céile. Heathcliff chun cinn go dtí an teallach. Is beag athrú a tháinig ar an am dá phearsa ach an oiread. Bhí an fear céanna ann: a aghaidh dhorcha sách sallower agus níos cumtha, a fhráma cloch nó dhó níos troime, b'fhéidir, agus gan aon difríocht eile. Bhí Catherine éirithe le impulse a dash amach, nuair a chonaic sí é.

"Stop!" A dúirt sé, ag gabháil di ag an lámh. "Níl níos mó ag rith ar shiúl! Cá rachfá? Tá mé ag teacht chun tú a thabhairt abhaile; agus tá súil agam go mbainfidh tú a bheith ina iníon dutiful agus ní spreagadh mo mhac a thuilleadh disobedience. Bhí náire orm conas pionós a ghearradh air nuair a fuair mé amach a pháirt sa ghnó: tá sé den sórt sin a cobweb, bheadh pinch annihilate air; ach feicfidh tú ag a fhéachaint go bhfuil a dlite faighte aige! Thug mé síos tráthnóna amháin é, an lá roimh inné, agus chuir mé i gcathaoir é, agus níor leag mé lámh air ina dhiaidh sin. Chuir mé Hareton amach, agus bhí an seomra againn féin. I gceann dhá uair an chloig, d'iarr mé ar Iósaef é a iompar suas arís; agus ó shin i leith tá mo láithreacht chomh láidir ar a néaróga mar thaibhse; agus mhaisiúil mé feiceann sé dom go minic, cé nach bhfuil mé in aice. Deir Hareton go ndúisíonn sé agus go shrieks sé san oíche ag an uair an chloig le chéile, agus iarrann sé ort é a chosaint uaim; agus, cibé acu is maith leat do maité lómhara, nó nach maith, ní mór duit teacht: tá sé do imní anois; Tugaim mo shuim go léir ionat duit.

"Cén fáth nach ligfí do Catherine leanúint ar aghaidh anseo," a phléadáil mé, "agus an Máistir Linton a sheoladh chuici? Mar is fuath leat iad araon, ní chaillfeá iad: *ní féidir* leo a bheith ina bplá laethúil ach do chroí mínádúrtha.

"Tá tionónta á lorg agam don Ghráinseach," a d'fhreagair sé; "Agus ba mhaith liom mo pháistí fúm, a bheith cinnte. Thairis sin, lass owes dom a seirbhísí as a cuid aráin. Níl mé chun í a chothú i só agus díomhaointeas tar éis do Linton a bheith imithe. Déan haste agus a fháil réidh, anois; agus ná cuir iallach orm iallach a chur ort.

"Déanfaidh mé," arsa Caitríona. "Tá Linton go léir a bhfuil mé a ghrá ar fud an domhain, agus cé go bhfuil déanta agat cad a d'fhéadfadh tú a dhéanamh hateful dó dom, agus dom dó, *ní féidir leat* a dhéanamh linn fuath a chéile. Agus defy mé tú a ghortú dó nuair a bhíonn mé ag, agus defy mé tú a eagla orm! "

"Is curadh bródúil thú," a d'fhreagair Heathcliff; "ach ní maith liom tú maith go leor chun é a ghortú: gheobhaidh tú lántairbhe an chrá, fad a mhairfidh sé. Ní mise a dhéanfaidh fuath dó duit—is é a spiorad milis féin é. Tá sé chomh searbh le Gall ag do thréigean agus a iarmhairtí: ná bí ag súil go raibh maith agat as an deabhóid uasal seo. Chuala mé é ag tarraingt pictiúr taitneamhach do Zillah ar cad a dhéanfadh sé dá mbeadh sé chomh láidir liom: tá an claonadh ann, agus cuirfidh a laige faobhar ar a chuid wits chun ionad neart a fháil.

"Tá a fhios agam go bhfuil droch-nádúr aige," arsa Catherine: "is é do mhac é. Ach tá áthas orm go bhfuil mé níos fearr, chun maithiúnas a thabhairt dó; agus tá a fhios agam go bhfuil grá aige dom, agus ar an gcúis sin is breá liom é. An tUasal Heathcliff, *tá tú aon duine* a grá agat; agus, áfach olc a dhéanann tú dúinn, beidh orainn fós an díoltas ag smaoineamh go n-eascraíonn do cruelty ó do ainnise níos mó. Tá tú olc, nach bhfuil tú? Uaigneach, cosúil leis an diabhal, agus éad cosúil leis? *Níl grá ag aon duine* duit-ní bheidh *aon duine* ag caoineadh duit nuair a fhaigheann tú bás! Ní bheinn leat!

Labhair Catherine le cineál bua dreary: ba chosúil go ndearna sí suas a hintinn chun dul isteach i spiorad a teaghlaigh sa todhchaí, agus pléisiúr a bhaint as griefs a naimhde.

"Beidh brón ort a bheith agat féin faoi láthair," a dúirt a hathair-i-dlí, "má sheasann tú ann nóiméad eile. Begone, cailleach, agus a fháil do rudaí! "

Tharraing sí siar go scornúil. Nuair a bhí sí as láthair thosaigh mé ag impí ar áit Zillah ag na Heights, ag tairiscint éirí as an mianach di; ach ní fhulaingeodh sé é ar aon chuntas. D'iarr sé orm a bheith i mo thost; agus ansin, den chéad uair, thug sé sracfhéachaint air féin thart ar an seomra agus súil ar na pictiúir. Tar éis staidéar a dhéanamh ar Mrs Linton, dúirt sé - "Beidh an baile sin agam. Ní mar gheall ar gá dom é, ach-" Chas sé go tobann leis an tine, agus lean sé, leis an méid, le haghaidh easpa focal níos fearr, caithfidh mé glaoch aoibh gháire - "Beidh mé ag insint duit cad a rinne mé inné! Fuair mé an sexton, a bhí ag tochailt uaigh Linton, chun an domhan a bhaint as a clúdach cónra, agus d'oscail mé é. Shíl mé, uair amháin, go bhfanfainn ann: nuair a chonaic mé a aghaidh arís—is léise fós é!—bhí obair chrua aige chun mé a chorraí; ach dúirt sé go n-athródh sé dá shéid an t-aer air, agus mar sin bhuail mé taobh amháin den chónra scaoilte, agus chlúdaigh mé suas é: ní taobh Linton, diabhal é! Is mian liom go mbeadh sé soldered i gceannas. Agus bribed mé an sexton a tharraingt ar shiúl nuair a tá mé leagtha ann, agus sleamhnán mianach amach freisin; Beidh sé déanta agam mar sin: agus ansin faoin am a thiocfaidh Linton chugainn ní bheidh a fhios aige cé acu!

"Bhí tú an-ghránna, an tUasal Heathcliff!" Exclaimed mé; "Nach raibh náire ort cur isteach ar na mairbh?"

"Chuir mé isteach ar aon duine, Nelly," a d'fhreagair sé; "agus thug mé suaimhneas éigin dom féin. Beidh mé i bhfad níos compordaí anois; agus beidh seans níos fearr agat mé a choinneáil faoi thalamh, nuair a rachaidh mé ann. Suaite aici? Ní hea! chuir sí isteach orm, oíche agus lá, trí ocht mbliana déag—go neamhbhalbh—go mímhorálta—go dtí yesternight; & adubairt ris: A tigerna, ar-se, do-ber-sa in t-imper, & do Shamhlaigh mé go raibh mé ag codladh an chodlata dheireanaigh ag an gcodladh sin, agus stop mo chroí agus mo leiceann reoite ina coinne.

"Agus dá mbeadh sí tuaslagtha isteach sa talamh, nó níos measa, cad a shamhlófá ansin?" Dúirt mé.

"As dissolving léi, agus a bheith níos sásta fós!" fhreagair sé. "An dóigh leat gur mhaith liom aon athrú den chineál sin a dhéanamh? Bhí mé ag súil le claochlú den sórt sin ar an gclúdach a ardú, ach tá mé níos sásta nár cheart tús a chur leis go dtí go roinnfidh mé é. Thairis sin, mura bhfuair mé tuiscint ar leith ar a gnéithe paiseanta, is ar éigean a bhainfí an mothú aisteach sin. Thosaigh sé corr. Tá a fhios agat go raibh mé fiáin tar éis di bás a fháil; agus go síoraí, ó dhubh go breacadh an lae, ag guí uirthi filleadh ar a spiorad dom! Tá creideamh láidir agam i dtaibhsí: tá mé den tuairim gur féidir leo, agus go ndéanann siad, a bheith ann inár measc! An lá a cuireadh í, there came a fall of snow. Sa tráthnóna chuaigh mé go dtí an reilig. Shéid sé gruama mar gheimhreadh—bhí an t-am ar fad solitary. Ní raibh faitíos orm go rachadh a hamadán d'fhear céile suas an gleann chomh déanach sin; agus ní raibh gnó ag aon duine eile iad a thabhairt ann. Ba é a bheith i m'aonar, agus dhá shlat de thalamh scaoilte an t-aon bhac eadrainn, a dúirt mé liom féin—'I'll have her in my arms again! Má tá sí fuar, beidh mé ag smaoineamh go bhfuil sé an ghaoth ó thuaidh a chills *dom*; agus má tá sí motionless, tá sé codlata.' Fuair mé spád ón teach uirlisí, agus thosaigh mé ag delve le gach mo d'fhéadfadh-scraped sé an cónra; Thit mé ag obair le mo lámha; thosaigh an t-adhmad ag scoilteadh faoi na scriúnna; Bhí mé ar an bpointe a bhaint amach mo rud, nuair a dhealraigh sé gur chuala mé osna ó roinnt amháin thuas, gar ar imeall na huaighe, agus lúbthachta síos. 'Mura féidir liom é seo a bhaint amach,' a dúirt mé, 'is mian liom go bhféadfaidís sluasaid a dhéanamh sa talamh os ár gcionn araon!' agus d'éirigh mé níos éadóchasach fós. Bhí osna eile ann, gar do mo chluas. Ba chosúil gur mhothaigh mé an anáil the a bhain leis an ngaoth sleet-ualaithe. Bhí a fhios agam nach raibh aon rud beo i bhfeoil agus go raibh fuil ag; ach, chomh cinnte agus a bhraitheann tú an cur chuige do chorp substaintiúil éigin sa dorchadas, cé nach féidir é a shéanadh, mar sin cinnte mhothaigh mé go raibh Cathy ann: ní fúmsa, ach ar an talamh. D'imigh faoiseamh tobann ó mo chroí trí gach géag. Scar mé le mo shaothar agony, agus chas mé consoled ag an am céanna: consoled unspeakably. Bhí sí i láthair liom: d'fhan sé agus mé ag líonadh na huaighe arís, agus thug mé abhaile mé. You may laugh, más toil leat; ach bhí mé cinnte gur cheart dom í a fheiceáil ansin. Bhí mé cinnte go raibh sí liom, agus ní raibh mé in ann cabhrú le labhairt léi. Tar éis dom na hAirde a bhaint amach, rith mé go fonnmhar go dtí an doras. Bhí sé fastened; agus, is cuimhin liom, chuir sin Earnshaw agus mo bhean chéile i gcoinne mo bhealach isteach. Is cuimhin liom stopadh chun an anáil a chiceáil amach as, agus ansin deifir a dhéanamh thuas staighre, go dtí mo sheomra agus a cuid. D'fhéach mé thart go mífhoighneach—mhothaigh mé í agam-d'fhéadfainn í a fheiceáil beagnach, agus fós *ní raibh mé in ann*! Ba chóir go mbeadh fuil allais agam ansin, ó anguish de mo yearning-as an fervour de mo supplications a bheith acu ach glimpse amháin! Ní raibh ceann agam. Thaispeáin sí í féin, mar a bhí sí go minic sa saol, diabhal dom! Agus, ó shin i leith, uaireanta níos mó agus uaireanta níos lú, bhí mé mar spórt an chéasta dofhulaingthe sin! Infernal! mo néaróga a choinneáil ag stráice den sórt sin, mura mbeadh siad cosúil le catgut, go mbeadh siad i bhfad ó shin tar éis scíth a ligean le fann Linton. Nuair a shuigh mé sa teach le Hareton, ba chosúil gur cheart dom bualadh léi ar dhul amach di; nuair a shiúil mé ar na moors ba chóir dom bualadh léi ag teacht isteach. Nuair a chuaigh mé ón mbaile chuaigh mé ar ais; *caithfidh sí* a bheith áit éigin ag na Heights, bhí mé cinnte! Agus nuair a chodail mé ina seomra—buaileadh amach as sin mé. Ní fhéadfainn luí ann;

ar feadh na huaire dhún mé mo shúile, bhí sí taobh amuigh den fhuinneog, nó ag sleamhnú siar na painéil, nó ag dul isteach sa seomra, nó fiú ag ligean a ceann darling ar an bpiliúr céanna mar a rinne sí nuair a bhí sí ina leanbh; agus caithfidh mé mo chuid claibíní a oscailt le feiceáil. Agus mar sin d'oscail mé agus dhún mé iad céad uair san oíche—le bheith díomách i gcónaí! Racked sé dom! Is minic a groaned mé os ard, go dtí gur chreid an sean-rascal Joseph gan amhras go raibh mo choinsias ag imirt an fiend taobh istigh díom. Anois, ós rud é go bhfaca mé í, tá mé pacified-beagán. Bealach aisteach maraithe a bhí ann: ní le horlaí, ach le codáin de ghruaigeanna, chun mé a ghríosú le speictreach dóchais trí ocht mbliana déag!

Shos an tUasal Heathcliff agus wiped a forehead; His hair clung to it, fliuch le perspiration; bhí a shúile socraithe ar ambasáidí dearga na tine, ní raibh an bhrabhsáil ar conradh, ach ardaíodh é in aice leis na temples; an ghné ghruama dá ghnúis a laghdú, ach cuma aisteach trioblóide a chur air, agus cuma phianmhar ar theannas meabhrach i dtreo ábhar ionsúite amháin. Níor thug sé ach leath aghaidh orm, agus choinnigh mé tost. Níor mhaith liom é a chloisteáil ag caint! Tar éis tréimhse ghearr d'fhill sé ar a mhachnamh ar an bpictiúr, thóg sé síos é agus leant sé i gcoinne an tolg chun machnamh a dhéanamh air ar bhuntáiste níos fearr; agus cé go raibh sí chomh háitithe sin tháinig Catherine isteach, ag fógairt go raibh sí réidh, nuair ba cheart a chapaillín a bhréagnú.

"Seol é sin anonn go dtí-amárach," arsa Heathcliff liom; ansin ag casadh uirthi, dúirt sé: "Is féidir leat a dhéanamh gan do chapaillíní: is tráthnóna breá é, agus ní bheidh aon capaillíní ag Wuthering Heights ag teastáil uait; For what journeys you take, freastalóidh do chosa féin ort. Bígí linn."

"Dea-beannacht, Ellen!" whispered mo máistreás beag daor. Agus í ag pógadh dom, mhothaigh a liopaí cosúil le leac oighir. "Tar agus féach orm, Ellen; ná déan dearmad.

"Tabhair aire nach ndéanann tú aon rud den sórt sin, Mrs Dean!" A dúirt a hathair nua. "Nuair is mian liom labhairt leat tiocfaidh mé anseo. Níl aon cheann de do chuid prying ag mo theach!

Shínigh sé í le teacht roimhe; agus réitigh ar ais le breathnú a ghearradh ar mo chroí, obeyed sí. Bhreathnaigh mé orthu, ón bhfuinneog, ag siúl síos an gairdín. Shocraigh Heathcliff lámh Catherine faoina chuid: cé gur chuir sí an gníomh in aghaidh an ghnímh ar dtús; agus le strides tapa hurried sé í isteach sa alley, a bhfuil a crainn cheilt orthu.

CAIBIDIL XXX

Thug mé cuairt ar na hArda, ach ní fhaca mé í ó d'imigh sí: choinnigh Iósaef an doras ina láimh nuair a ghlaoigh mé a iarraidh ina dhiaidh, agus ní ligfeadh sé dom pas a fháil. Dúirt sé go raibh Mrs Linton "thrang," agus nach raibh an máistir i. Zillah Inis dom rud éigin ar an mbealach a théann siad ar aghaidh, ar shlí eile ba chóir dom a fhios ar éigean a bhí marbh agus a bhfuil ina gcónaí. Síleann sí go bhfuil Catherine haughty, agus ní maith léi, is féidir liom buille faoi thuairim a thabhairt faoina cuid cainte. D'iarr mo bhean óg cúnamh éigin uirthi nuair a tháinig sí ar dtús; ach dúirt an tUasal Heathcliff léi a gnó féin a leanúint, agus lig dá iníon-i-dlí aire a thabhairt di féin; agus Zillah éigiontaithe go toilteanach, a bheith ina bean caol-minded, santach. Chuir Catherine alltacht ar pháiste faoin bhfaillí seo; d'aisíoc sí é le díspeagadh, agus dá bhrí sin liostáil mo fhaisnéiseoir i measc a naimhde, chomh daingean is dá mbeadh sí déanta aici roinnt mícheart mór. Bhí caint fhada agam le Zillah thart ar shé seachtaine ó shin, beagán sular tháinig tú, lá amháin nuair a bhíomar ar an móinteán; agus seo a dúirt sí liom.

"An chéad rud a rinne Mrs Linton," a dúirt sí, "ar a teacht ar an Heights, bhí a reáchtáil thuas staighre, gan fiú mian dea-tráthnóna dom agus Joseph; dhún sí í féin isteach i seomra Linton, agus d'fhan sí go maidin. Ansin, cé go raibh an máistir agus Earnshaw ag an mbricfeasta, chuaigh sí isteach sa teach, agus d'fhiafraigh sí de gach duine i quiver an bhféadfaí an dochtúir a sheoladh? bhí a col ceathrar an-tinn.

"'Tá a fhios againn é sin!' fhreagair Heathcliff; ' ach ní fiú farthing a shaol, agus ní chaithfidh mé farthing air.'

"'Ach ní féidir liom a rá conas a dhéanamh,' a dúirt sí; ' agus mura gcabhróidh aon duine liom, gheobhaidh sé bás!'

"'Siúil amach as an seomra,' adeir an máistir, 'agus lig dom a chloisteáil focal níos mó mar gheall air! Is cuma le haon duine anseo cad a thiocfaidh chun bheith air; má dhéanann tú, gníomhú ar an altra; mura ndéanann tú, cuir faoi ghlas é agus fág é.'

"Ansin thosaigh sí ag cur isteach orm, agus dúirt mé go raibh go leor plá agam leis an rud tuirseach; bhí ár gcúraimí ar gach duine againn, agus bhí sí le fanacht ar Linton: An tUasal Heathcliff tairiscint dom an saothar sin a fhágáil di.

"Conas a d'éirigh leo le chéile, ní féidir liom a rá. Mhaisiúil mé fretted sé go leor, agus moaned hisseln oíche agus lá; agus bhí scíth bheag luachmhar aici: d'fhéadfadh duine buille faoi thuairim a thabhairt faoina héadan bán agus a súile troma. Uaireanta tháinig sí isteach sa chistin go léir wildered mhaith, agus d'fhéach sé amhail is dá mbeadh sí fain cúnamh beg; ach ní raibh mé ag dul a disobey an máistir: riamh leomh mé disobey dó, Mrs Dean; agus, cé gur shíl mé go raibh sé mícheart nár chóir Kenneth a sheoladh ar a shon, ní raibh aon imní orm comhairle a thabhairt nó gearán a dhéanamh, agus dhiúltaigh mé i gcónaí meddle. Uair nó dhó, tar éis dúinn dul a chodladh, tharla dom mo dhoras a oscailt arís agus chonaic mé í ina suí ag caoineadh ar bharr an staighre; agus ansin tá mé féin dúnta go tapa, ar eagla go mbogfaí mé chun cur isteach air. Rinne mé trua di ansin, tá mé cinnte: fós níor theastaigh uaim m'áit a chailleadh, tá a fhios agat.

"Ar deireadh, oíche amháin tháinig sí boldly isteach i mo sheomra, agus eagla orm as mo wits, ag rá, 'Inis an tUasal Heathcliff go bhfuil a mhac ag fáil bháis-Tá mé cinnte go bhfuil sé, an uair seo. Éirigh, ar an toirt, agus abair leis.'

"Tar éis di an chaint seo a rá, d'imigh sí arís. Leag mé ceathrú uaire ag éisteacht agus ag crith. Níor chorraigh aon rud—bhí an teach ciúin.

"Tá dul amú uirthi, a dúirt mé liom féin. Tá sé fuair os a chionn. Ní gá dom cur isteach orthu; agus thosaigh mé ag doze. Ach bhí mo chodladh marred an dara huair ag fáinne géar ar an clog-an clog amháin atá againn, a chur suas ar chuspóir do Linton; agus d'iarr an máistir orm a fheiceáil cad a bhí i gceist, agus a chur in iúl dóibh nach mbeadh an torann sin aige arís agus arís eile.

"Thug mé teachtaireacht Chaitríona. Mallacht sé leis féin, agus i gceann cúpla nóiméad tháinig amach le coinneal éadrom, agus ar aghaidh go dtí a seomra. Lean mé. Bhí Mrs Heathcliff ina suí cois leapa, agus a lámha fillte ar a glúine. Chuaigh a hathair céile suas, choinnigh sé an solas ar aghaidh Linton, d'fhéach sé air, agus leag lámh air; Ina dhiaidh sin chas sé léi.

"'Anois—a Chaitríona,' a dúirt sé, 'cén chaoi a mothaíonn tú?'

"Bhí sí balbh.

"Cén chaoi a mothaíonn tú, a Chaitríona?' a dúirt sé arís agus arís eile.

"'Tá sé sábháilte, agus tá mé saor,' a d'fhreagair sí: 'Ba chóir dom a bhraitheann go maith-ach,' ar sí, le searbhas nach bhféadfadh sí a cheilt, 'd'fhág tú mé chomh fada sin ag streachailt in aghaidh an bháis ina n-aonar, go mothaím agus nach bhfeicim ach bás! Is dóigh liom go bhfuil an bás ann!'

"Agus d'fhéach sí cosúil leis, freisin! Thug mé fíon beag di. Hareton agus Joseph, a bhí wakened ag an ringing agus an fhuaim na gcos, agus chuala ár gcuid cainte ón taobh amuigh, isteach anois. Bhí Joseph fain, creidim, ar bhaint an lad; Ba chosúil gur chuir Hareton isteach ar an smaoineamh: cé go raibh sé níos tógtha le stánadh ar Catherine ná a bheith ag smaoineamh ar Linton. Ach d'iarr an máistir air éirí as a chodladh arís: ní raibh muid ag iarraidh a chabhair. Ina dhiaidh sin rinne sé Joseph bhaint as an gcomhlacht a seomra, agus dúirt sé liom chun filleadh ar mianach, agus d'fhan Mrs Heathcliff léi féin.

"Ar maidin, chuir sé mé chun a rá léi go gcaithfidh sí teacht anuas go dtí an bricfeasta: bhí sí gan seoladh, agus an chuma uirthi ag dul a chodladh, agus dúirt sí go raibh sí tinn; is ar éigean a smaoinigh mé air. Chuir mé in iúl don Uasal Heathcliff, agus d'fhreagair sé, - 'Bhuel, lig di a bheith till tar éis na sochraide; agus dul suas anois agus ansin a fháil di cad is gá; agus, chomh luath agus is cosúil go bhfuil sí níos fearr, inis dom.'"

D'fhan Cathy thuas staighre coicís, de réir Zillah; a thug cuairt uirthi dhá uair sa lá, agus a bheadh in áit níos cairdiúla, ach bhí a cuid iarrachtaí ar chineáltas a mhéadú bródúil agus go pras.

Chuaigh Heathcliff suas uair amháin, chun toil Linton a thaispeáint. Thiomnaigh sé an t-iomlán dá chuid, agus cad a bhí uirthi, maoin inaistrithe, dá athair: bhí an créatúr bocht faoi bhagairt, nó coaxed, isteach sa ghníomh sin le linn di a bheith as láthair na seachtaine, nuair a fuair a uncail bás. Na tailte, a bheith ina mhionaoiseach, ní fhéadfadh sé meddle leis. Mar sin féin, d'éiligh an tUasal Heathcliff iad agus choinnigh sé iad i gceart a mhná céile agus a chuid freisin: Is dócha go dlíthiúil; ar aon chuma, ní féidir le Catherine, destitute of cash and friends, cur isteach ar a sheilbh.

"Aon duine," a dúirt Zillah, "chuaigh riamh a doras, ach amháin go uair amháin, ach mé; agus níor iarr aon duine rud ar bith fúithi. Tráthnóna Dé Domhnaigh a bhí an chéad uair di teacht anuas sa teach. Bhí sí cried amach, nuair a rinne mé suas a dinnéar, nach bhféadfadh sí a iompróidh a thuilleadh a bheith sa fuar; agus dúirt mé léi go raibh an máistir ag dul go Gráinseach Thrushcross, agus Earnshaw agus ní gá dom bac a chur uirthi teacht anuas; mar sin, chomh luath agus a chuala sí trot capall Heathcliff amach, rinne sí a cuma, donned i dubh, agus a gcuacha buí cíortha ar ais taobh thiar dá cluasa chomh plain le Quaker: ní raibh sí in ann iad a cíoradh amach.

"Joseph agus mé ag dul go ginearálta go dtí séipéal ar an Domhnach:" an kirk, (tá a fhios agat, tá aon aire anois, mhínigh Mrs Dean; agus tugann siad áit na Modhach nó na mBaiste, ní féidir liom a rá cé acu atá ann, ag Gimmerton, séipéal.) "Bhí Joseph imithe," ar sise, "ach shíl mé gur cheart bide a dhéanamh sa bhaile. Tá folks óga i gcónaí ar an níos fearr le haghaidh seanóir ró-lorg; agus ní samhail d'iompar deas é Hareton, lena chuid bashfulness go léir. Lig mé dó a fhios go mbeadh a chol ceathrair suí an-dócha le linn, agus bhí sí in úsáid i gcónaí a fheiceáil ar an Sabbath meas; Mar sin, bhí sé chomh maith a fhágáil a gunnaí agus giotaí oibre faoi dhíon ina n-aonar, agus d'fhan sí. Dhathaigh sé suas ag an nuacht, agus chaith sé a shúile thar a lámha agus a éadaí. Bhí an traein-ola agus gunpowder shoved as radharc i nóiméad. Chonaic mé go raibh sé i gceist aige a chuideachta a thabhairt di; he guessed, by his way, bhí sé ag iarraidh a bheith i láthair; mar sin, ag gáire, mar ní raibh mé ag gáire nuair a bhíonn an máistir ag, thairg mé chun cabhrú leis, más rud é go mbeadh sé, agus joked ar a mearbhall. D'fhás sé sullen, agus thosaigh sé ag mionnú.

"Anois, Mrs Dean," chuaigh Zillah ar aghaidh, ag féachaint dom nach bhfuil sásta ag a modh, "a tharlaíonn tú a cheapann do bhean óg ró-fíneáil don Uasal Hareton; agus tarlaíonn sé go bhfuil an ceart agat: ach is liom féin ba cheart go mbeadh grá maith agam chun peig níos ísle a thabhairt di.

Agus cad a dhéanfaidh a cuid foghlama go léir agus a daintiness di, anois? Tá sí chomh bocht leatsa nó liomsa; níos boichte, beidh mé faoi cheangal; tá tú ag sábháil, agus tá mé ag déanamh mo bheag an bóthar sin ar fad."

Thug Hareton cead do Zillah cúnamh a thabhairt dó; agus chuir sí greann maith air; mar sin, nuair a tháinig Catherine, leath dearmad a dhéanamh ar a hiar-maslaí, rinne sé iarracht é féin a dhéanamh sásta, trí chuntas fhear an tí.

"Shiúil Missis isteach," a dúirt sí, "chomh fuar le icicle, agus chomh hard le banphrionsa. D'éirigh mé agus thairg mé mo shuíochán di sa chathaoir láimhe. Ní hea, chas sí suas a srón ar mo shibhialtacht. D'ardaigh Earnshaw, freisin, agus d'iarr sí teacht ar an réiteach, agus suí in aice leis an tine: bhí sé cinnte go raibh sí starved.

"'I've been starved a month and more,' a d'fhreagair sí, ag luí ar an bhfocal chomh scornúil agus a d'fhéadfadh sí.

"Agus fuair sí cathaoir di féin, agus chuir sí i bhfad ón mbeirt againn é. Tar éis shuigh go dtí go raibh sí te, thosaigh sí ag breathnú bhabhta, agus d'aimsigh sí roinnt leabhar ar an dresser; Bhí sí láithreach ar a cosa arís, ag síneadh chun iad a bhaint amach: ach bhí siad ró-ard suas. Bhí a col ceathrar, tar éis di féachaint ar a cuid iarrachtaí ar feadh tamaill, ag gairm misneach chun cabhrú léi; Choinnigh sí a frock, agus líon sé é leis an gcéad a tháinig ar láimh.

"Ba mhór an dul chun cinn é sin don leaid. Níor ghabh sí buíochas leis; fós, mhothaigh sé sásta gur ghlac sí lena chúnamh, agus chuaigh sé chun seasamh taobh thiar de réir mar a scrúdaigh sí iad, agus fiú a stoop agus a chur in iúl cad a bhuail a mhaisiúil i seanphictiúir áirithe a bhí iontu; Ná ní raibh sé daunted ag an stíl saucy ina jerked sí an leathanach as a mhéar: contented sé é féin le dul beagán níos faide siar agus ag féachaint uirthi in ionad an leabhar. Lean sí uirthi ag léamh, nó ag lorg rud éigin le léamh. Bhí a aird, de réir céimeanna, dírithe go leor ar staidéar a gcuacha tiubha síoda: a aghaidh nach raibh sé in ann a fheiceáil, agus ní raibh sí in ann é a fheiceáil. Agus, b'fhéidir, nach bhfuil go leor awake leis an méid a rinne sé, ach mheall cosúil le leanbh le coinneal, ar deireadh chuaigh sé ó stánadh go touching; Chuir sé a lámh amach agus stróic sé cuach amháin, chomh réidh is dá mba éan é. B'fhéidir gur chuir sé scian isteach ina muineál, she started round in such a taking.

"'Faigh amach an nóiméad seo! Cén chaoi a leomh tú teagmháil a dhéanamh liom? Cén fáth a bhfuil tú ag stopadh ansin?' adeir sí, i ton de disgust. 'Ní féidir liom tú a fhulaingt! Rachaidh mé thuas staighre arís, má thagann tú in aice liom.'

"An tUasal Hareton recoiled, ag féachaint chomh foolish mar a d'fhéadfadh sé a dhéanamh: shuigh sé síos sa réiteach an-chiúin, agus lean sí ag casadh thar a imleabhair leath uair an chloig eile; ar deireadh, thrasnaigh Earnshaw anonn, agus dúirt sé liom.

"'An iarrfaidh tú uirthi léamh dúinn, a Zillah? Níl mé ag déanamh dána; agus is maith liom—d'fhéadfainn í a chloisteáil! Dunnot rá theastaigh uaim é, ach iarr ar mise.'

"'Is mian leis an Uasal Hareton go léifeá dúinn, ma'am,' a dúirt mé, láithreach. ' Thógfadh sé an-chineálta é—bheadh dualgas mór air.'

"Chroith sí; agus ag féachaint suas, d'fhreagair sé—

"'Beidh an tUasal Hareton, agus an tsraith iomlán de tú, a bheith maith go leor chun a thuiscint go ndiúltóidh mé aon pretence ag cineáltas bhfuil tú an hypocrisy a thairiscint! Is aoibhinn liom thú, agus ní bheidh aon rud le rá agam le haon duine agaibh! Nuair a thabharfainn mo shaol ar fhocal de chineál amháin, fiú chun ceann de d'aghaidheanna a fheiceáil, choinnigh tú go léir as. Ach ní dhéanfaidh mé gearán leat! Tá mé á thiomáint síos anseo ag an bhfuacht; gan tú a amuse nó taitneamh a bhaint as do shochaí.'

"'Cad a d'fhéadfainn ha' a dhéanamh?' a thosaigh Earnshaw. ' Cén chaoi a raibh an milleán orm?'

"'Ó! is eisceacht thú,' a d'fhreagair Bean Heathcliff. 'Níor chaill mé a leithéid d'imní riamh is a bhí ort.'

"'Ach thairg mé níos mó ná uair amháin, agus d'iarr,' a dúirt sé, kindling suas ar a pertness, 'D'iarr mé an tUasal Heathcliff a ligean dom dúisigh ar do shon-'

"'Bí i do thost! Rachaidh mé amach as doirse, nó áit ar bith, seachas do ghlór easaontach a bheith i mo chluas!' arsa mo bhean.

"Hareton muttered d'fhéadfadh sí dul go dtí ifreann, dó! agus a ghunna a scaoileadh, srian a chur air féin óna ghairmeacha Domhnaigh a thuilleadh. Labhair sé anois, faoi shaoirse go leor; agus chonaic sí faoi láthair oiriúnach chun cúlú go dtí a solitude: ach bhí an sioc leagtha isteach, agus, in ainneoin a bród, cuireadh iallach uirthi a condescend chun ár gcuideachta, níos mó agus níos mó. Mar sin féin, ghlac mé cúram nár cheart go mbeadh aon scóráil eile ar mo dhea-nádúr: ó shin i leith, tá mé chomh righin léi féin; agus níl leannán ná maith ar bith inár measc: agus níl ceann tuillte aici; óir, lig dóibh an focal is lú a rá léi, agus cuirfidh sí siar gan meas ar aon duine. Léimfidh sí ar an máistir é féin, agus chomh maith agus a leomhann sé é a thrash; agus dá mhéad gortaithe a fhaigheann sí, is ea is mó a fhásann sí."

Ar dtús, nuair a chuala mé an cuntas seo ó Zillah, chinn mé ar mo chás a fhágáil, teachín a thógáil, agus Catherine a fháil chun teacht agus cónaí liom: ach bheadh an tUasal Heathcliff chomh luath agus a cheadódh sé sin mar a bhunódh sé Hareton i dteach neamhspleách; agus ní fheicim aon leigheas, faoi láthair, mura bhféadfadh sí pósadh arís; agus ní thagann an scéim sin laistigh de mo chúige chun socrú a dhéanamh.

* * * * *

Dá bhrí sin chríochnaigh scéal Mrs Dean. D'ainneoin tuar an dochtúra, tá neart ag teacht chucu féin go tapa; agus cé nach bhfuil ann ach an dara seachtain i mí Eanáir, molaim dul amach ar mhuin capaill in aghaidh an lae nó dhó, agus marcaíocht anonn go Wuthering Heights, chun a chur in iúl do mo thiarna talún go gcaithfidh mé an chéad sé mhí eile i Londain; agus, más maith leis, d'fhéadfadh sé a bheith ag faire amach do thionónta eile chun an áit a thógáil tar éis mhí Dheireadh Fómhair. Ní rithfinn geimhreadh eile anseo ar feadh i bhfad.

CAIBIDIL XXXI

Bhí inné geal, socair, agus frosty. Chuaigh mé go dtí na hArda mar a mhol mé: chuir bean an tí iachall orm nóta beag a iompar uaithi chuig a bean óg, agus níor dhiúltaigh mé, mar ní raibh a fhios ag an mbean fhiúntach aon rud corr ina hiarratas. Sheas an doras tosaigh ar oscailt, ach bhí an geata éad fastened, mar a bhí ag mo chuairt dheireanach; Leag mé agus d'agair mé Earnshaw as measc na leapacha gairdín; unchained sé é, agus tháinig mé isteach. Tá an fear chomh dathúil le meirgeach agus is gá a fheiceáil. Thug mé suntas ar leith dó an uair seo; ach ansin déanann sé a dhícheall is cosúil a dhéanamh ar a laghad de chuid buntáistí.

D'fhiafraigh mé an raibh an tUasal Heathcliff sa bhaile? D'fhreagair sé, Uimh; ach bheadh sé istigh ag am dinnéir. Bhí sé a haon déag a chlog, agus d'fhógair mé go raibh sé ar intinn agam dul isteach agus fanacht leis; ag a flung sé láithreach síos a chuid uirlisí agus in éineacht liom, in oifig watchdog, ní mar ionadach don óstach.

Chuamar isteach le chéile; Bhí Catherine ann, rud a d'fhág go raibh sí úsáideach chun roinnt glasraí a ullmhú don bhéile a bhí ag druidim; d'fhéach sí níos sulky agus níos lú spirited ná nuair a bhí feicthe agam í ar dtús. Is ar éigean a d'ardaigh sí a súile chun mé a thabhairt faoi deara, agus lean sí ar aghaidh lena fostaíocht leis an neamhaird chéanna ar chineálacha coitianta béasaíochta is a bhí roimhe seo; riamh ar ais mo bogha agus deamhaidin ag an admháil slightest.

"Ní dhéanann sí cosúil mar sin amiable," Shíl mé, "mar a bheadh Mrs Dean ina luí orm chun a chreidiúint. Is áilleacht í, is fíor; ach ní aingeal."

Earnshaw tairiscint surlily di a bhaint di rudaí a bhaint as an chistin. "Bain díot féin iad," a dúirt sí, á mbrú uaithi chomh luath agus a bhí déanta aici; agus ag dul ar scor go stól ag an bhfuinneog, áit ar thosaigh sí ag carve figiúirí na n-éan agus beithigh amach as an tornapa-parings ina lap. Chuaigh mé chuici, ag ligean orm gur mhian liom radharc a fháil ar an ngairdín; agus, mar fancied mé, thit adroitly nóta Mrs Dean ar a glúine, unnoticed ag Hareton-ach d'iarr sí os ard, "Cad é sin?" Agus chuimil sé as.

"Litir ó do sheanaithne, bean an tí sa Ghráinseach," a d'fhreagair mé; annoyed ar a nochtadh mo ghníomhas chineál, agus lest fearful ba chóir é a shamhlú missive de mo chuid féin. Bheadh sí sásta é a bhailiú suas ag an eolas seo, ach bhuail Hareton í; ghabh sé agus chuir sé ina waistcoat é, ag rá gur chóir don Uasal Heathcliff breathnú air ar dtús. Ansin, chas Catherine a aghaidh uainn go ciúin, agus, an-stealthily, tharraing sí amach a ciarsúr póca agus chuir sí i bhfeidhm ar a súile é; agus tharraing a col ceathrar, tar éis streachailt awhile a choinneáil síos a mothúcháin níos boige, tharraing amach an litir agus flung sé ar an urlár in aice léi, chomh ungraciously agus a d'fhéadfadh sé. Rug Catherine air agus chuir sí ina luí go fonnmhar é; ansin chuir sí cúpla ceist orm maidir le háitritheoirí, réasúnach agus neamhréasúnach, a seanbhaile; agus gazing i dtreo na cnoic, murmured i soliloquy:

"Ba mhaith liom a bheith ag marcaíocht ar Minny síos ann! Ba mhaith liom a bheith ag dreapadh suas ansin! Ó! Tá mé tuirseach-tá mé *stalled*, Hareton! Agus leant sí a ceann deas ar ais i gcoinne an leac, le leath yawn agus leath osna, agus thit sé isteach i gné de brón teibí: ní ag tabhairt aire ná a fhios agam an ndúirt muid í.

"Mrs Heathcliff," a dúirt mé, tar éis suí roinnt ama mute, "nach bhfuil tú ar an eolas go bhfuil mé acquaintance de mise? chomh pearsanta sin go gceapaim go bhfuil sé aisteach nach dtiocfaidh tú agus go labhróidh tú liom. Ní bhíonn bean an tí riamh ag caint agus ag moladh duit; agus beidh díomá mór uirthi má fhillim gan aon nuacht fút nó uait, ach amháin go bhfuair tú a litir agus nach ndúirt tú tada!

Ba chuma léi ag an óráid seo, agus d'fhiafraigh sí,—

"An maith le Ellen tú?"

"Tá, go han-mhaith," a d'fhreagair mé, hesitatingly.

"Caithfidh tú a rá léi," ar sise, "go bhfreagróinn a litir, ach níl ábhar ar bith agam le scríobh: ní fiú leabhar as a bhféadfainn duilleog a stróiceadh."

"Níl leabhair!" Exclaimed mé. "Cén chaoi a bhfuil tú contrive chun cónaí anseo gan iad? más féidir liom an tsaoirse a ghlacadh chun fiosrú a dhéanamh. Cé go bhfuil leabharlann mhór curtha ar fáil agam, is minic a bhíonn mé an-dull ag an nGráinseach; tóg mo chuid leabhar ar shiúl, agus ba chóir dom a bheith éadóchasach!

"Bhí mé i gcónaí ag léamh, nuair a bhí siad agam," arsa Catherine; "agus ní léann an tUasal Heathcliff riamh; mar sin thóg sé isteach ina cheann é chun mo chuid leabhar a scrios. Ní raibh spléachadh agam ar cheann le seachtainí. Ach uair amháin, chuardaigh mé trí stór diagachta Iósaef, go dtí a greannú mór; agus uair amháin, Hareton, tháinig mé ar stoc rúnda i do sheomra-roinnt Laidine agus Gréigise, agus roinnt scéalta agus filíochta: gach seanchairde. Thug mé an ceann deireanach anseo - agus bhailigh tú iad, mar a bhailíonn magpie spúnóga airgid, le haghaidh an grá ach amháin a ghoid! Níl aon úsáid acu duit; nó eile cheilt tú iad sa spiorad olc go, mar nach féidir leat taitneamh a bhaint astu, beidh aon duine eile. B'fhéidir gur chomhairligh do éad an tUasal Heathcliff chun mo sheoda a robáil dom? Ach tá an chuid is mó acu scríofa ar m'inchinn agus clóite i mo chroí, agus ní féidir leat iad sin a bhaint díom!

Mhaolaigh Earnshaw crimson nuair a rinne a chol ceathrair an nochtadh seo ar a charnadh liteartha príobháideach, agus stammered séanadh indignant ar a líomhaintí.

"Is mian leis an Uasal Hareton a mhéid eolais a mhéadú," a dúirt mé, ag teacht chun a tharrthála. "Níl sé *éad*, ach *emulous* de do chuid gnóthachtálacha. Beidh sé ina scoláire cliste i gceann cúpla bliain."

"Agus tá sé ag iarraidh orm dul go tóin poill, idir an dá linn," a d'fhreagair Catherine. "Sea, cloisim é ag iarraidh é a litriú agus a léamh dó féin, agus blunders deas a dhéanann sé! Ba mhaith liom go ndéanfá Chevy Chase arís mar a rinne tú inné: bhí sé thar a bheith greannmhar. Chuala mé thú; agus chuala mé tú ag casadh thar an bhfoclóir chun na focail chrua a lorg, agus ansin mallacht toisc nach raibh tú in ann a gcuid mínithe a léamh!

Ba léir gur shíl an fear óg go raibh sé ró-olc gur cheart dó a bheith ag gáire as a chuid aineolais, agus ansin rinne sé gáire as iarracht a dhéanamh é a bhaint. Bhí nóisean den chineál céanna agam; agus, ag cuimhneamh ar scéilín Mrs Dean ar a chéad iarracht ag enlightening an dorchadas ina raibh sé tógtha, thug mé faoi deara, - "Ach, Mrs Heathcliff, ní mór dúinn gach bhí tús, agus gach stumbled agus tottered ar an tairseach; Dá mbeadh ár múinteoirí scorned in ionad cabhrú linn, ba chóir dúinn a stumble agus totter go fóill. "

"Ó!" a d'fhreagair sí, "Níl mé ag iarraidh teorainn a chur lena éadálacha: fós, níl aon cheart aige an rud is liomsa a leithreasú, agus é a dhéanamh magúil dom lena bhotúin vile agus a mhíthuiscintí! Tá na leabhair sin, idir phrós agus véarsaíocht, coisricthe chugam ag cumainn eile; agus is fuath liom iad a bheith debased agus profaned ina bhéal! Thairis sin, ar fad, roghnaigh sé na píosaí is fearr liom is mó a thaitníonn liom a athdhéanamh, amhail is dá mba as mailís d'aon ghnó iad."

D'imigh cófra Hareton ina thost nóiméad: d'oibrigh sé faoi dhianchiall mortification agus wrath, rud nach raibh sé éasca a chur faoi chois. D'ardaigh mé, agus, ó smaoineamh uasal a mhaolú a náire, ghlac suas mo stáisiún sa doras, suirbhéireacht ar an ionchas seachtrach mar a sheas mé. Lean sé mo shampla, agus d'fhág sé an seomra; ach faoi láthair reappeared, ar a bhfuil leath dosaen imleabhar ina lámha, a chaith sé isteach i lap Catherine, exclaiming,-"Tóg iad! Níor mhaith liom riamh iad a chloisteáil, nó a léamh, nó smaoineamh orthu arís!"

"Ní bheidh siad agam anois," a d'fhreagair sí. "Déanfaidh mé iad a nascadh leat, agus fuath leo."

D'oscail sí ceann a bhí iompaithe go minic ar ndóigh, agus léigh sí cuid i ton tarraingthe tosaitheoirí; ansin gáire, agus chaith sé uaithi. "Agus éist," ar sise, go gríosaitheach, ag cur tús le véarsa de sheanbhailéad ar an mbealach céanna.

Ach ní mhairfeadh a ghrá féin aon chrá eile: chuala mé, agus ní go dímheasúil ar fad, seic láimhe a tugadh dá teanga shalach. Bhí an wretch beag déanta aici ndícheall a ghortú mothúcháin íogair a col ceathrair cé uncultivated, agus bhí argóint fhisiciúil an modh amháin a bhí aige cothromú an chuntais, agus aisíoc a éifeachtaí ar an inflictor. Bhailigh sé na leabhair ina dhiaidh sin agus chuir sé ar an tine iad. Léigh mé ina ghnúis cén t-anguish a bhí ann an íobairt sin a thairiscint do spleen. Fancied mé go mar a d'ól siad, chuimhnigh sé ar an pléisiúr a bhí imparted siad cheana féin, agus an bua agus síor-mhéadú pléisiúir a bhí sé ag súil uathu; agus fancied mé guessed mé an gríosú chun a chuid staidéir rúnda freisin. Bhí sé sásta le saothair laethúla agus le taitneamh a bhaint as ainmhithe garbha, go dtí gur thrasnaigh Catherine a cosán. Náire ar a scorn, agus dóchas a faomhadh, ba iad a chéad leideanna chun tóir níos airde; agus in ionad é a chosaint ó cheann amháin agus é a bhuachan go dtí an ceann eile, ní raibh de thoradh ar a chuid iarrachtaí é féin a ardú ach a mhalairt.

"Sea, is maith an rud é sin go bhfuil a leithéid de bhrúid agus is féidir leat a fháil uathu!" adeir Catherine, ag sú a liopa damáistithe, agus ag breathnú ar an gcoimhlint le súile neamhshuntasacha.

"B'fhearr duit do theanga a shealbhú, anois," a d'fhreagair sé go fíochmhar.

Agus chuir a chorraíl bac ar a thuilleadh cainte; He advanced hastily to the entrance, áit a ndearna mé bealach dó pas a fháil. Ach ere bhí thrasnaigh sé an doras-clocha, an tUasal Heathcliff, ag teacht suas an causeway, a bhíonn air, agus leagan a shealbhú ar a ghualainn iarr, - "Cad atá le déanamh anois, mo lad?"

"Dána, dána," a dúirt sé, agus bhris sé ar shiúl chun taitneamh a bhaint as a bhrón agus a fhearg i solitude.

Heathcliff gazed tar éis dó, agus sighed.

"Beidh sé corr má thwart mé féin," muttered sé, unconscious go raibh mé taobh thiar dó. "Ach nuair a lorgaím a athair ina aghaidh, faighim *í* gach lá níos mó! Cén chaoi a bhfuil an diabhal mar sin? Is ar éigean is féidir liom é a fheiceáil.

Chrom sé a shúile ar an talamh, agus shiúil sé go mothúchánach isteach. There was a restless, anxious expression in his countenance, níor dhúirt mé riamh ann roimhe sin; agus d'fhéach sé sparer go pearsanta. A iníon-i-dlí, ar perceiving dó tríd an fhuinneog, éalaigh láithreach go dtí an chistin, ionas gur fhan mé ina n-aonar.

"Tá áthas orm tú a fheiceáil amach as doirse arís, an tUasal Lockwood," a dúirt sé, mar fhreagra ar mo bheannacht; "ó motives santach go páirteach: Ní dóigh liom go raibh mé in ann a sholáthar go héasca do chailleanas sa desolation. Tá mé wondered níos mó ná uair amháin cad a thug tú anseo."

"An whim díomhaoin, eagla orm, a dhuine uasail," a bhí mo fhreagra; "Nó eile tá whim díomhaoin ag dul a spiorad dom ar shiúl. Leagfaidh mé amach do Londain an tseachtain seo chugainn; agus caithfidh mé rabhadh a thabhairt duit nach dóigh liom go bhfuil aon diúscairt agam Gráinseach na Croise a choinneáil níos faide ná an dá mhí dhéag a d'aontaigh mé é a ligean ar cíos. Creidim nach mbeidh mé i mo chónaí ann níos mó.

"Ó, go deimhin; tá tú tuirseach de bheith díbeartha as an domhan, an bhfuil tú?" a dúirt sé. "Ach má tá tú ag teacht chun pléadáil as íoc as áit nach mbeidh tú ag áitiú, tá do thuras gan úsáid: ní raibh mé riamh in ann mo dhlús a bhaint as aon duine."

"Tá mé ag teacht chun pléadáil as rud ar bith faoi," exclaimed mé, irritated go mór. "Más mian leat é, socróidh mé leat anois," agus tharraing mé mo leabhar nótaí ó mo phóca.

"Níl, níl," a d'fhreagair sé, coolly; "fágfaidh tú go leor taobh thiar chun do chuid fiacha a chlúdach, má theipeann ort filleadh: níl deifir orm. Suigh síos agus tóg do dhinnéar linn; Is féidir fáilte a chur roimh aoi atá sábháilte óna chuairt a athrá. Caitríona! tabhair na rudaí isteach: cá bhfuil tú?"

Tháinig Catherine ar ais, agus tráidire sceana agus forcanna uirthi.

"Is féidir leat a fháil do dhinnéar le Joseph," muttered Heathcliff, leataobh, "agus fanacht sa chistin till tá sé imithe."

Chloígh sí lena treoracha go poncúil: b'fhéidir nach raibh aon chathú uirthi dul ar aghaidh. Agus í ina cónaí i measc clowns agus misanthropists, is dócha nach féidir léi meas a bheith aici ar aicme níos fearr daoine nuair a bhuaileann sí leo.

Leis an Uasal Heathcliff, ghruama agus saturnine, ar thaobh amháin, agus Hareton, go hiomlán balbh, ar an taobh eile, rinne mé béile beagán cheerless, agus bade adieu go luath. Ba mhaith liom a bheith imithe ag an mbealach ar ais, a fháil léargas deireanach ar Catherine agus annoy sean Joseph; ach fuair Hareton orduithe chun mo chapall a threorú, agus thionlaic mo óstach féin mé go dtí an doras, ionas nach bhféadfainn mo mhian a chomhlíonadh.

"Cén chaoi a n-éiríonn an saol sa teach sin!" Léirigh mé, agus mé ag marcaíocht síos an bóthar. "Cad a réadú rud éigin níos rómánsúil ná scéal fairy a bheadh sé do Mrs Linton Heathcliff, bhí sí féin agus mé bhuail suas ceangaltán, mar a altra maith ag teastáil, agus migrated le chéile isteach san atmaisféar corraitheach an bhaile!"

CAIBIDIL XXXII

1802.—An Meán Fómhair seo tugadh cuireadh dom moors cara sa tuaisceart a mhilleadh, agus ar mo thuras go dtí a áit chónaithe, tháinig mé gan choinne i bhfoisceacht cúig mhíle dhéag de Gimmerton. Bhí an ostler ag teach tábhairne ar thaobh an bhóthair ag coinneáil pail uisce chun mo chapaill a athnuachan, nuair a bhí cairt de choirce an-ghlas, nua-reaped, a rith, agus dúirt sé,-"Yon's frough Gimmerton, no! Tá siad allas trí wick 'tar éis eile folk wi' ther harvest. "

"Gimmerton?" Arís agus arís eile—bhí m'áit chónaithe sa cheantar sin tar éis fás dim agus brionglóideach cheana féin. "Ah! Tá a fhios agam. Cé chomh fada is atá sé as seo?

"Happen ceithre mhíle déag o'er ú ' cnoic; agus bóthar garbh," a d'fhreagair sé.

Ghabh impulse tobann mé chun cuairt a thabhairt ar Ghráinseach Thrushcross. Meán lae gann a bhí ann, agus cheap mé go mb'fhéidir go dtabharfainn an oíche faoi mo dhíon féin chomh maith agus a bhí i dteach ósta. Thairis sin, d'fhéadfainn lá a spáráil go héasca chun cúrsaí a shocrú le mo thiarna talún, agus dá bhrí sin an trioblóid a shábháil mé féin ionradh a dhéanamh ar an gcomharsanacht arís. Tar éis rested awhile, d'ordaigh mé mo sheirbhíseach a fhiosrú ar an mbealach go dtí an sráidbhaile; agus, le tuirse mhór ar ár mbeithíoch, d'éirigh linn an t-achar a bhainistiú i gceann trí uair an chloig.

D'fhág mé ansin é, agus chuaigh mé síos an gleann ina aonar. D'fhéach an séipéal liath níos liath, agus an t-uaigneas uaigneach reilige. Rinne mé idirdhealú idir móinteán agus caoirigh ag bearradh na móna gairide ar na huaigheanna. Aimsir mhilis, the a bhí ann—róthe le haghaidh taistil; ach níor bhac an teas liom taitneamh a bhaint as an radharcra aoibhinn thuas agus thíos: dá bhfeicfinn é níos gaire do mhí Lúnasa, tá mé cinnte go gcuirfeadh sé cathú orm mí a chur amú i measc a chuid solitudes. Sa gheimhreadh rud ar bith níos dreary, i rith an tsamhraidh rud ar bith níos diaga, ná na gleannta dúnta i ag cnoic, agus na bluff, swells trom de heath.

Shroich mé an Ghráinseach roimh luí na gréine, agus bhuail mé le ligean isteach; ach bhí an teaghlach tar éis cúlú isteach san áitreabh cúil, mheas mé, ag bláthfhleasc tanaí gorm amháin, ag tlú ó simléar na cistine, agus níor chuala siad. Rode mé isteach sa chúirt. Faoin bpóirse, shuigh cailín de naonúr nó deichniúr ag cniotáil, agus seanbhean ag cúlú ar leac an tí, ag caitheamh píopa machnamhach.

"An bhfuil Mrs Dean laistigh?" D'éiligh mé an diabhal.

"Déan Máistreás? Nay!" fhreagair sí, "nach bhfuil sí bide anseo: Shoo ar suas ag ú 'Heights."

"An tusa bean an tí, mar sin?" Lean mé ar aghaidh.

"Eea, Aw choinneáil ú 'hause," d'fhreagair sí.

"Bhuel, is mise an tUasal Lockwood, an máistir. An bhfuil aon seomraí ann chun mé a thaisceadh isteach, n'fheadar? Ba mhaith liom fanacht ar feadh na hoíche.

"T' maister!" Adeir sí i iontas. "Whet, whoiver fhios yah wur ag teacht? Yah sud ha ' focal a sheoladh. Tá siad anois níos faide ó thuaidh tirim ná mensful abaht t' áit: nowt nach bhfuil! "

Chaith sí síos a píopa agus bustled i, lean an cailín, agus tháinig mé freisin; níorbh fhada go raibh a tuairisc fíor, agus, thairis sin, go raibh mé beagnach trína chéile ag mo apparition unwelcome, bade mé í a chumadh. Rachainn amach ag siúl; agus, idir an dá linn caithfidh sí iarracht a dhéanamh cúinne de sheomra suí a ullmhú dom a sup i, agus seomra leapa a chodladh i. Ní raibh gá le scuabadh agus dustáil, ach tine mhaith agus bileoga tirime. Ba chosúil go raibh sí sásta a dícheall a dhéanamh; cé thrust sí an teallaigh-scuab isteach sa grates i botún don poker, agus malappropriated roinnt earraí eile a ceardaíochta: ach scoir mé, confiding ina fuinneamh le haghaidh áit scíthe-i gcoinne mo thuairisceán. Ba é Wuthering Heights sprioc an turais a bhí beartaithe agam. An after-thought brought me back, nuair a d'éirigh mé as an gcúirt.

"Gach maith ag na Heights?" D'fhiosraigh mé an bhean.

"Eea, f'r owt ee knaw!" fhreagair sí, skurrying ar shiúl le pan de cinders te.

Ba mhaith liom a d'iarr cén fáth go raibh tréigthe Mrs Dean an Ghráinseach, ach bhí sé dodhéanta moill a chur uirthi ag géarchéim den sórt sin, mar sin chas mé ar shiúl agus rinne mo scoir, rambling leisurely chomh maith, leis an luisne na gréine sinking taobh thiar, agus an ghlóir éadrom gealach ag ardú i tosaigh-fading amháin, agus an brightening eile-mar a scor mé an pháirc, agus dhreap sé an seachbhóthar stony ag craobhscaoileadh amach go dtí teach cónaithe an Uasail Heathcliff. Sular tháinig mé i radharc air, bhí solas ómra gan léas ar feadh an iarthair: ach d'fhéadfainn gach púróg a fheiceáil ar an gcosán, agus gach lann féir, ag an ngealach aoibhinn sin. Ní raibh orm an geata a dhreapadh ná cnag a bhualadh—ghéill sé do mo lámh. Is feabhas é sin, shíl mé. Agus thug mé faoi deara ceann eile, le cabhair mo nostrils; cumhráin stoic agus bláthanna balla wafted ar an aer as measc na crainn torthaí homely.

Bhí idir dhoirse agus laistí ar oscailt; agus fós, mar is gnáth i ngual-dhúthaigh, shoilsigh tine bhreá dhearg an simléar: fágann an compord a fhaigheann an tsúil uaidh an teas breise inbhuaine. Ach tá teach Wuthering Heights chomh mór sin go bhfuil neart spáis ag na háitritheoirí chun tarraingt siar as a thionchar; agus dá réir sin ní raibh na háitritheoirí ann i bhfad ó cheann de na fuinneoga. D'fhéadfainn iad a fheiceáil agus iad a chloisteáil ag caint sula ndeachaigh mé isteach, agus d'fhéach mé agus d'éist mé dá bharr; á bhogadh chuige ag mothú mingled fiosracht agus éad, d'fhás mar lingered mé.

"Con-trary!" arsa guth chomh milis le clog airgid. "Sin don tríú huair, dunce tú! Níl mé ag dul a insint duit arís. Recollect, nó tarraingeoidh mé do chuid gruaige!

"A mhalairt, ansin," fhreagair eile, i toin domhain ach softened. "Agus anois, póg dom, le haghaidh minding chomh maith."

"Níl, léigh sé thar dtús i gceart, gan botún amháin."

Thosaigh an cainteoir fireann ag léamh: fear óg a bhí ann, é gléasta go measúil agus ina shuí ag bord, agus leabhar os a chomhair. A gnéithe dathúil glowed le pléisiúr, agus a shúile choinnigh impatiently wandering ón leathanach le lámh bheag bán thar a ghualainn, a mheabhraigh dó le slap cliste ar an leiceann, aon uair a bhraith a úinéir comharthaí den sórt sin de inattention. Sheas a úinéir taobh thiar de; a solas, ringlets shining chumasc, ag eatraimh, lena glais donn, mar bent sí a superintend a chuid staidéir; agus a aghaidh—bhí an t-ádh air nach bhféadfadh sé a aghaidh a fheiceáil, nó ní bheadh sé chomh seasta sin riamh. D'fhéadfainn; agus giotán mé mo liopa in ainneoin, ag caitheamh amach an deis a d'fhéadfadh a bheith agam rud éigin a dhéanamh seachas stánadh ar a áilleacht smiting.

The task was done, ní raibh sé saor ó thuilleadh blunders; ach d'éiligh an dalta luach saothair, agus fuair sé cúig phóg ar a laghad; a d'fhill sé go fial, áfach. Ansin tháinig siad go dtí an doras, agus as a gcomhrá mheas mé go raibh siad ar tí a eisiúint amach agus siúl ar na moors. Cheap mé gur cheart mé a dhaoradh i gcroí Hareton Earnshaw, mura bhfuil sé ag a bhéal, go dtí an poll is ísle sna réigiúin neamhthorthúla má thaispeáin mé mo dhuine trua ina chomharsanacht ansin; agus mothú an-chiallmhar agus urchóideacha, skulked mé bhabhta a lorg tearmann sa chistin. Bhí admháil gan bhac ar an taobh sin freisin; agus ag an doras shuigh mo sheanchara Nelly Dean, ag fuáil agus ag canadh amhrán; a cuireadh isteach go minic ón taobh istigh le focail chrua de scorn agus éadulaingt, uttered i bhfad ó accents ceoil.

"Ba mhaith liom rayther, ag ú 'haulf, hev' 'em swearing i' mo lugs fro'h morn a neeght, ná hearken ye hahsiver!" A dúirt an tionónta na cistine, mar fhreagra ar óráid unheard de Nelly ar. "Tá sé ina náire blazing, nach féidir liom oppen t 'Leabhar beannaithe, ach yah ar bun iad glories a sattan, agus gach t' wickednesses flaysome gur rugadh iver i ú 'warld! Ó! is tú a raight nowt; agus shoo's eile; & do-ber-sa an leaid bocht sin 'na chaillech. Leaid bhocht!" ar seisean, le groan; "tá sé witched: Tá mé sartin ar't. Ó, a Thiarna, breitheamh 'em, mar tá dlí thuaidh ná ceartas i measc rullers wer!"

"Níl! nó ba chóir dúinn a bheith inár suí i fagots flaming, is dócha," retorted an t-amhránaí. "Ach wisht, fear d'aois, agus a léamh do Bíobla cosúil le Críostaí, agus ní aigne dom. Seo 'Fairy Annie's Wedding'—fonn bonny—téann sé chuig damhsa."

Bhí Mrs Dean ar tí tosú arís, nuair a chuaigh mé chun cinn; agus ag aithint dom go díreach, léim sí go dtí a cosa, ag caoineadh - "Cén fáth, bless tú, an tUasal Lockwood! Conas a d'fhéadfá smaoineamh ar fhilleadh ar an mbealach seo? Gach dúnta suas ag Gráinseach Thrushcross. Ba chóir duit fógra a thabhairt dúinn!

"Tá socrú déanta agam go mbeidh cóiríocht ann, chomh fada agus a fhanfaidh mé," a d'fhreagair mé. "Imím arís go moch. Agus conas atá tú transplanted anseo, Mrs Dean? inis dom é sin.

"D'fhág Zillah, agus ba mhian leis an Uasal Heathcliff dom teacht, go luath tar éis duit dul go Londain, agus fanacht go dtí gur fhill tú. Ach, céim i, guí! Ar shiúil tú ó Gimmerton tráthnóna?

"Ón nGráinseach," a d'fhreagair mé; "agus cé go ndéanann siad seomra lóistín dom ansin, ba mhaith liom mo ghnó a chríochnú le do mháistir; mar ní dóigh liom go bhfuil deis eile agam faoi dheifir."

"Cén gnó, a dhuine uasail?" arsa Nelly, agus mé ag seoladh isteach sa teach. "Tá sé imithe amach faoi láthair, agus ní fhillfidh sé go luath."

"Maidir leis an gcíos," a d'fhreagair mé.

"Ó! ansin tá sé le Mrs Heathcliff ní mór duit a réiteach, "thug sí faoi deara; "Nó in áit liom. Níor fhoghlaim sí a gnóthaí a bhainistiú go fóill, agus gníomhaím ar a son: níl aon duine eile ann."

D'fhéach mé iontas.

"Ah! níor chuala tú trácht ar bhás Heathcliff, feicim," ar sí.

"Heathcliff marbh!" Exclaimed mé, astonished. "Cá fhad ó shin?"

"Trí mhí ó shin: ach suí síos, agus lig dom do hata a ghlacadh, agus inseoidh mé duit faoi. Stop, ní raibh aon rud le hithe agat, an bhfuil?

"Níl aon rud uaim: d'ordaigh mé suipéar sa bhaile. Suíonn tú síos freisin. Níor shamhlaigh mé riamh go bhfuair sé bás! Lig dom a chloisteáil conas a tháinig sé chun pas a fháil. Deir tú nach bhfuil tú ag súil leo ar ais le tamall— na daoine óga?"

"Níl—caithfidh mé iad a scoldú gach tráthnóna le haghaidh a gcuid rambles déanach: ach ní thugann siad aire dom. Ar a laghad, bíodh deoch dár sean-leann agat; déanfaidh sé maitheas duit: is cosúil go bhfuil tú traochta."

Tá sí tar éis é a fháil sula raibh mé in ann diúltú, agus chuala mé Joseph ag fiafraí an bhfuil "rabhadh sé scannal ag caoineadh gur chóir di a bheith leanúna ag a am den saol? Agus ansin, chun iad a fháil jocks amach o 't' maister ar cellar! Shaamed sé cothrom a 'bide fós agus é a fheiceáil. "

Níor fhan sí chun díoltas a bhaint amach, ach tháinig sí isteach arís i nóiméad, agus pionta airgid reaming uirthi, a raibh a bhfuil ann a mhol mé le bheith earnestness. Agus ina dhiaidh sin thug sí seicheamh stair Heathcliff dom. Bhí deireadh "queer" aige, mar a léirigh sí é.

* * * * *

Gaireadh go Wuthering Heights mé, taobh istigh de choicís tar éis duit sinn a fhágáil, a dúirt sí; agus ghéill mé go lúcháireach, ar mhaithe le Catherine. Chuir mo chéad agallamh léi casaoid agus iontas orm: bhí an oiread sin athraithe aici ó scaradh muid. Níor mhínigh an tUasal Heathcliff na cúiseanna a bhí aige le hintinn nua a thógáil faoi mo theacht anseo; ní dúirt sé liom ach go raibh sé ag iarraidh orm, agus bhí sé tuirseach de Catherine a fheiceáil: caithfidh mé an parlús beag a dhéanamh de mo sheomra suí-, agus í a choinneáil liom. Ba leor dá mbeadh dualgas air í a fheiceáil uair nó dhó sa lá. Ba chosúil go raibh sí sásta leis an socrú seo; agus, de réir céimeanna, smugláil mé thar líon mór leabhar, agus earraí eile, a bhí déanta aici spraoi ag an nGráinseach; agus flattered mé féin ba chóir dúinn a fháil ar i chompord tolerable. Níor mhair an delusion i bhfad. D'fhás Catherine, a bhí sásta ar dtús, i spás gairid greannmhar agus suaimhneach. Ar rud amháin, bhí cosc uirthi bogadh amach as an ngairdín, agus fretted sé í faraor a bheith teoranta dá teorainneacha cúnga mar a tharraing an t-earrach ar; do dhuine eile, agus an teach á leanúint agam, b'éigean dom éirí as go minic, agus rinne sí gearán faoin uaigneas: b'fhearr léi a bheith ag clamhsán le Iósaef sa chistin le suí ar a suaimhneas ina solitude. Níor mhiste liom a gcuid scigmhagadh: ach ba mhinic a bhí dualgas ar Hareton an chistin a lorg freisin, nuair a bhí an máistir ag iarraidh an teach a bheith aige dó féin; agus cé gur fhág sí i dtosach é ag a chur chuige, nó chuaigh sí go ciúin i mo ghairmeacha, agus shunned ag rá nó ag tabhairt aghaidh air-agus cé go raibh sé i gcónaí chomh sullen agus ciúin agus is féidir-tar éis tamaill, d'athraigh sí a hiompar, agus d'éirigh sí éagumasach ligean dó ina n-aonar: ag caint air; ag trácht ar a dúrt agus a díomhaointeas; ag cur in iúl di wonder conas a d'fhéadfadh sé mairfidh an saol a mhair sé-conas a d'fhéadfadh sé suí tráthnóna ar fad ag stánadh isteach sa tine, agus dozing.

"Tá sé díreach cosúil le madra, nach bhfuil sé, Ellen?" thug sí faoi deara uair amháin, "nó cart-capall? Déanann sé a chuid oibre, itheann sé a chuid bia, agus codlaíonn sé go síoraí! Cén aigne bhán, dreary a chaithfidh sé a bheith aige! An bhfuil tú riamh aisling, Hareton? Agus, má dhéanann tú, cad atá i gceist leis? Ach ní féidir leat labhairt liom!

Ansin d'fhéach sí air; ach ní osclódh sé a bhéal ná ní fhéachfadh sé arís.

"Tá sé, b'fhéidir, ag brionglóideach anois," ar sí. "Tharraing sé a ghualainn agus Juno ag bualadh léi. Cuir ceist air, Ellen.

"Iarrfaidh an tUasal Hareton ar an máistir tú a sheoladh thuas staighre, mura n-iompraíonn tú tú féin!" Dúirt mé. Ní hamháin gur tharraing sé a ghualainn ach chrom sé ar a dhorn, amhail is go raibh cathú air é a úsáid.

"Tá a fhios agam cén fáth nach labhraíonn Hareton riamh, nuair a bhíonn mé sa chistin," exclaimed sí, ar ócáid eile. "Tá eagla air go ndéanfaidh mé gáire air. Ellen, cad a cheapann tú? Thosaigh sé ag múineadh dó féin le léamh uair amháin; agus, mar gheall ar gáire mé, dóite sé a chuid leabhar, agus thit sé: nach raibh sé ina amadán? "

"Nach raibh tú dána?" Dúirt mé; "Freagair dom é sin."

"B'fhéidir go raibh mé," ar sise; "ach ní raibh mé ag súil go mbeadh sé chomh amaideach. Hareton, dá dtabharfainn leabhar duit, an dtógfadh tú anois é? Bainfidh mé triail as!

Chuir sí ceann a raibh sí ag luí ar a láimh; He flung it off, and muttered, mura dtabharfadh sí thairis, bhrisfeadh sé a muineál.

"Bhuel, cuirfidh mé anseo é," a dúirt sí, "sa tarraiceán boird; agus tá mé ag dul a chodladh.

Ansin dúirt sí liom féachaint ar bhain sé leis, agus d'imigh sé. Ach ní thiocfadh sé in aice leis; agus mar sin chuir mé in iúl di ar maidin, lena díomá mór. Chonaic mé go raibh brón uirthi as a sulkiness persevering agus indolence: a coinsiasa reproved di as eagla air as feabhas a chur air féin: bhí déanta aici go héifeachtach. Ach bhí a ingenuity ag obair chun an gortú a leigheas: cé go ndearna mé iarnáil, nó gur shaothraigh mé fostaíochtaí eile den sórt sin nach raibh mé in ann a dhéanamh go maith sa pharlús, thabharfadh sí toirt thaitneamhach éigin agus léifeadh sí os ard dom é. Nuair a bhí Hareton ann, shos sí go ginearálta i gcuid suimiúil, agus d'fhág sí an leabhar ina luí faoi: go ndearna sí arís agus arís eile; ach bhí sé chomh doiléir le miúil, agus, in ionad sciobadh ar a bhaoite, in aimsir fhliuch ghlac sé le caitheamh tobac le Joseph; agus shuigh siad cosúil le automatons, ceann ar gach taobh den tine, an elder sona sásta ró-bodhar a thuiscint a nonsense wicked, mar a bheadh sé ar a dtugtar é, an óige ag déanamh a dhícheall chun neamhaird a dhéanamh air. Tráthnóna breátha lean an dara ceann a thurais lámhaigh, agus d'éirigh Catherine agus chlis uirthi, agus chuimil sí mé chun labhairt léi, agus rith sé amach sa chúirt nó sa ghairdín an nóiméad a thosaigh mé; agus, mar acmhainn dheireanach, adeir, agus dúirt sí go raibh sí tuirseach de bheith ag maireachtáil: bhí a saol gan úsáid.

An tUasal Heathcliff, a d'fhás níos mó agus níos mó disinclined don tsochaí, bhí dhíbir beagnach Earnshaw as a árasán. Mar gheall ar thimpiste ag tús mhí an Mhárta, bhí sé ina daingneán sa chistin ar feadh roinnt laethanta. Phléasc a ghunna agus é amuigh ar na cnoic leis féin; Ghearr splinter a lámh, agus chaill sé go leor fola sula bhféadfadh sé teacht abhaile. Ba é an toradh a bhí air sin, perforce, bhí sé dhaoradh chun na tine agus suaimhneas, till rinne sé suas arís é. D'oir sé do Catherine é a bheith ann: ar aon chuma, chuir sé fuath ar a seomra thuas staighre níos mó ná riamh: agus chuirfeadh sí iallach orm gnó a fháil amach thíos, go bhféadfadh sí a bheith in éineacht liom.

Luan Cásca, chuaigh Joseph go dtí aonach Gimmerton le roinnt eallach; agus, um thráthnóna, bhí mé gnóthach ag dul suas líneádach sa chistin. Earnshaw shuigh, morose mar is gnách, ag an choirnéal simléar, agus bhí mo mháistreás beag beguiling uair an chloig díomhaoin le pictiúir a tharraingt ar an fhuinneog-panes, athrú a spraoi ag bursts smothered na n-amhrán, agus ejaculations whispered, agus sracfhéachaint tapa ar annoyance agus impatience i dtreo a col ceathrar, a deataithe go seasta, agus d'fhéach sé isteach sa gráta. Ar fhógra go raibh mé in ann a dhéanamh léi a thuilleadh intercepting mo solas, bhain sí go dtí an leac teallaigh. Is beag aird a thug mé ar a cuid imeachtaí, ach, faoi láthair, chuala mé í ag tosú - "Fuair mé amach, Hareton, gur mhaith liom-go bhfuil áthas orm-gur mhaith liom tú a bheith i mo chol ceathrar anois, más rud é nach raibh tú tar éis fás chomh tras dom, agus mar sin garbh. "

Níor fhill Hareton aon fhreagra.

"Hareton, Hareton, Hareton! an gcloiseann tú?" ar sise.

"Éirigh as wi 'ye!" D'fhás sé, le gruffness uncompromising.

"Lig dom an píopa sin a thógáil," a dúirt sí, ag cur a lámh chun cinn go cúramach agus á astarraingt as a bhéal.

Sula bhféadfadh sé iarracht a ghnóthú é, bhí sé briste, agus taobh thiar den tine. Mhionnaigh sé uirthi agus ghabh sé ceann eile.

"Stop," adeir sí, "caithfidh tú éisteacht liom ar dtús; agus ní féidir liom labhairt agus na scamaill sin ar snámh i m'aghaidh."

"An rachaidh tú go dtí an diabhal!" exclaimed sé, ferociously, "agus lig dom a bheith!"

"Níl," ar sise, "ní bheidh mé: ní féidir liom a rá cad atá le déanamh chun go labhródh tú liom; agus tá tú meáite ar gan a thuiscint. Nuair a ghlaoim dúr ort, ní chiallaíonn mé rud ar bith: Ní chiallaíonn mé go bhfuil meas agam ort. Tar, tabharfaidh tú faoi deara dom, a Hareton: is tú mo chol ceathrar, agus bcidh tú liom féin.

"Beidh mé dána a dhéanamh wi 'tú féin agus do bród mucky, agus do cleasanna magadh damned!" fhreagair sé. "Rachaidh mé go hIfreann, corp agus anam, sula dtabharfaidh mé aire duit arís. Side out o't' gate, anois, an nóiméad seo!

Chroith Catherine, agus chúlaigh sí go dtí suíochán na fuinneoige ag cogaint a liopa, agus ag iarraidh, trí fhonn éicint a náiriú, claonadh a bhí ag fás chun sob a cheilt.

"Ba chóir duit a bheith cairde le do chol ceathrair, an tUasal Hareton," isteach mé, "ós rud é repents sí ar a sauciness. Dhéanfadh sé an-mhaith duit: dhéanfadh sé fear eile duit í a bheith agat do chompánach."

"Compánach!" Adeir sé; "Nuair a fuath sí dom, agus ní dóigh liom oiriúnach a wipe a shoon! Nay, má rinne sé dom rí, Ní ba mhaith liom a bheith scorned as lorg a dea-thoil ar bith níos mó. "

"Ní mise a bhfuil fuath agat ort, is tusa a bhfuil fuath agat orm!" wept Cathy, a thuilleadh disguising a trioblóid. "Is fuath leat dom an oiread agus a dhéanann an tUasal Heathcliff, agus níos mó."

"Is liar damanta thú," arsa Earnshaw: "cén fáth ar chuir mé fearg air, trí do chuid a ghlacadh, ansin, céad uair? agus nuair a sneered tú ag agus despised dom, agus-Téigh ar plaguing dom, agus beidh mé céim i yonder, agus a rá buartha tú dom amach as an chistin! "

"Ní raibh a fhios agam gur ghlac tú mo chuid," a d'fhreagair sí, ag triomú a súile; "agus bhí mé olc agus searbh ag gach duine; ach anois gabhaim buíochas leat, agus impím ort maithiúnas a thabhairt dom: cad is féidir liom a dhéanamh seachas?

D'fhill sí ar an teallach, agus shín sí a lámh go neamhbhalbh. Blackened sé agus scowled cosúil le toirneach-scamall, agus choinnigh a dhorn clenched diongbháilte, agus a gaze seasta ar an talamh. Ní foláir nó gur dhiaigh Catherine, trí instinct, go raibh sé obdurate perversity, agus ní nach dtaitníonn, a spreag an t-iompar dogged seo; óir, tar éis di fanacht ar an toirt undecided, stooped sí agus tógtha ar a leiceann póg milis. Shíl an bradach beag nach bhfaca mé í, agus, ag tarraingt siar, thóg sí a hiarstáisiún ag an bhfuinneog, go leor demurely. Chroith mé mo cheann go reprovingly, agus ansin blushed sí agus whispered - "Bhuel! cad ba cheart dom a dhéanamh, Ellen? Ní chroithfeadh sé lámha, agus ní fhéachfadh sé: caithfidh mé a thaispeáint dó ar bhealach éigin gur maith liom é-gur mhaith liom a bheith ina chairde.

Cibé an póg cinnte Hareton, Ní féidir liom a rá: bhí sé an-chúramach, ar feadh roinnt nóiméad, nár chóir a aghaidh a fheiceáil, agus nuair a rinne sé é a ardú, bhí sé puzzled brónach nuair a dul a shúile.

D'fhostaigh Catherine í féin chun leabhar dathúil a chlúdach go néata i bpáipéar bán, agus tar éis di é a cheangal le beagán ribín, agus thug sí aghaidh air chuig "Mr. Hareton Earnshaw," theastaigh uaithi go mbeadh mé ina ambassadress, agus an láthair a chur in iúl dá faighteoir i ndán.

"Agus abair leis, má thógfaidh sé é, tiocfaidh mé agus múinfidh mé dó é a léamh i gceart," a dúirt sí; "agus, má dhiúltaíonn sé é, rachaidh mé thuas staighre, agus ní chuimleoidh mé arís é."

Rinne mé é, agus arís agus arís eile an teachtaireacht; d'fhéach m'fhostóir go himníoch air. Ní osclóidh Hareton a mhéara, mar sin leag mé ar a ghlúin é. Níor bhain sé de, ach an oiread. D'fhill mé ar mo chuid oibre. Chlaon Catherine a ceann agus a lámha ar an mbord, go dtí gur chuala sí meirge beag an chlúdaigh á bhaint; ansin ghoid sí ar shiúl, agus ina suí go ciúin í féin in aice lena col ceathrar. Trembled sé, agus a aghaidh glowed: bhí tréigthe go léir a rudeness agus go léir a harshness surly air: ní fhéadfadh sé a thoghairm misneach, ar dtús, a utter siolla mar fhreagra ar a cuma ceistiúcháin, agus a achainí murmured.

"Abair leat logh dom, Hareton, a dhéanamh. Is féidir leat a dhéanamh dom chomh sásta ag labhairt an focal beag. "

Muttered sé rud éigin inaudible.

"Agus beidh tú i do chara?" arsa Catherine, go ceisteach.

"Nay, beidh náire ort orm gach lá de do shaol," a d'fhreagair sé; "Agus dá mhéad náire, is ea is mó a bhfuil aithne agat orm; agus ní féidir liom é a bide."

"Mar sin, ní bheidh tú a bheith ar mo chara?" A dúirt sí, miongháire chomh milis le mil, agus creeping gar suas.

Ní raibh aon chaint shuntasach eile agam, ach, nuair a d'fhéach mé thart arís, bhraith mé go raibh dhá ghnúis raidiciúla den sórt sin lúbtha thar leathanach an leabhair a nglactar leis, nach raibh amhras orm go raibh an conradh daingnithe ar an dá thaobh; agus bhí na naimhde, as sin amach, comhghuaillithe faoi mhionn.

Bhí an obair a ndearna siad staidéar air lán le pictiúir chostasacha; agus bhí charm go leor acu siúd agus a seasamh chun iad a choinneáil gan bogadh go dtí gur tháinig Iósaef abhaile. Bhí sé féin, an fear bocht, breá aghast ag seónna Catherine ina suí ar an mbinse céanna le Hareton Earnshaw, ag claonadh a lámh ar a ghualainn; agus chonnairc sé ar an endurance ab ansa leis a chóngaracht: chuaigh sé i bhfeidhm rómhór air chun tuairim a thabhairt ar an ábhar an oíche sin. Níor nocht a mhothúchán ach na osna ollmhóra a tharraing sé, agus é ag scaipeadh a Bhíobla mór go sollúnta ar an mbord, agus é a fhorleathnú le nótaí bainc salach óna leabhar póca, toradh idirbhearta an lae. Ag fad thoghairm sé Hareton as a shuíochán.

"Tak 'seo i t' maister, lad," a dúirt sé, "agus bide ann. Tá mé gang suas go dtí mo rahm féin. Níl an hoile seo mensful ná is cosúil dúinn: mun taobh amach agus seearch eile. "

"Tar, a Chaitríona," a dúirt mé, "caithfidh muid 'taobh amach' freisin: tá mo chuid iarnála déanta agam. An bhfuil tú réidh le dul?"

"Níl sé a hocht a chlog!" fhreagair sí, ag ardú unwillingly. "Hareton, fágfaidh mé an leabhar seo ar an simléar-píosa, agus tabharfaidh mé roinnt eile chun amárach."

"Leabhair Ony go yah saoire, Beidh mé tak' isteach ú' hahse," a dúirt Joseph, "agus beidh sé mitch má yah teacht ar 'em agean; soa, féadfaidh yah plase yerseln!

Bhagair Cathy go n-íocfadh a leabharlann as a cuid; agus, ag miongháire agus í ag dul thar Hareton, chuaigh sí ag canadh thuas staighre: níos éadroime de chroí, tá mé ag iarraidh a rá, ná mar a bhí sí riamh faoin díon sin roimhe sin; ach amháin, b'fhéidir, le linn a cuairteanna is luaithe ar Linton.

Mar sin, thosaigh an dlúthchaidreamh ag fás go tapa; cé go raibh briseadh sealadach i gceist. Ní raibh Earnshaw le bheith sibhialta le mian, agus ní raibh mo bhean óg aon fhealsamh, agus gan aon paragon foighne; ach an dá a n-intinn claonadh go dtí an pointe céanna-ceann grámhara agus ar mian leo a mheas, agus an ceann eile grámhara agus ar mian leo a bheith esteemed-contrived siad sa deireadh chun é a bhaint amach.

Feiceann tú, an tUasal Lockwood, bhí sé éasca go leor croí Mrs Heathcliff a bhuachan. Ach anois, tá áthas orm nach ndearna tú iarracht. Is é an chóroín de mo mhianta go léir ná aontas na beirte sin. Ní chuirfidh mé éad ar aon duine lá a bpósta: ní bheidh bean níos sona ná mé féin i Sasana!

CAIBIDIL XXXIII

Ar an Luan sin, ní raibh Earnshaw in ann a ghnáthfhostaíocht a leanúint go fóill, agus dá bhrí sin d'fhan sé thart ar an teach, fuair mé amach go gasta nach mbeadh sé dodhéanta mo mhuirear a choinneáil in aice liom, mar a bhí go dtí seo. D'éirigh sí thíos staighre romham, agus amach sa ghairdín, áit a bhfaca sí a col ceathrar ag déanamh obair éasca; agus nuair a chuaigh mé chun tairiscint a dhéanamh orthu teacht chun bricfeasta, chonaic mé go raibh sí ina luí air spás mór talún a ghlanadh ó toir currant agus gooseberry, agus bhí siad gnóthach ag pleanáil le chéile allmhairiú plandaí ón nGráinseach.

Bhí faitíos orm faoin léirscrios a rinneadh i gceann leathuaire gairid; ba iad na crainn dubh-currant úll shúil Iósaef, agus bhí sí díreach tar éis a rogha de leaba bláthanna a shocrú ina measc.

"Tá! Taispeánfar é sin go léir don mháistir," arsa mise, "an nóiméad a aimsítear é. Agus cén leithscéal atá agat a thairiscint as saoirsí den sórt sin a thógáil leis an ngairdín? Beidh pléascadh breá againn ar a cheann: féach an bhfuilimid! An tUasal Hareton, N'fheadar ba chóir duit a bheith níos mó WIT ná chun dul agus a dhéanamh go praiseach ar a bidding!"

"Ba mhaith liom dearmad a dhéanamh go raibh siad Joseph," fhreagair Earnshaw, in áit puzzled; "ach inseoidh mé dó go ndearna mé é."

D'ith muid ár mbéilí i gcónaí leis an Uasal Heathcliff. Bhí post an máistreása agam ag déanamh tae agus snoíodóireachta; mar sin bhí mé fíor-riachtanach ag bord. Shuigh Catherine liom de ghnáth, ach go dtí an lá ghoid sí níos gaire do Hareton; agus chonaic mé faoi láthair nach mbeadh níos mó discréid aici ina cairdeas ná mar a bhí aici ina naimhdeas.

"Anois, cuimhnigh nach bhfuil tú ag caint leis agus faoi deara do chol ceathrair i bhfad ró-," Bhí mo threoracha whispered agus muid ag dul isteach sa seomra. "Beidh sé annoy cinnte an tUasal Heathcliff, agus beidh sé a bheith as do mheabhair ag tú araon."

"Níl mé ag dul go dtí," fhreagair sí.

An nóiméad ina dhiaidh sin, bhí sidled sí dó, agus bhí ag gobadh sabhaircíní ina phláta leite.

Níor leomh sé labhairt léi ansin: is ar éigean a d'fhéach sé; agus fós chuaigh sí ar teasing, till bhí sé faoi dhó ar an bpointe a bheith spreagtha chun gáire. Frowned mé, agus ansin spléach sí i dtreo an mháistir: a raibh a intinn áitiú ar ábhair eile seachas a chuideachta, mar a evinced a ghnúis; agus d'fhás sí tromchúiseach ar feadh meandair, ag grinnscrúdú air le domhantarraingt dhomhain. Ina dhiaidh sin chas sí, agus chuir sí tús lena nonsense; ar deireadh, rinne Hareton gáire smothered. Thosaigh an tUasal Heathcliff; Rinne a shúil suirbhé tapa ar ár n-aghaidheanna. Bhuail Catherine leis an gcuma a bhí aici ar an néaróg agus ar an dímheas a bhí uirthi go fóill, rud a d'éirigh leis.

"Tá sé go maith go bhfuil tú as mo bhaint amach," exclaimed sé. "Cén fiend atá agat chun stánadh siar orm, go leanúnach, leis na súile neamhthorthúla sin? Síos leo! agus ná cuir i gcuimhne dom go bhfuil tú ann arís. Shíl mé go raibh leigheas agam ort ag gáire.

"Bhí sé dom," muttered Hareton.

"Cad a deir tú?" a d'éiligh an máistir.

D'fhéach Hareton ar a phláta, agus ní dhearna sé an admháil arís. D'fhéach an tUasal Heathcliff air beagán, agus ansin atosú go ciúin a bhricfeasta agus a musing isteach. Bhí muid beagnach críochnaithe, agus bhog an bheirt ógánach go stuama níos leithne asunder, mar sin bhí mé ag súil le suaitheadh breise le linn an suí sin: nuair a bhí Joseph le feiceáil ag an doras, ag nochtadh ag a liopa quivering agus súile furious gur braitheadh an t-uafás a rinneadh ar a toir lómhara. Ní foláir nó go bhfaca sé Cathy agus a col ceathrair faoin spota sular scrúdaigh sé é, óir fad is a bhí a fhód ag obair mar a bheadh bó ag cogaint a cud, agus ba dheacair a chuid cainte a thuiscint, thosaigh sé:—

"Mun hev mé 'mo phá, agus mun goa mé! Hed mé dírithe ar dee wheare ba mhaith liom sarved fionnaidh seasca bliain; & do-ghéabhaidh mé mo leabhair suas i t' garret, & gach n-uile giota o 'stuif, & sud siad hev' t' cistin a n-oidhche; ar mhaithe le ciúineas. Tá sé deacair a gie suas mo hearthstun awn, ach thowt mé *in ann* é sin a dhéanamh! Ach níl, shoo ar taan mo ghairdín fro 'dom, agus ag ú 'croí, maister, Ní féidir liom seasamh air! Is féidir Yah Bend a ú 'yoak ar uacht ye-I noan úsáidtear chun 't, agus nach bhfuil fear d'aois sooin a fháil a úsáidtear chun barthens nua. Ba mhaith liom rayther arn mo bite ar 'mo sup wi' casúr i ú ' bóthar! "

"Anois, anois, leathcheann!" isteach Heathcliff, "gearr sé gearr! Cad é do chuid casaoide? Ní chuirfidh mé isteach ar aon chonspóid idir tú féin agus Nelly. Féadfaidh sí tú a thrust isteach sa ghual-poll le haghaidh aon rud cúram mé. "

"Tá sé noan Nelly!" fhreagair Joseph. "Níl mé ag aistriú do Nelly-olc tinn nowt mar atá shoo. Buíochas le Dia! *ní* féidir shoo stale t 'sowl o' nob'dy! Shoo wer niver soa dathúil, ach cad a fhéachann láibe comhlacht ar a 'bout winking. Tá sé yon flaysome, quean graceless, go witched ár lad, wi 'a een trom agus a bealaí forrard-till-Nay! cuireann sé frustrachas ar mo chroí! Tá dearmad déanta aige ar gach a ndearna mé dó, agus rinne sé air, agus goan agus riven suas as a chéile ar fad o 't' grandest currant-trees i't' garden!" agus anseo lamented sé thar barr amach; gan foireann ag tuiscint ar a ghortuithe searbha, agus ingratitude Earnshaw agus riocht contúirteach.

"An bhfuil an t-amadán ar meisce?" D'iarr an tUasal Heathcliff. "Hareton, an bhfuil sé ag fáil locht air?"

"Tharraing mé suas dhá nó trí sceach," a d'fhreagair an fear óg; "ach tá mé ag dul a shocrú 'em arís."

"Agus cén fáth ar tharraing tú suas iad?" arsa an máistir.

Chuir Catherine go críonna ina teanga.

"Bhí muid ag iarraidh roinnt bláthanna a chur ann," adeir sí. "Is mise an t-aon duine a chuir an milleán air, mar ba mhian liom é a dhéanamh."

"Agus cé a thug an diabhal *cead duit* bata a leagan faoin áit?" a d'éiligh a hathair-i-dlí, iontas mór. "Agus cé a d'ordaigh *duit* géilleadh di?" ar seisean, ag casadh ar Hareton.

Bhí an dara ceann gan urlabhra; d'fhreagair a chol ceathrair — "Níor chóir duit cúpla slat talún a ghríosú dom chun ornáid a dhéanamh, nuair a bheidh mo chuid talún ar fad tógtha agat!"

"Do thalamh, slut insolent! Ní raibh aon cheann agat riamh," arsa Heathcliff.

"Agus mo chuid airgid," ar sise; ag filleadh ar a glare feargach, agus idir an dá linn biting píosa screamh, an iarsma a bricfeasta.

"Ciúnas!" exclaimed sé. "Faigh déanta, agus begone!"

"Agus talamh Hareton, agus a chuid airgid," shaothraigh an rud meargánta. "Hareton agus is cairde mé anois; agus inseoidh mé dó fútsa!

An chuma ar an máistir confounded nóiméad: d'fhás sé pale, agus d'ardaigh suas, eyeing di go léir an am céanna, le léiriú fuath mortal.

"Má bhuaileann tú mé, buailfidh Hareton thú," a dúirt sí; "Mar sin, is féidir leat chomh maith suí síos."

"Mura dtéann Hareton amach as an seomra, buailfidh mé go hIfreann é," a dúirt Heathcliff. "Cailleach damanta! leomh tú ligean ort é a rouse i mo choinne? Amach léi! An gcloiseann tú? Fling sí isteach sa chistin! Maróidh mé í, Ellen Dean, má ligeann tú di teacht isteach i mo radharc arís!

Rinne Hareton iarracht, faoina anáil, a chur ina luí uirthi dul.

"Tarraing í ar shiúl!" Adeir sé, savagely. "An bhfuil tú ag fanacht chun labhairt?" Agus chuaigh sé chun a ordú féin a fhorghníomhú.

"Ní ghéillfidh sé duit, a dhuine ghránna, a thuilleadh," arsa Catherine; "agus is gearr go bhfianóidh sé thú an oiread agus is féidir liom."

"Guí! wisht!" muttered an fear óg, reproachfully; "Ní chloisfidh mé tú ag labhairt mar sin leis. Tá sé sin déanta."

"Ach ní ligfidh tú dó mé a bhualadh?" adeir sí.

"Tar, ansin," whispered sé earnestly.

Bhí sé ródhéanach: bhí Heathcliff tar éis greim a ghabháil uirthi.

"Anois, téann tú!" A dúirt sé le Earnshaw. "Cailleach accursed! an uair seo spreag sí mé nuair nach raibh mé in ann é a iompróidh; agus déanfaidh mé aithrí uirthi go brách!

Bhí a lámh ina gruaig aige; Rinne Hareton iarracht a glais a scaoileadh, ag cur isteach air gan í a ghortú an uair sin. Bhí súile dubha Heathcliff splanctha; bhí an chuma air go raibh sé réidh le Catherine a stróiceadh i bpíosaí, agus bhí mé díreach tar éis a bheith i mbaol ag teacht chun tarrthála, nuair a mhaolaigh a mhéara go tobann; Bhog sé a thuiscint óna ceann go dtí a lámh, agus gazed go géar ina aghaidh. Ansin tharraing sé a lámh thar a shúile, sheas sé nóiméad chun é féin a bhailiú de réir dealraimh, agus ag casadh as an nua do Catherine, dúirt sé, le suaimhneas glactha - "Caithfidh tú foghlaim gan mé a chur i paisean, nó déanfaidh mé dúnmharú ort i ndáiríre tamall! Téigh le Mrs Dean, agus coinnigh léi; agus do insolence a theorannú dá cluasa. Maidir le Hareton Earnshaw, má fheicim é ag éisteacht leat, cuirfidh mé chuige ag lorg a aráin áit ar féidir leis é a fháil! Beidh do ghrá a dhéanamh dó outcast agus beggar. Nelly, tóg í; agus fág mise, sibh ar fad! Fág mise!

Threoraigh mé mo bhean óg amach: bhí sí róshásta lena héalú chun seasamh in aghaidh; an ceann eile ina dhiaidh sin, agus bhí an tUasal Heathcliff an seomra dó féin till dinnéar. Bhí comhairle tugtha agam do Chaitríona dul suas an staighre; ach, chomh luath agus a bhraith sé a suíochán folamh, chuir sé mé chun glaoch uirthi. Labhair sé le duine ar bith againn, d'ith sé an-bheag, agus chuaigh sé amach go díreach ina dhiaidh sin, ag cur in iúl nár chóir dó filleadh roimh thráthnóna.

Bhunaigh an bheirt chairde nua iad féin sa teach le linn dó a bheith as láthair; nuair a chuala mé Hareton seiceáil sternly a chol ceathrair, ar a thairiscint nochtadh iompar a hathar-i-dlí a athair. Dúirt sé nach bhfulaingeodh sé focal le rá ina dhíshealbhú: dá mba é an diabhal é, níor chuir sé in iúl; sheasfadh sé leis; agus b'fhearr leis go mbainfeadh sí mí-úsáid as féin, mar a bhíodh sí, ná tosú ar an Uasal Heathcliff. Bhí Catherine ag céiriú na croise faoi seo; ach fuair sé modhanna chun a teanga a shealbhú, ag fiafraí conas ba mhaith léi go labhródh sé tinn dá hathair? Ansin thuig sí gur thug Earnshaw cáil an mháistir abhaile chuige féin; agus bhí sé ceangailte le ceangail níos láidre ná mar a d'fhéadfadh cúis a bhriseadh-slabhraí, brionnaithe ag nós, a bheadh sé cruálach chun iarracht a scaoileadh. Léirigh sí croí maith, as sin amach, chun gearáin agus léirithe frithbhá a bhaineann le Heathcliff a sheachaint; agus d'admhaigh sí dom go ndearna sí iarracht drochspiorad a ardú idir é féin agus Hareton: go deimhin, ní chreidim gur anáil sí siolla riamh, in éisteacht an dara ceann, in aghaidh a cos ar bolg ó shin.

Nuair a bhí an t-easaontas beag seo thart, ba chairde iad arís, agus chomh gnóthach agus ab fhéidir ina ngairmeacha éagsúla daltaí agus múinteora. Tháinig mé isteach chun suí leo, after I had done my work; agus mhothaigh mé chomh soothed agus comforted chun féachaint orthu, nach raibh mé faoi deara conas a fuair an t-am ar. Tá a fhios agat, bhí siad beirt le feiceáil i mbeart mo pháistí: bhí mé bródúil as ceann le fada; agus anois, bhí mé cinnte, bheadh an ceann eile ina fhoinse sástachta comhionann. Chroith a nádúr macánta, te, agus cliste scamaill an aineolais agus an díghrádaithe ina raibh sé síolraithe; agus d'fheidhmigh moladh ó chroí Catherine mar spor dá thionscal. Gheal a intinn gheal a ghnéithe, agus chuir sé spiorad agus uaisle lena ngné: is ar éigean a d'fhéadfainn é a mhaisiú an duine céanna a bhí coinnithe siar agam an lá a d'aimsigh mé mo bhean bheag ag Wuthering Heights, tar éis a turais chuig na Crags. Cé go raibh meas agam air agus iad ag obair, tharraing dusk ar, agus leis sin d'fhill an máistir. Tháinig sé orainn gan choinne go leor, ag dul isteach ar an mbealach tosaigh, agus bhí radharc iomlán aige ar an triúr ar fad, ere d'fhéadfaimis ár gcinn a ardú chun sracfhéachaint a thabhairt air. Bhuel, léirigh mé, ní raibh radharc níos taitneamhaí, nó níos neamhdhíobhálach ann riamh; agus is mór an náire dhó iad a scoldú. An solas dearg tine-éadrom glowed ar a dhá cheann bonny, agus nocht a n-aghaidh beoite leis an spéis fonn na leanaí; óir, cé go raibh sé trí bliana is fiche d'aois agus í ocht mbliana déag d'aois, bhí an oiread sin nuachta ag gach duine acu le mothú agus le foghlaim, nach raibh taithí ná evinced acu ar mheon na haibíochta sober disenchanted.

Thóg siad a súile le chéile, chun teacht ar an Uasal Heathcliff: b'fhéidir nár dhúirt tú riamh go bhfuil a súile cosúil go beacht, agus is iad siúd Catherine Earnshaw iad. Níl aon chosúlacht eile ag Catherine an lae inniu léi, ach amháin fairsinge forehead, agus áirse áirithe den nostril a fhágann go bhfuil sí sách múinte, cibé acu an mbeidh sí nó nach mbeidh. Le Hareton déantar an chosúlacht níos faide: tá sé uatha i gcónaí, *ansin* bhí sé buailte go háirithe; toisc go raibh a chéadfaí airdeall, agus a dámha meabhrach wakened le gníomhaíocht unwonted. Is dócha go bhfuil an chosúlacht seo disarmed An tUasal Heathcliff: shiúil sé go dtí an teallach i corraíl soiléir; ach d'imigh sé go tapa agus é ag féachaint ar an bhfear óg: nó, ba cheart dom a rá, d'athraigh sé a charachtar; óir bhí sé ann go fóill.

Thóg sé an leabhar óna láimh, agus spléachadh ar an leathanach oscailte, ansin d'fhill sé gan aon bhreathnóireacht; ach ag síniú Catherine ar shiúl: lingered a compánach an-beag taobh thiar di, agus bhí mé ar tí imeacht freisin, ach tairiscint sé dom suí go fóill.

"Is bocht an chonclúid é, nach ea?" a thug sé faoi deara, tar éis dó tamall a chaitheamh ar an láthair a chonaic sé díreach: "foirceannadh áiféiseach ar mo chuid saothar foréigneach? Faighim luamháin agus mattocks chun an dá theach a scartáil, agus mé féin a thraenáil le bheith in ann oibriú mar Hercules, agus nuair a bhíonn gach rud réidh agus i mo chumhacht, faighim an toil scláta a thógáil as ceachtar díon imithe! Níor bhuail mo shean-naimhde mé; anois an t-am beacht chun díoltas a bhaint amach mé féin ar a n-ionadaithe: d'fhéadfainn é a dhéanamh; agus ní fhéadfadh aon duine bac a chur orm. Ach cá bhfuil an úsáid? Is cuma liom buailte: ní féidir liom an trioblóid a thógáil chun mo lámh a ardú! Fuaimeanna sin amhail is dá mba rud é go raibh mé ag obair an t-am ar fad ach a thaispeáint tréith fíneáil de magnanimity. Tá sé i bhfad ó bheith ar an gcás: Chaill mé an dámh taitneamh a bhaint as a n-scrios, agus tá mé ró-díomhaoin a mhilleadh le haghaidh rud ar bith.

"Nelly, tá athrú aisteach ag druidim; Tá mé faoina scáth faoi láthair. Is beag suim a chuirim i mo shaol laethúil gur ar éigean is cuimhin liom ithe agus ól. Is iad an bheirt sin a d'fhág an seomra an t-aon rud a choinníonn cuma ábhartha ar leith orm; agus cuireann an chuma sin pian orm, arb ionann é agus agony. Maidir *léi* ní bheidh mé ag labhairt; agus ní mian liom chun smaoineamh; ach is mian liom earnestly bhí sí dofheicthe: agairt a láithreacht ach mothaithe maddening. *Bogann sé* mé ar bhealach difriúil: agus fós dá bhféadfainn é a dhéanamh gan dealramh dÚsachtach, ní fheicfinn arís é! B'fhéidir go gceapfá go bhfuil claonadh agam a bheith amhlaidh," a dúirt sé, ag déanamh iarrachta aoibh gháire a dhéanamh, "má dhéanaim iarracht cur síos a dhéanamh ar na míle cineál cumann agus smaointe a dhúisíonn sé nó a chuimsíonn sé. Ach ní labhróidh tú faoin méid a deirim leat; agus tá m'intinn chomh síoraí secluded ann féin, tá sé tempting ar deireadh chun é a chur amach go ceann eile.

"Cúig nóiméad ó shin ba chuma le Hareton pearsanú m'óige, ní duine daonna; Bhraith mé dó ar bhealaí éagsúla, go mbeadh sé dodhéanta é a chreidiúnú go réasúnach. Sa chéad áit, cheangail a chosúlacht thosaithe le Catherine go faitíosach léi. Is é sin, áfach, a d'fhéadfá a cheapadh gurb é an rud is láidre chun mo shamhlaíocht a ghabháil, i ndáiríre an ceann is lú: cad nach bhfuil baint aige léi dom? agus cad nach dtugann chun cuimhne í? Ní féidir liom breathnú síos go dtí an t-urlár seo, ach tá a gnéithe múnlaithe sna bratacha! I ngach scamall, i ngach crann-líonadh an t-aer san oíche, agus gafa ag glimpses i ngach rud de ló-Tá mé timpeallaithe lena íomhá! Na haghaidheanna is gnáth d'fhir agus de mhná-mo ghnéithe féin-magadh dom le cosúlacht. Is bailiúchán uafásach de ghlanmheabhair é an domhan ar fad a raibh sí ann, agus gur chaill mé í! Bhuel, ba é gné Hareton taibhse mo ghrá neamhbhásmhaireachta; de mo dhícheall fiáin mo cheart a shealbhú; mo dhíghrádú, mo bhród, mo shonas, agus mo anguish—

"Ach tá sé frenzy na smaointe seo a athrá duit: ní chuirfidh sé in iúl duit cén fáth, le drogall a bheith i gcónaí ina n-aonar, nach bhfuil aon tairbhe ag baint lena shochaí; in áit géarú ar an gcrá leanúnach a fhulaingím: agus cuireann sé go páirteach le mé a dhéanamh beag beann ar an gcaoi a dtéann sé féin agus a chol ceathrair ar aghaidh le chéile. Ní féidir liom aon aird a thabhairt orthu níos mó.

"Ach cad a chiallaíonn tú ag *athrú*, an tUasal Heathcliff?" Dúirt mé, scanrúil ar a bhealach: cé nach raibh sé i mbaol a chéadfaí a chailleadh, ná ag fáil bháis, de réir mo bhreithiúnais: bhí sé láidir agus sláintiúil go leor; agus, maidir lena chúis, óna óige bhí gliondar croí air agus é ag cur thar maoil le rudaí dorcha, agus corr-fancies siamsúil. B'fhéidir go raibh monomania aige ar ábhar a idol imigh; ach ar gach pointe eile bhí a wits chomh fuaime le mianach.

"Ní bheidh a fhios agam go dtiocfaidh sé," a dúirt sé; "Níl mé ach leath-chomhfhiosach faoi anois."

"Níl aon mhothú tinnis ort, an bhfuil?" D'iarr mé.

"Níl, Nelly, níl mé," fhreagair sé.

"Ansin, nach bhfuil tú eagla ar bhás?" Chuaigh mé sa tóir air.

"Eagla ort? Ní hea!" a d'fhreagair sé. "Níl eagla, ná cur i láthair, ná dóchas an bháis agam. Cén fáth ar chóir dom? Le mo bhunreacht crua agus modh measartha maireachtála, agus gairmeacha unperilous, ba chóir dom, agus is dócha *go mbeidh*, fanacht os cionn na talún till tá gruaig dubh scarcely ar mo cheann. Agus fós ní féidir liom leanúint ar aghaidh sa choinníoll seo! Caithfidh mé a chur i gcuimhne dom féin anáil a tharraingt—beagnach le meabhrú do mo chroí buille! Agus is cosmhail earrach righin do lúbadh siar: is tré éigeantas do-bheirim an gníomh is lú nach n-aithrigheann aon smaoineamh amháin; agus trí éigeantas go dtugaim faoi deara aon rud beo nó marbh, nach mbaineann le smaoineamh uilíoch amháin. Tá mian amháin agam, agus tá mo bheith ar fad agus dámha yearning chun é a bhaint amach. Tá siad bliain i dtreo é chomh fada, agus mar sin unwaveringly, go bhfuil mé cinnte go *mbeidh sé* bainte amach-agus *go* luath-toisc go bhfuil sé devoured mo bheith ann: Tá mé shlogtha suas in oirchill a chomhlíonadh. Níor thug m'fhaoistiní faoiseamh dom; ach d'fhéadfaidís cuntas a thabhairt ar chéimeanna áirithe den ghreann nach féidir a chur san áireamh a thaispeánann mé. A Dhia! Troid fhada atá ann; Is mian liom go raibh sé thart!

Thosaigh sé ag luas an tseomra, ag magadh rudaí uafásacha dó féin, go dtí go raibh claonadh agam a chreidiúint, mar a dúirt sé a rinne Joseph, go raibh an coinsias iompaithe a chroí go hifreann earthly. N'fheadar go mór conas a thiocfadh deireadh leis. Cé gur annamh a nocht sé an staid intinne seo, fiú trí fhéachaint, ba é a ghnáth-ghiúmar é, ní raibh aon amhras orm: dhearbhaigh sé é féin; ach ní bheadh anam, óna bhfuil ginearálta, tar éis an fhíric a shamhlú. Ní raibh tú nuair a chonaic tú air, an tUasal Lockwood: agus ag an tréimhse a labhraím, bhí sé díreach mar an gcéanna leis sin; ach fonder de solitude leanúnach, agus b'fhéidir fós níos laconic i gcuideachta.

CAIBIDIL XXXIV

Ar feadh roinnt laethanta tar éis an tráthnóna sin, shunned an tUasal Heathcliff bualadh linn ag béilí; ach ní thoileodh sé go foirmiúil Hareton agus Cathy a eisiamh. Bhí aversion aige chun toradh chomh hiomlán sin a thabhairt ar a chuid mothúchán, ag roghnú in áit a bheith as láthair é féin; agus bhí an chuma ar an scéal go raibh dóthain cothaithe ag ithe uair amháin i gceithre huaire fichead dó.

Oíche amháin, tar éis don teaghlach a bheith sa leaba, chuala mé é ag dul síos an staighre, agus amach ag an doras tosaigh. Níor chuala mé é ag dul isteach arís, agus ar maidin fuair mé go raibh sé fós ar shiúl. Bhí muid i mí Aibreáin ansin: bhí an aimsir milis agus te, an féar chomh glas le ceathanna agus d'fhéadfadh an ghrian é a dhéanamh, agus an dá chrann úll dwarf in aice leis an mballa theas faoi bhláth iomlán. Tar éis an bhricfeasta, d'áitigh Catherine orm cathaoir a thabhairt agus suí le mo chuid oibre faoi na crainn ghiúise ag deireadh an tí; agus d'impigh sí ar Hareton, a tháinig ar ais go foirfe óna thimpiste, a gairdín beag a thochailt agus a shocrú, a aistríodh go dtí an cúinne sin trí thionchar ghearáin Iósaef. Bhí mé go compordach revelling sa cumhráin earrach timpeall, agus an lasnairde gorm bog álainn, nuair a mo bhean óg, a bhí ar siúl síos in aice leis an geata a fháil ar roinnt fréamhacha sabhaircín do theorainn, ar ais ach leath ualaithe, agus in iúl dúinn go raibh an tUasal Heathcliff ag teacht isteach. "Agus labhair sé liom," a dúirt sí, le countenance perplexed.

"Cad a dúirt sé?" A d'fhiafraigh Hareton.

"Dúirt sé liom a bheith chomh tapa agus a d'fhéadfainn," a d'fhreagair sí. "Ach d'fhéach sé chomh difriúil óna ghnáth-fhéachaint gur stop mé nóiméad chun stánadh air."

"Conas?" D'fhiafraigh sé.

"Cén fáth, beagnach geal agus cheerful. Níl, *beagnach* rud ar bith-an-i *bhfad* excited, agus fiáin, agus sásta!" D'fhreagair sí.

"Amuses oíche-siúl air, ansin," a dúirt mé, difear ar bhealach míchúramach: i ndáiríre chomh iontas agus a bhí sí, agus fonn a fháil amach an fhírinne a ráiteas; chun a fheiceáil nach mbeadh an máistir ag lorg sásta a bheith ina spectacle gach lá. Chum mé leithscéal le dul isteach. Sheas Heathcliff ag an doras oscailte; Bhí sé pale, agus trembled sé: Ach, cinnte, bhí sé glitter joyful aisteach ina shúile, a d'athraigh an ghné dá aghaidh ar fad.

"An mbeidh bricfeasta agat?" Dúirt mé. "Caithfidh tú a bheith ocras, rambling faoi ar feadh na hoíche!" Bhí mé ag iarraidh a fháil amach cá raibh sé, ach níor mhaith liom a iarraidh go díreach.

"Níl, níl ocras orm," a d'fhreagair sé, ag seachaint a chinn, agus ag labhairt in áit contemptuously, amhail is dá mba buille faoi thuairim sé go raibh mé ag iarraidh a Dhiaga an ócáid a greann maith.

Bhraith mé perplexed: Ní raibh a fhios agam an raibh sé deis cheart a thairiscint le beagán de admonition.

"Ní dóigh liom go bhfuil sé ceart dul amach as doirse," a thug mé faoi deara, "in ionad a bheith sa leaba: níl sé ciallmhar, ar aon chuma an séasúr tais seo. Daresay beidh tú a ghabháil fuar dona, nó fiabhras: tá tú rud éigin an t-ábhar a bhfuil tú anois! "

"Ní dhéanfaidh aon ní ach cad is féidir liom a iompróidh," d'fhreagair sé; "Agus leis an pléisiúr is mó, ar choinníoll go mbainfidh tú a fhágáil dom ina n-aonar: a fháil i, agus nach annoy dom."

Ghéill mé: agus, agus mé ag dul thart, thug mé faoi deara go raibh sé ag análú chomh tapa le cat.

"Tá!" Léirigh mé dom féin, "beidh tinneas oiriúnach againn. Ní féidir liom a cheapadh cad a bhí ar siúl aige.

An meán lae sin shuigh sé síos chun dinnéir linn, agus fuair sé pláta heaped-suas ó mo lámha, amhail is dá mbeadh sé i gceist aige leasuithe a dhéanamh le haghaidh troscadh roimhe sin.

"Níl fuacht ná fiabhras orm, a Nelly," ar seisean, agus é ag tagairt do chaint mo mhaidin; "agus tá mé réidh le ceartas a dhéanamh ar an mbia a thugann tú dom."

Thóg sé a scian agus forc, agus bhí sé ag dul chun tús a ithe, nuair a bhí an chuma ar an claonadh a bheith imithe in éag go tobann. Leag sé ar an mbord iad, d'fhéach sé go fonnmhar i dtreo na fuinneoige, ansin d'ardaigh sé agus chuaigh sé amach. Chonaic muid é ag siúl agus ag fro sa ghairdín agus muid ag críochnú ár mbéile, agus dúirt Earnshaw go rachadh sé agus fiafraigh de cén fáth nach ndéanfadh sé dine: cheap sé go raibh muid ag casaoid air ar bhealach éigin.

"Bhuel, an bhfuil sé ag teacht?" Adeir Catherine, nuair a d'fhill a col ceathrar.

"Nay," a d'fhreagair sé; "Ach níl fearg air: is annamh a bhí sé sásta go deimhin; ach rinne mé mífhoighneach é trí labhairt leis faoi dhó; agus ansin tairiscint sé dom a bheith amach a thabhairt duit: wondered sé conas a d'fhéadfadh mé ag iarraidh an chuideachta aon duine eile. "

Leag mé a phláta le coinneáil te ar an éadan; agus tar éis uair nó dhó tháinig sé isteach arís, nuair a bhí an seomra soiléir, gan aon chéim níos ciúine: an mínádúrtha céanna—bhí sé mínádúrtha—cuma an áthais faoina bhrabhsáil dhubh; an lí gan fhuil chéanna, agus a fhiacla le feiceáil, anois is arís, i gcineál aoibh gháire; a fráma shivering, ní mar shivers amháin le fuar nó laige, ach mar vibrates corda daingean-sínte láidir, seachas crith.

I will ask what is the matter, shíl mé; nó cé ba cheart? Agus exclaimed mé - "Ar chuala tú aon dea-scéal, an tUasal Heathcliff? Breathnaíonn tú beoite neamhchoitianta.

"Cá dtiocfadh dea-scéal uaim?" ar seisean. "Tá mé beoite leis an ocras; agus, de réir dealraimh, ní mór dom a ithe.

"Tá do dhinnéar anseo," a d'fhill mé; "Cén fáth nach bhfaighidh tú é?"

"Níl mé ag iarraidh é anois," muttered sé, hastily: "Beidh mé ag fanacht till suipéar. Agus, Nelly, uair amháin do chách, lig dom impigh ort rabhadh a thabhairt do Hareton agus an ceann eile uaim. Ba mhaith liom a bheith buartha ag aon duine: Ba mhaith liom an áit seo a bheith agam dom féin.

"An bhfuil cúis nua éigin leis an díbirt seo?" D'fhiosraigh mé. "Inis dom cén fáth a bhfuil tú chomh Queer, an tUasal Heathcliff? Cá raibh tú aréir? Níl mé ag cur na ceiste trí fhiosracht díomhaoin, ach—"

"Tá tú ag cur na ceiste trí fhiosracht an-díomhaoin," a chuir sé isteach, le gáire. "Ach freagróidh mé é. Aréir bhí mé ar thairseach ifreann. Go lá, tá mé laistigh de radharc ar mo neamh. Tá mo shúile agam air: ar éigean trí troithe chun mé a sever! Agus anois b'fhearr duit dul! Ní fheicfidh ná ní chloisfidh tú aon rud le scanradh a chur ort, má staonann tú ó phraiseach."

Tar éis dom an teallach a scuabadh agus an bord a ghlanadh, d'imigh mé; níos measa ná riamh.

Níor éirigh sé as an teach arís an tráthnóna sin, agus níor chuir aon duine isteach ar a uaigneas; till, at eight o'clock, I deemed it proper, though unsummoned, coinneal agus a suipéar a iompar chuige. Bhí sé ag claonadh i gcoinne an ledge de laitís oscailte, ach ní ag féachaint amach: bhí a aghaidh iompaithe go dtí an gruaim taobh istigh. Bhí an tine smolchaite go luaithreach; Líonadh an seomra leis an taise, aer éadrom an tráthnóna scamallach; agus mar sin fós, ní hamháin go raibh murmur an beck síos Gimmerton in-idirdhealaithe, ach a ripples agus a gurgling thar na púróga, nó trí na clocha móra nach bhféadfadh sé a chlúdach. Uttered mé ejaculation de discontent ag féachaint ar an gráta dismal, agus thosaigh shutting na casements, ceann i ndiaidh a chéile, till tháinig mé ar a.

"An gcaithfidh mé é seo a dhúnadh?" D'iarr mé, d'fhonn rouse air; óir ní chorródh sé.

Las an solas ar a ghnéithe mar a labhair mé. Ó, an tUasal Lockwood, Ní féidir liom a chur in iúl cad tús uafásach a fuair mé ag an dearcadh momentary! Na súile dubha doimhne sin! Go aoibh gháire, agus paleness ghastly! Dhealraigh sé dom, ní an tUasal Heathcliff, ach goblin; agus, i mo sceimhle, lig mé an choinneal lúbtha i dtreo an bhalla, agus d'fhág sé sa dorchadas mé.

"Sea, dún é," a d'fhreagair sé, ina ghlór eolach. "Tá, is awkwardness íon! Cén fáth ar choinnigh tú an choinneal go cothrománach? Bí gasta, agus tabhair ceann eile."

Hurried mé amach i staid foolish de dread, agus dúirt sé le Joseph - "Is mian leis an máistir tú a chur air solas agus rekindle an tine." Do ní leomh mé dul isteach ionam féin arís díreach ansin.

Joseph rattled roinnt tine isteach sa sluasaid, agus chuaigh: ach thug sé ar ais láithreach, leis an suipéar-tráidire ina láimh eile, ag míniú go raibh an tUasal Heathcliff ag dul a chodladh, agus theastaigh sé aon rud a ithe go maidin. Chuala muid é gléasta an staighre go díreach; ní dheachaigh sé ar aghaidh go dtí a ghnáthsheomra, ach d'iompaigh sé isteach leis an leaba phainéil: tá a fhuinneog, mar a luaigh mé cheana, leathan go leor d'aon duine dul tríd; agus bhuail sé liom gur bhreac sé turas meán oíche eile, a raibh sé in áit nach raibh aon amhras orainn.

"An bhfuil sé ina ghoul nó vampire?" Mused mé. Bhí na deamhain incarnate ceilte sin léite agam. Agus ansin leag mé mé féin chun machnamh a dhéanamh ar an gcaoi a raibh claonadh agam dó i naíonacht, agus d'fhéach mé air ag fás go dtí an óige, agus lean sé é beagnach trína chúrsa ar fad; agus cén nonsense áiféiseach a bhí ann géilleadh don chiall uafáis sin. "Ach cá as a dtáinig sé, an rud beag dorcha, agus fear maith ar a bhán?" arsa Piseog, agus mé ag déanamh neamh-chomhfhiosachta. Agus thosaigh mé, leath ag brionglóideach, mé féin a traochta le tuismíocht oiriúnach éigin a shamhlú dó; agus, ag athrá mo mhachnamh dúisithe, rianaigh mé a bheith ann arís, le héagsúlachtaí gruama; ar deireadh, ag cur síos ar a bhás agus ar a shochraid: agus is cuimhin liom go léir, go bhfuil sé thar a bheith cráite ag an tasc inscríbhinn a dheachtú dá shéadchomhartha, agus dul i gcomhairle leis an sexton faoi; agus, ós rud é nach raibh aon sloinne air, agus nach bhféadfaimis a aois a insint, bhí dualgas orainn an focal amháin, "Heathcliff." Tháinig sé sin fíor: bhí muid. Má théann tú isteach sa kirkyard, beidh tú ag léamh, ar a chloch chinn, ach sin, agus an dáta a bháis.

Dawn ar ais dom tuiscint choitianta. D'ardaigh mé, agus chuaigh mé isteach sa ghairdín, chomh luath agus a d'fhéadfainn a fheiceáil, chun a fháil amach an raibh aon chosáin faoina fhuinneog. Ní raibh aon cheann ann. "D'fhan sé sa bhaile," a shíl mé, "agus beidh sé ceart go leor go lá." D'ullmhaigh mé bricfeasta don teaghlach, mar a bhí mo ghnáth-nós, ach dúirt mé le Hareton agus Catherine a gcuid ere a fháil tháinig an máistir síos, mar a luigh sé déanach. B'fhearr leo é a thógáil amach as doirse, faoi na crainn, agus leag mé bord beag chun freastal orthu.

Ar mo ath-bhealach isteach, fuair mé an tUasal Heathcliff thíos. Bhí sé féin agus Iósaef ag caint faoi ghnó feirmeoireachta éigin; Thug sé treoracha soiléire, nóiméad maidir leis an ábhar a pléadh, ach labhair sé go tapa, agus chas sé a cheann go leanúnach ar leataobh, agus bhí an léiriú corraitheach céanna aige, níos áibhéilí fós. Nuair a d'éirigh Joseph as an seomra thóg sé a shuíochán san áit a roghnaigh sé go ginearálta, agus chuir mé báisín caife os a chomhair. Tharraing sé níos gaire é, agus ansin quieuit a airm ar an mbord, agus d'fhéach sé ar an mballa os coinne, mar a cheap mé, suirbhéireacht cuid amháin ar leith, suas agus síos, le glittering, súile restless, agus le spéis fonn den sórt sin gur stop sé análaithe le linn leath nóiméad le chéile.

"Tar anois," exclaimed mé, ag brú roinnt aráin i gcoinne a lámh, "ithe agus ól go, cé go bhfuil sé te: tá sé ag fanacht in aice le uair an chloig."

Níor thug sé faoi deara mé, agus fós aoibh sé. B'fhearr liom go bhfaca mé a fhiacla gnash ná aoibh gháire mar sin.

"An tUasal Heathcliff! a mháistir! Adeir mé, "ná, ar mhaithe le Dia, stare amhail is dá bhfaca tú fís unearthly."

"Ná, ar mhaithe le Dia, scairt chomh hard sin," a d'fhreagair sé. "Cas thart, agus inis dom, an bhfuil muid linn féin?"

"Ar ndóigh," an freagra a bhí agamsa; "Ar ndóigh tá muid."

Fós féin, ghéill mé go neamhdheonach dó, amhail is nach raibh mé cinnte go leor. Le scuabadh a láimhe ghlan sé spás folamh chun tosaigh i measc rudaí an bhricfeasta, agus leant ar aghaidh chun níos mó a shúil ar a shuaimhneas.

Anois, bhraith mé nach raibh sé ag féachaint ar an mballa; óir nuair a mheas mé é ina aonar, ba chosúil go díreach go raibh sé ag gazed ag rud éigin laistigh de dhá shlat 'achar. Agus cibé rud a bhí ann, chuir sé in iúl, de réir dealraimh, idir phléisiúr agus phian in foircinn fíorálainn: ar a laghad mhol an t-anguished, ach raptured, léiriú ar a ghnúis an smaoineamh sin. Ní raibh an rud fancied socraithe, ach an oiread: a shúile shaothrú sé le dúthracht unwearied, agus, fiú i labhairt liom, ní raibh weaned ar shiúl. Mheabhraigh mé dó go neamhbhalbh a staonadh fada ó bhia: má chorraigh sé rud ar bith de réir mo chuid entreaties, má shín sé a lámh amach chun píosa aráin a fháil, chrom a mhéara sular shroich siad é, agus d'fhan sé ar an mbord, dearmadach ar a n-aidhm.

Shuigh mé, samhail foighne, ag iarraidh a aird ionsúite a mhealladh óna tuairimíocht engrossing; till d'fhás sé irritable, agus d'éirigh sé, ag fiafraí cén fáth nach ligfinn dó a chuid ama féin a bheith aige ag cur a bhéilí? agus ag rá nach gá dom fanacht an chéad uair eile: d'fhéadfainn na rudaí a leagan síos agus dul. Tar éis dó na focail seo a rá, d'fhág sé an teach, sauntered go mall síos cosán an ghairdín, agus d'imigh sé tríd an ngeata.

Na huaireanta crept go himníoch ag: tháinig tráthnóna eile. Ní raibh mé ar scor chun sosa go déanach, agus nuair a rinne mé, ní raibh mé in ann codladh. D'fhill sé tar éis meán oíche, agus, in ionad dul a chodladh, dhún sé é féin isteach sa seomra faoi bhun. D'éist mé, agus tossed faoi, agus, ar deireadh, cóirithe agus shliocht. Bhí sé ródheacair luí ansin, ag ciapadh m'inchinn le céad misgivings díomhaoin.

Rinne mé idirdhealú idir céim an Uasail Heathcliff, an t-urlár a thomhas go suaimhneach, agus is minic a bhris sé an tost le inspioráid dhomhain, cosúil le groan. Mhúch sé focail scoite freisin; an t-aon duine a raibh mé in ann a ghabháil ná ainm Catherine, mar aon le téarma fiáin éigin endearment nó fulaingt; agus a labhródh mar a labhródh duine le duine a bhí i láthair; íseal agus earnest, agus wrung as an doimhneacht a anam. Ní raibh sé de mhisneach agam siúl díreach isteach san árasán; ach theastaigh uaim é a atreorú óna reverie, agus dá bhrí sin thit salach ar an tine chistine, stirred sé, agus thosaigh a scrape na cinders. Tharraing sé amach é níos luaithe ná mar a bhí súil agam leis. D'oscail sé an doras láithreach, agus dúirt sé—"Nelly, teacht anseo–an bhfuil sé ar maidin? Tar isteach le do sholas.

"Tá sé buailte ceithre," fhreagair mé. "Ba mhaith leat coinneal a thógáil thuas staighre: b'fhéidir gur las tú ceann ag an tine seo."

"Níl, níl mé ag iarraidh dul thuas staighre," a dúirt sé. "Tar isteach, agus kindle *dom* tine, agus aon rud a dhéanamh go bhfuil a dhéanamh mar gheall ar an seomra."

"Caithfidh mé na guala a shéideadh dearg ar dtús, sular féidir liom aon cheann a iompar," a d'fhreagair mé, cathaoir agus na bolgaí a fháil.

He roamed to and fro, idir an dá linn, i stát ag druidim le seachrán; a osna throm ag teacht i gcomharbacht ar a chéile chomh tiubh sin nach bhfágann sé spás ar bith don análú coitianta idir.

"Nuair a bhrisfidh an lá cuirfidh mé glas air," a dúirt sé; "Ba mhaith liom roinnt fiosrúchán dlí a dhéanamh air agus is féidir liom smaoineamh ar na cúrsaí sin, agus cé gur féidir liom gníomhú go socair. Níl mo thoil scríofa agam go fóill; agus conas mo mhaoin a fhágáil ní féidir liom a chinneadh. Is mian liom go bhféadfainn é a annihilate ó aghaidh an domhain.

"Ní ba mhaith liom labhairt mar sin, an tUasal Heathcliff," interposed mé. "Lig do thoil a bheith ar feadh tamaill: beidh tú spared a repent de do éagóir go leor go fóill! Ní raibh súil agam riamh go mbeadh neamhord ar do néaróga: tá siad, faoi láthair, iontach mar sin, áfach; agus beagnach go hiomlán trí do locht féin. D'fhéadfadh an bealach a rith tú na trí lá seo caite cnag suas Tíotán. An bhfuil a ghlacadh roinnt bia, agus roinnt repose. Ní gá duit ach breathnú ort féin i ngloine chun a fháil amach conas a theastaíonn an dá rud uait. Tá do leicne log, agus do shúile fola-lámhaigh, cosúil le duine starving le ocras agus ag dul dall le caillteanas codlata."

"Ní ormsa atá an locht nach féidir liom ithe ná scíth a ligean," a d'fhreagair sé. "Geallaim duit go bhfuil sé trí aon dearaí socraithe. Déanfaidh mé an dá rud, chomh luath agus is féidir liom. Ach d'fhéadfá chomh maith tairiscint a dhéanamh ar fhear atá ag streachailt san uisce taobh istigh d'fhad an chladaigh! Caithfidh mé é a bhaint amach ar dtús, agus ansin ligfidh mé scíth. Bhuel, ná bac leis an Uasal Glas: maidir le aithrí a dhéanamh ar mo chuid éagóir, níl aon éagóir déanta agam, agus ní dhéanaim aithrí ar rud ar bith. Tá mé róshásta; agus fós níl mé sásta go leor. Maraíonn bliss m'anama mo chorp, ach ní shásaíonn sé é féin.

"Sásta, a mháistir?" Chaoin mé. "Sonas aisteach! Dá gcloisfeá mé gan fearg a bheith ort, d'fhéadfainn roinnt comhairle a chur ar fáil a chuirfeadh áthas ort."

"Céard é sin?" a d'fhiafraigh sé. "Tabhair dó."

"Tá tú ar an eolas, an tUasal Heathcliff," a dúirt mé, "go ón am a bhí tú trí bliana déag d'aois go bhfuil tú i do chónaí ar an saol santach, unchristian; agus is dócha go raibh Bíobla i do lámha agat le linn na tréimhse sin go léir.

Caithfidh go bhfuil dearmad déanta agat ar ábhar an leabhair, agus b'fhéidir nach bhfuil spás agat é a chuardach anois. D'fhéadfadh sé a bheith hurtful a sheoladh le haghaidh roinnt amháin-roinnt aire d'aon ainmníocht, nach bhfuil sé ábhar a-a mhíniú dó, agus a thaispeáint duit cé chomh fada agus atá tú erred as a precepts; agus cé chomh mí-oiriúnach is a bheidh tú ar a neamh, mura dtarlaíonn athrú sula bhfaighidh tú bás?

"Tá dualgas orm seachas fearg, a Nelly," a dúirt sé, "óir cuireann tú i gcuimhne dom an tslí inar mian liom a bheith curtha. Tá sé le hiompar go dtí an reilig tráthnóna. Féadfaidh tú féin agus Hareton, más é do thoil é, dul in éineacht liom: agus cuimhnigh, go háirithe, a thabhairt faoi deara go gcloíonn an sexton le mo threoracha maidir leis an dá chónra! Ní gá d'aire ar bith teacht; ná ní gá aon ní a rá os mo chionn.—Deirim libh go bhfuil mo neamh beagnach bainte amach agam ; agus tá meas gan luach ar fad ag daoine eile ormsa."

"Agus supposing persevered tú i do obstinate tapa, agus fuair bás ar an modh sin, agus dhiúltaigh siad a adhlacadh tú i precincts an kirk?" Dúirt mé, shocked ar a neamhshuim godless. "Cén chaoi a dtaitneodh sé leat?"

"Ní dhéanfaidh siad é sin," a d'fhreagair sé: "má rinne, caithfidh tú mé a bhaint faoi rún; agus má fhaillíonn tú é cruthóidh tú, go praiticiúil, nach bhfuil na mairbh annihilated!

Chomh luath agus a chuala sé na baill eile den teaghlach ag corraí d'éirigh sé as a nead, agus d'anáil mé freer. Ach san iarnóin, agus Joseph agus Hareton ag a gcuid oibre, tháinig sé isteach sa chistin arís, agus, le cuma fhiáin, tairiscint dom teacht agus suí sa teach: theastaigh duine éigin leis. Dhiúltaigh mé; ag insint dó go soiléir gur chuir a chaint agus a mhodh aisteach eagla orm, agus ní raibh an néaróg ná an toil agam a bheith ina chompánach leis féin.

"Creidim go gceapann tú fiend dom," a dúirt sé, lena gáire dismal: "rud éigin ró-uafásach chun cónaí faoi dhíon réasúnta." Ansin ag casadh ar Catherine, a bhí ann, agus a tharraing i mo dhiaidh ag a chur chuige, a dúirt sé, leath sneeringly, - "An dtiocfaidh *tú*, chuck? Ní ghortóidh mé thú. Ní hea! duit a rinne mé féin níos measa ná an diabhal. Bhuel, tá *duine ann* nach mbeidh ag crapadh ó mo chuideachta! Ag Dia! tá sí gan staonadh. Ó, diabhal é! Tá sé unutterably i bhfad ró-do flesh agus fola a iompróidh-fiú mianach. "

D'iarr sé ar an gcumann gan aon duine níos mó. Ag dusk chuaigh sé isteach ina sheomra. Tríd an oíche ar fad, agus i bhfad ar maidin, chuala muid é ag groaning agus murmuring dó féin. Bhí Hareton ag iarraidh dul isteach; ach tairiscint mé dó beir an tUasal Kenneth, agus ba chóir dó dul isteach agus é a fheiceáil. Nuair a tháinig sé, agus d'iarr mé cead isteach agus rinne mé iarracht an doras a oscailt, fuair mé faoi ghlas é; agus Heathcliff bid dúinn a damnú. Bhí sé níos fearr, agus d'fhágfaí ina aonar é; Mar sin, chuaigh an dochtúir ar shiúl.

Bhí an tráthnóna dár gcionn an-fhliuch: go deimhin, dhoirt sé síos go dtí breacadh an lae; agus, nuair a thóg mé mo shiúlóid maidine thart ar an teach, thug mé faoi deara fuinneog an mháistir ag luascadh ar oscailt, agus an bháisteach ag tiomáint díreach isteach. Ní féidir leis a bheith sa leaba, shíl mé: chuirfeadh na ceathanna sin drench air tríd. Caithfidh sé a bheith suas nó amach. Ach ní dhéanfaidh mé níos mó ado, rachaidh mé go dána agus féachfaidh mé.

Nuair a d'éirigh liom bealach isteach a fháil le heochair eile, rith mé chun na painéil a chur faoi iamh, mar bhí an seomra folamh; I go tapa ag brú i leataobh iad, peeped mé isteach. Bhí an tUasal Hcathcliff ann-leagtha ar a dhroim. Bhuail a shúile liom chomh fonnmhar agus chomh fíochmhar, thosaigh mé; agus ansin dhealraigh sé aoibh gháire. Ní fhéadfainn a cheapadh go raibh sé marbh: ach bhí a aghaidh agus a scornach nite le báisteach; sileadh na héadaí leapa, agus bhí sé breá fós. Bhí an laitís, ag bualadh agus ag fro, ag innilt lámh amháin a bhí ar an leac; ní raibh aon fhuil ag cleasaíocht ón gcraiceann briste, agus nuair a chuir mé mo mhéara air, ní fhéadfainn a bheith in amhras níos mó: bhí sé marbh agus lom!

Hasped mé an fhuinneog; Cíoradh mé a chuid gruaige fada dubh as a mhullach; Rinne mé iarracht a shúile a dhúnadh: an gaisce scanrúil, cosúil leis an saol a mhúchadh, más féidir, sula gcoinneofaí siar aon duine eile é. Ní dhúnfadh siad: ba chosúil go raibh siad ag srannadh ar mo chuid iarrachtaí; agus a liopaí parted agus fiacla bán géar sneered freisin! Tógtha le oiriúnach eile de cowardice, cried mé amach do Joseph. Chroith Joseph suas agus rinne sé torann, ach dhiúltaigh sé go diongbháilte meddle leis.

"Ú 'divil ar harried as a anam," adeir sé, "agus féadfaidh sé hev 'a conablaigh isteach t' bargin, do mhúin cúram mé! Ech! cad a wicked 'un Breathnaíonn sé, girning ag bás!" agus grinned an peacach d'aois i magadh. Shíl mé go raibh sé i gceist aige caper a ghearradh thart ar an leaba; ach go tobann ag cumadh é féin, thit sé ar a ghlúine, agus d'ardaigh sé a lámha, agus d'fhill sé a bhuíochas go raibh an máistir dleathach agus an stoc ársa ar ais ar a gcearta.

Mhothaigh mé stiúgtha ag an ócáid uafásach; agus tháinig mo chuimhne ar ais go dosheachanta go dtí an t-am a bhí ann roimhe seo le saghas brón leatromach. Ach ba é Hareton bocht, an ceann is mó a ndearnadh éagóir air, an t-aon duine a d'fhulaing go mór. Shuigh sé ag an gcorpán ar feadh na hoíche, ag gol go searbh. Bhrúigh sé a lámh, agus phóg sé an aghaidh sarcastic, savage a shrank gach duine eile ó smaoineamh; agus do cuiredh leis an mbrón láidir sin a lingeann go nádúrtha ó chroí fial, bíodh go mbí sé dian mar chruach mheasartha.

Bhí perplexed an tUasal Kenneth a fhuaimniú cén neamhord a fuair bás an máistir. Cheilt mé an bhfíric go bhfuil sé shlogtha rud ar bith ar feadh ceithre lá, eagla a d'fhéadfadh sé mar thoradh ar trioblóide, agus ansin, tá mé ina luí, ní raibh sé staonadh ar chuspóir: bhí sé mar thoradh ar a thinneas aisteach, ní an chúis.

Chuir muid faoi thalamh é, le scannal na comharsanachta ar fad, mar ba mhian leis. Thuig Earnshaw agus mé féin, an sexton, agus seisear fear chun an chónra a iompar, an tinreamh ar fad. D'imigh an seisear fear nuair a lig siad síos san uaigh é: d'fhanamar chun é a fheiceáil clúdaithe. Hareton, le aghaidh sruthú, dug sods glas, agus leag siad thar an múnla donn é féin: faoi láthair tá sé chomh réidh agus verdant mar a dumhaí compánach-agus tá súil agam codlaíonn a thionónta chomh soundly. Ach bheadh na folks tír, má iarrann tú orthu, swear ar an mBíobla go *siúlann sé*: tá iad siúd a labhairt a bhuail leis in aice leis an séipéal, agus ar an moor, agus fiú laistigh den teach seo. Scéalta díomhaoine, déarfaidh tú, agus mar sin déarfaidh mé. Ach dearbhaíonn an seanfhear sin cois tine na cistine go bhfaca sé beirt ar 'em ag breathnú amach as fuinneog a sheomra ar gach oíche bháistí ó bhásaigh sé:—agus tharla corrrud dom thart ar mhí ó shin. Bhí mé ag dul go dtí an Ghráinseach tráthnóna amháin—tráthnóna dorcha, ag bagairt toirneach—agus, díreach ag casadh na hArda, bhuail mé buachaill beag le caoirigh agus dhá uan roimhe; bhí sé ag caoineadh uafásach; agus cheap mé go raibh na huain skittish, agus ní bheadh a threorú.

"Cad é an t-ábhar, mo fhear beag?" D'iarr mé.

"Níl Heathcliff agus bean yonder, faoi t ' nab," blubbered sé, "un' darnut mé pas 'em."

Ní fhaca mé faic; ach ní bheadh na caoirigh ná sé ag dul ar aghaidh, mar sin tairiscint mé dó a chur ar an mbóthar níos ísle síos. Is dócha gur ardaigh sé na phantoms ó smaoineamh, mar traversed sé na moors ina n-aonar, ar an nonsense chuala sé a thuismitheoirí agus compánaigh arís. Ach, fós féin, ní maith liom a bheith amuigh sa dorchadas anois; agus ní maith liom a bheith fágtha agam féin sa teach gruama seo: ní féidir liom cabhrú leis; Beidh áthas orm nuair a fhágann siad é, agus aistreoidh siad go dtí an Ghráinseach.

"Tá siad ag dul go dtí an Ghráinseach, ansin?" Dúirt mé.

"Sea," a d'fhreagair Mrs Dean, "chomh luath agus a bheidh siad pósta, agus beidh sé sin ar Lá Caille."

"Agus cé a bheidh ina chónaí anseo ansin?"

"Cén fáth, tabharfaidh Joseph aire don teach, agus, b'fhéidir, leaid chun é a choinneáil ina chuideachta. Beidh siad ina gcónaí sa chistin, agus beidh an chuid eile a dhúnadh suas. "

"Chun úsáid a bhaint as taibhsí den sórt sin a roghnú chun cónaí air?" Thug mé faoi deara.

"Níl, an tUasal Lockwood," a dúirt Nelly, ag croitheadh a ceann. "Creidim go bhfuil na mairbh ar a suaimhneas: ach níl sé ceart labhairt orthu le levity."

Ag an nóiméad sin chuaigh geata an ghairdín ar seachrán; Bhí na Ramblers ag filleadh.

"*Tá* eagla orthu roimh rud ar bith," a grumbled mé, ag breathnú ar a gcur chuige tríd an bhfuinneog. "Le chéile, bheadh siad cróga Satan agus go léir a legions."

De réir mar a sheas siad ar aghaidh go dtí na clocha dorais, agus stop siad le breathnú deireanach a dhéanamh ar an ngealach-nó, níos cirte, ar a chéile ag a solas-Bhraith mé irresistibly impelled chun éalú leo arís; agus, ag brú cuimhneacháin isteach i láimh Mrs Dean, agus gan aird a thabhairt ar a expostulations ag mo rudeness, vanished mé tríd an chistin mar a d'oscail siad an teach-doras; agus is uime sin do dhearbhadh Iósaef, dar leis, gurab é a chomh-shearbhónta do bhí 'n-a fhochair, nár aithin sé ar an dea-uair mé do charachtar urramach lé fáinne milis ríoghachta ar a chosa.

Bhí mo shiúlóid abhaile fadaithe ag atreorú i dtreo an kirk. Nuair a bhí mé faoi bhun a bhallaí, bhraith mé go raibh dul chun cinn déanta ag lobhadh, fiú i seacht mí: léirigh go leor fuinneog bearnaí dubha a bhain gloine díobh; agus sclátaí siúráilte, anseo is ansiúd, thar líne dheas an dín, le hoibriú amach de réir a chéile i stoirmeacha an fhómhair atá le teacht.

D'iarr mé, agus fuair mé amach go luath, na trí chloch chinn ar an bhfána in aice leis an móinteán: an ceann láir liath, agus leath curtha i fraochmhá; An t-aon rud a bhí ag Edgar Linton ná an mhóin agus an caonach ag sleamhnú suas a chos; Tá Heathcliff fós lom.

Lingered mé thart orthu, faoin spéir neamhurchóideacha: faire ar na leamhain fluttering i measc na heath agus harebells, d'éist leis an ghaoth bog análaithe tríd an féar, agus wondered conas a d'fhéadfadh aon duine a shamhlú riamh slumbers unquiet do na sleepers sa domhan ciúin.